Michelle Raven · Eine unheilvolle Begegnung

Michelle Raven

Eine unheilvolle Begegnung

Roman

Moments

Die Autorin ist Mitglied bei DeLiA, der ersten Vereinigung Deutschsprachiger Liebesromanautorinnen und -autoren: www.delia-online.de

Besuchen Sie auch die Homepage von Michelle Raven: www.michelleraven.de

Originalausgabe
Michelle Raven: Eine unheilvolle Begegnung

Lektorat: Tatjana Wanner
Einbandgestaltung: agilmedien, Köln
Einbandabbildung: Mauritius
Satz & Layout: Andreas Paqué, Ramstein
Druck und Bindung: Ueberreuter Buchproduktion, Korneuburg
Printed in Austria 2004
ISBN 3-937670-04-1

www.moments-verlag.de

I

Colorado Plateau, Mai 2003

»Unglaublich!« Samantha Dyson beugte sich auf Händen und Knien vor, bis ihre Nase fast den Boden des versteinerten ehemaligen Flussbetts berührte. Mit einem weichen, dicken Pinsel entfernte sie vorsichtig weitere Sandkörner. Schließlich richtete sie sich triumphierend auf. Sie hatte es gefunden! Vor ihr lagen die über 145 Millionen Jahre alten Überreste eines in der Jurazeit lebenden gewaltigen Raubsauriers. Zumindest der Kopf davon, ob auch der Rest des Körpers vorhanden war, würde sie bei weiteren Grabungen feststellen müssen. Aber auch so war es ein riesiger Erfolg für sie.

Eigentlich hatte sie nicht damit gerechnet, hier in der Morrison Formation auf dem Colorado Plateau wirklich etwas zu finden. Vielmehr hatte sie die Gelegenheit ergriffen, aus ihrem Kellerverlies in der Universität von Utah herauszukommen. Dieser Feldtrip war auch der einzige Weg gewesen, den immer aufdringlicher werdenden Annäherungsversuchen ihres Vorgesetzten zu entkommen. Denn eines wusste sie ganz sicher: Der ehrenwerte Professor Charles Marsh jr. würde bestimmt nicht seine manikürten Hände in den Sand stecken, um seine Studienobjekte selbst zu bergen. Er hatte versucht, ihr das Ganze auszureden, indem er ihr keinen der Studenten als Helfer zuteilte. Doch damit hatte er ihr die Sache eher noch schmackhafter gemacht, denn sie arbeitete sowieso am liebsten alleine. Obwohl sie sich nach beinahe einem Monat in der kargen Umgebung fast über ein wenig Gesellschaft gefreut hätte. Vor allem jetzt, da sie ihren ersten eigenen großen Fund vor sich liegen sah.

Geschmeidig erhob sie sich und blickte auf den im Sandstein eingebetteten Schädel herunter. Ihr Saurier! Freudig klopfte ihr Herz, als sie sich auf den Weg zum Zelt machte, um ihre Sofortbildkamera zu holen. Jeder Quadratzentimeter der Fundstelle musste genauestens dokumentiert werden, bevor sie weitergraben konnte. Sam blickte abschätzend zum Himmel. Die Sonne stand bereits gefährlich tief über den graugrünen Felsen der Morrison Formation und brachte die roten und purpurfarbenen Bänder in ihnen zum Glühen. Sam atmete tief die trockene Luft ein und fühlte, wie der Friede und die Schönheit der Landschaft sie durchströmten. Manche Menschen fanden die Gegend hier einfach nur trocken und grau, mit einem Wort: langweilig. Doch für sie war sie mehr als das. Wenn sie die Felsformationen anblickte, sah sie im Geiste, wie sich die Landschaft im Laufe der Jahrmillionen verwandelt hatte: von einem weiten Tal mit Flüssen und Seen, vielfältiger Flora und Fauna in diese aufgetürmten, bunten Felsen aus Sedimentgestein. Andere Flüsse wie der Colorado River hatten sich gebildet und in Millionen von Jahren durch das Colorado Plateau gegraben. Tiefe Canyons, darunter auch der bekannte Grand Canyon, waren entstanden.

Ein kühler Windstoß fuhr durch Sams kurze, braune Haare und weckte sie aus ihren Träumereien über die Vergangenheit. Seufzend blickte sie noch ein letztes Mal auf die untergehende Sonne, bevor sie den kurzen, aber beschwerlichen Weg zu ihrem Zelt in Angriff nahm. Mit sicheren Tritten kletterte sie schnell aus der Spalte heraus, auf deren Boden sie das versteinerte Skelett gefunden hatte. Oben auf dem Hügel angekommen, blickte sie noch einmal zurück. Das Abtransportieren der Knochen würde noch einigen Aufwand erfordern. Wahrscheinlich musste sie dafür doch Hilfe anfordern. Sicher wäre es dann schnell nicht mehr ihr Fund: Ihr Chef würde jeglichen Ruhm für sich beanspruchen. Sie seufzte erneut. Die Arbeit war so schön gewesen, bevor Professor Marsh an die Universität gekommen war. Sein Vorgänger war ihr Freund und Mentor gewesen und hatte ihr alles beigebracht, was sie heute über die Paläontologie wusste. Leider war er bereits kurz nach ihrem Abschluss emeritiert worden. Da alle führenden Paläontologen bereits gute Stellen in Universitäten und Museen besetzten, war nur noch Marsh übrig geblieben, um die Arbeit fortzusetzen. Bereits in der ersten Woche hatte er versucht, bei ihr zu landen, war abgeblitzt und hatte sie zur Strafe in den Keller versetzt, wo sie die alten Sammlungen säubern und katalogisieren sollte. Was nicht so schlimm gewesen wäre, wenn er nicht bereits einige Male unter irgendwelchen Vorwänden persönlich heruntergekommen wäre, um sie begrapschen zu können.

Das letzte Mal hatte er ihr an den Po gefasst, woraufhin sie einen in Gips gehüllten Knochen auf seinen Fuß fallen gelassen hatte. Noch jetzt erschreckte es sie, dass sie damit beinahe einen über 100 Millionen Jahre alten Knochen zerstört hätte. Das war der Moment, in dem sie erkannt hatte, dass sie dringend eine Pause brauchte, und beantragte zwei Monate Ausgrabungszeit. Marsh, der seit dem Zwischenfall an Krücken lief, war ihr die meiste Zeit aus dem Weg gegangen. Er hatte wohl verstanden, dass er besser zustimmte, bevor sie ihm noch mehr brach als nur den Fuß. Im Institut ging das Gerücht, der Professor wäre über sein Ego gestolpert, Sam sah keine Veranlassung, dem zu widersprechen. Als er ihr kurz vor ihrer Abreise scheinheilig lächelnd mitteilte, ihr bedauerlicherweise keinen Studenten zur Seite stellen zu können, weil derzeit alle an der Universität gebraucht würden, war er bei ihr vollkommen unten durch.

Sie hasste Lügner und Scheinheilige – Menschen, die vorne lächelten und hinter dem Rücken schlecht über jemanden redeten; Leute, die alles taten, um weiterzukommen, egal, über wen sie hinwegtrampelten; alle, die vorgaben, etwas zu sein, was sie gar nicht waren. Sie selbst konnte ihre Gesichtszüge einfach nicht verstellen. Dieser Umstand hatte es ihr daher nie erlaubt zu lügen oder zu betrügen. Denn jeder hätte es ihr sofort angesehen. Also hatte sie sich zwangsläufig zu einem grundehrlichen Menschen entwickelt, der immer genau das sagte, was er dachte. Ein nicht gerade förderlicher Charakterzug in der heutigen Zeit.

Schulterzuckend zog Sam den Kopf ein und betrat das Zelt. Sie war trotzdem zufrieden mit sich und ihrem Leben. Was konnte es Schöneres geben als einen Beruf, der mehr Hobby als Arbeit für sie war? Und dann noch die Stille und Einsamkeit dieser grandiosen Landschaft? Ein zufriedenes Lächeln breitete sich über ihr Gesicht, während sie die Kameratasche über ihre Schulter hängte. Sie war genau dort, wo sie sein wollte: fernab von Städten, Menschen und ihren Machenschaften. Hier war sie nur ein kleiner Teil eines riesigen Ganzen, von Zeit, Raum und Natur.

Entschlossen, nicht noch mehr kostbares Tageslicht zu verschwenden, joggte sie den kurzen Weg zu ihrer Ausgrabungsstelle zurück. In spätestens einer halben Stunde würde es stockfinster sein, und dann wollte sie nicht unbedingt noch mitten im Nirgendwo unterwegs sein. Notfalls konnte sie noch die kleine Taschenlampe benutzen, die sie immer bei sich trug. Aber lieber würde sie gemütlich im Zelt sitzen, wenn es dunkel wurde, anstatt über tückische Felsen zu kraxeln. Vorsichtig kletterte sie die steile, bröckelige Felswand herunter, die die fossilienreiche Schicht enthielt. Unten angekommen, steckte sie als Erstes ein Maßgitter über dem Schädel fest, das später auf den Fotos die Größe, Lage und Abstände dokumentieren würde. Sie klappte das Blitzlicht aus und begann zu fotografieren. Die nächsten Minuten vertiefte sie sich ganz in ihre Arbeit. Erst als es in der Spalte merklich dunkler war, schaute sie auf. Ein Blick in den Himmel zeigte ihr, dass die Sonne bereits seit einiger Zeit untergegangen war und die Dämmerung begonnen hatte. Die Felsen lagen in tiefen Schatten, während der zuvor tiefblaue Himmel rötlich gefärbt war. Einige Augenblicke genoss sie einfach nur das Schauspiel, bis sie sich schließlich widerwillig daranmachte, ihre Ausgrabung mit Planen abzudecken, damit die Knochen nicht durch Umwelteinflüsse geschädigt wurden. Sam hatte es schon öfter erlebt, dass Fossilien Millionen von Jahren überstanden hatten, um dann doch noch durch die Witterung zerstört zu werden, nachdem sie ausgegraben worden waren. Ihrem Skelett sollte das nicht passieren, dafür würde sie sorgen! Nach einem letzten prüfenden Blick auf ihren Fund begann sie erneut mit dem Aufstieg.

Oben angekommen, wich die Abenddämmerung gerade der tiefen Nacht. Es war bereits merklich kühler als noch vor einer halben Stunde. Während des Tages schien die Sonne unbarmherzig auf das trockene Land, und man vergaß, dass man hier auf 1600 Meter Höhe war. Doch nachts wurde es feuchter und vor allem kühl. Fröstelnd schlang sie die Arme um sich, während sie vorsichtig über die kantigen Steine stieg. Nachdem sie mehrere Male gestolpert und fast gefallen war, holte sie fluchend die kleine Taschenlampe heraus. Sams

Nachtsicht war wirklich miserabel, was in der Stadt nicht ganz so schlimm war, aber hier in der Wildnis, ohne den hellen Schein der Straßenlampen, fast völliger Blindheit gleichkam. Der dünne, aber starke Lichtstrahl ermöglichte es ihr, den Weg problemlos fortzusetzen.

Sie war bereits auf halbem Weg zum Zelt, als sie ruckartig stehen blieb. Hatte sie eben ein Geräusch gehört? Prüfend blickte sie um sich. Nichts war zu erkennen. Die Dunkelheit umgab sie wie ein Leichentuch. Erschauernd rief sie sich zur Ordnung. Gar kein guter Vergleich in ihrer derzeitigen Lage. Dann hörte sie es wieder. Ein fernes Brummen, das langsam lauter wurde. Was war das? Lauschend drehte sie sich im Kreis. Da war es! Es hörte sich an wie … ein Auto? Welcher Idiot fuhr hier nachts mit einem Auto über das Plateau? Schon bei Tag war es gefährlich, durch diese Landschaft zu fahren, wo sich urplötzlich ein Abgrund vor einem öffnen oder ein Steinschlag niedergehen konnte. Ganz zu schweigen von dem fast nicht zu navigierenden Terrain. Sie selbst war aus genau diesen Gründen mit einem Wüstenbuggy hierher gekommen, der extra für diesen Zweck gebaut worden war.

Sam machte ein paar Schritte auf das Geräusch zu, dann blieb sie unschlüssig stehen. Kein normaler Mensch würde zu dieser Zeit hier herumfahren, woraus sie den Umkehrschluss zog, dass sich entweder jemand verirrt hatte, was eher unwahrscheinlich war, denn es gab im Umkreis von fünfzig Meilen keine Straßen, oder jemand bestimmte Gründe dafür hatte, vermutlich illegale. Wenn Letzteres der Fall war, wollte sie lieber nicht gesehen werden. Sie wusste, dass es nicht ganz ungefährlich gewesen war, als Frau alleine in der Wildnis zu arbeiten, aber sie hatte angenommen, zu weit von jeglicher Zivilisation entfernt zu sein, um auf ein anderes menschliches Wesen zu treffen. Anscheinend hatte sie sich geirrt. Ihre Hand um den Kopf der Taschenlampe gelegt, damit sie nur noch einen schmalen Lichtstrahl spendete, ging sie langsam auf das Motorengeräusch zu, jederzeit bereit, sich umzudrehen und wegzurennen. Sam umrundete vorsichtig einen Hügel.

So plötzlich, wie es begonnen hatte, hörte das Geräusch auch wieder auf. Sam lauschte in die Stille hinein und fragte sich gerade, ob sie sich alles nur eingebildet hatte, als sie das Schlagen von Wagentüren und laute Stimmen hörte. Schnell hockte sie sich hinter einen großen Felsblock und lugte vorsichtig um die Ecke. Der Wagen stand quer zu ihrem Versteck. Im Licht der grellen Scheinwerfer sah sie zwei Männer, die um den Wagen herumgingen und sich dann fluchend an der hinteren Tür des Lieferwagens zu schaffen machten. Laut quietschend öffnete sie sich schließlich. Sam hielt unwillkürlich den Atem an. Die Männer stiegen hinein und kamen kurze Zeit später mit einem länglichen Gegenstand wieder heraus. Er schien schwer zu sein, denn sie trugen ihn nur bis vor die Scheinwerfer und warfen ihn dann zu Boden. Sam kniff die Augen zusammen. War das ... ein Teppich? Fuhren diese Leute so tief ins Niemandsland, um dann einen alten Teppich wegzuwerfen? Sie schüttelte stumm den Kopf, so ein Unsinn! Da musste etwas anderes dahinter stecken.

Erschrocken riss sie die Augen auf. Das Bündel bewegte sich! Zwar nur ganz schwach, aber sie konnte es im Scheinwerferlicht gut erkennen. Irgendetwas Lebendiges war da drin. Unvermittelt sah Sam ihre Vermutung bestätigt, dass niemand ohne einen Grund nachts in diese Gegend kommen würde. Einer der Männer trat kräftig gegen das Bündel und lachte.

»... immer noch nicht erledigt?« Seine heisere Stimme klang deutlich bis zu ihrem Versteck. Sam hatte sich schon halb erhoben, als ihr klar wurde, dass es nichts bringen würde, wenn sie eingriff. Sie hatte keinerlei Waffen bei sich und wäre für die beiden Widerlinge eine leichte Beute. Nein, so schwer es ihr auch fiel, sie musste versteckt bleiben, bis der Wagen wieder verschwunden war. Ihre kurzen Fingernägel bohrten sich in ihre Handflächen, während sie hilflos beobachtete, wie die Männer wieder und wieder auf das Bündel einschlugen.

Dann erinnerte sie sich an ihren Fotoapparat. Leise holte sie ihn aus der Tasche und schaltete den Blitz aus, damit er sie nicht verriet. Sie drückte immer wieder auf den Auslöser, obwohl sie sich fast sicher war, dass man kaum etwas auf den Fotos erkennen würde. Polaroidkameras waren nicht gerade dafür bekannt, in Dunkelheit und in der Entfernung gute Fotos zu machen, aber sie wusste nicht, was sie sonst hätte tun können. Sie musste sich irgendwie beschäftigen. Und selbst wenn nur auf einem der Fotos etwas zu erkennen sein würde, hätte es sich gelohnt. Sie könnte damit zur Polizei gehen und den Vorfall melden. Nach einer Weile holte einer der Männer eine Schaufel aus dem Wagen und fing an, ein Loch in den weichen Sand zu graben. Einige Minuten später holte er ein Tuch aus seiner Gesäßtasche und wischte sich den Schweiß von der Stirn.

»... könntest ... helfen!«

Der zweite Mann ließ von dem Bündel ab, ging wortlos zum Auto und kam mit einer zweiten Schaufel zurück. Gebannt richteten sich Sams Augen auf das Bündel. Los, das ist deine Chance!

Als hätte er ihre Gedanken gehört, kam Leben in den Haufen. Langsam begann er, von den Männern wegzurollen. Sam biss in ihren Handballen, um ihn nicht laut anzufeuern. Schneller! Du schaffst es! Doch noch während sie das dachte, erkannte sie, dass es nicht stimmte. Einer der Männer hatte den Fluchtversuch bemerkt. Mit einem kraftvollen Hieb schlug der Mann mit der Schaufel auf das Bündel. Ein dumpfes Geräusch ertönte, das von einem Stöhnen abgelöst wurde, dann war Stille. Nur um sicher zu sein, schlug er noch ein paar Mal zu, bevor er sich wieder zu seinem Kumpan begab und weiter die Kuhle aushob.

Vor Wut und Verzweiflung traten Sam Tränen in die Augen. Was sollte sie tun? Anscheinend wollten die beiden Kerle hier etwas Lebendiges vergraben. Minutenlang beobachtete sie den stillen Haufen. Oder vielleicht hatten sie dieses Etwas bereits mit der Schaufel getötet und vergruben jetzt nur noch die Leiche? Egal, auf jeden Fall waren diese Männer Mörder. Sie würden bestimmt nicht davor zurückschrecken, einen Zeugen auszuschalten. So blieb ihr nichts anderes übrig, als zuzusehen, wie sie das Loch zu Ende schaufelten, die Schaufeln beiseite legten, jeder ein Ende des Bündels aufnahm und es unter Ächzen in die Höhe zog. Dann holten sie Schwung und warfen es in das Erdloch. Sam wartete vergeblich darauf, dass sich das Bündel bewegte und aus seinem Grab herauskroch. Die Männer standen noch eine Weile prüfend daneben, bevor sie damit begannen, die Erde wieder in das Loch zu schaufeln. Ihr höhnisches Gelächter hallte von den Felswänden wider.

»... passiert ... erwischen lässt ...«

»Schlaf schön!«

Sam presste eine Hand vor den Mund und kroch dichter an den Felsblock. Wenn sie doch nur endlich verschwinden würden! Mit zitternden Fingern überprüfte sie, ob ihre kleine Handschaufel noch an ihrem Werkzeuggürtel hing, den sie bei Ausgrabungen immer dabei hatte. Ja, da war sie. Sie machte noch ein paar Fotos und steckte die Kamera dann in die Tasche zurück und schob die entwickelten Fotos hinterher.

Einige Minuten später warfen die Männer ihre Schaufeln wieder in den Lieferwagen, stiegen ein und fuhren mit aufheulendem Motor davon. Obwohl alles in ihr sie dazu drängte, sofort loszulaufen, zwang sie sich, ruhig sitzen zu bleiben, bis sie sicher sein konnte, dass die Verbrecher nicht wiederkommen würden. Vorsichtig kroch sie hinter dem Felsblock hervor und blickte sich aufmerksam um. Nichts war mehr zu sehen oder zu hören. So schnell sie konnte lief sie schließlich zu dem flachen Hügel, den die beiden Männer hinterlassen hatten. Sie stolperte ein paar Mal, fing sich aber immer noch im letzten Moment.

Schwer atmend kniete sie schließlich vor der lockeren Erde. Sam zog ihre Schaufel aus der Schlaufe und hielt zögernd inne. Sie hatte keine Probleme damit, alte Knochen auszubuddeln, aber wenn noch Fleisch daran hing, war das eine ganz andere Sache. Doch sie musste es tun, schließlich konnte das, was in dem Bündel war, noch leben. Selbst wenn nicht, musste sie zumindest wissen, womit sie es zu tun hatte, bevor sie die Polizei verständigte.

Energisch riss sie sich zusammen und versenkte ihre Schaufel in dem trockenen Sand. Zum Glück hatten die Typen keine Lust gehabt, besonders tief zu graben. Bereits nach ein paar Zentimetern stieß sie auf etwas Hartes. Um nicht weitere Verletzungen hervorzurufen, grub sie vorsichtig mit ihren Händen weiter. Schon bald berührten ihre Finger den Stoff des Bündels. Mit grimmig verzogenem Mund entfernte sie weiteren Sand. Durch den Stoff drang Wärme an ihre kalten Hände. Entweder war das Restwärme, oder es lag noch etwas

Lebendiges in dem Loch. Mit der Taschenlampe leuchtete sie auf das Bündel, konnte aber nicht erkennen, um was es sich handelte. Die Lampe zwischen den Zähnen schob sie vorsichtig ihre Finger unter den Stoff. Ohne Vorwarnung glitt etwas um ihr Handgelenk und zog sie nach unten.

II

Vor Schreck fiel ihr die Taschenlampe aus dem Mund, und sie gab ein erschrockenes Quietschen von sich. Panisch riss sie ihren Arm zurück, doch der Griff um ihr Handgelenk löste sich nicht. Sie saß fest. Die Lampe war in den lockeren Sand gefallen, kein Lichtstrahl durchbrach die Finsternis. Mit zitternden Fingern durchwühlte sie den Boden nach der Taschenlampe. Sie musste etwas sehen! Erleichtert atmete sie auf: Sie konnte das kalte Metall der Lampe spüren. Ihre Hand bebte, als sie in das Loch leuchtete. Das Licht auf ihren Arm gerichtet beugte sie sich vor. Was war das?

»Oh, mein Gott!« Wenn sie gekonnt hätte, wäre Sam in diesem Moment geflüchtet. Doch sie wurde immer noch fest gehalten: von einer Hand! Zwar war sie blutig und geschwollen, aber es war dennoch eindeutig eine menschliche Hand. Sam schluckte schwer. Sie musste unbedingt den Kopf des unglücklichen Menschen ausgraben. Hoffentlich war es nicht der letzte Reflex eines sterbenden Körpers gewesen, der sie gefangen hielt. Eilig schob sie den Sand oberhalb der Hand beiseite. Sie unterdrückte ihre Angst, fuhr mit den Fingern über den Stoff und suchte nach einer Öffnung. Schließlich wurde sie fündig: Mit einem Ruck zog sie an dem Stoff, doch sie konnte ihn kaum bewegen. Erneut versuchte sie sich aus dem Griff zu befreien, doch auch diesmal gelang es ihr nicht.

Dann musste sie es eben mit Gewalt probieren. Sie setzte sich, stemmte die Schuhe gegen das Bündel und zog so den Stoff darunter hervor. Sie lauschte dem dumpfen Laut, als sie ihre Beine zurückzog und das Bündel in die Grube zurückfiel. Es missfiel ihr, dem Mann, und es war ein Mann, wenn man von der Größe der Hand und dem Gewicht des Körpers ausging, weitere Schmerzen zufügen zu müssen. Vorsichtig schob sie den feuchten Stoff zur Seite, nur um auf eine weitere Gewebeschicht zu treffen. Das ganze Laken war von oben bis unten blutdurchtränkt. Sorgfältig darauf bedacht, keine weiteren Verletzungen hinzuzufügen, löste sie auch diese Schicht von dem Körper.

Sam zog scharf den Atem ein, als sie schließlich das Gesicht des Mannes sah – vielmehr das, was sie aufgrund der Position zur Hand als sein Gesicht zu erkennen glaubte. Zitternd legte sie einen Finger auf die Halsschlagader und atmete auf, als sie einen schwachen Puls fand. Als Nächstes prüfte sie die Atmung. Erleichtert ließ sie sich zurücksinken, so weit ihr immer noch gefangener Arm das zuließ. Gott sei Dank war er noch am Leben! Aber sie konnte ihn so nicht in der Kälte liegen lassen. Es würde Stunden dauern, bis jemand zu Hilfe kommen konnte. Vorausgesetzt, dass sie auch jemanden mit ihrem alten Funkgerät erreichte. Jetzt bedauerte sie, sich vor ihrer Tour kein Mobiltelefon gekauft zu haben. Aber wie hätte sie ahnen können, dass praktisch vor ihrer »Haustür« ein halb toter Mann vergraben werden würde?

Energisch setzte sie sich auf. Jammern half jetzt nichts, sie musste den Verletzten erst einmal in ihr Zelt bekommen, damit sie sich seine Wunden ansehen konnte. Sie legte eine Hand an seine Wange und sprach ihn an.

»Hallo, können Sie mich hören?« Keine Reaktion. Vorsichtig tätschelte sie seine Wange, aber auch das holte ihn nicht aus seiner Bewusstlosigkeit. Auch ein stärkerer Schlag weckte ihn nicht auf. Was sollte sie tun? Sie wollte ihn nicht noch mehr verletzen, aber liegen lassen konnte sie ihn auch nicht.

»Aufstehen!«

Dieser in sein Ohr gebrüllte Befehl durchdrang seine Bewußtlosigkeit. Langsam schlug er die Augen auf, zumindest versuchte er es. Aber seine Lider waren derart geschwollen, dass er nur durch schmale Schlitze blicken konnte. Verschwommen nahm er über sich einen hellen Fleck wahr. Der Mond? Er kniff die Augen zusammen. Nein, ein Gesicht! Gott, sein Kopf schmerzte. Genauso wie der Rest seines Körpers. Langsam fiel ihm wieder ein, was passiert war. Mit einem Ruck setzte er sich auf. Er hatte es jedenfalls vor, wurde aber von einer sanften Hand zurückgedrückt.

»Es ist alles in Ordnung, die Männer sind weg. Ich will Ihnen nur helfen.« Die klare, ruhige Stimme gehörte jedenfalls nicht zu Chuck oder Tony, so viel war sicher. Aber wo war er? Als hätte sie seine Frage gehört, antwortete die Frau.

»Sie sind mitten im Nirgendwo, etwa fünfzig Meilen von Grand Junction entfernt. Können Sie aufstehen? Wir sollten hier lieber verschwinden, bevor sie noch einmal zurückkommen.« Die Stimme war immer noch ruhig, aber er hörte einen ängstlichen Unterton heraus. Er konnte es ihr nicht verdenken. Er selbst schlotterte noch am ganzen Körper vor Angst. Das war verdammt knapp gewesen. Für seinen Geschmack zu knapp!

»Wenn Sie meinen Arm loslassen, kann ich auch den Rest Ihres Körpers ausgraben.«

Erstaunt versuchte Morgan Spade an sich herunterzublicken. Tatsächlich, von der Brust an abwärts steckte er im Sand. Als ihm klar wurde, dass sie ihn lebendig begraben hatten, überkam ihn eine gewaltige Panik. Hektisch versuchte er sich zu befreien, doch das klappte nicht. Vor Schmerzen aufstöhnend, sank er in den kühlen Sand zurück. Wieder wehte die sanfte Stimme über ihn.

»Ganz ruhig. Bleiben Sie einfach still liegen, dann habe ich Sie in Rekordzeit ausgebuddelt.«

Seltsamerweise vertraute er der Stimme. Er kannte sie nicht, hatte keine Ahnung, zu wem sie gehörte. Aber instinktiv wusste er, dass er sich bei ihr sicher fühlen konnte. Merkwürdig – wahrscheinlich hatte er doch mehr Schläge auf den Kopf bekommen, als gut für ihn waren ... Er atmete tief ein und versuchte die tief wurzelnde Panik zu verdrängen. Das war nicht so einfach, konnte er sich doch noch gut an die scheinbar endlose Fahrt im Lieferwagen erinnern. Sie hatten ihn erst zusammengeschlagen und gefoltert, bevor sie ihn in die Decke gewickelt und in den ungepolsterten Lieferwagen geworfen hatten. Der Fahrer hatte jedes Schlagloch mitgenommen, das es von Grand Junction bis hierher gab. Mit jedem Schlag hatten sich seine Schmerzen verdoppelt, und mehr als einmal war er gnädigerweise in tiefe Bewusstlosigkeit gesunken. Er war erst wieder aufgewacht, als er unsanft auf einem merkwürdig weichen Boden landete. Es war Sand, wie er jetzt erkannte. Sofort hatte er versucht, aus der erstickenden Decke zu entkommen, und damit weitere Schläge und Tritte auf sich gezogen. Mit der geschwollenen Zunge fuhr er vorsichtig über seine Zähne. Erstaunlich, dass noch alle im Mund waren, auch wenn einer ein wenig wackelte. Mit etwas Glück würde er ihn nicht verlieren.

Als hätte er im Moment nicht ganz andere Sorgen! Denn es war alles andere als sicher, ob er die nächsten Tage überleben würde. Sein bitteres Auflachen verwandelte sich rasch in einen keuchenden Husten. Verdammt, das tat weh! Seine Rippen waren vermutlich angebrochen. Seine Niere fühlte sich an, als wäre jemand darauf herumgesprungen. Es graute ihm schon vor dem Moment, wenn sein Gehirn die gesamten Schmerzmeldungen verarbeitet hatte und ihm jede einzelne Verletzung detailliert auflisten würde.

Sam arbeitete so schnell sie konnte, doch es kam ihr wie eine Ewigkeit vor, bis sie endlich die Schaufel beiseite legen konnte. Sie lauschte dem schwachen Husten des Mannes und fragte sich erneut, ob sie ihn würde retten können. Er lag jetzt schwer atmend da, die Augen geschlossen oder vielleicht auch einfach zugeschwollen, die zerschundenen Hände zu Fäusten geballt. Sie konnte sich nicht vorstellen, was er jetzt für Schmerzen haben musste. Vermutlich war er schon vorher verprügelt worden, nicht erst seit die beiden Männer ihn aus dem Lieferwagen ausgeladen hatten. Wer war er? Was für einen Grund konnte jemand haben, einem anderen so etwas anzutun? Sam schüttelte den Kopf. Das war jetzt erst einmal unwichtig. Ihre Aufgabe war jetzt, den Mann möglichst lebendig zu ihrem Zelt zu bringen. Wie sie das allerdings anstellen sollte, war ihr ein Rätsel. Sie war zwar groß und kräftig, aber einen ausgewachsenen Mann vermochte auch sie nicht zu tragen. Aber natürlich, ihr Buggy könnte helfen!

»Wenn Sie hier einen Moment warten, dann hole ich schnell einen fahrbaren Untersatz.« Sie wollte sich gerade abwenden, als sich erneut eine Hand um ihr Handgelenk schloss. Fragend blickte sie ihn an. Sein Mund öffnete sich ein paar Mal, bevor ein Ton herauskam.

»Nein! Hier … weg.«

Sam bemerkte deutlich die Panik in seinen Worten. Nun gut, wenn sie ihn nicht alleine lassen sollte, dann würde er wohl gehen müssen.

»In Ordnung. Ich bleibe bei Ihnen. Aber dann müssen Sie gehen. Können Sie laufen?«

Morgan ließ Sams Hand los und gab ihr ein Zeichen, ihm aufzuhelfen. Sie verstand ihn sofort, stemmte die Füße in den Sand und reichte ihm ihre Hände. Er bemühte sich hochzukommen. Schwankend hing er einen Moment in der Luft, bevor sie ihn an sich zog und er seinen Arm über ihre Schultern legte, um sich aufzustützen. Morgan biss die Zähne zusammen, um nicht laut aufzustöhnen, als ein reißender Schmerz durch seine Seite fuhr. Das Blut sackte aus seinem Kopf und ließ ihn halb besinnungslos an ihr hängen.

Sam drückte ihn an sich, ihr Arm schlang sich um seine Taille, während sie mit der anderen Hand seine Brust stützte. Wie sollte sie ihn so bis zu ihrem Zelt bekommen?

»Fallen Sie mir jetzt bloß nicht in Ohnmacht, ich denke nicht, dass ich Sie tragen kann!«

Mit großer Anstrengung hob Morgan den Kopf und betrachtete durch seine Augenschlitze die Frau, die der einzige Grund dafür war, dass er noch nicht wieder mit der Nase im Sand lag. Vorsichtig atmete er tief durch und mobilisierte seine letzten Kraftreserven.

»Okay.« Mehr brachte er im Moment nicht über seine geschwollenen Lippen. Jeder Atemzug schmerzte, ein eindeutiges Zeichen für eine Rippenverletzung. In seinem Kopf drehte sich alles. Vorsichtig hob er einen Fuß und setzte ihn ein Stück nach vorne. Die Frau bewegte sich mit ihm. Langsam, Schritt für Schritt, gingen sie so durch die dunkle Nacht, geleitet von einem dünnen Lichtstrahl, der aus ihrer Taschenlampe drang. Morgan hoffte nur, dass sie wusste, wohin sie ging. Sie umrundeten gerade einen Hügel, als seine Kräfte ihn endgültig verließen und er zusammensackte.

Sam versuchte ihn zu halten, aber sein Gewicht war einfach zu schwer für sie. Zusammen sanken sie zu Boden. Sie versuchte ihn zum Aufstehen zu bewegen, aber er rührte sich nicht mehr. Verzweifelt blickte sie um sich, aber da war keiner, der ihr helfen könnte. Sie war ganz auf sich allein gestellt. Sie beugte sich vor und sprach dicht an seinem Ohr.

»Bleiben Sie ganz ruhig hier liegen, ich hole meinen Buggy. Ich bin gleich wieder da.«

Sein schwaches Stöhnen klang wie ein Protest, aber darauf konnte Sam jetzt keine Rücksicht mehr nehmen. Sie mussten aus der Kälte heraus, sonst würden sie sich beide den Tod holen. Zitternd rieb sie ihre bloßen Arme. Nach einem letzten Blick auf den scheinbar leblosen Körper lief sie los. Einige Male übersah sie im hüpfenden Strahl ihrer Taschenlampe Gesteinsbrocken oder niedrige Büsche und stolperte. Schließlich erreichte sie außer Atem ihr Lager. Der Wüstenbuggy stand immer noch neben dem Felsen, wo sie ihn vor einer Woche geparkt hatte, nachdem sie nach Vernal zum Einkaufen gefahren war. Sie stürmte in ihr Zelt und blickte sich hektisch um. Wo waren die Schlüssel? Ohne nachzudenken warf sie die Kameratasche auf den Boden und vergaß sie sofort. Mit fahrigen Händen durchsuchte sie die Box, die ihr gleichzeitig als Schreibtisch diente. Er musste hier irgendwo sein! Einen Triumphlaut ausstoßend zog sie ihn unter ihren Papieren hervor. Jetzt musste sie nur noch den Motor zum Laufen bringen.

In der letzten Sekunde warf sie sich noch eine Decke über den Arm. Mit wenigen Schritten war sie am Buggy und schwang sich auf den Sitz. Ihre zitternden Finger drehten den Schlüssel – nichts tat sich. Sie versuchte es erneut, aber der Motor rührte sich nicht. Mit der flachen Hand schlug sie auf das Lenkrad.

»Komm schon, lass mich jetzt nicht im Stich!« Der Motor gab ein Stottern von sich, dann war er wieder still. Verdammt! Noch einmal … Hustend erwachte der Motor zum Leben. Sam ließ ihn zur Sicherheit eine Weile im Leerlauf, dann legte sie einen Gang ein und fuhr so schnell sie es wagte zu der Stelle, an der sie den Verletzten zurückgelassen hatte.

Aber als sie ankam, war er verschwunden. Ungläubig blickte Sam auf den Sand, wo im Schein der Taschenlampe noch deutlich der Abdruck seines Körpers zu sehen war. Wo war er hin? Mit Unbehagen schaute sie sich um. Waren die Männer etwa doch noch einmal zurückgekommen, um ihr schmutziges Werk zu vollenden? Sie kniete sich in den Sand und betrachtete die Spuren genauer. Nein, außer ihnen war niemand hier gewesen. Erleichtert atmete sie auf. Ihr war klar, dass auch sie getötet worden wäre, wenn die Männer sie hier entdeckt hätten, zusammen mit ihrem Opfer. Doch wo war der Mann geblieben? Sie folgte der Spur im aufgewühlten Boden und bewegte sich langsam auf die Felsen zu. Erstaunlich, wie viel Kraft er noch gehabt hatte. Schließlich wurde sie in einer engen Felsspalte fündig. Sam seufzte, während sie den ruhenden Körper des Mannes betrachtete. Wie sollte sie ihn da wieder herausbekommen? Dann kam ihr ein schrecklicher Gedanke: Lebte er überhaupt noch? Vorsichtig beugte sie sich über ihn und legte ihre Hand auf seinen Brustkorb. Das stete Pochen seines Herzens beruhigte sie.

»Sind Sie wach?«

Keine Antwort. Sie hatte auch nicht damit gerechnet. Jetzt ging das gleiche Spiel von vorne los! Sam drehte sich um und kletterte zu ihrem Buggy hinunter. Vielleicht würde etwas Wasser ihn beleben? Sie holte die gefüllte Wasserflasche, die sie dort immer als Reserve verstaut hatte, unter dem Beifahrersitz hervor und kehrte zu dem Bewusstlosen zurück. Vorsichtig träufelte sie etwas Wasser auf seine geschwollenen und aufgeplatzten Lippen. Als das kühle Nass mit ihnen in Berührung kam, öffneten sie sich automatisch. Eine Hand hob sich und umschloss Sams, um die Flasche an Ort und Stelle zu halten. Sam ließ noch etwas mehr Wasser in den Mund tropfen, dann zog sie die Flasche fort. Ein protestierendes Stöhnen entfuhr dem Verletzten.

»Mehr!«

Sam schüttelte bedauernd den Kopf. »Nein, jetzt nicht. Es tut mir Leid, aber wir müssen hier weg. In meinem Zelt habe ich Verbandszeug, etwas zu essen und eine bequeme Liege.«

Morgan öffnete vorsichtig die Augen, zumindest so weit, wie es die geschwollenen Lider zuließen. Er erkannte die Frau von vorhin. Sie war also zurückgekommen. Als er aus seiner Bewusstlosigkeit aufgewacht war, war er ganz alleine gewesen. Er hatte schon gedacht, sie hätte sich aus dem Staub gemacht, was er ihr auch nicht hätte verdenken können. Es war bestimmt ziemlich beängstigend, wenn man als Frau alleine im Nirgendwo plötzlich auf einen lebend begrabenen und schwer verletzten Mann traf. Was machte eigentlich eine Frau in dieser Gegend? War sie alleine, oder gab es da noch jemand anderen? Egal, solange sie ihm wieder auf die Füße half. Es würde ihm zu wenig Zeit bleiben, um etwas über sie herauszufinden. Er musste verschwinden, solange Whites Männer noch glaubten, er würde in seinem Grab verwesen. Das Problem war, dass er sich im Moment noch nicht einmal ohne Hilfe aufrichten konnte. Schweiß brach ihm aus und brannte in den offenen Wunden. Er hatte seine Stärke bisher immer als selbstverständlich betrachtet, doch im Moment hätte er noch nicht einmal ein Küken hochheben können, so schwach fühlte er sich.

Mit vereinten Anstrengungen gelang es schließlich, Morgan aus der Felsspalte zu ziehen und die bröckeligen Felsen hinunterzubugsieren. Wie war er überhaupt hier heraufgekommen? Er konnte sich nicht mehr erinnern. Hoffentlich war sein Gedächtnisverlust nur von kurzer Dauer und deutete nicht auf schwerwiegendere Verletzungen des Gehirns hin. Sehr gut konnte er sich allerdings daran erinnern, wie Gerald White in seine Haare gegriffen und seinen Kopf mit Wucht mehrmals an die Wand geschlagen hatte. Eine Erinnerung, die er gerne vergessen würde, hatte er doch schon genug Kopfschmerzen.

III

Sam zuckte mitfühlend zusammen, als sie das Stöhnen des Mannes hörte. Der Buggy eignete sich einfach nicht für den Transport von Verletzten. Die Sitze waren hart, der Innenraum eng, und die Stoßdämpfer ließen sehr zu wünschen übrig. Jede Erschütterung musste ihm schrecklich wehtun. Aber außer einem gelegentlichen Stöhnen gab er keinen Laut von sich. Vielleicht war er aber auch schon wieder bewusstlos. Seine Augen waren geschlossen, den Kopf hatte er gegen den Sitz gelehnt. Sam konnte sich nur vage vorstellen, wie es ihm jetzt ging. Bis auf ein paar leichtere Prellungen oder Schnittwunden, die sie sich bei der Arbeit zugezogen hatte, war sie noch nie im Leben verletzt gewesen. Wenn sie beobachtete, welche Qualen der Unbekannte im Moment durchlebte, war sie dafür sehr dankbar. Erleichtert atmete sie auf, als endlich ihr Zelt im schwachen Licht des Mondes auftauchte. Sie parkte den Buggy direkt vorm Eingang, damit sie den Verletzten so schnell wie möglich ins Bett bekam. Sie stellte den Motor ab und wandte sich um.

»Wie geht es Ihnen?«

Morgan öffnete mit Mühe die Augen und blickte auf die verschwommenen Umrisse der Frau. Er bemühte sich, seinen verkrampften Kiefer zu lösen, um ihr zu antworten.

»Ging schon … besser.« Sofort schüttelte ihn ein heftiger Hustenkrampf. Seine Lunge fühlte sich an, als würde sie zerbersten. Ein scharfer Schmerz fuhr durch seinen Kopf. Halb besinnungslos hing er im Sitz, nur aufrecht gehalten von ihrem stützenden Arm. Er spürte den besorgten Blick seiner Retterin auf sich ruhen. Er hätte sie gerne beruhigt, doch momentan wusste er selbst nicht genau, ob er überleben würde – ob er es überhaupt wollte. Er hatte versagt und war erwischt worden; sieben Monate völlig umsonst. Der Druck hinter seinen Augen verstärkte sich. *Verzeih mir, Mara.*

Nach scheinbar endlosen Minuten hatte sich der Husten so weit beruhigt, dass Sam den Mann mit schwacher Mithilfe aus dem Buggy ins Zelt bugsieren konnte. So sanft wie möglich ließ sie ihn auf das Feldbett sinken, von dem sie vorher die Bettdecke entfernt hatte. Natürlich war das nicht die beste Art, einen Kranken zu betten, aber eine andere Möglichkeit hatte sie hier nicht. Neben dem Bett und der Kiste, die gleichzeitig als Tisch diente, hatte sie nur noch ein paar weitere Kisten hinter dem Kopfteil des Bettes als Regal aufgebaut. Hier hatte sie ihre Bücher und einigen Krimskrams verstaut. Sie knipste die generatorbetriebene Lampe an und stellte sie in das Regal, um besser sehen zu können. Obwohl sie bereits im Licht ihrer kleinen Taschenlampe die Verletzungen gesehen hatte, erschrak sie zutiefst. Wie sollte sie diesem Mann helfen? Sie hatte nur rudimentäre Kenntnisse in erster Hilfe, gerade genug, um oberflächliche Verletzungen zu verbinden. Was war, wenn die Schnitte an seinem Kopf tiefer waren oder er sogar innere Verletzungen hatte? Seine Hustenanfälle und sein schwerer Atem schienen das nahe zu legen. Als er erneut stöhnte, riss Sam sich zusammen. Sie würde ihn jetzt zusammenflicken, so gut es ging, und dann gleich morgen Früh in ein Krankenhaus bringen. Eine andere Lösung gab es nicht. Entschlossen füllte sie eine Schüssel mit Wasser, das sie zuvor über ihrem Gaskocher leicht erhitzt hatte, zog die dünnen Handschuhe an, die sie in ihrem Verbandskasten gefunden hatte, und machte sich daran, die verschmutzte und zerrissene Kleidung des Fremden zu entfernen.

Jedes Stück Haut, das sie freilegte, zeugte davon, durch welche Hölle der Mann gegangen war. Überall waren blutige Stellen, riesige Blutergüsse und Schwellungen zu erkennen. Es war klar, dass diese Verletzungen nicht alle in der kurzen Zeit entstanden waren, in der sie den Männern dabei zugesehen hatte. Nein, viele davon waren augenscheinlich schon Stunden, wenn nicht sogar Tage alt. Was konnte er getan haben, dass ihm eine solche Bestrafung zuteil geworden war? Sam schüttelte entschlossen den Kopf. Das war jetzt unwichtig. Sie musste sich darauf konzentrieren, ihn zu verarzten. Alles andere war nebensächlich.

Vorsichtig schob sie die Arme des Mannes aus den Ärmeln seines zerfetzten T-Shirts. Gemeinsam mit ihm zuckte sie zusammen, als sie dabei an seine bläulich verfärbten Rippen stieß. Verdammt, so ging das nicht. Kurz entschlossen holte sie eine Schere aus einer Kiste und schnitt den Rest des T-Shirts auf. Immerhin konnte sie ihm so einige Schmerzen ersparen.

Sam tauchte einen Lappen in das lauwarme Wasser und wrang ihn aus. Wo sollte sie anfangen? Hilflos blickte sie vom Kopf über die Brust bis zu den Spitzen seiner abgenutzten Cowboystiefel. Ihr Blick wanderte zu seinem zerschundenen Gesicht zurück. Am besten oben. Sie setzte sich neben ihn auf das Feldbett und senkte vorsichtig den Lappen auf seine blutverschmierte Stirn. Der Mann atmete heftig aus, rührte sich sonst aber nicht. Gut, wahrscheinlich war es besser, wenn er für die Zeit, in der sie seine Wunden versorgte, bewusstlos war. Vorsichtig wusch sie sein Gesicht, entfernte Dreck und Blut. An seiner Schläfe hatte er einen tiefen Schnitt, der sofort wieder anfing zu bluten, als sie mit dem Lappen darüber fuhr. Sam öffnete den Verbandskasten, den sie zu jeder Ausgrabung mitnahm, und suchte eine Blut stillende Kompresse heraus. Mit den Zähnen riss sie die sterile Verpackung auf und platzierte die Watte vorsichtig auf der Wunde. Bereits nach kurzer Zeit war sie wieder durchgeblutet. Diesen Vorgang wiederholte sie einige Male, bevor sie ein Schmetterlingspflaster über den Schnitt klebte und den Kopf mit einem Verband umwickelte. Hoffentlich half das Pflaster dabei, die Blutung zu stoppen und den Schnitt zu schließen. Ihr Vorrat an Verbandsmaterial war sehr begrenzt, und sie wusste nicht, welche anderen Verletzungen sich noch unter seiner Kleidung verbargen.

Sie war froh, dass sie nicht den schwachen Magen ihres Bruders hatte. Reys Gesicht färbte sich bereits grün, sowie er nur einen Tropfen Blut sah, besonders sein eigenes. Sam sah lächelnd bei dieser Erinnerung auf. Was ihr großer Bruder wohl gerade tat? War er immer noch mit seinem kleinen Segelboot unterwegs? Ihr fiel auf, dass sie wieder einmal vergessen hatte, sich bei ihrer Familie zu melden. Häufig war sie so in ihre Arbeit vertieft, dass sie überhaupt nicht merkte, wie viel Zeit verging. Einer der wenigen Streitpunkte mit ihren Eltern. Sie beschwerten sich häufiger, dass sie überhaupt nicht wussten, was in Samanthas Leben vor sich ging, weil sie sich nie meldete. Sie sagten immer, sie könnte bereits verheiratet sein und drei Kinder haben, ohne dass sie davon etwas erfahren hätten. Sam schnaubte. Ja, sicher – aber bisher hatte sich ihr kaum ein Mann bis auf mehr als drei Meter genähert, mal abgesehen von solchen Widerlingen wie ihrem Professor. Anscheinend schreckten ihre stattliche Größe und ihre geradlinige Art viele Männer ab, bevor sie sie überhaupt erst richtig kennen lernen konnten.

Ein lautes Stöhnen riss Sam aus ihren trüben Gedanken. Sofort beugte sie sich wieder über den Verletzten. Sie würde ihm jetzt erst einmal helfen, aber sobald sie ihn morgen im Krankenhaus abgeliefert hatte, würde sie ihre Eltern anrufen. Heute war ihr zum ersten Mal richtig bewusst geworden, wie schnell ein Leben enden konnte. Sie bekam eine Gänsehaut: Nur wenige Minuten später hätte sie vielleicht eine Leiche ausgegraben. Sam blickte auf den Fremden herunter. Viel konnte sie nicht von ihm erkennen, seine Züge waren einfach zu sehr durch Schwellungen und Blutergüsse verunstaltet. Wahrscheinlich würde sie ihn in ein paar Wochen auf der Straße nicht wiedererkennen. Was vielleicht auch nicht schlecht war, schließlich konnte er ebenso gut ein Verbrecher sein wie seine beiden Häscher. Aber das war jetzt nebensächlich, sie würde ihm helfen, egal, wer er war.

Nachdem sie sein Gesicht gesäubert hatte, fuhr sie vorsichtig mit den Händen durch sein dichtes, dunkles Haar, um nach versteckten Verletzungen zu suchen. Sie schnitt eine Grimasse, als sie eine riesige Beule ertastete. Das gab sicher höllische Kopfschmerzen. Wenn er nicht sogar eine Gehirnerschütterung davongetragen hatte. Besorgt betrachtete sie den Bewusstlosen. Half ihm die Ohnmacht bei der Heilung, oder konnte es sein, dass er eine Kopfverletzung hatte und irgendwann einfach nicht mehr aufwachen würde? Zur Sicherheit würde sie ihn einfach in regelmäßigen Abständen wecken. Jetzt musste sie sich erst einmal um seine Brust kümmern. Der riesige Bluterguss auf seinem Brustkorb schillerte bereits in allen Farben. Vermutlich waren auch seine Rippen verletzt, doch das würde sich erst durch eine Röntgenaufnahme sicher feststellen lassen.

Sie führte den Waschlappen so sanft wie möglich über seinen Körper. Trotzdem wand er sich stöhnend auf der schmalen Liege. Schweiß sammelte sich auf seiner Haut. Sam biss sich auf ihre Lippe und setzte ihre Arbeit fort. Vorsichtig strich sie eine kühlende Salbe auf die Prellungen und umwickelte den breiten Brustkorb mit einem stützenden Verband. Danach säuberte sie die Arme des Mannes, versorgte die Schnitte und Kratzer mit desinfizierender Creme und gab Salbe auf die Prellungen. Zögernd blickte sie auf die in engen Jeans steckenden Beine des Mannes. Es widerstrebte ihr, einen völlig Fremden auszuziehen. Aber noch weniger wollte sie ihn verbluten lassen, falls er noch weitere Verletzungen haben sollte. Also stand sie auf und ging zum Fußende des Bettes. Sam legte beide Hände um einen Cowboystiefel und zog. Nichts passierte. Verdammt, warum musste der Typ auch solche blöden Stiefel tragen? Nette, flache Slipper hätten es wohl nicht getan! Seufzend blickte sie den Mann an. Er würde ihr bestimmt nicht dabei helfen können. Frustriert strich sie durch ihre kurzen Haare.

Schließlich spreizte sie die Beine des Mannes, kletterte auf das Feldbett und klemmte sein Bein zwischen ihre Oberschenkel ein. Sein Stöhnen ignorierend – er war schließlich selbst schuld, wenn er solch dämliche Cowboystiefel trug – zog sie erneut am Hacken. Nach einiger Kraftanstrengung löste sich der Stiefel und fiel polternd zu Boden. Sam wischte sich den Schweiß von der Stirn. Seufzend wechselte sie die Seite und entfernte nach langem Ringen auch diesen Stiefel. Eine enge Jeans – ob das wohl sein musste? Sie hasste diese Cowboys, die überhaupt nicht daran dachten, wie schwer es für eine Frau war, ihre Kleidung bei Bewusstlosigkeit zu entfernen. Sam kicherte. Erschrocken presste sie eine Hand vor ihren Mund. Es schien, als käme der durch die Ereignisse verursachte Schock jetzt erst richtig durch. Ihre Gedanken waren wirr und eindeutig verrückt. Sie musste den Mann so schnell es ging fertig verarzten, bevor sie noch zusammenbrach.

So vorsichtig wie möglich zog sie die Jeans an seinen langen Beinen herunter und über seine mit ehemals wohl weißen Tennissocken bekleideten Füße. Auch die Hose und die Socken waren verschmutzt und von Blut getränkt. Als Ursache fand sie eine große Wunde an seiner Hüfte, direkt unter dem Band seines grünen Slips. Der lange, offene Riss sonderte stetig Blut ab. Sam wusch um die Wunde herum und hoffte, dass sämtliche Fremdkörper und Bakterien von selbst herausgespült wurden. Ein Blick in den Verbandskasten zeigte ihr, dass sie nichts hatte, mit dem sie das Blut stillen konnte. Aber irgendetwas musste sie tun, sonst würde er womöglich in ihrem Bett verbluten. Ein Gedanke schoss ihr durch den Kopf. Nein, das konnte sie nicht tun. Oder doch?

Ihre Knie knackten, als sie abrupt aufstand. Einen Versuch war es auf jeden Fall wert. Mit zwei Schritten war sie bei ihrer Reisetasche und durchwühlte sie. Triumphierend hielt sie den gesuchten Gegenstand in die Höhe. Perfekt! Sie entfernte die Hülle, beugte sich über das verletzte Bein und platzierte ihn über der Wunde. Sam begutachtete ihr Werk und grinste dann. So dicht würde der Mann dem Tragen eines Tampons wahrscheinlich nie wieder kommen. Energisch unterdrückte sie ihre Heiterkeit und umwickelte das Bein fest mit Bandagen. Nachdem sie auch den Rest seines Körpers gewaschen hatte, beschloss sie, auch auf der Rückseite nach Wunden zu suchen. Bei den Beinen war das nicht weiter schwer, sie hob sie hoch und untersuchte sie. Beruhigt, als sie nur weitere Prellungen und Kratzer entdeckte, wandte sie sich dem Oberkörper zu. Wie sollte sie ihn bewegen, ohne ihm weitere Schmerzen zuzufügen? Schließlich hob sie ihn nur wenige Zentimeter an und fuhr dann die weite Fläche seines Rückens mit der Hand nach, um sicherzustellen, dass er nicht noch irgendwo blutete. Als sie nichts entdeckte, atmete sie erleichtert auf.

Am Ende ihrer Kräfte richtete sie sich langsam auf. Sie nahm die Decke vom Boden auf und breitete sie über den regungslosen Körper. Damit er nicht fror, steckte sie die Ecken unter der Matratze fest. Anschließend holte sie eine Wasserflasche aus ihren Vorräten und setzte sich auf die Bettkante. Wie zuvor schon in der Felsspalte ließ sie auch diesmal wieder etwas Wasser auf die trockenen Lippen des Mannes tropfen. Seine Zungenspitze strich gierig über die Feuchtigkeit. Langsam öffneten sich seine Augen zu Schlitzen. Unter der Bettdecke bewegten sich seine Hände unruhig hin und her.

»Bitte ...«

Mit einer Hand stützte Sam seinen Kopf und flößte ihm vorsichtig etwas mehr Wasser ein. Nachdem sie meinte, dass er genug getrunken hatte, ließ sie seinen Kopf wieder auf das Kissen sinken und stellte die Flasche beiseite.

»Mehr gebe ich Ihnen erst mal nicht, ich weiß nicht, ob Sie vielleicht innere Verletzungen haben und das Wasser Ihnen mehr schadet als nützt.«

Morgan konzentrierte sich auf die sanfte Stimme, um nicht sofort wieder in die Bewusstlosigkeit zu versinken. Er musste noch etwas loswerden.

»Morgen bringe ich Sie dann in ein Krankenhaus ...«

»Nein!«

Vor Schreck sprang Sam vom Bett auf und stieß die Wasserflasche um. Der Mann versuchte, sich aufzurichten, sank dann aber mit einem Schmerzenslaut zurück. Schwer atmend lag er auf dem Bett, die Hände zu Fäusten geballt. Sam blickte ihn misstrauisch an und hielt Abstand. Was hatte ihn so aufgeregt? Dass sie ihm kein Wasser mehr geben wollte oder der Hinweis auf das Krankenhaus? Bei seinen schweren Verletzungen musste er einfach in ein Krankenhaus, daran führte kein Weg vorbei.

Morgan kämpfte gegen eine Welle des Schmerzes an, die ihn schwach und halb besinnungslos zurückließ. Verdammt, er musste wach bleiben! Er biss die Zähne zusammen und konzentrierte sich auf die verschwommene Kontur der Frau. Es war klar, dass er sie erschreckt hatte, sie hielt seitdem einen deutlichen Abstand zu ihm. Seine Finger fuhren über seine schmerzende Brust und erfühlten einen Verband. Anscheinend hatte sie ihn so gut es ging wieder zusammengeflickt, während er im Reich der Träume geschwebt hatte. Es gefiel ihm überhaupt nicht, nicht Herr der Lage zu sein. Sein sonst immer so verlässlicher Körper versagte ihm diesmal total den Dienst. Er war sogar zu schwach, die Bettdecke anzuheben, konnte also nicht prüfen, ob überhaupt noch alle Körperteile vorhanden waren.

»Es ist noch alles da.«

Abrupt ließ er seine Hände sinken. Mit Mühe drehte er seinen Kopf zur Seite, um die Frau betrachten zu können. Doch so sehr er sich auch anstrengte, es gelang ihm nicht, sie scharf und deutlich zu sehen. Er konnte nur erkennen, dass sie für eine Frau recht groß war und kurzes, dunkles Haar hatte. Alle weiteren Details blieben ihm verborgen. Aber im Grunde war es auch egal, wie sie aussah, er brauchte ihre Hilfe. Er musste ihr unbedingt begreiflich machen, dass es besser war, ihn nicht in ein Krankenhaus oder zur Polizei zu bringen. Denn damit würde man ihn der Verfolgung aussetzen.

»Tut … mir … Leid. Wollte Sie … nicht erschrecken.« Schon diese wenigen Worte lösten wieder einen Hustenanfall aus. Keuchend versuchte er sich zu beruhigen, denn jeder Atemzug verursachte seinen verletzten Rippen kaum zu ertragende Schmerzen. Nachdem er wieder zur Ruhe gekommen war, merkte er, dass die Frau näher gekommen war. Prüfend blickte sie ihn an, wahrscheinlich um zu entscheiden, ob er sich im nächsten Moment auf sie stürzen würde. Morgan bemühte sich, möglichst harmlos zu wirken. Aber bei seinem derzeitigen Aussehen war das wahrscheinlich vergebliche Liebesmüh. Er bewunderte den Mut seiner Retterin, als sie sich vorsichtig auf die Kante des Bettes setzte und ihn forschend betrachtete. Jetzt, wo sie näher war, konnte er erkennen, dass sie blaue Augen hatte. Ein reines, tiefes Blau, durch das man direkt in sie hineinblicken konnte. Im Moment blickten sie wachsam und … besorgt. Etwa um ihn? Diesen Umstand konnte er bestimmt zu seinem Vorteil nutzen. Normalerweise widerstrebte es ihm zwar, andere Menschen zu benutzen, aber in diesem Fall musste er es tun. Sie war seine einzige Chance.

»Was meinten Sie mit ›nein‹?« Selbst ihre Stimme klang ehrlich. Klar und ruhig, als säße sie beim Nachmittagstee.

Dabei hätte er wetten können, dass sie noch nie in einer Situation wie dieser gesteckt hatte. Er allerdings auch nicht. Flach atmete er durch.

»Bringen Sie mich nicht … in ein Krankenhaus. Zu gefährlich.«

Stirnrunzelnd blickte sie ihn an. »Ich habe Sie zwar verbunden, aber ich habe keine Ahnung von Medizin. Vielleicht haben Sie innere Verletzungen, und Ihre Rippen sehen auch nicht gut aus. Sie müssen in ein Krankenhaus!«

Morgan schloss die Augen. Sie hatte ja Recht, aber er war lieber verletzt als tot. Und wenn er sich irgendwo in der Nähe blicken ließ, wäre er schon so gut wie tot.

IV

»Männer … sind hinter mir her. Wenn sie erfahren, dass ich noch … lebe, werden sie mich jagen und dann töten.«

In ihren Augen standen viele Fragezeichen, doch sie stellte nur die eine Frage:

»Was haben Sie getan?«

Morgans Mundwinkel bog sich widerwillig nach oben, dann schnitt er eine Grimasse, als der Schmerz seinen Kiefer durchzuckte.

»Besser, wenn Sie das nicht wissen … sicherer für Sie.«

Sam blickte den Mann eine Weile schweigend an. Okay, in diesem Punkt mochte er Recht haben. Sie war sich auch nicht sicher, ob sie es wirklich wissen wollte. Aber irgendwie musste sie diesen Mann doch zu einem Arzt bringen. Sie würde sich ewig Vorwürfe machen, wenn er sterben sollte, nur weil sie ihn nicht ausreichend versorgen konnte.

»Ich kann auch versuchen, über mein Funkgerät die Polizei zu erreichen, dann wären Sie beschützt.« Noch bevor Sam zu Ende gesprochen hatte, war ihr klar, dass er auch diesen Vorschlag ablehnen würde.

»Keine Polizei.«

Seufzend rieb sie sich die Stirn. Was sollte sie tun?

»Soll ich jemand anderen für Sie benachrichtigen?«

Morgan dachte kurz an seinen kleinen Bruder, verwarf diesen Gedanken aber sofort. Joe sollte nicht auch noch mit in diese Geschichte hineingezogen werden. Das war zu gefährlich. Wenn er sterben würde, wäre auch das letzte Mitglied seiner Familie verschwunden. Dann gäbe es auch für ihn, Morgan, keinen Grund mehr zu leben … Nein, so stimmte das auch nicht ganz. Bis vor einem Jahr war er eigentlich mit seinem Leben recht zufrieden gewesen. Er war in seiner Arbeit und seiner Freiheit aufgegangen. Als er dann eines Abends von einem auswärtigen Job zurückgekommen war, hatte er auf seinem Anrufbeantworter die Nachricht vorgefunden …

Mit einem Ruck kehrte Morgan in die Wirklichkeit zurück. Erst jetzt spürte er die kühle Hand, die seine Faust umfasste. Blicklos starrte er auf die schlanken, gebräunten Finger und erinnerte sich an eine andere, kleinere Hand, die vertrauensvoll in seiner gelegen hatte. Sein Hals zog sich zusammen, und ein Schmerz ganz anderer Art brannte in seiner Brust. *Mein Gott, Mara, was habe ich getan?* Von Gefühlen überwältigt schloss er die Augen. Tränen brannten hinter seinen geschlossenen Lidern. Nach einigen Minuten hatte er sich so weit im Griff, dass er die Augen wieder öffnen konnte. Die Hand der Frau lag immer noch auf seiner, doch jetzt hatte sie die Augen geschlossen. Während er in Selbstmitleid gebadet hatte, war seine Retterin von der Müdigkeit überwältigt worden.

»Gehen Sie schlafen.«

Bereits bei seinem ersten Wort war Sam aufgeschreckt und blickte sich nun orientierungslos um. Ihr Blick fiel auf den zerschundenen Fremden, der in ihrem Bett lag. Ihre Hand lag immer noch auf seiner. Schnell zog sie sie zurück und sprang auf.

»Tut mir Leid, ich hatte einen langen Tag. Soll ich nun jemanden für Sie kontaktieren?«

»Nein. Aber es wäre nett, wenn Sie mich morgen irgendwo in der Zivilisation absetzen könnten. Ich finde dann meinen Weg.« Das Sprechen fiel ihm jetzt schon leichter.

Sam betrachtete ihn aufmerksam. Es widerstrebte ihr, einen Verletzten einfach sich selbst zu überlassen. Aber wenn er darauf bestand, konnte sie nichts machen. Außer vielleicht, ihn ans Bett zu fesseln. Aber das ging dann wohl doch zu weit. Vielleicht würde er ja zu einem Arzt gehen, wenn sie ihn in eine Stadt brachte. So oder so, ihre Aufgabe wäre damit erledigt, und sie könnte sich wieder ihrer Ausgrabung widmen.

Morgan konnte merken, dass sie sich entschied, das zu tun, worum er sie gebeten hatte. Er konnte kaum noch klar denken, das Hämmern in seinem Kopf wurde immer schlimmer.

»Haben Sie Kopfschmerztabletten?«

Sam schlug sich im Geiste vor die Stirn. Mit der riesigen Beule hatte er bestimmt starke Kopfschmerzen. Rasch wühlte sie in ihrem Kulturbeutel und fand schließlich die Tabletten. »Drei?«

»Ja, danke.«

Sam reichte ihm die Tabletten, holte die Wasserflasche und schob wieder ihre Hand hinter seinen Kopf, um ihn zu stützen. Dabei bemerkte sie, dass der Nacken ziemlich heiß war. Als er die Kopfschmerztabletten heruntergespült hatte, legte sie ihre Hand auf seine Stirn. Auch sie war recht warm.

»Hoffentlich bekommen Sie kein Fieber, Sie fühlen sich ziemlich warm an.« Sorgenvoll betrachtete sie sein schweißglänzendes Gesicht. Das sah gar nicht gut aus. Vielleicht senkten die Tabletten auch seine Temperatur? Sie hatte nichts anderes, was sie ihm geben konnte. Wenn sie ihn morgen die fünfzig Meilen bis zur Stadt fahren sollte, dann musste er zumindest ansprechbar sein. Sie konnte ihn nicht zum Buggy tragen und auch nicht einfach irgendwo in der Stadt ausladen, wenn er nicht bei Sinnen war. Seufzend strich sie seine Bettdecke glatt und wünschte ihm dann eine gute Nacht. Es kam keine Antwort, er war schon wieder eingeschlafen. Das war wahrscheinlich auch das Beste für ihn, so spürte er vielleicht keine Schmerzen mehr.

Todmüde stand sie auf und streckte sich. Die Erlebnisse hatten sie völlig verkrampft, aber sie hatte jetzt nicht mehr den Nerv für ihre üblichen Lockerungsübungen, das musste warten. Sie nahm eine dicke Fleecejacke aus ihrer Reisetasche und zog sie an, eine weitere Jacke wählte sie als Kopfkissen. Mit der Taschenlampe in der Hand schaltete sie die Lampe aus, legte die Decke auf den harten Boden und wickelte sich darin ein. Ohne die Lichtquelle der Taschenlampe versuchte sie schließlich, es sich halbwegs gemütlich zu machen. Leichter gesagt als getan, es war schon einige Zeit her, seit sie das letzte Mal auf dem Boden geschlafen hatte. Ihre verkrampften Muskeln trugen auch nicht gerade zu ihrem Wohlbefinden bei. Ein Stein piekste durch die dünne Plane des Zeltes direkt in ihre Hüfte. Fluchend rückte sie ein Stück zur Seite. Ein Königreich für eine Luftmatratze! Mit weit geöffneten Augen starrte sie schließlich in die Dunkelheit und lauschte den gequälten Atemzügen des Fremden, bis der Schlaf sie übermannte.

Gerald White hob verärgert den Kopf von der bequemen Liege, auf der er gerade eine sehr erotische Massage genoss, als es an der Tür klopfte. Wer wagte es, ihn jetzt zu stören? Seine Angestellten wussten, dass sie ihn nur in Ausnahmesituationen in seinen Privaträumen belästigen durften. Er gab der sehr knapp bekleideten Masseuse ein Zeichen, ihm ein Handtuch zu reichen und dann die Tür zu öffnen. Sie gehorchte wortlos, wie beinahe jeder es tat, der mit ihm zu tun hatte – sowohl geschäftlich als auch privat. Die einzige Ausnahme lag im Moment hoffentlich bereits einige Meter tief in der Erde. Gerald seufzte, als er sich das kleine Handtuch um die Hüften band. Er hatte gehofft, Frank Tanner würde sich zu einem idealen zweiten Mann zurechtstutzen lassen. Er war intelligent und gut aussehend. Leider hatte sich herausgestellt, dass Tanner eigene Ziele verfolgte, die sich mit Geralds Interessen überhaupt nicht vertrugen. Er hatte ihn dabei erwischt, wie er letzte Nacht in seinem Büro herumgeschnüffelt hatte. Wahrscheinlich war er ein Undercover-Cop oder FBI-Agent, der Beweise für seine Drogengeschäfte suchte. Aber das hatte ihm auch nicht geholfen. Gerald White machte keine Unterschiede. Feind blieb Feind. Und er hatte noch nie jemanden am Leben gelassen, der ihn betrogen hatte. Auch keinen Freund.

Gerald betrachtete schweigend die beiden staubbedeckten Männer, die unter seinem ruhigen Blick unbehaglich von einem Bein auf das andere traten. Mit einer weiteren Handbewegung schickte er die Masseuse aus dem Zimmer.

»Nun?«

Der ältere der beiden Männer räusperte sich.

»Aufgabe erledigt, Boss.«

»Ist er tot?« Geralds harte Stimme peitschte durch den Raum. Die Männer zuckten zusammen.

»Ja-a, Boss.« Chucks Stimme verriet, wie gerne er jetzt woanders wäre. Obwohl Gerald zwanzig Jahre jünger war als er, gab es keine Frage, wer hier das Sagen hatte. Der stechende Blick aus diesen unheimlichen hellgrünen Augen ging ihm jedes Mal an die Nieren. Es war, als könnte Gerald White ihm bis in die Seele blicken. Zusammen mit den schwarzen Haaren wirkte er wie der Teufel persönlich. Ein kalter Schauder überlief Chuck. Er hoffte, dass sein Boss nie einen Grund fand, ihn, Chuck, beseitigen zu lassen. Frank Tanner hatte seine Strafe zumindest nicht gefallen, so viel war sicher.

»Was sagst du dazu, Tony?«

Der jüngere Mann zuckte zusammen. Er war noch nicht lange bei Whites Bande, aber er hatte gelernt, sich vor Gerald Whites Launen zu fürchten.

»Wie Chuck sagte, Boss, mausetot.«

Gerald runzelte die Stirn. Das war zu schnell gekommen. Er blickte die beiden schwitzenden Männer scharf an. Sie würden ihn doch wohl nicht anlügen?

»Details!«

»Wir haben alles so gemacht, wie du gesagt hast, Boss. Wir sind in die Wüste gefahren, haben uns eine geeignete Stelle ausgesucht und ihn dort begraben.«

Gerald zog eine Augenbraue in die Höhe. »Und er war wirklich tot?«

»Ja, natürlich, Boss. Das heißt, bestimmt war er tot. Wir haben ihn mit den Schaufeln geschlagen, bis er sich nicht mehr gerührt hat, und ihn dann eingebuddelt. Wenn er da noch nicht tot war, ist er es jetzt auf jeden Fall.«

Gerald trat ganz dicht an Tony heran. Sein massiver, gebräunter und von Massageöl glänzender Körper veranlasste den Mann, automatisch einen Schritt zurückzuweichen.

»Ihr habt also nicht nachgeprüft, ob er wirklich tot war?« Seine leise, ruhige Stimme war beängstigender, als wenn er geschrien hätte. Tony zuckte zusammen wie unter einem Peitschenhieb.

»Äh, nein, Boss. Wir dachten …«

Gerald unterbrach ihn. »Ich bezahle euch nicht fürs Denken, sondern dafür, dass ihr genau das tut, was ich euch auftrage.« Beide Männer nickten stumm. Es war besser, den Boss in dieser Stimmung nicht zu reizen. »Ihr werdet sofort zurückfahren und nachsehen, ob er wirklich tot ist.«

»Aber im Dunkeln finden wir die Stelle garantiert nicht wieder!«

Gerald betrachtete sie kalt. »Das ist doch wohl euer Problem, oder? Dann werdet ihr eben so lange suchen, bis ihr sie findet. Und dann bringt ihr mir einen Beweis mit, dass dieser Verräter auch wirklich tot ist. Ist das klar?«

»Aber ...«

»Ist das klar?«

Chuck und Tony nickten unglücklich. Sie hatten Frank an einer Stelle abgeladen, wo es meilenweit keine Straßen, Schilder oder etwas anderes gab. Wie sollten sie ihn wiederfinden? Aber was der Boss befahl, musste man erledigen, sonst konnte man sich ebenso gut gleich selbst in ein Grab legen. Wortlos drehten sie sich um und schlurften zur Tür zurück.

»Ach, und noch etwas ...«

Angespannt drehten sie sich herum und blickten ihn fragend an.

»Wenn ihr wieder versagt, wird es das letzte Mal gewesen sein. Habt ihr verstanden?«

»Ja, Boss.«

»Ja, Boss.«

Die Tür schloss sich leise hinter ihnen. Kurz danach öffnete sie sich wieder, und die Masseuse schlenderte ins Zimmer.

»Wollen wir mit der Massage fortfahren?«

Gerald blickte die mit weiblichen Reizen überaus großzügig ausgestattete Frau nachdenklich an.

»Nein, Leila, ich denke, mir steht der Sinn im Moment nach etwas anderem.«

Lächelnd bewegte sie sich auf ihn zu. »Womit kann ich dienen?« Ihre Finger bewegten sich neckend über seine Brust bis hinunter zum Bauchnabel.

»Zieh dich erst einmal aus, danach sehen wir weiter.«

V

Am nächsten Morgen erwachte Sam von der erdrückenden Hitze im Zelt. Normalerweise stand sie bereits in der Morgendämmerung auf. Doch die Ereignisse des letzten Tages hatten wohl ihren Tribut gefordert. Stöhnend krabbelte sie mit steifen Muskeln aus dem Zelt in die heiße Wüstenluft. Ein Blick auf die Armbanduhr zeigte ihr, dass es bereits neun Uhr morgens war. Dafür, dass sie auf dem Boden gelegen hatte, hatte sie eigentlich recht gut geschlafen. Der Mann war trotz häufigen Stöhnens und unruhiger Bewegungen nicht mehr aufgewacht. Sam überprüfte noch einmal seine Temperatur und atmete auf, als sich die Stirn zwar warm, aber nicht heiß anfühlte.

Da er noch tief schlief, beschloss sie, ihre Morgengymnastik zu machen. Sie trug noch die kurzen Bermudashorts vom Vortag, so musste sie lediglich die dicke Fleecejacke ausziehen, bevor sie mit den Übungen begann. Sie dehnte und streckte ihre verkrampften Muskeln, lockerte jeden Zentimeter ihres Körpers, bis sie wieder ihre übliche Balance erreicht hatte. Sofort fühlte sie sich wesentlich ausgeglichener. Jetzt war sie sich sicher, alles zu überstehen, was der heutige Tag noch bringen mochte.

Gerade hatte sie ein Bein hinter den Kopf gezogen, während sie mit dem anderen auf dem Boden stand, als ein lautes Krachen ertönte, dem eine Reihe von ausgewählten Flüchen folgte. Vor Schreck verlor Sam das Gleichgewicht und stürzte wie ein gefällter Baum zu Boden. Glücklicherweise landete sie in einem lockeren Sandhaufen. Eilig rappelte sie sich auf und stürmte ins Zelt. Ihre Augen brauchten einen Moment, um sich an das Halbdunkel im Innern zu gewöhnen. Sonnenlicht drang durch die hochgeschlagene Eingangsklappe herein und beleuchtete die Szene vor ihr.

In einem Gewirr von Bettdecke, Armen und Beinen lag ihr Patient hilflos auf dem Boden neben dem Feldbett. Ein Röcheln hatte seine Flüche abgelöst. Besorgt ging Sam neben ihm in die Hocke und legte eine Hand auf seine nackte Schulter.

»Was ist passiert? Geht es Ihnen gut?«

Sie hätte nicht gedacht, dass jemand mit geschwollenen, fast geschlossenen Augen böse blicken konnte. Aber dieser Mann brachte das fertig. Er deutete auf das Regal.

»Bin nichts ahnend aufgewacht, da steht über mir plötzlich dieses ... Ding!«

Sams Blick folgte seinem Finger, dann lächelte sie.

»Das ist Lucie.«

Er sah sie an, als wäre sie nicht ganz bei Trost.

»Sie bewahren einen Schädel in Ihrem Zelt auf, noch dazu neben Ihrem Bett? Und dann geben Sie ihm auch noch Namen?«

Sam lachte auf. »Nein, das ist nur ein Abguss eines Diplodocus-Schädels, das Original steht im Museum. Und ich habe es nicht benannt, sondern der Entdecker des Skeletts.«

Man sah deutlich, dass er in seiner momentanen Verfassung für solche Details keinen Sinn hatte.

»Mir egal, was es ist. Jedenfalls kann ich mir nach einer Nacht wie der vergangenen angenehmere Anblicke vorstellen.«

Sam zuckte schuldbewusst zusammen. Doch, das konnte sie sich gut vorstellen.

»Tut mir Leid. Soll ich Ihnen beim Aufstehen helfen?«

Der Mann blickte sie eine Weile schweigend an, dann seufzte er.

»Nein, mir tut es Leid. Ich wollte Sie nicht so anfahren. Das war nur der Schreck. Es wäre nett, wenn Sie mir helfen könnten.«

Sam legte seinen Arm um ihre Schultern, umfasste seine Taille und stemmte ihn so in die Höhe. Schwer atmend saß er schließlich auf dem Bett, der Schweiß glänzte auf seiner nackten Brust und durchnässte den Verband.

»Die Schwellung an Ihrem Kiefer scheint jedenfalls zurückgegangen zu sein.« Fragend blickte er sie an. »Und Ihre heftigen Ausbrüche von vorhin sind vermutlich ebenfalls ein Zeichen der Besserung.«

Im Halbdunkel des Zeltes war es schwer zu erkennen, aber Sam glaubte, die wenigen von blauen Flecken verschonten

Partien seines Gesichts erröten zu sehen. Erstaunlich, ein Mann, der errötete, nur weil er geflucht hatte.

»Entschuldigung.«

Sam grinste ihn an. »Kein Problem, mein Bruder Rey hat mir, als ich noch ein Kind war, alles beigebracht, was es an Flüchen gibt. Hin und wieder benutze ich sie auch selbst.« Sie wurde wieder ernst. »Legen Sie sich hin, dann sehe ich noch einmal nach Ihren Verletzungen. Ich hoffe, sie bluten nach dem Sturz nicht wieder.«

Gehorsam kämpfte sich Morgan auf das Bett zurück. Viel länger hätte er sich sowieso nicht halten können, nachdem ihm die Frau ihren Arm entzogen hatte. Er fühlte die Schmerzen zwar immer noch, aber durch den schockbedingten Adrenalinausstoß waren sie etwas gedämpft, als wäre er von einer Watteschicht umgeben. Durch halb geschlossene Augen beobachtete er, wie seine Retterin Wasser auf einem kleinen Gasherd erhitzte und in eine Schale schüttete, bevor sie mit einem Verbandskasten unter dem Arm zum Bett trat. Ihre Hände steckten in durchsichtigen Handschuhen. Seine Augen waren etwa auf Kniehöhe ihrer langen, schlanken, aber gleichzeitig muskulösen Beine, bevor sein Blick nach oben wanderte. Sie war wirklich ziemlich groß, jedenfalls kam es ihm aus seiner jetzigen Position so vor. Und jung war sie auch, wenn ihn sein verschwommener Blick nicht trog. Jedenfalls wesentlich jünger als er mit seinen 37 Jahren. Im Moment kam er sich sehr alt und verbraucht vor; ein Gefühl, das ihm vorher so noch nie aufgefallen war. Mühsam riss er sich zusammen.

Alle Gedanken wichen aus seinem Kopf, als die Frau anfing, seine Verbände zu lösen und die Wunden zu reinigen. Verdammt, das tat weh! Heute Morgen war der Schmerz viel schärfer als gestern. Sein Körper bestand nicht mehr aus einem einzigen großen Schmerz, sondern aus vielen kleinen. Leider war auch die Betäubung durch den Schock abgeklungen, was seinen Kopf zwar freier machte, aber gleichzeitig auch die Schmerzsignale seines Körpers verstärkte. Die sanften Hände waren mittlerweile bei seiner Hüfte angekommen. Morgan hob den Kopf, um nachzuschauen, was sich dort unten tat. Seine Augen weiteten sich, als er erkannte, was sie aus der gefährlich aussehenden Wunde zog.

»Ist es das, wofür ich es halte?«

Sams Kopf ruckte nach oben. Sein entsetzter Gesichtsausdruck brachte sie zum Lachen.

»Wenn Sie denken, dass es ein Tampon ist, dann haben Sie Recht.« Erneut breitete sich Röte in seinem Gesicht aus, die sogar bis zu seiner Brust reichte. Immer noch grinsend versenkte sie den blutigen Tampon im Müll und nahm eine Kompresse aus dem Verbandskasten. »Ich hoffe, Sie sind da nicht empfindlich. Ich hatte nichts anderes, um das Blut zu stillen. Und ich wollte Sie ungern verbluten lassen, nur um Ihre männlichen Gefühle zu schonen.«

Der Mann schwieg wohlweislich, sah aber sehr erleichtert aus, als sie ihm diesmal nur die Kompresse und einen strammen Verband um die Wunde band. Sam schüttelte amüsiert den Kopf. Männer! Schnell beendete sie die Behandlung, dann kam ihr ein Gedanke.

»Können Sie sich auf den Bauch drehen? Ich möchte mir noch mal Ihren Rücken genauer ansehen. Gestern kam ich da nicht dran, weil Sie einfach zu schwer waren.«

Morgan konnte sich ungefähr vorstellen, was sie dort finden würde.

»Hören Sie … wie heißen Sie eigentlich?«

Sam blickte ihn überrascht an. »Samantha Dyson. Aber eigentlich werde ich von jedem, außer meinem Vater, nur Sam genannt.«

Morgan nickte. Der Name passte irgendwie zu ihr.

»Darf ich Sie Sam nennen?«

»Natürlich.«

»Danke. Was ich sagen wollte: Meinem Rücken fehlt nichts weiter, jedenfalls nichts, was die Zeit nicht wieder heilt.«

Sam blickte ihn nachdenklich an. Das konnte alles Mögliche bedeuten. Warum wollte er nicht, dass sie seinen Rücken sah? »Das entscheide ich lieber selbst. Drehen Sie sich um!« Abwartend blickte sie ihn an. Als er nicht seinen Namen nannte, hakte sie nach. »Und wie heißen Sie?« Stille. Sams Augenbrauen zogen sich zusammen.

»John.«

Zu spät; ihr war klar, dass er sich den Namen gerade ausgedacht hatte.

»Und mit Nachnamen heißen Sie dann wohl Smith, oder?«

Morgan blickte sie bedauernd an. Es tat ihm Leid, dass er sie belügen musste, aber es war besser, wenn sie seinen wahren Namen nicht kannte. Sicherer für sie und für ihn.

»Genau.«

Sam verzog den Mund. Sie war seltsam enttäuscht. Wahrscheinlich hatte sie etwas anderes von ihm erwartet, nachdem sie ihn aus seinem Grab ausgebuddelt und in ihr Zelt gebracht hatte. Aber das war jetzt egal. Entschlossen reckte sie ihre Schultern. In ein paar Stunden würde er aus ihrem Leben verschwunden sein, und sie könnte so weitermachen wie bisher. Es war also völlig uninteressant, wie er hieß und dass er ihr einen falschen Namen genannt hatte.

»In Ordnung, *John*. Was schlagen Sie also vor, was wir jetzt tun?«

Morgan zuckte zusammen. War ihre Stimme bisher warm und sanft gewesen, klang sie jetzt kalt und abweisend. Und wie sie den Namen ausgesprochen hatte …

»Es wäre nett, wenn Sie mir meine Kleidung wiedergeben würden, damit ich mich anziehen kann. Und Sie sollten auch schon mal das einpacken, was Sie nicht hier lassen wollen.«

Sam blickte ihn verwundert an. »Wieso? Ich komme doch in ein paar Stunden wieder.«

Morgan hasste es, sie aus ihrem gewohnten Leben zu reißen. Aber es war notwendig.

»Meine Verfolger sind sehr gefährlich, und sie werden nicht davor zurückschrecken, Sie zu töten oder Informationen über mich aus Ihnen herauszuholen, um Sie danach zu töten. Es kann durchaus sein, dass sie noch einmal hierher zurückkehren, um nachzuschauen, ob ich auch wirklich tot bin. Dann werden sie die Spuren entdecken, die wir hinterlassen haben, Ihr Lager finden und …«

Sam unterbrach ihn. »Ich verstehe schon. Aber ich kann nicht einfach meine Arbeit im Stich lassen.«

»Was machen Sie eigentlich hier in dieser Wüste?«

»Genau genommen ist das keine Wüste.« Auf Johns ungeduldige Handbewegung lächelte sie ihn verhalten an. »Sie glauben doch nicht, dass ich Ihnen etwas über mich erzähle, wenn Sie mir noch nicht mal Ihren Namen nennen?«

Morgan seufzte. Nein, das konnte er wirklich nicht verlangen. Stattdessen griff er sich seine Jeans, die sie ihm aufs Bett gelegt hatte, und versuchte sie anzuziehen. Das Problem war nur, dass er sich nicht weit genug vorbeugen konnte, um seine Füße hineinstecken zu können. Nach einigen erfolglosen und ziemlich schmerzhaften Versuchen legte er sich keuchend auf das Bett zurück.

»Oh, schon gut!« Sie hatte noch nie gut zusehen können, wenn sich jemand quälte. Und vor allem hielt ihr Ärger nie lange an. Ein echter Charakterfehler in manchen Situationen. Sie nahm ihm die Hose aus den schlaffen Händen und kniete sich vor ihn. Vorsichtig schob sie die engen Hosenbeine über seine großen Füße und an seinen Beinen nach oben. Dass der Jeansstoff durch das getrocknete Blut ganz steif geworden war, wirkte sich ziemlich erschwerend aus. Wortlos half sie ihm beim Aufstehen und zog die Jeans über seine verletzte Hüfte. Als sie die Knöpfe schließen wollte, legten sich seine Hände auf ihre.

»Vielen Dank. Den Rest schaffe ich alleine.«

Sam nickte kurz und sammelte dann die Sachen zusammen, die sie mitnehmen wollte. Sie legte gerade den Dinosaurier-Schädel in eine Kiste, als er sie erneut ansprach.

»Haben Sie mein T-Shirt gesehen?«

Sam zuckte zusammen.

»Äh, ja. Ich musste es zerschneiden, um Ihre Wunden versorgen zu können.«

John drehte sie zu sich herum. Sie hätte schwören können, dass er belustigt war, aber bei seinem geschwollenen Gesicht konnte sie es nicht genau erkennen.

»Ich vermute, Sie haben kein T-Shirt bei sich, das mir passen könnte, oder?« Sein Blick glitt über ihren schlanken Oberkörper.

Verlegen verschränkte Sam die Arme über der Brust.

»Nein. Ich fürchte, meine Größe wird Ihnen nicht passen.« Dann kam ihr ein Gedanke. »Moment mal, ich habe ein altes T-Shirt von meinem Bruder, das ich nachts …« Sie brach ab und drehte sich hastig um. Nach einigem Wühlen in ihrer Reisetasche förderte sie das T-Shirt zu Tage. Sie roch daran, dann zuckte sie die Schultern. Besser als sein zerschnittenes war es allemal. Ohne hinzusehen reichte sie es ihm. Er nahm es dankend entgegen, dann war nur noch sein schweres Atmen zu hören. Sam blickte auf ihre Tasche, dann schüttelte sie den Kopf.

»Warten Sie, ich helfe Ihnen.« Sie richtete sich auf und drehte sich um. Ihr stockte der Atem. Der Rücken des Mannes war über und über mit roten Striemen überzogen, die sich langsam bläulich färbten. Sam trat näher heran. Es sah fast aus, als hätte jemand mit einem Stock auf ihn eingeprügelt. Das musste höllisch wehtun! Es war für sie unvorstellbar, wie jemand einem anderen Menschen so etwas antun konnte. Erneut fragte sie sich, was wohl der Grund dafür gewesen sein mochte. An seiner starren Haltung erkannte sie, dass John bemerkt hatte, dass sie hinter ihm stand und seinen Rücken betrachtete. Ihre Finger zuckten. Sie bekämpfte den merkwürdigen Wunsch, über seine Wunden zu streichen und sie zu heilen. Das musste an ihrem Helfersyndrom liegen. Ihre Eltern hatten sie früher immer ermahnt, dass sie doch nicht die ganze Welt retten konnte. Nein, das war natürlich nicht möglich. Aber versuchen konnte sie es zumindest. Und sie würde damit anfangen, diesem verletzten, geheimnisvollen Mann beim Anziehen zu helfen. Auch wenn es klar war, dass er sie absichtlich angelogen hatte und in ein paar Stunden aus ihrem Leben verschwunden sein würde. Aber sie konnte ihn einfach nicht leiden sehen.

Sam nahm das T-Shirt aus seinen steifen Fingern. Ohne ihm in die Augen zu sehen, zog sie die kurzen Ärmel vorsichtig über seine Arme. Danach weitete sie mit ihren Händen den Halsausschnitt und senkte ihn langsam über seinen Kopf. So verhinderte sie, dass der Verband in Mitleidenschaft geriet und die Wunde sich wieder öffnete. Ihre Hände fuhren dabei über seine warme Haut und machten ihr bewusst, dass sie diesem völlig fremden Mann viel zu nahe war. Ruckartig zog sie das weite T-Shirt über seinen muskulösen Brustkorb, dann wandte sie sich ab. Über sich selbst verärgert warf sie wahllos Gegenstände in ihre Tasche. Eine Hand auf ihrer Schulter ließ sie innehalten. Wortlos blickte sie zu John auf.

»Danke für Ihre Hilfe! Ohne Sie hätte ich das T-Shirt nie anbekommen, zumindest nicht ohne in Ohnmacht zu fallen.« Ein Mann, der zugab, ohnmächtig zu werden. Erstaunlich.

Grinsend blickte Sam zu ihm hoch.

»Gern geschehen. Dann setzen Sie sich jetzt lieber wieder aufs Bett, bevor Sie doch noch auf die Nase fallen. Ich helfe Ihnen dann gleich mit Ihren elenden Stiefeln.«

Elende Stiefel? Wenn es nicht so wehgetan hätte, wären seine Augenbrauen in die Höhe geschossen. Er mochte seine Stiefel! Natürlich sahen sie schon ein wenig mitgenommen aus, besonders nach dem, was gestern geschehen war, aber elend waren sie nicht.

»Während Sie gestern sanft geschlummert haben, durfte ich mit Ihren Stiefeln kämpfen – ganz zu schweigen von der Hose.«

Morgan war besänftigt. Er hatte selbst schon einige Male mit den Jeans und Stiefeln gekämpft und nicht immer in den besten Situationen. Aber es störte ihn doch, dass er die ganze Zeit besinnungslos gewesen war, während Sam sich mit ihm abgemüht hatte. Und er dankte es ihr mit Lügen …

Schwer atmend ließ er sich auf das Bett sinken, während er sie beobachtete. Ihre kurzen Haare standen zu allen Seiten ab, ihr T-Shirt war verknittert, aber trotzdem wirkte sie, als hätte sie die Ereignisse erstaunlich gut verkraftet. Wahrscheinlich half ihre Jugend dabei. Er schätzte sie etwa auf das gleiche Alter wie Mara, also Anfang bis Mitte Zwanzig. Er ignorierte den inzwischen schon gewohnten Stich, der ihn beim Gedanken an Mara durchfuhr. Um sich abzulenken, konzentrierte er sich auf Sam. Er überlegte, ob er jemals so jung gewesen war wie sie. Vermutlich schon, aber er konnte sich beim besten Willen nicht mehr daran erinnern. In ihrem Alter hatte er zwei Kinder zu versorgen gehabt, natürlich nicht seine eigenen. Aber er trug trotzdem die Verantwortung für sie. Mit Mühe schüttelte er seine Erinnerungen ab. Sie lenkten ihn jetzt nur ab.

Morgan blickte auf, als Sam sich abrupt erhob. Ratlos beobachtete er, wie sie hektisch in ihrem Durcheinander zu wühlen begann. Schließlich siegte seine Neugier.

»Suchen Sie etwas?«

Sam blickte ihn an, als hätte sie vergessen gehabt, dass er überhaupt im Zelt war.

»Was? Oh, ich suche den Schlüssel vom Buggy.«

Morgan konnte sich beim besten Willen nicht erinnern, wo sie ihn gelassen hatte. Er war kaum noch bei Bewusstsein gewesen, als sie ihn am Abend zuvor ins Bett geschleppt hatte. Aber er konnte gut raten.

»Vielleicht steckt er noch?«

Sam stoppte mitten in der Bewegung und schaute ihn ungläubig an.

»Warum bin ich da nicht selbst drauf gekommen?«

Morgan zuckte die Schultern und schnitt dann eine Grimasse. Verdammt, das tat weh. Er atmete vorsichtig ein.

»Vielleicht haben Sie einfach im Moment zu viele andere Dinge im Kopf.«

Sam nickte. »Wahrscheinlich haben Sie Recht. Obwohl man bestimmt auch meinem kaum entwickelten Ordnungssinn die Schuld geben könnte.« Damit sprang sie auf und lief aus dem Zelt.

Morgan blickte ihr erschöpft hinterher. Was für ein Energiebündel!

Sekunden später stand sie bereits vor ihm, ein triumphierendes Grinsen im Gesicht.

»Sie hatten Recht! Ich muss ihn draußen vergessen haben.« Kniend half sie ihm unter großem Stöhnen in seine engen Stiefel. Als sie endlich fertig war, wischte sie sich den Schweiß von der Stirn. »Puh, das hätten wir geschafft.« Langsam stand sie auf und hängte sich ihren Werkzeuggürtel um. »Ich werde noch kurz meine Ausgrabungsstätte sichern, dann können wir losfahren.« An der Zeltklappe drehte sie sich noch einmal zu ihm um. »Wenn Sie ein dringendes Bedürfnis haben sollten … Links vom Zelt steht hinter den Felsen eine chemische Toilette.« Damit drehte sie sich schnell um und eilte hinaus, damit er ihr rotes Gesicht nicht sah.

VI

Sam joggte den Weg zu ihrer Fundstelle hinauf, während sich ihre Gedanken immer noch um das vorangegangene Gespräch drehten. Wieso machte es sie verlegen, das Wort Toilette in Gegenwart dieses Mannes zu erwähnen? Herrgott, sie hatte einen älteren Bruder. Es war nicht so, als wäre dies ihr erster Kontakt zum männlichen Geschlecht gewesen. Und in ihrer Jugend hatte sie doch so einige Sachen gesehen, die sie vermutlich nicht hätte sehen sollen. Sam musste grinsen, als sie an den Abend dachte, an dem sie ihren Bruder mit seiner damaligen Freundin im Gartenpavillon erwischt hatte. Danach waren nicht mehr viele Fragen zum Thema Fortpflanzung und männliche Physiologie offen geblieben.

Sam kraxelte die letzten Meter zu ihrem neu entdeckten Skelett hinunter und entfernte die Plane, die sie zum Schutz gegen die Witterung darüber befestigt hatte. Obwohl sie den Schädel schon ein paar Mal gesehen hatte, hüpfte ihr Herz auch jetzt wieder aufgeregt. Es war für sie jedes Mal wieder ein Wunder, dass ein paar Knochen, vielmehr der versteinerte Abdruck davon, so lange Zeit in der Erde überstanden hatten und nicht einfach zu Staub zerfielen. Natürlich kannte sie die Bedingungen und die chemischen Prozesse, die dazu führten, aber ihre Begeisterung schmälerte das nicht. Mit den Fingern strich sie noch einmal liebevoll über den dunklen Oberkiefer, bevor sie seufzend den Sand wieder über den Schädel schaufelte. Da sie nicht wusste, wann sie wieder hierher zurückkehren würde, war es besser, die zerbrechlichen Knochen erneut durch eine Sandschicht zu schützen. Wenn der Sand das Skelett so lange vor der Verwitterung bewahrt hatte, dann würde es wahrscheinlich auch die nächsten Wochen überstehen, zumindest so lange, bis sie ein Team zusammengestellt hatte, das die Ausgrabung übernehmen konnte.

Schließlich steckte sie noch einen unauffälligen Stock einige Zentimeter entfernt in den Boden, damit sie die Stelle wiederfinden würde. Doch sie war sich eigentlich ziemlich sicher, dass sie auch in einigen Wochen oder sogar noch nach Jahren genau wissen würde, wo sie ihren ersten eigenen Dinosaurier gefunden hatte. Genauso wie man seine erste Liebe nie vergaß. Sam schnitt eine Grimasse. Obwohl das manchmal wahrscheinlich besser wäre. Diesen unangenehmen Gedanken schnell beiseite schiebend richtete sie sich langsam auf und blickte zufrieden auf ihr Werk hinunter. Das würde reichen, bis sie wiederkam. Sie würde John in der nächsten Stadt abliefern, ihren Buggy einlagern und mit ihrem Auto zurück nach Salt Lake City fahren. Während sie dann die Freuden der Zivilisation genoss, würde sie eine Mannschaft zusammentrommeln und die Ausgrabung planen. Selbst wenn die beiden Möchtegernmörder zurückkämen, würden sie bestimmt in ein paar Wochen nicht mehr hier sein. Außerdem wäre sie zusätzlich durch die vielen Begleiter geschützt.

Zufrieden, alles getan zu haben, was sie im Moment tun konnte, sammelte sie ihr Werkzeug wieder ein und kletterte schnell die Felsen wieder hinauf. Oben angekommen wandte sie ihr Gesicht der Sonne zu und genoss die heißen Strahlen auf ihrem Körper. Sie mochte das wüstenartige Klima ebenso wie die karge Landschaft. Die Weite gab ihr ein Gefühl von Freiheit, das sie in Salt Lake City vermisste. Es war, als könnte sie sich erst richtig entfalten, wenn sie hier war, in der Einsamkeit des Colorado Plateaus. Dieser Freiheitsdrang musste in ihrer Familie wohl erblich sein, denn auch ihr Bruder lebte das Gefühl während seiner Arbeit als Naturfilmer oder auf seinem kleinen Segelboot aus, mit dem er gerade über die Weltmeere schipperte.

Tief einatmend blickte Sam über die Landschaft. Nur ein paar Grillen durchbrachen mit ihrem Zirpen die tiefe Stille, die über dem Land lag. Von hier oben auf den Felsen hatte Sam einen fantastischen Rundblick. Auf der rechten Seite lag ihr Lager: Ihr Zelt war ein kleiner grüner Fleck im Grau der Landschaft. Links davon musste die Stelle gewesen sein, an der sie John aus seinem Grab befreit hatte. Sie kniff die Augen zusammen. Ja, da war ein kleiner Haufen aufgewühlter Erde zu erkennen und eine dünne Spur, die zu ihrem Lager führte. Vielleicht sollte sie schnell hinlaufen und versuchen, die Spuren ein wenig zu verwischen, falls doch noch einmal jemand zurückkam.

Entschlossen kletterte sie den Felsen hinunter und folgte dem Weg, den sie gestern Abend gegangen war. Kaum zu glauben, dass es gerade erst zwölf Stunden her war, seit sie den halb toten Mann im Sand gefunden hatte. Sie schüttelte die unwirkliche Stimmung ab und umrundete den Felsblock, hinter dem sie sich gestern versteckt hatte.

Wie angewurzelt blieb sie stehen. Am Horizont tauchte gerade ein Fahrzeug auf. Jetzt hörte sie auch das dazugehörige Motorengeräusch. Sam schüttelte ungläubig den Kopf. Es kam ihr fast wie eine Wiederholung der Ereignisse vom gestrigen Abend vor, außer dass es diesmal taghell war und sie jeder sehen konnte, wenn sie weiterhin hier mitten in der Gegend herumstand. Schnell duckte sie sich wieder hinter den Felsen. Als der Wagen näher kam, erkannte sie, dass es der gleiche weiße Lieferwagen war.

Sie kroch über den Boden, bis die Felsengruppe die Sicht auf sie verdeckte, dann rannte sie los. Das Werkzeug klapperte an ihrer Hüfte. Still dankte Sam ihrem Bruder, der sie in ihrer Jugend zu jedem Sportplatz mitgeschleppt hatte, den es gab. Normalerweise liebte sie es zu laufen, aber nicht unbedingt in dieser Hitze und wenn jederzeit Verbrecher hinter ihr auftauchen konnten.

In Rekordzeit erreichte sie ihr Lager. Mit vollem Schwung platzte sie ins Zelt und kam keuchend vor dem Bett zum Stehen. John war aufgesprungen und sah trotz seiner Verletzungen so aus, als könnte er sie mit bloßen Händen außer Gefecht setzen. Als er sie erkannte, ließ er seine Arme sinken und blickte sie besorgt an.

»Was ist passiert?«

Keuchend rang Sam um Atem. Sie knickte ihren Oberkörper ab und versuchte etwas zu sagen. Ein Hustenanfall war die Folge. John stützte sie und zog ihren Oberkörper wieder hoch.

»Ganz ruhig atmen, und stehen Sie gerade, damit Ihre Lunge sich wieder ausbreiten kann.«

Langsam fühlte Sam sich etwas besser. Sie griff Johns Arme.

»Sie sind wieder da! Wir müssen hier verschwinden!« Bestürzung zeichnete sich in seinem Gesicht ab, trotzdem klang seine Stimme ruhig, als er nachfragte.

»Wer ist da, Sam?«

Panik leuchtete aus ihren großen, blauen Augen.

»Die Männer, die Sie gestern begraben haben!« Sie beruhigte sich mit einiger Anstrengung etwas und fuhr dann ruhiger fort. »Zumindest war es das gleiche Auto. Ich wollte nicht abwarten, um es genau herauszufinden. Wir müssen hier weg. Sofort!«

Morgan fühlte, wie ihm der Angstschweiß auf die Stirn trat. Verdammt, er hatte es geahnt. Es war doch klar gewesen, dass Gerald sich nicht mit einem »höchstwahrscheinlich« zufrieden geben würde. Um sich und seine Operation zu schützen, musste er sichergehen, dass Morgan tot war. Er hätte schon längst verschwunden sein müssen! Seine Hände öffneten und schlossen sich krampfhaft.

»Wollen Sie die ganze Zeit da rumstehen, oder helfen Sie mir mit dem Beladen des Buggys?« Sams Stimme riss ihn aus seinen Gedanken.

»Nehmen Sie nur Sachen mit, die Ihre Identität verraten würden.«

Er nahm die Tasche entgegen, die sie ihm hinhielt, und brachte sie zum Buggy. Die Angst schien seine Schmerzen kurzzeitig gedämpft zu haben, wofür er wirklich dankbar war, als er Kisten und anderen Kram aus dem Zelt in den Buggy verfrachtete. Schließlich reichte es ihm.

»Stopp, Sam. Mehr passt nicht hinein. Außerdem wird es bestimmt nicht lange dauern, bis sie unsere Spuren gefunden haben.« Wie um seine Worte zu unterstreichen, war in der Ferne Motorengeräusch zu hören. Fluchend zog Morgan Sam aus dem Zelt.

Erst als sie fast am Buggy waren, riss sie sich los.

»Der Fotoapparat!« Sam achtete nicht auf seinen Ausruf, sondern stürzte zurück. Sie entdeckte die Fototasche sofort und zog sie am Riemen hoch. Dabei kippte die Tasche um, und der Inhalt ergoss sich auf dem Boden. Schluchzend und fluchend sammelte Sam die Kamera und die Fotos wieder ein. Sie blickte sich noch einmal um, entdeckte nichts mehr und stürzte aus dem Zelt. John saß bereits auf dem Beifahrersitz.

Sam warf die Tasche nach hinten und sprang in den Buggy. Mit zitternden Fingern ließ sie den Motor an, umklammerte das Lenkrad und gab Gas. Die breiten Reifen drehten erst durch, doch dann griffen sie und katapultierten das Fahrzeug nach vorne.

Morgan klammerte sich mit weißen Fingern fest, um bei der holprigen Fahrt nicht herausgeschleudert zu werden. Seine Rippen explodierten bei jedem Schlag, die Wunde an seiner Hüfte hatte sich wieder geöffnet, und das Blut durchtränkte seine Hose. Er war nahe an einer Ohnmacht, doch er kämpfte dagegen an. Er konnte Sam nicht mit diesen Verbrechern alleine lassen. An ihrem Todesgriff um das Lenkrad erkannte er deutlich, wie viel Angst sie hatte. Trotzdem beklagte sie sich nicht und konzentrierte sich ganz darauf, sie beide aus dieser Situation herauszubringen, in die er sie hineinmanövriert hatte.

Seine Bewunderung stieg mit jeder Sekunde mehr. Sie war wirklich eine tolle junge Frau: stark, mutig und erfinderisch. Und sie lenkte den Buggy durch Sand, um Felsen und Büsche herum, als hätte sie bereits einige Male die Rallye Paris-Dakar gewonnen. Was aber auch nötig war, denn ein Blick über die Schulter zeigte ihm, dass der weiße Lieferwagen bereits beträchtlich aufgeholt hatte. Es war klar, dass der Fahrer sie gesehen hatte, denn er hielt direkt auf sie zu.

Besorgt blickte Sam in das bleiche Gesicht ihres Begleiters. Scharfe Linien um den Mund und zwischen den Augenbrauen zeugten von den starken Schmerzen, die er auf der holprigen Fahrt haben musste. Aber er sagte kein Wort, sondern hielt sich einfach nur fest. Hoffentlich wurde er nicht ohnmächtig. Sie glaubte nicht, dass sie ihn fest halten und gleichzeitig lenken konnte.

»Alles okay?« Der Wind riss ihr die Worte von den Lippen. Trotzdem hörte er sie. Er blickte aus seinen Augenschlitzen zu ihr hinüber und nickte kurz. Sam atmete auf. Zumindest war er noch ansprechbar. Der Atem stockte in ihrer Kehle, als plötzlich ein scharfes Krachen ertönte.

John fluchte, während er ihren Kopf nach unten drückte. »Kopf unten halten!«

Jetzt erst verstand sie: Die Männer schossen auf sie! Wenn ihr die Situation vorher schon unwirklich vorgekommen war, kam sie sich jetzt erst recht vor wie im Film. Jeden Moment würde Clint Eastwood vorbeireiten und seine Pistole schwingen. Ein hysterisches Lachen drohte aus ihrer Kehle zu entweichen. Mit Mühe unterdrückte sie es.

Irgendwie musste es ihr doch gelingen, den Lieferwagen abzuschütteln. Aber wie? Eine Idee begann sich in ihrem Kopf zu formen. Nein, das war zu verrückt. Oder doch? Vielleicht war es die einzige Möglichkeit, den Männern zu entkommen, deren Motor viel mehr PS hatte als ihr kleiner Buggy. Davonfahren würde sie also sowieso nicht können. Der einzige Vorteil, den sie mit dem Buggy hatte, waren die größere Wendigkeit und die breiteren Reifen. Das war auch genau der Grund gewesen, warum sie nicht mit einem Jeep hierher gefahren war. Nach einem kurzen Blick auf Johns schmerzverzerrtes Gesicht stand ihre Entscheidung fest.

Unwillkürlich duckte sie sich tiefer, als eine weitere Salve über ihren Köpfen hinwegschoss. Entweder waren die Männer lausige Schützen, oder der Lieferwagen tanzte genauso über das unebene Gelände wie der Buggy. *Wollen wir doch mal sehen, wer von uns besser hüpfen kann!* Sam lenkte den Buggy dichter an einen etwa einen Meter breiten Graben. Sie fuhr direkt darauf zu, eine dichte Staubwolke hinter sich herziehend.

»Festhalten!«

Die Warnung an Morgan kam keine Sekunde zu früh. Er sah eine tiefe Spalte auf sich zu rasen, und dann waren sie schon in der Luft. Er schloss die Augen und schickte ein kurzes Stoßgebet gen Himmel. War sie denn wahnsinnig geworden? Fielen sie da hinein, saßen sie in der Falle – wenn sie nicht schon vorher beim Aufprall sterben würden. Mit einem gewaltigen Rums landeten sie auf der anderen Seite des Grabens. Vorsichtig öffnete Morgan seine Augen. Erstaunlich, sie lebten noch! Hinter ihnen ertönte ein lautes Krachen, dann das Dröhnen einer Hupe. Sam fuhr vorsichtig einen Bogen, damit sie zurückschauen konnten. Der Lieferwagen steckte zur Hälfte im Loch, die Hinterräder drehten sich noch in der Luft. Das einzige Geräusch war der durchdringende Ton der Hupe.

»Glauben Sie, die Insassen sind schwer verletzt?«

Morgan blickte sie ungläubig an. »Ich weiß es nicht, und um ehrlich zu sein, interessiert es mich auch nicht besonders.

Wenn es sich um Chuck und Tony handelt, dann war es ihnen gestern auch ziemlich egal, ob ich verletzt war. Um nicht zu sagen, dass sie auch noch Spaß dabei hatten, mir weitere Verletzungen zuzufügen und mich lebendig zu begraben.«

Er holte tief Luft und blickte in ihre geweiteten Augen. Verdammt, er hatte sie nicht verängstigen wollen. Aber er konnte auch nicht so tun, als wäre es ihm nicht völlig egal, ob die beiden verletzt oder sogar tot waren. Er war selbst überrascht von seiner Rachsucht. Bis vor acht Monaten war er ein absolut friedfertiger Mann gewesen, der selten anderen etwas Schlechtes wünschte und noch nie handgreiflich geworden war. Jedenfalls nicht mehr, seit er erwachsen war. Doch hier galten andere Regeln: töten oder getötet werden. Natürlich würde er niemanden einfach so umbringen, aber wenn es darum ging, sein Leben oder das ihm nahe stehender Personen zu verteidigen, dann war er sich sicher, dass er es konnte. Auch wenn es all seinen Prinzipien widersprach, nach denen er lebte, seit er einundzwanzig Jahre alt war.

Er blickte wieder zu dem Wagen hin, als er ein knackendes Geräusch hörte. Eine Tür wurde aufgedrückt, und Chuck kroch heraus. Blut lief über seine Halbglatze, seine Bewegungen wirkten nicht besonders koordiniert. Trotzdem umklammerte er weiterhin seine Pistole. Morgan fluchte.

»Fahren Sie!« Als sie ihn nur verständnislos anblickte, deutete er auf den Lieferwagen. »Wenn wir hier nicht sofort verschwinden, werden wir gleich durchsiebt!«

Das brachte Sam in Schwung: Sie trat auf das Gaspedal, dass der Motor nur so aufheulte. Sie zog es vor, unversehrt und vor allem lebendig zu Hause anzukommen.

Morgan blickte angespannt hinter sich. Gerade hob Chuck die Pistole und zielte auf den davonfahrenden Buggy.

»Kopf runter!«

Sam gehorchte sofort und trat gleichzeitig das Gaspedal noch weiter durch. Sie flogen fast über die raue Landschaft, mehr als einmal konnte sie nur durch ein haarsträubendes Manöver einen Zusammenstoß mit einem Felsen verhindern. Morgan klammerte sich fest und war froh, dass er nichts im Magen hatte. Hinter ihnen knallten weiterhin Schüsse, doch sie trafen nur noch den Sand. Sie waren in Sicherheit – vorläufig …

»Sie können den Kopf wieder hochnehmen, wir sind außer Schussweite.«

Sam blickte sich vorsichtig um, dann nahm sie den Fuß vom Gaspedal. In einem dem Terrain weitaus angemesseneren Tempo fuhren sie schweigend weiter.

»Haben Sie vielleicht Taschentücher oder etwas Ähnliches?« Verständnislos blickte Sam ihn an. Er deutete auf sein Bein. »Die Wunde hat sich wieder geöffnet, und ich muss die Blutung stillen.«

Sam wurde noch blasser, als sie das viele Blut sah.

»Sehen Sie mal im Handschuhfach nach.«

Morgan blickte nach unten. Tatsächlich. Er hätte nicht gedacht, dass so ein Gefährt überhaupt ein Handschuhfach hatte. Er öffnete die Klappe und fing geistesgegenwärtig die Gegenstände auf, die ihm entgegenfielen. Seine Augen weiteten sich. Kondome? Amüsiert blickte er Sam an.

»Erwarteten Sie Besuch?«

Sam schaute erst in sein Gesicht und dann auf seine Hände. Sofort stieg eine brennende Röte in ihre Wangen.

»Nein, natürlich nicht! Ich benutze die Kondome für Abgüsse.«

Morgans überraschtes Lachen ging rasch in Husten über. Schließlich konnte er wieder sprechen.

»Abgüsse?«

Sam zuckte die Schultern. »Von kleinen Knochenfragmenten, Zähnen und so weiter. Teilweise gipse ich Knochen auch ein, damit sie den Transport unbeschadet überstehen.«

Morgan blickte sie interessiert an.

»Über welche Knochen sprechen Sie?«

Seufzend gab Sam nach. Eigentlich hatte sie ihm aus Prinzip nicht mehr über sich verraten wollen, aber sie sprach einfach viel zu gerne über ihre Arbeit.

»Meistens sind es Dinosaurierknochen. Aber mich interessiert auch alles andere, was ich in den Schichten des Mesozoikums finden kann.«

»Mesozoikum?«

»Das ist die Zeit 250 Millionen Jahre bis 65 Millionen Jahre vor unserer Zeitrechnung und beinhaltet Trias, Jura und Kreidezeit. Grob gesagt die Zeitspanne von der Entstehung der Dinosaurier bis zu deren Ende vor etwa 65 Millionen Jahren.«

Morgan nickte. »Ich verstehe. Sie sind Paläontologin?«

»Genau.«

»Und Sie haben hier etwas gefunden?«

Sams Gesicht leuchtete auf.

»Ja, gestern Abend habe ich eine fantastische Entdeckung gemacht ...« Sam drehte sich zu ihm um, nachdem er ein merkwürdiges Geräusch von sich gegeben hatte. Sie grinste. »Nein, Sie meinte ich nicht, obwohl das nicht minder unglaublich war.« Ihr Blick wurde verträumt.

»Ich habe den Schädel eines Raubsauriers entdeckt. Wahrscheinlich handelt es sich um einen Allosaurus. Aber das werden erst genauere Untersuchungen zeigen. Jedenfalls war er noch toll erhalten, und es würde mich nicht wundern, wenn auch der Rest des Skeletts irgendwo in der Nähe wäre. In diesem Gebiet floss vor etwa 145 Millionen Jahren ein riesiger Fluss. Mein Saurier ist wahrscheinlich ertrunken oder auf andere Weise in das Wasser gelangt. Schnell zu Boden sinkend wurde er von Sediment abgedeckt. So konnten andere Tiere und auch die Flussströmung den Körper nicht mehr auseinander reißen. Mikroorganismen haben dann Haut und Fleisch aufgelöst, und übrig blieb das Skelett. Irgendwann ist der Fluss dann ausgetrocknet, die Sedimente wurden zu Stein, in diesem Fall Sandstein, die Knochen darin wurden durch Kieselsäure ersetzt. Und 145 Millionen Jahre später ist diese Schicht aus alten Sedimenten und Fossilien an der Erdoberfläche, und die Knochen warten nur darauf, gefunden und geborgen zu werden.« Sie holte tief Atem und blickte dann zu John. Oh Gott, sie hatte schon wieder einen Vortrag gehalten. An seinem glasigen Blick erkannte sie, dass sie mal wieder ein bisschen übertrieben hatte. »Tut mir Leid, so genau wollten Sie es wahrscheinlich gar nicht wissen.«

Morgan verzog einen Mundwinkel zu einem halben Lächeln.

»Ihre Ausführungen waren wirklich interessant. Ich würde gerne mehr darüber hören, nur lieber erst, nachdem ich neu verbunden bin.«

Erschrocken trat Sam mit voller Wucht auf die Bremse.

VII

Der Buggy schlingerte und stoppte schließlich in einem Sandhaufen. Sam sprang heraus, noch bevor Morgan die Augen wieder geöffnet hatte. Hastig wühlte sie in dem Durcheinander ihrer Kisten und Kästen, bis sie den Verbandskasten gefunden hatte. Sie ging um den Buggy herum, bis sie neben John stand. Sie begegnete seinem Blick und zog die Augenbrauen zusammen.

»Was sitzen Sie denn da noch herum? Ziehen Sie die Hose herunter.« Ihre Stimme wurde sanfter. »Oder können Sie nicht alleine aufstehen?«

Morgan befahl seinen zitternden Gliedern, den Dienst nicht zu versagen, als er langsam ausstieg. Er lehnte sich einen Moment an den Rahmen, um das Schwindelgefühl vergehen zu lassen. Mit geschlossenen Augen atmete er mehrere Male tief durch, bis er das Gefühl hatte, nicht jeden Moment umzukippen. Langsam öffnete er die Augen und sah sich Sams besorgtem Gesicht gegenüber. Sie war tatsächlich ungefähr genauso groß wie er mit seinen 1,85 Meter. Ihre Augen waren fast auf gleicher Höhe, und auch ihren Mund könnte er küssen, ohne sich den Nacken zu verrenken. Verwirrt schüttelte er den Kopf. Wie kam er denn auf diese Idee? Er musste doch mehr Blut verloren haben, als gut für ihn war.

»Warten Sie, ich helfe Ihnen.« Ihre langen, schlanken Finger berührten den Knopf seiner Hose und ließen ihn fast senkrecht in die Luft schießen.

Hastig hielt er ihre Hände fest und brachte sie außer Reichweite. Er riss sich zusammen, als er ihren verwirrten Gesichtsausdruck sah.

»Danke, es geht schon.« Damit knöpfte er seine Hose auf und schob sie langsam herunter. Er war fast dankbar für den scharfen Schmerz, den er verspürte, als der harte Jeansstoff über die Wunde schrammte und Teile des Verbandes mit sich riss. Sonst wäre es ihm wirklich peinlich gewesen, sich auszuziehen, während ihr Blick auf diesem Teil seines Körpers ruhte. Die unbewusste Reaktion war durch die Qualen wenigstens etwas gedämpft worden, sodass sie nicht sofort in Ohnmacht fallen würde. Er atmete schwer, nachdem er seine Jeans schließlich bis über seine Oberschenkel heruntergezogen hatte.

Sam ergriff seinen Arm und schob ihn vorsichtig wieder auf den Sitz zurück. Mit einem Seufzer ließ Morgan sich auf den heißen Plastikbezug sinken. Er beobachtete durch halb geschlossene Augen, wie Sam den durchtränkten Verband entfernte und die Wunde begutachtete. Ihre Stirn war sorgenvoll gerunzelt, die rosa Zungenspitze lugte zwischen den Zähnen hervor.

»Das sieht nicht gut aus. Die Blutung ist mit meinem schlechten Verbandsmaterial nicht zu stoppen. Sie müssen unbedingt zu einem Arzt.«

»Hier ist aber keiner. Wie steht es mit Ihrem Spezialeinsatzmittel?«

Sam blickte ihn fragend an. »Mit was?« Dann verstand sie. Sie konnte das Lachen, das in ihr aufsprudelte, kaum unterdrücken. »Kommt sofort.«

Damit richtete sie sich auf und wühlte noch einmal in ihrer Reisetasche. Sie grinste immer noch, als sie sich wieder über ihn beugte. »Wollen Sie vielleicht lieber die Augen schließen?«

Morgan nahm ihren Vorschlag an und kniff die Augen zu. Ein Knistern ertönte, und dann wurde ein Gegenstand in die Wunde gelegt. Er biss die Zähne zusammen. Die Schmerzen ließen nur langsam nach, während Sam die Wunde verband. Nach einiger Zeit konnte er sogar die Augen wieder öffnen. Blinzelnd blickte er auf Sams gesenkten Kopf, die gerade den Verband mit einem Pflaster fixierte. Als sie damit fertig war, sah sie auf und entdeckte Morgans Blick.

»Alles in Ordnung?«

»Ja.« Morgans Stimme klang belegt. Er räusperte sich.

»Möchten Sie vielleicht noch etwas trinken, bevor wir weiterfahren?« Morgan nickte wortlos. Er versuchte sich aufzurichten, doch Sam drückte ihn sanft zurück. »Bleiben Sie erst noch etwas ruhig liegen. Sie haben viel Blut verloren. Ich möchte nicht, dass Sie wieder bewusstlos werden.« Sie verschwand aus der Öffnung und tauchte einige Augenblicke später mit der Wasserflasche wieder auf. »Hier, bitte.«

Morgan nahm die Flasche dankend entgegen und setzte sie an seinen Mund. Das Wasser fühlte sich herrlich an, auch wenn es ziemlich warm war. Er richtete sich etwas auf und nahm einen tieferen Schluck. Schließlich reichte er widerwillig die Flasche an Sam zurück. Das Knurren in seinem Magen erinnerte ihn daran, dass er seit langem nichts mehr gegessen hatte.

»Vielen Dank. Sie haben nicht zufällig auch etwas Essbares dabei? Ganz egal was, ich bin da nicht wählerisch.«

Sam beugte sich über ihn und wühlte im Handschuhfach. Mit einem zufriedenen Grunzen zog sie schließlich einige Schokoriegel hervor. Sie drückte sie ihm in die Hand und richtete sich auf.

Morgan lief das Wasser im Mund zusammen. Er legte die Riegel vorsichtig auf die Konsole und quälte sich aus dem Buggy. Zuerst wollte er noch seine Hose wieder über die dick verbundene Hüfte bekommen, dann erst konnte er sich der Nahrungsaufnahme widmen. Sofort war Sam wieder an seiner Seite, bückte sich und zog die Hose vorsichtig über seine muskulösen Oberschenkel. Ihr warmer Atem strich dabei über seine nackte Haut. Morgan ballte die Hände zu Fäusten, um eine verräterische Reaktion seines Körpers zu unterdrücken. Es gelang ihm nicht ganz, aber Sam gab mit keiner Geste zu erkennen, dass sie seine Erektion bemerkt hatte. Gut so, er wollte sie wirklich nicht verschrecken.

Wahrscheinlich war es einfach eine ganz natürliche Reaktion auf die Nähe einer Frau. Es war das erste Mal seit vielen Monaten, dass ihm eine Frau so nahe gewesen war. Seine Ohren röteten sich. Es war ihm wirklich peinlich, dass ihm das passierte. Das Schlimmste allerdings war, dass er Sam für ihre Hilfe und Pflege wirklich dankbar war. Sie sollte sich bei ihm vor ungewollten Annäherungsversuchen sicher fühlen können. Er mochte sie einfach: ihre Natürlichkeit und ihre Begeisterung für ihre Arbeit, die Art und Weise, wie sie ihre Verfolger abgehängt hatte, selbst ihre Unordnung fand er sympathisch. Tatsächlich, er musste eindeutig mehr Blut verloren haben, als gut für ihn war. Er hatte im Moment wirklich andere Probleme, als für eine so junge Frau zu schwärmen – zu jung für ihn. Er schüttelte den Kopf, um die ungewollten Gedanken zu vertreiben.

Sam beugte sich über ihre Tasche und verstaute mit zittrigen Fingern den Verbandskasten. Natürlich hatte sie die Erektion des Mannes bemerkt, zumal ihre Nase diesem Körperteil empfindlich nahe gekommen war. Da er aber keinen Annäherungsversuch gestartet, sondern sie eher von sich geschoben hatte, ging sie davon aus, dass es sich einfach um die natürliche, unbewusste Reaktion eines Mannes auf ihre Berührungen gehandelt hatte. Wenn man von seinem abgewandten Gesicht Rückschlüsse ziehen konnte, war es ihm auch peinlich. Sam grinste. Aber deshalb war es nicht weniger beeindruckend gewesen. Ihre Reaktion darauf war ein sicheres Zeichen, dass sie wohl doch wieder etwas mehr unter Leute gehen sollte. Wenn bereits der Körper eines ihr weitgehend fremden und vielleicht sogar gefährlichen Mannes für sie interessant war, dann war es vielleicht an der Zeit, sich doch mal wieder auf eine Verabredung mit einem der harmlosen Männer auf dem Campus einzulassen. Es konnte jedenfalls sicher nicht schaden.

Kopfschüttelnd schwang sie sich schließlich wieder hinter das Lenkrad. Auf was für seltsame Ideen sie heute kam. Wahrscheinlich lag es nur an der überstandenen Gefahr, dass ihr Körper in Aufruhr war und ihr signalisierte, sich einen passenden Partner zu suchen, um das Leben zu feiern. Aber das würde noch einige Zeit dauern, zumindest bis sie wieder zurück in Salt Lake City war. Seufzend verbannte sie jeden Gedanken daran und gab Gas.

Fluchend trat Tony gegen den Lieferwagen. Bereits seit einer Stunde versuchten sie, ihn wieder aus dem Graben herauszubekommen, aber nichts funktionierte. Sie saßen fest. Chuck lehnte sich keuchend an den Wagen und wischte mit einem Tuch über seine schweißbedeckte Stirnglatze.

»Lass es sein, das bringt nichts.«

Tony ließ sich in den Sand fallen. »Und was machen wir jetzt? Das Handy funktioniert hier auch nicht.«

»Wir werden in unseren Spuren zurückgehen, bis wir wieder bei dem Zelt sind, das wir vorhin gesehen haben. Vielleicht gibt es da irgendeine Kommunikationsmöglichkeit oder wenigstens etwas zu essen.«

Tony stöhnte auf. »Bist du verrückt geworden? Das waren mindestens zehn Meilen. Das schaffen wir nie!«

Chuck zog die Augenbrauen hoch. »Möchtest du vielleicht lieber hier sitzen bleiben, bis du verdurstest?« Er lachte unfroh. »Oder glaubst du etwa, dass hier im Nirgendwo jemand vorbeikommt und dich rettet?«

Tonys Stimme klang weinerlich. »Aber mein Bein ist doch verletzt.«

»Möchtest du das Gerald White erzählen?«

Tony schüttelte den Kopf. Er erinnerte sich noch gut an die Warnung, die er ihnen mit auf den Weg gegeben hatte.

»Siehst du. Vielleicht finden wir im Zelt irgendeinen Hinweis, wer dort gelebt hat. Wenn wir Glück haben, gibt es eine Spur, die uns direkt zu Frank Tanner führt.« Chuck holte eine Flasche Cola und sein nutzloses Telefon aus dem Wagen und machte sich auf den Weg. Vor sich hin fluchend humpelte Tony hinter ihm her.

Als sie nach drei Stunden in der Mittagshitze endlich das Lager erreicht hatten, war Tony auch das letzte Schimpfwort ausgegangen. Er taumelte in den Schatten des Zeltes und fiel kraftlos zu Boden. In seinem Kopf schwirrte ein ganzer Hornissenschwarm, seine Arme und Beine fühlten sich an wie Gummi, und sein Mageninhalt machte sich verdächtig bemerkbar. Chuck erging es nicht viel besser, wie er aus den Augenwinkeln erblickte. Er war über dem schmalen Bett zusammengebrochen, seine Atmung klang wie der Motor eines alten VW-Käfers. Und er blutete! Tony richtete sich langsam auf.

»Blutest du, Chuck?«

Chuck drehte seinen Kopf zu Tony.

»Seit ein paar Stunden nicht mehr. Wieso?«

Tony deutete mit zitternden Fingern auf das Bett. »Weil dieses Bett aussieht, als hätte jemand darauf ein Schwein geschlachtet.«

Wie von einer Tarantel gestochen fuhr Chuck in die Höhe. Sein entsetzter Blick heftete sich auf das rot gefleckte Laken.

»Igitt!« Vorsichtig tippte er mit einem Finger an einen der Flecken. Trocken. »Ich würde sagen, das beweist, dass Frank hier gewesen ist und ihm jemand geholfen haben muss. Konntest du erkennen, wie der Typ aussah, der den Buggy gelenkt hat?«

Tony schüttelte den Kopf. »Nein, nicht richtig. Nur, dass er ungefähr so groß war wie Frank und kurze, braune Haare hatte.«

»Das wird uns beim Boss nicht helfen. Wir müssen hier irgendetwas finden, das uns die Identität dieser Person verrät, sonst sind wir erledigt.«

Die Suche erwies sich als langwierig und ergebnislos. Zumindest bis Chuck in einer Falte des Zeltes ein Buch entdeckte. Er verzog das Gesicht.

»*Geologie des Colorado Plateaus* – wie überaus spannend.« Er blätterte darin herum, dann überzog ein Grinsen sein Gesicht. »Na, wer sagt es denn. Guten Tag, Sam Dyson. Und wo kommst du her? Von der University of Utah, Salt Lake City. Wenn das kein Anhaltspunkt ist.«

Er drehte sich zu Tony um. »Wir haben ihn!«

Tony war leichenblass, in den Händen hielt er einen Gegenstand umklammert.

»Falsch, er hat uns.«

»Was meinst du damit?« Hatte Tony jetzt völlig den Verstand verloren?

Wortlos reichte Tony ihm ein Foto, das er unter dem Bett gefunden hatte. Chuck warf einen Blick darauf und sank auf das Bett.

»Mist! Das darf doch nicht wahr sein.« Seine Stimme klang plötzlich hysterisch. »Hast du noch mehr davon?«

Tony schüttelte den Kopf. »Nur dieses eine.« Er senkte den Kopf in die Hände. »Aber das war bestimmt nicht das Einzige.«

Voller Abscheu warf Chuck das Bild neben sich. Es war ein sehr grobkörniges, dunkles Bild, auf dem man nur schwach die Umrisse von zwei Männern im grellen Scheinwerferlicht erkennen konnte. Der Wagen war nur ein heller Fleck, mehr konnte man nicht erkennen. Aber was, wenn die anderen Fotos deutlicher waren? Sie waren so gut wie tot, wenn der Boss das erfuhr.

»Irgendwie müssen wir schnellstens von hier wegkommen, diesen Sam Soundso ausfindig machen und aus ihm herauspressen, wo er Frank hingebracht hat. Vor allen Dingen müssen wir wissen, ob er noch mehr von diesen verdammten Fotos gemacht hat.«

Tony blickte skeptisch. »Aber wie willst du das anstellen? Und was machen wir, wenn dieser Sam nicht kooperiert?«

Chuck grinste. »Dasselbe, was auch Frank blüht, wenn ich ihn erwische.« Sein Grinsen erlosch. »Sieh nach, ob du irgendetwas findest, mit dem wir kommunizieren können. Ich glaube nicht, dass hier jemand längere Zeit war, ohne mit der Außenwelt im Notfall Kontakt aufnehmen zu können.«

Eine Viertelstunde später hatten sie das Zelt auseinander genommen, aber immer noch keine Spur von einem Sender oder etwas Ähnlichem gefunden. Erschöpft ließ Tony sich auf die Hacken zurücksinken.

»Ich gebe auf. Such meinetwegen weiter, bis du schwarz wirst, ich muss jetzt an die frische Luft. Diese Hitze hier drin ist ja nicht auszuhalten!« Damit verließ er fluchtartig das Zelt.

Chuck blickte ihm hinterher und fluchte. Sie mussten hier verschwinden. Die Vorräte würden nicht ewig reichen, und niemand wusste, wo genau sie waren. Lieber würde er sich in Gerald Whites Gnade begeben, als hier elend zu verrecken.

Draußen ertönte ein Klappern.

»Chuck!«

In Sekunden war er auf den Beinen und aus dem Zelt heraus. Tony kniete hinter dem Zelt und hielt etwas in der Hand.

»Was ist das?«

Tony grinste von einem Ohr zum anderen.

»Unsere Rettung, Mann, unsere Rettung!« Er hielt den Gegenstand vor Chucks Nase. »Das ist ein altes Funkgerät. Mein Vater hatte so ein Teil in der Garage. Als Kind habe ich mich immer heimlich hinausgeschlichen, um die Aliens zu kontaktieren.«

Chuck blickte ihn an, als wäre er selbst ein Außerirdischer.

»Sehr spannend, deine Familiengeschichten. Viel interessanter ist aber, ob das Ding funktioniert und wir damit Hilfe rufen können.«

Tony lief rot an. Dann probierte er eine Weile jeden Knopf aus. Schließlich gab das Gerät ein statisches Geräusch von sich. Breit grinsend blickte er zu Chuck auf.

»Funktioniert. Wen wollen wir anfunken?«

»Eine gute Frage.«

VIII

Nachdem Sam und Morgan stundenlang durch die wüstenartige Landschaft gefahren waren, standen sie plötzlich an einer schmalen Asphaltstraße. Sollte sie es wagen, hier entlangzufahren?

»Was schlagen Sie vor?« Keine Antwort. Sam drehte sich zu John um. Seine Augen waren geschlossen, seine Brust hob und senkte sich gleichmäßig. »John?« Wieder keine Reaktion. Sollte sie ihn weiterschlafen lassen? Andererseits hatte sie in solch einer Situation überhaupt keine Erfahrung. Sie wusste nicht, was sie tun sollte. Schließlich strich sie sanft über seine Wange. »John, wachen Sie auf.«

Morgan löste sich langsam aus den Fängen des Albtraums, der ihn gefangen hielt. Seine Mundwinkel zuckten nach oben, als er die sanfte Stimme hörte.

»Mara?«

Sam schluckte, als sie die verzweifelte und zugleich liebevolle Frage hörte. Wer war Mara? Seine Frau, Freundin, Geliebte? Sie riss sich zusammen. Das ging sie nichts an.

»Nein, ich bin es nur, Sam.«

Morgan öffnete mühsam die Lider. Sams besorgt blickende Augen waren nur wenige Zentimeter von seinem Gesicht entfernt. Ruckartig kehrte er in die Gegenwart zurück, die nicht viel besser war als sein Traum. Er schüttelte den Kopf und konzentrierte sich auf Sam.

»Was ist?«

»Wir sind an einer Straße. Ich wollte wissen, was wir machen sollen – die Straße nehmen oder besser noch weiter durch die Wildnis fahren?«

Morgan sah sich gründlich um. Tatsächlich, mitten durchs Nichts führte eine schmale asphaltierte Straße. Stellenweise war sie, wo der Wind Sand über die Fahrbahn gefegt hatte, kaum zu erkennen. Das Ganze kam ihm ziemlich unwirklich vor. Die Sonne brannte gnadenlos von einem wolkenlosen Himmel, der Wind war so heiß, dass er keinerlei Erleichterung brachte. Sein ganzer Körper war schweißnass, seine Kleidung durchtränkt. Trotzdem war ihm kalt, wahrscheinlich hatte er wirklich Fieber. Schließlich wandte er sich wieder an Sam.

»Welche Straße ist das?«

Wortlos beugte sich Sam über ihn und zog eine Straßenkarte aus dem Handschuhfach. Sie schlug sie an der richtigen Stelle auf und tippte dann mit einem Finger darauf.

»Hier, es müsste die 139 sein. Sie führt von der Interstate 70 zum Highway 40.« Sie blickte ihn ernst an. »Wenn Ihre Freunde das Auto aus dem Graben bekommen oder Hilfe gerufen haben, dann könnte es sein, dass sie diese Straße hier nehmen. Andererseits führt sie genau zur 40, die wir nach Vernal fahren wollten.«

»Wollten wir das?«

»Ich schon, dort steht nämlich mein Auto. Außerdem hat Vernal einige Motels, in denen Sie bestimmt unterkommen können.« Sie blickte ihn bittend an. »Sind Sie sicher, dass ich Sie nicht in ein Krankenhaus bringen soll?«

Morgan schüttelte, noch bevor sie geendet hatte, den Kopf und zuckte zusammen. Irgendwie fühlte sich sein Kopf immer noch so an, als würde das Gehirn darin herumkullern.

»Nein, es ist wirklich besser, wenn Sie mich einfach irgendwo absetzen. Ich finde meinen Weg dann schon alleine. Aber danke, dass Sie so um mich besorgt sind.«

Sam öffnete den Mund, um zu protestieren, schloss ihn dann aber wieder. Es war sinnlos: John schien fest entschlossen und würde sich nicht umstimmen lassen. Sofern sie ihn nicht fesselte und gegen seinen Willen im Krankenhaus ablieferte, musste sie klein beigeben. Sie blickte ihn resigniert an und wechselte dann das Thema.

»Aber was machen wir jetzt?«

Morgan blickte sie forschend an. Die Anspannung begann Spuren in ihrem Gesicht zu hinterlassen. Leichte Schatten lagen unter ihren großen, blauen Augen, eine Falte zog sich über die glatte Stirn. Ihre volle Unterlippe sah so aus, als hätte sie sie mit den Zähnen bearbeitet. Außerdem standen ihre kurzen Haare zu allen Seiten ab, was aber auch an dem Fahrtwind liegen konnte. Morgan wagte nicht, sich vorzustellen, was für ein Bild er zurzeit abgab. Erstaunlich, dass sie ihn trotz seines Furcht erregenden Anblicks gerettet und versorgt hatte.

»Ich glaube, es wäre besser, wenn wir abseits der Straße blieben. Zumindest bis wir in einer belebteren Gegend sind. Wenn wir auf dieser Straße fahren würden und die Leute, die hinter mir her sind, begegneten uns wieder, dann hätten wir mit dem langsamen Buggy keine Chance.«

Sam nickte knapp, wendete das Gefährt und fuhr wieder in die versteinerte Dünenlandschaft hinein. Hitze flimmerte über dem Sand und ließ den Eindruck von Wasser entstehen. Sie konnte jetzt verstehen, wie es Menschen ging, die am Verdursten waren und dann eine Fata Morgana sahen – beängstigend. Während sie weiterhin den Buggy vorsichtig über das unwegsame Gelände lenkte, warf sie immer wieder sorgenvolle Seitenblicke auf Johns Profil. Er hatte seine Augen geschlossen und atmete flach die stickige Luft ein. Im Tageslicht sah er noch furchtbarer aus als in der Nacht. Große Flächen seines Gesichts waren von fast schwarzen Blutergüssen gezeichnet, seine Augen waren zugeschwollen, seine Nase ebenfalls doppelt so dick. Jedenfalls nahm sie das an. Nicht zum ersten Mal fragte sie sich, wie er wohl ohne die Verletzungen aussehen würde. Was sie wusste war, dass er zwar nicht besonders groß, aber dafür recht muskulös war. Er war genau richtig: nicht zu kräftig, aber auch nicht zu dünn. *Genau richtig wofür?* Sam schüttelte den Kopf und begrub diese Gedanken mit einem leisen Gefühl des Bedauerns.

Kurze Zeit später folgten sie für eine Weile einer Straße, um den Green River zu überqueren. Danach wechselten sie wieder in die karge, einsame Landschaft. Etwa zwanzig Meilen weiter trafen sie dann kurz vor der kleinen Ortschaft Dinosaur auf den Highway. Von dort schafften sie die Strecke bis nach Vernal in weniger als einer Stunde. Trotzdem schien es Sam die längste Stunde ihres Lebens zu sein. Ständig hielt sie im Rückspiegel Ausschau nach verdächtigen Autos, doch sie bemerkte nichts.

Bevor sie in die Ortschaft einfuhren, gab sie John ihre alte Baseballkappe und eine Sonnenbrille, damit er wenigstens einen Teil seines Gesichts verdecken konnte. Doch auch so würde er wohl auffallen wie ein bunter Hund. Am Stadtrand stellte sie den Buggy in der Garage ab, aus der sie ihn vor Wochen abgeholt hatte. So schnell es ging, entluden sie ihre Habseligkeiten und deponierten sie in ihrem klapprigen Toyota Pick-up. John war diesmal kaum eine Hilfe. Er kam mehr als einmal ins Taumeln und wäre hingefallen, wenn Sam ihn nicht aufgefangen hätte. Schließlich reichte es ihr, und sie befahl ihm, sich sofort ins Auto zu setzen. Dass er widerspruchslos gehorchte, zeigte ihr, wie schlecht es ihm ging. Endlich hatte sie die letzte Kiste verladen und schwang sich auf den Fahrersitz. Johns Kopf lehnte an der Kopfstütze, seine Haut war kreidebleich unter den Prellungen.

»Wenn Sie noch ein bisschen durchhalten, habe ich Sie gleich in einem Motelzimmer, okay?«

Morgans Augen öffneten sich einige Millimeter, bis er Sam sehen konnte. Es war ihm unangenehm, dass die ganze Arbeit auf ihr gelastet hatte. Er schwor sich, Sam für alles zu entschädigen, sollte er je die Gelegenheit dazu bekommen. Er brachte ein schwaches Nicken zustande; für Sam das Zeichen loszufahren. Das Dröhnen des Motors verhinderte jede weitere Unterhaltung, sodass Morgan seine Augen wieder schloss und hoffte, dass diese Tortur bald überstanden wäre. Die Stoßdämpfer des Pick-ups waren fast noch schlechter als die im Buggy. Er hatte das Gefühl, seine Eingeweide würden langsam durch seinen ganzen Körper wandern. Erleichtert atmete er auf, als Sam schließlich in die Einfahrt eines mittelgroßen, anonymen Motels einbog und den Motor ausschaltete.

»Ist das okay?«

Morgan versuchte sich prüfend umzublicken. Das lange, flache Gebäude war einstöckig, und die Anmeldung lag um die Ecke. Perfekt, so würde ihn vielleicht niemand sehen, wenn er sich ein Zimmer nahm. Er stockte und blickte sie dann schockiert an. Eine dunkle Röte kroch auf seine Wangen.

»Was ist los?« Alarmiert blickte Sam sich um. Nichts war zu entdecken.

Morgan räusperte sich. »Das Motel wäre perfekt. Mir fiel bloß gerade ein, dass ich kein Geld dabei habe, ich könnte es also gar nicht bezahlen.«

Erleichtert ließ Sam sich zurücksinken.

»Gott, und ich dachte schon, Sie hätten jemanden entdeckt.« Sie seufzte. »Das mit dem Geld ist kein Problem. Ich werde das Zimmer für Sie mieten.« Sie hob die Hand, als er etwas sagen wollte. »Sie können mir die Kosten irgendwann zurückerstatten.« Damit öffnete sie die Tür und war verschwunden.

Morgan blickte ihr hinterher. Für ihr Alter wusste sie wirklich sehr genau, was sie wollte. Er glaubte nicht, dass jemand sie von einer einmal gefassten Meinung abbringen konnte. Umso erstaunlicher, dass sie ihm half, obwohl sie genau wusste, dass er sie belogen hatte, und sie nicht einmal wusste, ob er nicht ebenfalls ein Verbrecher war.

Unruhig beobachtete er die Umgebung, bereit, jederzeit in Deckung zu gehen, sollte er etwas Auffälliges bemerken. Er entspannte sich etwas, als Sam nach wenigen Minuten wieder um die Hausecke bog. In ihrer Hand baumelte ein riesiger Schlüsselanhänger. Anscheinend hatte es geklappt. Es war wirklich ein glücklicher Zufall gewesen, dass Sam genau zur richtigen Zeit am richtigen Ort gewesen war. Oder vielleicht war es auch vorbestimmt.

Sam stieg in den Pick-up, warf John den Schlüssel zu und startete den Wagen.

»Ich habe den letzten Raum dort hinten gemietet. Auf den Namen Eileen Smith, falls sich Ihre Verfolger die Mühe machen sollten, hier nach Ihnen zu suchen.« Dabei errötete sie.

»Eileen?«

»Der Name meiner Mutter. Mir fiel in dem Moment nichts Besseres ein.«

Morgan schüttelte den Kopf. »Mir gefällt er. Wahrscheinlich wäre mir in der Situation überhaupt nichts Vernünftiges eingefallen.«

»John Smith?«

Morgan verzog den Mund.

»Genau. Hören Sie, Sam, ich habe Ihnen wirklich nur aus dem Grund nicht meinen richtigen Namen gesagt, damit Sie nicht mit in die Sache hineingeraten. Es wäre zu gefährlich für Sie.«

Sam beobachtete ihn schweigend und nickte dann.

»Ich verstehe schon. Aber eigentlich hätten Sie einfach nur sagen brauchen, dass Sie mir keinen Namen nennen wollen, das wäre zumindest ehrlich gewesen.«

»Es tut mir Leid.« An seiner Stimme konnte Sam erkennen, dass es ihm ernst war.

»Schon verziehen. Wir sind da.« Mit Schwung parkte sie direkt vor der Tür des Motelzimmers. Sie stieß die Tür auf, sprang aus dem Wagen und lief zur Beifahrertür, um John beim Aussteigen zu helfen. Mit einem Ruck öffnete sie die Wagentür und nahm ihm den Schlüssel aus der Hand. Mit einem Arm stützte sie ihn, als er langsam den kurzen Weg zum Zimmer zurücklegte. Während er sich schwer atmend an die Hauswand lehnte, schob Sam ungeduldig den Schlüssel ins Schloss. Endlich waren sie in dem kühlen Raum und konnten die Tür hinter sich schließen. John taumelte die wenigen Schritte zum Bett und ließ sich dann mit einem Grunzen darauf fallen.

Sam warf den Schlüssel auf den billigen Holztisch und kniete sich neben ihn. Eigentlich war ihre Aufgabe jetzt erledigt, aber sie konnte ihn doch nicht hilflos hier liegen lassen.

»John?«

Seine Antwort war ein weiteres Grunzen.

»Kann ich Ihnen irgendwie helfen?«

Mit Mühe drehte Morgan seinen Kopf zur anderen Seite und entdeckte Sam neben sich. Ihre sorgenvolle Miene sprach Bände.

»Nein, alles in Ordnung. Ich muss mich nur ausruhen.«

Sam runzelte die Stirn. »Sind Sie sicher, dass ich niemanden für Sie benachrichtigen soll?«

»Ich werde nachher einen Freund anrufen. Er wird sich dann um alles Weitere kümmern.« Er fügte nicht hinzu, dass er gar nicht wusste, ob er seinen Freund überhaupt erreichen würde. Es war inzwischen schon einige Zeit her, seit er mit ihm gesprochen hatte. Aber das brauchte Sam nicht zu wissen. Es war nur wichtig, dass sie so schnell wie möglich von hier verschwand, falls seine Verfolger durch irgendeinen Zufall ihre Spur aufnahmen und hier auftauchten.

»Okay. Aber ich werde Ihnen noch etwas zu essen besorgen. Dann brauchen Sie nicht selbst hinauszugehen. Ihr zerschundenes Gesicht ist zurzeit wohl doch etwas sehr auffällig.«

»Das brauchen ...«

Sam unterbrach ihn. »Sparen Sie sich Ihre Proteste, Sie können mich sowieso nicht davon abhalten. Irgendwelche Vorlieben?«

Morgan wusste nicht, ob er überhaupt etwas herunterbringen würde. Aber ihm war klar, dass Sam nicht gehen würde, bevor sie ihn nicht mit etwas Essbarem versorgt hatte.

»Ich nehme das, was es gibt. Vielleicht einen oder zwei Schokoriegel dazu und etwas zu trinken, Wasser, Saft, völlig egal.« Das Reden hatte ihn angestrengt. Er ließ erschöpft seinen Kopf auf die Matratze sinken.

Sam nahm das als Zeichen, dass es an der Zeit war, ihm eine Stärkung zu besorgen, und ging zur Tür.

»Sam?«

Den Türgriff in der Hand drehte sie sich noch einmal um. »Ja?«

»Vielen Dank. Für alles.«

Ein Lächeln breitete sich auf ihrem Gesicht aus.

»Kein Problem.« Sie nahm das »Bitte-nicht-stören«-Schild und hängte es um den äußeren Türgriff.

»Ich bin sofort wieder da.«

Damit verschwand sie in der Nachmittagssonne.

Morgan kniff die Augen zusammen und kämpfte gegen die Schmerzen an, die überall in seinem Körper wüteten. Solange Sam bei ihm gewesen war, hatte sie für eine gewisse Ablenkung gesorgt, sodass die Schmerzen etwas gedämpft worden waren. Doch jetzt war er allein und zu schwach für große Gegenwehr, die schmerzhaften Qualen überwältigten ihn.

Eine Viertelstunde später kam Sam wieder in das dunkle Zimmer zurück, ihre Arme voll beladen mit Essen und Getränken. Sie stellte die Tüten auf dem Tisch ab und drehte sich zum Bett um. Zögernd trat sie einen Schritt auf John zu: Er bewegte sich nicht.

»John?« Keine Reaktion. Nicht schon wieder! Wie konnte sie ihn hier alleine lassen, wenn er noch nicht einmal ein paar Minuten bei Bewusstsein bleiben konnte? Die holperige Fahrt hatte ihm bestimmt den Rest gegeben. Dennoch hatte sie alles getan, was sie hätte tun können. Alles Weitere wäre jetzt die Sache von Ärzten.

Sie griff sich eine Wasserflasche und einen Pappbecher vom Tisch und ließ sich neben John auf der weichen Matratze nieder. Sie füllte etwas Wasser in den Becher und hielt ihn an seine gesprungenen Lippen. Wie bereits die Male davor holte die Flüssigkeit John aus seiner Ohnmacht. Hustend versuchte er, sich aufzusetzen, als ihm das Wasser in die Luftröhre drang. Sam zuckte schuldbewusst zusammen und beeilte sich, ihm zu helfen.

Die Huster erschütterten Morgans angeknackste Rippen. Ein scharfer Schmerz durchfuhr seinen Brustkorb. Seine Hand wanderte zu der Verletzung, doch natürlich half das nichts. Nach einiger Zeit konnte er sich schließlich wieder zurücklegen, sein Atem ging keuchend, seine Augen tränten.

»Tut mir Leid, ich wollte Sie nur aufwecken.« Zerknirscht schob Sam ihm ein weiteres Kissen unter den Kopf.

»Das ist Ihnen gelungen.« Morgans schwerer Atem füllte das Zimmer. »Ist schon gut.« Durch seine Augenschlitze blickte er sie an. »Könnte ich noch etwas Wasser haben, bitte?«

Wortlos reichte sie ihm den Becher und beobachtete, wie er vorsichtig ein paar kleine Schlucke zu sich nahm.

»Möchten Sie etwas essen?«

»Nein, im Moment nicht. Danke.«

Sam stand vorsichtig auf. »Dann werde ich Ihnen nachher etwas geben.«

»Nein!«

IX

Verwundert blickte Sam auf ihn hinunter. »Wie bitte?«

Etwas ruhiger wiederholte er: »Nein. Sie sollten jetzt wirklich fahren. Ich möchte nicht, dass Sie meinetwegen noch mehr Ärger bekommen, als Sie sowieso schon hatten.«

»Aber ...«

Morgan ergriff ihre Hand.

»Sam, hören Sie mir zu. Diese Männer sind wirklich sehr gefährlich. Und wenn sie Sie mit mir zusammen entdecken, dann sind Sie so gut wie tot. Selbst wenn sie nur erfahren, dass Sie mir geholfen haben, geraten Sie in Gefahr. Es ist besser für Sie, wenn Sie sofort wegfahren.«

Sam wunderte sich selbst über ihren Unwillen, ihn zu verlassen. Noch heute Morgen hatte sie vorgehabt, diesen Mann so schnell wie möglich loszuwerden, aber irgendetwas hatte sich geändert. Wahrscheinlich fühlte man sich einfach einem Menschen verbunden, wenn man mit ihm erlebt hatte, was sie gemeinsam durchgemacht hatten. Und wenn man diesen Menschen dann auch noch so gut wie unbekleidet gesehen hatte, war das sicher auch ein Faktor. Außerdem war er mehr oder weniger hilflos und auf sie angewiesen gewesen. Erstaunlich, dass sie jetzt sogar ein bisschen verletzt war, weil er sie so schnell loswerden wollte. Andererseits fiel es ihr nicht schwer, seiner Argumentation zu folgen. Auch sie wollte nicht unbedingt in die Schusslinie seiner Feinde geraten. Resigniert hob sie beide Hände zum Zeichen, dass sie aufgab.

»In Ordnung. Sie haben gewonnen, ich fahre jetzt. Aber rufen Sie wirklich Ihren Freund an. Ich glaube nicht, dass es gut wäre, wenn Sie hier alleine mit Ihren Verletzungen bleiben.«

Morgan versuchte zu lächeln. »Das werde ich machen, versprochen!« Er wühlte auf dem Nachttisch, bis er einen Zettel und einen Stift fand, und kritzelte schnell etwas darauf. Dann reichte er ihr das Stück Papier. »Wenn Sie Probleme bekommen oder je etwas von mir brauchen, rufen Sie mich an. Die Nummer hat eine Weiterleitung zu einem Anrufbeantworter. Hinterlassen Sie mir eine Nachricht. Ich werde dann zurückrufen, so schnell ich kann.« Sofern er dann noch lebte. Dieser Nachsatz stand zwischen ihnen, aber keiner sprach ihn aus.

Vorsichtig nahm Sam den Zettel, faltete ihn zusammen und steckte ihn sorgsam in ihre Geldbörse. Dann zog sie einen Fünzigdollarschein heraus und legte ihn auf den Tisch.

»Für den Notfall.«

Röte breitete sich in Morgans Gesicht aus. Es war ihm wirklich peinlich, von Sam Geld anzunehmen, aber er wusste, dass er es gebrauchen konnte. Vor allem jetzt, da er außer seiner verschmutzten und zerrissenen Kleidung nichts bei sich trug. Kein Pass, keine Kreditkarten, kein Geld – gar nichts. Wenn er Zach nicht erreichte, würde er das Geld dringend nötig haben, um wieder nach Denver zurückzukommen. Dort hatte er seine Wohnung und alles andere, was er zum Leben brauchte.

»Danke. Und Sam ...«

Sie drehte sich an der Tür zu ihm um. »Ja?«

»Es war wirklich eine Freude, Sie kennen zu lernen. Passen Sie auf sich auf.«

Sams Lächeln blitzte auf. Sie kehrte zum Bett zurück, setzte sich neben ihn und strich ihm sanft über das geschundene Gesicht.

»Ich bin froh, dass ich Sie da draußen gefunden habe. Ich weiß zwar nicht, wer oder was Sie sind, aber irgendwie habe ich ein Gefühl, dass Sie zu den Guten gehören.« Ein letztes Mal strich ihr Finger über seine Wange, dann sprang sie auf. »Viel Glück!«

Damit war sie verschwunden. Lange Zeit blickte Morgan auf die verschlossene Tür, dann seufzte er tief. Irgendwie hatte er das Gefühl, als hätte ihn gerade das Leben verlassen und nur noch eine vertrocknete Hülle wäre zurückgeblieben. Gott, er wurde schon wieder sentimental. Bevor ihn erneut die Kraft verließ, nahm er den Hörer des Telefons ab, das auf dem Nachttisch stand, und wählte aus dem Gedächtnis eine Nummer. Nach dem zehnten Läuten meldete sich jemand.

»New York Police Department.«

»Morgan Spade. Guten Tag. Ich hätte gerne Detective Zach Murdock gesprochen.«

Die Frauenstimme auf der anderen Seite klang gehetzt.

»Detective Murdock ist zurzeit nicht da. Kann ich Sie mit jemand anderem verbinden?«

Morgan schloss gequält die Augen. Es war klar, dass Zach gerade dann nicht da war, wenn er ihn brauchte.

»Können Sie mir sagen, wann er wiederkommt, es ist wirklich wichtig.«

»Darüber kann ich Ihnen keine Auskunft geben.«

»Hat er vielleicht eine Telefonnummer hinterlassen, auf der man ihn erreichen kann?«

»Die darf ich auch nicht herausgeben. Aber Sie können eine Nachricht hinterlassen, wenn Sie wollen.«

Morgan war kurz davor, das Gespräch zu beenden, überlegte es sich dann aber anders. Er brauchte wirklich Hilfe, alleine würde er es vermutlich nicht schaffen.

»Ja, sagen Sie ihm bitte, er möchte mich, Morgan Spade, unbedingt unter folgender Nummer zurückrufen.« Er diktierte die Nummer des Hoteltelefons. »Es geht um Leben und Tod.«

»… Leben und Tod. Ich habe die Nachricht notiert. Sowie er sich meldet, wird sie weitergegeben. Auf Wiederhören.«

Verdutzt blickte Morgan den Hörer an. Sie hatte aufgelegt. Anscheinend war sie Anrufe gewöhnt, bei denen es um Leben und Tod ging. Langsam legte er den Hörer auf und ließ sich wieder in die Kissen sinken. Er musste irgendwie versuchen, wach zu bleiben, damit er das Telefon hörte, sollte Zach zurückrufen. Doch schon nach wenigen Minuten wurden seine Lider immer schwerer, und er versank in einen tiefen Schlaf.

Mehr als einmal wäre Sam beinahe umgekehrt. Immer wenn sie das Bedürfnis überkam, zu John zurückzufahren, wiederholte sie im Geiste seine Worte, die ihr nahe gelegt hatten, so schnell wie möglich zu verschwinden, wollte sie nicht in seine Probleme mit hineingezogen werden. Also fuhr sie schnurstracks ohne Unterbrechung nach Salt Lake City. Ihre Hände schmerzten, so fest hielt sie das Lenkrad umklammert. Aber sie hatte es geschafft: Sie war zu Hause!

Aufatmend fuhr sie in ihre Straße, die in einer der ruhigeren Wohngegenden lag. Es war ein schönes Gefühl, nach so langer Zeit wieder heimzukommen. Sie freute sich schon auf eine lange Dusche und ein weiches Bett. Kaum hatte sie diesen Gedanken zu Ende gebracht, meldete sich ihr schlechtes Gewissen. Der arme John lag alleine in seinem Hotelzimmer, verletzt, hungrig, vermutlich in großer Gefahr, und sie dachte über ein Duschbad nach. Aber wahrscheinlich würde sie John, oder wie immer er auch wirklich heißen mochte, nie mehr wiedersehen. Sie musste jetzt ihr eigenes Leben weiterführen. Der Gedanke versetzte ihr einen kleinen Stich. Es schien, als hätte sie sich wirklich in der kurzen Zeit ziemlich an ihn gewöhnt.

Energisch schüttelte sie ihre Melancholie ab, fuhr mit dem Auto in die Einfahrt ihres kleinen, eingeschossigen Hauses und stellte den Motor ab. Das Gebäude war relativ klein, aber für sie alleine reichte es allemal. Seit sie ihren Job bei der Universität angenommen hatte, bezahlte sie jeden Monat einen beträchtlichen Teil ihres Gehalts für die Miete, aber das war ihr ihre Freiheit wert. Sie liebte es, ihre Ruhe zu haben, machen zu können, was sie wollte. Und vor allem hatte sie keine unmittelbaren Nachbarn. Sam nahm ihre Reisetasche und eine Kiste mit persönlichen Gegenständen und ging zur Haustür. Den Kasten auf einem Arm balancierend schob sie ihren Schlüssel ins Schloss und stieß die Tür auf. Sie verzog den Mund, als der Schwall abgestandener Luft sie traf. Tasche und Kiste in der Diele zurücklassend lief Sam von Zimmer zu Zimmer und öffnete sämtliche Fenster. Sie hatte zwar eine Klimaanlage, aber erst einmal musste sie die muffige Luft loswerden.

Während ihr Wohnzimmer ein Sammelsurium aus leuchtenden Farben und freundlichem Durcheinander war, überwiegten im Schlafzimmer verschiedene Blautöne. Ein zweitüriger Kleiderschrank und eine kleine Kommode enthielten ihre gesamte Garderobe, die zu einem großen Teil aus Jeans und T-Shirts bestand, mit der Sommervariante: Shorts und T-Shirts. Viel mehr brauchte sie auch nicht. Ein oder zwei Kleider für festliche Anlässe, das war es schon. Dafür hatte sie sich ein sündhaft teures, aber ungemein bequemes Doppelbett geleistet. Sie schlief zwar die meiste Zeit alleine darin, aber so konnte sie sich wenigstens richtig ausbreiten und musste bei ihrem unruhigen Schlaf nicht immer Angst haben, aus dem Bett zu fallen. Sie teilte ihr Bett allerdings auch mit Hugo, einem Plüschtier in Flugentenformat. Lächelnd ging sie auf ihn zu und hob ihn vom Bett.

»Na Kleiner, hast du mich vermisst?« Sie tätschelte kurz seinen dicken Bauch und ließ ihn dann wieder auf das Bett fallen. »Du hast mir jedenfalls gefehlt. Was glaubst du, wie kalt es auf diesem elenden Feldbett ohne dich war!«

Sie holte ihre Reisetasche und begann, sie auszupacken. Das meiste konnte sowieso sofort in die Waschmaschine. Sie bestückte die Maschine und schaltete sie an, dann schlenderte sie ins Wohnzimmer. Wie immer schnellte ihre Stimmung sofort in die Höhe, als sie den Raum betrat. Sie liebte die lebendigen Farben ihrer Sitzgruppe, das glänzende Holz des Tisches und der Regale, die sämtliche Wände im Raum bedeckten. Sie hatte mit dem Büchersammeln angefangen, als sie noch ein Kind war, und nicht mehr damit aufgehört. So standen jetzt alte Kinderbücher neben Fachbüchern über Geologie und Paläontologie, Romane neben Atlanten und topografischen Karten, Kochbücher neben Kunstbüchern. Nicht dass sie besonders gut kochen konnte, sie fand nur einfach die bunten Bilder so schön.

Zufrieden ließ sie sich in ihren flauschigen Lieblingssessel sinken, zog sich die sandigen Schuhe aus und legte ihre Beine auf einen Hocker. Manchmal konnte Sam stundenlang in ihrem Sessel sitzen und einfach nur ihr Regal betrachten, Musik hören oder den Blick durch das große Fenster in ihren kleinen Garten genießen. Aber heute hatte sie nicht genug Muße dafür. Sie müsste eigentlich noch weiter auspacken, einkaufen fahren und putzen. Aber was ihr am meisten zu schaffen machte, war Johns ungewisses Schicksal. Sie könnte natürlich in dem Hotel anrufen und sich verbinden lassen. Aber er hatte ja ziemlich deutlich gemacht, dass sie ihn vergessen sollte. Als wenn das so einfach wäre! Schließlich grub sie nicht jeden Tag jemanden aus seinem Grab aus. Aber es war nicht nur das. Irgendwie hatte er es geschafft, in ihr Gefühle zu wecken, die sie sich nicht recht erklären konnte. Sie kannte ihn nicht. Sie wusste so gut wie nichts über ihn, noch nicht einmal, wie er ohne Verletzungen aussah. Trotzdem fühlte sie sich auf unerklärliche Weise zu ihm hingezogen. Vielleicht war das nur natürlich, schließlich hatte sie ihn berührt und gepflegt.

Energisch schob sie diese Gedanken beiseite. Sie musste heute noch einiges erledigen und sollte lieber damit anfangen, sonst würde sie nie mehr damit fertig. Seufzend erhob sie sich aus ihrem Sessel und machte sich auf den Weg zur Küche. Sie nahm die Einkaufsliste vom Kühlschrank, die sie sich in weiser Voraussicht vor ihrer Abreise geschrieben hatte, steckte sie in ihre Hosentasche und ging zum Telefon. Am besten rief sie sofort bei der Universität und ihren Eltern an, damit sie es nachher nicht wieder vergaß. Als das erledigt war – sie hatte ihrer Mutter mindestens zehn Mal versichern müssen, dass es ihr auch wirklich gut ging und sie genug gegessen hatte –, schnappte sie sich ihre Geldbörse und einen Rucksack und verließ das Haus.

Unruhig beobachteten Chuck und Tony das näher kommende Auto. Sie hatten schließlich einen Cousin von Tony erreicht, der dann Gerald White informiert hatte. Der Jeep kam immer näher, und bald waren die Personen darin zu erkennen.

»Shit, der Boss selbst ist mitgekommen.« Chucks Stimme war kaum mehr als ein Flüstern.

Tonys Gesicht hatte eine grünliche Farbe angenommen, Schweiß tränkte sein Hemd. »Was glaubst du, was jetzt passieren wird?«

»Wenn wir Glück haben, leben wir morgen noch.«

Stumm warteten sie, bis der Jeep vor ihnen zum Stehen kam. Ängstlich beobachteten sie, wie Gerald White aus dem Auto stieg. In seinem weißen Anzug wirkte er, als wäre er gerade einem Modemagazin entstiegen und nicht stundenlang durch die brütende Hitze gefahren. Sein Blick war so klar und stechend wie eh und je. Chuck rechnete nicht wirklich damit, dass sie lebend aus dieser verdammten Wüste herauskamen. In den zehn Jahren seit Bestehen der Organisation waren schon einige Mitglieder der Gruppe einfach spurlos verschwunden, meist nachdem sie den Boss verärgert hatten. Er war jetzt lange genug dabei, um zu wissen, dass die Lebenserwartung nicht gerade stieg, wenn man Fehler machte. Auf den ersten Blick wirkte Gerald sehr ruhig. Aber wenn man genau hinsah, konnte man es förmlich aus seinen Ohren rauchen sehen. Chuck wischte seine schweißnassen Hände an der Hose ab, während Tony nervös an seiner Lippe kaute.

»Sagt mir einen guten Grund, warum Frank Tanner jetzt nicht tot vor mir liegt.«

Bevor Chuck auf Geralds Frage antworten konnte, redete Tony bereits. »Das liegt daran, dass ihn jemand ausgebuddelt hat. Wäre dieser Typ nicht gewesen, läge Frank jetzt immer noch in seinem Grab.«

Gerald zog die Augenbrauen hoch. »Willst du damit sagen, dass es seine Schuld war und nicht eure?«

»Ja.« Chuck trat ihn gegen das Bein. »Nein, natürlich nicht. Aber Tatsache ist, dass Frank jetzt auf jeden Fall tot wäre.«

Gerald trat ganz nah an Tony heran. »Er wäre jetzt tot, wenn ihr ihn getötet hättet, wie ich es euch gesagt habe. Aber nein, ihr musstet ja sogar eine so einfache Aufgabe verpatzen.« Er wandte sich an Chuck.

»Habt ihr irgendeine Idee, wer der Retter gewesen sein könnte?«

»Ja, Boss. Ich habe im Zelt ein Buch gefunden, in dem ein Name und die Universität von Utah stehen. Das ist zumindest ein Anhaltspunkt.« Chuck blickte zu Boden und sammelte seinen ganzen Mut. »Wir haben auch noch etwas anderes gefunden. Ein Foto – von uns, während wir Frank beseitigen.« Hastig sprach er weiter. »Nur ein sehr schlechtes Polaroidfoto, es ist kaum etwas darauf zu erkennen.«

Er spürte Geralds wütenden Blick am ganzen Körper. Gleich würde er von einer Kugel getroffen werden und in dieser einsamen Wüste sterben. Als er nach einigen Sekunden immer noch lebte, blickte er zögernd auf. Rote Flecken hatten sich auf Geralds gebräunten Wangen gebildet. Seine Stimme war gefährlich leise.

»Willst du damit sagen, euch hat jemand dabei fotografiert?«

»Ja, Boss. Tut mir Leid.«

»Das ist alles, was du dazu zu sagen hast? Es tut dir Leid?« Gerald atmete tief durch. »Gab es mehr als ein Foto?«

»Das wissen wir nicht. Aber da wir auch keine Kamera gefunden haben, kann es durchaus sein, dass derjenige noch weitere Fotos geschossen und mitgenommen hat.« Bevor Gerald ihn auf der Stelle erschießen konnte, redete er schnell weiter. »Aber wir haben ja den Namen der Person und können so den Aufenthaltsort ermitteln. Dann holen wir uns die Fotos, und niemandem ist ein Schaden entstanden.«

»Glaubst du.« Es war keine Frage. Gerald wandte sich an Tony. »Ich möchte, dass du George die Stelle zeigst, wo ihr Frank begraben hattet.« Er nickte George zu. »Danach soll nichts mehr davon zu sehen sein. Verstanden?«

George nickte und ging mit einem erleichterten Tony zum Wagen. Chuck verzog das Gesicht, als er ihnen nachblickte: so jung und so dumm.

Die beiden Männer stiegen in den Jeep und waren bald hinter den Felsen außer Sicht. Geralds stechende hellgrüne Augen bohrten sich in Chucks.

»Kannst du den Mann beschreiben?«

»Nicht richtig. Wir haben ihn nur ganz kurz aus der Entfernung und bei voller Fahrt gesehen. Er war ungefähr so groß wie Frank und hatte kurze braune Haare.«

»Wie Millionen anderer Menschen.«

Chuck zuckte zusammen. »Ja.«

»Nun, dann hoffen wir für dich, dass der Hinweis im Buch mehr Erfolg hat.«

»Vielleicht hilft es auch, wenn wir nach dem Buggy suchen, in dem er unterwegs war? Die werden hier ja wohl nicht so häufig sein.«

»Wir werden sehen.«

Ein Schuss ertönte. Gerald quittierte ihn mit einem Lächeln. »Ich hasse es, wenn jemand versucht, die Schuld von sich auf andere abzuwälzen. Du bekommst noch eine Chance, Chuck.«

Erleichtert wischte sich Chuck den Schweiß von der Stirn. »Danke, Boss. Ich werde dich nicht enttäuschen.«

»Das hoffe ich.«

X

Morgan erwachte von dem durchdringenden Klingeln eines Telefons. Im ersten Moment wusste er nicht, wo er war. Aber die Schmerzen, die durch seinen Körper schossen, erinnerten ihn schnell wieder daran. Er knipste das Licht über dem Bett an und setzte sich mühsam auf. Mit einer zittrigen Hand hob er den Hörer ab und hielt ihn an sein Ohr.

»Ja?«

Stille am anderen Ende.

»Morgan, bist du das? Hier ist Zach.«

Große Erleichterung durchflutete Morgan, als er die Stimme seines Freundes erkannte. Vielleicht konnte er diese ganze Angelegenheit doch noch zum Guten wenden.

»Ja, ich bin's. Danke, dass du zurückrufst.«

»Kein Problem. Was ist los? Die Telefonistin hat etwas von ›Leben und Tod‹ gesagt. War sie da wieder etwas melodramatisch?«

»Leider nicht. Ich bin gerade in einer ziemlich verzwickten Lage und brauche deine Hilfe. Bist du gerade frei?«

»Ja, ich habe Urlaub. Was kann ich für dich tun?«

Morgans geschwollene Lippen verzogen sich zu einem Lächeln. Es war schön, wenn man Freunde hatte, auf die man sich verlassen konnte. Nicht zum ersten Mal fragte er sich, warum er Zach nicht gleich zu Anfang um Hilfe gebeten hatte. Dann wäre das alles nicht passiert.

»Bist du in New York?«

Zach gab einen merkwürdigen Ton von sich. »Nein, ich bin gerade in Moab, Utah. Ich besuche Freunde.« Das »Freunde« hatte einen dumpfen Unterton. Zach räusperte sich. »Also, was ist los?«

»Das möchte ich ungern am Telefon sagen. Ich bin gerade in einem Motel in Vernal, ebenfalls Utah, in der Nähe des Dinosaur National Monuments. Wäre es vielleicht möglich, dass du mich hier abholen kommst, ich bin momentan nicht mobil.«

»Kein Problem.«

Morgan atmete erleichtert auf. »Tut mir Leid, wenn ich die Zeit mit deinen Freunden unterbreche.«

»Macht nichts, ich habe sowieso bereits eine zu große Dosis glücklicher Menschen eingeatmet. Wo finde ich dich?«

Morgan wollte schon antworten, dann wurde ihm bewusst, dass er überhaupt keine Ahnung hatte, wo er genau war.

»Moment, ich suche eben die genaue Adresse.« Er legte den Hörer zur Seite und blätterte in dem kleinen Prospekt, der auf dem Nachttisch lag. »Hier ist sie: Bedrock Motel, 930 North, Vernal Avenue. Ich bin in Zimmer 12, das letzte in der Reihe.«

»Okay, habe ich notiert. Es kann allerdings ein paar Stunden dauern. Ich muss mir erst eine Karte besorgen und ein Auto. Ich bin mit dem Flugzeug hier, und ich wurde vom Flughafen abgeholt.«

Morgan hustete. »Schon in Ordnung, bis dahin werde ich wahrscheinlich noch nicht tot sein. Ich bin schon froh, dass du gerade nicht in New York bist.« Er räusperte sich. »Danke für deine Hilfe, Zach.«

»Geht es dir gut?«

»Es ging schon mal besser. Bis später.«

»Ich beeile mich.« Damit beendete Zach das Gespräch.

Morgan platzierte den Hörer wieder auf der Gabel und ließ sich zurückfallen. Eigentlich müsste er etwas essen. Aber er konnte sich einfach nicht dazu durchringen, sich mehr als notwendig zu bewegen. Also blieb er liegen und versank wieder in einen unruhigen Schlummer.

Zach blickte nachdenklich auf den Hörer, den er immer noch in der Hand hielt, hinab. Morgan hatte wirklich nicht besonders gut geklungen. Seit Maras Tod vor acht Monaten hatten sie sich nur noch ein paar Mal gesprochen. Er hatte Morgans Wunsch nach Abgeschiedenheit verstanden und respektiert, wollte in diesen Ferien jedoch bei ihm in Denver vorbeischauen, um dann von dort aus nach New York zurückzufliegen.

Jetzt fragte er sich, ob er ihn dort überhaupt angetroffen hätte. Bei intensiverem Nachdenken erinnerte er sich, dass er in den letzten Monaten, wenn er versucht hatte, Morgan zu erreichen, mit dem Anrufbeantworter vorlieb nehmen musste. Es war immer Morgan gewesen, der ihn dann zurückgerufen hatte. Und jetzt war er in Vernal und steckte anscheinend in wirklichen Schwierigkeiten.

Das Erste, was ihm damals, als sie sich bei einem Polizeilehrgang für angehende Brandermittler kennen gelernt hatten, an Morgan aufgefallen war, war sein eiserner Wille gewesen, möglichst alles alleine zu schaffen. Morgan empfand eine tief verwurzelte Unabhängigkeit und verließ sich in seinem Privatleben nur auf sich selbst. Er behielt auch das meiste für sich. Zach ging es genauso. Das war einer der Gründe gewesen, warum sich so schnell eine Freundschaft zwischen ihnen entwickelt hatte.

Kopfschüttelnd legte er den Hörer auf. Was stand er hier eigentlich noch herum, während sein Freund Hilfe brauchte? Er schob den Zettel mit der Adresse in seine Hosentasche und verließ eilig das Zimmer. Im Türrahmen stehen bleibend atmete er noch einmal tief durch, bevor er die Küche betrat. Wie immer versetzte ihm der Anblick von Autumn einen Stich. Natürlich freute er sich, dass sie jetzt in Sicherheit war und so glücklich schien, wie er sie nie zuvor in New York gesehen hatte. Aber trotzdem ärgerte er sich, dass nicht er derjenige war, der dieses Leuchten in ihre grünen Augen brachte. Autumn Howard war Bibliothekarin in New York gewesen, als ihr damaliger Freund völlig durchdrehte, sie schlug, in den Keller seines Hauses sperrte und dort schwer misshandelte. Erst nach fünf Tagen war es ihr gelungen, ihn zu überwältigen und sich mit letzter Kraft ins Freie zu schleppen.

Zach war damals einer der Polizisten gewesen, die versucht hatten, Robert Pears, so hieß der Irre, zu fangen. Doch es war ihnen nicht gelungen. Er war wie vom Erdboden verschluckt und tauchte erst ein Jahr später wieder auf, als er Autumn im Arches National Park auflauerte, wo sie als Rangerin arbeitete. Damals verschleppte Pears sie in die Steinlandschaft des Parks. Er selbst war zu dem Zeitpunkt in New York und konnte ihr nicht helfen. Aber Gott sei Dank konnte ihr Freund und Kollege Shane Hunter sie mithilfe seines Bruders, der früher

Mitglied einer Spezialeinsatztruppe gewesen war, im letzten Moment retten. Ihm standen jetzt noch die Haare zu Berge, wenn er daran dachte, wie knapp die beiden dem Tod entkommen waren.

Und jetzt stand er hier in dem Haus, das Autumn sich mit Shane und einer Katze namens Coco teilte. Er seufzte so tief auf, dass Autumn es am anderen Ende der großen Küche hörte und sich lächelnd zu ihm herumdrehte. Als sie seine ernste Miene sah, kam sie besorgt auf ihn zu.

»Schlechte Nachrichten?«

»Das weiß ich noch nicht. Ein Freund von mir benötigt meine Hilfe. Ich muss leider sofort abreisen.«

Autumn legte ihre Hand auf seinen nackten Arm. Ein elektrischer Stoß durchfuhr ihn.

»Oh, das tut mir Leid. Können wir irgendwie helfen?«

Zach wollte schon den Kopf schütteln, als ihm einfiel, dass er überhaupt nicht von hier wegkam.

»Ja, ich müsste zu einer Mietwagenstation und mir ein Auto mieten.«

»Du willst nach New York *fahren*?«

Zach lächelte. »Nein, natürlich nicht. Er ist gerade in Vernal, Utah.«

Autumn verdrehte die Augen. »Ach so. Warum nimmst du nicht einfach unser Auto? Dann kannst du in ungefähr drei Stunden dort sein.«

»Aber ihr braucht doch euer Auto ...«

»Wenn wir es bräuchten, hätte ich es nicht angeboten. Wir können jederzeit, falls nötig, eines der Parkautos benutzen. Was spricht dagegen, dass du unseren Wagen nimmst?«

»Ich weiß einfach nicht, wie lange die ganze Angelegenheit dauert.«

»Wie gesagt, wir haben keine Eile. Außerdem wolltest du noch ein paar Tage hier verbringen, damit wir dir den Park in Ruhe zeigen können. Du bist doch gerade erst angekommen. Also hilf deinem Freund, und dann kommst du zurück und verbringst den Rest deines Urlaubs hier. Wenn du deinen Freund nicht allein lassen willst, bring ihn einfach mit! Wir haben genug Platz.«

Zach blickte sie für einen Moment schweigend an. Jedes Mal, wenn er sie ansah und mit ihr sprach, wurde ihm klar, warum er sich damals in sie verliebt hatte und sie immer noch liebte. Selbst wenn sie mit Shane zusammenlebte und er nicht den Hauch einer Chance hatte, sie für sich zu gewinnen. Das wirklich Gemeine an der Sache war, dass er den Kerl auch noch wirklich mochte. Er hatte versucht, Shane zu hassen, aber es war ihm nicht gelungen. Er nickte abrupt.

»Okay, vielen Dank. Ich werde versuchen, möglichst schnell wiederzukommen. Wenn es heute nicht mehr klappt, werde ich dich anrufen.«

»Lass dir ruhig Zeit. Ich möchte nicht, dass du verunglückst, nur weil du dich beeilst. In Ordnung?«

Zach lächelte. »Ja, Ma'am.«

Autumn schlug ihm leicht auf den Arm und drehte sich dann um. Sie holte den Autoschlüssel und drückte ihn Zach in die Hand.

»Hier. Und fahr vorsichtig, hörst du?«

»Natürlich.« Er schloss seine Finger sanft um ihre Hand und hob sie an seine Lippen. »Vielen Dank.« Damit drehte er sich um und ging schnell in sein kleines Gästezimmer, um seine Tasche zu holen. Sie war noch gar nicht ausgepackt, sodass er innerhalb weniger Minuten startklar war. Er verabschiedete sich von Autumn, warf seine Tasche auf die Rückbank und stieg in den Jeep. Vorsichtig fuhr er aus der engen Auffahrt, bis er an der Straße ankam. Dann blickte er in den Rückspiegel. Autumn stand immer noch an der Tür ihres kleinen Hauses und blickte ihm nach. Sie hob eine Hand zum Abschied, dann verschwand sie.

Sam hatte gerade ihren Rucksack und zwei riesige Papiertüten mit Lebensmitteln aus dem Pick-up gehoben, als sie ihr Telefon klingeln hörte. Fluchend lief sie zur Tür, balancierte beide Tüten auf einem Arm und schob ihren Schlüssel ins Schloss. Natürlich musste das Schloss mal wieder haken, wenn sie es eilig hatte! Nach einigem Rütteln, Fluchen und dem Einsatz roher Gewalt hatte sie die Haustür endlich geöffnet. Das Telefon klingelte immer noch. Anscheinend hatte sie vergessen, den Anrufbeantworter wieder anzustellen, nachdem sie ihn vorhin abgehört hatte. Vielleicht war es John, der ihre Hilfe brauchte? Mit einem Hechtsprung war sie am Telefon und ergriff den Hörer.

»Ja, hallo?« Ihre Stimme klang atemlos, ihr Herz klopfte zum Zerspringen.

»Samantha?« Sie sackte gegen die Wand und schloss die Augen. Diese näselnde Stimme war unverkennbar. Sie seufzte kaum hörbar.

»Ja, Professor Marsh.«

»Meine Sekretärin hat mir erzählt, dass Sie vorhin angerufen haben. Leider war ich zu dem Zeitpunkt gerade nicht im Institut. Sind Sie nicht ein bisschen früh wieder da? Ich dachte, es wären zwei Monate eingeplant gewesen?«

Da hatte sie doch wirklich geglaubt, sie wäre ihm zumindest für heute noch entkommen. Sam trug den schnurlosen Hörer mit ins Wohnzimmer und ließ sich dort in ihren Sessel sinken.

»Ja, das hatte ich ursprünglich auch vor. Aber es ist etwas dazwischen gekommen und ...«

Er unterbrach sie. »Was denn?«

Sam biss sich verärgert auf die Lippe. Was sollte sie jetzt sagen? Sie konnte auf keinen Fall erzählen, dass sie einen halb toten Mann aus dem Sand geschaufelt hatte. Also blieb ihr nichts anderes übrig, als von ihrem Fund zu berichten.

»Ich habe einen Schädel gefunden – aller Wahrscheinlichkeit nach ein Allosaurus ...«

Wieder unterbrach er sie. »Wie, und das sagen Sie erst jetzt? Warum haben Sie uns nicht die Information gefunkt?«

Langsam zählte Sam bis zehn. »Das alte Funkgerät ist defekt.« Nicht unbedingt die Wahrheit, aber das würde er ja nie erfahren. »Ich bin so schnell wie es ging nach Hause gekommen. Gleich morgen Früh wollte ich von dem Fund berichten. Ich wusste ja nicht, dass Sie so spät noch arbeiten.« Normalerweise war er immer der Letzte, der kam, und der Erste, der wieder ging.

»Nun, da ich ja noch da bin, wäre es schön, wenn Sie heute noch vorbeikommen könnten. Und bringen Sie die Unterlagen und Geräte von der Ausgrabung mit.«

»Aber ...« Sam hörte nur noch den Freiton. Na toll! Obermotz Marsh befahl etwas, und die niedrigen Angestellten mussten springen. Aber wenn sie den Job behalten wollte, musste sie wohl oder übel gehorchen. Seufzend schob Sam den Gedanken an ein schönes, heißes, entspannendes Bad beiseite. Das würde wohl noch einige Stunden warten müssen. Außerdem könnte es auch von Vorteil sein, dass sie dreckig und verschwitzt war, so würde Marsh wohl wenigstens keinen Annäherungsversuch wagen. Dieser Gedanke brachte sie zum Lachen.

Fünf Minuten später hatte sie die Lebensmittel verstaut und schwang sich wieder in ihren alten Pick-up. Gut, dass sie den ganzen Kram noch nicht ausgepackt hatte, so musste sie nicht alles wieder einpacken, bevor sie losfahren konnte. Vorsichtig lenkte sie den Wagen durch den dichten Verkehr Salt Lake Citys. Es war schon komisch, wieder in der Zivilisation zu sein, besonders, wenn man mitten im Feierabendverkehr durch die halbe Stadt kurven musste. Erleichtert bog sie schließlich auf den Parkplatz der Universität ein. Mehr als nur ein bisschen genervt sprang sie aus dem Wagen und blickte sich auf dem Campus um. Es war nicht mehr besonders viel los. Die Studenten hatten sich fast alle schon in den diversen Kneipen rund um die Universität versammelt, und die Bediensteten waren vermutlich gerade auf dem Weg nach Hause. Umso erleichterter war sie, als sie in der Ferne ein bekanntes Gesicht erblickte.

»Hey, Tom!«

Ihr Ruf ließ den Kopf des Mannes herumschnellen. Als er sie erkannte, winkte er und kam dann schnell näher.

»Hi, Sam. Was machst du denn schon wieder hier?« Sein massiver Körperbau passte gut zu seiner tiefen Stimme.

Sam schnitt eine Grimasse. »Der Chef hat mich hierher beordert. Eigentlich wollte ich heute den Rest des Tages ganz gemütlich zu Hause verbringen.« Sie seufzte, dann hellte sich ihre Miene auf. »Ich habe einen Theropoden gefunden! Zumindest den Schädel davon. Es muss noch geprüft werden, ob der Rest auch noch vorhanden ist.«

»Das ist ja toll! Gratuliere!« Er verzog das Gesicht. »Schade, dass ich nicht dabei sein konnte. Ich hatte Arsch, entschuldige, Marsh, darum gebeten, aber er hat es nicht erlaubt.«

Sam stützte die Hände in die Hüften. »Ach, und mir hat er gesagt, es wäre niemand frei! Ich könnte ihn ...« Wut trieb ihr die Röte auf die Wangen. »Weißt du zufällig, ob er den Gips noch hat? Ich bin versucht, ihm noch einen Knochen darauf fallen zu lassen!«

Tom lachte. »Nein, der Gips ist ab. Aber er humpelt immer noch.« Er strich durch seine lockigen schwarzen Haare. »Das war wirklich ein sauberer Wurf.«

Sam verzog den Mund. »Es war ehrlich keine Absicht. Ich hätte doch nie ein Fossil einer solchen Gefahr ausgesetzt.«

»Das glaube ich dir sogar. Aber es hat trotzdem gut getan, ihn mal ein wenig gedämpfter zu sehen.«

»Wem sagst du das.« Sie blicke zurück zum Pick-up. »Könntest du mir vielleicht kurz mit den Kisten helfen? Wo ich schon mal hier bin, kann ich sie auch gleich wieder in den Keller bringen, dachte ich.«

»Kein Problem.«

Sam öffnete die Klappe der Ladefläche. Ohne zu zögern kletterte Tom hinauf und nahm sich zwei Kisten. Er sprang hinab, balancierte einen Kasten auf der Schulter, während er den anderen unter seinen Arm klemmte. Damit machte er sich auf den Rückweg zum Gebäude. Sam blickte ihm neidisch nach. Was würde sie darum geben, so viel Kraft zu haben! Dann hätte sie auch nicht so viele Probleme damit gehabt, John zu ihrem Zelt zu transportieren. Unruhig zuckte sie die Schultern. Sie hatte es geschafft, und das war die Hauptsache.

Wie es ihm wohl gerade ging? Hoffentlich hatte er doch noch einen Arzt aufgesucht. Seine Verletzungen waren viel zu schwerwiegend, um sie einfach von alleine heilen zu lassen. Zumindest die Wunde an der Hüfte musste genäht werden. Und die Rippen sollten auch lieber geröntgt werden, um sicherzustellen, dass sie nicht gebrochen waren oder irgendwelche inneren Verletzungen hervorriefen. Sam seufzte. Lange hatte sie John nicht gekannt, aber irgendwie war sie sich sicher, dass er sich nicht freiwillig von einem Arzt untersuchen lassen würde. Nun, hoffentlich war sein Freund schlauer als er.

Weil ihre Grübeleien sowieso zu nichts führten und sie das Gespräch mit dem Professor so schnell wie möglich hinter sich bringen wollte, schnappte sie sich auch eine Kiste und folgte Tom ins Geologische Institut. Sie wurde von einem Schwall muffiger, abgestandener Luft empfangen, sowie sie das Gebäude betrat, und fühlte sich sofort wieder heimisch. Sie liebte dieses Backsteingebäude mit seinen vielen Treppenhäusern und dem düsteren Keller. Es hatte einfach Atmosphäre, war nicht so kalt und klinisch wie viele der Betonbauten auf dem Campus. Vorsichtig stieg sie die enge Kellertreppe hinab und folgte dem endlosen Schlauch von Flur, bis sie ihr Kellerbüro erreichte. Tom wartete dort auf sie, die Hüfte gegen ihren alten Schreibtisch gelehnt.

»Nun, erzähl, was für einer ist es?«

Sam blickte ihn verwirrt an. »Wer ist was?«

»Der Saurier, ein bekannter oder eine neue Art?«

»Ich glaube, es ist ein Allosaurus. Aber das müssten wir dann noch genauer überprüfen. Vielleicht habe ich ja auch eine neue Unterart entdeckt.« Der Gedanke daran brachte sie zum Lächeln. Das wäre doch etwas, wenn ihr erster Fund gleich ein bisher unbekannter Saurier wäre. Mühsam kehrte sie aus ihren Gedanken zurück. Sie richtete sich auf und straffte die Schultern. »Ich sollte jetzt wohl lieber zu Marsh gehen, bevor er noch ausflippt.«

»Ich bringe in der Zeit schon mal deine Kisten rein.«

Sam lächelte Tom an, der hinter ihr herging. »Das wäre wirklich toll. Vielen Dank.«

Tom grinste. »Das mache ich doch gerne. Vielleicht wirst du ja jetzt berühmt? Dann kann ich sagen, dass ich dir die Kisten geschleppt habe, als du deinen großen Fund gemacht hast.«

»Aha, ich wusste doch, dass du das nicht ohne Hintergedanken machst!«

»Du kennst mich eben.«

Lachend stiegen sie die Treppe hinauf und rannten dort direkt in die Arme von Professor Marsh. Tom fing sich als Erster.

»Ups, ich werde dann mal die Kisten holen. Wir sehen uns später.« Damit war er auch schon verschwunden, der Feigling.

Sam seufzte innerlich und stellte sich dem unangenehmen Teil des Tages.

»Ich wollte gerade zu Ihnen kommen, Professor.«

Jetzt, wo er sie endlich in seiner Reichweite hatte und die Konkurrenz geflüchtet war, begann Marsh wie üblich zu schleimen.

»Das freut mich zu hören, Samantha. Aber bitte, nennen Sie mich doch Charles, schließlich werden wir demnächst eng zusammenarbeiten, um Ihren Fund zu bestimmen.«

XI

»Mir wäre es lieber, wenn wir bei Professor blieben. Schließlich sind Sie mein Vorgesetzter.« Und etwas anderes würde er auch nie, nie, nie werden. Alleine der Gedanke daran ließ Sam sich innerlich schütteln.

Marshs Miene verfinsterte sich. »Wie Sie meinen, Samantha. Ich bin zwar sehr enttäuscht, aber ich werde Sie natürlich nie zu etwas zwingen.«

Nein, nur wenn sich eine Gelegenheit dazu bietet. Sam lächelte, so falsch sie konnte, und ging zur Treppe. »Soll ich Ihnen jetzt von meinem Fund berichten, oder passt es Ihnen gerade nicht?«

Das war der Köder, den Charles Marsh junior immer schlucken würde. Denn so viele Fehler er auch haben mochte, er war mit Fleisch und Blut ein Paläontologe, und der Gedanke an den Fund eines neuen Skeletts erregte ihn genauso wie sie oder Tom. Schade, dass er sonst so ein Idiot war. Sam konnte ein Kichern gerade noch in ein dezentes Husten umwandeln. Als sie sich zu ihm umwandte, war ihre Miene wieder ernst. Fragend hob sie eine Augenbraue.

»In Ordnung, gehen wir in mein Büro.« Er bedeutete ihr vorzugehen und reihte sich dann hinter ihr ein. Wirklich ein Weltklassehintern, zu schade, dass sie sich ihm gegenüber so abweisend verhielt. Er wäre wirklich zu gerne mal an ihre Wäsche gekommen. *Aber was nicht ist, kann ja noch werden.* Dieser Gedanke stimmte ihn wesentlich fröhlicher. Vielleicht würde ja sein grandioses Wissen auf dem Gebiet der Dinosaurier sie doch noch irgendwann beeindrucken. Sie beide waren geradezu prädestiniert für eine Beziehung. Auch wenn Samantha es jetzt noch nicht wahrhaben wollte. Zufrieden geleitete er sie in sein geräumiges Büro und schloss die Tür hinter ihnen. Seine Sekretärin war schon vor einer Weile gegangen, genauso wie der Rest der Mitarbeiter auf diesem Stockwerk, sodass sie ganz allein waren.

Vielleicht würde er heute schon feststellen können, ob Samanthas Haut wirklich so weich war, wie sie aussah, und ob ihre Beine so muskulös und geschmeidig waren, wie sie in den Shorts den Eindruck machten? Leicht beschämt gestand er sich ein, dass er inzwischen richtiggehend von ihr besessen war. Dabei handelte es sich doch nur um eine kleine Angestellte, ohne Ansehen, ohne Geld, ohne Beziehungen. Ihre Familie war einfache amerikanische Mittelklasse, während sein Stammbaum bis nach England zurückreichte. Doch all das schien seine Libido kein bisschen zu bremsen. Kopfschüttelnd ließ er sich in seinen luxuriösen Sessel sinken und betrachtete Samantha über die gewaltige Fläche seines polierten Schreibtisches. Erst jetzt bemerkte er, dass sie wirklich ein wenig mitgenommen aussah. Ihre kurzen Haare waren zerwühlt, ihr T-Shirt verknittert, und ominöse Flecken bedeckten sowohl das Shirt wie auch ihre kakifarbenen Shorts.

»Sie hätten sich aber durchaus noch umziehen können. So eilig war es dann doch nicht.«

Sam blickte an sich herunter und verzog den Mund, als sie die Flecken entdeckte. Dann zuckte sie die Schultern.

»Es hörte sich an, als wäre es eilig, deshalb bin ich so schnell gekommen, wie ich konnte. Außerdem wollte ich noch die Kisten auspacken, und dann wäre ich sowieso wieder dreckig geworden.« Vor allem wollte sie so unansehnlich wie möglich aussehen, wenn sie dem Professor begegnete. Aber wenn sie seinen Blick richtig deutete, stellte er sie sich sowieso immer nackt vor, daher war es wohl egal, was sie anhatte.

»Die Kisten haben auch Zeit bis morgen. Berichten Sie mir erst einmal, was Sie entdeckt haben.«

Die folgende Viertelstunde war Sam ganz von ihrem Fund in Anspruch genommen. Ihre Berichterstattung drückte immer mehr Begeisterung aus, bis Marsh schließlich eine Hand in die Höhe hielt.

»Stopp, das reicht erst einmal. Haben Sie Fotos gemacht?«

Sam stutzte und schlug dann ihre flache Hand vor die Stirn. »Die Fototasche ist auch in einer der Kisten. Soll ich sie suchen?«

Marsh stand auf, kam um den Schreibtisch herum und lehnte sich daran. Seine Nähe ließ Sam so weit, wie sie konnte, in ihren Stuhl zurücksinken.

»Nein, das ist nicht nötig.« Seine Hand näherte sich ihrem Gesicht. »Wissen Sie, Samantha ...« Er unterbrach sich, als es an der Tür klopfte. Seine Stimme verriet seine Verärgerung über die Störung. »Ja, was ist denn?«

Tom steckte seinen Kopf durch die Tür. »Tut mir Leid, Professor. Sam, könntest du mir vielleicht mit der einen Kiste helfen? Ich kriege sie beim besten Willen nicht alleine die Treppe hinunter.« Diese Aussage war derart lachhaft, dass Sam Mühe hatte, ein ernstes Gesicht zu wahren. Sie stand auf und ging zur Tür.

»Ja, natürlich komme ich. Sorry, Professor Marsh. Könnten wir unser Gespräch vielleicht morgen fortsetzen?« Vorzugsweise mit jeder Menge anderer Leute in Hörweite. Sam verschwand, bevor Marsh antworten konnte. Sein Gesicht war rot, als er seine Tür mit einem Knall hinter ihr verschloss.

Sam blickte Tom dankbar an. »Ich schulde dir was. Du hast mich gerade vor einer wirklich unangenehmen Situation bewahrt.«

Tom grinste. »Ja, das habe ich mir fast gedacht.« Er wurde ernst. »Ich hoffe, er ist nicht zudringlich geworden?«

Sam schüttelte den Kopf. »Nicht mehr als sonst. Aber es hätte nicht viel gefehlt, und seine Finger wären wirklich gefährdet gewesen.«

Tom schüttelte den Kopf, während er ihr in den Keller folgte.

»Ich verstehe wirklich nicht, warum er ein ›Nein‹ nicht verstehen kann. Der Rest von uns hat es sofort akzeptiert. Nur er versucht es bei dir immer wieder.«

Sam blickte ihn forschend an. »Tom ...«

Er errötete und schaute weg. Zur Ablenkung trat er zu ihren Kisten.

»Soll ich dir beim Auspacken helfen?«

»Nein, das mache ich morgen. Du hast mir schon genug geholfen.« Sie bückte sich und holte den Diplodocus-Schädel aus einer der Kisten, über den John sich so aufgeregt hatte. War das wirklich erst heute Morgen gewesen? Es kam ihr viel länger vor. Müdigkeit machte sich in ihr breit. Es wurde wirklich Zeit, dass sie nach Hause kam. »Gehen wir.«

Zusammen verließen sie das Gebäude und gingen zum Parkplatz. Tom ließ Sam vorsichtig in ihren Pick-up steigen und schlug die Tür hinter ihr zu. Sie beugte sich aus dem offenen Fenster und winkte Tom zu.

»Wir sehen uns morgen!« Damit trat sie aufs Gas und ließ Tom und den Campus schnell hinter sich zurück.

Autumn hatte Recht behalten, er brauchte weniger als drei Stunden für die Strecke nach Vernal. Rasch bog Zach in die Moteleinfahrt ein und fuhr gleich bis zum Ende des Parkplatzes. Wie Morgan ihm gesagt hatte, war die Nummer 12 das letzte Zimmer des Gebäudekomplexes. Zach parkte den Wagen direkt vor der Tür und stieg aus. Aus dem kleinen Fenster der Einheit drang kein Licht, obwohl die Vorhänge nicht vollständig zugezogen waren. Merkwürdig, Morgan wusste doch, dass er kam. Seine Polizisteninstinkte schlugen an, und seine Hand wanderte automatisch zu seiner Achsel, wo normalerweise seine Waffe war. Doch im Moment schlummerte sie in den Tiefen seiner Reisetasche. Dort hatte er sie auf dem Flughafen nach der Sicherheitsinspektion hineingesteckt. Er überlegte noch, ob er sie nicht holen sollte, zuckte dann aber mit den Schultern. Sein Freund Morgan hatte ihn gebeten zu kommen, und er witterte bereits wieder Gefahr. Vielleicht war er einfach schon zu lange Detective.

Energisch klopfte er an die Tür und trat einen Schritt zurück. Von innen war kein Laut zu hören, kein Licht ging an, niemand öffnete die Tür. Erneut meldeten sich seine warnenden Instinkte. Zach klopfte noch einmal, diesmal lauter. Doch wieder tat sich nichts. Langsam wurde er nervös. Morgan hatte sich gar nicht gut angehört, als sie telefoniert hatten. Vielleicht ging es ihm schlecht, und er lag irgendwo hilflos und wartete auf Hilfe.

Sein Entschluss war gefasst. Zach zog sein Schlüsselbund heraus, an dem einige Dietriche befestigt waren. Wenn niemand ihm die Tür öffnete, würde er das eben selbst erledigen. Er hoffte nur, dass er nicht jemand völlig anderen auf der anderen Seite vorfand. Dann würde er in echte Erklärungsnot geraten. In diesem Bundesstaat mit sehr klaren Moralvorstellungen wurde es bestimmt nicht gerne gesehen, wenn jemand einfach in ein fremdes Zimmer einbrach. Zach zuckte mit den Schultern. Egal, das Wichtigste war im Moment, dass er Morgan fand. Alles andere war nebensächlich. Eine halbe Minute brauchte er, um das Schloss zu knacken. Anscheinend war er wirklich aus der Übung. Lautlos schob er die Tür ein Stück auf und spähte in den Raum. Nichts rührte sich. Zach zwängte sich durch den Spalt und schob dann vorsichtig die Tür hinter sich zu. Er schloss die Vorhänge ganz und schaltete das Licht an. Kaltes Licht kam aus einer vorsintflutlichen Deckenleuchte und ließ die heruntergekommene Einrichtung erstrahlen.

Sein Blick wanderte zum Bett. Morgan! Mit zwei großen Schritten erreichte er das zerwühlte Doppelbett und beugte sich über seinen Freund. Es sah so aus, als hätte er mit einer Lokomotive Bekanntschaft gemacht. Sein Gesicht war blau und schwarz angelaufen, Schwellungen verbargen die wahren Konturen. Warum waren seine Haare so dunkel? Egal, erst einmal musste er ihn wecken. Dann konnte er auf Erklärungen hoffen. Sanft schüttelte er Morgan an der Schulter.

»Morgan? Wach auf! Ich bin es, Zach.«

Nichts passierte. Morgans Atem rasselte in seiner Brust, und ein Stöhnen drang über seine geschwollenen Lippen. Langsam bekam Zach wirklich Angst. War er ernsthaft verletzt? Warum war er nicht bei einem Arzt? Er sah aus, als hätte er einen nötig. Erneut rüttelte er ihn, diesmal etwas weniger sanft.

»Morgan!«

Seine Augenlider zitterten, aber noch immer erfolgte keine Reaktion. Zögernd berührte Zach seine Stirn. Unter seiner kühlen Hand fühlte sich Morgans Haut sehr heiß an, aber das konnte auch eine Täuschung sein.

»Morgan, wenn du jetzt nicht aufwachst, werde ich dich in ein Krankenhaus bringen!«

Diese Drohung zeigte Wirkung. Flatternd öffneten sich Morgans Augen, so weit seine geschwollenen Lider das zuließen. Erleichtert atmete Zach auf.

»Verstehst du mich?«

Morgan nickte schwach. Mit extremer Anstrengung bewegte er seine schmerzenden Lippen.

»Ja. Gut, dich zu sehen, Zach!«

Zach hockte sich neben das Bett und betrachtete seinen Freund eingehend.

»Soll ich dir etwas zu trinken geben?«

»Ja.«

Zach schenkte Wasser in den Becher, der auf dem Nachttisch stand, und hielt ihn Morgan an die Lippen.

»Hier, trink.« Dankbar schluckte Morgan gierig das kühle Nass, bis seine Brust wie Feuer brannte. Keuchend ließ er sich wieder in die Kissen zurückfallen.

»Danke.«

Zach stellte den Becher zur Seite. »So, nun erzähl mir, was mit dir passiert ist. Und vor allem, warum du nicht in einem Krankenhaus bist, wo du eindeutig hingehörst.« Er stand auf und zog sich einen Stuhl vom Tisch ans Bett heran.

Stockend und röchelnd erzählte ihm Morgan von den Geschehnissen, die dazu geführt hatten, dass er halb tot in der Wüste vergraben und von Sam gerettet wurde. Schweigend lauschte Zach der Erzählung und wartete, bis Morgan geendet hatte.

»Wie bist du bloß auf diese blöde Idee gekommen, Morgan? Du hast doch überhaupt keine Ahnung von Undercover-Arbeit. Es ist erstaunlich, dass sie dich nicht viel früher erwischt und kaltgestellt haben!« Er holte tief Atem. »Warum hast du mir nicht davon erzählt, ich hätte dir helfen können.«

Morgan verzog den Mund. »Das habe ich mir vorhin auch überlegt. Aber jetzt ist es bereits geschehen. Meinst du, es wäre möglich, mit den Beschimpfungen zu warten, bis keine Gefahr mehr besteht, dass ich verblute?«

Zach sprang auf. »Du blutest? Wo? Warum hast du das nicht gleich gesagt?« Er warf die Bettdecke zur Seite und blickte auf Morgans gekrümmten Körper.

»Ich bringe dich sofort in ein Krankenhaus.«

»Nein, das geht nicht, Zach. Deshalb habe ich dich ja angerufen. Whites Beziehungen reichen weit. Wenn ich irgendwo in einem Krankenhaus auftauche, wird er es erfahren. Dann bin ich so gut wie tot.«

Zach dachte darüber nach, dann nickte er. »In Ordnung. Wir werden jetzt erst mal von hier verschwinden. Ich nehme dich mit nach Moab. Vielleicht kennen Autumn und Shane jemanden, der dir helfen kann, wieder auf die Beine zu kommen.«

»Autumn?«

»Meine Freundin, bei der ich zu Besuch war, als dein Anruf mich erreicht hat.«

»Aber ...«

Zach unterbrach ihn. »Sie ist absolut vertrauenswürdig.«

Morgan zog die Augenbrauen hoch, sagte aber nichts mehr. Es war erstaunlich, bisher war Zach ihm immer wie jemand vorgekommen, der nur sich selbst vertraute und niemanden sonst an sich heranließ. Aber ihm war es recht. Wenn Zach dieser Autumn vertraute, dann gab es für ihn keinen Grund, ihr zu misstrauen. Morgan versuchte, die Beine aus dem Bett zu schwingen, musste es aber stöhnend aufgeben. Zach stopfte derweil sämtliche Gegenstände, die auf dem Tisch lagen, in eine Tüte. In seiner Hand hielt er die fünfzig Dollar.

»Von dieser Frau, die dich gerettet hat?«

Morgan nickte. »Ja, sie hat außerdem noch das Zimmer hier für drei Tage gemietet und bezahlt.«

»Beeindruckend. Da hast du wohl ziemliches Glück gehabt, dass du gerade auf sie gestoßen bist.«

»Das kann man wohl sagen. Allerdings war es für sie wohl nicht so glücklich. Meinetwegen ist sie jetzt in Lebensgefahr. Wenn Gerald und seine Leute herausfinden, wer mir geholfen hat, werden sie auch hinter ihr her sein.«

»Dann müssen wir die Typen eben zuerst erwischen.«

Das »wir« ließ Morgan erleichtert aufatmen. Er war wirklich froh, einen Freund wie Zach Murdock zu haben.

Dieser machte sich nun daran, Morgan auf die Beine zu verhelfen. Nach einigem Ziehen stand er schließlich schwankend und stöhnend neben dem Bett. Schwer stützte er sich auf Zachs breite Schultern. Dieser schwankte unter der zusätzlichen Last, bis er sein Gleichgewicht wiedergefunden hatte. Gut, dass er groß und kräftig gebaut war, sonst hätte er Morgan nie vom Fleck bewegen können. Er fragte sich, wie eine Frau diesen Koloss hierher verfrachtet hatte.

Nachdem Zach sich draußen kurz umgesehen hatte, um sicherzustellen, dass ihnen niemand auflauerte, verließen sie das Motelzimmer. Sie schafften es unbeobachtet zum Jeep, wo Zach Morgan auf den Rücksitz half, auf dem er sich wenigstens etwas ausstrecken konnte. Er selbst kletterte hinters Lenkrad und startete den Motor. Es beunruhigte ihn, wie teilnahmslos sein Freund war. Zwar war er nie besonders unbeschwert gewesen, aber auch noch nie dermaßen einsiedlerisch und wortkarg wie seit Maras Tod. Natürlich war es verständlich, dass er trauerte, aber trotzdem machte er sich große Sorgen um Morgan. Es sah ihm gar nicht ähnlich, auf so eine selbstmörderische Mission zu gehen, vor allem ohne Rückendeckung. Wenn Morgan wieder gesund war, mussten sie sich dringend über seine selbstzerstörerischen Neigungen unterhalten. Jetzt war es aber wichtiger, ihn so schnell wie möglich nach Moab zu bringen, damit er in ärztliche Behandlung kam.

Zach zog sein Handy aus der Hemdtasche und wählte Autumns Nummer. Bereits nach dem zweiten Klingeln wurde abgehoben.

»Hunter.«

»Hallo, Shane, hier ist Zach. Ich bin gerade auf dem Rückweg von Vernal. Ich hoffe, es war in Ordnung, dass Autumn mir euren Jeep geliehen hat.«

»Natürlich, kein Problem.«

Zach schnitt eine Grimasse. Wie er gesagt hatte, man konnte Shane einfach nicht hassen.

»Danke. Ich hätte jetzt noch eine Bitte.«

»Schieß los.«

»Mein Freund ist ziemlich schwer verletzt: Prellungen, verletzte Rippen und eine stark blutende Wunde, die nur notdürftig verbunden ist. Kennt ihr vielleicht einen zuverlässigen Arzt, der schweigen kann?«

»Ist eine Schusswunde dabei?«

»Nein.«

»Doc Adams, hier in Moab, ist sehr gewissenhaft. Aber wenn es sozusagen in der Familie bleiben soll, könnten wir Margret Benson bitten herüberzukommen. Sie ist unsere Ärztin im Arches National Park.«

»Würde sie jemandem davon berichten, der sie danach fragt?«

»Nein.«

Zach atmete erleichtert auf. »Bestens. Es wäre wirklich gut, wenn sie meinen Freund untersuchen könnte. Ich mache mir Sorgen um ihn. Er wird immer wieder bewusstlos.«

»Wie lange braucht ihr ungefähr?«
»Wenn ich mich beeile, noch etwa zwei Stunden.«
»Wir werden alles vorbereiten.«
»Vielen Dank. Bis später.«
Zach trat kräftig auf das Gaspedal.

XII

Als Zach schließlich mit quietschenden Reifen in die Einfahrt bog, war Morgan nicht mehr ansprechbar. Sein ganzer Körper glühte vor Fieber, sein Atem röchelte. Kaum blieb der Jeep stehen, da öffnete sich auch schon die Haustür, und drei Personen rannten heraus. Shane war als Erster am Wagen und spähte ins Innere. Seine Miene verfinsterte sich, als er die Figur auf dem Rücksitz entdeckte. Wortlos öffnete er die Tür und schob seine Hände unter die Arme des bewusstlosen Mannes. Er zog ihn ein Stück heraus und wartete, bis Zach die Beine nahm. Sie strebten, so schnell es ging, aufs Haus zu. Autumn öffnete ihnen sämtliche Türen, während Margret bereits die Lebenszeichen des Patienten überprüfte. Ihre ernste Miene zeigte allen, dass es ihm nicht besonders gut ging. Vorsichtig legten sie ihn auf das Bett des leer stehenden Gästezimmers. Die Männer machten sich gleich an die Arbeit, die Cowboystiefel und die enge Jeans zu entfernen, während die Frauen sich um das T-Shirt kümmerten. Schließlich lag der Patient nur noch in Socken und Unterhose vor ihnen. Zach zuckte zusammen, als er die vielen Wunden am Körper seines Freundes entdeckte. Sein Gesicht sah schon schlimm genug aus, aber sein Brustkorb war zum Fürchten. Der durchgeblutete Verband an seiner Hüfte zeigte, warum er inzwischen fast so bleich wie das Bettlaken war. Wenn sie nicht bald etwas taten, um die Blutung zu stoppen, sah es gar nicht gut für ihn aus.

Margret schob sich energisch die Ärmel über die Ellbogen und blickte dann die Männer an. »Wie wäre es, wenn ihr euch nützlich macht und mir heißes Wasser und meine Tasche bringt, damit ich diesem armen Kerl helfen kann?« Ihre Frage war ein Befehl. Shane und Zach bemühten sich, ihm so schnell wie möglich nachzukommen. Sowie sie im Flur waren, wandte sich Zach an Shane.

»Meinst du, sie kann ihm helfen? Sie sieht eher aus wie …« Er suchte nach einem passenden Ausdruck: »… wie eine Kindergärtnerin, nicht wie eine Ärztin.«

Shane lachte. »Das lass Margret mal besser nicht hören.« Er wurde wieder ernst. »Ihr Aussehen täuscht, sie ist eine sehr gute Ärztin. Mich hat sie auch einmal nach einem Autounfall wieder zusammengeflickt. Wie du siehst – mit Erfolg!«

»Ich wollte niemanden beleidigen, ich mache mir nur Sorgen.«

Shane legte ihm eine Hand auf die Schulter und führte ihn die Treppe hinunter.

»Das verstehe ich. Margret wird tun, was sie kann, um deinem Freund zu helfen. Wenn sie denkt, dass sie ihm nicht helfen kann, wird sie das sagen. Dann können wir immer noch überlegen, ihn in ein Krankenhaus zu bringen.«

»Danke für eure Hilfe! Ich hätte nicht gewusst, wie ich ihm hier in der Gegend hätte helfen können.«

»Was genau ist denn passiert? Hatte er einen Unfall?«

Zach runzelte die Stirn. »Nein. Er wurde von Männern einer Bande zusammengeschlagen und dann in der Wüste begraben.« Er blickte Shane ernst an. »Mehr kann ich dazu nicht sagen, es würde ihn und euch in Gefahr bringen. Bitte erzählt niemandem von ihm.«

»In Ordnung. Solange er Autumn nicht in Gefahr bringt …«

Zach wehrte erschrocken ab. »Nein, auf keinen Fall. Dann hätte ich ihn niemals hierher gebracht. Ich könnte es mir nie verzeihen, wenn Autumn etwas zustoßen würde.«

Shane nickte. »Ich weiß. Bringen wir lieber Margret, was sie haben wollte, sonst bekommen wir Ärger.«

Während Shane den Wasserkocher anschaltete, trug Zach die Arzttasche ins Krankenzimmer. Sein Blick wanderte sofort zu Autumn, während er die Tasche an Margret übergab. Bleich stand sie vor dem Bett und blickte auf das Blut an Morgans Hüfte. Mit drei Schritten war er bei ihr und legte einen Arm um ihre Schulter.

»Willst du nicht lieber unten warten?«

Stumm schüttelte Autumn den Kopf. »Nein, Margret könnte mich brauchen.«

Sanft schob Zach sie zur Tür. »Ich bin ja jetzt hier. Hilf lieber Shane mit dem Wasser. Ich weiß nicht, ob er das alleine hinbekommt.«

Autumn lächelte ihn dankbar an. »Ich glaube zwar schon, dass er das schafft, aber du hast Recht, ich helfe hier keinem, wenn ich gleich ohnmächtig werde.« Damit verschwand sie aus dem Raum.

Zach gesellte sich zu Margret.

»Wie geht es ihm?«

Mit gerunzelter Stirn blickte sie zu ihm auf. »Nicht so gut. Er wird überleben, aber seine Rippen machen mir ebenso große Sorgen wie die Wunde an der Hüfte.«

»Kann ich Ihnen irgendwie helfen?«

»Ja. Ich werde als Nächstes den Verband von der Hüfte abnehmen und die Wunde auswaschen, desinfizieren und nähen. Sie haben die Aufgabe, ihn während dieser Zeit stillzuhalten. Alles klar?«

»Ja.«

Zach stellte sich seitlich an die Kopfseite des Bettes und beobachtete, wie Margret vorsichtig den blutdurchtränkten Verband entfernte. An manchen Stellen klebte er an der Haut fest und musste angefeuchtet werden, um ihn zu lösen. Shane war kurz nach oben gekommen und hatte das Wasser gebracht. Er hatte sich jedoch nach einem Blick auf die Wunde und das Blut wieder nach unten begeben, um Autumn Gesellschaft zu leisten.

Zach war das ganz recht. Es musste ja keiner sehen, dass er bei jedem Stöhnen seines Freundes zusammenzuckte und eine Spur grüner im Gesicht wurde. Ja, er bearbeitete Gewalt- und Mordfälle, aber es war doch etwas anderes, unbekannte Opfer zu sehen, als dabei zu sein, wenn ein guter Freund an seinen Schmerzen litt. Er drehte sich ruckartig zu der Ärztin um, als sie einen schnaubenden Laut von sich gab. Dann erkannte er, dass sie lachte.

»Was ist?«

Margret deutete auf Morgans Hüfte. »So etwas habe ich in meinem Leben noch nicht gesehen. Einfach genial!«

Zach beugte sich vor und begutachtete den Gegenstand, der in der Wunde lag. Ein ungläubiger Ausdruck überzog sein Gesicht.

»Ist das …?«

»Es ist. Wo hatte er das bloß her?«

»Eine Frau hat ihn gefunden und die Erstversorgung übernommen. Ich denke mal, dass sie etwas damit zu tun hatte.«

Margret strahlte. »Die Frau verdient einen Orden. Auf normalem Wege hätte sie die Blutung bestimmt nicht so lange zurückhalten können. Es ist gut möglich, dass dieser kleine Gegenstand ihrem Freund das Leben gerettet hat.«

Zach verzog das Gesicht. *Gerettet von einem Tampon.* Das würde Morgan bestimmt gefallen. Er würde sicherstellen, dass sein Freund das nie im Leben vergaß. Zum ersten Mal, seit er Morgans Anruf erhalten hatte, erhellte ein Grinsen sein Gesicht.

»Wollen Sie da weiterhin vor sich hin grinsen, oder helfen Sie mir?«

Sofort vergaß Zach alles andere und blickte wieder auf seinen Freund hinunter. Margret hatte inzwischen sämtliche Kompressen entfernt und begann damit, die Wunde vorsichtig auszuwaschen. Morgan bewegte sich unruhig, anscheinend hatte er starke Schmerzen. Mit festem Griff versuchte Zach seine Beine ruhig zu halten, während Margret Fremdkörper und Schmutz aus der Wunde entfernte, bevor sie sie mit einer Naht verschloss und neu verband. Die lokale Betäubung hatte wohl nicht so viel geholfen, wie sie gehofft hatten. Ein Schweißfilm überzog Morgans Haut, seine Hände zuckten, sein Gesicht war zu einer Grimasse verzogen. Er war so schwach, dass er gegen Zachs Halt nichts ausrichten konnte. Zach wusste, dass er gegen einen gesunden Morgan niemals so lange durchgehalten hätte, denn er war zwar ein Stück größer, aber schlanker gebaut als Morgan.

Zach hatte die meiste Zeit seiner Laufbahn bei der Polizei hinter einem Schreibtisch verbracht, während Morgan lange Jahre Feuerwehrmann gewesen war, bevor er die Fortbildung zum Brandermittler in New York absolviert hatte. Wenn er gerade keine Arbeit auf seinem Schreibtisch liegen hatte, half er seinen Kollegen bei der Feuerbekämpfung und blieb so in Form. Zach dagegen musste viele Stunden in der Woche im Fitnessstudio oder beim Joggen verbringen, um halbwegs fit zu bleiben. Nachdenklich beobachtete er Margrets geschickte Hände. Wie es aussah, würde es etwas dauern, bis sich

Morgan wieder schmerzfrei bewegen konnte. Gerade an der Hüfte war eine Verletzung besonders langwierig. Das hatte er am eigenen Leib erfahren. Bei schlechtem Wetter fühlte er manchmal immer noch, wo sich die Kugel in seinen Allerwertesten gebohrt hatte. Kopfschüttelnd erinnerte er sich an die Neckereien, die er monatelang hatte ertragen müssen.

Margret war inzwischen bei den verletzten Rippen angekommen. Sie zuckte zusammen, als sie die blauschwarz verfärbte Haut betrachtete. Das sah sogar noch schlimmer aus, als damals bei Shane nach dem Autounfall. Sie hoffte nur, dass der Mann keine inneren Verletzungen hatte, mit einem Röntgengerät konnte sie nämlich nicht dienen. Mit einem Stethoskop lauschte sie seiner Atmung. Erleichtert stellte sie fest, dass offensichtlich kein Wasser und keine andere Flüssigkeit in der Lunge war. Mit sanften Fingern tastete sie den Brustkorb ab, spürte Morgans Zusammenzucken, als sie über drei Rippen strich, fand aber keinen offensichtlichen Bruch. Es konnte dennoch sein, dass die Rippen angebrochen oder so sauber gebrochen waren, dass es nicht weiter auffiel und nur mit einem Röntgenbild festzustellen war. Behutsam strich sie eine Salbe gegen Prellungen über die malträtierte Seite und befestigte einen Stützverband um den Brustkorb.

Als Nächstes warf sie einen Blick auf die Kopfwunde, konnte aber außer einer gründlichen Säuberung nichts mehr machen. Die Wunde war bereits verschorft, und es würde wohl eine Narbe bleiben. Aber das war völlig nebensächlich. Viel mehr Sorgen bereitete ihr der dicke Knoten am Hinterkopf. Dagegen konnte sie jetzt allerdings auch nichts tun. Sie blickte auf.

»War er zwischendurch mal wach?«

»Ja.«

»Hat er zusammenhängend geredet, oder kam er Ihnen irgendwie verwirrt vor?«

Zach schüttelte den Kopf. »Nein, er hat mir erzählt, was passiert ist, und wirkte dabei bis auf die Schmerzen völlig normal.«

Margret atmete auf. »Das ist gut. Wenn Sie irgendwann feststellen, dass er wirr redet, einem Gespräch nicht mehr folgen kann oder nicht mehr aufwacht, egal, was Sie auch probieren, dann bringen Sie ihn sofort in ein Krankenhaus, und lassen Sie seinen Kopf untersuchen.«

Zach nickte. »Das werde ich machen.«

»Am liebsten wäre es mir sowieso, wenn er sofort in ein Krankenhaus käme. Ich kann zwar seine äußeren Verletzungen behandeln, aber wenn er innere Verletzungen hat …«

»Ich weiß sehr zu schätzen, was Sie für ihn tun. Aber er hat ausdrücklich darauf bestanden, nicht in ein Krankenhaus zu kommen. Es wäre zu gefährlich für ihn.«

Margret zog die Augenbrauen hoch und stemmte die Hände in die Hüften.

»Er ist aber kein Straftäter, oder?«

Zach lachte. »Nein, im Gegenteil! Er war auf der Suche nach Gerechtigkeit, als er erwischt wurde.« Er kannte keinen anderen Menschen, der dermaßen ehrlich und rechtschaffen war wie Morgan Spade. Zach hatte sich schon oft gefragt, wie er sich den Glauben an das Gute im Menschen bei seiner Arbeit so lange erhalten hatte. Es konnte natürlich sein, dass er inzwischen nicht mehr daran glaubte. Das Leben hatte die Angewohnheit, jedem früher oder später die Illusionen zu nehmen. Er hätte Morgan gewünscht, dass er nie dazu gehören würde. Seufzend beobachtete Zach, wie Margret ihn wusch und die verbleibenden Wunden versorgte. Es gab kaum eine Stelle an Morgans Körper, die nicht irgendeine Verletzung aufwies. Er würde einige wirklich unangenehm schmerzhafte Tage verleben, wenn er erst wieder richtig wach war. Schließlich warf Margret den Lappen in die Schüssel und richtete sich stöhnend auf.

»Ah, mein Rücken. Okay, helfen Sie mir, ihn umzudrehen – vorsichtig!«

Gemeinsam rollten sie Morgan auf den Bauch und atmeten gleichzeitig erschrocken ein. Margret beugte sich über seinen Rücken und begutachtete die langen roten Schwellungen, die ihn überzogen.

»Was ist denn das?«

Wut überkam Zach, als er den geschundenen Körper seines Freundes anblickte.

»Für mich sieht es aus, als hätte jemand mit einer Stange auf ihn eingeprügelt.« Seine Stimme war ein tiefes Grollen.

»Aber wer macht denn so was?«

»Das werde ich bald herausfinden.«

Margret blickte in seine finstere Miene. »Seien Sie bloß vorsichtig. Ich habe keine Lust, Sie auch noch zu verarzten.«

Zachs schwaches Lächeln war wölfisch. »Das bin ich immer. Machen Sie sich lieber Sorgen um die anderen.«

Margret zuckte die Schultern.

»Die werden vermutlich bekommen, was sie auch verdient haben.«

Zach lachte.

»Ihre Einstellung gefällt mir.«

»Danke, mir auch.«

Kurz darauf hatten sie Morgan fertig behandelt und sorgfältig in die Bettdecke eingewickelt, damit er sich nicht zu viel bewegte und dabei seine Wunden erneut öffnete. Nachdem Margret sich verabschiedet hatte, schauten Autumn und Shane kurz nach dem Patienten. Zach lehnte es ab, dass sie abwechselnd Wache hielten. Schließlich hatte er seinen Freund hierher gebracht und damit schon genug Aufregung verursacht. Außerdem mussten sie am nächsten Tag arbeiten, also war es wichtig, dass die beiden ihren Schlaf bekamen. Nach einigem Zögern verließen sie schließlich das Krankenzimmer. Zach blieb in einem bequemen Sessel zurück, den er sich an das Bett geschoben hatte. Hungrig schlang er die Speisen herunter, die Autumn ihm mit einem Tablett nach oben gebracht hatte. Gestärkt lehnte er sich zurück und richtete sich auf eine lange Wache ein. Gut, dass er sich einen Stapel ungelesener Fachzeitschriften mitgenommen hatte, die er nun systematisch abarbeitete. Gegen Morgen brannten seine Augen, und er gestand sich ein, dass er nicht viel länger wach bleiben konnte, wenn er sich nicht bewegte.

Er war gerade aufgestanden, als Autumn mit einem Morgenmantel bekleidet ins Zimmer kam. Ihre roten Haare umrahmten ihr Gesicht, als wäre sie, nachdem sie aufgewacht war, nur einmal kurz mit den Fingern durchgefahren. Ein dicker Kloß bildete sich in Zachs Kehle. Es fiel ihm sehr schwer, seinen sehnsüchtigen Blick von Autumns Gestalt loszureißen.

»Ich werde jetzt für eine Weile übernehmen, dann kannst du wenigstens duschen oder was immer du tun willst.«

Zach nickte kurz und verließ das Zimmer.

Autumn ließ sich vorsichtig auf den Sessel sinken und betrachtete den verletzten Mann. Sie konnte sich noch gut daran erinnern, wie sie sich gefühlt hatte, als Shane so schwer verletzt gewesen war und sie an seinem Bett gestanden hatte. Damals hatte sie panische Angst gehabt, dass er sterben könnte. Aber zum Glück hatte er sich recht schnell wieder erholt.

Seufzend stützte sie ihr Kinn auf ihre Fäuste und betrachtete den Verletzten im Halbdunkel des Raumes. Sein Gesicht war durch die Prellungen verfärbt und geschwollen, die dunklen Haare dreckig und verschwitzt. Sein flacher Atem pfiff aus den halb geöffneten, ebenfalls geschwollenen und aufgeplatzten Lippen. Sie fragte sich, wer er wohl war und was er erlebt hatte. Aber Zach hatte gesagt, dass es besser war, wenn sie das nicht erführen. Und sie vertraute ihm. Da der Mann ein Freund von Zach war, konnte sie auch davon ausgehen, dass er garantiert kein Verbrecher war. Mehr brauchte sie nicht zu wissen. Shane war nicht so schnell befriedigt, aber er vertraute ihrem Urteil. Mit einem Lächeln ließ sie sich in den Sessel zurücksinken. Es war schön, einen Mann als Freund zu haben, dem ihre Meinung etwas bedeutete.

Morgan erwachte mit einem Ruck. Er versuchte, sich aufzusetzen, sackte aber zurück. Eine sanfte Frauenstimme erklang.

»Bleiben Sie ruhig liegen, Sie sind schwer verletzt.« Wo war er?

»Sam?«

»Nein. Mein Name ist Autumn. Keine Angst, Sie sind bei Freunden.«

Mühsam öffnete Morgan seine Augen einen Schlitz breit. Seine Sicht war immer noch verschwommen, wenn auch nicht mehr ganz so stark wie gestern. Es war doch gestern gewesen, oder? Sein Blick fokussierte sich schließlich auf eine Gestalt in einem hellen Gewand mit roter Haarmähne, die wild ein attraktives Gesicht umzüngelte.

»Bin ich gestorben und im Himmel?«

Die Frau lachte überrascht auf. Ein erstaunlich rauer, sinnlicher Laut. »Nein, nicht so ganz. Sie sind in Moab. Ihr Freund Zach hat Sie hierher gebracht.« Sie runzelte die Stirn. »Aber daran erinnern Sie sich doch noch, oder?«

Morgan war leicht enttäuscht, dass er nicht im Himmel war. Wenn die Engel so aussahen und eine solche Stimme hatten, dann wäre er dort gerne gewesen. Andererseits gab es hier auf Erden noch eine Aufgabe, die er zu erledigen hatte. Selbst wenn es das Letzte war, das er tat. Er konzentrierte sich darauf, sich zu erinnern, was er zuletzt erlebt hatte. Ah, ja – das Motelzimmer, Zach hatte ihn dort abgeholt und zu einem Jeep geschleppt. Danach wurde seine Erinnerung schwammig.

»Zach hat mich im Motel abgeholt und mit einem Jeep hierhin gefahren.«

»Genau. Unsere Freundin Margret Benson ist Ärztin im Arches National Park und hat Sie, so gut es ging, zusammengeflickt. Sie empfiehlt Ihnen, unbedingt ein Krankenhaus aufzusuchen und sich röntgen zu lassen.«

Morgan schüttelte den Kopf und fuhr zusammen. Verdammt, das tat immer noch sehr weh!

»Lieber nicht. Vielen Dank für Ihre Fürsorge, aber ich muss jetzt wirklich weiter. Ich möchte Sie nicht in Gefahr bringen.«

Autumn legte eine Hand auf seinen Arm und hielt ihn so erfolgreich im Bett.

»Sie werden schön hier liegen bleiben. Wir kümmern uns um Sie, solange Sie selbst dazu nicht in der Lage sein werden. Niemand weiß, dass Sie hier sind. Sie können also ganz beruhigt sein.«

Morgan wollte protestieren, aber plötzlich überkam ihn eine gewaltige Müdigkeit. Seine Augen schlossen sich, und er schlief sofort ein. Als er das nächste Mal erwachte, war der Engel verschwunden, und Zach schlief im Sessel neben seinem Bett.

XIII

Das schrille Läuten ihres altmodischen Weckers riss Sam aus den Tiefen ihres unruhigen Schlafes. Ohne die Augen zu öffnen, schlug sie mit der flachen Hand auf den Wecker, was ihn zum Verstummen brachte, ihn gleichzeitig jedoch vom Nachttisch fegte. Mit einem lauten Scheppern landete er auf dem Fußboden des Schlafzimmers. Stöhnend vergrub Sam ihren Kopf unter dem Kopfkissen. Während ihrer Expedition war sie morgens immer freiwillig bei Sonnenaufgang aufgestanden, was natürlich auch daran lag, dass sie kaum noch auf dem unbequemen Feldbett liegen konnte. Außerdem hatte sie gelernt, dass es im Zelt, sobald die Sonne aufgegangen war, unangenehm warm wurde und an Schlaf sowieso nicht mehr zu denken war. Doch hier, in den weichen Tiefen ihres Bettes, hätte sie sich gerne noch einmal umgedreht und ein Stündchen weitergeschlafen. Sie rollte sich noch ein paar Mal von einer Seite auf die andere, streckte sich, tätschelte Hugos dicken Bauch und schwang die Beine aus dem Bett. Einige Minuten saß sie auf der Bettkante, die Augen halb geschlossen, ihre kurzen Haare standen nach allen Seiten ab. Die Bettdecke hatte sie eng um sich gewickelt, damit die kühle Luft nicht hineindrang. Seufzend ließ sie sie schließlich los und eilte durch das abgedunkelte Zimmer zu ihrem Kleiderschrank. Was konnte sie heute anziehen? Jeans, Jeans oder vielleicht Jeans? Okay, also Jeans. T-Shirt, in Blau, Schwarz oder Creme? Ihr war heute irgendwie nach einem schwarzen T-Shirt zumute.

Die ganze Nacht hatten sie Albträume gequält. Sie träumte von skelettierten Händen, die aus einem sandigen Grab nach ihr griffen, von Kugeln, die in geschwollenes Fleisch drangen, und von John, der versuchte, sie zu erreichen. Sein Gesicht war eine verzerrte Maske, die sich langsam in den Allosaurus-Schädel verwandelte. Mit dem Gedanken daran ging sie ins Badezimmer. Sie genoss es, nach so langer Zeit endlich mal wieder in Ruhe duschen zu können. Bedauernd drehte sie schließlich das Wasser ab. Schnell rubbelte sie sich trocken und schlüpfte in ihre Kleidung. Das Duschbad hatte eindeutig ihre Stimmung gehoben, auf dem Weg zur Küche pfiff sie leise vor sich hin. Die Melodie endete in einem Misston, als sie ihre dreckigen und blutbespritzten Schuhe im Wohnzimmer liegen sah.

Mit Macht brachen sich ihre Sorgen um John wieder Bahn. Ging es ihm gut? Lebte er überhaupt noch? Hatte sein Freund ihm geholfen? Frustriert blickte sie auf ihre geballten Fäuste hinunter. Wenn sie doch etwas tun könnte oder wenigstens wüsste, dass es ihm gut ging, dann könnte sie ihr Leben einfach weiterleben, als hätte es die Erlebnisse auf dem Colorado Plateau nie gegeben. Aber sie wusste im Moment weder vor noch zurück – ein Zustand, der ihr überhaupt nicht gefiel. Sie handelte lieber, als dass sie abwartete oder verdrängte. Deshalb nahm sie kurz entschlossen den Zettel mit der Telefonnummer, die John ihr gegeben hatte, aus ihrer Geldbörse und wählte die Nummer. Nach dem zweiten Klingeln hörte sie ein Knacken, dann folgte die Ansage eines Anrufbeantworters.

»Bitte hinterlassen Sie eine Nachricht, ich rufe dann zurück.«

Nach dem Piepton räusperte Sam sich und sprach zögernd auf das Band.

»Hallo, hier ist Sam. Wäre es möglich, dass Sie mich kurz zurückrufen, damit ich weiß, ob es Ihnen gut geht? Danke.« Sie hinterließ ihre Telefonnummer und legte dann auf. Erst im Nachhinein überlegte sie, dass sie vielleicht ihren Namen nicht hätte sagen sollen. Na ja, es gab Millionen von Sams, dadurch konnte sie bestimmt nicht gefunden werden. Zurück blieb trotzdem ein unangenehmes Gefühl in der Magengrube.

Nach einem schnellen Frühstück schwang sie sich in ihren alten Pick-up und fuhr zur Universität. Dort vergrub sie sich ein paar Stunden in ihrem Kellerverlies, wo sie in Ruhe ihre Kisten ausräumte und die Ausrüstung sortierte. Sie wollte erst mit den Fotos nach oben gehen, wenn sie sicher sein konnte, dass auch wirklich weitere Mitarbeiter anwesend waren und sie nicht wieder alleine mit Professor Marsh sein würde. Noch einmal wollte sie, wenn es sich vermeiden ließ, nicht in eine Situation wie gestern kommen. Irgendwann gestand Sam sich ein, dass sie einem Treffen mit Marsh nicht mehr länger ausweichen konnte.

Sie ging zum Tisch und öffnete die Fototasche. Nach einigem Wühlen fand sie die Fotos und zog sie heraus. Ihr Magen krampfte sich zusammen, als sie erkannte, dass auch die Fotos von den beiden Männern, die John zusammenschlugen, dabei waren. Verdammt, eigentlich hatte sie John die Fotos überlassen wollen. Sie konnte damit sowieso nichts anfangen. Sie wusste weder, wer die Männer waren, noch wer John war, noch warum sie das taten, was sie taten. Mit einem Wort, sie war völlig ahnungslos. Vielleicht sollte sie abends noch einmal bei Johns Nummer anrufen und ihn fragen, ob er die Fotos haben wollte. Sie steckte die Beweisfotos in die unterste Schublade ihres Schreibtischs und schloss ihn ab. Zögernd nahm sie die Fotos der Fundstelle an sich und stieg die Treppen hinauf.

Auf dem Weg ins obere Stockwerk begegnete sie ihrer Kollegin und Freundin Cathy.

»Hi, Sam, lange nicht gesehen! Ich habe schon von deinem großen Fund gehört. Echt super!«

Sam rang sich ein Lächeln ab. »Hallo, Cathy. Tut mir Leid, dass ich mich noch nicht gemeldet habe, ich war einfach zu geschafft. Aber nachher komme ich bei dir im Büro vorbei, okay?«

Cathy baute sich vor ihr auf und blickte sie besorgt an. »Geht es dir auch gut? Du siehst aus, als müsstest du zur Hinrichtung.«

Sam lachte. »Ja, so ähnlich. Marsh hat mich zu sich zitiert. Er wartet sehnsüchtig auf die Fotos.« Sie wedelte mit den Beweismitteln.

Cathy verzog ihren großen Mund. »Oh. Na dann, mein herzliches Beileid.«

Mit großen Schritten überquerte sie die Halle in einem Tempo, das ihre langen, karottenroten Haare auf- und abhüpfen ließ. Sam blickte ihr lächelnd hinterher. Cathy war immer dermaßen energiegeladen, dass es Sam nicht wundern würde, wenn sie sich irgendwann nur noch hüpfend fortbewegte. Sie stand nie lange genug still, um ein unverwackeltes Foto von ihr zu bekommen. Manchmal fragte sie sich, wie Cathy überhaupt etwas so Langwieriges und Statisches wie Geologie hatte studieren können. Vielleicht brauchte sie ihre Arbeit als Gegenpol, um nicht völlig abzuheben. Der Gedanke brachte sie zum Schmunzeln.

Vor der Tür zu Marshs Arbeitszimmer holte sie einmal tief Luft, bevor sie anklopfte. Sofort kam aus dem Innern die näselnde Stimme des Professors, die sich mal wieder sehr ungehalten anhörte.

»Ja!«

Sam öffnete die Tür und steckte den Kopf hinein.

»Störe ich gerade, dann komme ich später noch einmal wieder.«

Marsh nahm seine Brille von der Nase, putzte sie mit dem Ende seiner Krawatte und blickte Sam schweigend an. Diese wollte sich gerade wieder zurückziehen, als er schließlich doch noch antwortete.

»Kommen Sie herein. Haben Sie die Fotos mitgebracht?«

Sam seufzte unhörbar und bereitete sich innerlich auf ein weiteres Kreuzverhör vor.

»Ja.« Sie wedelte mit den Fotos und ging auf den Schreibtisch zu, ließ die Tür aber wohlweislich offen. »Hier, bitte.«

Marsh nahm die Fotos entgegen, während er stirnrunzelnd zur Tür blickte. Sam fürchtete schon, er würde sie auffordern, die Tür zu schließen. Doch der Befehl kam nicht. Der Professor warf einen Blick auf das oberste Bild und versank völlig in den Anblick des Schädels. Alles andere um sich herum schien er zu vergessen, was Sam nur recht war.

Einige Minuten später hatte er sämtliche Fotos gründlich betrachtet, teilweise sogar mit einer Lupe. »Eindeutig der Gattung Allosaurus zugehörig. Ich denke nicht, dass es sich hier um eine unbekannte Unterart handelt. Aber das werden wir abwarten müssen, bis wir das komplette Skelett ausgegraben haben.« Er blickte Sam abwesend an. »Haben Sie den Fundort auf einer Karte notiert?«

»Natürlich.« Sie reichte ihm einen Ausschnitt einer geologischen Karte des Colorado Plateaus, auf der der Fundort markiert war. Sie hatte ihn so genau bestimmt, wie es nachträglich möglich war. Normalerweise hätte sie alles sofort an Ort und Stelle festgehalten, aber die Umstände hatten sie daran gehindert. Es war heute Morgen einige Zeit vergangen, bis sie den Ort ihrer Grabungen rekonstruiert und auf der Karte eingetragen hatte. Selbst wenn die Markierung etwas ungenau sein sollte, sie hatte die Stelle genau im Kopf und würde sie sofort wiederfinden, wenn sie erst wieder in dem Gebiet war.

Charles Marsh lehnte sich in seinem noblen Ledersessel zurück und betrachtete sie forschend. Seine manikürten Fingerspitzen berührten sich über seinem flachen Bauch.

»In Ordnung. Stellen Sie ein Team zusammen, holen Sie ihn heraus, und bringen Sie ihn dann zur Bestimmung hierher!«

Sam strahlte ihn glücklich an.

»Wird gemacht. Bin schon unterwegs.« Damit flog sie fast aus dem Raum.

Marsh blickte ihr kopfschüttelnd hinterher. Er fragte sich, ob diese Frau jemals zu bändigen sein würde – wahrscheinlich nicht. Trotzdem würde er es zumindest versuchen. Und ein erster Schritt dorthin war diese Ausgrabung. Sie würde wohl einige Zeit im Feld sein. Aber danach würden sie zusammen Hand in Hand arbeiten, und dann würde sie ihm nicht lange widerstehen können. Nein, sie würde zu ihm aufsehen und ihn für brillant halten. Er hatte schließlich nicht umsonst sein Studium mit summa cum laude abgeschlossen und im Eiltempo seinen Doktor und seine Professur erhalten.

Chuck legte den Hörer auf und grinste vor sich hin. Das war kinderleicht gewesen! Sein Anruf bei der Universität von Utah hatte ein unerwartetes, aber trotzdem befriedigendes Ergebnis gebracht. Schnell verließ er sein kleines Versicherungsbüro und strebte auf das Hauptquartier der Drogenoperation und Gerald Whites privates Refugium zu. Die Villa war von einem hohen Eisenzaun umgeben. Am Tor war ein Wachhaus, in dem immer einer von Whites Bodyguards Wache hielt.

Natürlich handelte es sich nicht um offizielle Bodyguards. Aber sie waren immer dabei, egal, wo der Boss auch hinging: ob er ein paar Runden in seinem Pool drehte, ein Geschäftstreffen hatte oder eine Partie Golf spielte. Der Wächter ließ Chuck passieren und meldete ihn dann im Haupthaus an. Ein Butler führte ihn hinaus auf die Terrasse, wo Gerald sich gerade ausgiebig einem Sonnenbad hingab. Sein gut gebauter, muskulöser Körper war tiefbraun. Ein knapper Tanga war alles, was er anhatte – außer seiner breiten Goldkette natürlich, die trug er immer. Als er Chuck kommen sah, winkte er ihn herrisch zu sich.

»Nun?«

Chuck lockerte seinen engen Kragen und schluckte. In seinem Kopf hörte er immer noch den Knall des Schusses, der Tony getötet hatte.

»Ich habe Sam Dyson gefunden, arbeitet tatsächlich bei der Universität von Utah, im Institut für Geologie und Geophysik, in der Abteilung Paläontologie. Allerdings ist Sam kein Er, sondern eine Sie. Ihr eigentlicher Name ist Samantha. Die Dame am Telefon war sehr freundlich, hörte gar nicht mehr auf zu reden. Eine Adresse wollte sie allerdings nicht herausgeben. Also habe ich im Internet in einem Adressverzeichnis nachgesehen.« Er zog einen Zettel aus der Tasche seiner Anzugsjacke und reichte ihn Gerald. »Hier.«

Schweigend nahm der ihn entgegen und blickte darauf. Er sah auf und gab das Stück Papier zurück.

»Gut. Schnapp dir einen der Männer. Dann fahrt ihr dorthin. Geht in ihr Haus, ihre Wohnung oder was auch immer, und durchsucht alles nach den Fotos. Lasst es wie einen normalen Einbruch aussehen. Wenn sie zu Hause ist, tötet sie.«

»Aber Boss ...«

Gerald hob einen Finger. »Wenn sie nicht zu Hause ist, findet sie, und tötet sie dann. Das Foto beweist, dass sie gesehen hat, wie ihr Frank vergraben habt. Außerdem wissen wir nicht, was Frank ihr vielleicht erzählt hat. Um genau zu sein, wissen wir nicht einmal, wie viel Frank weiß.«

Chuck brach der Schweiß aus. Er hatte schon Probleme damit, einen Mann zu töten, aber eine Frau ...

»Natürlich werdet ihr sie, wenn es geht, vorher ein bisschen aushorchen. Mit einem kleinen Anreiz wird sie bestimmt gerne erzählen, was sie weiß. Es wäre doch nett, wenn sie eine Ahnung hätte, wo Frank sich gerade aufhält, oder?« Er wartete nicht auf Chucks Erwiderung. »Mach diesmal keinen Fehler, Chuck. Dies ist deine letzte Chance, nutze sie!« Er nahm seinen Martini vom Beistelltisch auf und ergriff noch einmal das Wort. »Berichte mir sofort, wenn du die Sache erledigt hast.«

Chuck konnte nicht sprechen, sein Hals war wie zugeschnürt.

»Hast du das verstanden?«

Chuck nickte heftig und räusperte sich.

»Verstanden.« Fluchtartig verließ er das Anwesen.

Zach richtete sich langsam auf und blickte um sich. Was hatte ihn geweckt? Ein Blick zum Bett zeigte ihm, dass Morgan wach war und ihn beobachtete. Sein Gesicht war immer noch verfärbt, aber seine Augen waren schon weiter geöffnet als am Tag davor.

»Gute Instinkte.«

Zach musste nicht fragen, was er meinte. Schon einige Male hatte ihn seine Intuition geleitet und vor Schaden bewahrt. Irgendwie hatte ihm sein Unterbewusstsein gemeldet, dass sich etwas verändert hatte, und er war aufgewacht.

»Du hättest aber auch einfach sagen können, dass du wach bist.«

»Bin gerade erst aufgewacht. Habe ich das geträumt oder saß hier ein Engel an meinem Bett?«

Zach runzelte die Stirn. Machte Morgan die Beule an seinem Hinterkopf doch Probleme?

»Engel?«

»Ja: weißes Gewand, rote Haare, gute Figur.«

Zach lachte. »Ach so, du meinst Autumn.«

Morgan zog die Augenbrauen hoch. »Das war deine Autumn?«

Zachs Ausdruck verfinsterte sich. »Nur Autumn, nicht meine Autumn. Du befindest dich hier in ihrem Haus, das sie zusammen mit ihrem Freund bewohnt.«

Morgan kannte Zach gut genug, um nicht weiter nachzufragen. Anscheinend war das ein wunder Punkt für seinen Freund, also wechselte er das Thema.

»Könntest du mir etwas zu trinken geben, bitte?«

Erleichtert kam Zach dieser Bitte nach. Er musste Morgan irgendwie aus dieser verzwickten Situation heraushelfen. Aber wie?

Matt lehnte sich Morgan in seine Kissen zurück. Er konnte sich nicht erinnern, dass er jemals zuvor in seinem Leben so kraftlos gewesen war. Um sich abzulenken, betrachtete er seinen Freund genauer. Zachs rotbraune Haare waren feucht und zerwühlt. Wahrscheinlich hatte er heute schon geduscht. Und rasiert hatte er sich anscheinend auch, kein Bartschatten war zu sehen. Vorsichtig fuhr Morgan mit einer Hand über sein Kinn. Er konnte sich lebhaft vorstellen, wie er im Moment aussah.

Zach schien seine Gedanken zu erraten.

»Soll ich dir den Rasierapparat bringen?«

Morgan wollte erst annehmen, schüttelte dann aber bedauernd den Kopf.

»Nein, vielleicht ist ein Bart gar keine schlechte Tarnung. Gerald und seine Männer kennen mich nur glatt rasiert. Sie müssten schon genauer hinsehen, um mich mit Bart zu erkennen.«

Zach nickte. »Hast du dir deshalb auch die Haare gefärbt?«

»Ja. Ich wollte nicht, dass sie in meiner Haarfarbe die Verbindung zu Mara ...« Er stockte, atmete tief durch und fuhr dann fort: »... zu Mara erkennen.«

»Vielleicht sollten wir dir die Haare dann noch einmal färben. Diesmal in einer dritten, wieder ganz anderen Farbe.«

Morgan verzog das Gesicht, stimmte aber zu.

»Wie wäre es mit einem faden Hellbraun?«

»Wenn es denn sein muss. Irgendwann erkenne ich mich vermutlich selbst nicht mehr wieder, wenn ich an einem Spiegel vorbeigehe.«

»So sollte es auch sein, wenn du undercover arbeitest. Bist du immer noch der Meinung, dass du diese Sache alleine zu Ende bringen kannst?«

Morgans Stimme war rau. »Nein. Aber ich konnte dieses Schwein doch auch nicht einfach so davonkommen lassen! Ich habe der Polizei mehrfach alles berichtet, was ich wusste, aber keiner hat mich ernst genommen. Es wäre entweder Selbstmord oder ein Unfall gewesen, haben sie gesagt.« Sein Kummer, sein Zorn und seine Hilflosigkeit entluden sich in dem letzten Satz.

Zach schwieg kurz, dann räusperte er sich.

»Ich glaube dir. Okay, ich besorge das Haarfärbemittel, und dann werden wir dich verändern.«

XIV

Sam erhob sich und streckte stöhnend ihren Rücken. Verdammt, nach Stunden in gebückter Haltung fühlte sich ihr Kreuz an, als würde es gleich durchbrechen. Sie hätte eigentlich Cathys Angebot annehmen und mit ihr mittags zum Essen gehen sollen. Aber sie wollte mal wieder perfekt sein und die Ausgrabung von vorne bis hinten durchplanen. Das heißt, sie hatte stundenlang die Ausrüstung gesäubert und neu verpackt, kiloschwere Fachbücher gewuchtet und dann auch noch über jedem Artikel oder Aufsatz zu Allosauriern gebrütet. Jetzt war sie zerschlagen, müde, hungrig und wirklich mies gelaunt. Sie blickte auf ihre Armbanduhr und erschrak. So spät schon? Wo war nur die ganze Zeit geblieben? Im Keller, ohne Tageslichteinfall, verlor man das Gefühl für Zeit. Man war ganz auf Uhren angewiesen. Und wenn man dann noch nicht einmal darauf schaute ... Seufzend klappte sie den Wälzer, in dem sie zuletzt gelesen hatte, mit einem Knall zu und griff sich ihren Rucksack. Für heute hatte sie wirklich genug. Sie war schon bei der Tür angekommen, als ihr die Fotos wieder einfielen. Sie wollte sie nicht hier, an diesem öffentlichen Ort aufbewahren. Sam schloss die Schublade auf, griff sich die Fotos und schob sie in ihre Hosentasche.

Kurz darauf ging sie in der kühlen Nachtluft zu ihrem Pick-up und atmete tief ein. Sie hatte sich im letzten Monat so an die klare, reine Luft gewöhnt, dass sie sich jetzt im stickigen Gebäude irgendwie eingesperrt vorkam. Natürlich nur sofern sie nicht völlig vergaß, wo sie war. Oft vertiefte sie sich derart in die vergangenen Zeitalter, dass sie fast glaubte, selbst darin zu leben. Vor ihrem geistigen Auge sah sie, wie die Dinosaurier aus ihren Eiern schlüpften, aufwuchsen, sich fortpflanzten, fraßen oder gefressen wurden. Es lag für sie nicht in irgendeiner fernen Vergangenheit, sondern passierte in dem Moment, wenn sie darüber las, Fossilien ausgrub, Skelette aus den Steinen präparierte oder sie zusammensetzte. Seufzend schüttelte sie den Kopf.

Raschen Schrittes überquerte sie den fast leeren Parkplatz. Im Dunkeln wirkte er immer ein bisschen gespenstisch auf sie. Plötzlich hörte sie ein schabendes Geräusch hinter sich. Schnell wirbelte sie herum, ihren Rucksack wie eine Waffe vor sich haltend. Ihre Hand legte sich über ihr wild klopfendes Herz.

»Himmel, Tom. Du hast mich gerade zehn Jahre meines Lebens gekostet!«

Tom grinste verlegen. »Tut mir Leid, ich wollte dich nicht ängstigen. Ich hatte überlegt, ob ich rufen sollte, dachte aber, das würde dich erschrecken.«

»Und da dachtest du, im Dunkeln anschleichen wäre besser?«

»Entschuldige. Kann ich das irgendwie wieder gutmachen?«

Sam seufzte tief auf.

»Nein, ist schon in Ordnung. Ich weiß auch nicht, warum ich heute so schreckhaft bin.« Natürlich wusste sie das, konnte es ihm aber nicht sagen. Sie hätte ja schlecht sagen können: »Ach übrigens, ich habe vorgestern einen lebendigen Mann aus dem Sand ausgebuddelt.« Keine gute Idee! Tom würde sie mitleidig ansehen und dann einen Termin beim Psychiater vorschlagen.

»Sam?«

Ihr Kopf schoss in die Höhe. »Ja?«

»Alles in Ordnung mit dir?«

Sam nickte, als wollte sie einen Weltrekord gewinnen.

»Ja. Aber natürlich, alles in Ordnung. Könnte gar nicht besser sein. Warum?«

Tom blickte sie erstaunt an, entschied dann aber, ihr merkwürdiges Benehmen einfach zu ignorieren.

»Gut. Wir sehen uns dann morgen.«

»Ja. Bis morgen.«

Damit wandte sie sich um, öffnete die Fahrertür ihres Pickups und stieg ein. Die Augen geschlossen, atmete sie einmal tief durch, startete dann den Motor und fuhr zum Ausgang. Im Vorbeifahren winkte sie Tom noch einmal zu und ließ die Universität hinter sich. Ihr Weg führte durch den dichten

Verkehr in ihre Siedlung. In Gedanken war sie schon bei dem Telefongespräch mit Johns Anrufbeantworter. Ob er wohl ihre Nachricht schon bekommen hatte und eine Antwort von ihm auf ihrem Band war? Sie hoffte es.

Ein Wagen schoss mit quietschenden Reifen haarscharf an ihr vorbei. Erschrocken trat Sam voll auf die Bremse. Der Wagen schlitterte ein Stück und kam dann abrupt am Straßenrand zum Stehen. Sie lehnte ihren Kopf an ihre Hände, die immer noch krampfhaft das Lenkrad fest hielten. Das war vielleicht knapp! War sie so in ihre Gedanken versunken gewesen, dass sie auf die Gegenfahrbahn geraten war? Sie schüttelte den Kopf. Nein, das glaubte sie nicht. Sie war ganz normal auf ihrer Fahrbahn gefahren, als der andere Fahrer abgebogen war und sie geschnitten hatte. Vielleicht hätte sie etwas schneller reagieren müssen, aber ansonsten war ihr kein Fehler anzukreiden. Ihre Aufregung legte sich etwas, dafür überkam sie eine gesunde Wut. Welcher Idiot fuhr derart rücksichtslos im dichten Stadtverkehr? Er, oder sie, hätte jemanden dabei umbringen können! Einige Augenblicke ließ sie ihrem Ärger freie Bahn, dann riss sie sich zusammen. Wenn sie heute noch nach Hause kommen wollte, sollte sie jetzt wohl besser losfahren.

Mit immer noch bebenden Fingern umklammerte sie das Lenkrad, gab Gas und fuhr vorsichtig auf die Fahrbahn zurück, nicht bevor sie sich vergewissert hatte, dass niemand hinter ihr fuhr. In einem wesentlich langsameren Tempo als gewohnt bog sie in ihre Straße ein und bewältigte die letzten zweihundert Meter zu ihrem Haus. In ihrer Einfahrt stellte sie den Motor ab und schob ihre Tür auf. Ihre Beine schienen nur noch aus Pudding zu bestehen. Stützend lehnte sie sich an den Pick-up und atmete einige Male kräftig durch. Wahrscheinlich musste sie einfach mal etwas essen, damit sie sich wieder besser fühlte. Die Anstrengungen und vor allem Aufregungen der letzten zwei Tage machten sich langsam auch körperlich bemerkbar. Seufzend kramte sie in ihrem Rucksack nach ihrem Schlüsselbund und lehnte sich dabei mit der Schulter an die Haustür.

Lautlos schwang sie ein kleines Stück auf. Sam gewann mit Mühe ihr Gleichgewicht wieder und blickte erstaunt auf ihre Tür. Wieso war sie offen? Hatte sie heute Morgen in ihrer Eile vergessen abzuschließen? Sam ging im Geiste ihre Schritte von morgens noch einmal durch. Dann schüttelte sie den Kopf. Nein, sie hatte bestimmt die Tür zugeschlossen, das machte sie jeden Morgen automatisch. Vorsichtig schob sie die Tür etwas weiter auf und linste hinein. In dem dunklen Flur war nichts zu erkennen. Ein prickelndes Gefühl startete in ihrem Nacken und wanderte ihr Rückgrat hinunter. Ein eindeutiges Zeichen dafür, dass irgendetwas nicht stimmte. Oder dass ihre Nerven heute nicht die besten waren. Energisch rief sie sich zur Ordnung. Sie würde nie erfahren, was los war, wenn sie nicht endlich den Mut aufbrachte und nachschaute. Wahrscheinlich regte sie sich mal wieder völlig grundlos auf.

Langsam schob Sam ihre Hand durch den Spalt und tastete nach dem Lichtschalter gleich neben der Tür. Scheinbar endlose Sekunden später fand sie ihn und schaltete die Lampe ein. Im hellen Schein des Deckenstrahlers erkannte sie, dass ihr Flur noch chaotischer aussah als sonst. Ihr unbehagliches Gefühl verstärkte sich. Vorsichtig trat sie einige Schritte ins Haus hinein, bereit, jederzeit zu fliehen, wenn sie etwas Verdächtiges bemerkte. In der Türöffnung zum Wohnzimmer blieb sie schlagartig stehen.

»Oh, mein Gott!« Der Lichtschein vom Flur zeigte ihr bereits einen Teil des Chaos, als sie dann das Licht anschaltete, erkannte sie das ganze Ausmaß der Verwüstung. Beinahe alles Bewegliche in dem Zimmer war auf den Boden geworfen worden. Ihre Bücher lagen vor dem Regal, zum Teil verknickt, zerrissen und beschmiert. Kissen und Decken lagen zerfetzt dazwischen. Die Polster ihrer Couch und des Lieblingssessels waren aufgeschlitzt, und die Polsterung quoll heraus. Sämtliche Bilderrahmen waren von den Wänden gefegt worden und lagen nun zerbrochen zwischen all den anderen Gegenständen. Ihre Hand fest vor den Mund gepresst blickte Sam mit großen Augen auf das grauenvolle Durcheinander. Schließlich erwachte sie aus ihrer Erstarrung und trat einen Schritt in den Raum hinein. Ein Knall ertönte. Sam machte einen Satz zurück in den Flur und flüchtete aus dem Haus. Sie rannte, bis sie atemlos vor der Tür ihrer Nachbarin stand. Mit einem Finger drückte sie auf den Klingelknopf, während sie mit der anderen Hand an die Tür klopfte.

»Mrs. Pettison? Hier ist Sam Dyson von nebenan. Bitte machen Sie auf!« Unruhig blickte sie über ihre Schulter. Niemand zu sehen. Keine Männer, die hinter ihr her waren und sie fangen wollten. Wahrscheinlich war nur etwas umgekippt. In dem Moment, als der Knall ertönte, hatte sie sofort an einen Schuss gedacht und war geflüchtet. Jetzt kam sie sich bereits wieder albern vor. Klar, jemand hatte ihr Haus durchsucht und zu Kleinholz verarbeitet, aber das hieß noch lange nicht, dass sie selbst in Gefahr schwebte. Wahrscheinlich waren der oder die Täter bereits über alle Berge.

Endlich wurde die Tür geöffnet. Mrs. Pettison stand in rosa geblümtem Bademantel und Lockenwicklern im Haar vor ihr und blickte sie erstaunt an.

»Sam! Was ist denn los?«

Vor Aufregung überschlug sich Sams Stimme.

»Ich muss unbedingt Ihr Telefon benutzen, bei mir wurde eingebrochen, und ich weiß nicht, ob die Täter vielleicht noch im Haus sind.«

Entsetzt blickte Mrs. Pettison an Sam vorbei auf ihr Haus.

»Kommen Sie rein, kommen Sie rein. Dass so etwas in unserer Gegend passiert! Und dabei dachte ich immer, dass es hier so sicher ist. Vielleicht sollte ich mir doch eine Alarmanlage anschaffen, nur für alle Fälle.« Sie unterbrach sich und blickte auf Sam, die zitternd vor ihr stand. »Oh, ja, das Telefon. Kommen Sie, ich zeige Ihnen, wo es steht.« Damit führte sie Sam durch ein mit Nippes voll gestelltes Wohnzimmer in eine mit hässlich grauem Linoleum ausgelegte Küche, deren Möbel noch aus den Sechzigerjahren zu stammen schienen. Aber das alles bemerkte Sam überhaupt nicht. Sie hatte nur einen Blick für das altmodische Telefon, das an der Wand hing. Mit bebenden Fingern nahm sie den Hörer in die Hand und wählte 911 mit der Wählscheibe. Unruhig wartete sie, bis endlich das Freizeichen ertönte, dann atmete sie tief durch. Sie hatte noch nie in ihrem Leben die Polizei rufen müssen, und dann gleich wegen so etwas. Wenigstens war niemand verletzt. Das war die Hauptsache. Nicht vorzustellen, was passiert wäre, wenn sie gerade zu Hause gewesen wäre, als die Einbrecher kamen. Stumm dankte sie ihrer Arbeitswut, die sie davor bewahrt hatte, pünktlich nach Hause zu fahren.

Sie ließ fast den Hörer fallen, als plötzlich eine Stimme in ihr Ohr drang.

»Salt Lake City Police Department. Welcher Art ist Ihr Notfall?«

»Mein Name ist Sam Dyson. Ich bin eben nach Hause gekommen und habe festgestellt, dass in mein Haus eingebrochen worden ist. Es könnte sein, dass noch jemand im Haus ist. Ich habe ein Geräusch gehört, deshalb bin ich zu meiner Nachbarin geflüchtet. Könnten Sie bitte jemanden vorbeischicken?«

»Wenn Sie mir Ihre Adresse sagen, schicke ich sofort eine Einheit zu Ihnen.«

Erleichtert atmete Sam auf. Ihr Griff um den Hörer lockerte sich etwas.

»Natürlich! Ich wohne ...« Sam brach ab und blickte hilflos um sich. Sie hatte tatsächlich gerade ihre Adresse vergessen! Das konnte doch nicht wahr sein.

Mrs. Pettison, die in der Türfüllung gelehnt und dem Gespräch gelauscht hatte, sprang ein.

»15, Live Oaks Street.«

Tränen sprangen in Sams Augen. Sie schickte ihrer Nachbarin ein dankbares Lächeln und wiederholte die Anschrift für die Polizistin. Nach ein paar weiteren Fragen beendete sie das Gespräch. Kraftlos lehnte sich Sam gegen die Wand. Derzeit lief aber auch wirklich alles schief. Seufzend öffnete sie schließlich wieder ihre Augen und sah Mrs. Pettisons besorgtes Gesicht vor sich.

»Geht es Ihnen gut, Schätzchen?«

Energisch riss Sam sich zusammen. Sie musste noch eine Weile durchhalten, zumindest bis die Polizei da gewesen und den Einbruch untersucht hatte. Danach konnte sie dann zusammenbrechen.

»Es geht schon. Vielen Dank für Ihre Hilfe.«

Mrs. Pettison winkte ab. »Das mache ich doch gerne. Es ist wirklich ärgerlich, dass ich gerade heute bei meiner Schwester zu Besuch war. Wäre ich hier gewesen, hätte ich vielleicht etwas bemerkt und die ganze Sache verhindern können.«

Das stimmte allerdings. Sams Nachbarin war die meiste Zeit am Fenster oder im Sommer auf ihrer Hollywoodschaukel zu finden, von wo aus sie die Nachbarschaft im Auge behielt. Es war Pech, dass sie unterwegs gewesen war. Oder hatten die Täter die Gegend vorher ein paar Tage beobachtet und zugeschlagen, als sie sahen, dass niemand zu Hause war, der sie bei der Tat entdecken konnte? Die Vorstellung ließ Sam frösteln. Schlimm genug, dass jemand bei ihr eingebrochen war. Aber sich vorzustellen, dass sie und ihre Nachbarn beobachtet worden waren, war viel schlimmer. Andererseits wusste sie auch nicht, warum gerade bei ihr jemand einbrechen sollte. Sie hatte wirklich nicht viel in ihrem Haus, was stehlenswert war: einen Fernseher, Videorekorder und einen Computer. Alles andere war entweder wertlos oder zu groß, um es unbemerkt aus dem Haus zu tragen.

Am Fenster wartete Sam auf das Eintreffen der Polizei. Mrs. Pettison hatte ihr ein Glas heißen Tee in die Hand gedrückt, was sie tatsächlich ein bisschen zu entspannen schien. Dieser Effekt wurde beim Anblick des Polizeiautos sofort wieder aufgehoben. Sie wartete, bis der Wagen vor ihrem Haus hielt, dann dankte sie ihrer Helferin noch einmal und trat aus dem Haus. Während der eine Polizist ihr Haus im Auge behielt, kam der zweite zu ihr herüber und erkundigte sich nach dem Geschehen. Sam berichtete ihm, was sie wusste, dann beobachtete sie, wie die beiden Männer mit gezogenen Waffen in ihr Haus stürmten und es nach Eindringlingen durchsuchten. Einige Minuten später kam ihr Gesprächspartner wieder hinaus und winkte sie herüber. Anscheinend hatte sich doch niemand mehr versteckt. Wäre ja auch ziemlich ungeschickt. Sie war nicht gerade leise gewesen, als sie nach Hause gekommen war. Man hätte sie also auf jeden Fall hören müssen.

»Es war niemand mehr im Haus. Sie können jetzt hineingehen. Es wäre sehr hilfreich, wenn Sie uns eine Liste von dem erstellen könnten, was alles fehlt.«

Sam nickte stumm und ging vor ihm her in ihr Haus. Irgendwie fühlte es sich nicht mehr an wie ihr Zuhause. Es wirkte nicht mehr heimelig, sondern düster und unheimlich. Schweren Herzens machte sich Sam an die Aufgabe, ihre Besitztümer zu sondieren. Wie sie bereits vermutet hatte, fehlten die tragbaren Wertgegenstände, aber die konnten ersetzt werden. Viel schlimmer war, dass viele ihrer wertvollen Bücher, Fotos und Erinnerungsstücke beschädigt oder zerstört worden waren. Ein dicker Kloß saß in ihrer Kehle, als sie von Zimmer zu Zimmer ging und dem einen Polizisten mitteilte, was gestohlen worden war, während der andere mit Grafitpulver auf den glatten Gegenständen Fingerabdrücke sicherte. Nach über einer Stunde hatten sie schließlich das Haus einmal durchkämmt. Sam war mit ihren Nerven völlig am Ende. Der Polizist erkannte das und erklärte schließlich die vorläufige Untersuchung für beendet.

»Haben Sie hier in der Gegend Verwandte oder Freunde, wo Sie unterkommen können?«

Sam blickte ihn verwirrt an.

»Nein. Ja. Ich weiß nicht. Wieso?«

»Es wäre vielleicht besser, wenn Sie heute Nacht nicht hier blieben. Zumindest so lange nicht, bis Sie aufgeräumt und neue Schlösser eingebaut haben. Vielleicht sollten Sie auch überlegen, sich eine Alarmanlage anzuschaffen, wenn Sie hier ganz alleine leben.«

Sam wurde weiß wie die Wand. Bisher hatte sie noch gar nicht darüber nachgedacht, dass die Täter auch wiederkommen könnten. Es gab ja schließlich nichts mehr bei ihr zu holen. Sie nickte abgehackt.

»Ich könnte meine Freundin Cathy anrufen. Sie nimmt mich bestimmt für ein paar Nächte auf.«

Der Polizist lächelte sie ermutigend an.

»Tun Sie das. Wir bleiben hier, bis Sie eine Unterkunft gefunden haben.«

Seine Freundlichkeit tat Sam unendlich gut. Sie brachte sogar ein zögerliches Lächeln zustande.

»Vielen Dank.«

Damit ging sie zum Telefon, hob vorsichtig mit zwei Fingern den schwarz bepuderten Hörer hoch und rief ihre Freundin an. Diese war natürlich geschockt von den Ereignissen und bot Sam sofort an, bei ihr übernachten zu können, so lange sie wollte. Sam fühlte sich schon etwas besser, als sie den Hörer wieder auflegte. Es tat gut, solche Freunde zu haben. Schnell suchte sie sich einige Sachen zusammen, die noch tragbar waren, und verließ gemeinsam mit den Polizisten ihr Haus mit einem Gefühl der Erleichterung.

XV

Chuck warf seine Tasche auf das durchgelegene Bett des billigen Motels, in dem er mit seinem Kumpan Eddie noch ein Zimmer gefunden hatte. Die im Haus von Samantha Dyson gestohlenen Gegenstände hatte er draußen im Auto gelassen. Es wäre ihm sogar ganz recht, wenn sie jemand stehlen würde, dann wäre er sie wenigstens los. Stundenlang hatten sie das kleine Haus auf den Kopf gestellt, aber die belastenden Fotos nicht gefunden. Dafür jede Menge langweiliger Bücher und einen Haufen wirklich netter Unterwäsche. Im Moment hatte er allerdings ein ganz anderes Problem. Er musste dem Boss berichten, dass sie nichts gefunden hatten und auch die Zeugin nicht aufgetaucht war. Sie hatten noch einige Zeit abgewartet, aber sie war nicht gekommen. Schließlich wurde es ihnen zu gefährlich, noch länger in dem verwüsteten Haus abzuwarten. Es stand in einer ruhigen Gegend, wo wahrscheinlich jeder jeden kannte und ein fremdes Auto auffiel, wenn es den ganzen Tag in der Straße parkte.

Ziemlich spät waren sie aufgebrochen und hatten sich auf den Weg zur Universität gemacht. Vielleicht sollten sie Glück haben und dort auf Samantha treffen? So wie Chucks Leben in letzter Zeit verlief, hätte er damit nicht rechnen sollen. Natürlich war niemand mehr dort gewesen, als sie sich endlich durch den dichten Verkehr gedrängt hatten und beim Geologischen Institut ankamen. Anschließend waren sie noch einmal zum Haus zurückgefahren. Aber diesmal stand bereits ein Polizeifahrzeug vor der Einfahrt, direkt hinter einem verrosteten hellen Pick-up. Sie waren die Straße entlanggefahren, ohne das Tempo zu drosseln, und so schnell wie möglich verschwunden. Nun, wenigstens hatten sie jetzt ein Porträt von Samantha Dyson, das sie hatten mitgehen lassen, sowie Automarke und Kennzeichen. Außerdem wussten sie, wo sie arbeitete. Kein Problem also, sie irgendwann zu erwischen.

Hoffte er. Jetzt musste er nur noch Gerald White davon überzeugen. Seine schweißglatten Finger hoben schließlich zögernd sein Handy ans Ohr, nachdem er die Nummer des Hauptquartiers aus dem Kopf eingegeben hatte. Ein Freizeichen ertönte.

»Residenz White.«

»Hier ist Chuck, ich muss mit dem Boss sprechen.«

»Einen kleinen Moment, bitte.«

Schweißtropfen bildeten sich auf Chucks Stirn und Halbglatze. Mit einem Stofftaschentuch tupfte er sie trocken. Er zuckte zusammen, als Geralds scharfe Stimme ertönte.

»Habt ihr sie?«

»Äh, nein. Aber ...«

»Warum nicht?«

»Wir haben das ganze Haus von oben bis unten durchwühlt, die Fotos waren nicht dort. Ebenso wenig die Kamera. Sam Dyson auch nicht.«

»Natürlich nicht! Sie war logischerweise bei der Arbeit, denke ich mir.«

»Vermutlich. Wir haben so lange gewartet, wie wir konnten. Als sie nicht auftauchte, sind wir zur Universität gefahren, aber da war auch niemand mehr.«

»Vermutlich war sie dann schon wieder auf dem Heimweg, und ihr Idioten seid direkt an ihr vorbeigefahren.«

Chuck dachte an den Wagen, mit dem sie fast zusammengestoßen waren, als sie aus ihrer Straße bogen. Er konnte sich nicht mehr genau erinnern: War das nicht auch ein heller Pick-up gewesen? Wohlweislich schwieg er.

»Seid ihr denn wenigstens jetzt an ihr dran?«

»Eddie beobachtet das Haus. Wenn sie dort bleibt, können wir sie gleich erwischen. Sollte sie woanders übernachten, werden wir sie uns morgen bei der Arbeit vornehmen.« Als Gerald nicht antwortete, redete er schnell weiter. »Wir wissen, wie sie aussieht, welchen Wagen sie fährt, wo sie arbeitet. Wir kriegen sie.«

»Das wäre auch besser für euch.«

Chuck schluckte. »Ja, Boss.«

»Und, Chuck ...«

»Ja?«

»Keine Zeugen, verstanden?« Damit legte er auf.

Wie gebannt blickte Morgan in den kleinen Spiegel, den Zach ihm gegeben hatte.

»Nun, wie findest du's?« Zachs Stimme verriet sein unterdrücktes Lachen.

»Ich sehe aus wie Frankensteins Monster, nur schlimmer.« Morgans Knurren brachte Zach erst recht zum Lachen. Morgan blickte ihn böse an. »Du findest das wohl lustig, was? Stell dir mal vor, dir würde jemand deine hübschen roten Löckchen aschblond färben!«

Zach hörte auf zu lachen.

»Ich habe keine roten Haare.«

Diesmal grinste Morgan. »Also von hier aus sehen sie aber so aus.« Er hielt seinem Freund den Spiegel hin. »Sieh selbst.«

Zögernd nahm Zach den Spiegel und blickte hinein. Er musste zugeben, dass Morgan Recht hatte. In diesem Licht wirkten seine Haare mehr rot als braun, aber Löckchen hatte er wirklich nicht.

»Das liegt am Licht.« Damit war das Thema für ihn erledigt. »Was dich betrifft: Ich finde diese Haarfarbe ist genau das, was du brauchst. Niemand wird dich erkennen. Man wird dich wahrscheinlich kaum mehr beachten mit dieser Haarfarbe.«

»Ja, und die verdammten Prellungen wird auch niemand bemerken.« Sein Sarkasmus prallte an Zach einfach ab.

»In ein paar Tagen wird das meiste davon verschwunden sein. Den Rest kannst du überschminken, wenn du nach draußen gehst.«

Morgan grunzte nur.

»Du willst doch hier nicht den schwierigen Patienten spielen, oder? Ich habe nämlich auch noch anderes mit meiner Zeit anzufangen, als mir dein Gejammere anzuhören.«

Zach hatte natürlich Recht. Aber es war sehr schwer für ihn, einfach tatenlos im Bett zu liegen und andere für ihn sorgen zu lassen. Er war es gewöhnt, der Versorger zu sein und sich um andere zu kümmern, nicht anders herum.

»Hatte ich dir schon dafür gedankt, dass du mir hilfst?«

Zach seufzte. »Ja, hattest du, mehrfach. Und du weißt genau, dass es nicht nötig ist, mir zu danken. Du hättest das Gleiche auch für mich getan.« Er räusperte sich und wechselte das Thema. »Übrigens habe ich heute mit dem zuständigen Polizisten in Grand Junction gesprochen. Er hat gesagt, er könnte mit mir nicht darüber sprechen. Und außerdem sei die Akte längst geschlossen und würde auch nicht mehr geöffnet werden.«

Morgan blickte verbittert zu ihm hoch. »Siehst du, ich habe dir ja gesagt, die sind gar nicht an einer Aufklärung von Maras Tod interessiert.« Er schluckte schwer, Tränen stiegen in seine Augen, die er hastig fortblinzelte. »Egal, was die Polizei sagt, ich weiß, dass es kein Selbstmord war. Gerald White oder einer seiner Schergen hat sie umgebracht und muss dafür bezahlen.«

Zach legte seine Hand auf die Schulter seines Freundes.

»Ich weiß. Und wir werden den Schuldigen und die Beweise finden. Deshalb fahre ich morgen nach Grand Junction und spreche persönlich mit dem zuständigen Beamten. Ich werde herausbekommen, was da los ist, ich verspreche es.«

Dankbar blickte Morgan ihn an. »Danke. Ich komme mit und dann ...«

Zach unterbrach ihn. »Du wirst schön hier im Bett bleiben. Ich werde dich auf keinen Fall mitnehmen. Erstens bist du noch nicht gesund genug, um in der Weltgeschichte herumzufahren, und zweitens ...«, er hob die Hand, als Morgan ihn unterbrechen wollte, »... zweitens werde ich mehr Erfolg haben, wenn ich von Detective zu Detective mit ihm spreche. Ich bin sicher, dass er schon mal etwas von Unterstützung unter Kollegen gehört hat. Ein Angehöriger würde da nur hinderlich sein.«

»Aber ...«

»Ich kann mir vorstellen, wie schwer das für dich ist, Morgan. Aber du musst mir vertrauen und mich meine Arbeit machen lassen, okay?«

Morgan nickte zögernd. »Du weißt, dass ich dir vertraue, es ist nur ... Ich fühle mich so hilflos, als wäre mir mein ganzes Leben aus den Händen genommen worden und als könnte ich nichts tun, es wiederzubekommen.«

»Das kann ich mir vorstellen. Aber wenn ich Erfolg habe, und das werde ich, dann kannst du bald wieder dein Leben weiterführen, wie du es willst.«

»Ja, aber ohne Mara.«

Zach nickte mitfühlend. »Ohne Mara. Es tut mir Leid, Morgan.«

Gequält schloss Morgan die Augen. Er hatte versagt. Er war nicht da gewesen, als sie ihn gebraucht hatte. Das war nun die Strafe dafür.

»Was hast du eigentlich mit deinem Job gemacht?«

Morgan fuhr mit der Hand über seine Augen, dann blickte er Zach an.

»Ich habe mich beurlauben lassen. Eigentlich nur für ein halbes Jahr, und jetzt sind schon sieben Monate vergangen. Es könnte also sein, dass ich bereits arbeitslos bin.« Er zuckte mit den Schultern und verzog das Gesicht, als der Schmerz seine Rippen durchfuhr. Eigentlich war es ihm egal. Seit Maras Tod war alles andere unwichtig geworden, nur noch seine Rache hatte gezählt. Selbst seine Arbeit als Brandermittler bei der Feuerwehr in Denver, die sonst sein Ein und Alles gewesen war, hatte an Wichtigkeit verloren. Früher hatte er für und mit der Arbeit gelebt, doch nun hatte er nicht mehr als ein Schulterzucken für den Gedanken an den möglichen Jobverlust übrig. Vielleicht sollte er die Zeit seiner erzwungenen Pause nutzen und einmal ernsthaft darüber nachdenken, wie es in seinem Leben weitergehen sollte. Er wusste, dass Mara nicht gewollt hätte, dass er sich von seinem Leben verabschiedete, nur um ihres zu rächen. Sie war immer so lebendig gewesen, so voller Lebensfreude und Schalk. Jetzt lag sie einsam metertief in einem Grab. Der Schmerz überwältigte ihn erneut, und er wandte den Kopf ab, während Tränen langsam aus seinen Augenwinkeln rannen. Als er lange Zeit später die Augen wieder öffnete, war Zach verschwunden.

Das Polizeiauto hielt vor Cathys Haus an. Der Beifahrer stieg aus und öffnete Sam die hintere Tür. Danach reichte er ihr aus dem Kofferraum ihre Tasche und den Rucksack.

»Und wenn Ihnen noch etwas einfällt oder Sie beim Aufräumen noch irgendwelche Hinweise auf den oder die Täter finden sollten, dann informieren Sie uns. Wir kümmern uns dann darum.«

»Ja. Vielen Dank für alles.«

Sie stieg die Treppe des Wohnhauses hoch. Noch bevor sie auf die Klingel drücken konnte, wurde bereits die Haustür aufgerissen, und eine aufgeregte Cathy schoss heraus.

»Oh, mein Gott, Sam. Geht es dir auch gut? Hat die Polizei schon eine Spur? Wie sind die Täter bloß darauf gekommen, gerade bei dir einzubrechen? Stell dir nur vor, du wärst gerade im Haus gewesen, als diese Verbrecher ...«

Sam schauderte und unterbrach Cathys Redefluss.

»Darüber möchte ich lieber nicht nachdenken. Hättest du etwas dagegen, wenn wir jetzt reingehen würden? Ich fühle mich etwas unwohl hier draußen.«

»Oh, natürlich. Entschuldige! Komm rein.« Damit nahm sie Sam die Tasche ab und führte sie die Treppe hinauf. »Ich habe auch schon mein Gästezimmer für dich hergerichtet. Wenn du möchtest, kannst du also gleich ins Bett fallen. Und Milch habe ich auch heiß gemacht, zur Beruhigung.«

Sam verzog hinter Cathys Rücken den Mund. Ihre Mutter hatte ihr als Kind immer heiße Milch eingeflößt, wenn sie krank war oder nicht schlafen konnte. Es hatte nie etwas bewirkt. Außer, dass ihre Mutter das Gefühl gehabt hatte, ihrer Tochter etwas Gutes getan zu haben. Seufzend bereitete sie sich darauf vor, auch heute wieder so zu tun, als würde ihr die Milch schmecken.

Cathy führte sie in ihre geräumige Wohnung und schloss die Tür hinter ihnen. Sam schaute zu, während sie drei verschiedene Schlösser bediente. Cathy drehte sich um, bemerkte ihren Blick und zuckte mit den Schultern.

»Man kann nie vorsichtig genug sein, wenn man als Frau alleine wohnt.«

Sam musste ihr Recht geben. Bis zu diesem Abend hatte sie nicht groß darüber nachgedacht, dass sie alleine in ihrem schlecht gesicherten Haus ein gutes Ziel abgab. Aber von nun an würde sie wesentlich vorsichtiger sein. Sie war nur heilfroh, dass der oder die Täter es scheinbar lediglich auf Wertgegenstände abgesehen hatten, sonst hätte die ganze Sache auch anders ausgehen können. Schaudernd schlang sie die Arme um ihren Oberkörper. Cathys Hand legte sich sanft auf ihren Oberarm.

»Wenn du willst, kannst du dich erst in dein Zimmer zurückziehen und dich frisch machen, ausruhen oder was immer. Die Milch stelle ich dann einfach noch einmal in die Mikrowelle, wenn du so weit bist.«

Sam bemühte sich um ein Lächeln.

»Das wäre nett. Vielen Dank, Cathy.« Damit nahm sie Cathy ihre Tasche ab und verschwand im Gästezimmer.

Tasche und Rucksack ließ sie auf den Boden fallen, dann sank sie schwer auf das Bett. Das Gesicht in den Händen vergraben atmete sie einige Male tief durch, bis sie sich wieder einigermaßen im Griff hatte. Verdammt, sie hatte keine Lust, sich wie ein Opfer zu fühlen. Alleine die Vorstellung, dass jemand an ihren persönlichen Sachen gewesen war, von den Fotoalben über ihre Kosmetika bis hin zu ihrer Unterwäsche, ließ ihre Haut prickeln und ihren Magen revoltieren. Niemand hatte das Recht, sich an ihren Sachen zu vergreifen. Niemand!

Nachdenklich blickte sie auf. Wieso hatte man ausgerechnet ihr Haus ausgesucht? In der Gegend gab es viele solcher Häuser, und einige davon waren wesentlich besser ausgestattet. Hatte es jemand speziell auf sie abgesehen? War sie beobachtet worden, wenn sie zur Arbeit fuhr, und hatte man ihre Abwesenheit dann ausgenutzt? Oder wusste jemand, dass sie längere Zeit nicht zu Hause gewesen war, und hatte nur das Pech gehabt, dass sie dann doch früher zurückgekommen war? Alles war möglich. Und genau das machte sie fast wahnsinnig. Sie musste eigentlich immer alles genau einordnen, klassifizieren und dann ablegen können. Aber das konnte sie jetzt nicht tun. Wenn die Polizei keine Fingerabdrücke zuordnen konnte und die Täter nicht fand, dann würde sie vielleicht nie wissen, wer und vor allem warum bei ihr eingebrochen worden war.

Ihr wurde kalt, als ihr ein anderer Gedanke durch den Kopf schoss: Was war, wenn es kein Zufall gewesen war? Vielleicht hatte der Täter genau gewusst, dass sie dort wohnte, und sie extra ausfindig gemacht, um etwas bei ihr zu suchen oder sie unschädlich zu machen. Eigentlich war es ein bisschen viel des Zufalls, dass kurz nachdem sie einen Mann gerettet hatte, ausgerechnet in ihr Haus eingebrochen wurde. Sie schüttelte den Kopf. Wahrscheinlich war sie einfach nur angespannt und bildete sich das alles ein. Woher sollten sie überhaupt wissen, wer sie war und wo sie wohnte? Vielleicht hatten sie John aber auch gefunden und die Informationen aus ihm herausgepresst?

XVI

Sam sprang auf, die Hand vor den Mund gepresst. Oh, mein Gott, konnte das sein? Wusste er überhaupt so viel von ihr? Sie überlegte, was sie ihm alles außer ihrem Namen erzählt hatte. Aber sie wusste es einfach nicht mehr. Nie hätte sie gedacht, dass es gefährlich für sie war, ihm etwas über sich zu verraten. Sie musste etwas unternehmen, um Gewissheit zu bekommen. Aber was? Ihr Blick fiel auf ein Telefon. Genau! Sie würde in dem Motel anrufen und sich mit dem Zimmer verbinden lassen. Dann würde sie wissen, ob John noch dort war und es ihm gut ging.

Sam wählte die Nummer der Auskunft und fragte nach der Telefonnummer des Motels. Kurze Zeit später gab die Stimme ihr die Ziffern durch.

»Soll ich Sie gleich verbinden?«

»Ja, bitte.«

»Einen Moment, Sie werden verbunden.«

Sam hörte ein Knacken, dann ertönte ein Freizeichen. Ihr Herz schlug wie verrückt, ihre Beine gaben nach, und sie ließ sich auf die Bettkante sinken.

»Bedrock Motel.« Die gelangweilte Stimme hörte sich an wie die von dem jungen Mann, der ihr das Zimmer vermietet hatte.

»Guten Tag. Könnten Sie mich bitte mit Zimmer 12 verbinden?«

»Wenn's denn sein muss.« Sehr freundlich. Aber immerhin stellte er sie durch, und es ertönte erneut ein Freizeichen. Insgesamt ließ er es zehn Mal klingeln, bevor er sich wieder meldete.

»Da is' keiner. Versuchen Sie's später noch ma'.« Er wollte auflegen.

»Halt, warten Sie bitte noch.«

»Ja?«

»Könnten Sie vielleicht nachschauen, ob alles in Ordnung ist?«

»Warum sollte ich das tun?«

»Weil ich Sie darum bitte?«

Ein tiefes Seufzen erklang, dann ein Rascheln, als hätte er eine Zeitschrift zur Seite gelegt.

»Okay, bleiben Sie dran.« Ein Stuhl schrappte über den Boden, dann knallte eine Tür.

Gott, hoffentlich machte sie keinen Fehler, indem sie jemanden in das Zimmer schickte. Ihre Finger waren nass geschwitzt, als sie hörte, dass der Mann schließlich zurückkam.

»Da hängt ein »Bitte-nicht-stören«-Schild an der Tür, da kann ich nich' rein.«

Sam biss die Zähne zusammen, um die scharfen Worte zurückzudrängen, die ihr auf der Zunge lagen.

»Ich habe Grund zu der Annahme, dass die Person in dem Zimmer vielleicht ärztliche Hilfe benötigt. Wollen Sie sich wirklich der unterlassenen Hilfeleistung schuldig machen?«

Der Mann brummelte etwas Unverständliches, dann knallte er den Hörer wieder auf den Tresen. Erregt sprang Sam auf und lief im Zimmer hin und her.

»Da is' keiner.«

Abrupt blieb sie stehen. War das gut oder schlecht?

»War sonst etwas in dem Raum? Tüten, Kleidung, irgendetwas?«

»Ne. War das jetzt alles?« Seine Ungeduld war offensichtlich. Wahrscheinlich musste er dringend zu seinem Playboy-Heft zurück.

»Eine Frage noch: Haben Sie Anzeichen dafür gesehen, dass die Person vielleicht unfreiwillig das Zimmer verlassen hat?«

Der junge Mann überlegte kurz. »Nein. Sah alles ordentlich aus, bis auf das Bett, das war etwas zerwühlt. Aber dafür haben wir ja auch das Zimmermädchen.«

Sam atmete auf. Vielleicht hatte John wirklich seinen Freund gerufen, und der hatte ihn abgeholt. Sie hoffte es zumindest.

»Vielen Dank für Ihre Hilfe.«

Wortlos legte er auf.

Nach einer langen, heißen Dusche gesellte sich Sam zu Cathy ins Wohnzimmer. Sie fühlte sich wieder etwas belebter. Noch immer zogen sich jedoch ihre Eingeweide zusammen, wenn sie darüber nachdachte, was in ihrem Haus geschehen war. Während sie darauf wartete, dass Cathy die angedrohte Milch erhitzte, ließ sie ihre Gedanken zu den verschiedenen Telefongesprächen wandern, die sie zuvor erledigt hatte. Ihre Eltern waren verständlicherweise beunruhigt gewesen und hatten ihr nahe gelegt, nach Hause zurückzukommen. Aber sie lehnte ab. Ihr Leben war jetzt hier, und so sehr sie ihre Eltern auch liebte, sie würde nicht wieder nach Hause gehen, sobald ihr eine etwas steifere Brise ins Gesicht blies.

Ihr Zuhause lag in der kleinen Stadt Kanab, einige Meilen vom Nordrand des Grand Canyon entfernt gelegen. Dort waren ihre Eltern mit ihr und ihrem älteren Bruder Rey hingezogen, als sie noch ein kleines Kind gewesen war. Sie war dort sehr glücklich gewesen, doch ihre Kindheit lag endgültig hinter ihr. Irgendwann einmal musste sie ihr eigenes Leben führen. Auch wenn sie sich manchmal an heißen Sommertagen nach den kühlen Wäldern des Kaibab Plateaus und dem beeindruckenden Anblick des Grand Canyon zurücksehnte.

Als Nächstes hatte sie wieder bei der Telefonnummer angerufen, die John ihr gegeben hatte. Sie bat noch einmal darum, dass er sie zurückrief, berichtete von dem Einbruch in ihr Haus und von den Fotos. Sie hinterließ Cathys Telefonnummer sowie ihre Büronummer. Es könnte natürlich sein, dass er schon einmal zurückgerufen hatte. Doch da die Einbrecher auch ihren Anrufbeantworter zerstört hatten, konnte sie es nicht überprüfen. Cathys Wiederkehr schreckte sie von ihren Gedanken auf. Sie hatte ihrer Freundin nur von dem Einbruch berichtet. Alles, was draußen bei der Ausgrabung passiert war, hatte sie für sich behalten. Sie wollte Cathy weder beunruhigen, noch unnötig in Gefahr bringen, also schwieg sie weiterhin.

Genau genommen wusste sie sowieso, was Cathy ihr sagen würde. *Geh zur Polizei, und halt dich da raus. Vielleicht ist der*

Typ, den du gerettet hast, auch ein Verbrecher und sollte nicht beschützt, sondern verhaftet werden. Sam war klar, dass sie damit wohl Recht haben würde. Aber irgendwie konnte sie sich nicht dazu durchringen, zur Polizei zu gehen und ihn zu verraten. Dadurch, dass sie John vor dem sicheren Tod bewahrt und seine Verletzungen gepflegt hatte, war zwischen ihnen ein Band entstanden, das Sam einfach nicht zerreißen konnte oder wollte. Es war wirklich merkwürdig, eigentlich hatte sie sehr klare Vorstellungen von Recht und Unrecht. Aber in diesem Fall würde sie erst glauben, dass er etwas Unrechtes getan hatte, wenn sie Beweise dafür sah. Sie fühlte einfach, dass er ein guter Mensch war.

Sam rieb mit beiden Händen über ihr Gesicht. Gott, sie war wirklich völlig durcheinander. Wenn sie jetzt schon glaubte, fühlen zu können, ob jemand gut oder böse war …

»Wenn du dich lieber gleich hinlegen willst, verstehe ich das.«

Ruckartig hob Sam den Kopf und starrte Cathy an. »Nein, nein. Tut mir Leid, ich war nur gerade in Gedanken. Mir geht es gut.« Sie schnitt eine Grimasse. »Außerdem kann ich, bevor ich ins Bett gehe, etwas Ablenkung gut gebrauchen.«

Cathy stellte die Milch auf den niedrigen Couchtisch und setzte sich ihr mit gekreuzten Beinen gegenüber.

»Das kann ich mir vorstellen.« Sie schüttelte den Kopf. »Ich kann immer noch nicht glauben, dass das passiert ist. Wieso sollte jemand bei dir einbrechen wollen?«

Sam unterdrückte ein schuldbewusstes Zusammenzucken und hob die Schultern. »Ich habe keine Ahnung. Vielleicht haben sie wirklich gedacht, ich wäre noch verreist und sie hätten freie Bahn.« Oder sie vermuteten, dass sie Fotos oder einen verletzten Mann bei sich versteckt hielt.

Sam unterdrückte ein Schaudern und hob ihren Becher vors Gesicht, um sich dahinter zu verbergen. Was war, wenn der oder die Diebe wiederkamen? Sie konnte sich ja nicht ewig hier bei Cathy verstecken. Und vor allem, was war, wenn sie sie dadurch in Gefahr brachte? Energisch schüttelte sie den Kopf. Nein, wahrscheinlich ging ihre Fantasie mal wieder mit ihr durch. Jemand war bei ihr eingebrochen, hatte ihre Einrichtung zerstört und Wertgegenstände mitgehen lassen. Das war schlimm genug, da musste sie nicht noch ein größeres Horrorszenario herbeireden. Das Gespräch mit Cathy war wohltuend. Aber nachdem sie zu Bett gegangen war, wälzte sie sich noch Stunden später im Bett hin und her und versuchte vergeblich, Schlaf zu finden.

Langsam wachte Morgan auf. Helles Sonnenlicht drang durch die Schlitze der Jalousie und hinterließ ein Muster aus leuchtenden Punkten auf Fußboden und Wänden. Es war also wieder Morgen. Noch eine Nacht, die er lebend überstanden hatte. Ein neuer Tag ohne Mara ... Verdammt, er musste wirklich damit aufhören, sonst machte er sich noch ganz kaputt. Mara war tot, eine Tragödie für ihn, aber kein Grund, sein eigenes Leben aufzuhören zu leben. Zach hatte Recht gehabt, als er ihn gestern darauf hingewiesen hatte. Mara hätte nicht gewollt, dass das passierte. Sie hatte ihn geliebt. Der Druck in seiner Brust verstärkte sich, bis er meinte nicht mehr atmen zu können, dann wich er langsam wieder. Erleichterung machte sich in ihm breit. Er hatte auch weiterhin vor, Gerald White und seine Bande zur Rechenschaft zu ziehen. Aber es war ihm nicht mehr egal, ob er danach lebte oder starb. Es gab noch so viel zu tun in seinem Leben. Er konnte noch so viel erreichen, so viel sehen. Beinahe wäre das alles vorbei gewesen und er läge jetzt tot in einem anonymen Grab mitten in der Wüste. Niemand würde wissen, was mit ihm passiert war, nicht einmal sein Bruder Joe. Dieser Gedanke ließ das Blut aus seinem Gesicht weichen. Warum hatte er immer nur darüber nachgedacht, wie es für ihn wäre, auch noch seinen Bruder zu verlieren? Kein einziges Mal hatte er bedacht, dass dasselbe auch für Joe galt.

Morgan schlug die Bettdecke zurück und schob vorsichtig seine Beine aus dem Bett. Langsam erhob er sich und lehnte sich so lange gegen den Bettpfosten, bis das Schwindelgefühl nachließ. Verdammt, er fühlte sich ungefähr so kräftig wie eine neugeborene Katze. Er musste dringend wieder zu Kräften kommen, sonst konnte er Zach nicht bei den Ermittlungen helfen. Und er würde Zach nie seine eigenen Fehler ausbaden lassen. Der erste Test seiner Stärke bestand darin, alleine von seinem Bett in das angeschlossene Badezimmer zu kommen, ohne dabei auf die Nase zu fallen. Es gelang ihm, gerade so. Zitternd lehnte er sich mit geschlossenen Augen an die Badezimmertür. Nach ein paar Minuten in dieser Stellung gelang es ihm, die paar Schritte bis zum Waschbecken zu bewältigen. Immer vorsichtig einen Fuß vor den anderen setzend, um die Naht an der Hüfte nicht wieder aufzureißen. Er hatte nicht nachgeschaut, er hoffte nur, dass die Ärztin den Tampon nicht mit eingenäht hatte.

Morgan schnitt eine Grimasse, die einem Lächeln nahe kam. Sam war wirklich sehr erfinderisch darin gewesen, ihn am Leben zu halten. Sein Lächeln erlosch. Hoffentlich war sie seinetwegen nicht in Schwierigkeiten geraten. Er hasste es, das Leben anderer durcheinander zu wirbeln oder sogar zu gefährden. Vielleicht sollte er nachher die Telefonnummer von ihr besorgen und nachfragen, ob es ihr gut ging. Andererseits konnte sie das noch mehr in Gefahr bringen. Wahrscheinlich war es besser, wenn er sich einfach aus ihrem Leben fern hielt und sie nie wieder sprach oder sah. Allerdings würde er es sich nie verzeihen, wenn ihr etwas passierte und er nicht wenigstens versucht hätte, ihr zu helfen. Eine verzwickte Lage.

Morgan betrachtete sich lange im Spiegel. Seine klaren, grauen Augen blickten ihm wachsam entgegen.

»Gib es zu, Morgan, du willst nicht nur wissen, ob es ihr gut geht, du willst vor allem noch einmal ihre Stimme hören.« Okay, er gab es zu. Diese klare, ruhige Stimme hatte ihn bis in seine Träume verfolgt, genauso wie ihre großen, blauen Augen.

Die Sache war entschieden. Sobald er sich ein bisschen frisch gemacht hatte, würde er nach unten gehen und ein Telefon suchen. Allerdings wusste er nicht, wie er ihre Telefonnummer herausbekommen sollte mit den einzigen Angaben: Samantha Dyson und Paläontologin. Nachdenklich kratzte er über seine juckenden Bartstoppeln. Vielleicht sollte er lieber Zach mit der Suche beauftragen. Er hatte bestimmt ganz andere Kontakte. Zufrieden mit seiner Entscheidung hielt er seinen Kopf unter den Wasserhahn. Tropfend tauchte er wieder auf, griff sich ein Handtuch und rubbelte das Wasser aus seinen nassen Haaren. Ein Blick in den Spiegel zeigte ihm, dass er aussah wie ein wild gewordener

Wischmopp, farblos noch dazu. Er mochte seine neue Haarfarbe überhaupt nicht, sie ließ seine Haut und die Augen ausgewaschen und bleich aussehen.

Aber wenn es ihn am Leben hielt, war ihm fast alles recht. Bei genauerem Hinsehen passte die Farbe sogar sehr gut zu seinen Bartstoppeln, die einige Nuancen dunkler waren als seine natürliche Haarfarbe. Vermutlich hätte er auch seine Brusthaare wieder mitfärben sollen, aber durch die Verletzungen und den Verband war das unmöglich gewesen. Außerdem hätte Zach da bestimmt gestreikt. Auch so hatte er schon mit angespanntem Gesicht und spitzen Fingern das Färbemittel in den Haaren verteilt, immer darauf bedacht, nichts in die Stirnwunde zu bringen. Es war keine sehr angenehme halbe Stunde gewesen. Und sie waren beide froh, als es endlich vorbei war. Dafür schuldete er seinem Freund einiges.

Zurück im Gästezimmer zog er vorsichtig die Kleidung an, die Zach ihm auf einem Stuhl bereitgelegt hatte. Die Beine der Stoffhose waren ihm ein Stück zu lang, dafür war das Hemd in den Schultern etwas eng. Vermutlich hatte sein Freund ihm eigene Kleidung geborgt, Zach war zwar größer als Morgan, dafür aber auch erheblich schlanker. Nicht, dass Morgan fett war, er war nur wesentlich muskulöser gebaut. Jahrelange körperliche Schwerstarbeit als Feuerwehrmann hatten seinen Körper gestählt, genauso wie das rigorose Training, dem er sich in seiner Wohnung unterzog. Er hoffte, dass ihm das jetzt dabei half, schnell wieder auf die Beine zu kommen. Langsam stieg er Stufe für Stufe die Treppe hinunter, immer beide Hände am Geländer, damit er sich im Notfall daran fest halten konnte. Die Bewegung zerrte an seiner Naht und erschütterte seine schmerzenden Rippen, aber er schaffte es. Unten angekommen, wischte er sich den Schweiß von der Stirn, bevor er sich auf die Suche nach einem Telefon und Zach begab. Ihm war wieder eingefallen, dass er längere Zeit seinen Anrufbeantworter nicht abgehört hatte. Wer mochte ihn in der Zwischenzeit wohl alles versucht haben zu erreichen? Joe, seine früheren Kollegen, sein Boss?

Neugierig folgte er dem Geräusch fröhlichen Summens in eine gemütliche Küche. Sein rothaariger Engel hantierte an einer großen Arbeitsplatte mit einem Stapel getoasteten Weißbrots und einem Glas Erdnussbutter. Als sie ihn entdeckte, blickte sie ihn lächelnd an.

»Oh, hallo. Ich mache gerade Ihr Frühstück. Ich wollte es gleich nach oben bringen.« Ihre Miene verzog sich sorgenvoll. »Sollten Sie denn schon aufstehen? Sie haben ziemlich viel Blut verloren ...« Ihre Stimme verklang, und ihr Gesicht verfärbte sich grünlich.

Morgan beeilte sich sie zu beruhigen. »Ist schon in Ordnung. Irgendwann muss ich ja aufstehen, wenn ich wieder zu Kräften kommen will. Mir geht es gut.«

»Sie sehen aber gar nicht gut aus.«

»Das liegt bestimmt an der Haarfarbe.«

Autumn riss die Augen auf, als ihr klar wurde, was sie gesagt hatte.

»Tut mir Leid, ich wollte Sie nicht beleidigen. Ich meinte natürlich Ihre Gesundheit.«

Morgan lächelte beruhigend.

»Ich weiß, ich wollte Sie nur necken.«

Autumn versuchte, streng auszusehen, lachte dann aber.

»Es scheint Ihnen besser zu gehen. Das freut mich.«

So erstaunlich es auch war, es ging ihm wirklich besser, und es freute ihn auch. *Das Leben geht weiter!*

»Danke. Sie wollen mir aber nicht weismachen, dass das ganze Essen für mich sein soll, oder?«

Autumn blickte auf den Stapel Toasts hinunter, als hätte sie ihn noch nie gesehen.

»Doch. Ich habe mal wieder übertrieben, was?«

»Vielleicht ein bisschen. Aber wenn ich es mir recht überlege, habe ich inzwischen doch ziemlichen Hunger.«

Autumn strahlte. »Schön, dann setzen Sie sich an den Tisch, und ich bringe Ihnen Ihr Frühstück herüber. Kaffee oder Tee?«

»Kaffee wäre schön. Vielen Dank.«

Kurze Zeit später hatte Autumn alles vor ihm aufgetischt.

»Guten Appetit.« Sie wollte sich entfernen, doch Morgan legte seine Hand auf ihre. Fragend blickte sie zu ihm auf.

»Vielen Dank für alles, was Sie für mich getan haben. Sie kennen mich nicht einmal und haben mich trotzdem in Ihr Haus aufgenommen.«

Autumn drückte seine Hand. »Zachs Freunde sind auch meine Freunde. Er hat mir damals in New York sehr geholfen. Da ist es nur gerecht, wenn ich ihm jetzt ein bisschen davon zurückgebe.« Damit lächelte sie ihm noch einmal zu und verließ die Küche.

Morgan blickte ihr sinnend hinterher. Er konnte durchaus nachvollziehen, warum Zach so von ihr angetan war. Mit seiner Wahrnehmung von ihr als Engel hatte er gar nicht so falsch gelegen.

XVII

Gerade als Morgan bei seinem letzten Toast angekommen war, betrat Zach die Küche. Seine grimmige Miene zeigte ihm, dass das Gespräch mit dem zuständigen Detective in Grand Junction nicht zu seiner Zufriedenheit gelaufen war. Mühsam schluckte er den Bissen hinunter.

»Hast du etwas herausbekommen?«

Zach runzelte die Stirn. »Nicht besonders viel. Der Detective wollte nicht mit der Sprache herausrücken. Erst als ich mehr oder weniger offen gedroht habe, hat er zugegeben, dass sie die Anweisung bekommen haben, sich in dem Fall zurückzuhalten – vom FBI.«

Morgan setzte ruckartig seine Tasse ab.

»Vom FBI? Was haben die denn damit zu tun?«

»Das hat er nicht gesagt. Aber wenn ich raten sollte, würde ich auf eine verdeckte Ermittlung tippen.«

Morgan zog eine Grimasse. »Und ich bin da völlig stümperhaft reingeschlittert. Das fanden die bestimmt nicht witzig.«

»Vermutlich nicht.«

»Aber sie hätten es mir ja auch sagen können, irgendetwas zumindest.«

»Damit hättest du aber ihre Ermittlung gefährdet.«

»Okay, du hast Recht. Es war meine eigene Schuld. Ich hätte nicht so unvorbereitet ein solches Risiko eingehen dürfen.«

»Gut, dass du das einsiehst.«

Stirnrunzelnd betrachtete Morgan seinen Freund.

»Solltest du nicht eigentlich nett zu einem Kranken sein?«

Zach grinste. »Wer hier in der Küche sitzen und sich den Bauch voll schlagen kann, der ist meiner Meinung nach auf dem Weg der Besserung. Aber wenn du dich so schlecht fühlst, kann ich dich gleich wieder zurück ins Bett bringen.«

Morgan grunzte und genehmigte sich noch einen Bissen Toast.

Chuck und Eddie trafen sich morgens in Chucks Motelzimmer zur Lagebesprechung. Eddie hatte so lange bei Samantha Dysons Haus ausgeharrt, bis sie im Polizeiwagen weggefahren war. Da er ungern der Polizei folgen wollte und auch keinen Sinn darin sah, war er ins Motel zurückgekehrt. Chuck war über seine frühe Rückkehr nicht gerade erfreut, vor allem da er sich vom Boss bei seinem Bericht eine weitere Welle von Beschimpfungen und Drohungen anhören musste. Gerald Whites Aussage war ganz klar: entweder er tötete die Frau, oder er musste selbst dran glauben. So ungern Chuck sich auch an Frauen vergriff, fiel ihm die Entscheidung doch ziemlich leicht. So lange er und seine Familie sich in Reichweite von Gerald White befanden, würde er tun, was ihm gesagt wurde. Alles andere konnte er sich nicht leisten.

Deshalb beschlossen Chuck und Eddie, sich Samantha und die Fotos in der Universität zu schnappen, wenn möglich ohne groß Aufsehen zu erregen. Er hatte keine Lust, auch noch andere Zeugen eliminieren zu müssen. Dieser verdammte Frank Tanner! Wenn er nicht plötzlich auf die Idee gekommen wäre, das Büro des Chefs zu durchsuchen, dann stünde er jetzt nicht hier. Tony wäre noch am Leben, und sie würden sich nicht darauf vorbereiten, eine unschuldige Frau zu ermorden. Angewidert schüttelte Chuck den Kopf.

»Bringen wir es hinter uns.«

Ein letztes Mal gingen sie den Plan durch. Dann stiegen sie in den unauffälligen Mietwagen und fuhren in Richtung Universität.

Sam erwachte fast noch zerschlagener als die letzten Tage. Nur mit Mühe quälte sie sich aus dem Bett und schlurfte zum Badezimmer. Sie erschrak, als sie in den Spiegel blickte. Ihre Haut war bleich, unter ihren Augen hatten sich dunkle Ringe gebildet. Wer sie jetzt so sah, würde nicht glauben, dass sie gerade vier Wochen lang den ganzen Tag über in der Sonne gewesen war. Es schien, als hätte der Stress der letzten Tage ihr sämtliche Farbe entzogen. Entschlossen straffte sie die Schultern. So konnte es nicht weitergehen. Sie musste sich zusammenreißen und ihr Leben wieder in die Hand nehmen. Und dazu gehörte, dass sie sich jetzt endlich fertig machte und dann zur Arbeit ging. Sie hatte für die Grabung noch viel vorzubereiten. Außerdem musste sie auch ihr Haus wieder auf Vordermann bringen: die Schlösser und zerstörtes Mobiliar ersetzen und ihre Versicherung informieren. Gut, dass sie eine abgeschlossen hatte, als sie das Haus mietete. In Rekordzeit hatte sie sich gewaschen, ihre Haare angefeuchtet und in Form gekämmt und die Zähne geputzt. Sie hatte schon genug Zeit damit vertan, sich selbst zu bemitleiden. Jetzt war Schluss damit!

Mit ihrem üblichen schwungvollen Schritt lief sie den Flur entlang und betrat die Küche. Cathy blickte von ihrem Tee auf und lächelte Sam an.

»Hey, du siehst schon viel besser aus. Sogar das altbekannte Funkeln ist wieder in deinen Augen! Wen willst du heute auseinander nehmen?«

Sam lachte. »Niemanden.« Sie wurde ernst. »Ich habe nur beschlossen, nicht mehr in Selbstmitleid zu zerfließen, sondern endlich wieder zu handeln.«

Cathy klatschte in die Hände.

»Super, so gefällst du mir! Wie wäre es mit einem ordentlichen Frühstück, bevor wir uns an die Arbeit machen?«

»Das hört sich gut an.« Sam ließ sich auf den Hocker sinken, der Cathy gegenüber an der Theke stand.

»Tee, Kaffe, Milch?«

»Was für einen Tee?«

»Rotbusch.«

Sam konnte die Grimasse nicht verbergen, die unwillkürlich ihr Gesicht überzog.

Cathy tat beleidigt. »Ignorantin. Du hast ihn ja noch nicht mal probiert!«

»Tut mir Leid. Ich bin sicher, er schmeckt ganz toll. Aber im Moment ist mir eher nach Kaffee, glaube ich. Das zusätzliche Koffein wird mir gut tun.« Sam nahm sich eine Tasse und setzte sich an den Tisch zurück. In Gedanken versunken starrte sie in den Kaffee.

»Was ist da draußen passiert, Sam? Du bist so … ich weiß nicht, zurückgezogen, seit du wiedergekommen bist.«

»Nichts.« Sam wusste, dass die Antwort zu schnell gekommen war, um Cathy zu überzeugen. Aber es war besser, wenn sie nichts von den Geschehnissen wusste. Sicherer. Sie blickte Cathy in die grünen Augen. »Nichts.«

Cathy wollte protestieren, besann sich dann aber eines Besseren. Wenn Sam diesen Blick aufsetzte, dann würde sie nichts mehr aus ihr herausbekommen. Natürlich war etwas passiert, Sam war dermaßen schlecht darin, etwas zu verbergen, dass sie sich manchmal fragte, wie ihre Freundin in der heutigen Zeit überhaupt durchs Leben kam. Und jetzt lagen in Sams Augen Schatten, die vorher nicht zu sehen gewesen waren, genauso wie der etwas härtere Zug um den Mund. Als hätte sie etwas erlebt, das ihre Welt verändert hatte – nicht zum Guten, soviel war sicher. Aber sie hatte schon vor einiger Zeit erkannt, dass es unmöglich war, Sam etwas zu bringen, was sie nicht wollte. Sie konnte so stur wie ein Maulesel sein. So beobachtete sie nur stumm, wie Sam in den Kaffee blickte, und hoffte, dass, was immer ihre Freundin abgesehen von dem Einbruch bedrückte, bald der Vergangenheit angehörte.

Nach dem Frühstück stiegen sie in Cathys knallroten Honda und fuhren zur Universität. Sam hatte am vorigen Abend nicht darüber nachgedacht, dass sie am nächsten Morgen kein Auto zur Verfügung haben würde, wenn die Polizisten sie in ihrem Streifenwagen mitnahmen. Sie hatte einfach nur fliehen, den Einbruch und die Konsequenzen daraus vergessen wollen. Das war ihr natürlich nur bedingt gelungen, und jetzt stand sie hier ohne fahrbaren Untersatz und war auf andere Menschen angewiesen. Ihr war klar, dass Cathy sie gerne überall hinfuhr, aber Sam mochte die daraus resultierende Abhängigkeit überhaupt nicht. Nach der Arbeit würde sie ihre Freundin bitten, sie zu Hause abzusetzen. Dann konnte sie immer noch mit ihrem Pick-up zu ihr fahren, falls sie wieder nicht bei sich im Haus übernachten wollte.

Zufrieden mit ihrer Entscheidung lehnte sie sich zurück und versuchte, bei Cathys rasanter Fahrweise keinen Herzinfarkt zu bekommen. Es gelang ihr, wenn auch nur knapp. Gemeinsam betraten sie das Gebäude des Geologischen Instituts, ihre Schritte hallten von den Steinwänden wider. Nach einem kurzen Gespräch trennten sie sich, und Cathy strebte immer zwei Stufen auf einmal nehmend die Treppen hinauf, während Sam langsamer in den dunklen Keller hinabstieg. Sie hatte schon tausend Mal um eine bessere Beleuchtung gebeten, der Keller war als Lager und nicht für Büros gebaut worden, aber bisher hatte sich noch niemand gerührt. Wahrscheinlich musste sich erst jemand den Hals brechen, bevor etwas passierte. Sam schüttelte die Kälte ab, die sie bei diesem Gedanken befallen hatte. So ein Unsinn. Irgendwann würde sie schon den richtigen Menschen in der Verwaltung erwischen, und der würde hier mehr Lampen anbringen lassen oder zumindest stärkere Glühbirnen.

Sam erreichte die Tür ihres kleinen Büros und zog ihren Schlüssel aus der Hosentasche. Nachdem sie mehrmals aufgrund der schlechten Lichtverhältnisse das Schlüsselloch verfehlte, traf sie es schließlich und brummte missmutig. Noch ein Grund mehr, bessere Beleuchtung zu fordern. Man sah ja kaum die Hand vor Augen, geschweige denn ein Schlüsselloch. Sie drehte den Schlüssel um und stutzte. War die Tür gar nicht abgeschlossen gewesen? Es war immer das Gleiche mit den Putzfrauen hier. Irgendwie schienen sie nicht einzusehen, dass es sinnvoll war, Räume mit wertvollem Inhalt auch ordentlich zu verschließen. Sie hatte jedenfalls gestern ordnungsgemäß abgeschlossen. Da war sie sich sicher. Nachlässig warf sie Schlüssel und Rucksack auf ihren Schreibtisch und ließ sich in den Drehstuhl fallen. Sie musste jetzt wirklich langsam anfangen zu arbeiten, sonst würde sie heute wieder erst so spät fertig. Aber das konnte sie sich nicht leisten, sie hatte zu Hause auch noch genug zu tun, ganz zu schweigen von den Besorgungen, die sie noch machen musste. Die Diebe hatten auch vor dem Kühlschrank nicht Halt gemacht, der gesamte Inhalt lag auf dem Boden der Küche verstreut und war vermutlich inzwischen verdorben.

Energisch rief sie sich zur Ordnung. In weniger als zwei Wochen war der Beginn der Ausgrabung. Wenn sie nicht ein totaler Flop werden sollte, musste sie sich langsam mal in die Vorbereitung hineinknien. Ihr Blick richtete sich auf die Papierstapel, die auf ihrem Schreibtisch lagen. Was war denn hier los? Hatte etwa die Putzfrau wieder versucht, unter den Papieren zu wischen? Im Privatleben war Sam zwar äußerst schlampig, aber bei ihrer Arbeit hatte alles genau seinen Sinn und Zweck. Deshalb merkte sie auch sofort, dass sich jemand an ihren Unterlagen zu schaffen gemacht hatte. Natürlich konnte auch einer ihrer Kollegen etwas gesucht haben, aber das glaubte sie nicht. Sie hatten alle erlebt, was passierte, wenn jemand ihre heilige Ordnung störte. Langsam wanderte ihr Blick durch den nur von der Schreibtischlampe erhellten Raum. Es schien alles an seinem Platz zu sein, aber irgendetwas war nicht so wie immer. Die Haare an ihren Armen stellten sich auf, ihr Nacken prickelte. Etwas war hier ganz und gar nicht in Ordnung. Sie spürte es.

Stand ihre Schreibtischschublade nicht ein wenig weiter offen als gewöhnlich? Allerdings konnte sie das auch gestern selbst verursacht haben, als sie die Fotos herausgenommen hatte. Ihr Gefühl schien etwas anderes zu sagen, denn ihr Herz begann in einem schnelleren Rhythmus zu schlagen. Was war, wenn jemand in ihrem Büro gewesen war, genau wie in ihrem Haus? Es schien fast unmöglich. Wie sollte jemand hier hereinkommen? Es arbeiteten eine Menge Leute im Haus. Da konnte man jederzeit entdeckt werden. Ja, oder man ging in der Masse unter und fiel überhaupt nicht weiter auf. Ein Schauder kroch ihr Rückgrat hinauf. Ihr Blick fiel auf den überfüllten Mülleimer. Ein weiterer Beweis dafür, dass zumindest die Putzfrauen nicht Schuld an ihrer zerstörten Ordnung waren. Aber wer war es dann gewesen? Einer ihrer Kollegen oder … jemand anders? Ihre Instinkte liefen auf Hochtouren, verlangten, dass sie sofort den Raum verließ und Hilfe holte. Aber mit welcher Begründung? Wegen eines Gefühls? Die Leute würden sie auslachen. Na und? Im Moment war ihr alles egal. Sie wollte nur diesem bedrückenden Verlies entkommen und dem unangenehmen Gefühl, dass sie jemand beobachtete, mit ihr im Zimmer war. Unruhig blickte sie sich erneut um. Wo sollte sich hier schon jemand verstecken? Fast der gesamte Raum war von Regalen und ihrem Schreibtisch in Anspruch genommen, lediglich ein zweitüriger Schrank stand ihr schräg gegenüber an der Wand. Natürlich könnte sich darin jemand verstecken, wenn er sich genug verrenkte, aber sie bezweifelte es.

Der Schatten daneben, war er nicht ein bisschen zu schwarz, um natürlich zu sein? Angestrengt durchdrang sie mit ihren Augen die Dunkelheit. Glänzte da etwas auf dem Boden? Ein Schuh! Beinahe wäre sie aufgesprungen und aus dem Zimmer gelaufen. Aber sie konnte sich gerade noch zurückhalten. Wer immer dort stand, wenn dort jemand stand und nicht nur ihre große Vorstellungskraft ihr einen Streich spielte, wäre garantiert bei ihr, bevor sie die Tür geöffnet hätte. Warum hatte sie nicht gleich kehrtgemacht, als sie merkte, dass die Tür nicht verschlossen war? Hatte sie denn in den letzten Tagen immer noch nichts dazugelernt?

Tief durchatmend zwang sie sich, ihre Papiere auf dem Tisch hin und her zu schieben, als würde sie etwas suchen. Langsam erhob sie sich und schimpfte dabei leise vor sich hin.

»Verdammt, hat Tom mir etwa immer noch nicht den Bericht hingelegt? Jetzt darf ich ihn mir wieder abholen. Na toll!« Sie schob ihren Stuhl zurück und ging um den Schreibtisch herum auf die Tür zu. Dabei fiel ihr Blick auf ihren Rucksack. Die Fotos! Sie waren immer noch in ihrem Rucksack. Sie konnte sie unmöglich hier lassen. »Und das auch noch, wo ich heute meine Periode bekommen habe.« Sie seufzte laut. »Na ja, wenigstens kann ich das Ganze dann gleich mit einem Gang zur Toilette verbinden.« Ihre Stimme klang in ihren Ohren dumpf und unnatürlich, aber wenn der Typ hinter dem Schrank sie nicht kannte, dann merkte er es vielleicht nicht. Und sie kannte kein anderes Thema, bei dem ein Mann so schnell sein Gehirn abschaltete wie bei der Periode. Hoffentlich war es überhaupt ein Mann. So natürlich wie möglich griff sie sich ihren Rucksack und schlenderte zur Tür. Sie hoffte, dass ihre Beine sie tragen würden, obwohl sie schlotterten. Wahrscheinlich würde sie gleich zu Boden sinken und dort zerfließen, so weich waren ihre Muskeln. An der Tür angekommen, öffnete sie sie, schlüpfte hindurch und schloss sie hinter sich. Sowie die Tür zu war, rannte sie los, als wäre der Teufel hinter ihr her. Vielleicht war er das ja auch. Sie würde jedenfalls bestimmt nicht stehen bleiben und nachsehen, wer ihr folgte. Sehr schnell erkannte sie, dass sie mit ihren weichen Beinen nicht besonders weit laufen konnte. Sie musste ein Versteck finden! Als sie an einem riesigen, alten Aktenschrank vorbeikam, schluchzte sie fast vor Erleichterung auf. Endlich wenigstens eine Deckung! Sie warf sich daneben und drückte sich dicht an die raue Wand. Das Herz klopfte in ihrem Hals. Hörte sie da ein Geräusch? Sie wagte nicht, um die Ecke zu sehen, aus Furcht, entdeckt zu werden. Ein leises Quietschen veranlasste sie, ihre Hände vor den Mund zu pressen. Ihr Blut pulsierte so laut in ihren Ohren, dass sie außer ihrem eigenen Herzschlag kaum noch etwas hörte. Da, wieder dieses Quietschen, wie Gummisohlen auf Linoleumboden! Es kam näher …

XVIII

Sam presste die Augen zu. Es war natürlich kindisch zu meinen, man würde sie nicht sehen, nur weil sie selbst nichts sah. Aber sie konnte einfach nicht anders. Ihr Herz donnerte in ihrer Brust. Jeden Moment würde sie entdeckt werden und dann sterben. Ihr Kampfgeist erwachte. Sie wollte noch lange nicht sterben – und schon gar nicht hier im Keller! Bebend vor Angst, an eine dreckige Wand gepresst, bereitete sie sich innerlich darauf vor, um ihr Leben zu kämpfen. Erneut erklangen die quietschenden Schritte, jetzt bereits ganz nah. Sam hielt ihren Rucksack vor sich, bereit, ihn notfalls als Waffe einzusetzen. Plötzlich verstummten die Schritte.

Sams Herz klopfte zum Zerspringen, ihre Hände zitterten. Die Augen hatte sie unverwandt auf die Kante des Aktenschranks gerichtet, wo gleich jemand auftauchen würde, der garantiert nichts Gutes im Sinn hatte. Ein Schatten kroch über sie, verdeckte ihr die Sicht auf denjenigen, der über ihr stand und das Licht der einzelnen Lampe blockierte. Sie öffnete den Mund, um so laut sie konnte zu schreien.

»Sam? Was machst du denn da?«

Sams Herz blieb vor Schreck stehen, um dann erleichtert wieder loszupoltern, als sie Toms Stimme erkannte. Er kniete sich vor sie nieder.

»Geht es dir nicht gut? Warum sitzt du hier in der dunklen Ecke?«

Sam erhob sich vorsichtig und linste um den Aktenschrank und Tom herum. Nichts zu sehen. Der Gang war leer. Erleichtert ließ sie sich zurücksinken und fuhr mit fahrigen Händen über ihr klammes Gesicht. Gott, das war knapp gewesen. Sie versuchte ein Lächeln.

»Ja, mir geht es gut. Zumindest jetzt.«

Immer noch mit sorgenvoll gerunzelter Stirn half Tom ihr beim Aufstehen und stützte sie auf dem Weg zu ihrem Zimmer.

»Was ist denn passiert?«

Langsam kam Sam sich albern vor. Was war, wenn sie sich alles nur eingebildet hatte? Das Glänzen hätte alles Mögliche sein können: ein Stück Folie, ein Geldstück oder ein Becher. Wahrscheinlich war in letzter Zeit einfach zu viel passiert, und sie war völlig mit ihren Nerven am Ende. Andererseits hatte sie eindeutig das Gefühl gehabt, dass in ihrem Raum etwas nicht stimmte. Sie blickte Tom forschend an.

»Warst du heute schon in meinem Raum?«

Verwirrt schaute er auf sie herunter.

»Nein, ich war gerade auf dem Weg dahin, als ich dich entdeckte.«

Es hörte sich ehrlich an. Und ein Blick auf seine Schuhe bestätigte ihr, dass er nicht in ihrem Raum gestanden haben konnte, denn die weißen Turnschuhe wären ihr aufgefallen. Aber wer oder was war es dann gewesen, das sie alarmierte? Wenn jemand in ihrem Raum gewesen war, wo war er jetzt? Hatte er oder sie sich aus dem Staub gemacht, nachdem sie das Zimmer verlassen hatte, oder wartete dort noch jemand auf sie? Inzwischen waren sie vor ihrer Tür angekommen. Sam packte Toms Arm und hielt ihn zurück, als er die Tür für sie öffnen wollte. Fragend blickte er sie an.

»Irgendjemand war vorhin in meinem Raum. Es könnte sein, dass derjenige immer noch dort ist.«

»Warum sollte jemand in deinem Zimmer sein? Was geht hier vor?«

Sam bemühte sich, es ihm zu erklären, ohne allzu viel von ihren Gedanken zu verraten.

»Ich weiß es nicht. Ich weiß nur, dass gestern in mein Haus eingebrochen und es durchwühlt wurde. Und eben kam ich in mein Büro, und es wirkte ebenfalls, als wäre jemand durch die Papiere gegangen, wenn auch nicht so offensichtlich. Außerdem hatte ich das Gefühl, dass der Täter noch im Raum war. Ich glaube, er stand neben dem Schrank. Es kann auch sein, dass ich mir alles nur einbilde, aber ich möchte kein Risiko eingehen. Er könnte ja schließlich bewaffnet sein.«

Tom sah nicht besonders überzeugt aus. Aber da Sams Angst echt wirkte, nahm er eine Eisenstange, die auf einem der Flurregale lag, in die Hand und bedeutete Sam, hinter ihm zu bleiben. Gegen eine Schusswaffe könnte er damit natürlich nichts ausrichten, aber immerhin war das besser als gar nichts. Und er glaubte nicht wirklich daran, dass sie jemanden in dem Raum antreffen würden, schon gar keinen bewaffneten Einbrecher. Mit einem Ruck öffnete er die Tür und sprang in den Raum, die Stange schlagbereit erhoben. Niemand stürzte ihm entgegen oder feuerte aus der Entfernung eine Waffe ab. Das Zimmer lag völlig still und dunkel da. Sam zupfte von hinten an seinem T-Shirt.

»Die Schreibtischlampe!«

Aus den Augenwinkeln blickte er sie an.

»Wie bitte?«

»Ich hatte die Lampe angelassen, als ich rausgegangen bin. Jetzt ist sie aus.«

Langsam kam auch Tom die Situation unheimlich vor. Wahrscheinlich weniger, weil sie es war, sondern weil Sam ihn mit ihrem Verhalten ansteckte. Vielleicht hatte sie einfach automatisch die Lampe ausgemacht, als sie gegangen war, und es gar nicht bemerkt. Das hätte bedeutet, dass sie durch das halbe Zimmer zur Tür im Dunkeln gestolpert wäre. Seine Nackenhaare sträubten sich.

»Wo ist der Lichtschalter für die Deckenlampe?«

»Warte ... ich hab ihn.« Gleich darauf flammte grelles Neonlicht auf.

Mit weit aufgerissenen Augen blickte Sam in jede Ecke, bis sie sich schließlich überzeugt hatte, dass außer ihnen niemand mehr im Raum war. Erst dann wagte sie tief durchzuatmen.

»Gott sei Dank.«

Wackelig lehnte sie sich an ihren Schreibtisch. Noch nie in ihrem Leben hatte sie so viel Angst ausgestanden wie in den letzten Minuten. Die letzten Tage hatten sie zwar schon ziemlich auf die Probe gestellt, aber als sie Pistolen schwingende Männer als Gegner hatte, war wenigstens John an ihrer Seite gewesen. Auch wenn er schwer verletzt gewesen war, hatte er ihr doch ein gewisses Gefühl von Sicherheit vermittelt. Sicherheit? Seit sie John gefunden hatte, stolperte sie von einer Misere in die andere, und sie hatte trotzdem das Gefühl, dass sie bei ihm sicher war? Sie wusste nicht einmal, wer er wirklich war! Sam schnaubte.

»… niemand.«

Sam bekam nur den Rest von Toms Satz mit.

»Entschuldige, was hast du gesagt?«

»Ich sagte: Hier ist niemand. Bist du sicher, dass überhaupt jemand in diesem Zimmer war?«

»Ja. Nein.« Sie zuckte die Schultern. »Ich weiß es nicht. Vorhin war ich mir sicher, aber jetzt …« Sie blickte auf die Papiere, die über ihren Schreibtisch verteilt lagen. »Auf jeden Fall war heute Morgen irgendjemand in diesem Zimmer, der hier nichts zu suchen hatte. Ob er noch da war, als ich hereingekommen bin, weiß ich nicht. Es fühlte sich auf jeden Fall so an. Ich glaube wirklich, dass dort neben dem Schrank jemand stand.« Sie ging hinüber zu der jetzt gut ausgeleuchteten Nische. Nichts war zu sehen. Sie wollte sich gerade wieder umdrehen, als etwas ihre Aufmerksamkeit erregte. Langsam sog sie die Luft durch ihre Nase ein.

»Rauch.«

Tom kam zu ihr herüber.

»Brennt es?«

»Nein, kalter Rauch. Es riecht nach Zigarettenqualm, als hätte hier ein Raucher gestanden.«

Tom drehte sich um und ging zur Tür. »Ich werde Professor Marsh Bescheid sagen, damit er den Sicherheitsdienst informiert.«

»Nein!«

Als sie Toms hochgezogene Brauen bemerkte, senkte sie ihre Stimme. »Nein. Das bringt jetzt auch nichts mehr. Der Kerl ist längst über alle Berge. Wir würden ihn nie mehr finden. Außerdem würde Marsh hier herunterkommen, sich wichtig machen und uns dann die Schuld geben.« Vor allem würde er Fragen stellen, die sie nicht beantworten konnte – und auch nicht wollte.

Tom sah sie zweifelnd an. »Bist du sicher?«

»Ja. Ich werde einfach das zusammensuchen, was ich brauche, und mich dann zu jemand anderem mit ins Zimmer setzen. Außerdem informiere ich den Wachdienst, damit er mehr darauf achtet, dass auch wirklich alle Türen abgeschlossen sind.«

Tom wollte protestieren, aber Sam legte eine Hand auf seinen Arm.

»Bitte, Tom! Ich war wahrscheinlich nur ein bisschen nervös wegen des Einbruchs bei mir zu Hause. Es wäre mir peinlich, wenn ich alle verunsichere, dabei war gar nichts.«

Zögernd nickte Tom. »In Ordnung. Aber bleib heute wirklich nicht alleine, ich möchte nicht, dass dir etwas zustößt.«

Sam lächelte ihn an. »Vielen Dank. Auch dafür, dass du mich gerettet hast.«

Tom grinste. »Vielleicht merkst du jetzt endlich mal, was für ein edler Ritter ich bin.«

Lachend schob Sam ihn aus der Tür. Sowie er draußen war, fiel die fröhliche Fassade von ihr ab. Sie riss den Telefonhörer in die Höhe und wählte mit zitternden Fingern Johns Telefonnummer. Inzwischen kannte sie sie auswendig. Sie hinterließ eine wahrscheinlich sehr wirr klingende Nachricht über die Fotos und die Geschehnisse in ihrem Büro. Dann packte sie, so schnell sie konnte, ihre wichtigsten Unterlagen in eine Ablage, schnappte ihren Rucksack und stürzte aus ihrem Raum. Sie wollte nicht mehr Zeit als unbedingt nötig darin verbringen, schon gar nicht alleine. Auf dem Flur nahm sie sich noch die Zeit, die Tür abzuschließen, dann rannte sie die Stufen hinauf, die in die lichtdurchflutete Halle führten.

Morgan blickte Zach stirnrunzelnd an. »Was meinst du damit, du fährst weg?«

»Genau genommen fliege ich. Ich hatte dir doch erzählt, dass der zuständige Detective meinte, das FBI hätte den Fall übernommen.«

Morgan nickte. »Ja, und?«

»Ich habe einen Freund von mir angerufen, der beim FBI arbeitet. Um genau zu sein, ist er dort sogar ein ziemlich wichtiger Mann. Jedenfalls meinte er, er wäre bereit, mit mir zu reden, aber nur, wenn ich zu ihm komme. Am Telefon wollte er nichts sagen.« Er zuckte mit den Achseln. »Also fliege ich morgen nach Quantico.«

»Ich komme mit.«

Zach schüttelte bereits den Kopf. »Nein, das wirst du nicht. Erstens musst du dich noch erholen, und zweitens würde man dich sowieso nicht in den inneren Bereich hineinlassen. Schon gar nicht als Angehöriger eines Opfers.«

Morgan verzog den Mund. Schon wieder eine Wand. Egal, wohin er sich wandte, was er auch versuchte, er wurde immer sofort gestoppt. Als wäre alles, was er gesehen und gehört hatte, unwichtig. Als wäre es egal, dass er jemanden verloren hatte, den er liebte. Seine Bitterkeit und sein Schmerz waren wohl in seinen grauen Augen sichtbar, denn Zach legte ihm eine Hand auf die Schulter.

»Ich verstehe, dass du frustriert bist, Morgan. Aber wenn ich nicht alleine dorthin fahre, dann werden wir überhaupt nichts erfahren, und das willst du doch auch nicht, oder?«

Zach war sehr geschickt darin, das zu erreichen, was er wollte. Morgan konnte nur zustimmen, denn mehr als alles andere wollte er die Schuldigen an Maras Tod zur Rechenschaft ziehen. Wenn er es nicht persönlich tun konnte, sondern abwarten musste, dass andere die Arbeit erledigten, dann war das zwar ärgerlich, aber nicht zu ändern. Und er hatte ja bereits gesehen, wie wenig er zur Detektivarbeit taugte. Er war ein sehr geradliniger Mensch, er sagte, was er dachte, und tat, was er sagte. Sich zu verstellen, seine wahren Gedanken für sich zu behalten, war das Schwierigste in den langen Monaten seiner Undercover-Ermittlung gewesen. Also hatte er den Schweigsamen gemimt und nur etwas von sich gegeben, wenn er angesprochen wurde. Aber auch das hatte letztlich nicht geholfen, denn er hatte scheinbar auch kein Talent im Einbrechen und Durchsuchen. Erstaunlich, dass er überhaupt so weit in Whites Residenz eingedrungen war. Die Wachleute mussten alle geschlafen haben, als er das Haus durchquerte und die Tür zum Büro aufbrach.

Oder sie hatten gewusst, was er vorhatte, und nur auf den besten Moment gewartet, um zuzuschlagen. Gerald hatte seine Männer auf ihn gehetzt und dann, als er bereits halb bewusstlos in ihren Armen gehangen hatte, einen Stock genommen und ihn wieder und wieder über seinen Rücken gezogen. Morgan war vor Schmerzen in die Knie gegangen, aber immerhin war ihm kein Wort über die Lippen gekommen. Kurz danach hatte Gerald seinen Männern befohlen, ihn in eine unbewohnte Gegend zu bringen, ihn dort zu töten und zu begraben. Letzteres hatte geklappt. Aber mit dem Töten hatten sie sich nicht genug Mühe gegeben. Trotzdem, wäre Sam Dyson nicht genau in diesem Moment zur Stelle gewesen, er wäre schon seit Tagen tot. Er schuldete ihr mehr, als er ihr je zurückzahlen konnte. Erneut dachte er daran, sie anzurufen, aber auch diesmal entschied er sich dagegen. Er sollte sich wirklich möglichst von ihr fern halten, um sie nicht noch zusätzlich in Gefahr zu bringen. Seufzend gestand er sich ein, dass er noch ganz andere, viel selbstsüchtigere Gründe hatte, warum er sie wieder sehen wollte. Und die hatten nur ganz entfernt etwas mit Dankbarkeit zu tun. Vielleicht, wenn diese ganze Sache erledigt wäre …

Er schreckte auf, als Zachs Hand vor seinen Augen herumwedelte.

»Hallo, Erde an Morgan, ist da jemand?«

Morgan blinzelte seinen Freund verwirrt an. »Was ist?«

»Ich rede seit etwa drei Minuten mit dir, ohne eine Antwort zu bekommen. Geht es dir wieder schlechter?«

»Nein! Nein. Ich war nur gerade in Gedanken. Was wolltest du wissen?«

»Gar nichts. Eigentlich wollte ich nur dein Wort haben, dass du so lange hier bleibst und dich erholst, bis ich wieder da bin. Vermutlich morgen Abend schon. Autumn und Shane werden sich um dich kümmern. Okay?«

Unbehaglich rutschte Morgan auf dem bequemen Sessel herum.

»Ich weiß nicht. Ich möchte ihnen nicht zur Last fallen. Außerdem könnte ich sie durch meine Anwesenheit in Gefahr bringen.«

Zach schüttelte den Kopf. »Dickschädelig wie immer. Niemand weiß, dass du hier bist. Du hast überhaupt keine Bindungen zu diesem Ort hier. Es würde an ein Wunder grenzen, wenn jemals jemand herausfinden sollte, dass du dich hier aufgehalten hast.« Er blickte Morgan flehend an. »Bitte, Morgan, glaub mir, ich weiß, wovon ich rede. Außerdem kann ich mich nicht in Ruhe um diese Angelegenheit kümmern, wenn ich mir auch noch um dich Sorgen machen muss.«

Spiel, Satz und Sieg für Zach Murdock. Morgan versprach ihm, an Ort und Stelle zu bleiben, falls nicht etwas passierte, das es nötig machen würde, schnell zu verschwinden. Zach kannte ihn gut genug, um sich mit dieser Vereinbarung zufrieden zu geben.

Kurz darauf kehrte Morgan in sein Gästezimmer zurück. Der lange Tag auf den Beinen hatte ihn sehr erschöpft. Unter größten Verrenkungen und etlichen Flüchen zog er seine Kleidung aus und schlüpfte unter die angenehm kühlen Laken. Ein tiefer Seufzer entschlüpfte ihm, als seine verkrampften Muskeln sich entspannten und die ständigen Schmerzen langsam nachließen. Vielleicht hatte er sich heute doch etwas viel zugemutet. Aber er musste einfach so schnell wie möglich wieder auf die Beine kommen.

Er hatte sich bereits von Zach verabschiedet, der am nächsten Morgen in aller Frühe einen Flieger nach Virginia nehmen würde. Hoffentlich konnte er seinem Freund irgendwann seine Hilfe und Großzügigkeit zurückzahlen, nicht mit Geld natürlich, sondern mit Taten. Immer vorausgesetzt, er lebte dann noch. Sein Galgenhumor brach sich Bahn.

Wenn nicht, dann könnte er ja als hilfreicher Engel zur Erde zurückkehren – ein sehr netter Gedanke vor dem Einschlafen ... Noch im Halbschlaf erinnerte er sich, dass er doch eigentlich seinen Anrufbeantworter hatte abhören wollen, doch dann übermannte ihn der Schlaf.

XIX

Sam versuchte sich den Rest des Tages auf ihre Arbeit zu konzentrieren, aber es gelang ihr nicht. Immer wieder fand sie sich in Gedanken in ihrem Raum wieder, zusammen mit einem Schatten, der sie bedrohte. Mehr als einmal zuckte sie zusammen, als jemand an der offenen Tür zu Cathys Arbeitszimmer vorbeiging oder ihre Freundin ihren Stift auf die Tischplatte fallen ließ. Mit Erleichterung erkannte sie schließlich, dass es endlich spät genug war, um nach Hause gehen zu können. Sie warf ihren Kugelschreiber auf den Tisch und stand auf.

»Bist du auch so weit fertig?«

Cathy hob ihren Kopf und blickte Sam zerstreut an.

»Hm?«

»Wollen wir nach Hause?«

»Oh. Eigentlich wollte ich ...« Sie brach ab, als sie Sam genauer betrachtete. Ihre Freundin war völlig fertig, und sie hatte es noch nicht einmal bemerkt. »Klar, ich packe nur noch schnell meinen Kram zusammen, dann können wir los.«

Sam bemerkte, dass Cathy gerne noch weitergearbeitet hätte, und normalerweise wäre das auch kein Problem gewesen. Aber heute musste sie einfach hier raus.

Erleichtert registrierte Sam, dass Cathy bereit zum Aufbruch war. Endlich konnte sie das Gebäude verlassen und draußen den Sonnenschein genießen. Es war sowieso schon ein komisches Gefühl für sie gewesen, nach über einem Monat wieder in Räumen zu arbeiten. Nach dem Vorfall von heute Morgen war es für sie unheimlich, geradezu unerträglich. Wie lange würde es wohl dauern, bis sie sich hier wieder wohl fühlte? Unauffällig schaute sie sich um. Beobachtete sie jemand in diesem Moment und wartete nur darauf, sie alleine zu erwischen? Oder hatte sie sich vielleicht nur eingebildet, dass es jemand auf sie abgesehen hatte? War alles nur Zufall? Unsicher blickte sie auf ihre Leinenschuhe herunter. Mit dieser Situation war sie einfach völlig überfordert. Sie war eine Paläontologin, keine Agentin. Vermutlich sollte es ihr inzwischen schon Leid tun, John gerettet zu haben, aber das tat es nicht. Egal, was noch passierte: Sie würde immer froh sein, ihn rechtzeitig gefunden zu haben, um ihm helfen zu können.

Wahrscheinlich hingen die ganzen Ereignisse sowieso nicht miteinander zusammen. Warum sollte sich auch jemand Mühe geben, sie ausfindig zu machen? Sie wusste schließlich überhaupt nichts über den Mann, den sie gerettet hatte, noch nicht einmal seinen wahren Namen. Ja, aber wussten seine Verfolger das auch? Vermutlich nicht. Es war gut möglich, dass sie davon ausgingen, dass er ihr erzählt hatte, wie es zu dieser Situation gekommen war. Also stellte sie jetzt ebenso eine Gefahr für die Verbrecher wie John dar. Andererseits, woher sollten sie wissen, wer sie war? Sie hatte schließlich keine Visitenkarte hinterlassen. Jedenfalls hoffte sie das. Ihr wurde eiskalt. Was war, wenn sie etwas im Zelt zurückgelassen hatte, das ihnen ihre Identität verriet? Aber warum sollten sie dann ihr Haus durchsuchen und Gegenstände klauen und zerstören? Irgendwie passte alles nicht zusammen – außer sie wussten von den Fotos. Diesmal spürte sie die Furcht und Eiseskälte bis in ihre Zehenspitzen.

Am Auto angekommen, ließ Sam sich wortlos auf den Beifahrersitz sinken. Sie hätte jetzt beim besten Willen keinen Ton herausgebracht. Ihre Kehle war wie zugeschnürt, während sie ohne etwas zu sehen aus der Frontscheibe starrte. Sie wusste nicht, was sie jetzt tun sollte. Wenn sie zu ihren Eltern fuhr, brachte sie die womöglich auch noch in Gefahr, genauso wie alle anderen, die sich in ihrer Nähe aufhielten. Immer vorausgesetzt, dass die Vorfälle wirklich durch die Rettung von John ausgelöst worden waren. Sie sollte besser vorsichtig sein und musste sich jetzt überlegen, was sie tun konnte, um sich und die Menschen in ihrer Umgebung zu schützen. Sie warf einen schnellen Seitenblick auf Cathy. Diese konzentrierte sich auf den Verkehr und schenkte ihr keine Beachtung. Gott sei Dank, Fragen hätte sie jetzt wirklich sehr ungern beantwortet. Aber sie wusste, dass sie ihnen nicht ewig aus dem Weg gehen konnte. Spätestens heute Abend würde ihre Freundin wissen wollen, was morgens und in den letzten

Tagen geschehen war. Der Gedanke, lieber in einem Hotel zu übernachten, kam ihr nicht zum ersten Mal. Cathy würde in die Sache nicht mit hineingezogen werden, und sie bräuchte ihr auch nichts erzählen.

Kurze Zeit später hielten sie in ihrer Straße vor dem Haus. Sam riss die Augen auf.

»Was machen die denn alle hier?«

Cathy lächelte sie zufrieden an. »Sie haben gehört, dass du ein paar zusätzliche Hände gebrauchen könntest, und haben sich freiwillig gemeldet.«

Sam schluckte. Ein warmes Gefühl breitete sich in ihr aus, als sie auf die Gruppe von etwa zehn kräftigen Studenten blickte, die in ihrem Vorgarten auf sie warteten. Es war schön zu wissen, dass sie nicht ganz alleine dastand. Schnell öffnete sie die Tür und kletterte aus dem Wagen. Herzlich begrüßte sie die Studenten, die bei ihrer Ankunft aufgestanden waren, und führte sie ins Haus. Als sie das Ausmaß der Zerstörungen sahen, waren alle wenig enthusiastisch. Doch schon bald hatte sich jeder eine Aufgabe gesucht, und in den Zimmern wimmelte es nur so vor Aktivität. Sam stürzte sich ebenfalls voll in die Arbeit, so musste sie wenigstens nicht darüber nachdenken, wie viel zerstört worden war. Vieles würde nicht oder nur sehr schwer zu ersetzen sein. Mehr als einmal unterdrückte sie aufsteigende Tränen und konzentrierte sich intensiv auf die vor ihr liegende Aufgabe. Das gelang ihr auch recht gut, zumindest bis Tom sich zu ihr gesellte.

»Wie läuft es hier bei dir?«

Sam, die auf dem Boden vor ihrem Kleiderschrank saß, blickte zu ihm auf.

»Ganz gut. Du hast doch bestimmt etwas mit diesen fleißigen Helfern da draußen zu tun, oder?«

Tom zuckte unbehaglich die Schultern.

»Ja. Cathy und ich dachten, dass dir ein paar Leute mehr die Arbeit vielleicht erleichtern könnten. Außerdem wollte ich nicht, dass du hier alleine im Haus bist. Ich weiß zwar nicht, was hier oder heute Morgen im Institut passiert ist. Ich bin auch kein Experte in diesen Dingen, aber irgendwie ist mir das Ganze nicht geheuer.« Er setzte sich auf die Bettkante und blickte sie ernst an. »Hast du schon etwas von der Polizei gehört?«

»Ja, sie haben sich vorhin gemeldet. Sie haben nichts Besonderes gefunden. Viele Fingerabdrücke, aber die können von allen möglichen Leuten stammen. Ich bin nicht gerade besonders gründlich im Putzen. Ansonsten kein Hinweis; auch die Nachbarn, mit denen sie geredet haben, scheinen nichts bemerkt zu haben.« Sam seufzte tief auf. »Wahrscheinlich wird die Akte dann bald geschlossen, sofern nicht noch irgendwelche neuen Hinweise auftauchen.«

Tom nickte. »Und hast du ihnen auch von den Ereignissen in der Uni berichtet?«

Sam wurde rot. »Nein. Das hat ja auch gar nichts mit dem Einbruch hier zu tun. Außerdem habe ich mir das Ganze wahrscheinlich nur eingebildet. Ich habe einfach gerade eine Pechsträhne, das ist alles.«

Tom blickte sie kopfschüttelnd an. »Hat dir schon mal jemand gesagt, dass du nicht besonders gut im Lügen bist?«

Inzwischen knallrot im Gesicht lächelte sie ihn zerknirscht an. »Ja, einige.«

»Das dachte ich mir. Die Frage ist nur, warum denkst du, mich oder Cathy anlügen zu müssen? Wenn du etwas über diese Einbrüche oder die Täter weißt, dann musst du das der Polizei sagen.« Er senkte die Stimme. »Wir machen uns Sorgen um dich.«

Tränen stiegen in Sams Augen, die sie mühsam unterdrückte.

»Ich weiß. Es tut mir Leid. Ich kann euch wirklich nichts erzählen. Erstens weiß ich nicht genau, was vor sich geht, und zweitens wäre das zu gefährlich.«

»Für wen?«

»Für euch.«

Toms Stimme wurde sanft. »Meinst du nicht, dass es dann auch unsere Entscheidung ist, ob und wie viel wir wissen möchten?«

Schwerfällig stand Sam auf und ging zu Tom hinüber. Erwartungsvoll blickte er ihr entgegen.

»Vielleicht, aber in diesem Fall entscheide ich, was ich für das Beste halte. Ihr seid mir einfach zu wichtig, als dass ich euer Leben aufs Spiel setzen würde.« Sie machte eine Pause. »Oder das irgendeines anderen.«

»Aber …«

Sam unterbrach ihn. »Nein, Tom. Keine Diskussion.« Sie legte eine Hand auf seine Schulter und drückte sanft. »Frag bitte nicht weiter, okay?«

Ruckartig erhob er sich und ragte über ihr auf. Bevor sie einen Schritt zurücktreten konnte, hatte er ihre Hände erfasst und hielt sie fest. Er stand so dicht vor ihr, dass sie seine Körperwärme spüren konnte. Unbehagen machte sich in ihr breit. Seine Bemerkung neulich im Keller hatte angedeutet, dass er an ihr interessiert gewesen war. Er würde doch wohl nicht …

Seine dunkelblauen Augen blickten suchend in ihre. Er zog sie an ihren Händen dichter heran, bis sich ihre Körper fast berührten. Sam schluckte heftig. Tom war ihr Freund, ein guter Freund, aber mehr würde er nie werden.

»Tom …«

Sein Atem strich über ihre Lippen.

»Was ist?«

Erneut schluckte sie. »Ich glaube nicht, dass das eine gute Idee ist, was du da gerade tust.«

»Nicht?« Seine tiefe Stimme war noch eine Spur tiefer geworden. Seine kräftigen Finger strichen sanft über ihren Handrücken.

Ihre Stimme wackelte.

»Nein. Tom, hör mir zu. Du bist ein sehr guter Freund, und ich mag dich wirklich. Aber mehr kann ich dir nicht geben.«

Seine Augen wurden noch dunkler. »Wirklich nicht? Vielleicht sollten wir es einfach einmal ausprobieren.«

Sam öffnete den Mund, um zu protestieren. Aber da strichen seine warmen Lippen bereits über ihre. Schockiert hielt sie still. Es war wirklich nicht unangenehm, von Tom geküsst zu werden. Allerdings auch nicht so erregend, wie sie sich einen Kuss mit einem Mann, den sie begehrte, vorstellte. Genau das war der Grund, warum Tom ihr Freund war und nicht ihr Geliebter.

Schließlich hob er zögernd den Kopf. »Es hat dich nicht wirklich berührt, oder?«

Sam biss sich auf die Lippe. »Es war schön, aber ich würde dich wirklich lieber als Freund behalten.«

Tom seufzte enttäuscht, rückte aber ein kleines Stück von ihr ab. »Tut mir Leid, wenn ich dich bedrängt habe. Ich dachte nur, ein Versuch könnte nicht schaden. Hätte ja sein können, dass der Funke zu dir überspringt und …«

»Störe ich gerade bei irgendetwas?« Cathys Stimme bewirkte, dass Tom ein Stück zurücksprang und sein Kopf ebenso wie Sams zu ihr herüberschwang.

Fast gleichzeitig traten sie beide noch einen Schritt zurück und erröteten. Tom war es, der schließlich antwortete.

»Nein. Ich wollte sowieso gerade an die Arbeit zurück.« Er blickte erst Cathy und dann Sam an. »Bis später.«

Cathy wartete, bis er aus dem Zimmer war. Dann begann sie, Sam mit Fragen zu bombardieren.

»Hat er es endlich gewagt? Ich warte da schon seit dem Tag drauf, als er dich das erste Mal gesehen hat. Was hat er gesagt? Was hast du geantwortet? Habt ihr euch geküsst?« Sie schüttelte Sam, die immer noch stumm vor ihr stand. »Nun sag schon!«

Sam blinzelte ihre Freundin verwirrt an. Dann ließ sie sich langsam aufs Bett sinken.

»Du hast das gewusst?«

»Das er gerne mehr als dein Freund wäre? Natürlich, alle wissen das.«

»Nun, ich wusste es nicht.«

»Himmel, Sam, manchmal bist du wirklich blind! Warum merkst du nie, was um dich herum vorgeht? Ich würde es sofort merken, wenn mich ein gut aussehender, knackiger Bursche so anschauen würde wie Tom dich.«

»Dann nimm du ihn doch.«

»Das würde ich ja sofort machen, wenn er mich mal irgendwann als etwas anderes betrachten würde als deine Freundin.« Sie seufzte tief.

»Aber … du bist doch …« Sam brach ab.

»Älter als er? Ja, bin ich. Und?« Cathys Stimme hatte einen trotzigen Klang angenommen. »Glaubst du, deswegen wüsste ich nicht einen schönen Körper zu schätzen? Mitternachtsblaue Augen? Schwarze Locken? Eine Stimme, die in mir vibriert? Und das alles zusammen in Kombination mit Intelligenz und Freundlichkeit. Ich müsste ja blöd sein, wenn ich das nicht bemerken würde.«

Forschend blickte Sam ihre Freundin an. »Könnte es sein, dass du …«

Wieder fiel Cathy ihr ins Wort. »Wechsel jetzt nicht das Thema. Hat er es endlich geschafft, dich davon zu überzeugen, dass er der richtige Mann für dich ist?«

Sam schüttelte den Kopf. »Nein. Ich mag ihn wirklich sehr, aber es springt einfach kein Funke über, wenn ich ihn ansehe oder berühre.«

Cathy plumpste neben sie auf die zerstörte Matratze.

»Schade für dich, gut für andere Frauen. Hat er dich nun geküsst?«

Sam funkelte sie an. »Du glaubst doch nicht, dass ich dir das erzähle, oder?«

»Natürlich, wozu bin ich sonst deine Freundin?«

Sam hielt ihren bösen Blick noch kurze Zeit aufrecht, dann musste sie lachen.

»Du bist unmöglich.«

Cathy grinste. »Ich weiß.«

Seufzend gab Sam auf. »Okay. Er hat mich geküsst.«

Cathys Augen wurden groß. »Und, wie war es?«

Sam zuckte die Schultern. »Sanft. Angenehm, aber es fehlte eben einfach das gewisse Etwas.«

Nun war es an Cathy zu seufzen. »Ich verstehe dich einfach nicht. Schon allein die Vorstellung, ihn zu küssen, löst bei mir ein Kribbeln aus. Und du bekommst die Gelegenheit dazu und fühlst gar nichts!«

»Wahrscheinlich bin ich eben einfach nicht die Richtige für ihn.« Sam grinste Cathy an. »Warum versuchst du es nicht mal? Vielleicht startet bei dir ein ganzes Feuerwerk.«

Cathy dachte eine Weile darüber nach, dann lächelte sie.

»Eine wirklich gute Idee. Ich denke, ich werde es einfach mal irgendwann probieren, wenn er gerade nicht aufpasst.«

Sam lachte. »Hey, du sollst ihn nicht überfallen!«

Grinsend stand Cathy auf. »Stör mich nicht. Ich entwickele gerade einen Schlachtplan.« Damit verschwand sie aus dem Schlafzimmer.

Lächelnd blickte Sam ihrer Freundin nach. Wer hätte das gedacht? Erst wurde sie geküsst, und dann erzählte Cathy ihr, dass sie genau diesen Mann heiß fand. Erstaunlich. Vorsichtig fuhr sie mit den Fingerspitzen über ihre Lippen. Es war schon einige Zeit her, dass sie geküsst worden war. Wirklich schade, dass sie nicht mehr für Tom empfand. Wie Cathy schon gesagt hatte, er war ein toller Mann. Nur eben leider nicht ihr lange gesuchtes Gegenstück. Der Kuss war nett gewesen. Aber sie musste sich eingestehen, dass sie mehr empfunden hatte, als sie vor John gekniet hatte, um seine Hüftwunde zu verbinden. Selbst jetzt noch vermochte der Gedanke an Johns nicht zu übersehende Erektion mehr Hitze in ihrem Körper zu erzeugen als der Kuss mit Tom. Aber gerade das war das Entscheidende: Bei Tom hatte sie kein einziges Mal an irgendetwas unterhalb seines Kinns gedacht. Bei John, einem Mann, den sie nicht kannte, noch nicht einmal wusste, ob sie ihn mochte, hatte ihr Körper sofort reagiert. Eine wirklich Besorgnis erregende Entwicklung, über die sie später noch einmal in Ruhe nachdenken sollte. Jetzt musste sie allerdings erst einmal mit dem Aufräumen weitermachen, sonst würde sie nie fertig werden.

XX

Chuck und Eddie saßen in ihrem unauffälligen Mietwagen und blickten auf das hell erleuchtete Haus. Sie hatten gehofft, Samantha Dyson würde alleine zurückkehren und ihnen die Möglichkeit geben, sie ohne größere Schwierigkeiten zu erwischen. Aber nein, sie war nicht nur zusammen mit ihrer rothaarigen Freundin hierher gekommen, sondern in ihrem Vorgarten warteten, auch noch eine ganze Reihe kräftiger Männer. Wenn das so weiterging, würden sie sie nie unbemerkt verschwinden lassen können. Für Chuck war es sowieso fraglich, ob sie nicht einen Fehler begingen, wenn sie versuchten, sie zu beseitigen. Frank Tanner schien ein Einzelgänger gewesen zu sein. Jedenfalls hatte er nie Familie oder Freunde erwähnt oder besucht, während er bei der Bande gewesen war. Und seit seinem Verschwinden hatte bisher auch noch niemand nach ihm gefragt. Diese Frau war ein anderer Fall: Sie hatte jede Menge Freunde und Kollegen und wahrscheinlich auch noch irgendwo eine liebevolle Familie, die es sofort merken würde, wenn sie einfach so verschwand.

Aber natürlich wollte Gerald seine bescheidene Meinung dazu überhaupt nicht hören. Er war ja schließlich nur ein alter, verbrauchter Versager. Jedenfalls hatte Gerald es so formuliert, als er ihm von dem morgendlichen Fiasko berichtet hatte. Zusammen mit noch einigen anderen nicht gesellschaftsfähigen Ausdrücken und der dringenden Empfehlung, nicht noch einmal zu versagen. Der Boss hatte ihm eine Frist von vierundzwanzig Stunden gegeben, um die Angelegenheit zu regeln, andernfalls würde er einen Ersatzmann schicken, der nicht nur Samantha, sondern auch ihn beseitigte, was Chuck ihm sofort glaubte.

Also saßen sie jetzt bereits seit Stunden hier in dem mit Essensverpackungen zugemüllten Auto und warteten darauf, dass irgendetwas passierte, das es ihnen ermöglichte, die Frau in ihre Gewalt zu bringen. Wie es aussah, würden sie hier wohl noch einige Zeit verbringen. Die Ironie des Schicksals war, dass sie das Haus so verwüstet hatten und deswegen jetzt all die Leute hier herumliefen und sie so nicht an ihr Opfer herankamen. Chuck konnte gar nicht darüber lachen.

Um zehn Uhr abends sah Sams Haus wieder halbwegs ordentlich aus, wenn man von den zerstörten Möbeln absah. Erleichtert beendeten alle ihre Arbeit. Von dem Enthusiasmus, mit dem sie in die Aufgabe gestartet waren, war kaum mehr etwas übrig. Alle waren froh, endlich nach Hause zu kommen, und wollten noch ein bisschen von dem wohl verdienten Feierabend genießen. Sam dankte den freiwilligen Helfern und verabschiedete sie vor ihrer Haustür. Minuten später war sie mit Tom und Cathy alleine. Sie stritten gerade, ob ihr großer Ficus noch zu retten war oder nicht. Tom behauptete, mit ein bisschen Pflege wäre er wieder so gut wie neu. Während Cathy darauf beharrte, dass er bereits abgestorben war und in den Müll gehörte. Sam stand im Türrahmen und beobachtete sie einige Zeit. Tom hatte sich schützend vor die Pflanze gestellt, die Beine leicht gespreizt, die muskulösen Arme über der breiten Brust verschränkt. Cathy wippte auf ihren Fußballen und fuchtelte mit den Händen. Amüsiert verfolgte Sam den hitzigen Wortwechsel. Wie hieß es noch so schön: Was sich neckt, das liebt sich? Jedenfalls war in der Beziehung der beiden eindeutig mehr Feuer zu erkennen als zwischen Tom und Sam. Als es so aussah, als würde der Streit in Handgreiflichkeiten gipfeln, griff Sam schließlich ein.

»Ich werde den Baum einfach eine Zeit lang beobachten, und wenn er dann verkümmert, werfe ich ihn weg. Einverstanden?« Die beiden Kontrahenten blickten sie an, als hätten sie völlig vergessen, dass sie auch noch im Haus war. Mit geröteten Gesichtern drehten sie sich zu ihr herum und versuchten, den jeweils anderen zu ignorieren.

»In Ordnung.«

»Okay. Obwohl ich immer noch denke, dass er nicht mehr zu retten ist.«

»Cathy …« Sams strafender Blick zeigte Wirkung.

»Ist ja gut. Können wir dann jetzt fahren, oder willst du heute wieder hier übernachten?«

Sam blickte sich um und schüttelte dann den Kopf. »Nein, lieber nicht. Ich muss mir morgen erst einmal eine neue Matratze besorgen. Außerdem habe ich noch keine neuen Schlösser an der Tür. Ich habe den Schlosser für morgen Nachmittag bestellt.«

»Kein Grund zur Eile. Du kannst gerne so lange bei mir bleiben, wie du willst, das weißt du.«

Sam lächelte. »Ja, danke. Aber irgendwann muss ich ja wieder in meine eigenen vier Wände.«

Tom blickte zwischen ihnen hin und her und runzelte die Stirn.

»Also mir gefällt das nicht. Es ist viel zu gefährlich, hier ganz alleine zu übernachten. Was ist, wenn die Einbrecher wiederkommen?«

Wie nett von Tom, sie daran zu erinnern, wie viel Angst sie hatte. Sie funkelte ihn wütend an.

»Was soll ich denn deiner Meinung nach machen? Mich verstecken? Nie wieder etwas alleine unternehmen? Mein Haus aufgeben und ganz zu Cathy ziehen?«

»Nein, natürlich nicht. Ich mache mir nur Sorgen um dich.«

Sein ruhiger Tonfall besänftigte Sam.

»Ich weiß. Tut mir Leid, dass ich dich angefaucht habe. Ich verspreche, nicht alleine hier im Haus zu übernachten, bis alles wieder sicher ist, okay?«

Tom wirkte nicht überzeugt, nickte aber. Cathy blickte ungeduldig von einem zum anderen.

»Seid ihr jetzt fertig? Ich wollte heute noch nach Hause kommen, wenn ihr nichts dagegen habt. Ich denke, ich werde mir ein schönes heißes Schaumbad gönnen.« Sie schloss genüsslich die Augen.

Tom blickte sie merkwürdig an und schluckte. Bisher hatte er Cathy immer nur als Sams Freundin zur Kenntnis genommen. Aber als sie sich um den Ficus gestritten hatten, war etwas passiert. Als wäre der Schleier von seinen Augen genommen worden, hatte er sie zum ersten Mal klar gesehen. Die feurigen Haare, die blitzenden grünen Augen, ihre eleganten Hände, die durch die Luft wirbelten, als wollte sie ihn zu

Kleinholz verarbeiten. Für ihn war sie wie ein Vulkan: heiß, feurig, jederzeit zum Ausbruch bereit – für einen Geologiestudenten also ziemlich interessant. Sie sich jetzt nackt in einer Badewanne vorzustellen, mit schaumbedeckter Haut und den langen, im Wasser ausgebreiteten roten Haaren, ließ sein Gesicht erneut rot anlaufen. Er schluckte schwer.

Cathy grinste ihn wissend an und zwinkerte ihm zu. Sofort glich sein Gesicht einem Feuermelder, während seine Hände sich zu Fäusten ballten, um sie sich nicht einfach zu greifen. Diese Hexe! Dachte sie, sie hätte das Recht, mit ihm zu spielen, nur weil sie ein paar Jahre älter war als er? Er würde ihr schon zeigen, wie sehr sie sich damit irrte. Er blickte zu Sam hinüber, die inzwischen ihren Rucksack gegriffen hatte und bei der Tür stand. Seine kleine Rache würde warten müssen. Erst einmal musste er sicherstellen, dass die beiden Frauen sicher in Cathys Wohnung kamen. Danach konnte er dann in Ruhe planen, was er mit seiner Hexe anstellen würde. Sein Gesicht nahm wieder seine normale Bräune an, und er grinste Cathy zu. Zufrieden, dass er sie damit verunsichert hatte, drehte er sich abrupt um und marschierte zur Tür hinaus. Sam blickte Cathy fragend an. Diese zuckte nur die Schultern, bevor sie ebenfalls das Haus verließ.

Sam löschte das Licht und zog die Tür hinter sich zu. Abschließen konnte sie sie nicht, da das Schloss noch nicht repariert war. Ein Prickeln lief an ihrem Rückgrat entlang, ihre Nackenhaare stellten sich auf. Unruhig blickte sie sich um. Sie sah nur Tom und Cathy, die bei ihren Autos standen und versuchten, sich gegenseitig zu ignorieren, während sie auf sie warteten. Sie schüttelte den Kopf, doch das unheimliche Gefühl ließ sie nicht los. Es war, als würde sie beobachtet. Genauso wie morgens in ihrem Büro. Ein weiterer Schauder durchlief ihren Körper. So ein Unsinn, da war nichts. Trotzdem eilte sie so schnell wie möglich die kurze Einfahrt entlang, bis sie bei ihren Freunden angekommen war.

Tom blickte ihr besorgt entgegen. »Alles in Ordnung?«

»Ja. Ja, natürlich. War nur wieder meine Einbildung.« Sie lächelte kurz. »Vielen Dank für deine Hilfe. Wir sehen uns dann morgen bei der Arbeit.«

Tom nickte und ging zu seinem Jeep. Cathy blickte ihm stirnrunzelnd hinterher.

»Auch dir einen schönen Abend, Cathy. Oh, danke, Tom, wie lieb von dir.«

Sam lachte und schickte ihre Freundin zu ihrem roten Flitzer.

»Komm jetzt, du wirst morgen noch genug Möglichkeit haben, ihn zu ärgern.«

Cathys Miene klärte sich. »Ja, du hast Recht. Fahren wir lieber, ich will endlich mein Bad nehmen.«

Mühsam schwang Sam sich in ihren alten Pick-up und startete den Motor. Keuchend und hustend sprang er an. Irgendwann musste sie sich wahrscheinlich wirklich mal einen neuen Wagen kaufen, denn lange hielt er bestimmt nicht mehr. Hinter Cathys Honda schlängelte sie sich durch den immer noch dichten Verkehr. Bald holte ihre Müdigkeit sie ein, ihre Lider wurden immer schwerer. Hoffentlich waren sie bald da, sonst konnte sie für nichts garantieren. Mühsam hielt sie sich wach. Unterstützt wurde sie dabei nur von den hellen Scheinwerfern, die sie die ganze Zeit über im Rückspiegel blendeten. Entweder war es ein höherer Wagen, oder irgendein Idiot hatte seine Lichter zu hoch eingestellt. Warum fuhr er nicht endlich irgendwann ab?

Ruckartig war sie hellwach. Gegen Müdigkeit gab es nichts Besseres als einen Schuss reines Adrenalin. Wurde sie etwa verfolgt? Sie wagte einen Blick über die Schulter. Wegen des grellen Scheinwerferlichts sah sie nur einen großen, dunklen Schatten, Farbe, Marke oder Kennzeichen waren nicht zu erkennen. Panik fraß sich durch ihren Körper. Was sollte sie tun, wenn sie wirklich verfolgt wurde? Durfte sie das Risiko eingehen und den Verfolger direkt zu Cathys Wohnung führen? Sie damit in Gefahr bringen? Aber was war, wenn sie einfach woanders hinfuhr und sie alleine erwischt wurde? Dann war sie wahrscheinlich so gut wie tot. Natürlich nur, wenn sie wirklich verfolgt wurde und sich das Ganze nicht einfach nur einbildete. Allerdings hatte sie bereits bei ihrem Haus das Gefühl gehabt, beobachtet zu werden …

Angespannt, den Blick ständig auf den Rückspiegel gerichtet, fuhr sie weiter hinter Cathys Wagen her. Sie konnte sich immer noch entscheiden, einen anderen Weg zu nehmen, bevor sie bei ihrer Wohnung ankamen. Schließlich bogen sie in ihre Straße ein, und die Scheinwerfer waren immer noch hinter ihr. Was sollte sie tun? Einfach weiterfahren? Aber dann konnte es sein, dass sie sich Cathy schnappten, die ja gar nichts von dem Verfolger wusste. Oder sie fuhr hinter Cathy auf den Parkplatz, und sie rannten dann schnell ins Haus. Diese Lösung erschien ihr machbar, deshalb folgte sie Cathy. Sowie sie auf dem Parkplatz vor dem Haus war, trat sie mit aller Kraft auf die Bremse, bis sie quietschend und schlitternd zum Stehen kam. Sie griff sich ihren Rucksack, zog den Schlüssel ab und sprang aus dem Wagen. Die Tür warf sie nur zu, Zeit zum Abschließen nahm sie sich nicht. Ihre Rostlaube würde sowieso niemand klauen. Sie kam bei Cathys Auto an, bevor diese überhaupt ihre Tür geöffnet hatte. Sam riss die Tür auf, zog an Cathys Arm.

»Schnell! Irgendjemand ist hinter uns hergefahren. Wir müssen ins Haus.« Cathy reagierte sofort. Ohne zu zögern griff sie ihre Handtasche, stieg aus dem Auto und rannte hinter ihrer Freundin her. Gerade an der gläsernen Haustür angekommen, hörten sie hinter sich jemanden laut rufen.

»Sam! Cathy! Wartet!«

Verblüfft drehten sie sich gleichzeitig um. Was machte Tom denn hier? Er stand halb in der Tür von seinem Jeep und blickte zu ihnen herüber. Seinem großen Jeep, mit wirklich hellen Scheinwerfern. Sams Stöhnen ging in Cathys Gelächter unter. Tom stieg aus, warf die Tür zu und lief zu ihnen herüber.

»Was ist los? Ist etwas passiert?«

Cathy grinste ihn an. »Tom, du Idiot. Du hast Sam bestimmt einige Jahre ihres Lebens gekostet, so hast du sie durch deine Verfolgung erschreckt.«

»Aber ich wollte doch nur sicherstellen, dass ihr auch gut nach Hause kommt.« Er blickte Sam an. »Hast du wirklich geglaubt …« Er brach ab, als er an ihrem Gesichtsausdruck erkannte, dass sie in der Tat geglaubt hatte, sie würde verfolgt. Seine Ohren färbten sich rot. »Tut mir Leid. Ich habe es wirklich nur gut gemeint.«

Sam seufzte und ließ sich erschöpft an die Wand sinken.

»Ich weiß. Danke für die fürsorgliche Geste.«

Cathy mischte sich ein. »Und da du jetzt gesehen hast, dass wir gut angekommen sind, kannst du ja nach Hause fahren.«

Sofort regte sich sein Widerspruch bei ihrem gönnerhaften Tonfall.

»Nein.«

Sie hob eine Augenbraue. »Nein?«

Er schüttelte den Kopf. »Ich bin auch gekommen, um zu überprüfen, ob ihr in deiner Wohnung sicher seid.«

»Also, das ist wirklich ...«

Sam unterbrach Cathys aufgebrachte Tirade.

»Sehr nett von dir. Würdest du bitte aufschließen, damit wir ins Haus kommen, und nicht länger hier draußen stehen, Cathy?«

Cathy wollte schon protestieren, überlegte es sich aber nach einem Blick in Sams bleiches Gesicht anders. Wortlos schloss sie die Tür auf und stieg vor den anderen die Treppe hinauf. An der Wohnungstür steckte sie den Schlüssel ins Schloss und blickte auf ihre Freunde. Tom hatte Sam vorsichtshalber hinter sich geschoben, bevor er Cathy bedeutete, den Schlüssel herumzudrehen. Genervt verdrehte sie die Augen, gehorchte aber. Sie wollte schließlich auch nicht, dass Sam oder jemand anderem etwas passierte. Insgeheim war sie sogar recht froh über Toms beruhigende Gegenwart. Es ging doch nichts über einen starken Beschützer im Haus.

Mit einer Grimasse schob sie die Tür auf und trat zur Seite, damit Tom die Wohnung vor ihr betreten konnte. Sie glaubte zwar nicht, dass sich dort jemand oder etwas versteckt hielt, aber Vorsicht war besser als Nachsicht! Kurz darauf schlüpfte Cathy hinter ihm durch die Tür. Sie wollte nicht, dass ihm etwas passierte. Außerdem sahen vier Augen mehr als zwei. Und das Pfefferspray aus ihrer Handtasche konnte vielleicht auch nützlich sein. Im Halbdunkel des Flurs sah sie kaum die Hand vor Augen, noch weniger Toms dunkle Gestalt. Sie rannte direkt in seinen Rücken, als er still in der Türöffnung zu ihrem Wohnzimmer stand.

»Uff.«

Sein Rücken versteifte sich, und er drehte sich ruckartig um. Als er Cathy erkannte, stieß er den angehaltenen Atem aus.

»Himmel, Cathy! Du hast mich fast zu Tode erschreckt. Kannst du denn nicht aufpassen?«

Sein anklagender Ton ging ihr gehörig gegen den Strich.

»Hättest du das Licht angemacht, hätte ich dich vermutlich auch gesehen!«

»Vielleicht habe ich das Licht absichtlich ausgelassen, damit man uns wenigstens nicht sofort bemerkt, damit wir zumindest nicht unmittelbar zu Zielscheiben werden?«

Cathy dachte nicht daran, sich geschlagen zu geben. »Du warst nicht unbedingt leise, und mit dem Flurlicht, das uns so schön von hinten beleuchtet, waren wir wirklich sehr unauffällig.«

Plötzlich flammte das Licht auf, und sie zuckten beide zusammen.

»Wenn ihr fertig seid mit den gegenseitigen Schuldvorwürfen, könnten wir dann endlich zur Sache kommen? Ich bin müde und würde mich gerne endlich ausruhen.«

Tom und Cathy sahen sich ratlos an, dann zuckte Tom mit den Schultern.

»Kein Problem.« Damit begann er, methodisch jedes einzelne Zimmer zu durchsuchen, Cathy immer direkt hinter ihm.

»Willst du wirklich in jeden einzelnen Schrank sehen?«

Tom sah nicht einmal von seiner Arbeit auf.

»Da ist nur der Fernseher drin, Herrgott noch mal, da passt gar kein Mensch rein.«

Tom schien sie nicht zu hören. Oder wenn doch, ignorierte er sie. Er marschierte einfach weiter, bis er schließlich an ihrem Schlafzimmer ankam. Dort stellte sie sich in den Türrahmen und blockierte den Durchgang.

»Oh nein! Du wirst nicht durch mein Schlafzimmer schnüffeln!«

Tom zog eine Augenbraue hoch. »Hast du etwa Angst, ich würde in deiner Unterwäsche wühlen?«

»Ich weiß nicht, ob du überhaupt Unterwäsche erkennen würdest, selbst wenn du bis zu den Augenbrauen darin stecken würdest.«

Diesmal gingen beide Augenbrauen nach oben. »Nein? Wie kommst du denn auf die Idee?«

Cathy grinste ihn an. »Nun, in deinem jugendlichen Alter hattest du wahrscheinlich noch nicht viel Gelegenheit, in die Nähe von Dessous zu kommen.«

Tom rückte einen Schritt näher und keilte sie damit wirkungsvoll zwischen Tür und seinem erhitzten Körper ein.

»Denkst du?«

Cathy hob tapfer das Kinn. »Ja.«

Toms Augen verdunkelten sich. Einen atemlosen Moment lang dachte sie, er würde sie küssen, doch dann atmete er nur tief ein und entfernte sich wieder von ihr.

»Ich wette, du willst mich nur nicht hereinlassen, weil du Löcher in deiner Unterwäsche hast.«

»Das habe ich nicht!«

»Okay, dann hast du eben nicht aufgeräumt.«

»Und selbst wenn. Schließlich wohne ich hier alleine und kann tun und lassen, was ich will.«

»Oder soll ich nicht die Kondompäckchen sehen, die noch auf dem Fußboden liegen?«

Cathys Gesicht war langsam fast so rot wie ihre Haare. Gott, er liebte es, sie zu ärgern. Es gefiel ihm, wenn ihre grünen Augen Funken sprühten und ihre schlanken Hände sich zu Fäusten ballten. Sie streckte einen Zeigefinger in Richtung Tür und sagte nur ein Wort.

»Raus!«

XXI

Vielleicht war er diesmal doch ein bisschen zu weit gegangen. Aber ihr Anblick war es wert gewesen. Um sie nicht noch mehr zu provozieren, wurde er ernst.

»Tut mir Leid. Aber was bringt es, wenn ich die ganze Wohnung durchsuche und dann ein Zimmer auslasse? Welches Zimmer würdest du dir aussuchen, wenn du ein Verbrecher wärest? Richtig, das Schlafzimmer. Genau das Zimmer, in dem eine allein stehende Person am verwundbarsten ist. Weil sie schläft, keine Waffen in Reichweite sind, wie zum Beispiel Messer in der Küche, und weil sie vielleicht nicht komplett angezogen ist.«

Cathy war bei seinen Worten nachdenklich geworden. Sie war immer noch wütend auf ihn. Gott, er konnte sie wahnsinnig machen, aber sie war nicht blöd. Wenn es die Möglichkeit einer Gefahr gab, dann würde sie sicherlich keine Hilfe ablehnen. Auch wenn der Helfer ein Idiot war. Wortlos trat sie zur Seite und öffnete die Tür.

»Danke.«

Cathy verdrehte die Augen. Höflich bis zum Letzten, der Kerl. Widerlich! Schweigend, mit vor der Brust verschränkten Armen beobachtete sie, wie Tom in jede noch so kleine Spalte blickte, in ihre Schränke, selbst unter dem Bett schaute er nach. Wahrscheinlich auf der Suche nach leeren Kondomverpackungen, aber die würde er nicht finden. Genau genommen lebte sie seit Monaten das Leben einer Nonne. Das kam davon, wenn man sich nach einem Mann sehnte, der einen noch nicht einmal beachtete. Schließlich richtete sie sich seufzend auf.

»Ich denke, das reicht jetzt. Hier versteckt sich garantiert niemand im Zimmer, der größer als zwanzig Zentimeter ist.«

Tom richtete sich auf und ging auf sie zu. »Nein, glaube ich auch nicht.« Damit ging er hinaus auf den Flur. Cathy starrte ihm hinterher. Seine enge Jeans betonte seine langen, schlanken Beine und den knackigen Po, während sein blaues T-Shirt seinen muskulösen Oberkörper modellierte. Wahrscheinlich müsste sie sich eigentlich schämen, einen jüngeren Mann so schamlos in Gedanken auszuziehen. Aber hey, man lebte nur einmal. Außerdem war sie mit ihren dreißig Jahren auch noch nicht ganz so alt. Sie hätte jedenfalls kein Problem damit, eine Beziehung mit einem fünf Jahre jüngeren Mann anzufangen. Und wenn er das nicht wollte, dann war das sein Pech. Leicht eifersüchtig beobachtete sie, wie Tom sich von Sam verabschiedete und zur Tür ging. Cathy folgte ihm und erwischte ihn noch, bevor er die Wohnungstür öffnete.

»Warte!«

Langsam drehte Tom sich zu ihr um.

»Was ist?«

Seine kurz angebundene Art machte es ihr nicht gerade leichter.

»Ich wollte mich dafür bedanken, dass du dich so um Sam kümmerst.«

Tom blickte sie lange schweigend an, dann wurde seine Miene sanfter.

»Ich mache mir Sorgen um euch beide.« Damit verschwand er im Hausflur. Cathy blickte ihm überrascht hinterher. Wenn sie seine Worte und seinen Blick richtig interpretierte, schien es fast, als würde er sich auch etwas aus ihr machen. Es war jämmerlich, wie sehr sie sich schon über diese Kleinigkeit freute. Sie legte ihre Hand auf ihr heftig klopfendes Herz und schloss die Tür hinter sich.

Nachdem sie sämtliche Schlösser eingerastet hatte, machte sie sich auf die Suche nach Sam. Sie fand sie im Wohnzimmer vor, scheinbar tief in Gedanken verloren. Was war mit ihr passiert? Warum erzählte sie niemandem davon? Sam war zwar noch nie ein Partyknüller gewesen, aber immer offen und fröhlich, nicht so in sich zurückgezogen wie jetzt. Ihr bleiches Gesicht und die dunklen Ringe unter den Augen gefielen Cathy gar nicht.

So wie Tom sich benahm, hatte er es wohl auch bemerkt. Oder wusste er mehr als sie? Der Gedanke versetzte ihr einen Stich. Sie ging zum Fenster und beobachtete, wie Tom aus dem Haus kam und zu seinem Jeep ging. Er schloss seine Wagentür auf, schob sein langes Bein in das Wageninnere und blickte auf. Als hätte er gespürt, dass sie ihn beobachtete. Beinahe wäre sie zurückgezuckt und hätte sich hinter dem Vorhang versteckt wie ein Schulmädchen, aber sie zwang sich, ruhig stehen zu bleiben. Zeit verlor ihre Bedeutung, während sie sich in die Augen blickten. Schließlich ging ein Ruck durch Toms Körper, er hob seine Hand zum Gruß und verschwand im Jeep. Cathy erwiderte die Geste, bevor sie die Vorhänge schloss.

»Ist er losgefahren?«

Erschreckt wirbelte Cathy herum. Sie hatte ganz vergessen, dass Sam noch mit im Raum war. Leichte Röte stieg in ihre Wangen, während sie sich zu ihrer Freundin auf die Couch fallen ließ.

»Ja.«

»Es war wirklich sehr nett von ihm, extra mitzukommen, um sicherzustellen, dass wir in Sicherheit sind.«

Cathy nickte stumm. Sam blickte sie scharf an. Es war ungewöhnlich, dass ihre Freundin so still war.

»Was ist los? Sonst stimmst du mir doch nicht immer einfach so zu.«

Cathy riss sich zusammen und zuckte mit den Schultern.

»Vielleicht bin ich ausnahmsweise einmal deiner Meinung.« Ihr Lächeln zeigte, dass sie es nicht ernst meinte.

»Das könnte natürlich sein. Oder du bist so hin und weg von unserem Retter in der Not, dass dir sonst alles egal ist.« Sam grinste.

»Ich bin nicht …« Cathys automatischer Protest verklang unvollendet. Sie seufzte auf. »Du könntest Recht haben. Es hat mir tatsächlich gefallen, wie er sich benommen hat. Sogar als er unbedingt mein Schlafzimmer durchsuchen wollte.«

Sam lachte. »Ich dachte, da wolltest du ihn gerne sehen.«

Cathy verzog den Mund. »Aber doch nicht so. Er sollte nicht in Schränken wühlen und unter das Bett kriechen. Außerdem warst du ja auch noch in der Wohnung.«

»Tut mir Leid.«

»Unsinn. Ohne dich wäre er ja nie hierher gekommen. Also, bleib ruhig noch länger, vielleicht taucht er dann öfter hier auf.«

Lachend stand Sam auf. »Es freut mich, dass meine Anwesenheit hier auch gute Seiten hat.«

»Hey, ich bin halt praktisch veranlagt.« Cathy wurde ernst. »Du weißt, dass ich dich gerne hier habe und du bleiben kannst, so lange du willst.«

Sam ging zu ihr hinüber und umarmte sie.

»Ich weiß. Danke für alles. Es war wirklich toll, wie heute alle mitgeholfen haben. Ohne eure Hilfe wäre ich nie fertig geworden.«

»Dafür sind Freunde schließlich da. So, und jetzt gehst du ins Bett, damit du dich mal wieder richtig ausschlafen kannst.«

Das ließ sich Sam nicht zweimal sagen. Sie hätte im Stehen einschlafen können. Doch erst musste sie noch telefonieren. Erneut hinterließ sie eine Nachricht auf Johns Anrufbeantworter mit der dringenden Bitte, sie unbedingt zurückzurufen.

Es war gut, dass Cathys Wohnung zwei Badezimmer hatte, denn so konnte sie schnell duschen, während Cathy ihr angekündigtes Schaumbad in Angriff nahm. Eine Viertelstunde später fiel sie erschöpft in das weiche Gästebett und schlief kurz darauf ein.

»Nein, Boss, wir haben sie noch nicht geschnappt. Erst waren da diese vielen Leute in ihrem Haus, und danach ist sie nicht dort geblieben, sondern mit ihrem Wagen hinter ihrer Freundin hergefahren. Und dahinter fuhr dann noch einer der Männer vom Haus.«

Gerald richtete sich auf der Massagebank auf und presste den Hörer dichter ans Ohr. Seine Fingerknöchel färbten sich weiß.

»Und dann?«

Chuck räusperte sich. »Dann sind alle drei auf den Parkplatz zu einem Apartmentkomplex gefahren. Und dort sind sie sofort zur Haustür gerannt. Wir hätten sie nie erwischt.«

»Gerannt? Haben sie euch etwa gesehen?«

Chuck wischte sich den Schweiß von der Stirn. »Nein, ich denke nicht. Aber wir wollten nichts riskieren und sind deshalb gleich weitergefahren. Immerhin wissen wir jetzt, wo sie untergekommen ist. Vielleicht können wir in den nächsten Tagen ...«

Gerald unterbrach ihn. »Nein, das dauert mir zu lange. Ich möchte, dass ihr gleich zu Plan E übergeht.«

Chuck schluckte. »E?«

»Ja, E wie Exitus. Morgen, egal wie. Ich erwarte dann spätestens abends eine Erfolgsmeldung, ist das klar?« Er wartete Chucks Antwort nicht ab, sondern unterbrach das Gespräch und warf das Telefon auf den Beistelltisch. Er blickte auf Leila, die über ihm kniete und ihn die ganze Zeit weitermassiert hatte.

»Ich habe das Gefühl, ich bin nur von unfähigen Idioten umgeben, und das zu einer Zeit, wo von allen Seiten die Feinde näher rücken.«

Leila tat das, wofür sie angestellt war, sie lächelte nur und sagte gar nichts zu seiner Bemerkung. Er hatte mit ihr wirklich einen Glücksgriff getan. Sie war zwar nicht Mara und würde sie auch nie ersetzen können, aber sie war nicht dumm und massierte wie ein Engel. Ganz zu schweigen von ihren anderen Vorzügen. Er stöhnte genüsslich, als sie eine besonders verspannte Stelle in Angriff nahm.

Am nächsten Morgen fühlte sich Morgan frischer und ausgeruhter als die Wochen zuvor. Natürlich tat ihm noch alles Mögliche weh, aber sein Kopf war klar, und sein Bewegungsdrang meldete sich mit Nachdruck. Er hatte noch nie lange still liegen können. Vorsichtig schlüpfte er aus dem Bett und machte einige leichte Dehnungsübungen. Er zuckte zusammen, als der Schmerz durch seine Rippen fuhr. Aber das konnte ihn nicht davon abhalten, dem Rest seines Körpers ein wenig Betätigung zukommen zu lassen. Zu gerne hätte er endlich mal wieder eine heiße Dusche genossen, aber das musste wohl warten, bis die Verbände abgenommen wurden. Die Ärztin war abends noch einmal in sein Zimmer gekommen und hatte sich die Verletzungen angeschaut, bevor sie sie neu bandagiert hatte. Anscheinend war sie sehr zufrieden mit seinen Fortschritten. Doch sie hatte ihm auch geraten, es noch einige Tage ruhig angehen zu lassen.

Das hatte er auch vor, vorausgesetzt, Zach brachte ihm Informationen vom FBI, die ihm zeigten, dass sich dort auch wirklich jemand um Gerald White und seine Bande kümmerte. Er würde nicht so verrückt sein und mit seinen kaum verheilten Verletzungen losrennen, um kurz darauf wieder auf der Nase zu liegen, weil sich die Wunde an der Hüfte wieder geöffnet hatte oder seine Rippen ganz gebrochen waren. Nein, so unruhig er auch war, er würde hier ganz geduldig ausharren und nicht wieder so unvorbereitet handeln wie beim letzten Mal. Das Einzige, was er zu seiner Entschuldigung vorbringen konnte, war der wahnsinnige Schmerz, der nach Maras Tod in ihm getobt hatte, und die dadurch entstandene Wut auf die untätige Polizei. Hätte er damals so klar denken können wie heute, dann hätte er zumindest zwei oder drei Sicherungen in seinen verrückten Plan eingebaut. Aber nein, er hatte sich einfach so in die Höhle des Löwen begeben, ohne überhaupt jemandem zu erzählen, wohin er ging und was er dort wollte. Er schnitt eine Grimasse und richtete sich auf. Was für ein Idiot er gewesen war! Nun, auf jeden Fall hatte er seine gerechte Strafe bekommen. Jeder quälende Atemzug würde ihn noch für einige Zeit daran erinnern, dass er nächstes Mal vorsichtiger sein sollte.

Bedächtig ging er ins Badezimmer, wo er sich, so gut es ging, um die Wunden herum wusch. Sein Brustkorb war um den Verband herum noch grünlich verfärbt. Aber immerhin sah alles schon besser aus als das schwarze Stadium der Prellungen. Sein Gesicht wirkte dank der Haarfarbe immer noch farblos, seine grauen Augen sahen fast durchscheinend aus. Richtig unheimlich. Seine kräftig sprießenden Haarstoppeln trugen auch nicht gerade dazu bei, ihn attraktiver aussehen zu lassen. Immerhin verdeckten sie aber ein wenig die Verfärbung und Schwellung am Kinn. Missmutig fuhr er mit den Fingerspitzen über die Stoppeln. Verdammt, das juckte. Sowie diese Sache ausgestanden war, würde er sich das Gestrüpp sofort wieder abrasieren. Er versuchte noch, seine wirren Haare zu bändigen, aber auch das war vergebene Liebesmüh.

Er stieg die Treppe hinunter, bemüht, seine Rippen nicht unnötig zu erschüttern. Gestern um diese Zeit hatte er sich wirklich noch wesentlich schlechter gefühlt. Fast ein wenig beschwingt legte er die letzten Schritte zum gemütlichen Wohnzimmer zurück. Dort entdeckte er, dass er doch nicht alleine im Haus war. Sein nicht ganz freiwilliger Gastgeber saß in einem Sessel mit der Tageszeitung in den Händen und einer kleinen getigerten Katze auf dem Schoß. Er räusperte sich, bevor er das Zimmer betrat. Auf keinen Fall wollte er noch stärker zur Last fallen, als er es schon getan hatte. Der Mann senkte die Zeitung und blickte ihn an. Ein Lächeln überzog sein gut aussehendes Gesicht.

»Hallo, ich hätte Sie fast nicht erkannt. Geht es Ihnen besser?«

Langsam trat Morgan in das Zimmer.

»Ja, danke. Viel besser. Ich hoffe, ich störe Sie nicht.«

»Aber nein. Kommen Sie mit in die Küche, dann können wir frühstücken.«

»Ich hoffe, Sie haben nicht extra auf mich gewartet?«

Shane lachte. »Nein, dazu hatte ich zu viel Hunger. Aber ein zweites Frühstück kann nie schaden.« Damit setzte er die schlafende Katze auf dem Sessel ab, ging in die Küche und wartete, dass Zachs Freund ihm folgte. Er hatte das Frühstück auch nicht aus reiner Herzensgüte vorbereitet, sondern weil er den Fremden aushorchen wollte. Wenn es nur um ihn gegangen wäre, hätte er keine Bedenken gehabt, ihn weiterhin in seinem Haus zu beherbergen. Aber da es auch um Autumns Sicherheit ging, war er doppelt vorsichtig. Er würde nie vergessen, was für ein Gefühl das gewesen war, als er befürchten musste, sie wäre vielleicht schon tot. Deshalb war er seitdem immer besonders vorsichtig, wenn ihre Sicherheit bedroht schien. Natürlich war der Angreifer von damals bereits seit über anderthalb Jahren tot. Aber so richtig verließ ihn das Gefühl trotzdem nicht. Andererseits wollte er auch nicht, dass sich Autumn irgendwie eingeengt vorkam, deshalb behielt er seine Bedenken meist für sich und kümmerte sich im Stillen um ihre Sicherheit – so wie jetzt.

Shane beobachtete, wie der Mann mit langsamen, kurzen Schritten in die Küche kam. Wenn man bedachte, dass er völlig zerschlagen und halb tot hier angekommen war, wirkte er jetzt wirklich schon viel besser. Er betrachtete die Frisur genauer.

»Waren Ihre Haare nicht dunkler?«

Mit einer Grimasse fuhr Morgan durch seinen dichten Haarschopf.

»Ja. Zach meinte, es wäre besser, wenn ich mein Äußeres verändere.«

»Würde noch besser wirken, wenn die Prellungen nicht mehr zu sehen wären.«

Morgan nickte. »Ich arbeite daran.«

Shane deutete auf den Tisch. »Bedienen Sie sich.«

Morgans Magen knurrte hörbar. »Danke. Ich scheine in letzter Zeit zu viele Mahlzeiten ausgelassen zu haben.«

»In Ihrem Zustand nicht verwunderlich. Wobei wir bei dem Thema wären, über das ich mit Ihnen sprechen wollte.« Shane zuckte innerlich zusammen. *Toll, Shane, wirklich sehr subtil.*

Das schien Zachs Freund auch zu finden, denn er blickte ihn wachsam an.

»Ja?«

»Ja. Ich vertraue Autumns Meinung und daher auch Zach, aber ich würde gerne von Ihnen hören, was passiert ist und ob ich mir Sorgen um die Sicherheit machen muss.«

Jetzt stand Morgan neben dem Tisch.

»Ich werde niemandem etwas tun, falls Sie das befürchten.«

»Nein, das habe ich auch nicht geglaubt, sonst hätte ich Sie gar nicht erst ins Haus gelassen. Aber ich muss wissen, was passiert, wenn derjenige, der Sie so zugerichtet hat, Sie findet.«

»Sie werden mich töten.«

Diese ruhige Feststellung war nicht das, was Shane hören wollte, auch wenn er es fast befürchtet hatte. Mit einer Hand fuhr er über sein Gesicht, bevor er wieder auf den Stuhl deutete.

»Setzen Sie sich, und essen Sie.«

Nach kurzem Zögern folgte Morgan seiner Anweisung. Zwangsläufig, denn er konnte einfach noch nicht so lange stehen, besonders nicht, wenn er etwas zu essen vor Augen hatte und er vor Hunger fast umkam. Er steckte ein Toast in den Toaster und wartete darauf, dass das Verhör begann.

XXII

Lange musste er auf die Vernehmung auch nicht warten. Shane schwieg nur, bis Morgan etwas zwischen den Zähnen hatte, dann begann er mit den Fragen.

»Was genau ist mit Ihnen passiert?«

Morgans Augen wurden dunkler, als er sich an jede Einzelheit erinnerte.

»Um es kurz zu machen: Ich wurde geschlagen, getreten, wieder geschlagen, in ein Stück Stoff gewickelt, in die Wüste gefahren und dort begraben. Natürlich erst nach ein paar weiteren Schlägen.« Er fasste kurz an seine Stirnwunde. »Fühlte sich nach einer Schaufel an.«

Shanes Mund hatte sich zu einem Strich zusammengezogen. In seinen schwarzen Augen stand Mitgefühl.

»Und wie sind Sie da wieder rausgekommen?«

Ein Lächeln zuckte über Morgans Lippen. »Ich wurde zufällig gefunden und ausgegraben, bevor ich erstickt wäre. Ich hätte nichts tun können. Ich war bewusstlos und fest in den Stoff eingewickelt. Dann hat sie mich in ihr Zelt mitgenommen und die Erstversorgung übernommen. Am nächsten Tag kamen die Männer wieder, die mich begraben hatten, und wir sind geflohen. Sie haben uns verfolgt, sind aber in einem Graben hängen geblieben. Wir haben Glück gehabt.«

»Sie?«

Morgan blickte ihn verständnislos an. »Wie bitte?«

»Sie sagten, ›sie‹ hätte Sie gerettet. Eine Frau war mitten in der Wüste und hat Sie gefunden?«

Morgan verdrehte die Augen.

»Zach hatte Recht, ich tauge absolut nicht zu Heimlichkeiten. Ja, eine Frau hat mich gefunden und mir geholfen. Ich wäre Ihnen sehr dankbar, wenn Sie das nicht weitererzählen würden. Ich möchte sie nicht auch noch in Gefahr bringen.«

Seine Augenbrauen senkten sich. »Wenn sie das nicht schon längst ist.«

»Keine Angst, ich sage nichts. Es geht mir nur darum herauszufinden, ob Autumn in Gefahr ist.«

»Ist sie nicht. Niemand kann wissen, dass ich hier bin. Ich habe keinerlei Verbindungen zu diesem Ort. Und Sie können sicher sein, dass ich auch niemandem erzählen werde, wo ich war, selbst unter Folter nicht.«

Shane zuckte zusammen. »Sie sind jetzt in Sicherheit, oder nicht? Zach hilft Ihnen doch?«

»Ja, das versucht er. Aber solange die Bande nicht im Gefängnis ist, werde ich wahrscheinlich nirgends mehr sicher sein.« Er zuckte die Schultern. »Glaube ich jedenfalls, ich habe mit solchen Dingen auch noch keine Erfahrung.«

Shane schüttelte den Kopf. »Wer hat die schon. Und diese Frau, weiß sie denn, worum es geht?«

»Nein.«

»Denken Sie nicht, sie sollte es vielleicht wissen, um sich schützen zu können?«

Morgan schluckte heftig. »Ich hatte eigentlich gehofft, dass sie dadurch am besten geschützt wäre, wenn sie überhaupt nichts weiß.«

»Und wenn nicht?«

»Dann wird sie bald ein riesiges Problem haben.« Ruhelos stand Morgan auf.

»Ich hatte ihr die Nummer meines Anrufbeantworters gegeben, damit sie mich erreichen kann, wenn sie Probleme hat. Ich wollte ihn schon seit Tagen abhören, aber irgendwie ist immer etwas dazwischen gekommen.«

»Dann sollten Sie das vielleicht einmal tun. Am besten nach dem Frühstück, vorher müssen Sie erst einmal zu Kräften kommen.« Damit legte Shane ein weiteres Toast auf seinen Teller.

»Verflucht!« Sam warf den Hörer mit Schwung auf die Gabel. Gerade hatte sie einen Anruf vom Schlosser bekommen, dass er nachmittags keine Zeit hatte und nur noch ein Termin in einer halben Stunde frei wäre, wenn sie vor dem Wochenende noch ein neues Schloss an ihrer Tür haben wollte. Sie hatte eigentlich genug andere Dinge zu tun. Andererseits konnte sie ihre Haustür nicht ewig offen stehen lassen, vor allem nicht, wenn sie in absehbarer Zeit wieder dort leben wollte. Also schnappte sie sich ihren Rucksack, schloss die Tür ihres Kellerbüros von innen auf und von außen wieder zu und machte sich auf den Weg ans Tageslicht. Bevor sie das Gebäude verließ, schaute sie noch kurz in Cathys Büro und teilte ihr mit, dass sie für ein paar Stunden nicht in der Uni sein würde. Das Angebot ihrer Freundin, sie zu begleiten, lehnte sie ab. Es reichte, wenn einer von ihnen nicht zum Arbeiten kam. Außerdem war es ja nicht so, als würde sie etwas Gefährliches unternehmen. Sie wollte nur mitten am helllichten Tag einen Schlosser beim Einbau eines Schlosses überwachen, darin konnte sie kein Risiko entdecken.

Ihren Rucksack über eine Schulter gehängt, den Autoschlüssel in der Hand, strebte sie über den Parkplatz auf ihren Pick-up zu. Sie war fast am Auto angelangt, als sie hinter sich einen Ruf hörte. Sam verdrehte die Augen und blieb widerwillig stehen. Verdammt, das hatte ihr gerade noch gefehlt. Warum hatte Professor Marsh entdecken müssen, dass sie ging? Manchmal hatte sie wirklich das Gefühl, er klebte den ganzen Tag am Fenster, um ja nichts zu verpassen. Irgendwann hatte sie aufgehört zu zählen, wie oft Marsh sie irgendwo auf dem Parkplatz oder im Gebäude abfing. Und heute war scheinbar mal wieder ihr Glückstag. Seufzend drehte sie sich zu ihm um.

»Ja?«

Etwas aus der Puste kam der Professor bei ihr an. Mit einer Hand ordnete er seine makellose Frisur, während er sein berühmtes schleimiges Lächeln aufsetzte.

»Ich habe gehört, Sie hätten gleich einen Termin bei sich zu Hause, und ich wollte anbieten, Ihnen dabei zur Hand zu gehen.«

Wo hatte er das denn gehört? Hatte er etwa an der Tür gelauscht? Zuzutrauen wäre ihm das. Ein unbehagliches Gefühl machte sich in Sam breit. Der Gedanke, dass er sie belauschen könnte, war ihr alles andere als angenehm. Unsinn. Marsh war ein hoch angesehener Professor. Bestimmt würde er nicht an Türen lauschen.

»Danke, das ist nicht nötig. Es kommt nur der Schlosser. In spätestens zwei Stunden müsste ich wieder hier sein.«

»Wollen Sie wirklich alleine in Ihrem Haus sein, nach all dem, was passiert ist?«

Danke, dass Sie mich daran erinnern. Am liebsten hätte sie den ehrenwerten Professor getreten. Er war so sensibel wie ein Bulldozer. Kein Wunder, dass er im Kollegium nicht gerade beliebt war.

»Ich werde nicht alleine sein, der Schlosser kommt ja auch.«

»Trotzdem, als eine junge, allein stehende Frau kann man nicht vorsichtig genug sein.«

Vor allem bei solchen Schleimkugeln wie dem Professor. Sam rang sich ein falsches Lächeln ab.

»Danke, aber ich möchte Sie wirklich nicht von ihrer Arbeit abhalten. Ich schaffe das schon.« Zu spät erkannte sie, dass sie ihrem Vorgesetzten damit Tür und Tor geöffnet hatte.

»Aber das macht doch nichts, meine liebe Samantha. Ich ziehe einfach meine Pause vor.« Marsh nutzte ihre sprachlose Sekunde und nahm ihr einfach den Autoschlüssel aus der Hand. »Steigen Sie ein, ich fahre.«

Sam tauchte schließlich aus ihrer Sprachlosigkeit auf. »Nein, das möchte ich nicht. Geben Sie mir bitte den Schlüssel zurück.«

Doch Marsh hörte überhaupt nicht auf sie, sondern schloss ihren Pick-up auf und stieg auf der Fahrerseite ein.

»Kommen Sie, Samantha, je eher wir losfahren, desto schneller sind wir bei Ihrem Haus.«

Sam schüttelte den Kopf und wich ein paar Schritte zurück. »Ich fahre bestimmt nicht mit Ihnen nach Hause. Steigen Sie bitte aus.« Ihr war es egal, wie das klang und dass er ihr Vorgesetzter war. Sie entschied immer noch selbst, wen sie in ihr Auto oder ihr Haus ließ. Sam blickte sich um. Inzwischen waren einige Leute auf dem Parkplatz auf sie aufmerksam geworden und blickten zu ihnen herüber. Das eine oder andere Grinsen war auch darunter. Sams Wangen färbten sich rosa, aber sie weigerte sich, Marsh nachzugeben, nur weil sie so nicht in der Öffentlichkeit stehen mochte. Und genau darauf hatte ihr Professor gebaut. Das wurde ihr klar, als sie sein überhebliches Lächeln sah.

»Kommen Sie jetzt, sonst verpassen Sie noch Ihren Schlosser.«

Erneut wich Sam ein paar Meter zurück. »Steigen Sie aus, Professor. Ich fahre nirgends mit Ihnen hin. Im Gegenteil, ich werde den Wachdienst rufen, wenn Sie mir die Schlüssel nicht wiedergeben.«

Marsh lachte gehässig. »Das würde ich Ihnen nicht empfehlen, wenn Sie Wert auf Ihren Job legen. Vielleicht haben Sie das noch nicht verstanden, aber Sie sind auf mein Wohlwollen angewiesen, wenn Sie hier noch etwas erreichen wollen. Also spielen Sie sich nicht auf wie das Fräulein Rührmich-nicht-an, sondern steigen Sie endlich in diese verdammte Schrottkiste.« Um seine Worte zu bekräftigen, drehte er den Zündschlüssel. Der Motor stotterte einige Male, dann fing er sich.

Sam fragte sich in der Zeit danach, was eigentlich passiert war: Noch vor wenigen Sekunden stand sie einige Meter von ihrem Pick-up entfernt, bereit, Marsh eigenhändig aus ihrem Wagen zu befördern, im nächsten Moment lag sie auf der kleinen Rasenfläche, die den Parkplatz umrandete. Ihr Blick war in den blauen Himmel gerichtet. Es rauschte in ihren Ohren, ihr Körper fühlte sich an, als wäre ein Truck darüber gefahren. Schließlich schob sich ein Schatten in ihr Blickfeld. Sam vernahm ein leises Murmeln, war sich aber nicht sicher. Sie blinzelte ein paar Mal, dann klärte sich ihr Blick. Cathy beugte sich über sie, ihr Mund bewegte sich. Doch Sam hörte keinen Ton. Als hätte jemand die Lautstärke des Fernsehers ganz heruntergeregelt, sah sie zwar die Lippenbewegungen, konnte aber nicht entziffern, was Cathy sagte. Der besorgte Gesichtsausdruck ihrer Freundin sagte ihr, dass sie eigentlich nicht hier auf dem Rasen liegen sollte.

Aber was machte sie dann hier? Wo war Marsh? Cathys Hand bewegte sich vor ihren Augen hin und her. Diesmal verstand sie ihre Mundbewegungen. *Hörst du mich?* Sam schüttelte zaghaft den Kopf. Doch auch diese kleine Bewegung sandte einen Schmerzimpuls durch ihren gesamten Körper. Sie schloss kurz die Augen und schluckte schwer. Ein Schwindelgefühl erfasste sie, das sie zwang, ihre Augen schnell wieder zu öffnen. Sie brauchte einen Fixpunkt. Cathys Gesicht bot sich dazu an. Sam fühlte, wie sich sanfte Finger vorsichtig über ihren Körper bewegten, prüfend, nach Verletzungen suchend. War sie überfahren worden? Nein, irgendetwas anderes lauerte in den Tiefen ihres Gedächtnisses. Ein lauter Knall, ein Feuerball, der sich mit rasender Geschwindigkeit auf sie zubewegte und sie zu Boden riss. Eine Explosion!

Ruckartig richtete sich Sam auf, nur um gleich darauf wieder mit einem Stöhnen zurückzusinken. Aber dieser eine kurze Blick hatte schon ausgereicht, um ihr zu zeigen, was genau passiert war. Ihr Pick-up war nur noch eine schwarze, rauchende Ruine. Die angrenzenden Autos hatten sich ineinander geschoben und waren teilweise zerstört.

»Oh, mein Gott!« Ihre Stimme hörte sich irgendwie dumpf und weit weg an. Ihr heiseres Krächzen war für sie kaum zu verstehen. Aber Cathy schien sie gehört zu haben. Sie legte eine beruhigende Hand auf Sams Schulter.

»Es ist alles in Ordnung. Es geht dir gut. Bleib einfach ruhig liegen, bis der Krankenwagen da ist.«

Sam verstand zwar nicht alles, was sie sagte, aber immerhin drang die Bedeutung zu ihr durch.

»Marsh?«

Cathy blickte kurz zur Seite, dann wieder zurück und schüttelte den Kopf.

Eine schreckliche Ahnung machte sich in ihr breit: Nein, das konnte doch nicht wahr sein! Marsh hatte doch eben noch mit ihr geredet. Tränen rannen über ihre Wangen. Sie hatte den Professor wirklich nicht gemocht, und er war ihr meistens furchtbar auf die Nerven gegangen, aber sie hatte nie gewollt, dass ihm etwas passierte. Und jetzt, einfach so, innerhalb von Sekunden war er nicht mehr da. Eine andere Erleuchtung folgte gleich darauf. Wenn sie mit ihm in den Wagen gestiegen wäre, dann wäre sie jetzt auch tot. *Tot.*

In den folgenden Minuten konzentrierte sie sich ganz auf Cathys Gesicht, ihre beruhigenden Berührungen und das leise Murmeln ihrer Stimme. Immer, wenn Sam die Augen schloss, hatte sie das gleiche Bild vor Augen: Marsh, wie er sie überheblich anlächelt und den Schlüssel herumdreht. Dann ein Feuerball, der den ganzen Wagen einhüllt. Den Ausdruck des Schreckens auf Marshs Gesicht hatte sie sich bestimmt nur eingebildet. Es war alles so schnell gegangen, dass er unmöglich gewusst haben konnte, was passierte. Sie hatte es ja selbst nicht verstanden.

Zunächst hatte sie sich noch rückwärts vom Auto entfernt, aber dann lag sie plötzlich flach auf dem Rücken. Wenn sie nur etwas näher am Pick-up gestanden hätte, dann wäre sie jetzt ebenfalls tot. Doch wie schwer verletzt war sie überhaupt? Hatte sie noch alle Glieder? Sie musste die Frage laut gestellt haben, denn jetzt beugte sich auch Tom über sie.

»Es ist alles noch dran, Sam. Du bist vielleicht an einigen Stellen etwas angesengt, an anderen hast du garantiert Prellungen, aber sonst siehst du aus wie immer. Im Krankenhaus wird noch gecheckt, ob du innere Verletzungen hast. Wenn die Untersuchungen nichts ergeben, kannst du bestimmt morgen wieder nach Hause.«

Sam wusste nicht, ob sie das erleichterte oder nicht. Aber sie brachte für Tom immerhin ein schiefes Lächeln fertig. Danach blickte sie wieder in den Himmel, bis schließlich kurze Zeit später, nach ihrem Zeitempfinden hätten es aber auch Stunden gewesen sein können, ein Krankenwagen mit Blaulicht vorfuhr. Gleichzeitig kam auch ein Feuerwehrauto auf den Parkplatz gefahren. Während Sam auf eine Trage geladen wurde, begannen die Feuerwehrmänner damit, die Überreste ihres Autos zu löschen und den gesamten Parkplatz zu evakuieren. Wahrscheinlich hatten sie Angst, dass noch andere Autos explodierten und weitere Menschen verletzt würden. Warum war ihr Pick-up explodiert? Sicher, ihr Motor sprang nicht immer sofort an. Aber sie glaubte nicht, dass das einen Wagen zum Explodieren bringen konnte. Natürlich war bei ihrer derzeitigen Pechsträhne alles möglich. Nur war es nicht wirklich Pech. Vielmehr schien hinter jeder Tür und jeder Ecke irgendjemand zu warten, der es auf sie abgesehen hatte. Und wenn das so war, konnte dann ein explodierendes Auto ein Zufall sein? Ein Zittern erfasste ihren Körper, ihr Herz raste. Gott, war sie für den Tod von Professor Marsh verantwortlich? Hatte sie dadurch, dass sie einem Fremden auf dem Colorado Plateau geholfen hatte, sein Schicksal besiegelt? Was für ein Gedanke! Bevor Sam ihn jedoch weiterspinnen konnte, begann das Beruhigungsmittel zu wirken, das der Sanitäter ihr gespritzt hatte, und ihre Gedanken verloren sich im Unbewussten.

Langsam erwachte Sam aus ihrem tiefen Schlaf. Blinzelnd versuchte sie, sich aufzurichten, doch irgendetwas hielt sie fest. Erstaunt blickte sie sich um. Wo war sie? Ihr Blick klärte sich so weit, dass sie mehr als nur verschwommene Umrisse sah. Weiße Wände, weiße Schränke, weiße Betten. Und dann dieser Geruch! Sie musste in einem Krankenhaus sein. Aber was tat sie hier? Unaufhaltsam schossen ihr Bilder und Geräusche der vorangegangenen Geschehnisse durch den Kopf. Sam schloss die Augen und presste die Hände über die Ohren. Aber trotzdem hörte sie weiterhin den lauten Knall der Explosion, das scheinbar endlose Scheppern, als Teile ihres Pick-ups auf die anderen Wagen und den Asphalt fielen, sah Marshs Gesicht, bevor eine Feuersäule aus dem Auto emporstieg. Nein! Das musste einfach ein Traum sein …

»Sam? Hörst du mich?«

Sam bemühte sich wegzuhören. Wenn sie nicht reagierte, vielleicht ging dann dieser Albtraum einfach weg. Aber Cathy war anderer Meinung. Ihre kalte Hand berührte Sams heiße Wange und machte ihr so unmissverständlich klar, dass sie wach war. Langsam hoben sich ihre Lider, und sie blickte direkt in die besorgten Augen ihrer Freundin.

»Ich habe das Ganze nicht geträumt, oder?« Ihre raue Stimme zerrte an ihren sowieso schon überreizten Trommelfellen.

Cathy ließ sich vorsichtig auf die Bettkante sinken.

»Nein. Tut mir Leid. Wie fühlst du dich?«

Wenigstens konnte sie jetzt wieder etwas mehr hören als vorhin auf dem Parkplatz.

»Als wäre ich von einem Lastwagen überrollt worden. Es hat mich doch nicht noch jemand überfahren?«

Cathy versuchte ein Lachen, aber es klang hohl.

»Nein. Aber die Wucht der Explosion hat dich einige Meter weit geschleudert, und du bist nicht gerade sanft gelandet.«

»Okay, das kann ich mir vorstellen. Habe ich irgendwelche schwereren Verletzungen?«

»Nein, es ist fast ein Wunder, aber bis auf ein paar Prellungen bist du unverletzt. Ein paar ganz leichte Verbrennungen im Gesicht und an den Armen, einige versengte Haare, aber das war es auch schon.«

Sam verzog den Mund. »Ich frage dich lieber nicht nach einem Spiegel.«

Cathy lachte. »Besser nicht. Vielleicht morgen.«

Sams Stimme wurde noch leiser. »Ist Professor Marsh wirklich ...«

»Ja. Er war sofort tot.«

Sam schloss kurz die Augen, dann blickte sie Cathy wieder an.

»Gibt es hier ein Telefon? Ich muss dringend telefonieren.«

XXIII

Sam blickte Cathy dankbar nach, als diese den Raum verließ, nachdem sie ihr auf ihre Bitte hin auch ihre Geldbörse gereicht hatte. Zumindest bei ihrem ersten Anruf legte sie Wert auf ihre Privatsphäre. Mit zitternden Fingern wählte sie die Nummer, die John ihr in dem Motelzimmer für Notfälle mitgegeben hatte. Und dies war für sie ein Notfall. Man wurde schließlich nicht jeden Tag fast mit seinem Auto in die Luft gejagt. Ohne Probleme konnte sie die Geräusche und Gerüche der Explosion aus den Tiefen ihres Gedächtnisses hervorholen. Ein Schauder überlief sie. Wenn sie die vorigen Erlebnisse schon furchtbar fand, das hier stellte eindeutig alles in den Schatten. Es war ein Wunder, dass sie kaum verletzt war, obwohl sie nur wenige Meter von dem explodierenden Auto entfernt gestanden hatte und Metallteile wie Geschosse durch die Luft geflogen waren. Scheinbar hatte sie doch einen mittlerweile etwas überarbeiteten Schutzengel, der über sie wachte.

Sam zuckte zusammen, als Johns auf den Anrufbeantworter gesprochene Ansage ertönte. Sie schloss kurz die Augen und atmete dann noch einmal tief durch. Sofort schüttelte sie ein Hustenanfall. Als sie sich beruhigt hatte, wischte sie über ihre feuchten Augen und konzentrierte sich auf ihre Aufgabe. Mit leiser, stockender Stimme berichtete sie von den Ereignissen, die dazu geführt hatten, dass sie jetzt hier im Universitätskrankenhaus von Salt Lake City lag. Danach legte sie zögernd den Hörer auf. Das Geräusch hatte etwas Endgültiges. Sie fühlte den Verlust der Verbindung zu John nahezu körperlich. Bekam er ihre Nachrichten überhaupt? Wenn ja, warum hatte er sich dann nicht wenigstens kurz bei ihr gemeldet und ihr versichert, dass alles nur Zufall war und niemand sie zu töten versuchte? Er hätte ihr wenigstens sagen können, was sie jetzt tun sollte. Es war klar, dass sie mit der Polizei sprechen musste, aber sie wusste nicht, was sie sagen durfte. Im Grunde war ihr ja selbst nicht klar, worum es ging. So verrückt es klang, sie wollte ihn einfach nicht verraten, weder an die Polizei noch an sonst jemanden.

Seufzend nahm sie den Hörer wieder auf, um ihre Eltern anzurufen. Natürlich waren sie sehr besorgt, als sie ihnen eine etwas harmlosere Version der Ereignisse erzählte. Aber sie konnte sie gerade noch davon abhalten, alles stehen und liegen zu lassen und sofort zu ihr zu kommen. Sam hätte sie zwar gerne gesehen, immerhin war ihr letzter Besuch zu Hause schon einige Monate her, aber sie musste unbedingt verhindern, dass ihre Familie auch noch in die Schusslinie geriet. Als sie erkannte, wie passend ihre Worte waren, zuckte sie zusammen.

Sam hielt noch den Hörer umkrampft, die Augen schauten blicklos aus dem Fenster, da kam Cathy wieder ins Zimmer. Im ersten Moment dachte sie, ihre Freundin wäre tot, doch dann zwinkerte Sam. Erleichtert legte sie die paar Schritte zum Bett zurück und beugte sich über sie.

»Hast du deine Eltern erreicht?«

Sam zwinkerte erneut und tauchte aus ihren Gedanken auf. »Was?«

Cathy legte das Taschenbuch, das sie in einem Laden des Krankenhauses für Sam gekauft hatte, auf den Nachttisch und setzte sich auf den Stuhl neben dem Bett. Vorgebeugt nahm sie Sams eiskalte Hand und blickte sie ernst an.

»Ich habe gefragt, ob du deine Eltern erreicht hast. Was ist los mit dir, Sam? Schon seit Tagen erkenne ich dich nicht wieder. Ich sehe ein, dass du derzeit einiges durchmachst, mit dem Einbruch und so weiter, noch dazu der Stress bei der Arbeit, weil du die Grabung vorbereiten musst. Allerdings muss ich dir sagen, dass es in letzter Zeit für meinen Geschmack eine zu große Häufung merkwürdiger Begebenheiten in deinem Leben gegeben hat. Erst der Einbruch in dein Haus, dann der Vorfall in deinem Büro – Tom hat mir alles bis ins kleinste Detail berichtet –, jetzt ist auch noch dein Pick-up explodiert, und zu guter Letzt ist dabei auch noch ein Mensch ums Leben gekommen. Wie leicht hättest du das sein können?« Cathy holte tief Atem. »Bitte sag mir, was los ist. Vielleicht kann ich dir helfen.«

Sam beobachtete ihre Freundin eine Weile, dann schüttelte sie vorsichtig den Kopf.

»Tut mir Leid, ich kann dir nichts sagen. Erstens weiß ich selbst nicht genau, was vorgeht, und zweitens werde ich dich nicht auch noch in Gefahr bringen.« Sie hielt eine Hand hoch, als Cathy protestieren wollte. »Meine Entscheidung steht fest. Aber ich werde auf jeden Fall mit der Polizei sprechen. Okay?«

Cathy blickte sie weiter besorgt an, schließlich nickte sie einmal kurz.

»Ich hoffe, ich bereue das nicht irgendwann. Ich kann dir aber jetzt schon versprechen, dass ich furchtbar wütend auf dich wäre, wenn dir etwas passieren würde.«

Sam lächelte vorsichtig, um ihre schmerzempfindliche Haut nicht zu sehr zu spannen.

»In Ordnung. Ich werde ab jetzt doppelt vorsichtig sein. Meine Haustür wird immer gut verschlossen ... Ach verdammt, jetzt habe ich den Termin mit dem Schlosser verpasst!«

Cathy öffnete den Mund zu einer Antwort, kam aber nicht mehr dazu, weil es kräftig an der Tür klopfte. Die beiden Freundinnen sahen sich an, eine Spur von Angst in ihren Blicken. Sam schüttelte den Kopf. Das war lächerlich. Bestimmt würde sich niemand am helllichten Tag in ein Krankenhaus wagen, um sie zu erledigen. Sie räusperte sich.

»Ja?«

Die Tür öffnete sich, und ein kräftiger Mann trat ein. Von Sams liegender Position aus wirkte er riesig. Als er näher kam, erkannte sie, dass er nicht ganz so jung war, wie er auf den ersten Blick wirkte. Um Augen und Mund hatten sich Fältchen gebildet, und in seinen dunklen Haaren waren erste Spuren von Silber zu erkennen. Mit den intelligenten dunklen Augen und der hakenförmigen Nase über dem schmalen Mund wirkte er extrem gefährlich. Gehörte er zu den Männern, die John gejagt hatten? Sie konnte es nicht sagen. Cathy schien der gleichen Meinung zu sein, denn sie stand abrupt auf und stellte sich direkt vor Sam.

»Wer sind Sie?«

Der Blick des Mannes wanderte von Sams Gesicht zu Cathys, dann griff er in die Innentasche seines zerknitterten Jacketts. Oh Gott, gleich würde er eine Waffe ziehen und sie beide erschießen! Sam wollte ihrer Freundin zurufen, sie solle verschwinden und sich in Sicherheit bringen. Doch kein Ton drang aus ihrer trockenen Kehle. Und dann war es zu spät. Seine Hand wurde wieder sichtbar, und er hielt etwas in ihre Richtung. Es war ein … Etui? Es klappte auseinander, und eine Polizeimarke wurde sichtbar. Als er schließlich sprach, klang seine Stimme rostig, als würde er sie nur selten nutzen.

»Detective Gonzalez, Mordkommission, SLCPD. Ich hätte ein paar Fragen an Sie, Ms. Dyson.«

Erleichtert ließ Sam sich zurücksinken. Sie hatte gar nicht bemerkt, dass sie sich aufgerichtet hatte, als der Fremde das Zimmer betrat. Cathy ließ es sich nicht nehmen, ihrer angestauten Furcht Luft zu machen. Sie ging sofort wie ein Pitbull auf den Detective los.

»Sie haben uns vielleicht einen Schrecken eingejagt. Hätten Sie denn nicht gleich sagen können, dass Sie ein verdammter Polizist sind? Oder bekommen Sie etwa Ihr Geld dafür, unschuldige Leute einzuschüchtern?«

Gonzalez verzog bemerkenswerterweise keine Miene.

»Ich bekomme Geld dafür, Mordfälle aufzuklären. Und im Fall der Autobombe im Pick-up von Ms. Dyson handelte es sich eindeutig um einen Mordversuch mit Todesfolge einer dritten Partei.« Er ging seelenruhig um Cathy herum und blickte nun Sam mit seinen dunkelbraunen Augen an. »Fühlen Sie sich fähig, eine Aussage abzugeben?«

Sam blickte ihn mit großen Augen an. »Autobombe?« Ihre Stimme klang hysterisch. Verlegen räusperte sie sich. »Sind Sie sicher?«

Der Detective nickte nur knapp, dann drehte er sich zu Cathy um, die wütend neben ihm stand.

»Würden Sie uns bitte alleine lassen.« Es war keine Frage, vielmehr ein Befehl.

Genau das, was Cathy am wenigsten vertrug. Sie war drauf und dran, eine weitere Tirade abzulassen, als sie aus den Augenwinkeln wahrnahm, wie Sam zur Tür hin nickte. Mit geballten Fäusten folgte sie dem Wunsch ihrer Freundin und stapfte zur Tür. Bevor diese sich hinter ihr schloss, hörte man noch ein gemurmeltes Wort. Sam war sich nicht sicher, meinte aber »Rüpel« verstanden zu haben. Nach Gonzalez' Gesichtsausdruck zu urteilen, hatte er es auch gehört. Innerhalb von Sekunden setzte er allerdings wieder eine undurchdringliche Miene auf. Der Mann war bestimmt ein guter Pokerspieler. Irritiert schüttelte sie den Kopf. Im Moment waren andere Dinge wichtiger, wie zum Beispiel seine Bemerkung mit der Autobombe.

Sie deutete auf den jetzt freien Stuhl. »Setzen Sie sich doch.« Sie wartete, bis er der Aufforderung nachgekommen war. Dann wiederholte sie ihre Frage. »Sind Sie sicher, dass es eine Bombe war? Könnte es sich nicht um irgendeinen Fehler am Wagen gehandelt haben, er war ziemlich alt, und der Motor machte manchmal Schwierigkeiten ...«

»Nein. Unsere Experten untersuchen das Wrack zwar noch, aber es war fast von Anfang an klar, dass es eine Autobombe war. Angeschlossen an die Zündung, sodass sichergestellt war, dass die Bombe nur losging, wenn auch wirklich jemand im Auto saß.«

Sam war schneeweiß geworden. Ihre blauen Augen waren die einzige Farbe in ihrem ansonsten farblosen Gesicht.

»Aber wer sollte denn so etwas tun?«

Der intensive Blick des Detectives war immer noch unverwandt auf Sams Gesicht gerichtet.

»Ich hatte gehofft, Sie könnten mir das sagen.«

»Nein, das kann ich nicht. Ich habe keine Ahnung, wer nach meinem Leben trachtet. Ich habe keine Feinde, zumindest keine, von denen ich wüsste. Ich bin eine einfache Paläontologin, es gibt keinen Grund, warum mich jemand tot sehen wollte.«

Am Gesicht von Gonzalez war nicht abzulesen, ob er ihr glaubte oder nicht. Sam war sich aber ziemlich sicher, dass man es ihr genau ansah, dass sie nicht die ganze Wahrheit sagte.

»Sie wissen also nicht, wer die Bombe gelegt haben könnte.« Dass er noch einmal nachhakte, bestätigte ihre Vermutung.

»Nein.«

Gonzalez nickte und machte sich eine Notiz in dem schmalen Block, den er aus seiner Hosentasche gezogen hatte.

»Keinen abgewiesenen Liebhaber oder Ähnliches?«

Ein ersticktes Lachen entkam ihr. »Nein, ganz bestimmt nicht.« Der einzige abgewiesene Mann war seit ungefähr einer Stunde tot. Sie konnte sich nicht vorstellen, dass Marsh eine Bombe legen und dann selbst ins Auto steigen würde. Ihre Kehle zog sich zu, und sie schluckte krampfhaft. Tränen stiegen ihr in die Augen. Nur mühsam konnte sie sie zurückhalten. Gott, ein Mensch war gestorben. Einfach so. Völlig umsonst, ohne jeden Sinn.

»In welcher Verbindung standen Sie zu dem Verstorbenen?«

»Er war mein Vorgesetzter.«

Gedankenvoll kratzte sich Gonzalez mit seinem Stift am Knie. Als ihm klar wurde, was er da tat, zog er ruckartig die Hand zurück, und seine Miene wurde noch steifer.

»Sie hatten keine Beziehung mit ihm?«

»Nein! Außer der beruflichen natürlich.«

»Was hat er dann in ihrem Auto zu tun gehabt?«

Sam atmete tief durch. Ihr hätte klar sein müssen, dass diese Fragen kommen würden. Sie hoffte nur, der Detective hielt nicht sie für die Schuldige.

»Ich hatte einen Termin mit einem Schlosser. Ich habe mich abgemeldet und bin zu meinem Wagen gegangen. Plötzlich tauchte Professor Marsh auf und hat mir seine Hilfe angeboten. Ich habe abgelehnt, aber er war sehr hartnäckig und wollte mein Nein nicht gelten lassen. Er hat mir die Schlüssel aus der Hand genommen und ist in den Pick-up gestiegen. Ich wollte auf keinen Fall mit ihm fahren, deshalb habe ich ihn gebeten, auszusteigen und mir die Schlüssel wiederzugeben.« Sam schluckte erneut. »Er hat stattdessen den Schlüssel ins Zündschloss gesteckt und den Motor gestartet. Dann bin ich scheinbar durch die Druckwelle weggeschleudert worden.«

»Da haben Sie aber Glück gehabt.«

Sam funkelte ihn an. »Ja, allerdings.«

»Und Sie hatten wirklich keine Liebesbeziehung mit ihm?«

»Nein, wirklich nicht. Er war nur ein penetranter Typ, der mein Nein nicht akzeptieren wollte. Trotzdem hätte ich ihm nie den Tod gewünscht.«

Wieder die undurchdringliche Miene.

»Gut, kommen wir zu dem Einbruch in Ihrem Haus vor ein paar Tagen.«

Verdammt, er wusste davon. »Was ist damit?«

»Sehen Sie irgendeinen Zusammenhang zwischen dem Einbruch und diesem Mordversuch an Ihnen?«

»Außer dass es beide Male mich betrifft, nein. Bei dem Einbruch wurde zwar mein Eigentum beschädigt und gestohlen, aber ich denke, das ist nicht das Gleiche wie ein Mordversuch. Ich kann mir jedenfalls nicht vorstellen, warum jemand erst bei mir einbrechen sollte und dann versucht, mich zu töten.« Es sei denn, Johns Feinde wären hinter ihr her. Noch immer war sie nicht bereit, Johns Bitte, keine Polizei einzuschalten, zu ignorieren. Auf keinen Fall wollte sie für noch einen Todesfall verantwortlich sein. Außerdem wusste sie selbst nicht genau, ob die Zwischenfälle miteinander zusammenhingen. Obwohl es eigentlich keine andere logische Erklärung für alles gab, was passiert war. Sie schaute auf, als sie den Blick des Detectives auf sich spürte. Wieder hatte sie das Gefühl, dass Gonzalez ihre Gedanken lesen konnte. Keine besonders reizvolle Vorstellung. Doch statt sie weiter auszufragen, steckte er Stift und Block ein und erhob sich langsam.

»Ich denke, für den Moment habe ich keine weiteren Fragen. Kommen Sie spätestens morgen beim Revier vorbei, damit wir Ihre Aussage schriftlich festhalten können.« Er reichte ihr eine verknickte Visitenkarte. »Meine Nummer. Sollte Ihnen noch etwas einfallen, melden Sie sich bei mir.« Damit drehte er sich um und ging zur Tür. Sam bemerkte ein leichtes Humpeln, das ihr vorher nicht aufgefallen war. Als Gonzalez die Tür hinter sich zugezogen hatte, steckte sie seine Karte zu Johns Telefonnummer.

Nach einem ausgiebigen Frühstück und einem anregenden Gespräch mit seinem Gastgeber zog Morgan sich ins Wohnzimmer zurück, um endlich seinen Anrufbeantworter abzuhören. Er hatte es schon einige Zeit vor sich hergeschoben. Es hatten sich garantiert einige Nachrichten angesammelt. Ungeduldig wählte er die Nummer, hielt sich den Hörer ans Ohr und legte ihn gleich darauf wieder auf. Besetzt. Unruhig lief er im Zimmer auf und ab. Jeder Schritt war eine Erinnerung daran, dass er eine kaum verheilte Wunde an der Hüfte hatte. Schließlich hielt er es nicht mehr aus und wählte erneut seine Telefonnummer. Diesmal ertönte ein Freizeichen.

Mit einem Klacken sprang der Anrufbeantworter an und verbreitete seine Nachricht. Morgan gab seinen Code für die Fernabfrage ein und wartete, bis die erste Nachricht anlief. Sein Bruder Joe wollte endlich mal wieder mit ihm reden und bat um einen Rückruf. Morgans Boss bei der Feuerwehr von Denver erzählte lang und breit, warum er mit Morgans nicht beantragter Abwesenheit extrem unzufrieden war und dass er die Stelle nicht mehr lange für ihn freihalten würde, wenn er sich nicht sofort bei ihm meldete. Danach kam ein Anruf von einem Staubsaugervertreter, bevor plötzlich Sams Stimme durch die Leitung drang. Sie klang genauso ruhig und sanft, wie er sie in Erinnerung hatte. Wenn er die Augen schloss, konnte er sich ihr Gesicht dazu vorstellen. Sie bat ihn, sie anzurufen, damit sie wusste, dass es ihm gut ging. Schnell schrieb Morgan die Telefonnummer, die sie ihm nannte, auf den Block, der neben dem Telefon lag. Die nächste Mitteilung war wieder von seinem Chef, der ihn noch einmal aufforderte, sofort anzurufen. Es war wirklich erstaunlich, dass er nicht schon lange vorher aufgegeben hatte. Erneut eine Nachricht von Sam, diesmal klang sie wesentlich aufgeregter. Sie berichtete von einem Einbruch in ihr Haus, und dass sie jetzt bei ihrer Freundin Cathy übernachtete und er sie doch bitte unbedingt anrufen sollte. Ein schummriges Gefühl machte sich in seinem Magen breit. Das verstärkte sich noch, als nach dem Klicken noch einmal Sams Stimme erklang. Sie erzählte von irgendwelchen Fotos, die er eigentlich bekommen sollte, und davon, dass jemand in ihrem Büro gewesen war. Sie klang jetzt eindeutig verängstigt und völlig durcheinander. Verdammt, er hatte sie doch aus allem raushalten wollen. Aber wie es jetzt aussah, war ihm das nicht gelungen. Die letzte Nachricht war von diesem Vormittag, ein paar Minuten bevor er den Anrufbeantworter abgehört hatte. Ihre Stimme klang rau und stockend.

»Hier ist … noch mal Sam. Gerade ist mein Auto auf dem Uniparkplatz in die Luft geflogen.« Sie schluckte hörbar. »Mein Professor saß darin. Er ist tot! Ich bin jetzt noch im Unikrankenhaus von Salt Lake City. Mir geht es so weit ganz gut, aber ich muss dringend mit Ihnen sprechen. Bitte, melden Sie sich!«

XXIV

Wie betäubt ließ Morgan den Hörer sinken. Kalte Schauer krochen über sein Rückgrat, und seine Knie drohten nachzugeben. Gott, seinetwegen war ein Mensch umgekommen. Vielleicht wäre es besser gewesen, wenn er dort in der Wüste gestorben wäre. Natürlich wollte er leben, aber nicht auf Kosten anderer Menschen. Er hatte immer dafür gekämpft, Leben zu retten. Und nun war er der Grund dafür, dass andere Personen verletzt wurden oder starben. Alleine der Gedanke, dass Sam beinahe ausgelöscht worden wäre, nur weil sie ihn gerettet hatte, verursachte ihm Übelkeit. Mit einer zitternden Hand fuhr er über sein kalkweißes Gesicht. Was konnte er tun? Er könnte sich natürlich Gerald und seiner Bande stellen. Aber das würde Sam auch nicht retten, wenn sie einmal auf ihrer Spur waren. Er könnte versuchen, die Polizei einzuschalten, aber vermutlich würden sie ihm wieder sagen, dass sie sich nicht einmischen konnten, weil das FBI gerade ermittelte. Und Zach war dummerweise gerade auf der anderen Seite des Landes. Irgendetwas musste er aber tun. Er konnte nicht zulassen, dass Sam noch mehr zustieß.

Morgan stand noch immer im Wohnzimmer, den Blick in die Ferne gerichtet und den Telefonhörer in der Hand, als Shane hereinkam.

»Alles in Ordnung?«

Morgan zuckte zusammen und hätte beinahe den Hörer fallen gelassen. Im letzten Moment fing er sich wieder und legte ihn vorsichtig auf die Gabel. Langsam drehte er sich zu Shane um.

»Ja.« Tief durchatmend versuchte er, seine Gedanken zu ordnen. »Nein, eigentlich nicht. Die Frau, die mich gerettet hat, ist in ernsten Schwierigkeiten. Es sieht so aus, als wären die Männer, die mich beseitigen wollten, jetzt auch hinter ihr her. Ich weiß nicht, wie sie an ihre Adresse gekommen sind, aber es kann wirklich kein Zufall sein, dass in den paar Tagen, seit sie wieder zu Hause ist, jemand in ihr Haus einbricht, ihr Büro durchwühlt und dann auch noch ihren Wagen in die Luft jagt, samt ihrem darin sitzenden Professor.«

Shane war inzwischen auch blass geworden. »Verdammt. Ich würde Zufall auch ausschließen. Was werden Sie tun?«

Morgans graue Augen verdunkelten sich. »Ich bin die verschiedenen Optionen durchgegangen. Das Einzige, was halbwegs sinnvoll erscheint, ist, dass ich dort hinfahre und sie irgendwie heraushole.«

»Bringen Sie sie dadurch nicht noch mehr in Gefahr? Wenn sie mit Ihnen zusammen gesehen wird ...«

Morgan stieß ein bitteres Lachen aus. »Viel schlimmer, als fast zerfetzt zu werden, geht es eigentlich kaum noch.«

»Das ist allerdings wahr.« Shane kratzte sich am Kinn. »Brauchen Sie Hilfe?«

Morgan schüttelte den Kopf. »Nein, danke. Ich will Sie da wirklich nicht noch mehr hineinziehen.«

Shane verzog den Mund. »Ich habe ja auch nicht angeboten, mich in die Schusslinie zu stellen. Ich dachte mehr an logistische Hilfe. Wo ist diese Frau?«

»In Salt Lake City.«

»Wenn ich mich nicht irre, sind das über 200 Meilen. Also brauchen Sie einen Mietwagen, nicht gerade einfach für jemanden, der keine Papiere bei sich hat. Ich mach das für Sie und besorge auch noch etwas Geld.«

»Das wäre nicht schlecht.« Dankbar ließ sich Morgan in den Sessel sinken, auf den Shane deutete.

»Gibt es eine Möglichkeit, die Dame zu erreichen?«

»Nein. Sie ist zurzeit noch im Krankenhaus. Allerdings weiß ich nicht, wie lange noch. Deshalb muss ich auch schnellstens dorthin. Sonst wird sie am Ende entlassen und taucht ab.«

»Wäre das nicht gut?«

Morgan schüttelte den Kopf. »Ich glaube nicht, dass sie so gut in solchen Sachen ist. Mir kam es vor, als sei sie ein sehr ehrlicher Mensch, unfähig, andere zu täuschen. Außerdem werden die Männer bestimmt in ihrer Nähe sein und, sowie sich erneut eine Möglichkeit ergibt, zuschlagen.« Er schloss kurz die Augen. »Ich muss einfach vorher dort sein.«

Shane runzelte nachdenklich die Stirn. »Wie wäre es …« Seine Miene hellte sich auf, als sich langsam ein Plan in seinem Kopf entwickelte. »Okay, ich habe eine Idee.«

In den nächsten Minuten besprachen sie, was zu tun war. Dann ging es an die Umsetzung. Zuerst holte Shane eine von Autumns getönten Tagescremes von ihrem Schminktisch und drückte sie einem widerstrebenden Morgan in die Hand. Während dieser damit seine verbliebenen Prellungen im Gesicht überdeckte, rief Shane bei dem örtlichen Gebrauchtwagenhändler an, einem Bekannten von ihm. Nach einigen Verhandlungen legte er schließlich zufrieden wieder auf. Die Sache mit dem Auto war auch erledigt, jetzt fehlte nur noch das Geld. Aber das konnte er auf dem Weg zum Autohändler abholen. Immer zwei Stufen auf einmal nehmend, lief er schließlich die Treppe hinauf und spähte in das Zimmer des Hausgastes.

»Fertig?« Er musste lachen, als er die angewiderte Miene des Mannes sah, während er mit einem spitzen Finger das Make-up verteilte. »Keine Angst, das Zeug beißt nicht.«

»Ich weiß. Aber ich kann wirklich nicht verstehen, wie Frauen so etwas in ihrem Gesicht ertragen können. Ekelhaft.«

»Mich dürfen Sie da nicht fragen. Ich weiß es auch nicht. Wenn Sie so weit sind, können wir losfahren.«

Morgan drehte sich zögernd zu ihm um. »Geht das so, oder sehe ich jetzt noch schlimmer aus?«

Nach einer kritischen Betrachtung nickte Shane. »Ist in Ordnung so. Zumindest von weitem kann man Ihre Prellungen nicht mehr erkennen.«

»Gut. Ich habe nicht vor, jemanden nahe an mich heranzulassen.« Er blickte sich noch einmal im Zimmer um, konnte aber nichts erkennen, was er noch mitnehmen musste. Kein Wunder, war er doch nur mit seinem zerfetzten Zeug angekommen. Alles andere hatten ihm Geralds Männer abgenommen, bevor sie ihn in die Wüste fuhren. Er biss die Zähne zusammen, als er sich daran erinnerte, wie hilflos er sich gefühlt hatte.

»Okay, ich bin bereit.«

Zusammen stiegen sie die Treppe hinunter.

»Könnte ich noch einmal telefonieren? Ich möchte versuchen, Zach zu erreichen.«

»Natürlich.«

Im Wohnzimmer wählte Morgan die Handynummer, die Zach ihm gegeben hatte.

»Murdock.«

»Zach, hier ist Morgan. Bist du schon beim FBI gewesen?«

»Ich bin gerade dort. Was ist los?«

»Die Frau, die mich gerettet hat, steckt in ernsthaften Schwierigkeiten. Ich muss nach Salt Lake City und ihr helfen.«

»Du hast versprochen, dass du im Haus bleibst.«

»Ich weiß. Aber jemand versucht, sie umzubringen, und das vermutlich meinetwegen. Ein Mann ist deswegen schon umgekommen. Ich kann nicht zulassen, dass noch jemand verletzt wird oder stirbt.«

»Shit.«

»Genau.«

»Warte mal kurz.« Morgan wartete ungeduldig, während durch die Leitung Fetzen eines Gesprächs drangen. Dann war Zach wieder da. »Ich habe gerade mit meinem Freund beim FBI gesprochen. Ich kann dir nichts Genaues sagen, nur so viel: Das FBI hat einen Agenten in die Bande eingeschleust. Schon seit einiger Zeit übrigens. Im Fall von Mara wird auch ermittelt. Das FBI sagt, du sollst dich da heraushalten. Sie werden von innen heraus ermitteln.«

Morgan gab ein geringschätziges Grunzen von sich. »Sieht nicht so aus, als wären sie damit sonderlich erfolgreich gewesen. Hör zu, Zach. Ich kann hier nicht einfach herumsitzen und die Frau im Stich lassen. Ich muss zumindest versuchen, ihr zu helfen. Wenn ich sie sicher bei mir habe, werden wir uns irgendwo verkriechen und den Rest dem FBI überlassen.«

Zach seufzte. »Das ist kein besonders toller Plan, aber ich verstehe dich. Halt mich bitte auf dem Laufenden, damit ich weiß, wo ich dich erreichen kann.«

»Mache ich. Bis bald.«

Morgan legte auf und drehte sich zu Shane um, der mit über der Brust verschränkten Armen in der Türöffnung stand.

»Zach ist nicht begeistert, aber er weiß, warum ich es machen muss.«

Shane nickte. »Morgan ist es also.«

»Wie bitte?«

»Ihr Name. Ich hatte mich schon gefragt, wie Sie wohl heißen.«

Morgan fluchte unterdrückt.

Shane lächelte. »Keine Angst, ich werde ihn für mich behalten.«

»Danke.«

Shane nickte, zog eine Schublade auf und holte ein Handy heraus. Er warf es Morgan zu.

»Damit sie unterwegs erreichbar sind.«

Morgan fing es mit seiner großen Hand auf und blickte unsicher darauf.

»Aber das ...«

»Nehmen Sie es! Ich benutze es sowieso nur selten. Es müsste aufgeladen sein, das mache ich automatisch immer alle drei Tage. Sie können es mir dann ja irgendwann wieder zurückgeben.«

»Ich werde alles zurückzahlen, was Sie für mich getan haben.«

Shane nickte und führte Morgan aus dem Haus. Gemeinsam fuhren sie in seinem Jeep zum Gebrauchtwagenhändler und kauften auf den Namen des Arches National Park Service einen alten Wagen, der eindeutig schon bessere Zeiten gesehen hatte. Aber er fuhr und war nicht teuer – das war alles, was im Moment zählte. Morgan war es peinlich, dass sein Gastgeber sein Geld für ihn ausgab. Aber wenn er heute noch nach Salt Lake City wollte, dann musste er es wohl oder übel annehmen. Im Stillen schwor er sich, wirklich jeden Cent zurückzuzahlen, der für ihn ausgegeben wurde. Er würde Zach anweisen, das Geld von seinem Konto zu nehmen, sollte er nicht überleben. Mehr konnte er zurzeit nicht tun.

So blieb er stumm, während Shane die Kaufabwicklung managte, wie sie es besprochen hatten. Da Morgan keine Papiere hatte, zeigte Shane seinen Führerschein vor. Nachdem alles erledigt war, setzte er sich hinter das Steuer des neu erworbenen Fahrzeugs, während Morgan in den Jeep stieg. Sie fuhren nur um zwei Ecken, dann hielten sie an und tauschten die Wagen. Shane holte aus dem Handschuhfach eine Karte von Utah und reichte sie ihm zusammen mit einem Bündel Geldscheine. Morgans Gesicht färbte sich rosa, aber er nahm es schweigend an. Er hätte natürlich ablehnen können, um seinen Stolz zu wahren. Aber von Stolz konnte man sich nicht ernähren oder Benzin kaufen, geschweige denn ein Hotelzimmer bezahlen. Also reichte er Shane die Hand.

»Vielen Dank für alles. Ich hoffe, wir sehen uns irgendwann unter besseren Umständen wieder.«

Freundlich lächelnd erwiderte Shane den Händedruck.

»Das wäre schön. Passen Sie auf sich und Ihre Retterin auf.«

Morgan nickte und stieg in seinen Wagen. Er hoffte, er konnte dieses Versprechen halten. Bevor er losfuhr, kurbelte er noch einmal das Fenster herunter.

»Kann ich Sie noch etwas fragen?«

»Sicher.«

»Warum tun Sie so viel für einen Fremden?«

Shane lehnte einen Arm auf das Dach des Wagens und beugte sich leicht herunter.

»Nun, zuerst habe ich es für Autumn und Zach getan. Dann fiel mir wieder ein, wie viele Menschen mir damals geholfen haben, als Autumn von ihrem verrückten Ex-Freund entführt worden war. Also finde ich es nur richtig, wenn diesmal ich jemandem helfe, der in Schwierigkeiten steckt.« Auch jetzt noch zog sich sein Magen zusammen, wenn er an die Stunden dachte, in denen er fast wahnsinnig vor Angst um Autumn nach einer Spur von ihr gesucht hatte. Er atmete tief durch. Nun lebte er schon seit über anderthalb Jahren hier mit Autumn zusammen in diesem Haus, und sie wurden mit jedem Tag glücklicher. Dass das überhaupt möglich war … Aus seinen Gedanken erwachend, fuhr er mit einer Hand durch sein dichtes, schwarzes Haar und blickte Morgan an.

»Frage beantwortet?«

Morgan lächelte. »Ja, danke. Ich bin wirklich froh, Sie kennen gelernt zu haben.« Damit kurbelte er das Fenster wieder hoch und fuhr los in Richtung Salt Lake City.

Schwitzend saß Chuck hinter dem Krankenhaus auf einer Bank im Schatten eines mächtigen Baumes und beobachtete den Hintereingang der Klinik. Er konnte immer noch nicht begreifen, was passiert war. Sie hatten eine todsichere Methode angewandt, um Samantha Dyson zu eliminieren, und da setzte sich doch tatsächlich ein anderer Mensch hinter ihr Steuer! Zusammen mit Eddie hatte er in der Nähe im Auto gesessen und das Drama beobachtet. Als klar wurde, dass jemand anders in den Pick-up einsteigen wollte, hatte er die Aktion abbrechen wollen. Aber wie hätte er das tun sollen? Er konnte ja schlecht aus dem Mietwagen springen und schreien: »Nicht den Zündschlüssel drehen!«. Schließlich versuchten sie, möglichst nicht gesehen zu werden. Zeugen waren das Letzte, was Gerald White wollte. Und Chuck musste ihm da zustimmen. Also saßen sie in ihrem Auto und beobachteten die Explosion, dann den Aufruhr und wie Samantha mit einem Krankenwagen abtransportiert wurde. Diesem waren sie dann die paar hundert Meter bis zum Eingang des Krankenhauses der Universität gefolgt und hatten sich getrennt, um beide Eingänge überwachen zu können. Sie hatten debattiert, ob einer von ihnen hineingehen und nachschauen sollte. Aber das Risiko war ihnen dann doch zu groß erschienen. Also saßen sie hier so lange fest, bis Samantha Dyson aus dem Krankenhaus kam. Wenn sie diesmal wieder versagten, dann würde Gerald selbst kommen und ihn vermutlich dann doch noch beseitigen. Wenn möglich, wollte er das gerne verhindern. Er zog sich die Baseballkappe tiefer in die Stirn und beobachtete durch seine dunkle Sonnenbrille die Menschen, die aus dem Krankenhaus kamen. Sein Magen grummelte, doch er konnte seinen Platz nicht verlassen, um sich etwas zu essen zu besorgen.

XXV

Nach einem letzten Blick auf die neben ihm liegende Autokarte nahm Morgan die nächste Ausfahrt und stürzte sich in Salt Lake Citys Gewühl. Er hoffte nur, dass er die richtige Abfahrt erwischt hatte, sonst musste er sich durch die Stadt einen Weg zur Universität suchen. Und das würde er in seinem momentanen Zustand lieber vermeiden. Von der langen Fahrt schmerzte jeder Muskel in seinem Körper, ganz zu schweigen von seinen Rippen, denen die gekrümmte Haltung im Sitz überhaupt nicht gut bekommen war. Die Wunde an der Hüfte tat auch weh, aber wenigstens schien sie nicht zu bluten. Im Moment war er schon dankbar für kleinere Wunder. Solange er noch in der Lage war, sich fortzubewegen, das Krankenhaus zu finden und Sam lebendig herauszuholen, würde er garantiert nicht anfangen zu jammern. Und wenn er dann später zusammenbrach, war ihm das egal, sofern er sie vorher in Sicherheit gebracht hatte.

Er wechselte auf die linke Fahrspur und bog dann entsprechend den Hinweisschildern ab. Aufatmend erkannte er, dass er auf dem richtigen Weg war und den letzten Rest der Strecke geleitet werden würde. Gut, so konnte er sich schon einmal einen Plan ausdenken, wie er ungesehen ins Krankenhaus kommen konnte. Es war ihm klar, dass Geralds Männer, sofern sie hinter Sams Problemen steckten, dort auf der Lauer liegen würden, um Sam in Empfang zu nehmen, sobald sie entlassen wurde. Hoffentlich hatten sie nicht den Mut gehabt, sie im Krankenhaus aufzusuchen und gleich dort zu erledigen. Sein Herz klopfte hart gegen seine Rippen, als er über diese Möglichkeit nachdachte. Gott, es musste ihr gut gehen! Wie sollte er mit dem Wissen leben, dass sie seinetwegen getötet worden war? Er schüttelte heftig den Kopf, schob die beunruhigenden Gedanken beiseite und konzentrierte sich darauf, so schnell wie möglich zum Krankenhaus zu kommen. Gut, dass sie in ihrer Nachricht erwähnt hatte, wo sie hingebracht worden war, sonst hätte er sie erst suchen müssen und dabei wertvolle Zeit verloren.

Doch auch so kam ihm jede Minute, die er auf den vollen Straßen verbrachte, zu lang vor. Endlich bog er in den Besucherparkplatz der Universitätsklinik ein. Mit zittrigen Fingern drehte er den Zündschlüssel und blieb eine Weile mit gesenktem Kopf sitzen. Er durfte jetzt einfach nicht versagen. Schließlich ging ein Ruck durch seinen Körper, und er stemmte sich aus dem Auto. Vorsichtig blickte er sich um, konnte aber niemanden entdecken, den er kannte oder der verdächtig wirkte. Wenn hier draußen jemand von Whites Männern positioniert war, dann sollte er sich lieber beeilen und im Krankenhaus verschwinden, bevor er auffiel. Scheinbar in keiner großen Eile überquerte er den geschäftigen Vorplatz und ging durch die automatischen gläsernen Schiebetüren in das kühle Innere. Patienten, Besucher, Krankenschwestern und Ärzte bewegten sich zielgerichtet um ihn herum, während Morgan versuchte, sich zu orientieren. Schließlich entdeckte er einen gewaltigen Tresen, über dem ein Schild mit der Aufschrift »Information« hing. So schnell es seine Verletzungen und die Menschenströme zuließen, ging er darauf zu. Eine junge Krankenschwester saß dahinter und füllte einige Formulare aus.

»Entschuldigen Sie, ich möchte zu Samantha Dyson. Sie wurde heute hier eingeliefert.«

Ohne aufzusehen, schrieb sie weiter.

»Einen Moment, bitte.«

Ungeduldig stützte sich Morgan auf, um wenigstens seinen Brustkorb zu entlasten, während er wartete. Schließlich blickte die Schwester auf.

»Ja?«

Morgan atmete so tief durch, wie seine Rippen es zuließen, und zwang sich, seine Ungeduld zu unterdrücken.

»Samantha Dyson, ich wollte sie besuchen.«

Die Schwester blätterte in einer Kartei und runzelte die Stirn.

»Es wurde angeordnet, dass nur noch Familienmitglieder zu ihr gelassen werden. Sind Sie ein Familienmitglied?«

Morgan fühlte, wie ihm unter dem Make-up heiß wurde, Schweißtröpfchen traten ihm auf seine Stirn.

»Ja. Ich bin ihr Bruder. Ich bin so schnell gekommen, wie ich konnte.« Als sie ihn skeptisch ansah, improvisierte er. »Ist sie schwer verletzt? Mein Gott, wenn ich mir überlege, was sie durchgemacht hat! Unsere Eltern kommen auch bald, aber ihr Weg ist wesentlich weiter als meiner.«

Irgendetwas an seiner Miene schien sie von der Aufrichtigkeit seiner Besorgnis überzeugt zu haben, denn sie blickte erneut auf die Karteikarte.

»Zimmer 213.«

Sein dankbares Lächeln war echt. »Vielen Dank.«

Sie nickte nur und wandte sich wieder ihrer Arbeit zu. Anscheinend hatte sie beschlossen, dass er harmlos war. Was ihm natürlich gut passte. Aber wenn es ihm möglich war, problemlos zu Sam zu gelangen, dann konnte das bereits auch jemand anderem vor ihm gelungen sein. Er beschleunigte seinen Schritt und quetschte sich gerade noch mit in einen überfüllten Aufzug. Er hasste die Enge und die vielen Leute, doch er wollte so schnell wie möglich bei Sam sein. Irgendetwas sagte ihm, dass der Zeitfaktor von großer Bedeutung sein würde. Zimmer 213 war vermutlich im zweiten Stock, also stieg er dort wieder aus. Einige Leute sahen ihn merkwürdig an, als er sie anstieß, während er humpelnd durch den Gang eilte. Das war ihm egal. Das Einzige, was zählte, war, Sam möglichst schnell zu erreichen und von hier fortzubringen. Vor der Tür zu ihrem Zimmer schloss er kurz die Augen. Es musste ihr einfach gut gehen. Leise klopfte er an die Tür.

»Ja?«

Auf die gedämpfte Antwort hin schob er die Tür ein Stück auf, blickte noch einmal um sich und den Gang entlang und schlüpfte dann in das Zimmer. Schnell zog er die Tür hinter sich zu und lehnte sich mit dem Rücken dagegen. Suchend glitten seine Augen durch das schummrige Innere des Raumes. Schließlich blieben sie an den Umrissen im Bett hängen.

Sam war durch das Klopfen aus einem leichten Schlummer erwacht. Sie hatte damit gerechnet, dass Cathy, einer ihrer Kollegen oder eine Krankenschwester sie sehen wollte, aber nicht, dass plötzlich ein völlig Fremder in ihrem Zimmer stehen würde. Ihre Hand glitt zum Notfallknopf an ihrem Kopfende.

»Wer sind Sie? Haben Sie sich im Zimmer geirrt?« Ihre Stimme klang nicht sonderlich fest.

Der Mann verließ seinen Posten an der Tür und kam auf sie zu. Aus der Nähe wirkte er auch nicht viel vertrauenerweckender. Seine aschblonden Haare hatten zu lange keine Schere mehr gesehen. Die tagealten Bartstoppeln ließen ihn ungepflegt wirken. Die schlecht sitzende Kleidung trug auch nicht zum Gesamteindruck bei. Wer war er? Sein Blick wanderte ständig durch den Raum, als wollte er sich vergewissern, dass sie auch wirklich alleine waren. Angst breitete sich in ihr aus. Was war, wenn er zu den Männern gehörte, die sie beseitigen wollten? Würde sie jemand hören, wenn sie schrie? Ihr Finger auf dem Notfallknopf verkrampfte sich.

»Es ist alles in Ordnung, Sam, ich helfe Ihnen.«

Dass er ihren Namen kannte, zeigte eindeutig, dass er sich nicht im Zimmer geirrt hatte. Ihr Magen krampfte sich zusammen, während gleichzeitig Wut in ihr hochkam.

»Wenn Sie mir nicht sofort sagen, wer Sie sind und was Sie hier wollen, dann werde ich um Hilfe rufen.«

Morgan hob beruhigend die Hände.

»Es ist gut, dass Sie mich nicht erkennen. Dann wird das vielleicht auch niemand anderes.« Er trat noch einen Schritt auf sie zu und beugte sich zu ihr herunter. »Ich bin es, John.«

Sams Augen weiteten sich überrascht.

»John? Sie sehen so … anders aus.« Dann zogen sich ihre Augenbrauen zusammen. »Woher soll ich wissen, dass Sie es auch wirklich sind?«

Morgans Mund verzog sich zu einem kleinen Lächeln. »Leider habe ich keinen Ausweis dabei. Und selbst wenn ich ihn dabei hätte, wissen wir ja beide, dass dort nicht John Smith stehen würde.« Er schob mit einer Hand die Haare aus seiner Stirn und zeigte ihr die verschorfte Wunde. »Überzeugt Sie das?«

Sam musste zugeben, dass sie dem Mann schon fast glaubte. Vom Aussehen her hätte sie es zwar nicht sagen können. Aber die Wunde, die Art, wie er sich hielt, als würden seine

Rippen noch schmerzen, erinnerten sie schon sehr an John. Auch seine Stimme kam ihr bekannt vor.

»Wenn Sie mir immer noch nicht glauben, dann könnte ich Ihnen noch sagen, was Sie zur Blutstillung meiner Hüftwunde benutzt haben.«

Ein Lächeln breitete sich auf Sams Gesicht aus, auch wenn es wegen ihrer leicht verbrannten Haut schmerzte.

»Das wird nicht nötig sein.« Sie deutete auf den Stuhl vor ihrem Bett. »Setzen Sie sich, bevor Sie umfallen. Wie sind Sie hierher gekommen?«

Schwerfällig nahm Morgan Platz.

»Wir haben nicht viel Zeit. Ihre Nachrichten habe ich bekommen. Leider erst heute Vormittag, sonst wäre ich schon viel eher gekommen. Es tut mir Leid, was passiert ist, Sam. Ich hätte Sie niemals in Gefahr bringen dürfen.«

Sam wurde noch bleicher. »Sie glauben also auch, dass Ihre Verfolger dahinter stecken?«

»Ja. Zumindest hörte es sich in Ihren Anrufen ganz danach an. Aber selbst wenn sie es nicht sind, ist es offensichtlich, dass Ihnen jemand nach dem Leben trachtet.« Er stand wieder auf und blickte unruhig um sich. »Diesmal möchte ich Ihnen helfen. Wir müssen sofort von hier weg. Ich bin mir ziemlich sicher, dass das Krankenhaus, seitdem Sie hier eingeliefert wurden, beobachtet wird.«

Damit bestätigte er Sams schlimmste Vermutungen. Andererseits war sie froh, dass sie jetzt nicht mehr allein war. Endlich war jemand bei ihr, den sie nicht anlügen musste.

»Wäre es nicht sicherer, hier unter Beobachtung zu bleiben, als da rauszugehen?«

Morgan schüttelte den Kopf. »Im Moment vielleicht schon. Aber erstens werden Sie bestimmt bald entlassen, wenn Sie keine ernsthaften Verletzungen haben, und zweitens warten die Männer da draußen nicht ewig. Wenn sie eine Möglichkeit sehen, werden sie hier hereinkommen und Sie suchen.« Er machte eine Pause. »Es wäre besser, wenn Sie dann nicht mehr hier wären.«

Sam konnte ihm da nur zustimmen. Wie hatte ihr Leben nur innerhalb von einer Woche dermaßen aus den Fugen geraten können? Keinen Moment bereute sie allerdings, dass sie John geholfen hatte. Wenn sie ihn hier so vor sich sitzen sah, zwar immer noch nicht ganz gesund, spürte sie ein warmes Gefühl in ihrer Brust. Es tat gut, ihn wiederzusehen, auch unter diesen Umständen.

»Vorhin war ein Detective hier, der mir Fragen gestellt hat. Morgen soll ich ins Präsidium kommen und eine vollständige Aussage machen.«

Morgans Kopf ruckte zu ihr herum. Bevor er etwas fragen konnte, schüttelte sie den Kopf.

»Ich habe ihm nichts von Ihnen erzählt. Ich wollte Sie dadurch nicht noch mehr in Gefahr bringen. Außerdem weiß ich ja im Prinzip auch nicht, worum es geht.« Sie verzog den Mund. »Ich war mir nicht sicher, ob die Vorfälle überhaupt miteinander zusammenhängen.«

Morgan blickte sie dankbar an. »Ich werde Ihnen nachher, wenn wir in Sicherheit sind, alles erklären.«

»Gut. Könnten Sie in dem Schrank nachsehen, ob dort meine Kleidung ist?«

Morgan nickte und humpelte die paar Schritte zu dem eintürigen Kleiderschrank. Ihre Sachen waren tatsächlich dort, zusammen mit einem kleinen, leicht ramponierten Rucksack. Er nahm alles heraus. Bemüht, nicht auf den dunkelblauen Spitzen-BH zu starren, reichte er ihr die Sachen. Sam hatte die Beine bereits aus dem Bett geschwungen und saß nun, die Decke um sich geschlungen, auf der Kante. Morgan schluckte, als er ihre nackten Beine sah.

»Kann ich Ihnen irgendwie helfen?«

Sam schüttelte den Kopf. »Nein, danke. Es geht schon.« Sie wartete, bis er sich umgedreht hatte und aus dem Fenster blickte. Sam ließ die Decke sinken und enthüllte ihren freien Rücken. Schnell streifte sie das Krankenhaushemd von den Schultern, warf es zur Seite und griff sich ihre Unterwäsche. Röte schoss in ihre Wangen, als sie sich daran erinnerte, dass John sie soeben in der Hand gehalten hatte. Wahrscheinlich würde niemand, der sie in Jeans und T-Shirt sah, vermuten, dass sie so etwas darunter trug. Aber sie mochte nun mal schöne Dessous und sah nicht ein, warum sie darauf verzichten sollte, auch wenn sie nie jemand außer ihr zu Gesicht bekam. Nun, jetzt hatte sie jemand gesehen, und nach Johns Gesichtsausdruck zu urteilen, hatten sie auch einen Eindruck hinterlassen. Ein leichtes Lächeln überzog ihre Lippen, das aber gleich wieder verflog, als sie versuchte, ihr T-Shirt über den Kopf zu bekommen, und sie damit an ihre wunde Haut stieß.

Morgan hörte ihren Schmerzenslaut und blickte über seine Schulter. Sam saß nur in ihrer Unterwäsche auf dem Bett, ein T-Shirt halb über dem Kopf. Anscheinend hatte sie Schwierigkeiten, es darüber zu bekommen. Zögernd trat er ein paar Schritte auf sie zu.

»Soll ich helfen?«

Sam hörte einen Moment auf, sich zu bewegen, dann ertönte ihre Stimme gedämpft durch den Stoff.

»Bitte. Der Halsausschnitt ist zu eng und schrappt über meine verbrannte Haut. Könnten Sie ihn vielleicht etwas weiten?«

Morgan bemühte sich, nicht auf ihre appetitlichen Brüste zu starren, als er sich dicht vor sie stellte und seine Hände unter ihr T-Shirt schob. Es erleichterte seine Situation auch nicht, dass er genau zwischen ihren gespreizten Beinen stand. Über sich und seine Regungen entsetzt, hielt er sich noch einmal deutlich ihren Altersunterschied vor Augen. Aber viel half es nicht. Mit fest zusammengepressten Zähnen fuhr er sanft mit den Händen seitlich an ihrem Kopf entlang, bis er den Ausschnitt erreichte. Seine langen Finger dehnten den Stoff und wirkten wie eine Sicherheitsglocke für ihr Gesicht. Sowie ihr Kopf herausschaute, zog er, so schnell es ging, seine Hände unter ihrem T-Shirt hervor und trat einen Schritt zurück. Ihr Gesicht war rot angelaufen, was sicher nicht nur an ihren Verletzungen lag.

»Tut mir Leid.« Damit drehte er sich um und marschierte zum Fenster zurück. Doch er sah nicht mehr, was draußen vor sich ging, sondern nur noch ihre weiche, leicht gebräunte Haut. Gequält schloss er seine Augen. Er wollte nicht so etwas empfinden, schon gar nicht für diese Frau und zu diesem Zeitpunkt. Sicher, es war schon länger her, seit er die zarte Haut einer Frau berührt hatte. Aber doch noch nicht so lange, dass er trotz seiner eigenen und ihrer Verletzungen nicht den unwiderstehlichen Wunsch hatte, seinen Kopf an ihrer Brust zu vergraben. Entsetzt über sich selbst schüttelte er den Kopf. Der Schlag, den er erhalten hatte, musste wohl doch schwerer gewesen sein, als er vermutet hatte. Seine Hände ballten sich zu Fäusten, damit er nicht etwas tat, was er später garantiert bereuen würde.

Er bemerkte erst, dass sie hinter ihm stand, als ihre kalte Hand seinen Arm berührte.

»Ich bin so weit.«

Morgan nickte und nahm ihr den Rucksack ab. Auf ihren erstaunten Blick hin zuckte er die Schultern. »Den trage ich. Falls wir laufen müssen.«

Sam schloss ihren Mund wieder und schluckte.

»Haben Sie sonst noch etwas in den Schränken, Schubladen oder im Bad gelassen?«

»Nein, ich habe alles in den Rucksack gesteckt.«

»In Ordnung. Ich möchte, dass Sie hinter mir bleiben und auf meine Kommandos achten, okay?«

Sam nickte stumm. Ihre Augen waren riesig in ihrem blassen Gesicht.

»Gut.« Mit dem Finger strich er über ihre unverletzte Wange. »Es wird alles gut gehen. Bald sind wir hier heraus, und dann werden wir uns irgendwo verkriechen und alles Weitere der Polizei überlassen. Wie klingt das?«

Sam gelang ein zaghaftes Lächeln. »Gar nicht so übel.«

XXVI

Die Alternative war, entdeckt zu werden und dann entweder einen schnellen oder einen langsamen, qualvollen Tod zu sterben. Aus Morgans Sicht war beides nicht empfehlenswert. Nachdem er sich versichert hatte, dass niemand auf dem Flur war, zog er Sam hinter sich her in Richtung des Treppenhauses. Sie hätten auch den Aufzug nehmen können, aber wenn es sich vermeiden ließ, zog er es vor, nicht in den engen Raum gepfercht zu sein. Natürlich war es auch nicht angenehm, mit einer frischen Naht die Treppen herunterzusteigen, aber da er mit der geschwächten Sam sowieso langsamer gehen musste, hatte er keine wirklichen Probleme. Leicht nach Atem ringend, standen sie schließlich vor der Tür, die sie zurück in die Krankenhauslobby führen würde. Erneut blickte sich Morgan sorgfältig um, während Sam sich mit geschlossenen Augen an die Wand lehnte.

Ihr war leicht schwindelig, und die Prellungen auf dem Rücken schmerzten bei jeder Bewegung. Adrenalin pumpte durch ihre Adern, während sie auf Johns Zeichen wartete. Wenigstens hatte sie jetzt das Gefühl, dass sie wieder ein bisschen mehr Einfluss auf ihr Schicksal nehmen konnte. Die letzten Tage war sie sich vorgekommen wie ein Luftballon, der vom Wind hin und her geweht wurde. Zwar war sie noch nicht in Sicherheit, und es gab auch keine Garantie, dass sie es in nächster Zeit sein würde, aber alles war besser, als einfach nur stillzuhalten und abzuwarten, was passierte. Und es war gut zu wissen, dass John noch lebte und es ihm scheinbar wesentlich besser ging als vor ein paar Tagen.

Morgan nahm ihre Hand und ging mit ihr durch die Halle, als hätten sie alle Zeit der Welt. Je näher sie dem Ausgang kamen, desto fester wurde der Druck seiner Finger. Was ihr die Größe seiner Anspannung verriet. Seinem Gesicht war dagegen kaum etwas anzumerken. Seine Augen waren ruhig auf den Ausgang gerichtet, sein Kiefer wirkte bis auf einen hin und wieder zuckenden Muskel entspannt. Vorsichtig zog Sam an ihrer Hand, bis er sie schließlich losließ. Fragend blickte er auf sie hinunter. Zur Erklärung zeigte sie ihm ihren aufgeschürften und leicht verbrannten Handrücken. Er verstand sofort und legte stattdessen seinen Arm um ihren Rücken, sodass seine Hand an ihrer Hüfte lag. Sein Druck war nur ganz leicht, als er mit ihr in den sonnigen Nachmittag trat.

Morgan hielt möglichst unauffällig Ausschau nach seinen Widersachern, aber es war einfach unmöglich. Zu viele Leute liefen über den Parkplatz und die Fußwege, saßen auf Parkbänken oder auf dem Rasen im Schatten der Bäume. Sie versuchten also, so schnell wie möglich ohne aufzufallen zu seinem Auto zu kommen. Er beugte seinen Kopf zu Sams hinunter, damit es so aussah, als wären sie ein Liebespaar. Wer genau hinsah, würde jedoch sehen, dass sie dafür einfach ein wenig zu unsicher gingen, zerschlagen und versengt aussahen. Sam hatte zwar versucht, sich im Bad ein wenig herzurichten, aber mit halbwegs guten Augen konnte man sofort erkennen, dass sie eigentlich nicht zum Spaß auf dem Krankenhausgelände herumlief. Morgan atmete ein wenig auf, als sie beim Wagen ankamen. Er öffnete die Beifahrertür und deckte Sam mit seinem Körper, während sie steifbeinig hineinkletterte.

»Versuchen Sie, sich so klein wie möglich zu machen, wenn ich die Tür schließe, okay?«

Sam nickte und sank, so weit es ging, in den heißen Sitz zurück. Morgan schlug die Tür hinter ihr zu und ging rasch um den Wagen herum zur Fahrerseite. Mit zusammengebissenen Zähnen rutschte er hinter das Lenkrad und zog die Tür hinter sich zu. Er startete den Motor und blickte zu Sam hinüber. Mit blutleerem Gesicht und geschlossenen Augen saß sie neben ihm, die Hände in den Sitz gekrallt.

»Alles in Ordnung?« Morgans Besorgnis wuchs, denn langsam kullerte eine Träne über Sams Wange. Seine Hand umfasste vorsichtig ihre eisige. »Sam?«

Langsam schlug sie die Augen auf und blickte ihn an. Der Schmerz in ihren blauen Augen verschlug ihm den Atem.

»Ja.« Sam räusperte sich. »Ich musste nur gerade wieder daran denken, wie der Professor den Zündschlüssel gedreht hat und dann ...«

Morgan legte vorsichtig einen Finger über ihre gesprungenen Lippen.

»Ich verstehe. Tut mir Leid, ich hätte daran denken sollen.«

»Schon gut. Es war klar, dass ich beim Autofahren Probleme haben würde. Fahren Sie lieber, ich möchte ungern noch mehr Aufmerksamkeit auf uns lenken.«

»In Ordnung. Aber sagen Sie mir Bescheid, wenn Sie es nicht mehr aushalten oder Schmerzen bekommen.«

Sam legte den Gurt um und blickte dankbar zu ihm hinüber.

»Mache ich.«

Morgan nickte, stellte den Automatikhebel auf Fahren und trat vorsichtig auf das Gaspedal. Langsam schob sich der Wagen aus der Parklücke in den steten Strom ankommender und abfahrender Fahrzeuge. Morgan blickte aufmerksam nach allen Seiten. Er merkte aber schnell, dass in diesem Verkehr nichts und niemand zu erkennen war, wenn er keinen Unfall riskieren wollte.

»Könnten Sie auf Ihrer Seite nachsehen, ob Sie etwas Auffälliges bemerken? Jemanden, der uns länger als normal beobachtet, ein Auto, das rücksichtslos versucht, zu uns durchzustoßen oder Ähnliches.«

»Ich werde es versuchen. Aber ich warne Sie gleich, ich habe mit so etwas keine Erfahrung.«

Morgan versuchte ein Lächeln. »Na, dann sind wir ja schon zu zweit.«

Sam blickte ihn mit offenem Mund an. »Wie, Sie sind daran auch nicht gewöhnt?«

»Glauben Sie mir, ich mache so etwas zum ersten Mal. Normalerweise ist mein Leben geradezu beschaulich.« Außer er kroch gerade durch ein abgebranntes Gebäude und suchte nach Hinweisen über die Brandursache. Bisher war sein Privatleben jedenfalls normal und absolut ruhig verlaufen, bis Mara starb. Sein Kiefer verhärtete sich. Er würde nicht zulassen, dass Gerald White und seine Bande noch jemanden töteten. Zumindest nicht Samantha Dyson und ihn selbst. Hoffentlich beendete das FBI bald seine Untersuchung und ließ diese ganze verdammte Bande hochgehen. Kopfschüttelnd konzentrierte er sich wieder darauf, sie beide in Sicherheit zu bringen. Wenn ihn und Sam niemand gesehen hatte, dann würde das nicht weiter schwierig. Sie würden einfach zu irgendeinem Motel außerhalb der Stadt fahren, dort übernachten und das weitere Vorgehen planen.

Aufmerksam fuhr er auf den großen Straßen in Richtung des Highways. Bisher hatte er nichts Verdächtiges entdecken können. Er glaubte schon fast, das Schlimmste überstanden zu haben, als ihn Sams Ausruf aufschreckte. Er kämpfte kurz mit dem Lenkrad, dann blickte er zu Sam hinüber.

»Was ist?«

Sam blickte ihn angsterfüllt an. »Ich glaube, uns folgt jemand. Auf der linken Spur, drei Wagen hinter uns. Ein dunkelgrüner Kleinwagen. Sehen Sie ihn?«

Angespannt beobachtete Morgan im Rückspiegel den Verkehr. Ja, er sah das Auto. Ein Japaner, vermutlich ein Mietwagen, aus Colorado.

»Shit.« Morgan wechselte die Spur und gab Gas. »Beobachten Sie weiter. Bleiben sie zurück, oder folgen sie uns?«

Sam drehte ihren Seitenspiegel so, dass sie den Wagen besser im Blick hatte.

»Sie rühren sich nicht.« Aufatmend öffnete sie ihre Fäuste wieder. Als sie das nächste Mal in den Rückspiegel schaute, war das Auto verschwunden. Aufgeregt drehte sie sich um, damit sie den Verkehr durch die Rückscheibe beobachten konnte. »Wo sind sie hin?«

Morgan blickte in den Rückspiegel, konnte aber nicht viel erkennen, weil Sams Kopf im Weg war.

»Suchen Sie sie! Ich muss mich auf den Verkehr konzentrieren, sonst passiert noch ein Unfall.«

Angespannt ließ Sam ihren Blick über die Autokolonnen gleiten. Wie sollte sie das Auto jemals wiederfinden? Vielleicht war es auch schon abgefahren und deshalb nicht zu entdecken. Die Sekunden verrannen wie in Zeitlupe, während Sam zwischen den Sitzen hing und einerseits Angst hatte, den Wagen erneut zu entdecken, andererseits aber auch fürchtete, ihn aus den Augen verloren zu haben. Schließlich entdeckte sie ihn, dichter diesmal als zuvor.

»Er ist immer noch hinter uns. Zwei Wagen.«

»Setzen Sie sich wieder hin, sonst sehe ich nichts.«

Sam ließ sich in den Sitz zurückplumpsen und zog den Sicherheitsgurt stramm. Ängstlich beobachtete sie Johns Gesicht. Seine Augen waren leicht zusammengekniffen, sein Mund eine schmale Linie. Der Moment, in dem er das Auto entdeckte, war gut zu erkennen. Seine Lippen öffneten sich.

»Verdammt.«

»Gehören sie zu Ihren Verfolgern?«

John nickte knapp. »Sehen Sie den einen mit der Halbglatze? Er war einer der beiden, die mich lebendig begraben haben.«

Ängstlich blickte Sam ihn an. »Und was machen wir jetzt?«

Grimmig umklammerten Johns Finger das Lenkrad. »Sie behalten sie im Auge, während ich versuche, sie abzuschütteln.«

Eddie stieß einen Fluch aus. »Ich glaube, sie haben uns entdeckt.«

Chuck hielt sich an der Konsole fest, während Eddie ein waghalsiges Überholmanöver durchführte.

»Sieht so aus. Egal, was passiert, bleib dran!«

Er hatte kaum seinen Ohren trauen wollen, als Eddie ihn beim Krankenhaus angefunkt hatte. Er erzählte, dass er gesehen hatte, wie ein Mann, der Frank Tanner ähnlich sah, eine Frau herausführte, die eindeutig Ähnlichkeit mit Samantha Dyson hatte. So schnell er konnte, war er zum Auto gerannt, das Eddie bereits gestartet hatte. Es war tatsächlich Frank gewesen, auch wenn er hellere Haare hatte und nicht mehr ganz so knackig aussah, wie während seiner Zeit bei ihnen. Aber das war nach der Prügel, die er eingesteckt hatte, wohl nicht weiter verwunderlich. Und das Sam auch nicht mehr taufrisch wirkte, war nach der Explosion ebenfalls nicht besonders erstaunlich. Verdammt, sie hätte nur ein wenig dichter an ihrem Pick-up stehen müssen, dann wäre sie auch hinüber gewesen. Andererseits hatten sie jetzt sogar die Möglichkeit,

Frank ebenfalls zu schnappen, was Gerald bestimmt sehr begrüßen würde.

Allerdings mussten sie sie dazu erst einmal erwischen. Frank würde es ihnen bestimmt nicht leicht machen. Er wusste schließlich, was auf dem Spiel stand. Chuck natürlich auch, denn so viel war klar, wenn er wieder versagte, würde das ernsthafte Konsequenzen für ihn haben. Also behielt er das heruntergekommene Auto immer fest im Blick und gab Eddie Anweisungen, wie er zu fahren hatte, was dieser mehr als einmal mit derben Kraftausdrücken beantwortete. Doch das war Chuck egal. Mit Eddie wurde er fertig. Er machte sich da mehr Sorgen um Gerald. Seine Finger krallten sich in das Sitzpolster, während Eddie den Wagen wie ein Irrer durch den Verkehr fädelte. Es war nur noch eine Frage der Zeit, bis sie mit irgendeinem anderen Verkehrsteilnehmer zusammenstießen. Sein Blick richtete sich auf das Kennzeichen von Franks Schrottkiste. Schnell kramte er einen alten Zettel und einen Kugelschreiber aus seiner Jackentasche und notierte sich Marke, Farbe und Kennzeichen. Wenn man bei diesem verblichenen Babyblau überhaupt von Farbe sprechen konnte. Umso besser für ihn. So konnte man das Auto garantiert wiederfinden, sollten sie es doch im dichten Verkehr verlieren.

Morgans Finger umklammerten das Lenkrad, während er wieder und wieder die Spur wechselte, Lücken ausnutzte, alles tat, was er im Fernsehen bei Verfolgungsjagden gesehen hatte. Natürlich funktionierte es nicht so einfach, wie es den Helden in diesen Filmen zu gelingen schien. Aber immerhin waren sie immer noch ein Stück vor den Bösen und hatten auch bisher keinen Unfall verursacht. Allerdings könnte eine Polizeistreife aufmerksam auf sie werden und sie stoppen. Er hätte auch nichts dagegen, wenn die Polizei ihre Verfolger anhalten würde. Ein grimmiges Lächeln umspielte seinen Mund. Ja, das wäre gut.

»Sie sind immer noch hinter uns!«

Sams Bemerkung riss ihn aus seinen Tagträumen.

»Ja, ich weiß. Okay, da wir sie auf dieser Straße nicht loszuwerden scheinen, müssen wir wohl etwas anderes ausprobieren.« Er blickte sie kurz an. »Festhalten!« Damit schoss er quer über zwei Fahrbahnen und schlitterte in eine Nebenstraße. Obwohl die Gegend etwas ruhiger war, gab es trotzdem genug Verkehr, der ihnen gefährlich werden konnte. Unter dem Gehupe der entgegenkommenden Wagen zog Morgan eilig auf die rechte Fahrbahn zurück und gab Gas.

Sam stieß geräuschvoll ihren angehaltenen Atem aus. Ihre Finger waren so fest um Griff und Konsole gekrallt, dass sie nicht glaubte, sie jemals wieder lösen zu können. Sie zitterte am ganzen Körper. Gott, wie war sie nur in solch eine Situation geraten? Früher hatte sie sich immer nach Abenteuern gesehnt, aber in den letzten Jahren war sie eigentlich mit dem wenig aufregenden Leben einer Paläontologin zufrieden gewesen. Heute reichten ihr ein bequemer Sessel, ruhige Musik und ein gutes Buch, um sich wohl zu fühlen. Eine wilde Verfolgungsjagd quer durch Salt Lake City gehörte jedenfalls garantiert nicht zu dem, wonach sie sich sehnte. Zumindest nicht, wenn der Ausgang noch ungewiss war. Vielleicht konnte sie später mal mit Genuss daran zurückdenken, im Augenblick war ihr das jedoch unmöglich. Es war schon erstaunlich, wie John es schaffte, allen Hindernissen auszuweichen, den Wagen durch den Verkehr zu manövrieren und gleichzeitig auch noch ihre Verfolger auf Abstand zu halten. Und das, obwohl er vor ein paar Tagen noch halb tot war. Aus den Augenwinkeln blickte sie zu ihm herüber. Er war sehr blass, sein Kiefer angespannt. Wahrscheinlich hatte er zusätzlich zu dem Stress auch noch starke Schmerzen. Diese Art der Betätigung konnte einfach nicht gut sein für seine Verletzungen. Im Seitenspiegel erkannte sie jetzt wieder ihre Verfolger. Verdammt! Bisher hatten sie sie also noch nicht abgeschüttelt. Sie fragte sich, ob ihnen das überhaupt jemals gelingen würde.

Chuck stieß einen tiefen Seufzer aus, als sie Franks Auto endlich wieder in Sichtweite hatten. Kurzzeitig hatte er wirklich gedacht, sie hätten sich abhängen lassen. Aber nach einigen nicht ganz so vorschriftsmäßigen Manövern hatte Eddie doch noch die Kurve gekriegt. Sie mussten einfach näher dran, um zu verhindern, dass Frank sie abschüttelte.

»Näher dran, Eddie!«

Eddie warf Chuck einen giftigen Blick zu.

»Was glaubst du, was ich die ganze Zeit versuche? Das ist nicht so einfach, wie es aussieht. Schon gar nicht in diesem Verkehr. Und überhaupt, warum hat mir keiner gesagt, dass Frank früher Rennen gefahren ist?«

Chuck schüttelte den Kopf. »Ich glaube eher, er ist einfach nur ein besserer Fahrer als du. Oder er hat mehr Glück.«

Eddie trat scharf auf die Bremse. »Wenn du glaubst, du kannst das besser, dann können wir ja die Plätze tauschen!«

Chuck stützte sich mit beiden Händen an der Konsole ab.

»Was machst du denn da? Wir verlieren sie noch! Fahr weiter, du Idiot!«

Er funkelte seinen Partner an. »Oder willst du Gerald etwa erzählen, dass wir Frank und das Mädchen verloren haben, weil du die beleidigte Leberwurst gespielt hast?«

Die Erinnerung an den Boss wirkte Wunder: Eddie gab Gas, wenn er auch weiter auf Chuck schimpfte.

XXVII

Sam konnte nachher nicht sagen, wie sie ihren Verfolgern entkommen waren. Scheinbar endlos waren sie durch die Straßen Salt Lake Citys gerast, das grüne Mietauto immer dicht hinter ihnen. Wieder einmal bereute Sam, dass sie absolut orientierungslos war, sonst hätte sie John wenigstens helfen können. So konnte sie sich nur festhalten und die Verfolger im Auge behalten, während er gleichzeitig fahren und sich den Weg suchen musste. Mehr als einmal wären sie beinahe in einer Sackgasse gelandet, aber jedes Mal waren sie gerade noch entkommen, wenn auch manchmal in allerletzter Sekunde. Sie waren wahrscheinlich jede einzelne Straße der Stadt abgefahren. Nur die Interstates hatten sie gemieden, denn mit ihrem alten Auto hatten sie keine Chance, dort jemandem davonzufahren.

Sie fuhren gerade eine zweispurige Straße im Stadtteil Holladay entlang, über eine Kreuzung, deren Ampel genau nach ihnen auf Rot sprang. Ihre Verfolger versuchten noch, ihnen zu folgen. Doch die Autos vor ihnen hielten an, und sie mussten notgedrungen ebenfalls stoppen. Mit einigen waghalsigen Manövern schaffte der Fahrer es schließlich, auf dem Bürgersteig freie Bahn zu bekommen, aber in diesem Moment startete die Grünphase für die andere Seite. Die Verfolger konnten nichts machen, außer zu beobachten, wie das alte babyblaue Auto mit ihrer Beute davonfuhr.

Sam stieß eine Faust in die Luft.

»Ja! Wir sind sie los!«

Grinsend blickte Morgan zu ihr hinüber. Er freute sich, dass die Angst vorübergehend aus ihrem Gesicht verschwunden war.

»Ja, erst einmal zumindest. Jetzt müssen wir zusehen, dass wir von hier verschwinden, bevor sie uns wieder einholen.«

Ernüchtert sackte Sam im Sitz zusammen. »Ich weiß. Am besten tauchen wir wieder in das Gewühl ein und verschwinden dann so schnell wie möglich.«

»Guter Plan. Allerdings haben wir ein kleines Problem.«

Verwirrt blickte Sam ihn an. »Welches?«

»Die Männer werden sich bestimmt ganz genau unser Auto angeguckt haben. Wenn wir damit irgendwo auftauchen, sind wir ganz leicht zu erkennen. Sie haben nicht zufällig noch irgendwo einen Wagen versteckt, oder?«

»Nein, zufällig nicht.«

Morgan seufzte. »Schade. Dann haben wir jetzt zwei Möglichkeiten: Entweder wir lassen das Auto irgendwo stehen und gehen zu Fuß weiter, oder wir verändern diesen Wagen so, dass ihn niemand mehr erkennt.«

Sam schüttelte den Kopf. »Nein, es gibt auch noch eine dritte Möglichkeit. Wir leihen uns ein anderes Auto.«

Morgan dachte darüber nach. »Das würde nicht funktionieren. Wenn Sie es sich von einem Freund leihen würden, könnte es sein, dass unsere Verfolger dieses schon kennen. Und wenn wir zu einer Mietwagenstation gehen, müssen wir unseren Ausweis vorlegen und mit Kreditkarte bezahlen. Beides im Moment keine Optionen für uns.«

Sam wurde blass. »Daran hatte ich nicht gedacht.« Energisch richtete sie sich auf. »Da wir beide im Moment nicht so gut zu Fuß sind, schlage ich vor, dass wir einen Supermarkt aufsuchen und uns dann irgendwo einen ruhigen Platz suchen für eine kleine Schönheitskur, die das Auto gut gebrauchen kann.«

Morgan nickte zustimmend. »Wo ist der nächste Supermarkt?«

Sam blickte um sich, bis sie ein Straßenschild entdeckte.

»Wenn ich mich nicht irre, müssen wir nur auf die große Straße zurück und einige Meilen herunterfahren. Da gibt es alle möglichen Märkte.«

»Okay, versuchen wir es.«

Damit fuhr er durch eine weitere Nebenstraße, bis er wieder auf die Hauptstraße des Viertels kam. Hoffentlich begegneten sie nicht durch irgendeinen Zufall Chuck und seinem Kumpan wieder. Noch einmal würden sie ihnen wohl nicht so leicht entkommen können. Sie sollten jetzt wirklich so schnell wie möglich aus der Stadt, oder sogar dem Staat, verschwinden. Vorsichtig lenkte er den Wagen auf den Parkplatz eines großen Einkaufszentrums. Irgendwo dort würden sie garantiert finden, was sie brauchten. Bei der Gelegenheit sollten sie vielleicht auch gleich etwas zu essen einkaufen. Keiner wusste, wie lange ihre Odyssee noch dauern würde. Nach einigem Suchen fand er eine Parklücke und stellte den Wagen ab. Sam hatte den Kopf an die Stütze gelehnt und die Augen geschlossen.

»Bleiben Sie ruhig im Auto, ich besorge schnell, was wir brauchen, und bin sofort wieder zurück.«

Mühsam öffnete Sam die Augen. »Nein, ich komme mit. Ich möchte ungern hier alleine im Wagen zurückbleiben.«

Morgan blickte sie forschend an, dann nickte er. Mit einer Hand angelte er den Rucksack vom Rücksitz, öffnete seine Tür und stieg aus. Nachdem er die Tür abgeschlossen hatte, ging er um den Wagen herum und half Sam beim Aussteigen. Scheinbar hatte die wilde Verfolgungsjagd ihren Körper noch steifer werden lassen, jedenfalls hatte sie Mühe, sich aufzurichten.

»Geht es?«

»Ja, wenn ich mich etwas bewege, geht es bestimmt gleich wieder.« Sie drückte den Knopf herunter und warf die Beifahrertür zu.

Morgan legte wieder den Arm um ihre Taille und stützte sie so auf dem Weg in den Walmart. Hoffentlich würden sie hier bekommen, was sie benötigten. Die Zeit lief ihnen davon. Bald würde es dunkel werden, und er wollte gerne vor Einbruch der Dunkelheit verschwunden sein. Gemeinsam gingen sie langsam durch die heiße Nachmittagssonne in das tiefgekühlte Geschäft. Sam konnte ein Schaudern nicht unterdrücken, und auch Morgans Arme waren von Gänsehaut übersät. So heiß es auch im Auto gewesen war, er sehnte sich jetzt schon danach zurück. Vor allem weil seine schweißfeuchte Kleidung unangenehm auf der Haut klebte und jetzt an seinem Rücken drohte festzufrieren.

Sam griff sich einen kleinen Einkaufskorb am Eingang. Dann gingen sie gemeinsam zu der im hinteren Teil des Gebäudes liegenden Autozubehörabteilung. Vor einem Regal mit Autosprühlacken blieben sie stehen.

»Welche Farbe?«

Ratlos blickte Morgan die Dosen an. »Ich habe keine Ahnung. Irgendwas, was gut deckt und nicht zu auffällig ist. Schwarz vielleicht.«

Sam schüttelte den Kopf. »Viel zu auffällig. Welcher Mensch aus dem Südwesten würde schon ein schwarzes Auto fahren? Im Winter vielleicht, aber im Frühjahr bestimmt nicht.« Sie nahm eine Spraydose heraus. »Weiß – das ist die häufigste Autofarbe hier.« Sam warf einige Flaschen in den Einkaufskorb. »Was brauchen wir noch dafür?«

Wenig später waren sie mit den Spraydosen, einer Plane, Klebeband, schwarzer Farbe und einem Pinsel ausgestattet und machten sich auf den Weg zur Lebensmittelabteilung. Nachdem sie sich auch hier mit dem Nötigsten eingedeckt hatten, gingen sie zur Kasse. Dabei kamen sie an der Kleiderabteilung vorbei. Wie auf Kommando blieben sie beide stehen.

»Vielleicht sollten wir ...«

»Ich bräuchte noch ...«

Gleichzeitig blickten sie sich an. Sam lächelte schwach.

»Okay, zwei Minuten für jeden, dann treffen wir uns wieder hier.«

»Abgemacht.«

Es stellte sich heraus, dass Frauen eindeutig mehr in kürzerer Zeit einsammeln konnten. Sie hatte sich frische Unterwäsche, einige T-Shirts und eine neue Hose als Ersatz für die nicht mehr ganz präsentable Jeans ausgesucht, als sie nach genau zwei Minuten am Treffpunkt ankam. Von ihrem Begleiter war weit und breit nichts zu sehen. Nervös blickte sie sich um. Was war, wenn ihre Verfolger ihn gefunden hatten? Unsinn. Sie hatten sie abgeschüttelt. Wahrscheinlich stand John vor den Unterwäschebergen und konnte sich nicht für eine Farbe entscheiden. Sam manövrierte sich durch die Abteilung und entdeckte ihn schließlich vor einem Wäschetisch. Direkt hinter ihm blieb sie stehen.

»Die zwei Minuten sind schon lange um.«

Erschrocken wirbelte er herum und ließ dabei alles fallen, was er im Arm hatte. Als er sie erkannte, atmete er erleichtert auf.

»Meine Güte, haben Sie mich erschreckt!«

»Das wäre nicht passiert, wenn Sie sich an das Zeitlimit gehalten hätten.« Sie blickte auf die bunten Herrenslips. »Nehmen Sie die Blauen, und kommen Sie endlich.« Zum Schein schaute sie sich um. »Warten Sie, gibt es hier auch Stringtangas?«

Sie wünschte sich einen Fotoapparat, um Johns Gesichtsausdruck dokumentieren zu können. Er stand einfach so da, die Hände baumelten an seinen Seiten, und sein Mund stand offen. Mit einem Finger klappte sie seinen Unterkiefer hoch.

»Das war ein Scherz. Kommen Sie jetzt, sonst werden wir noch entdeckt.«

Das versetzte ihn in Schwung. Er sammelte seine Einkäufe vom Boden auf, schnappte sich einen blauen Slip in seiner Größe und ging eilig auf die Kasse zu. Amüsiert beobachtete Sam, wie sich seine Ohren knallrot färbten. Wenn sie also das nächste Mal eine Reaktion von ihm haben wollte, musste sie nur das Wort Stringtanga erwähnen. Gut zu wissen! Grinsend folgte sie ihm zur Kasse und legte ihren Teil der Einkäufe auf das Band. Sie griff nach ihrem Rucksack, öffnete die Seitentasche und zog ihre Geldbörse heraus.

»Meinen Sie, ich kann gefahrlos mit meiner Kreditkarte bezahlen? Oder verrate ich uns damit?«

Morgan dachte kurz darüber nach. »Nein, eigentlich müsste das sicher sein. Wir sind ja innerhalb von Minuten von hier verschwunden. Selbst wenn jemand diese Spur finden würde, wären wir längst woanders. Allerdings wollte ich unsere Einkäufe bezahlen.«

Sam rollte mit den Augen. »Wollen wir uns jetzt darüber streiten? Haben Sie eine Kreditkarte dabei? Ich halte es für sinnvoller, wenn wir unser Bargeld für Notfälle aufheben.«

Was sollte er dazu sagen? Wortlos schob Morgan die Geldscheine, die Shane ihm gegeben hatte, wieder zurück in seine Hosentasche. Und schwor sich erneut, Sam sowie allen anderen, die ihm jetzt halfen, alles zurückzuzahlen, sobald er wieder im Besitz seiner Identität war. Er hoffte, dass er in ein paar Tagen so weit war. Sofern sie es schafften, ungesehen aus der Stadt herauszukommen und einen stillen Ort zu finden, wo sie in Ruhe das Auto umspritzen konnten. Hoffentlich klappte das mit der weißen Farbe. Er hatte da so seine Bedenken. Positiv, denk positiv Morgan!

Sein Pessimismus brachte ihn hier wirklich nicht weiter. Er war sogar eher hinderlich.

Ihm gefiel Sams positive Einstellung. Natürlich hatte sie Angst und war verwirrt, aber sie hielt durch und versuchte in jeder Situation noch etwas Positives zu finden. Vielleicht lag es aber auch am Alter. Wenn er etwas jünger wäre, könnte er vielleicht auch noch mit mehr Optimismus an alles herangehen. Allerdings hatte er bereits so viel Schlechtes in seinem Leben gesehen, er war wahrscheinlich auch schon in Sams Alter nicht sonderlich positiv eingestellt gewesen.

Es hatte damit angefangen, dass seine Eltern starben, als er gerade einundzwanzig geworden war. Seitdem war sein Leben nie mehr so glücklich und unbeschwert gewesen wie vorher. Energisch schüttelte er die melancholische Stimmung ab, die ihn überfallen hatte. Dafür war jetzt keine Zeit. Er musste mit seinen Gedanken absolut im Hier und Jetzt bleiben, wenn er Sam heil aus allem herausbringen wollte. Sie hatte bereits genug gelitten dafür, dass sie ihm geholfen hatte. Einer ihrer Bekannten war sogar dafür gestorben.

Sein Magen krampfte sich zusammen. Gott, was hatte er getan? War er wirklich so selbstsüchtig in seiner Suche nach Rache gewesen, dass er sich nicht vorher überlegt hatte, was für Konsequenzen sein Handeln haben konnte? Nicht nur für ihn, sondern eben auch für andere, unbeteiligte Personen? Es sah fast so aus.

Vor dem Auto blieb er stehen. Wie war er hierher gekommen? Verwirrt blickte er sich um. War er wirklich aus dem Laden und über den ganzen Parkplatz gelaufen, ohne es überhaupt mitbekommen zu haben? Sein Blick blieb an Sam hängen, die ihn besorgt musterte.

»Alles in Ordnung?«

Morgan schüttelte den Kopf, um die letzten Gedanken-Spinnweben zu vertreiben.

»Ja.« Damit stellte er Teile seiner Einkäufe auf das Autodach, zog den Schlüssel aus der Hosentasche und schloss die Beifahrertür auf. Morgan beugte sich hinein und öffnete die Verriegelung der Hintertür. Er zog die Tür auf und gab Sam ein Zeichen, ihre Einkäufe hineinzuwerfen. Schweigend legte sie Kleidung, Farbdosen und Lebensmittel auf den Rücksitz und zog sich dann zurück, um ihm dasselbe zu ermöglichen. Während Morgan um das Auto herumging, warf sie die Tür zu und ließ sich dann auf dem kochend heißen Beifahrersitz nieder. Innerhalb von Sekunden fühlte sie sich wie gebacken, obwohl ihre Tür noch offen stand. Schweiß trat ihr aus sämtlichen Poren und rollte unangenehm ihren Rücken und zwischen ihren Brüsten hinunter. Man sollte doch wirklich annehmen, dass sie sich nach den Jahren, die sie hier schon lebte, langsam an dieses Klima gewöhnt hätte. Aber irgendwie sehnte sie sich immer noch nach den kühleren Wäldern des Kaibab Plateaus zurück. Leider war dort der Bedarf an Paläontologen nicht besonders groß. Sie hätte eben doch Geologie studieren und sich nicht ausschließlich auf Paläontologie spezialisieren sollen.

Andererseits liebte sie die alten Knochen und die Geschichten, die sie erzählten. Seufzend fächelte sie sich Luft zu, während sie beobachtete, wie John vorsichtig, fast wie in Zeitlupe, in den Wagen stieg. Sein Gesicht verzog sich zu einer Grimasse, als er das heiße Lenkrad berührte. Sam machte sich wirklich Sorgen um ihn. Es schien ihm überhaupt nicht gut zu gehen. Kein Wunder bei den Anstrengungen, die er so kurz nach seinen Verletzungen schon auf sich nahm. Am liebsten würde sie ihm sagen, er sollte sich erst ausruhen, aber ihr war natürlich klar, dass sie so schnell wie möglich von hier verschwinden mussten. Sie waren schon viel zu lange geblieben. Unruhig blickte sie sich um. Nichts Verdächtiges zu sehen. Was war, wenn die Männer hier irgendwo auf sie lauerten? Oder wenn sie noch eine Bombe gelegt hatten? Sämtliches Blut wich aus ihrem Gesicht. Sie blickte auf Johns Hand, der bereits den Schlüssel in die Zündung steckte. Blitzschnell umklammerte sie mit ihrer Hand seine Finger und verhinderte so die Drehung des Schlüssels. Fragend blickte er sie an.

»Was ist?«

Ihre Augen waren weit aufgerissen, die Furcht darin nicht zu übersehen. Ihre Stimme war nur ein Flüstern.

»Was ist, wenn sie uns gefunden und wieder eine Bombe angebracht haben?«

Diesmal war es an Morgan zu erbleichen. Konnte das sein? Er glaubte es eigentlich nicht, aber möglich war alles.

»Selbst wenn sie uns aufgespürt hätten, wäre es sehr schwierig für sie gewesen, auf diesem belebten Parkplatz eine Bombe anzubringen.«

Sam beruhigte sich etwas, war aber immer noch nicht überzeugt.

»Und wenn doch?«

Morgan biss die Zähne zusammen und unterdrückte, so gut es ging, sein Unbehagen.

»In Ordnung. Steigen Sie aus, und entfernen Sie sich weit genug. Ich sehe nach, ob ich etwas Verdächtiges entdecke.«

»Wissen Sie denn, worauf Sie achten müssen?«

»Nicht genau, aber wenn da etwas ist, werde ich es finden.«

Wortlos schob Sam die Tür auf und trat einige Schritte vom Auto zurück. Unruhig beobachtete sie, wie John ebenfalls ausstieg und die Motorhaube aufstemmte. Er rastete die Halterung ein und vertiefte sich einige Minuten in die Untersuchung sämtlicher Teile. Besonders der Batterie und der Benzinzufuhr schenkte er viel Beachtung. Schließlich klappte er die Motorhaube wieder zu.

»Was gefunden?«

Morgan blickte zu ihr hinüber. »Bis jetzt nicht.« Damit tauchte er neben dem Wagen ab und untersuchte die Unterseite. Es beruhigte ihn ungemein, dass er auch hier nichts fand. Dennoch blieb ein Restrisiko.

»Ich habe nichts gesehen, was nicht richtig war. Jetzt gibt es nur noch eine Möglichkeit zu testen, ob ich etwas übersehen habe.«

Sam kam langsam wieder näher. »Welche?«

»Ich drehe den Schlüssel.«

»Das können Sie nicht machen!«

Morgan lachte humorlos. »Ich kann, und ich werde. Gehen Sie wieder ein Stück zurück. Es bleibt uns nicht mehr viel Zeit, wenn wir heute noch von hier wegkommen möchten.«

Erregt fuchtelte Sam mit den Armen. »Wir kommen nie von hier weg, wenn Sie tot sind.«

Da musste Morgan ihr Recht geben, aber immerhin würde sie dann noch weiterleben, wenn sie sich jetzt weit genug entfernte. Morgan gab ihr einen leichten Stoß.

»Los, gehen Sie schon.«

»Aber …« Sam schloss den Mund wieder. Es war klar, dass sie ihn nicht davon abhalten konnte.

Morgan drückte ihr den Rucksack in die Hand. Widerstrebend nahm sie ihn an sich und blickte dann zu ihm hinüber.

»Bitte, seien Sie vorsichtig!« Als könnte er steuern, was passierte, wenn er den Schlüssel herumdrehte …

Trotzdem nickte er, und es gelang ihm sogar ein schwaches Lächeln.

»Bis gleich.« Damit stieg er wieder in das Auto.

Als sie eine gesunde Entfernung hinter sich gelegt hatte, blieb sie stehen und blickte sich um. John hatte ihre Tür zugezogen, wahrscheinlich um umstehende Autos und Passanten zu schützen, sollte doch eine Bombe explodieren. Sie sah ihn zu ihr herüberblicken und nicken. Ihre Hand hob sich zu einem schwachen Gruß. Gequält schloss sie die Augen, nur um sie gleich darauf wieder zu öffnen. Sie wollte das nicht sehen, aber gleichzeitig konnte sie auch nicht wegschauen. Es war fast wie bei jemandem, der auf den Schienen stand und einen Zug heranbrausen sah und genau wusste, er würde ihn überrollen. Und trotzdem konnte er den Blick nicht abwenden. Sam schlang die Arme um sich und hielt den Atem an. Gleich, gleich würde er ihn drehen und dann …
Ein lauter Knall ertönte.

XXVIII

Sam riss aus Reflex die Arme vor das Gesicht und kauerte sich auf dem Boden zusammen. Nichts passierte. Kein heißer Hauch hob sie von ihren Füßen, keine Trümmer regneten rings um sie herab. Vorsichtig senkte sie einen Arm und blinzelte darüber hinweg. Das Auto stand noch genauso da wie vorher, nur dass jetzt der Motor lief. Verwirrt blickte Sam um sich. Was hatte da so geknallt? Oh Gott, hatte etwa jemand auf John geschossen? Nein, er saß noch ganz lebendig im Wagen und winkte sie zu sich. Hastig rappelte sie sich auf und klaubte ihren Rucksack vom Boden auf. So schnell ihre wackeligen Beine es erlaubten, rannte sie auf das Auto zu. In ihrem Drang, ins Innere zu kommen, riss sie fast die Autotür aus den Angeln, schmiss sich regelrecht in ihren Sitz. Mit großen Augen blickte sie John an, der scheinbar gelassen auf sie wartete. Doch bei näherer Betrachtung entdeckte sie die Falten, die sich in sein Gesicht gegraben hatten, die Schweißtropfen, die über seine Stirn rannen.

»Was war das? Ich habe den Knall gehört und dachte, das Auto wäre explodiert!«

Morgan zog eine Grimasse. »Da hinten sind zwei Autos zusammengestoßen. Aber ich muss zugeben, mich hat der Krach auch etwas aus der Bahn geworfen. Für einen Moment dachte ich, es wäre vorbei.«

Sams Gesicht fing an zu strahlen. »Aber das ist es nicht. Wir sind noch am Leben!« Damit warf sie sich ihm völlig unerwartet in die Arme. Morgan konnte gerade noch verhindern, dass sie ihm ihren Ellbogen in die Rippen rammte. Ihre Arme schlangen sich um seinen Nacken, ihr Gesicht vergrub sie in seiner Halsbeuge. Er konnte ihre erstickte Stimme kaum hören.

»Ich dachte, Sie wären tot! Einfach so. Unwiederbringlich fort.«

Ihr Körper zitterte in seinen Armen. Vorsichtig strichen seine Hände über ihren Rücken, während er beruhigende Laute ausstieß.

»Ist ja gut. Ich bin noch hier. Wir sind beide in Ordnung.«

Nach einer Weile hob er ihren Kopf an, damit er ihr in die Augen blicken konnte. Er erschrak, als er sah, dass sie weinte. Sie wollte sich abwenden, aber er hielt ihren Kopf fest.

»Sehen Sie mich an. Es geht mir gut. Okay?« Zögernd nickte sie, während weiterhin Tränen auf sein Hemd tropften. Mit den Daumen strich er sanft darüber, konnte sie aber nicht stoppen. Schließlich beugte er sich vor und küsste sanft ihre tränenfeuchten Wangen, die Augenlider, die Stirn. Sams Hände schlossen sich fester um seinen Nacken, wühlten sich in seine Haare. Sie hob den Kopf, und plötzlich trafen sich ihre Lippen. Das hatte er nicht gewollt, aber jetzt, wo er sie einmal gekostet hatte, konnte er einfach nicht aufhören. Vorsichtig fuhr er über ihren vollen Mund, schmeckte ihn, knabberte an den bebenden Lippen, ließ seine Zunge Form und Beschaffenheit auskundschaften. Aus Sams Kehle drangen hungrige, zustimmende Laute. Morgan zog sie noch enger an sich, vertiefte den Kuss. Ihre Zungen trafen sich in ihrem Mund, umkreisten einander, duellierten sich. Morgan legte seinen Kopf schräg, um einen besseren Zugang zu ihrer weichen Höhle zu haben. Er konnte sich nicht erinnern, jemals solche intensiven Gefühle bei einem Kuss erlebt zu haben. Es war fast, als würden sie sich so gegenseitig versichern, dass sie noch am Leben waren. Dieser Gedanke riss ihn so unmittelbar aus seiner gefühlsregierten Welt, dass er es schaffte, sich von ihr zu lösen. Schwer atmend blickten sie einander schweigend an. Sams blaue Augen wirkten fast schwarz. Ihre Gefühle waren ihr deutlich anzusehen. Schließlich räusperte Morgan sich und brach damit das Schweigen.

»Wir müssen hier dringend weg. Alles wieder in Ordnung?«

Sam nickte stumm. Langsam löste sie ihre Hände von Johns heißem Körper und schob sich auf ihren Sitz zurück. Automatisch griff sie nach ihrem Sicherheitsgurt und legte ihn an. Ihren Rucksack entfernte sie aus ihrem Fußraum und warf ihn wieder auf die Rückbank. Sie verstand, dass sie hier so schnell wie möglich weg mussten. Aber sie begriff nicht, wie John sie erst so küssen konnte, als würde die Welt untergehen, und dann im nächsten Moment so fern und unnahbar wirkte. Natürlich war er noch erregt, sie konnte es an seinen verengten Augen sehen und an der nicht zu übersehenden Wölbung in der dünnen Stoffhose. Trotzdem hatte er den Kuss beendet und sich geistig von ihr entfernt. Der grimmige Zug um seinen Mund sagte ihr, dass er nicht besonders glücklich über die Vorkommnisse war. Okay, sie wusste selbst nicht, ob es eine so tolle Idee gewesen war, diesen ihr so gut wie fremden Mann zu küssen. Doch hatte sie in diesem Moment einfach nicht gedacht, sondern nur ihren Gefühlen nachgegeben. Und die wussten recht genau, was sie wollten: John berühren, küssen, ihm nahe sein. Egal, was ihr Verstand dazu sagte. Immer wieder warf sie verstohlene Seitenblicke zu ihm hinüber, während er den Wagen vorsichtig über den Parkplatz zur Ausfahrt lenkte.

Morgan blickte angestrengt durch die staubige Windschutzscheibe und runzelte die Stirn. Wie hatte ihm so etwas passieren können? Die Frau war völlig am Ende mit ihren Nerven, und ihm fiel nichts Besseres ein, als sie zu küssen? Er hatte sie ja wirklich nur trösten wollen, versichern, dass es ihnen beiden gut ging. Als er jedoch ihre Tränen sah, war es um ihn geschehen. Seine Küsse waren zur Beruhigung gedacht, nicht zu seinem eigenen Vergnügen. Aber ihre Haut war so weich, ihre Finger in seinem Nacken hatten sich so gut angefühlt, da konnte er einfach nicht widerstehen. Und wollte es auch nicht. Er war ebenfalls froh, dass er nicht mit dem Auto in die Luft geflogen war. So hatten seine Gefühle über seinen Verstand gesiegt, und er konnte nicht anders, als ihnen nachzugeben. Er hatte Sam geküsst. Und es war himmlisch gewesen! Selbst jetzt hatte er noch Probleme damit, seine Erregung zurückzudrängen und nicht einfach den Wagen anzuhalten, sie auf seinen Schoß zu zerren und dort weiterzumachen, wo sie aufgehört hatten. Er räusperte sich.

»Entschuldige, unsere Körper wollten wohl die Bestätigung haben, dass sie noch am Leben waren. Es wird nicht wieder vorkommen.«

Johns Erklärung versetzte ihr einen Stich. Sie hatte sich schon gedacht, dass er so eine Ausrede finden würde, vielleicht hatte er damit auch Recht, aber es schmerzte trotzdem. Sam wusste, dass sie niemanden so dicht an sich heranlassen würde, wenn sie sich nicht von vorneherein zu ihm hingezogen fühlte. Dass ihre Gefühle durch den Schreck explodiert waren, war nur natürlich und dem Adrenalin zuzuschreiben. Aber dass sie jetzt, nachdem sie sich etwas beruhigt hatte, immer noch dasselbe fühlte, zeigte ihr, dass die Gefühle echt waren. Das konnte sie akzeptieren. Es gelang ihr jedoch nicht, die Möglichkeit, dass Johns Gefühle wirklich nur auf die überstandene Gefahr zurückzuführen waren, ernsthaft in Betracht zu ziehen. Aber das würde sie wohl erst im Laufe der nächsten Stunden oder Tage herausfinden. Sofern sie so lange am Leben blieben. Seufzend entspannte sie sich in ihrem Sitz und blickte John forschend an.

»Wir werden sehen.«

Morgan wollte etwas dagegen sagen, schüttelte dann aber nur den Kopf und schwieg. Es brachte nichts, jetzt darüber zu diskutieren. In spätestens ein paar Stunden würde sich Sam selbst fragen, wie sie so einen ausgelaugten, zerschundenen Typen wie ihn überhaupt hatte anfassen können. Unter normalen Umständen hätte sie ihn wahrscheinlich gar nicht wahrgenommen. Standhaft ignorierte er den Hieb, den ihm dieser Gedanke versetzte. Dafür war jetzt nicht der richtige Zeitpunkt. In einer gewaltigen Kraftanstrengung schob er alles beiseite, was nicht mit ihrem unmittelbaren Überleben zu tun hatte. Alles andere musste warten, bis sie in Sicherheit waren.

Mithilfe der Straßenkarte und Sams mehr als lückenhaften Erinnerungen verließen sie schließlich das Stadtgebiet und fuhren über die Big Cottonwood Canyon Road in den Wasatch-Cache National Forest, ein beliebtes Ausflugsziel für die Bewohner von Salt Lake City, das aber aufgrund des weitläufigen Geländes auch einige ruhigere Ecken beherbergte. Und genau die brauchten sie jetzt, um unentdeckt das Auto neu gestalten zu können. Sie fanden schließlich einen Platz ganz für sich, umgeben von Bäumen, vom Weg kaum einsehbar. Nur ein paar neugierige Vögel beobachteten sie, während sie an die Arbeit gingen.

Laut fluchend beobachtete Chuck, wie sich das Auto mit Frank und Samantha immer weiter von ihnen entfernte, während sie hier festsaßen. Eine verfluchte rote Ampel! In Grand Junction hätte er nur gehupt und wäre über die Straße gefahren, aber hier war einfach zu viel Verkehr. Ihm graute schon davor, seinem Boss erneut von einem Fehlschlag berichten zu müssen. Und das auch noch, wo sogar Frank mit im Auto gesessen hatte. Das wäre die Chance gewesen, den Auftrag schnell und effektiv zu erledigen und bald zu seiner Familie zurückzukehren. Aber nein, sie hatten es mal wieder vergeigt. Gerald würde nicht erfreut sein. Seufzend zog er das Handy aus der Tasche und wählte seine Nummer.

»Residenz White.«

»Chuck hier, ich muss den Boss sprechen.«

»Einen Moment.«

Mit seinem Stofftaschentuch wischte sich Chuck den Schweiß von der Stirn. Er wusste nicht, ob ihn die Hitze oder die Vorstellung, was Gerald mit ihm anstellen könnte, zum Schwitzen brachte.

»White.«

Einen Moment versagte Chuck die Stimme, dann räusperte er sich.

»Hier ist Chuck. Wir haben das Krankenhaus überwacht, wie du gesagt hast. Die Frau kam auch tatsächlich heraus, zusammen mit Tanner. Wir sind ihnen natürlich gefolgt ...«

»Sag mir, dass ihr sie erledigt habt.«

Chuck schluckte. »Nun ja, wir haben sie beinahe erwischt, aber der Verkehr war einfach zu dicht, und dann ist die Ampel umgesprungen ...«

»Also nicht. Ich fürchte, ich muss euch beide doch ablösen lassen. Ihr seid scheinbar zu dämlich, selbst die einfachsten Aufgaben durchzuführen.«

»Aber Boss ... Immerhin wissen wir jetzt, in was für einem Auto sie unterwegs sind.« Schnell gab er Marke, Farbe und Kennzeichen durch. »Der Wagen war sehr auffällig. Der müsste leicht zu finden sein.«

Gerald ließ ein verächtliches Schnauben hören. »Ja, genau. Wie viele Einwohner hat Salt Lake City? Eine Million samt Umland? Die ganzen Touristen nicht mitgerechnet. Wie wollt ihr da ein bestimmtes Auto finden? Vorausgesetzt, die beiden sind überhaupt noch in der Stadt.«

»Wir können es immerhin versuchen.«

»Wenn ihr eine Stecknadel im Heuhaufen verliert, würdet ihr die garantiert auch suchen. Ich bin wirklich nur von Idioten umgeben.« Eine Pause entstand. »In Ordnung, ich werde sämtliche Kontakte in Salt Lake mobilisieren und eine Belohnung für Informationen über den Aufenthaltsort des Autos und/oder der Personen aussetzen. In welchem Viertel habt ihr sie verloren?«

»Holladay.«

»Gut. Ich werde mich melden, wenn ich etwas erfahre. Und wenn ihr diesmal wieder versagt, wird es keine nächste Chance geben. Habe ich mich klar ausgedrückt?«

»Glasklar.«

»Gut. Und noch etwas Chuck …«

»Ja?«

»Die Belohnung ziehe ich von eurem Lohn ab.« Damit legte er auf.

Erneut wischte sich Chuck die Stirn ab. Eddie blickte ihn ungeduldig an.

»Nun?«

»Wir leben noch.« Die Angst spiegelte sich in seinen Augen wider. »Gerade so.«

Cathy wollte gerade ihr Büro verlassen, als das Telefon klingelte. Genervt überlegte sie, ob sie es einfach klingeln lassen sollte, sie hatte es eilig. Sie wollte so schnell wie möglich zum Krankenhaus zurück und Sam nach Hause holen. Allerdings, was war, wenn es ihr schlechter ging und deshalb jemand anrief? Mit drei großen Schritten hatte sie den Raum durchquert und riss den Hörer von der Gabel.

»O'Donnell.«

»Spreche ich mit Ms. Cathy O'Donnell?«

»Ja.«

»Hier ist Schwester Mae vom Universitätskrankenhaus. Haben Sie vielleicht Samantha Dyson bereits abgeholt?«

»Nein, ich wollte gerade losfahren. Wieso, ist sie nicht mehr da?«

Die Schwester lachte verlegen.

»Es scheint, als wäre sie uns abhanden gekommen. Sie ist nicht mehr in ihrem Zimmer. Ihre gesamten Sachen sind ebenfalls verschwunden. Hier im Haus haben wir sie nirgends entdecken können. Es könnte natürlich sein, dass sie nach Hause gefahren ist, ohne Bescheid zu sagen.«

Cathy bekam Gänsehaut. Irgendetwas stimmte hier nicht. Sam wäre nicht gegangen, ohne sich bei ihr zu melden. Sie wusste, dass sie sie abholen würde. Und in ihr Haus wäre sie jetzt bestimmt nicht zurückgefahren, zumindest nicht alleine. Nicht nach dem, was ihr in den letzten Tagen alles passiert war.

»Das glaube ich nicht. Aber ich werde mit ihren Freunden und Kollegen sprechen, ob jemand etwas weiß. Dann komme ich rüber.«

»In Ordnung. Wir wissen Ihre Hilfe zu schätzen.«

Langsam ließ Cathy den Hörer sinken. Kalte Schauer jagten ihr über den Rücken. Was war, wenn Sam nicht freiwillig das Krankenhaus verlassen hatte? Wenn der oder die Täter, die auch ihr Auto zum Explodieren brachten, sie gefunden und mitgenommen hatten? Energisch schüttelte sie den Kopf. Nein, das konnte nicht sein. Nicht in so einem belebten Krankenhaus. Und sie hätten auch bestimmt nicht extra ihren ganzen Kram mitgenommen. Cathy schnappte sich ihre Umhängetasche und verließ im Laufschritt ihr Zimmer. Sie schaute in die anderen Büros, aber da war niemand. Wahrscheinlich waren alle nach Hause gegangen, als sie vom gewalttätigen Tod Professor Marshs gehört hatten. Nachdem sie die oberen Stockwerke durchkämmt hatte, lief sie in den Keller hinunter. Irgendjemand musste doch im Gebäude sein! Sie schlitterte um die Ecke und landete direkt in einem soliden Hindernis.

»Hmpf.«

Starke Arme schlossen sich um sie und verhinderten, dass sie das Gleichgewicht verlor. Verwundert blickte sie auf, direkt in Toms blaue Augen. Erleichtert atmete sie auf.

»Oh, Tom. Gut, dass ich dich treffe.«

Seine Lippen verzogen sich zu einem Lächeln. »Und das auch noch wortwörtlich.«

Schnell wand sie sich aus seiner Umarmung.

»So meinte ich das nicht. Das Krankenhaus hat angerufen. Sam ist scheinbar spurlos verschwunden.«

Sofort wurde er ernst. »Einfach so?«

Cathy zuckte die Schultern. »Anscheinend. Ich wollte sie gerade abholen, das hatte ich mit ihr ausgemacht. Ich kann mir nicht vorstellen, dass sie abhauen würde, ohne mich zu informieren.«

Toms Miene verdüsterte sich. »Das glaube ich auch nicht. Haben sie alles abgesucht? Nirgends eine Spur von ihr?«

»Nichts. Aber sie suchen weiter. Ich wollte jetzt rüberfahren.«

»Ich komme mit.«

»Das musst du nicht.«

»Ich weiß.«

Cathy lächelte ihn an. »Danke.«

Tom zuckte die Schultern. »Sam ist auch meine Freundin.« Er verriet nicht, dass er bei der ganzen Sache ein ziemlich ungutes Gefühl hatte.

XXIX

Eine Viertelstunde später betraten Cathy und Tom die Krankenhauslobby. Zielsicher strebten sie auf den Auskunftstresen zu, Toms Hand immer an ihrem Ellbogen. Normalerweise hätte ihr das sehr gefallen, doch jetzt bemerkte sie es kaum. Sie war zu sehr von ihrer Angst um Sam in Anspruch genommen. Gott, warum war sie nicht bei ihr geblieben? Weil ihre Arbeit wieder einmal wichtiger gewesen war, wie so oft in ihrem Leben. Sie ließ es auch nicht als Entschuldigung gelten, dass Sam sie selbst weggeschickt hatte, weil sie sich ausruhen wollte. Dann hätte sie eben auf dem Flur warten müssen. Überhaupt, warum hatte die Polizei keine Wachen aufgestellt, wenn doch so offensichtlich ein Anschlag auf ihr Leben verübt worden war? Nein, sie hatten nur diesen einen griesgrämigen Detective geschickt. Wie hieß er noch – Guano, Gonzo? Gonzalez, das war es! Cathy beugte sich zu der Krankenschwester über den Tresen.

»Mein Name ist O'Donnell. Schwester Mae hat mich angerufen. Es geht um Samantha Dyson, Zimmer 213.«

Die Schwester betrachtete sie mit gerunzelter Stirn, dann klarte ihre Miene auf.

»Die verschwundene Patientin, richtig?«

»Genau. Wurde sie inzwischen gefunden?« Cathys Stimme klang hoffnungsvoller, als sie sich fühlte.

»Nein, bedaure.« Sie wandte sich an die neben ihr sitzende Kollegin. »Hast du etwas darüber gehört, Sue?«

Die angesprochene Schwester blickte auf. »Wie bitte?«

»Ich fragte, ob du etwas von der verschwundenen Patientin gehört hast.«

Sue blickte sie verwirrt an. »Eine Patientin wird vermisst? Ich hatte Pause und bin eben erst wiedergekommen. Ich weiß von nichts.«

»Samantha Dyson, Zimmer 213.«

Die junge Krankenschwester runzelte die Stirn.

»Dyson … 213 … Ach ja, vorhin war ihr Bruder hier. Vielleicht hat er sie mitgenommen.«

»Ihr Bruder?«

Ein perfektes Duo: Cathy und Tom sahen sich fragend an, dann stürzten sie sich auf die Schwester.

»Ihr Bruder war hier?«

»Hat er gesagt, dass er sie abholt?«

Die Krankenschwester sah leicht überfordert aus. »Ja, ich habe ihn nach oben geschickt. Aber er hat nichts davon gesagt, dass er sie mitnehmen wollte.«

»Haben Sie seinen Ausweis gesehen?«

Die Schwester lief rot an. »Nein. Das erschien mir nicht nötig.«

»Hören Sie mal, die Frau wurde fast von ihrem explodierenden Auto zerrissen. Denken Sie, so etwas passiert durch Zufall?« Toms Hand auf ihrem Arm stoppte Cathys Ausbruch. Sie atmete tief durch. »Wie sah er aus?«

»Ich weiß nicht. Normal. Dunkelblonde Haare, kräftig, etwas ungepflegt vielleicht. So genau kann ich mich nicht erinnern. Hier laufen so viele Leute rum.« Entschuldigend zuckte sie die Schultern.

Cathy blickte Tom ernst an. »Das hört sich nicht wie Sams Bruder an. Der hat braune Haare und ist eher schlank. Außerdem meine ich mich zu erinnern, dass sie erzählt hat, er wäre gerade mit einem Segelschiff unterwegs.«

»Shit.«

»Exakt mein Gedanke.« Sie wandte sich an die Krankenschwester. »Könnten Sie bitte Detective Gonzalez von der Mordkommission anrufen? Seine Zeugin ist ihm gerade verloren gegangen.« Damit drehte sie sich um und zog Tom mit sich.

»Wo willst du jetzt hin?«

»Sie suchen, was sonst. Und wenn ich jeden Winkel hier untersuchen muss.«

Tom glaubte zwar nicht, dass das etwas bringen würde, aber er folgte ihr.

Eine halbe Stunde später hatten sie das gesamte Krankenhaus durchsucht, aber keine Spur von ihrer Freundin gefunden. Cathy hatte ein furchtbar schlechtes Gefühl, wenn sie darüber nachdachte, was Sam zugestoßen sein konnte. Unglücklich blickte sie Tom an.

»Was machen wir jetzt?«

Tom zuckte mit den Schultern. »Wir hinterlassen eine Telefonnummer bei den Schwestern und fahren nach Hause. Vielleicht wartet Sam dort bereits auf dich, oder sie kommt noch irgendwann.«

»Glaubst du das wirklich?«

Tom verzog den Mund. »Nein, aber mehr können wir im Moment nicht unternehmen. Außer du willst hier noch auf diesen Detective Gonzalez warten.«

»Ich denke, das wird nicht ...«

»... nötig sein. Ich bin schon hier. Also, was steht an?«

Ruckartig drehte Cathy sich um. Tatsächlich, Detective Griesgram stand direkt hinter ihr. Wenn sie vorhin schon gedacht hatte, dass er finster aussah, dann wirkte er jetzt erst recht gefährlich. Er trug eine schwarze Motorradjacke, blaue Jeans und halbhohe Schnürstiefel. Seine Haare waren windzerzaust, seine dunkelbraunen Augen funkelten.

Sofort stellten sich Cathys Stacheln auf. Sie stach mit einem Zeigefinger in Richtung seiner breiten, lederbekleideten Brust.

»Sie haben ihre Zeugin verloren. Samantha Dyson ist einfach spurlos verschwunden. Wir haben überall gesucht. Ich verstehe nicht, wie sie eine Frau, die gerade knapp einem Mordversuch entgangen ist, einfach so unbewacht lassen konnten? Und überhaupt, ich kann mir nicht vorstellen, dass sie sie in den fünf Minuten, die sie bei ihr im Zimmer waren, ausführlich befragen konnten!«

Gonzalez' Miene war bei ihren Anschuldigungen immer düsterer geworden. Jetzt wirkte er, als würde er bedauern, seine Dienstwaffe gerade nicht dabeizuhaben. Er trat einen Schritt auf Cathy zu.

»Ich habe alle Zeugen der Explosion befragt. Niemand schien etwas Ungewöhnliches bemerkt zu haben. Und Miss Dyson hat nichts ausgesagt, was auf eine unmittelbare Bedrohung hindeutete. Also hat sie entweder selbst nicht gewusst, dass sie in Gefahr schwebt, oder sie hat mich belogen.«

Bei dieser Anschuldigung wurden Cathys Verteidigungsinstinkte wachgerufen.

»Das ist ja ungeheuerlich! Sam hat noch nie gelogen, und schon gar nicht bei so etwas Wichtigem. Außerdem haben sie nicht alle Zeugen befragt. Ich kann mich jedenfalls nicht erinnern, dass sie schon mit mir gesprochen haben!«

Gemächlich zückte Gonzalez sein Notizbuch und einen Stift.

»In Ordnung. Name?«

Cathy ballte die Fäuste, musste aber gestehen, dass sie selbst schuld war.

»Cathy O'Donnell.«

»Haben Sie die Explosion gesehen oder sonst etwas, was damit im Zusammenhang steht?«

»Nun, nein.«

Noch langsamer steckte er Block und Stift wieder ein.

»Gut, das war dann alles. Danke für Ihre Zeit.«

»Aber das ist doch ...«

Toms Hand legte sich auf Cathys Arm, um sie davon abzuhalten, sich auf den Detective zu stürzen. Der hatte sich umgedreht und sprach bereits mit der Krankenschwester.

»Lass ihn! Wir fahren jetzt erst mal nach Hause. Vielleicht wissen wir dann mehr.«

»Aber ...«

Tom legte seinen Arm um ihre Schultern und führte sie aus dem Krankenhaus zu ihrem Auto. Dort blieb er stehen, bis sie einstieg, und beugte sich dann noch einmal herunter.

»Ich fahre gleich hinter dir her, nur dass du dich nicht erschreckst.«

Fragend blickte sie zu ihm auf. »Warum?«

»Weil ich dich nach Hause begleite.«

»Wieso?«

»Ich möchte einfach sichergehen, dass dir da nichts passiert.«

»Aber Sam ist doch gar nicht mehr da!«

»Solange wir nicht wissen, warum Sam in Gefahr ist, müssen wir davon ausgehen, dass diese Gefahr vielleicht auch für ihre Umgebung gilt. Und da sie die letzten Tage bei dir war ...«

Tom ließ den Satz unausgesprochen, aber Cathy verstand ihn auch so.

»In Ordnung.«

Tom nickte und ging zu seinem Jeep. Er würde dafür sorgen, dass nicht auch noch Cathy etwas passierte. Er wusste nicht, was mit Sam geschehen war, vermutete aber das Schlimmste.

Cathy wartete unruhig vor der Haustür. Erleichtert beobachtete sie, wie Toms Jeep kurze Zeit später auf den Parkplatz bog. Im dichten Verkehr waren sie getrennt worden. Wie sehr seine Anwesenheit sie beruhigte, hatte sie erst gemerkt, als er nicht mehr da war. Doch jetzt parkte er seinen Wagen in Rekordzeit und kam auf sie zugelaufen. Auch in seiner Miene spiegelte sich Besorgnis. Kein Wunder, wenn Sam einfach so, ohne ein Wort, spurlos verschwunden war. Sam war ihre Freundin. Aber wenn Tom wirklich in sie verliebt war, dann war die Situation für ihn mindestens genauso schlimm. Trotzdem schaffte er es, Ruhe auszustrahlen und sie sogar entschuldigend anzulächeln, als er bei ihr eintraf.

»Entschuldige, du warst einfach zu schnell für mich.«

Damit nahm er ihr den Schlüssel aus der Hand und schloss die Haustür auf. Kopfschüttelnd folgte Cathy ihm in den Hausflur.

Tom öffnete auch die Wohnungstür und begann damit, sich wieder in der Wohnung umzusehen, bevor sie protestieren konnte. Nicht, dass sie überhaupt daran gedacht hätte. Nach dem, was Sam heute passiert war, hatte sie überhaupt erst begriffen, welche Gefahr lauerte. Wenn wirklich jemand eine Bombe an ihrem Auto angebracht hatte, dann war es auch nicht auszuschließen, dass hier jemand auf Sam wartete oder ebenfalls eine Bombe platziert hatte. Der Gedanke veranlasste sie, hinter Tom herzurennen.

»Warte!«

Tom drehte sich um und zog fragend eine Augenbraue hoch.

»Was ist, wenn hier irgendwo eine Bombe ist?«

Tom bewahrte seine Fassung, auch wenn er eine Spur blasser wurde. Entschieden schüttelte er den Kopf.

»Nein, das glaube ich nicht.«

Cathys Stimme stieg um eine Oktave. »Woher willst du das wissen?«

»Erstens war das Schloss eben noch völlig in Ordnung und die Tür abgeschlossen, und zweitens ist das hier deine Wohnung und nicht Sams. Sie könnten nicht sicher sein, damit auch Sam zu treffen. Also würde es ihnen überhaupt nichts bringen.«

Cathy beruhigte sich etwas, auch wenn ihr der Gedanke immer noch einen Heidenschrecken einjagte.

»Sei aber trotzdem vorsichtig, ja?«

Beruhigend lächelte Tom sie an. »Das bin ich immer.«

Um ihm nicht im Weg zu sein oder ihn abzulenken, zog Cathy sich in die Küche zurück, nachdem Tom sie überprüft hatte. Sie blickte in den Kühlschrank. Im Gefrierfach fand sie noch zwei Pizzas, die sie auspackte und in den Backofen schob. Das Mindeste, was sie tun konnte, nachdem Tom seine Freizeit für sie opferte, war, ihm eine Mahlzeit anzubieten. Also deckte sie schnell den Tisch, während er die Wohnung durchsuchte.

»Alles okay.«

Cathy zuckte zusammen und wirbelte dann herum, eine Hand auf ihrem wild klopfenden Herzen.

»Gott, hast du mich erschreckt.« Sie atmete ein paar Mal tief durch, dann gelang ihr ein zögerliches Lächeln. »Möchtest du noch zum Essen bleiben? Es gibt Pizza, Champignon oder Käse-Schinken, du hast die Wahl.«

Langsam trat Tom näher, auf seinem Gesicht ein nicht zu definierender Ausdruck.

»Hört sich gut an. Ich fürchte, in meinem Kühlschrank herrscht mal wieder gähnende Leere.« Er lächelte. »Wie wäre es mit Hälfte-Hälfte?«

Eine ganze Weile arbeiteten Morgan und Sam stumm, aber einträchtig nebeneinander. Nachdem die Fenster, Stoßstangen, Griffe und sonstige nicht einzufärbende Teile abgedeckt waren, nahm sich jeder eine Dose weißen Sprühlacks in die Hand und begann, eine Seite des Autos einzufärben. Obwohl die Arbeit mühselig war, konnte Sam sich dabei bald entspannen. Die Luft war selbst im Schatten noch angenehm warm, die Blätter raschelten über ihren Köpfen, Vögel zwitscherten. So konnte sie fast vergessen, was alles passiert war und dass sie auch weiterhin noch in Gefahr schwebten. Sie mussten sich beeilen, wenn sie das Auto noch bei Tageslicht fertig verwandeln wollten.

Bald warf Sam ihre leere Sprühdose zur Seite und ging um den Wagen herum, um sich eine neue Dose zu holen. Dabei stieß sie fast mit John zusammen, der sich gerade ebenfalls bückte, um sich Nachschub zu holen.

»Hoppla. Glaubst du, die Farbe reicht für das ganze Auto?«

John blickte zu ihr auf. In den Falten, die sich um Mund und Augen eingegraben hatten, konnte Sam erkennen, dass er ziemlich große Schmerzen haben musste. Kein Wunder, die Fahrt und die Anspannung waren gar nicht gut für seine Verletzungen. Aber er hatte kein Wort darüber verloren, und sie wollte ihn auch nicht darauf ansprechen. Hoffentlich übernahm er sich nicht und lag am Ende nicht ganz auf der Nase. Noch einmal würde sie ihn wohl nicht hin und her transportieren können, schon gar nicht in ihrem derzeitigen Zustand. Sie bückte sich ebenfalls und legte ihre Finger um eine Dose, genau in dem Moment, als John sich dieselbe griff. Er ließ sie los, als hätte er sich die Finger daran verbrannt. Sam blickte auf und genau in seine Augen. Grau. Sie hatte sich schon gefragt, welche Farbe seine Augen hatten, und jetzt sah sie es: ein silbriges Grau mit einigen wenigen blauen Punkten. Die Zeit schien stillzustehen, während sie so ineinander versunken hinter dem Auto hockten. Schließlich schüttelte John den Kopf, um den Bann zu durchbrechen.

»Sie muss reichen, mehr Farbe haben wir nicht, und wir können auch nicht zurückfahren, um mehr zu besorgen.«

Er sprach von dem Autolack. Hatte sie sich diesen Moment eben nur eingebildet? Oder war ihr Interesse nur einseitig? Nein, dann hätte er sie vorhin nicht so geküsst. Er musste etwas für sie empfinden.

»Gut.« Damit schnappte sich Sam ihre Dose und machte sich wieder an die Arbeit.

XXX

Morgan ließ sich auf die Hacken zurücksinken und fuhr mit beiden Händen über sein Gesicht. Beinahe hätte er sie wieder an sich gerissen und auf ihren verführerischen Mund geküsst. Wahrscheinlich wusste sie gar nicht, was sie mit ihm anstellte, wenn sie ihn mit ihren großen, blauen Augen so ansah. Man konnte so deutlich ihre Gefühle darin sehen, als wären sie der Spiegel zu ihrer Seele. Gerade eben hatte Interesse darin gelegen, Faszination und auch eine gewisse Scheu – und Verlangen. Mit zusammengebissenen Zähnen nahm er sich eine neue Dose, zog den Deckel ab und fing mit dem Sprühen an.

Es zeichnete sich jetzt schon ab, dass die neue Lackierung nur auf Entfernung für weiß gehalten werden würde. Also würden sie sich am besten nachts auf den Weg machen und tagsüber irgendwo einen Unterschlupf suchen, bis sie an einem sicheren Ort angekommen waren. Ihm schwebte da auch schon ein bestimmter Platz vor. Doch dafür würden sie einige Tage unterwegs sein. Und einen wirklich weiten Umweg um Grand Junction herum machen müssen. Er wollte nicht Gefahr laufen, wieder in die Hände seiner »Kumpane« zu geraten. Einmal hatte ihm vollauf gereicht. Sein Gesicht verzog sich zu einer Grimasse, als er daran dachte, was sie mit ihm angestellt hatten.

Sam warf gerade einen Blick über das Autodach, als sie sah, wie sich Johns Miene verzerrte.

»Warum machst du nicht eine kurze Pause?«

Leichte Röte stieg in seine Wangen. »Nein. Dafür haben wir keine Zeit.«

»Aber es bringt auch nichts, wenn du jetzt zusammenklappst.«

Er blickte sie scharf an. »Warum sollte ich das? Mir geht es gut.«

»Du sahst aber eben nicht so aus.«

»Sam ...«

Sie hob die Hände. »Okay, ich bin ja schon still. Ich wollte es nur gesagt haben.«

Sein Mund verzog sich zu einem leichten Lächeln. »Danke.«

»Bitte.«

Sam tauchte hinter dem Auto ab und bearbeitete weiter den unteren Teil ihrer Seite. Es war wirklich erstaunlich, wie gut sie sich hielt nach dem, was ihr gerade erst passiert war. Klaglos und vor allem ohne ihn mit Fragen zu löchern, leistete sie ihren Anteil an ihrer hoffentlich gelingenden Flucht. Es war klar, dass die Fragen früher oder später kommen würden, aber Sam wusste anscheinend genau, dass jetzt nicht der richtige Zeitpunkt war. Morgan warf einen letzten Blick auf die Umgebung und widmete sich dann wieder seiner Aufgabe. Dabei unterdrückte er konsequent sämtliche Gedanken, die ihn bei seiner Arbeit behinderten. Das gelang ihm auch sehr gut, bis auf die Erinnerung an den Kuss, den sie geteilt hatten. Hartnäckig wiederholte er sich immer wieder in seinem Kopf. Bis Morgan meinte durchzudrehen, wenn er Sam nicht sofort wieder berührte. Seine Hände zitterten, und Schweiß rann an seinen Schläfen hinab. Sein Schaft regte sich. Morgans Mundwinkel verzogen sich nach oben. Wenigstens wusste er jetzt, dass die Wunde an seiner Hüfte keinen bleibenden Schaden hinterlassen hatte.

Sam richtete sich auf und sah gerade noch Johns Grinsen.

»Was ist so lustig?«

Morgans Kopf ruckte herum. Röte kroch auf seine Wangen.

»Äh ... nichts.«

»Ach, komm schon. Ich könnte jetzt auch etwas Spaß gebrauchen.«

Morgan schüttelte den Kopf. »Ich habe mich nur gerade über mich selbst amüsiert. Nichts, was dich interessieren würde.« Was natürlich gelogen war. Wenn sie seine Gedanken geahnt hätte, wäre sie wahrscheinlich so schnell es ging weggelaufen. Oder sie hätte sich auf ihn geworfen, wenn er das Verlangen in ihrem Blick vorhin richtig gedeutet hatte. Er wusste nicht, was ihm lieber gewesen wäre. Wahrscheinlich Ersteres, denn alles andere würde ihre Situation nur noch zusätzlich verkomplizieren. Eine Ablenkung wäre wohl angebracht. »Bist du mit deiner Seite schon fertig?«

Sam verzog den Mund. »So gut es eben geht. An manchen Stellen schimmert das Blau noch durch. Entweder müssen wir es so akzeptieren oder später noch mal eine Schicht aufsprühen.«

»Okay. Willst du eine Pause machen?«

»Nein, lieber nicht. Ich fürchte, es wird knapp, wenn wir fertig werden wollen, bevor es ganz dunkel ist.«

Morgan nickte. »Dann fang schon mal mit dem Kofferraum an, ich mache dann gleich die Motorhaube.«

Sam salutierte. »Ja, Sir!«

Chuck und Eddie saßen in ihrem Mietwagen an einer der großen Ausfallstraßen und beobachteten den zähen Verkehr. Bald würde es dunkel werden, und die Aufgabe, die beiden Flüchtigen zu entdecken, würde noch viel schwieriger, wenn nicht sogar unmöglich werden. Sie konnten natürlich bei sämtlichen Hotels und Motels die Parkplätze überprüfen, aber Chuck glaubte nicht, dass Frank in der Stadt geblieben war. Wahrscheinlich hatte er sich inzwischen schon auf den Weg in ein Versteck gemacht, wo sie ihn nie mehr aufspüren würden. Chuck schluckte. Für ihn würde das dann wohl das Todesurteil bedeuten. Er konnte nur hoffen, dass einer von Geralds zahlreichen Kontaktmännern eine Spur von dem Auto fand.

Wie auf Befehl klingelte in diesem Moment das Handy. Chuck zuckte zusammen, als er die Nummer auf dem Display erkannte: Es war sein Boss. Mit nervösen Fingern drückte er auf eine Taste und hielt das Telefon ans Ohr.

»Ja?«

»Ich habe Marke und Kennzeichen durch eine Datenbank für Zulassungen laufen lassen. Es ist auf einen Händler in Moab, Utah, gemeldet. Wahrscheinlich hat Frank es dort gekauft oder geklaut, und die Änderungen sind bisher noch nicht eingegeben worden. Ich schicke, wenn das Auto heute nicht mehr auftaucht, morgen Früh jemanden nach Moab, der den

Händler befragt. Ihr werdet weiter in Salt Lake City bleiben, bis ich euch etwas anderes sage.«

»Ist gut, Boss.«

»Und wenn ich erfahre, dass ihr auf der faulen Haut gelegen habt, anstatt Tanner und diese Tussi überall zu suchen, dann könnt ihr euch gleich einen Grabstein besorgen.«

Bevor Chuck antworten konnte, wurde die Verbindung unterbrochen. Mit leerem Blick starrte er durch die Windschutzscheibe, bis Eddie ihn ansprach.

»Und was jetzt?«

»Wir werden jetzt noch mal alle Orte absuchen, an denen wir Samantha Dyson gesehen haben: ihr Haus, das ihrer Freundin, die Universität. Wenn wir Frank und die Frau heute nicht finden, fährt jemand nach Moab und befragt dort den Händler, der Frank anscheinend das Auto verkauft hat. Ich frage mich nur, wie er in seinem Zustand überhaupt so weit gekommen ist. Entweder hat diese Dyson ihn dort hingebracht, oder er hatte noch andere Hilfe. Und was das für uns heißen würde, muss ich dir wohl nicht sagen, oder?«

Eddie unterdrückte ein Fluchen und steckte sich eine neue Zigarette an. Mindestens die zehnte, seit sie hier saßen. Chuck hatte das Gefühl, dass sie beide an Raucherlunge sterben konnten, bevor diese Sache vorüber sein würde.

Sam warf die letzte Dose beiseite und richtete sich stöhnend auf.

»So, besser wird's nicht.«

Morgan blickte sie über die Länge des Autodachs an.

»Ich bin hier auch gleich fertig. Den Umständen entsprechend finde ich das Resultat eigentlich ganz ordentlich.« Sein Mund verzog sich zu einem Lächeln. »Du hast nicht zufällig eine künstlerische Ader?«

Sam blickte ihn erstaunt an. »Wieso?«

»Weil einer von uns versuchen muss, die Nummernschilder so zu verändern, dass es nicht sofort auffällt.«

Skeptisch betrachtete Sam die alten, verbeulten Schilder mit den verblichenen Zahlen.

»Nun ja, schlimmer kann es ja kaum werden. Ich versuche es einfach mal.«

»Das ist die richtige Einstellung. Farbe und Pinsel sind auf dem Rücksitz.«

Sam machte sich sofort an die Arbeit, es wurde nämlich zusehends dunkler, und sie hatten keine anderen Lichtquellen dabei. Die Änderungen waren schnell gemacht, ein F wurde zum E, eine 3 zur 8, eine 7 zum Z. Einer längeren Betrachtung würde es natürlich nicht standhalten, aber fürs Erste musste es reichen. Dem vorderen Nummernschild ließ sie die gleiche Behandlung zuteil werden, nachdem John die Motorhaube fertig gesprüht hatte. Dann trat sie einen Schritt zurück, um ihr Werk zu begutachten. Wirklich nicht schlecht, wenn sie das von sich und ihrem Werk so sagen durfte.

Morgan trat neben sie, die farbbespritzten Hände an einem alten Lappen abwischend, den er im Kofferraum entdeckt hatte.

»Das sieht richtig professionell aus. Du warst früher nicht zufällig Nummernschildmaler?«

Sam lachte. »Nein. Obwohl ich zugeben muss, dass ich einmal zusammen mit meinem Bruder Rey einen Wagen verziert habe auf dem Schulhof, weil er sich von einem Lehrer ungerecht behandelt fühlte.«

Lächelnd schüttelte Morgan den Kopf. »Und, seid ihr entdeckt worden?«

Sam blickte ihn empört an. »Natürlich nicht!«

»Dann lass uns hoffen, dass es diesmal genauso läuft.«

Sam verging das Lachen. »Was passiert, wenn sie uns trotzdem finden?«

»Dann hoffen wir, dass sie langsamer sind als wir.«

»John ...«

Morgan legte einen Finger auf ihre Lippen. »Pst, nicht jetzt. Wir sollten uns erst noch ein wenig ausruhen, bevor wir losfahren. Auf der Fahrt erzähle ich dir dann, was du wissen willst. Versprochen.«

Zögernd nickte Sam. »Okay. Willst du auch was zu essen? Ich sterbe fast vor Hunger.«

»Eine gute Idee. Seit dem Frühstück heute Morgen habe ich nichts mehr gegessen.«

»Ich auch nicht.« Plötzlich schlug sich Sam die Hand vor den Mund. »Gott, ich habe Cathy ganz vergessen. Sie wollte mich heute Nachmittag aus dem Krankenhaus abholen. Sie ist bestimmt schon ganz außer sich vor Sorge!«

Morgan nickte mitfühlend. »Das kann ich mir vorstellen. Verwandtschaft?«

»Wie? Oh, nein, eine Freundin. Ich habe die letzten Tage bei ihr gewohnt, nachdem mein Haus verwüstet war. Ich wünschte, ich könnte sie anrufen, damit sie weiß, dass es mir gut geht.«

Morgan blickte sie nachdenklich an. Dann fasste er einen Entschluss.

»Ich habe ein Handy ...«

»Was?!«

Morgan hielt eine Hand hoch. »... aber wir können deine Freundin nicht anrufen. Die Gefahr ist einfach zu groß, dass ihr Telefon abgehört wird und man dadurch auf unsere Spur kommt.«

Sam sackte enttäuscht zusammen. »Ich verstehe.«

Morgan legte einen Arm um ihre Schulter und zog sie zu sich heran.

»Nein, tust du nicht. *Wir* können sie nicht kontaktieren, aber mein Freund kann es. Wenn du mir ihre Nummer aufschreibst, kann ich sie an ihn weitergeben.«

Sams Augen leuchteten im Dämmerlicht. »Das wäre toll!«

Morgan grinste. »Ja. Überleg dir schon mal, was er ihr von dir sagen soll, während ich das Telefon hole.«

Sam beobachtete, wie John sich auf den Fahrersitz setzte und zum Handschuhfach hinunterbeugte. Dabei spannten sich die Muskeln in Bein und Hinterteil an und bildeten ein interessantes Relief durch den dünnen Stoff der Hose. Sam stand einfach nur da und vergas alles. Sie genoss das Vergnügen, diesen Mann zu beobachten. Als er sie ansprach, erwachte sie erst wieder aus ihrer Verzückung.

»Uh, wie bitte?«

»Ich fragte, ob dir etwas eingefallen ist, was deine Freundin erfahren sollte.«

»Nur, dass es mir gut geht und sie sich keine Sorgen machen soll. Ach ja, glaubst du, dein Freund könnte anschließend noch einmal anrufen, falls sie eine Nachricht für mich hat?«

»Aber sicher.«

»Gut, dann war das wohl alles. Obwohl, vielleicht wäre es besser, wenn sie noch meine Familie informieren könnte, damit sie nicht morgen auf der Matte stehen.«

»Das wäre wohl sinnvoll. Die Nummer?«

»Ach ja.« Schnell holte Sam Zettel und Stift aus ihrem Rucksack und schrieb Cathys Telefonnummer samt Vorwahl darauf. »Ihr Name ist Cathy. Cathy O'Donnell. Und ihr Temperament passt zu ihrem Namen.«

»Ich werde Zach vorwarnen.« Damit wählte er aus dem Kopf Zachs Handynummer. Gut, dass er ein gutes Zahlengedächtnis hatte, sonst wäre er aufgeschmissen gewesen. Schon nach dem zweiten Freizeichen meldete Zach sich.

»Murdock.«

»Ich bin's.«

»Gut. Ich hatte mir schon Sorgen gemacht. Alles in Ordnung?«

»Mehr oder weniger. Ich habe Sam im Krankenhaus gefunden, allerdings waren meine lieben Freunde auch dort und sind uns gefolgt.«

»Verdammt.«

»Exakt. Wir konnten sie glücklicherweise abschütteln. Aber sie haben jetzt garantiert sämtliche wichtigen Daten vom Auto. Könntest du Shane bitte sagen, er möchte noch mal mit dem Händler reden? Da wird bestimmt in nächster Zeit eine Nachfrage kommen, wer denn das Auto gekauft hat.«

»Mache ich.«

»Danke. Hast du noch etwas herausgefunden?«

Ein tiefer Seufzer drang durch die Leitung. »Nichts Gravierendes. Das FBI besteht darauf, dass ihre Untersuchung nicht kompromittiert werden darf. Also können wir nichts weiter unternehmen. Wir können nur abwarten und hoffen, dass sie Whites Bande, wie versprochen, in den nächsten Wochen hochgehen lassen.«

»Na toll. Trotzdem danke, dass du es versucht hast. Ich werde mich jetzt zusammen mit Sam in nächster Zeit rar machen. Aber du kannst mich jederzeit über dieses Handy erreichen. Zumindest solange der Akku hält. Danach werde ich dir eine andere Nummer geben.«

»In Ordnung.«

»Ich hätte noch eine Bitte: Könntest du vielleicht bei einer Cathy O'Donnell anrufen und sie wissen lassen, dass es Sam gut geht? Ich wollte nicht von hier aus anrufen, um uns nicht zu verraten, falls jemand ihr Telefon überwacht.«

»Kein Problem. Noch jemanden?«

»Nein. Bitte sie auch gleich, dass sie bei Sams Familie anruft, damit die sich auch keine Sorgen machen, ja? Und falls sie eine Nachricht für Sam hat, kannst du sie dann bitte an uns weiterleiten?«

»Natürlich. Hast du die Nummer?«

Morgan zog den Zettel zurate und diktierte Zach die Telefonnummer.

»Hast du sie?«

»Ja. Und es geht dieser Sam auch wirklich gut?«

Morgan warf einen Blick auf Sam, die unruhig neben ihm auf und ab ging.

»Ja. Sie hält sich wirklich sehr gut.« Er drehte sich um und entfernte sich ein paar Schritte. »Gibt es wirklich nichts, was wir tun können, damit sie so schnell wie möglich ihr normales Leben fortsetzen kann? Ich habe ein wirklich schlechtes Gewissen, dass ich sie da mit reingezogen habe.«

»Leider nicht. Aber dich trifft daran keine Schuld. Sie war nur einfach zur falschen Zeit am falschen Ort. Aus deiner Sicht natürlich genau richtig, um dich zu retten. Du verdankst ihr einiges, Morgan.«

»Ich weiß. Und ich zahle es ihr mit immer mehr Komplikationen zurück.« Seufzend schüttelte er den Kopf. »Wenn du irgendetwas Wichtiges hörst, dann ruf mich hier unter Shanes Nummer an, okay?«

»Wird gemacht. Pass auf dich auf.«

Langsam ließ Morgan das Telefon sinken. Er hatte auf bessere Nachrichten gehofft, aber nicht wirklich damit gerechnet. Es sah so aus, als müssten sie auf unbestimmte Zeit irgendwo unterkriechen.

XXXI

Cathy wollte gerade die Pizza aus dem Ofen nehmen, als das Telefon klingelte. Erschrocken ließ sie den Lappen fallen, mit dem sie das heiße Blech anfassen wollte. Tom trat neben sie und hob ihn wieder auf.

»Geh du ans Telefon, ich mache das hier schon.«

Cathy nickte dankbar, ging zum Telefon und hob den Hörer ab.

»Sam?«

Eine fremde Männerstimme antwortete ihr.

»Nein. Aber ich habe eine Nachricht von ihr für Sie.«

Cathys Finger krallten sich um den Hörer, bis ihre Knöchel weiß hervorstanden.

»Wer sind Sie? Haben Sie ihr etwas getan?«

»Natürlich habe ich ihr nichts getan. Ich leite nur eine Nachricht für sie weiter. Sie lässt Ihnen ausrichten, dass es ihr gut geht und Sie sich keine Sorgen machen sollen.«

»Wenn es ihr gut geht, warum meldet sie sich dann nicht persönlich?«

»Weil sie gerade keine Möglichkeit dazu hat. Es wäre zu gefährlich für sie, falls Ihr Telefon angezapft ist.«

»Angezapft? Was meinen Sie damit?«

Ein Seufzer drang durch die Leitung. »Falls jemand mithört oder jemand Zugriff auf die Nummern hat, die Ihren Anschluss anwählen oder von dort aus angerufen werden.«

Cathy schwieg schockiert. Daran hatte sie überhaupt noch nicht gedacht.

»Und Sie haben davor keine Angst?«

Die Stimme lachte. »Nein. Wenn jemand meine Nummer überprüft, wird er feststellen, dass es sich um ein Mobiltelefon handelt. Eigentümer ist das New York Police Department. Ich denke nicht, dass dann noch jemand weitergräbt.«

»Sie sind Polizist?«

»Ja.«

»Das soll ich glauben? Was hat ein New-Yorker Polizist mit Sams Verschwinden zu tun? Wollen Sie mich verarschen?«

Wieder dieses Lachen. »Nein, eigentlich nicht. Ich versuche nur, für einen Freund eine Nachricht zu überbringen. Sam hat ausrichten lassen, dass Sie nicht leicht zu überzeugen wären, sie hatte Recht.«

Cathy sog scharf die Luft ein. »Das hat mich jetzt überzeugt. Geht es ihr wirklich gut?«

»Ja, im Moment schon. Ich will nichts beschönigen, es könnte sein, dass sie noch nicht außer Gefahr ist. Aber wir werden alles tun, um sie zu schützen.«

»Wir?«

»Kein Kommentar.«

»Hat Sam sonst noch etwas gesagt?«

»Sie bittet Sie, ihre Familie zu kontaktieren, damit sich dort keiner Sorgen macht.«

»Kein Problem. Sie weiß vermutlich noch nicht, wann sie zurückkommt, oder?«

Ein Seufzer. »Nein. Das hängt auch noch mit anderen Umständen zusammen, die sie und wir nicht beeinflussen können. Ich wünschte, ich könnte Ihnen etwas anderes sagen. Aber wenn sich etwas Neues ergeben sollte, werde ich mich wieder bei Ihnen melden, wenn Sie das möchten.«

»Das wäre nett.«

»Soll ich Sam etwas von Ihnen ausrichten?«

»Nur dass ich alles für sie regele. Sie soll ganz beruhigt sein. Vor allem soll sie auf sich aufpassen.« Cathys Stimme klang erstickt. »Ach ja, Detective Gonzalez vom Salt Lake City Police Department ist über ihr Verschwinden nicht gerade erfreut. Er stellt jetzt überall Fragen.«

»Ich werde es weitergeben. Um den Detective kümmere ich mich. Bis bald.« Damit legte er auf.

Wie betäubt hielt Cathy den Hörer in der Hand. Tom trat von hinten an sie heran und nahm ihr sanft den Hörer aus der Hand. Vorsichtig stellte er ihn in die Ladestation. Dann umfasste er Cathys Schultern und drehte sie zu sich herum. Ihre Augen waren riesig in ihrem blassen Gesicht. Die Sommersprossen traten deutlich hervor.

»Was ist passiert? Wer war das?«

»Ich habe keine Ahnung. Angeblich ein Polizist aus New York. Er sagte, Sam gehe es gut.«

»Und, glaubst du ihm?«

Cathys großer Mund zitterte leicht. »Ich weiß nicht. Ich denke schon.« Sie schüttelte hilflos den Kopf. »Vielleicht möchte ich ihm auch einfach nur glauben.« Unruhig fuhr sie mit der Hand durch ihre zerzausten Locken. »Gott, was ist, wenn sie in der Gewalt von irgendwelchen Verbrechern ist?«

Toms Mund verzog sich. »Warum sollte dann extra jemand hier anrufen und dir etwas anderes erzählen?«

Mit den Fingern drückte Cathy ihre schmerzenden Schläfen. »Was weiß ich? Ich verstehe sowieso nicht, wie das Ganze passieren konnte! Du etwa?«

»Nein. Komm jetzt, die Pizza wird sonst kalt.«

Cathy funkelte ihn an. »Wie kannst du jetzt an Essen denken?«

Schulterzuckend ließ Tom sie los. »Weil ich Hunger habe?«

Er blickte sie ernst an. »Ich mache mir genauso viele Sorgen um Sam wie du. Aber ich denke nicht, dass es ihr helfen wird, wenn wir nichts mehr essen, bis sie wieder auftaucht. Komm, wir können beim Essen darüber reden, was wir jetzt unternehmen, okay?«

Widerwillig folgte Cathy ihm in die Küche. Irgendwie war ihr der Appetit seit dem Telefongespräch vergangen. Dabei sollte sie doch froh sein, dass es Sam anscheinend gut ging. Wenn sie dem Anrufer doch nur glauben könnte!

Während Morgan in die schnell dunkler werdende Umgebung starrte, hatte Sam bereits die Packung Bagels und zwei Schmelzkäsestangen herausgekramt. Diese hielt sie ihm jetzt entgegen.

»Cola oder Seven Up?«

»Ich nehme Seven Up, vielen Dank.« Er öffnete die Dose und nahm einen tiefen Schluck. Die trockene Hitze hatte seinem Körper viel Feuchtigkeit entzogen. Morgan beobachtete mit hungrigen Augen, wie Sam an ihrer Käsestange knabberte. Gott, was gäbe er dafür, jetzt dieser Käse zu sein! Morgan verschluckte sich prompt bei diesem Gedanken. Die Flüssigkeit geriet in seine Luftröhre und brachte ihn zum Husten. Er räusperte sich kräftig und wischte sich die Tränen aus den Augenwinkeln.

»Wolltest du etwas sagen, bevor du dich verschluckt hast?«

Gut, dass sie seine roten Ohren nicht sehen konnte. »Äh, ja. Mein Freund wird deine Freundin anrufen und ihr sagen, dass es dir gut geht.«

»Danke. Hoffentlich glaubt sie ihm auch, dass die Nachricht von mir stammt. Sie ist nicht gerade gutgläubig.«

»Keine Angst, Zach kann sehr überzeugend sein, wenn er will. Außerdem ist er Detective, wenn sie ihm nicht glaubt, wem sonst?«

Sam ließ beinahe ihren Bagel fallen. »Dein Freund ist bei der Polizei? Warum ist er dann nicht hier und beschützt uns?«

»So einfach ist das nicht. Erstens hat er keinerlei Befugnisse hier in der Gegend. Zweitens möchte ich ungern auch noch ihn in Gefahr bringen, wenn es sich vermeiden lässt. In einer Notsituation würde ich ihn natürlich sofort kontaktieren.«

»Und wie würdest du unsere heutigen Erlebnisse dann definieren?«

Morgan zuckte die Schultern. »Unangenehm, aber noch zu meistern. Außerdem hätte er uns sowieso nicht zu Hilfe kommen können, weil er sich meinetwegen gerade in der FBI-Zentrale in Quantico aufhielt.«

Sam ließ sich schwer auf den Fahrersitz sinken.

»FBI auch noch? Wo bin ich hier überhaupt hineingeraten?« Sie konnte Johns Miene nicht sehen, spürte aber seine Reaktion. Sie sprach weiter, bevor er den Mund aufmachen konnte. »Ja, ich weiß, nachher. Auf die Geschichte bin ich wirklich schon gespannt.«

Morgans Stimme wehte leise zu ihr herüber. »Sie ist nicht besonders schön.«

Sams Miene wurde sanfter.

»Das kann ich mir vorstellen, aber ich muss sie trotzdem hören. Vor allem hoffe ich, dass du zu den Guten gehörst.«

Morgan stieß ein kurzes Lachen aus. »Es mag vielleicht im Moment nicht so aussehen, aber es ist wirklich so.«

Sam erhob sich und ging zu ihm. Ihre kühlen Finger umfassten seine rauen Wangen.

»Ich weiß, ich habe es gefühlt.«

Morgan war sprachlos. Wie sollte er reagieren? Ihre Worte, aber auch ihre Berührung lösten in ihm das Bedürfnis aus, sie zu halten, ihr nahe zu sein. Zum Glück klingelte das Telefon, bevor er dem Verlangen nachgeben konnte. Erleichtert atmete er auf, als Sams Hände sich entfernten und sie ein paar Schritte zurücktat. Zugleich vermisste er bereits die Wärme ihres Körpers, das Gefühl ihrer Hände auf seiner Haut. Er hielt das Handy ans Ohr.

»Ja?«

»Hier ist Zach. Ich habe mit dieser Cathy gesprochen. Nach einiger Überzeugungsarbeit konnte ich sie dazu bringen, mir zu glauben, dass ihre Freundin sich in Sicherheit befindet. Sie lässt ausrichten, dass sie sich um alles kümmern wird. Ach ja, und sie erwähnte einen Detective Gonzalez, der Fragen über Sam stellte, nachdem sie so schnell nach der Explosion verschwunden ist. Soll ich mich mal mit ihm unterhalten?«

Morgan blickte Sam an. »Soll mein Freund sich mit einem Detective Gonzalez kurzschließen? Er scheint sich für dich zu interessieren.«

Sam zuckte zusammen. »Mist, den hatte ich ganz vergessen. Eigentlich sollte ich morgen Früh meine Aussage machen. Daraus wird jetzt wohl nichts. Sag deinem Freund, ich wäre ihm ewig dankbar, wenn er mit ihm sprechen könnte.«

Morgan nickte. »Sie sagt …«

»Ich habe es gehört. Betrachte es als erledigt. Sonst hat sich nichts Neues ergeben. Ich melde mich dann, sobald ich etwas von meinem FBI-Freund erfahre. Er hat mir versprochen, er würde mich sofort benachrichtigen, wenn sich die Sache erledigt hat.«

»Okay. Vielen Dank. Bis bald.«

»Passt auf euch auf.«

»Machen wir.« Morgan beendete das Gespräch und legte das Handy wieder auf den Beifahrersitz. »Deine Freundin kümmert sich um alles.«

Sam fiel ein Stein vom Herzen. So musste sie sich wenigstens keine Gedanken um ihre Familie, ihre Arbeit oder ihr Haus machen. Es reichte, wenn sie sich Sorgen darum machte, ob sie bald von irgendwelchen mordlüsternen Banditen gefunden wurden. Außerdem war ihr auch ihr Begleiter ein Rätsel. Sie war sich inzwischen sicher, dass er kein Verbrecher war, was er ja auch bestätigt hatte. Natürlich hätte er lügen können, denn sie hatte keine Möglichkeit, seine Angaben nachzuprüfen, aber sie vertraute ihm. Mehr noch, sie mochte diesen Mann. Zumindest das, was sie bisher von ihm wusste. Was sie jedoch wirklich überraschte, war die starke körperliche Anziehung, die sie zu ihm verspürte. Und das schon seit einiger Zeit. Bereits draußen auf dem Plateau hatte sie erste Anzeichen davon bemerkt, doch seit ihrem Kuss waren ihre Gefühle noch viel stärker geworden.

Was sie hauptsächlich davon abhielt, ihrem Verlangen nachzugeben, war Johns Abwehrreaktion auf ihre Berührungen. Den Kuss hatten sie beide nicht kommen sehen, daher hatte er sich hingegeben und nicht darüber nachgedacht. Sam hatte seine schiere Leidenschaft jedenfalls fast umgehauen. Doch seitdem zog er sich immer wieder sofort zurück, fast als hätte er Angst davor, dass etwas passieren könnte. Warum tat er das? Welchen Grund gab es, ihrer gegenseitigen Anziehung nicht nachzugeben? War er etwa gebunden, hatte eine Frau, womöglich Kinder? Erschrocken fuhr Sam auf. Oh nein, konnte er den Gefühlen, die sie in seinen Augen zu erkennen geglaubt hatte, gar nicht nachgeben, weil er nicht frei war?

»Was ist los?«

Morgans Frage ließ sie zusammenzucken. Zögernd blickte sie ihn an. In der Dunkelheit konnte sie nur noch einen schwachen Umriss erkennen. Das machte es ihr leichter, die Frage zu stellen, die ihr auf der Zunge lag.

»Ich habe mich gerade gefragt, ob du verheiratet bist.«

Morgans Schweigen bezeugte seine Überraschung. »Nein, bin ich nicht.«

»Hast du eine Freundin?«

Wieder eine Pause. »Nein. Wieso willst du das wissen?«

Weil ich an dir interessiert bin, Dummkopf.

»Nur so. Wir haben uns geküsst, und ich wollte einfach nur wissen, ob ich damit jemandem auf die Füße trete.«

Morgan räusperte sich. »Hör zu, Sam. Ich entschuldige mich für den Kuss. Das hätten wir nicht tun sollen. Es lag nur an der gespannten Situation und hatte nichts zu sagen.«

Sam versuchte, sich ihre Verletztheit nicht anmerken zu lassen.

»Wen versuchst du jetzt zu überzeugen, dich oder mich? Ich für meinen Teil fand den Kuss jedenfalls sehr schön, und ich weigere mich, dafür Ausreden zu suchen.«

John war anscheinend sprachlos, sein Mund klappte auf und zu. Schließlich wehte seine raue Stimme durch die Nacht.

»Du weißt nicht, wovon du redest. Es war einfach nur eine überzogene Reaktion, das war alles.«

Sam baute sich dicht vor ihm auf. »Hast du einfach nur Angst, die Gefühle zuzulassen? Ich hätte nicht gedacht, dass du in der Beziehung so ein Feigling bist. Und noch etwas ...«, sie stach zur Bekräftigung ihrer Worte mit dem Finger in seine Brust, »... behandele mich bitte nicht, als wäre ich deine kleine Schwester. Ich bin eine erwachsene Frau und treffe schon seit einiger Zeit meine eigenen Entscheidungen!« John gab einen unterdrückten qualvollen Laut von sich. Sofort wandelte sich ihr Ärger in Besorgnis. »Habe ich dir wehgetan?«

John wehrte sie mit einer Hand ab, als sie näher kommen wollte. Sie sah seine Augen glitzern. Unsicher blieb sie stehen.

»John?«

Rau und kaum zu verstehen kam seine Stimme aus der Dunkelheit.

»Geh schon mal ins Auto! Ich komme gleich nach.«

Verunsichert blickte Sam noch einmal auf den dunklen Schatten, dann folgte sie seinem Vorschlag. Was hatte sie getan? Hatte ihr kleiner Stoß ihn wieder verletzt? Eigentlich hatte sie ihn weit oberhalb seiner Rippen berührt. Oder war es etwas gewesen, was sie gesagt hatte? Aber was? War er dermaßen empfindlich? Ihm war doch sicherlich klar, dass sie es nicht so gemeint hatte. Verunsichert krabbelte sie auf den Beifahrersitz und versuchte, es sich dort so gemütlich wie möglich zu machen. Sie fand das Handy und legte es ins Handschuhfach. Da die Luft langsam kühler wurde, zog sie die Tür hinter sich zu. Noch war ein Rest der warmen Nachmittagsluft im Auto. Trotzdem wünschte Sam sich, sie hätte im Einkaufszentrum auch an einen langärmeligen Pullover oder eine Jacke gedacht. Aber jetzt war es zu spät. Sie musste einfach das Beste aus der Situation machen.

Scheinbar endlos dauerte es, bis John schließlich neben ihr auftauchte. Er öffnete die Tür.

»Steig aus, du kannst hinten bestimmt bequemer schlafen.«

Sam schüttelte den Kopf. »Ich habe es mir hier schon gemütlich gemacht. Leg du dich hinten hin. Dann kannst du auch deine Verletzungen ein bisschen schonen.«

»Aber …«

»Ich werde hier bestimmt nicht weggehen. Entweder du nutzt die Rückbank, oder du musst dich hinter das Lenkrad quetschen.«

Morgan blickte sie schweigend an. Dann seufzte er. »Bist du immer so stur?«

Sam zeigte grinsend ihre Zähne. »Ja. Gewöhn dich besser dran.«

Kopfschüttelnd warf Morgan die Tür wieder zu und kletterte auf die Rückbank, nachdem er die Einkäufe in den Fußraum befördert hatte. Mit einem tiefen Seufzer streckte er sich aus, so weit es seine langen Beine zuließen. Es tat wirklich gut, seine verletzten Rippen zu entlasten. Die lange Autofahrt und die Anspannung hatten dazu geführt, dass er permanent den dumpfen Schmerz verspürte, unterbrochen von Phasen reinster Agonie, immer dann, wenn er sich falsch bewegt oder zu tief geatmet hatte. Er schloss die Augen und bemühte sich, so ruhig und gleichmäßig wie möglich zu atmen. Der Schlaf rückte immer näher, in wenigen Sekunden würde er schweben …

»Wie heißt du wirklich?«

Morgans Augen flogen auf. »Sam!«

Sie drehte sich zu ihm um. »Ich meine es ernst. Ich kann nicht mit einem Mann schlafen, wenn ich noch nicht mal seinen Namen kenne.«

Morgan unterdrückte das Verlangen, ihren Mund zu stopfen, vorzugsweise mit seinem eigenen.

»Du bist eine echte Nervensäge, weißt du das?«

»Ja. Also?«

Morgan kapitulierte. »Morgan.«

Sam lächelte in die Dunkelheit. »Ja, der Name passt zu dir, viel besser jedenfalls als John. Gute Nacht.«

»Schlaf schön.« Er selbst würde jetzt wohl keinen Schlaf mehr finden. Nach ihrer Bemerkung war er wieder hellwach, alles an ihm. Verdammt! Er brauchte den Schlaf, damit er für die nächtliche Fahrt fit war. Doch alles, an was er denken konnte, war sein breites, bequemes Bett in seiner Wohnung in Denver und eine anschmiegsame Sam neben ihm. Oder unter ihm. Über ihm? Gott, er war unmöglich! Sie hatte es bestimmt nur im harmlosen Sinn gemeint, als sie von »schlafen« gesprochen hatte. Oder?

XXXII

Appetitlos schob Cathy die Pizzastücke auf ihrem Teller hin und her. Neidisch beobachtete sie, wie Tom Gabel für Gabel in seinen Mund schob. Wie konnte er in einer Situation wie dieser überhaupt etwas herunterbringen? Schon allein der Geruch verursachte ihr leichte Übelkeit. Tom fing ihren Blick auf und ließ die Gabel sinken.

»Du bist dir immer noch nicht sicher, oder?«

Cathy schüttelte den Kopf. »Nein. Ich würde zu gerne glauben, dass es Sam gut geht und sie in Sicherheit ist. Aber irgendwie fehlt mir dazu der Beweis.«

Tom runzelte die Stirn. »Aber hat der Anrufer denn mit irgendeinem Wort angedeutet, dass er ihr etwas antun will?«

»Nein, es klang alles, als würde er es auch so meinen. Aber das heißt ja nichts.«

»Ich schlage vor, wir gehen jetzt erst einmal davon aus, dass er die Wahrheit gesagt hat. Und morgen Früh rufen wir diesen Detective Gonzalez an und reden mit ihm. Vielleicht hat er eine Lösung.«

Cathys Gesicht hellte sich auf. »Dann können wir auch gleich danach fragen, ob sich bei ihm ein Detective aus New York gemeldet hat!« Auf Toms fragenden Blick hin erläuterte sie ihre Idee. »Er hat mir gesagt, er kümmert sich darum, als ich erwähnte, dass Gonzalez nach Sam gefragt hat.«

Tom lächelte. »Siehst du, so einfach können wir das überprüfen. Wir müssen nur eine Nacht darüber schlafen, dann haben wir Sicherheit. Und wenn nicht, dann werden wir den Detective darauf ansetzen. Ich wüsste jedenfalls nicht, was wir beide da ausrichten sollten.«

»Ich auch nicht. Ich komme mir nur so verdammt hilflos vor. Als wäre ich Zuschauer in einem Kinofilm und könnte nichts an den Geschehnissen ändern.« Sie verzog das Gesicht. »Ich hasse dieses Gefühl!«

»Es ist auch nicht gerade mein bevorzugtes.«

Lächelnd umfasste Cathy seine geballte Faust. »Jedenfalls bin ich sehr froh, dass ich wenigstens deine Unterstützung habe.«

Toms blaue Augen verdunkelten sich, als sie ihn berührte. Funken schienen zwischen ihnen hin- und herzufliegen, während ihre Blicke ineinander tauchten. Mit einiger Mühe gelang es Tom schließlich, sich aus der Verzauberung zu befreien.

»Ich bin immer für dich da.«

Cathys Mund verzog sich zu einem breiten Lächeln. »Das merke ich mir.«

Irritiert zog Tom seine Hand zurück und nahm die Gabel wieder auf. Flirtete sie etwa mit ihm? Nein, er musste sich getäuscht haben. Wahrscheinlich war sie einfach nur dankbar, dass sie jemanden zum Anlehnen hatte. Himmel, er selbst war froh, dass er jetzt nicht alleine in seiner dunklen Bude sitzen und darüber nachdenken musste, was Sam alles passieren konnte. Trotzdem war dieses kleine Flackern zwischen ihnen unerwartet gewesen. Was würde geschehen, wenn er sie küsste? Sein Blick wanderte zu ihrem Mund. Er war breit und voll, gerade strich ihre rosa Zungenspitze über ihre feuchten Lippen. Tom riss seinen Blick hoch und räusperte sich.

Cathy hatte ihre Augen leicht amüsiert auf ihn gerichtet. Mit ihren manikürten Fingernägeln zupfte sie am Rand ihrer Pizza herum. Fasziniert betrachtete Tom die roten Nägel. Bisher waren sie ihm nie so aufgefallen. Jetzt fand er sie einfach nur sexy. Die Vorstellung, diese Hände könnten über seinen Körper wandern, erregte ihn. Unbehaglich rutschte er auf seinem Stuhl herum. Er sollte sich jetzt ganz schnell auf etwas anderes konzentrieren, bevor hier noch ein Unglück geschah. Er wollte Cathy beschützen, dafür war er hier. Mit der Erinnerung an die Verbrecher, die draußen herumliefen und vielleicht in genau diesem Moment vor der Tür standen, gewann er seine Fassung wieder. Ruhig nahm er Messer und Gabel wieder auf und attackierte seine Pizza.

Gefesselt beobachtete Cathy, wie Tom mit sich kämpfte, gewann und schließlich seelenruhig weiter aß. Sie wünschte sich, sie hätte seine Selbstbeherrschung. Ihr ganzer Körper war heiß und feucht und sehnte sich nach seiner Berührung. Doch die würde wahrscheinlich nicht kommen. Enttäuscht blickte sie auf ihren Teller hinunter.

»Ich bleibe heute Nacht hier.«

Cathy blieb der Mund offen stehen. »Wie bitte?«

Tom legte seine Gabel beiseite und blickte sie ernst an. »Ich werde heute Nacht auf der Couch schlafen. Ich möchte nicht riskieren, dass derjenige oder diejenigen, die hinter Sam her sind, auch dich bedrohen.«

Cathy öffnete den Mund, um zu protestieren, klappte ihn dann aber wieder zu. Sie wollte nicht alleine sein, also brauchte sie gar nicht dagegen zu reden. Und wenn Tom hier übernachten würde, umso besser.

»In Ordnung.«

Tom, der schon mit einer längeren Auseinandersetzung gerechnet hatte, gelang ein Nicken. Gott, worauf hatte er sich nur eingelassen? Er würde garantiert kein Auge zubekommen. Aber das war wahrscheinlich auch nicht so schlecht, schließlich wollte er sie bewachen.

»Ich kann dir das Gästezimmer fertig machen, ich räume nur schnell Sams Sachen zur Seite und beziehe das Bett frisch, dann …«

Tom unterbrach sie. »Das ist nicht nötig, ich werde es mir einfach auf der Couch gemütlich machen. Ich will sowieso nicht schlafen, sondern Wache halten. Und das kann ich besser vom Wohnzimmer aus.«

»Aber …«

Tom hob die Hand. »Es ist in Ordnung, wirklich.«

Wie erwartet gab Cathy schnell nach, ein Zeichen dafür, dass sie wirklich ungern alleine bleiben wollte. Er konnte es ihr nicht verdenken.

Langsam rollte der unauffällige Mietwagen über den vollen Parkplatz. Eddie kurbelte die Scheibe hinunter und warf seine Zigarette aus dem Fenster.

»Da ist der Wagen von dieser Rothaarigen. Keine Spur von Frank und seiner Schrottkiste. Fahren wir.«

Chuck drehte eine weitere Runde und hielt hinter einem Jeep.

»Dieser junge Typ ist auch wieder da.«

»Woran erkennst du das? Es gibt hier bestimmt Tausende von Jeeps.«

»Aber keinen mit einem Aufkleber ›Ich bremse auch für Trilobiten‹.«

Eddie grinste. »Stimmt. Glaubst du, sie treiben's gerade? Die Rote sah ja ziemlich heiß aus. Meinst du, sie hat überall diese Sommersprossen?« Er leckte sich über seine fleischigen Lippen.

Chuck verzog angewidert den Mund. »Das ist mir eigentlich ziemlich egal. Wir haben hier eine Aufgabe, wenn du dich noch daran erinnerst.« Er bog auf die Straße ab. »Fahren wir noch mal zu ihrem Haus. Vielleicht haben sie sich dort verkrochen und das Auto woanders abgestellt. Das Werkzeug haben wir ja noch dabei.«

»Gute Idee. Aber glaubst du, dass Frank so doof ist?«

Chuck zuckte die Schultern. »Nein. Aber andererseits hat er sich ja schon einmal erwischen lassen.«

»Was wollte er da eigentlich im Büro?«

»Ich habe keine Ahnung, dafür werde ich nicht bezahlt.«

Morgan lauschte Sams tiefen Atemzügen. Nach ihrer Bemerkung mit dem Schlafen war sie anscheinend ohne Mühe in einen tiefen Schlaf versunken, während er immer noch wach lag. Er hatte schon Schäfchen gezählt, meditiert und versucht, sein Gehirn leer zu fegen, aber nichts hatte geholfen. Sein Körper wurde immer schwerer, aber sein Geist war so wach wie eh und je. So würde er sich nie ausruhen können. Im Geiste verdammte er Gerald White und seine eigene Idiotie, die an der derzeitigen Misere schuld waren. Er könnte jetzt ganz bequem in seinem eigenen Bett liegen, ohne Schmerzen, ohne den ständigen Gedanken daran, dass eine begehrenswerte Frau nur ein paar Zentimeter von ihm entfernt schlief. Doch er hatte sich vor Monaten eingebildet, er könnte alleine eine ganze Drogenbande ausräuchern. Wie war er auf diese hirnverbrannte Idee gekommen? Hatte die Trauer sämtliche Sicherungen bei ihm durchbrennen lassen? Anscheinend, eine andere Erklärung konnte er heute jedenfalls nicht dafür finden.

Er wollte einfach nur die Leute, die für Maras Tod verantwortlich waren, dafür bestrafen. Hätte er gewusst, dass das FBI bereits in diesem Fall ermittelte, wäre er damit wahrscheinlich zufrieden gewesen. Aber da ihn niemand darüber aufgeklärt hatte, sah er sich gezwungen, selbst etwas zu unternehmen. *Idiot*. Dadurch hatte er nicht nur sich gefährdet, sondern auch noch andere Personen wie zum Beispiel Sam, die einfach nur das Pech gehabt hatte, ihm zu begegnen. Ein weiterer guter Grund dafür, seine Finger von ihr zu lassen. Er hatte ihr schon genug Probleme bereitet, ohne dass er sie jetzt auch noch mit sexuellen Begierden verfolgte. Er konnte die Anziehung schließlich ignorieren, einer seiner großen Pluspunkte war schon immer seine Willensstärke gewesen. Mit diesem beruhigenden Gedanken glitt er in den Schlaf hinüber.

Es schienen nur wenige Momente vergangen zu sein, als er davon aufwachte, dass jemand an seiner Schulter rüttelte. Benommen öffnete er seine Augen zu Schlitzen.

»Lass mich weiterschlafen, Mara.« Damit drehte er sich zur Seite. Zumindest versuchte er es, aber etwas hinderte ihn daran. Gleichzeitig fuhr ein stechender Schmerz durch seine Brust. Nach Luft schnappend fuhr er auf. Seine Augen öffneten sich ganz und glitten suchend umher. Ein Gesicht kam als verschwommener, heller Fleck in sein Blickfeld. Sam! Langsam erkannte er seine Umgebung wieder. Anscheinend war er doch irgendwann eingeschlafen, und Sam hatte versucht, ihn zu wecken. Mit einer zitternden Hand fuhr er über sein Gesicht.

»Wie spät ist es?«

»Nach 22 Uhr.«

Seine Finger glitten durch seine zerzausten Haare.

»Okay. Ich komme nach vorne, und dann können wir losfahren.«

Sam nickte, bevor sie sich wieder umdrehte. Morgan öffnete die Tür zur gleichen Zeit, als sie ausstieg.

»Ich verschwinde mal kurz hinter die Büsche.«

Morgan blickte ihr hinterher, bis er ihre Gestalt nicht mehr erkennen konnte. Eigentlich hatte sie da eine gute Idee. Wer wusste schon, wie lange es dauern würde, bis sie in die Nähe einer Toilette kamen? Er folgte ihrem Beispiel und verschwand hinter einem Baum. Kurze Zeit später trafen sie sich am Auto wieder.

»Noch einen Snack, bevor wir fahren?«

»Nein, danke. Für mich nichts, ich weiß nicht, wann wir das nächste Mal irgendwo einkaufen können.«

Das klang nicht gerade optimistisch.

»Rechnest du damit, dass sie uns wiederfinden?«

Morgan kam auf sie zu. »Eigentlich nicht, aber ich will diesmal auf alles vorbereitet sein.«

»Okay.« Damit ging Sam um den Wagen herum zur Fahrerseite.

»Wo willst du denn hin?«

»Ich fahre diesmal.«

»Nein.«

»Doch. Hast du deinen Führerschein hier? Papiere?«

Morgan biss die Zähne zusammen. »Nein.«

»Siehst du. Es wäre bestimmt nicht gut, wenn uns die Polizei anhält, und du kannst dich dann nicht ausweisen. Besser ich fahre.«

Widerwillig gab Morgan zu, dass Sam Recht hatte. Er hatte sie in diese Situation gebracht, er wollte sie auch wieder hinausbringen. Und sich nicht von ihr kutschieren lassen. Zähneknirschend ging er zur Beifahrerseite und ließ sich in den Sitz fallen.

Sam beobachtete zufrieden, wie er nachgab. Sie waren sicher, niemand wusste, wo sie waren, und das Auto sah jetzt auch anders aus als vorher. Solange es dunkel war, hatten sie nichts zu befürchten. Das sah offenbar auch Morgan so, denn als er sich erst einmal mit der Situation abgefunden hatte, entspannte er sich im Sitz und streckte seufzend seine langen Beine aus.

»Wo wollen wir langfahren?«

Morgan holte die Straßenkarte aus dem Handschuhfach und schlug sie an der richtigen Stelle auf. Gemeinsam beugten sie sich darüber. Mit dem Zeigefinger fuhr Morgan die Straße nach, die sie nachmittags gefahren waren. Dann tippte er auf einen Punkt.

»Wir müssten jetzt ungefähr hier sein. Ich wäre dafür, dass wir die Straße weiterfahren und dann über diese kleinen Nebenstraßen. Es wäre wahrscheinlich nicht so ratsam, über die Interstate zu fahren, da haben sie bestimmt Wachtposten. Aber sie können unmöglich sämtliche kleinen Straßen überwachen.«

Sam blickte ihn an. »Haben wir ein bestimmtes Ziel?«

»Das weiß ich noch nicht genau. Auf jeden Fall wollen wir so schnell wie möglich hier aus der Gegend weg und dann irgendwann nach Osten. Aber da ich einen weiten Bogen um Grand Junction machen muss, bleibt nur noch der Norden oder der Süden. Ich wäre für Süden, weil im Norden das Gebirge ist, mit weniger Straßen. Die Strecke ist also leichter zu überwachen.«

»Ich verstehe. In Ordnung, machen wir es so.«

»Ich denke, wir können ab übermorgen gefahrlos tagsüber fahren. Dann wird uns keiner mehr auf den Fersen sein.«

Sam betrachtete ihn schweigend. »Wollen wir es hoffen.«

XXXIII

Morgan schien Recht zu behalten. Es tauchte wirklich niemand mehr auf, der sie verfolgte. Auf dem schmalen, von Bäumen gesäumten Weg rechnete sie auch nicht damit, aber selbst auf den folgenden Straßen waren nur wenige Autos unterwegs, sodass man gut beobachten konnte, ob es jemand auf sie abgesehen hatte. Morgan entspannte sich etwas neben ihr auf dem Beifahrersitz, seine Hände krampften sich nicht mehr um die Seiten des Sitzes. Die Karte hatte er aufgeschlagen auf dem Schoß liegen, um ihr im Notfall den Weg sagen zu können. Doch seit sie auf dem Highway waren, brauchte er das eigentlich gar nicht mehr, denn diese Straße hatte sie schon öfter genommen, wenn sie zu ihren Eltern in Kanab unterwegs war.

»Wie wäre es, wenn wir nach Kanab zu meinen Eltern fahren?«

Morgan dachte kurz darüber nach und schüttelte dann bedauernd den Kopf.

»Nein, da werden sie zuerst suchen.«

Sam blickte ihn entsetzt an. »Meinst du, sie sind in Gefahr?«

»Das glaube ich nicht. Wahrscheinlich wird jemand sie anrufen oder in der Gegend herumschnüffeln. Aber Geralds Macht reicht nicht so weit, dass er es sich leisten könnte, auf unschuldige Leute loszugehen, nur weil sie etwas wissen könnten.«

Sam atmete erst auf, doch dann überkam sie die Wut. »Ach ja? Und warum hatten sie es dann auf mich abgesehen? Ich wusste noch nicht einmal was!«

Morgan lächelte bedauernd. »Ja, ich weiß. Aber sie konnten nicht davon ausgehen, wenn sie ihr Unternehmen schützen wollen. Du warst vor Ort, also denken sie, dass du etwas weißt. Außerdem, hattest du nicht etwas von Fotos gesagt?«

»Ja! Die hatte ich ganz vergessen. Ich habe sie in meinem Rucksack. Eigentlich kann man kaum etwas darauf erkennen. Es war einfach zu dunkel. Helle Scheinwerfer, ein heller Wagen und zwei Männer, die eine Grube graben. Und ein Bündel daneben – alles extrem undeutlich und dunkel.«

Morgan zuckte unwillkürlich zusammen. Sam sah es aus den Augenwinkeln und schalt sich innerlich für ihre unsensiblen Worte. Sie nahm ihre Hand vom Lenkrad und legte sie über Morgans Faust. Sanft drückte sie, bis sie merkte, wie sich seine Muskeln langsam entspannten.

»Tut mir Leid. Ich wusste nicht, was ich sonst hätte tun können. Ich hatte keine Ahnung, was in dem Sack war, nur dass es lebte. Wenn ich irgendwelche Waffen gehabt hätte, wäre ich vermutlich eine Konfrontation eingegangen, aber so …« Sie zuckte hilflos die Schultern.

Morgan hob ihre Hand an seine Lippen und hauchte einen Kuss darauf.

»Du hast dich genau richtig verhalten. Alles andere hätte nur dazu geführt, dass du ebenfalls tot gewesen wärest.« Er atmete tief durch. »Ich kann nicht sagen, dass ich diese Erfahrung noch einmal wiederholen möchte. Aber wenn ich wüsste, dass du wieder da sein würdest, um mich rechtzeitig auszubuddeln, hätte ich garantiert viel weniger Angst.« Ein Grinsen zuckte an seinen Mundwinkeln. »Gut, dass ich bewusstlos war, sonst hätte ich bestimmt für den Rest meines Lebens Albträume.«

»Ich werde sie bestimmt haben. Allein die Vorstellung, jemanden oder etwas auszugraben …« Sie schüttelte sich. »… und dann schießt plötzlich etwas heraus und packt dich am Arm.«

»Entschuldige, ich war noch nicht ganz bei Sinnen, und die Hand war das Einzige, was ich irgendwie bewegen konnte.«

»Schon gut, so wusste ich wenigstens, dass du noch am Leben warst. Etwas Totes auszugraben, wäre wirklich zu gruselig gewesen.«

Morgan verzog den Mund. »Wem sagst du das.«

Sie lächelten sich an, zufrieden, dass die Aktion so gut ausgegangen war. Bis jetzt.

Morgan wurde ernst. »Ich bedaure wirklich, dich da mit reingezogen zu haben, das war nicht meine Absicht.«

»Ich weiß. Deshalb hast du mich ja auch in Vernal weggeschickt, obwohl du alleine kaum einen Finger rühren konntest.«

»Genau. Wie wir gesehen haben, hat das aber auch nichts genützt. Sie haben dich trotzdem gefunden.«

»Ich frage mich immer noch, wie sie das geschafft haben.«

Morgan zuckte die Schultern. »Wahrscheinlich haben wir im Zelt irgendetwas übersehen.«

»Verdammt.«

»Ja.«

»Andererseits hatte es auch etwas Gutes.«

Morgan blickte sie entgeistert an. »Was denn?«

»Wenn sie mich nicht gefunden hätten und ich in Gefahr gewesen wäre, dann hättest du dich doch nie wieder bei mir gemeldet, oder?«

Morgan schwieg.

Sam drehte ihren Kopf zu ihm um. »Habe ich Recht?«

»Ja. Aber vermutlich wäre das für uns alle besser gewesen.«

»Sprich bitte nur für dich selbst. Ich habe dir einige Nachrichten hinterlassen, warum hast du dich nie gemeldet? Es hätte mir viel bedeutet zu wissen, dass du in Ordnung warst.«

Morgan seufzte. Sie würde nicht locker lassen.

»Ich habe die Nachrichten erst gestern abgehört, als deine letzte Nachricht aus dem Krankenhaus kam. Danach bin ich sofort losgefahren.« Er blickte in den Seitenspiegel, um zu überprüfen, ob sie verfolgt wurden. »Vom Motelzimmer aus habe ich meinen Freund angerufen.«

»Den Detective?«

»Genau. Ich dachte eigentlich, er wäre in New York, aber durch Zufall war er auch gerade in Utah. Er hat sich sofort ins Auto gesetzt und mich abgeholt.« Ein Lächeln huschte über sein Gesicht. »Ich war nicht gerade in der besten Verfassung, als er eingetroffen war. Er hat mich ins Auto geschafft und zu seinen Freunden transportiert, die er gerade besuchte. Viel weiß ich von der folgenden Nacht nicht, aber anscheinend hatten sie auch gleich noch eine befreundete Ärztin informiert, die mich dann zusammengeflickt hat.«

»Das ist gut. Ich hoffe, ich habe nichts falsch gemacht und dir noch mehr Schaden zugefügt.«

»Unsinn. Alle waren regelrecht begeistert von deiner innovativen Wundversorgung.«

Röte stieg in Sams Wangen. »Ich hatte nichts anderes ...«

»Ich weiß.« Er strich mit einem Finger über Sams Wange. »Und ich bin dir dankbar, dass du dich so gut um mich gekümmert hast.«

»Gern geschehen. Auch wenn ich gestehen muss, dass ich hoffe, ich werde in absehbarer Zeit so etwas nicht noch mal machen müssen.«

»Das hoffe ich auch. Zumindest nicht unbedingt bei mir.«

Schweigend fuhren sie die nächsten Minuten über die immer leerer werdenden Straßen. Nur hin und wieder kam ihnen ein Auto entgegen, hinter ihnen war nur Dunkelheit. Morgan entspannte sich immer mehr. Um sie jetzt noch zu entdecken, müssten ihre Verfolger wirklich verdammt viel Glück haben. Irgendwann musste er doch auch mal die Oberhand haben. Es sah so aus, als wäre jetzt der Zeitpunkt dafür.

»Wer sind diese Leute, und was wollen sie von dir?«

Morgan seufzte innerlich. Sam hatte wirklich lange durchgehalten.

»Unsere Verfolger gehören zu einer Bande von Drogenschmugglern und Dealern. Ihr Anführer ist ein reicher Geschäftsmann namens Gerald White. Angeblich hat er sein Vermögen in der IT-Branche gemacht. In Wirklichkeit verdient er sein Geld im Drogenhandel. Es konnte ihm bloß noch niemand nachweisen. Für ein paar Monate war ich undercover in die Bande eingeschleust. Ich wurde erwischt, als ich gerade in Geralds Büro eingebrochen war.«

»Undercover? Heißt das, du bist Polizist oder so etwas?«

Morgan lachte zerknirscht. »Nein. Dann wäre ich wahrscheinlich auch nicht erwischt worden.«

»Was bist du dann?«

»Beruflich? Brandermittler.«

Sams Kopf drehte sich zu ihm herum. »Was?«

»Brandermittler. Du weißt schon, jemand, der durch abgebrannte Gebäude geht und nach Hinweisen sucht, wer oder was den Brand verursacht hat.«

»Ach so. Aber was hattest du dann bei einer Drogenbande zu suchen?«

»Das ist eine lange Geschichte.«

»Wir haben viel Zeit.«

Chuck starrte mit brennenden Augen vor sich hin. Gott, war er müde. Solche Nachtaktionen war er einfach nicht mehr gewohnt. Sie hatten gerade Samantha Dysons Haus ein zweites Mal von vorne bis hinten durchsucht, aber keine Spur von den beiden Ausreißern gefunden. Sie mussten noch nicht einmal das Schloss aufbrechen. Wie sie ja nur zu gut wussten, hatte der Schlosser überhaupt keine Gelegenheit gehabt, das kaputte Schloss auszuwechseln. Der Gedanke, bei der Uni anzurufen und sich als der Schlosser auszugeben, war genial gewesen, woher sollten sie auch wissen, dass anstelle der Frau plötzlich irgend so ein Knilch in den Wagen steigen würde. Seufzend stieg Chuck wieder in das Mietauto. Er hatte keine Ahnung, wo sie sich jetzt noch aufhalten konnten. Wer wusste schon, wie viele Freunde und Bekannte sie hier irgendwo in der Nähe hatte, die ihnen Unterschlupf gewähren würden.

Eddie stieg nach einem letzten Rundgang zu ihm ins Auto.

»Wohin jetzt?«

Chuck zuckte die Schultern. »Ich habe keine Ahnung. Die Universität?«

»Glaubst du, das ist sinnvoll? Vielleicht ist die Polizei noch da.«

Chuck erbleichte. »Auch wieder wahr. Aber was könnten wir sonst noch machen? Außer wirklich sämtliche Parkplätze abzusuchen.«

Eddie verzog den Mund. »Wir könnten uns auch ein Motelzimmer nehmen. Muss ja keiner erfahren.«

»Willst du wirklich riskieren, dass der Boss das hört?«

Seufzend ließ Eddie den Motor an. »Nein, nicht unbedingt. Also, suchen wir weiter.«

»Genau.«

Morgan wollte nicht über Mara und die Gründe für seine Ermittlung sprechen, aber Sam hatte ein Recht darauf, die Wahrheit zu erfahren. Auch wenn es ihm vorkam, als müsste er sich dafür kaum vernarbte Wunden wieder aufreißen und sein Innerstes entblößen. Aber er war selbst schuld, er hatte schließlich diese ganze leidige Angelegenheit gestartet. Gedankenversunken starrte er aus seinem Fenster. Ein Schild sauste vorbei. Fairview? Der Name kam ihm irgendwie bekannt vor. Er blickte auf die aufgeschlagene Karte herunter. Richtig, das war die Stadt, an der sie die Straße verlassen wollten.

»Fahr die nächste Straße rechts.«

Sam setzte den Blinker und fuhr in den Ort ab.

»Was jetzt?«

»Du folgst dieser Straße, bis du zur nächsten Abzweigung kommst. Dort biegst du wieder nach rechts ab.«

»Okay.« Sie blickte ihn kurz an. »Erzähl weiter.«

Morgan schloss kurz die Augen, um sich auf die Tortur vorzubereiten. Fast wünschte er sich, wieder in den Händen von Geralds Bande zu sein – aber nur fast.

»Vor acht Monaten habe ich einen Anruf von Mara bekommen, dass sie mir dringend etwas erzählen müsste. Leider hat sie nur meinen Anrufbeantworter erreicht, weil ich zu der Zeit gerade in Durango in den Ermittlungen zu einem riesigen Fabrikbrand steckte. Ich habe die Nachricht erst zwei Tage später bekommen, aber da war es schon zu spät.« Morgan brach ab und schluckte schwer. In jeder Linie seines Gesichts zeichnete sich sein Kummer ab.

Sam warf ihm einen raschen Blick zu. Sie glaubte fast, seinen Schmerz spüren zu können. Ein dicker Knoten bildete sich in ihrer Brust.

»Wer ist Mara? Du hast sie mehrfach im Delirium und im Schlaf erwähnt.«

»Meine Schwester. Ich habe sie aufgezogen, nachdem unsere Eltern gestorben waren, als sie gerade sechs Jahre alt war.«

»Das tut mir Leid.« Sam verschränkte ihre Finger mit seinen. Morgan drückte sie kurz.

Er riss sich sichtbar zusammen. »Mara ist zu Hause ausgezogen, als sie gerade achtzehn war. Sie ging nach Grand Junction, um dort eine Ausbildung als Schmuckdesignerin zu beginnen. Sie hat auch damit angefangen, aber dann lernte sie Gerald White kennen.« Morgan spie den Namen aus. Fast schmerzhaft umklammerte seine Hand ihre Finger. »Er hat sie umgarnt und verführt, bis sie schließlich nachgegeben hat. Von da an hat sie ihr vorheriges Leben Stück für Stück abgelegt. Sie hat die Ausbildung, die immer ihr Traum gewesen war, einfach so aufgegeben. Von einem Tag auf den anderen.« Er schluckte. »Ich war zu der Zeit damit beschäftigt, mir selbst endlich das Leben zu schaffen, das ich haben wollte, und habe zuerst überhaupt nichts mitbekommen. Gott, ich hätte für sie da sein müssen, dann wäre das alles nicht passiert!« Seine Miene war eine Maske des Selbsthasses. »Was war ich für ein Elternersatz, dass ich mich nur um mich kümmerte?«

Sams Stimme war sanft. »Sie war erwachsen und lebte ihr eigenes Leben.«

»Das mag sein, aber ich war trotzdem für sie verantwortlich.«

Sam lachte. »Glaub mir, Morgan, wir Frauen sind durchaus in der Lage, unser eigenes Leben zu führen, wenn wir erwachsen sind. Ich habe auch gegen meine Eltern rebelliert, als ich in dem Alter war.«

Morgans Augen blitzten sie an. »Das mag sein, aber du bist deshalb nicht gestorben!«

XXXIV

Sam trat scharf auf die Bremse. Der Wagen brach aus und schlingerte, bevor sie ihn wieder fing und vorsichtig auf den unbefestigten Seitenstreifen fuhr. Sam drehte den Kopf und blickte Morgan in dem durch die Anzeigen nur wenig beleuchteten Auto an. Ihre Stimme zitterte.

»Sie ist tot?«

Morgan nickte, während es in seinem Kiefer arbeitete. Aus seiner zugeschnürten Kehle drang kein Laut.

»Oh, mein Gott, das tut mir so Leid!«

Wieder nickte Morgan. Zu mehr schien er im Moment nicht in der Lage zu sein.

»War es ein Unfall oder ...« Die anderen Möglichkeiten waren zu schrecklich, um sie sich überhaupt vorzustellen.

Ein schrecklicher Laut entfuhr Morgan, halb Lachen, halb Schluchzen, der Sam unter die Haut fuhr.

»Nein, nach Aussage der Polizei hatte sie sich reines Heroin gespritzt. »

Sam war sprachlos. Was konnte sie auch schon sagen, das Morgan nicht bestimmt schon hundert Mal gehört hatte? So umfasste sie nur seine verkrampfte Faust und versuchte ihm dadurch wenigstens etwas Trost zu spenden.

Morgan blickte sie mit brennenden Augen an. »Für die Polizei gab es nur diese zwei Möglichkeiten: Entweder hatte sie Selbstmord begangen oder sich aus Versehen zu reinen Stoff gespritzt. Niemand kam auf die Idee, dass es vielleicht merkwürdig war, dass sie plötzlich hatte Drogen nehmen sollen, obwohl sie gar keine Einstiche hatte. Und ihren Anruf auf meinem Anrufbeantworter haben sie auch als unwichtig abgetan. Das war vor acht Monaten.« Morgan holte tief Luft, aber als er weitersprach, hörte man ihm immer noch die Frustration und Trauer an. »Ich habe mehrmals mit der Polizei gesprochen, aber sie haben nie eine richtige Ermittlung gestartet. Also beschloss ich ein paar Wochen später, im Umfeld von White zu recherchieren, um herauszufinden, was wirklich passiert war.« Er stieß ein bitteres Lachen aus. »Hätte sich nur jemand die Mühe gemacht, mir zu erzählen, dass bereits eine FBI-Ermittlung im Gange war und die Polizei deshalb nichts tun konnte, dann wäre ich gar nicht auf diese blöde Idee gekommen.«

»Das FBI ermittelt im Fall deiner Schwester?«

»Nein, sie haben ungefähr zu der Zeit ihres Todes einen Undercover-Agenten in die Bande eingeschleust. Sie wollen Gerald White Drogenhandel nachweisen und sammeln dafür Beweise. Ich weiß nicht, wer der Agent ist. Mir ist niemand aufgefallen, aber das ist wohl auch richtig so. Jedenfalls hätte es mir genügt zu wissen, dass überhaupt ermittelt wurde. Es hat mich fast wahnsinnig gemacht, tatenlos zuzusehen, dass meiner Schwester nachgesagt wurde, sie hätte sich umgebracht. Dabei war da eindeutig etwas faul.«

»Das kann ich mir vorstellen. Wie bist du überhaupt in die Bande hineingekommen?«

Morgan lachte bitter. »Durch einen Trick. Ich bin Gerald ein paar Tage lang unauffällig gefolgt und habe so seine Aktivitäten ausgekundschaftet. Eines Abends ist er in eine Kneipe außerhalb Grand Junctions gegangen und hat sich dort ein paar Stunden aufgehalten, ohne seine Bewacher. Ich habe die Gelegenheit genutzt und seine Benzinleitung aufgeschnitten. Er ist dann auf freier Strecke liegen geblieben, und ich bin als rettender Engel auf meinem Motorrad vorbeigekommen und habe ihn mitgenommen. Anscheinend dachte er, er wäre mir was schuldig, denn als ich erwähnte, dass ich zurzeit keinen Job hätte, hat er mir einen angeboten.« Er atmete heftig ein. »Ich habe angenommen.«

»Und was hast du dort gemacht?«

Morgan blickte sie lange an. »Sicher, dass du das wissen willst?«

»Ja.«

Morgans Mund verzog sich schmerzlich.

»Zu Anfang waren es nur ganz unbedeutende Tätigkeiten. Doch irgendwann fasste er Vertrauen zu mir, und danach habe ich für Gerald Kontakte geknüpft, seine Lieferungen logistisch vorbereitet und, wenn es nötig war, auch mit angefasst.« Seine Augen trafen auf ihre. »Bist du immer noch froh, dass du mich gerettet hast?«

»Natürlich. Wie lange warst du dabei?«

»Über sieben Monate. Niemand hat mich verdächtigt, bis ich unvorsichtigerweise versuchte, in Geralds Büro einzubrechen. Meine Geduld war einfach am Ende. Sieben Monate lang hatte ich nichts, aber auch gar nichts über Maras Tod herausgefunden.«

»Was dachtest du, was du dort finden würdest?«

Morgan zuckte mit den Schultern. »Ich weiß es nicht. Irgendetwas, am besten natürlich ein unterschriebenes Schuldgeständnis von Gerald. Aber ich bin gar nicht dazu gekommen, das Büro zu untersuchen. Sie haben mich bereits abgefangen, als ich dabei war, die Tür zu öffnen.«

Sam schluckte schwer. »Und dann?«

»Sie haben mich in Geralds Kaminzimmer geschleppt. Er hat gefragt, was ich in seinem Büro machen wollte, aber ich habe mich geweigert, irgendetwas zu sagen.« Morgan schloss kurz die Augen. »Gerald hat beschlossen, dass ich dann auch nicht mehr weiterzuleben bräuchte. Er hat seinen Männern befohlen, mich zu verprügeln, dort vor seinen Augen. Und als ihm das noch nicht reichte, hat er einen Stock genommen und selbst …« Morgan brach ab, sein Gesicht verzog sich bei der Erinnerung zu einer schmerzverzerrten Maske.

Sam sah seinen malträtierten Körper noch genau vor sich. Die Prellungen, die offenen Wunden, die roten Striemen auf seinem Rücken. Sie konnte sich nicht vorstellen, wie jemand so etwas ertragen hatte. Ganz zu schweigen von dem Schmerz über den Tod seiner Schwester. Das musste ihn noch viel mehr getroffen haben. Und sie hatte ihm vorhin auch noch an den Kopf geworfen, dass sie nicht seine Schwester wäre. Gott, das musste die Wunden wieder frisch geöffnet haben. Wortlos löste Sam ihren Gurt und wandte sich ihm zu. Morgan saß wie erstarrt im Beifahrersitz. Seine brennenden Augen waren starr auf die Windschutzscheibe gerichtet, während er mit seinen Gefühlen kämpfte. Sam rutschte näher heran und legte dann ihre Arme um ihn. Ihre Hände strichen über seinen Rücken und Nacken, und sie murmelte beruhigende Worte.

Nach einiger Zeit entspannte sich seine Haltung. Mit einem tiefen Seufzer zog er sie über die Mittelkonsole auf seinen

Schoß. Mit seinen starken Armen drückte er sie eng an sich, sein Gesicht vergrub er in ihrem kurzen Haar. Sein warmer Atem strich über ihren nackten Hals und machte ihr Gänsehaut auf dem ganzen Körper. Hin und wieder lief ein Zittern durch ihn, ein Zeichen dafür, dass er immer noch an die Geschehnisse dachte. Jedes Mal umarmte Sam ihn noch fester, aber es schien alles nichts zu helfen. Ihre Finger gruben sich in seine weichen Haare, massierten seine Kopfhaut. Ein tiefes Brummen löste sich aus Morgans Brust. Er hob sein Gesicht, bis er Sam ansehen konnte. Seine rot geränderten Augen bohrten sich in ihre. Mit seiner großen Hand umfasste er sanft ihren Hinterkopf.

»Sam ...«

Wortlos strich sie mit ihren Lippen über seine. Sie wusste, was er brauchte: Nähe, Wärme, das Gefühl, nicht allein zu sein. Sie konnte selbst im Moment etwas davon gebrauchen. Und sie sehnte sich danach, wieder seinen Mund auf ihrem zu fühlen, noch einmal die Gefühle zu erleben, die sie bei ihrem ersten Kuss entfacht hatten. Schon der Gedanke daran verwandelte ihren Körper zu Gelee. Sie schmiegte sich noch dichter an ihn, ihre Hand berührte zaghaft sein Gesicht, testete die Beschaffenheit, fuhr seine hohen Wangenknochen und das kantige Kinn nach. Die Bartstoppeln kitzelten an ihren Fingerspitzen.

Morgan schloss die Augen und genoss die angenehmen Gefühle, die nun seine Trauer und Wut ablösten. Sams sanfte Finger fachten seine Erregung an, bis er sich kaum mehr beherrschen konnte. Sein Innerstes war in Aufruhr, schrie nach einem Ventil. Schließlich hielt er es nicht mehr aus, er musste sie jetzt küssen, oder er würde auf der Stelle verglühen. Mit einer Hand stoppte er ihre suchenden Finger und legte sie an seine Brust, über sein schnell klopfendes Herz. Der Herzschlag erhöhte sich weiter, als ihre Hand nicht an der Stelle liegen blieb, sondern nach unten wanderte. Als sie am Bund seiner Jeans ankam, setzte sein Herz aus. Doch die Hand kroch nur unter sein T-Shirt und setzte dort ihre Reise fort. Über seinen flachen Bauch bewegten sich die Finger vorsichtig über den Verband, der seine verletzten Rippen bedeckte, bis sie wieder auf seinem Herzen lagen, diesmal direkt auf der nackten Haut.

Fast schmerzhaft pochte Morgans Herz. Es war, als versuchte es, näher an Sam heranzukommen. Als hätte sie es bereits fest in der Hand. Morgan schüttelte den Kopf. Das konnte und durfte nicht sein. Er hatte einer jungen Frau wie Sam nichts zu bieten, schon gar nicht mit seinem gewaltigen emotionalen Ballast. Trotzdem konnte er nicht widerstehen, ihre Hand noch dichter an sein Herz zu drücken. Sam nahm die Geste zum Anlass, leichte Küsse auf sein Gesicht regnen zu lassen. Sie machte ihn wahnsinnig! Ihr Hinterteil rutschte auf einem sehr empfindlichen Körperteil von ihm herum, ließ ihn fast aus der Haut fahren. Er konnte sich gerade noch davon abhalten, ihr seine Hüften entgegenzurecken. Wie gerne würde er sich jetzt tief in ihr vergraben, möglichst niemals wieder herauskommen. Sein gesamter Körper schmerzte von seinem Versuch, sich zurückzuhalten.

Sam konnte sich nicht erinnern, bereits beim Küssen jemals dermaßen erregt gewesen zu sein. Allein das Gefühl von Morgans hartem Körper an ihrem sandte Funken in jeden Winkel ihres Körpers. Unruhig rutschte sie auf seinem Schoß herum, versuchte, ihm noch näher zu kommen. Seine Brust fühlte sich so gut an unter ihren Fingerspitzen, hart und glatt. Das Pochen seines Herzens schien sich in ihrem Körper fortzusetzen, als wären sie miteinander verbunden. Suchend glitt ihre Hand höher, bis sie seine flache Brustwarze fand. Bei ihrer Berührung stellte sie sich sofort auf, während Morgan scharf einatmete.

Sam leckte über ihre trockenen Lippen. Als sie die Augen hob, merkte sie, dass Morgan sie hungrig betrachtete. Seine Augen leuchteten silbern. Gleichzeitig brachten sie ihre Gesichter dichter aneinander heran, dann trafen sich ihre Lippen. Dieser Kuss war nicht so vorsichtig wie der erste, sondern ein Kampf ihrer Münder. Ihre Zungen trafen aufeinander und schlangen sich umeinander. Sam biss vorsichtig in Morgans Lippe und entlockte ihm damit ein Stöhnen. Mit einer Hand umfasste er ihren Hinterkopf und hielt somit ihren Mund genau dort, wo er ihn haben wollte. Die andere Hand kroch langsam über ihren Arm, bis sie auf ihre Rippen traf. Sam atmete tief ein, als seine Berührung ein Feuer in ihrer Brustgegend entfachte.

Sie musste nicht lange warten: Bevor sie den Wunsch überhaupt in ihren Gedanken formulieren konnte, lag seine Hand auf ihrer Brust. Seine langen, warmen Finger umfassten sie, kneteten vorsichtig. Wie von Sinnen tauchte Sams Zunge immer wieder in seinen Mund ein, forderte mehr, immer mehr. Sam zuckte zusammen, als Morgans Daumen schließlich über ihre Brustwarze strich. Ein Laut primitiver Lust entschlüpfte ihr. Schamlos drückte sie ihren Körper gegen seine Hand, während ihre eigene ruhelos über seine Brust strich. Sie wollte mehr, so viel mehr! Sie hätte nie gedacht, dass sie jemals dazu bereit wäre, mit einem Mann zu schlafen, den sie kaum kannte, doch dies war anders. Jede Faser ihres Körpers wollte sich mit Morgan vereinigen, ihm so nahe kommen, wie es nur ging. Ein Fieber hatte sie erfasst, das sie heiß, feucht und hungrig zurückließ. Ihre Küsse wurden immer verzweifelter, ihre Hand krallte sich in seine Brust.

Morgan riss den Kopf zurück und schnappte nach Luft. Es gab nichts, was er lieber täte, als sich in Sam zu vergraben, doch das konnte er nicht. Er musste jetzt sofort aufhören, sonst gab es kein Zurück mehr. Schwer atmend drückte er Sam an sich, hielt somit nicht nur seine, sondern auch ihre Hände still, während er versuchte, seinen Körper zu überzeugen, dass er das Richtige tat. Sam war anscheinend nicht dieser Meinung. Sie kämpfte darum, ihre Hände und ihren Mund freizubekommen, um dort weiterzumachen, wo er aufgehört hatte.

»Stopp, Sam.«

Mit verhangenen Augen blickte sie ihn an. »Warum?«

Morgan lachte atemlos. »Weil wir hier mitten auf der Straße sind.«

»Und?«

»Und jederzeit jemand vorbeikommen könnte.«

»Es ist dunkel.«

»Ich weiß. Gott, ich weiß. Aber wir müssen jetzt trotzdem aufhören. Wir sind hier im Auto, werden vielleicht verfolgt, … und ich habe kein Kondom.«

»Oh … Den Grund sehe ich ein.« Enttäuscht seufzend lehnte sich Sam in seinen Armen zurück. »Ich denke, wir sollten uns schnellstens welche besorgen.«

Morgan entfernte seine Hand von ihrer Brust und strich sich eine Haarsträhne aus den Augen.

»Ich weiß nicht, ob das so eine gute Idee ist.«

»Fang bitte nicht wieder davon an, dass unsere Gefühle nur auf die überstandene Gefahr zurückzuführen sind.«

Morgan runzelte die Stirn. »Nein, ich denke, wir haben bewiesen, dass sie auch sonst vorhanden sind. Aber ich will dich nicht ausnutzen, Sam.«

Gespielt flehend blickte sie ihn an. »Oh bitte, nutz mich aus!«

Rau lachend schob Morgan sie auf ihren Sitz zurück.

»Du bist wirklich gefährlich, Samantha Dyson.«

Schlecht gelaunt kehrte Gerald in sein Schlafzimmer zurück. Diese ganze Sache mit Frank Tanner begann ihm auf den Magen zu schlagen. Wer war er, und was hatte er hier gewollt? Auf jeden Fall war er wohl kein Polizist oder so etwas gewesen, sonst hätte inzwischen bestimmt schon halb Utah auf seiner Türschwelle gestanden. Aber warum war er dann in sein Büro eingebrochen? Was hatte er gehofft, dort zu finden? Beweise für den lukrativen Drogenhandel, den er hier betrieb? Jeder Idiot konnte sich denken, dass er bestimmt keinen Schriftverkehr darüber aufbewahren würde! Überhaupt ging in letzter Zeit vieles schief. Erst Maras Tod und jetzt das. *Mara …*

Gerald rieb erschöpft über sein Gesicht. Seit Mara tot war, machte sein Leben nicht mehr so viel Spaß. Es fehlte irgendwie der Glanz. Das Leuchten in ihren Augen, das Strahlen ihres Lächelns. Erst nachdem sie fort war, wurde ihm bewusst, wie sehr er ihr verfallen war. Das erste Mal hatte er sie in der Schmuckwerkstatt gesehen, in der sie eine Ausbildung absolviert hatte. Eigentlich wollte er ein Schmuckstück zum Trost für seine letzte abservierte Geliebte kaufen, doch dann hatte er Mara entdeckt und nur noch für sie Augen gehabt. Völlig in ihre Arbeit vertieft, hatte sie über einem Gerät mit einer riesigen Lupe gesessen. Ihr langes, blondes Haar war zu einem einfachen Zopf zusammengebunden. Am liebsten hätte er gleich seine Hände hineingewühlt. Doch er hielt sich zurück und gab dem Verkäufer ein Zeichen, ihn vorzustellen. Anscheinend völlig unbeeindruckt hatte sie ihn gemustert, flüchtig gelächelt und sich dann wieder in ihre Arbeit vertieft. Dadurch war natürlich sein Jagdtrieb geweckt worden.

Er musste sie einfach besitzen, koste es, was es wolle. Wie sich herausgestellt hatte, musste er bis auf Zeit und Aufmerksamkeit gar nichts investieren. Mara interessierte sich nicht für Reichtum, eine riesige Villa oder kostbare Geschenke. Letztendlich hatte er sie damit erobert, dass er jeden Tag nach ihrem Arbeitsschluss vor dem Gebäude auf sie gewartet hatte, mit ihr ins Kino oder zum Essen gegangen war, in den nahen Park oder einen Ausflug in die landschaftliche Umgebung unternommen hatte.

Mara sog seine Aufmerksamkeit praktisch in sich auf, als bräuchte sie sie zum Leben. Vielleicht war es auch so. Sie hatte nie viel über sich selbst und ihr Leben gesprochen. Es schien ihr zu reichen, ihm zuzuhören oder einfach nur gemeinsam mit ihm zu schweigen. Idiot, der er war, hatte er wirklich geglaubt, es würde ewig so weitergehen. Wahrscheinlich wäre es auch noch eine Weile gut gegangen, hätte Mara nicht zufällig ein Gespräch zwischen ihm und einem seiner Partner belauscht, das nicht für ihre Ohren bestimmt war. Gerald hatte nicht mitbekommen, dass sie hinter der Tür gestanden hatte. Nur durch Zufall war er danach ebenfalls auf die Straße getreten und hatte gesehen, dass Mara in einer Telefonzelle stand. Noch nichts Schlimmes ahnend, war er neugierig hinter sie getreten, ohne dass sie etwas davon merkte. Das, was sie dann sagte, hatte ihn bis in sein Innerstes erstarren lassen. Sie erklärte ihrem Gesprächspartner, dass sie ein Gespräch belauscht hätte und dringend mit ihm darüber sprechen müsste. Sie würde zurückrufen. Anscheinend hatte sie nur einen Anrufbeantworter erreicht. Mara hängte auf, drehte sich um und fuhr erschrocken vor ihm zurück. Es war nicht zu übersehen, dass sie ihn mit anderen Augen ansah als sonst. Die Bewunderung und Liebe war aus ihrem Blick gewichen und hatte Entsetzen und Angst Platz gemacht. Gerald war furchtbar wütend gewesen, aber als er sie ansprach, war seine Stimme sanft.

»Wen hast du da angerufen, Mara?«

Sie wich einen Schritt vor ihm zurück. »N-n-niemand Wichtiges. Nur eine Freundin, die ich lange nicht gesprochen habe.«

Es war sonnenklar, dass sie log.

»Und was wolltest du ihr so Dringendes erzählen?«

Mara wurde noch eine Spur blasser. Ihre blauen Augen waren riesig und flehten ihn an, ihr zu glauben.

»Nur wie glücklich ich hier bin, mit dir.«

Mit aller Macht riss Gerald sich zusammen, um nicht seine Enttäuschung und seine Wut herauszuschreien.

»Das ist schön. Komm mit, wir machen uns heute einen ganz besonders schönen Abend.«

Zweifellos wäre Mara jetzt lieber nicht mit ihm gegangen, aber er ließ ihr keine Wahl. Er griff nach ihrer Hand und zog sie mit sich zu seinem Auto.

»Komm, wir fahren in deine Wohnung.« Mara hatte darauf bestanden, ihre eigene armselige Wohnung zu behalten, auch noch, als sie mit Gerald fest zusammen war.

Suchend blickte Mara um sich, konnte aber nichts entdecken, das sie retten würde. Gut so, sie würde lernen, was es hieß, ihn hintergehen zu wollen. Niemand versuchte das ungestraft. Er nahm den Schlüssel aus Maras zitternden Fingern und öffnete Haus- und Wohnungstür. Die Tür leise hinter sich zuziehend, griff er nach ihr und zog sie an sich. Seine Wut entlud sich in ungezügelter Leidenschaft, die bald auch auf Mara übergriff. Anscheinend konnte sie ihm auch diesmal nicht widerstehen. Gerald warf den Mantel auf die schmale Couch und zog Mara mit sich ins Schlafzimmer, seine Verführung nie unterbrechend. Nach dem Sex wartete Gerald, bis sie schließlich erschöpft einschlief, dann stand er auf und holte eine Spritze und ein Paket reinen Heroins aus seiner Manteltasche. Er bereitete alles vor, schlang einen Riemen um Maras zarten Oberarm, setzte die gefüllte Spritze an und tötete sie.

Nachdem sie tot war, hatte er sie wieder angezogen und jedes Zeichen seiner Gegenwart getilgt. Es war klar, dass er mit ihr in Verbindung gebracht werden würde, dafür gab es einfach zu viele Zeugen. Aber er war sicher, dass er sich herausreden können würde. Schließlich hatte sie sich selbst getötet. Er spielte der Polizei den verzweifelten Geliebten vor, und diese glaubte ihm dankbar. Die Untersuchung war schon nach wenigen Stunden beendet, und ihre Leiche wurde bereits zwei Tage später an ihre Familie übergeben. Er hätte nie gedacht, dass er sich so leer fühlen würde ohne sie. Kein Tag verging, an dem er nicht ihr Bild vor Augen hatte, ihren Geschmack auf den Lippen. Es war, als würde sie ihn noch aus dem Grab heraus verfolgen. Er war sogar nicht mehr in der Lage, richtig zu genießen, was ihm Leila so freizügig anbot. Dabei hatte sie wirklich begnadete Hände und sah mehr als sexy aus.

Entnervt wischte er mit einer Handbewegung eine Lampe vom Tisch. *Genug!* Er hatte getan, was er tun musste, um sein Geschäft und sein Leben zu schützen. Es gab nichts zu bereuen. Mara hatte sich ihr Bett selbst gemacht, als sie versuchte, ihn zu betrügen. Das Klingeln des Telefons drang in seine düsteren Gedanken. Genervt hob er den Hörer an sein Ohr.

»Ja.«

»Hier ist Hopkins aus Salt Lake. Wir haben sie gefunden.«

Geralds Hand krampfte sich um den Hörer. »Wo?«

»Wir haben ihr Auto in einer Gasse gestellt.«

»Seid ihr sicher, dass sie es sind?«

»Na ja, Automarke und Farbe stimmen, die Beschreibungen der Personen auch, nur das Kennzeichen ist anders. Und sie behaupten, sie hießen John und Lydia Gates.«

»Gut, haltet sie erst mal fest. Ich schicke euch meine Mitarbeiter, um ihre Identität zu bestätigen. Haben sie eure Gesichter gesehen?«

Ein Schnauben drang durch den Hörer. »Natürlich nicht, wir sind doch keine Anfänger!«

»Das will ich auch hoffen. Sollten sie es nicht sein, lasst sie wieder laufen.«

»Okay.«

»Gib mir euren Standort durch.«

Schnell schrieb Gerald die Adresse mit. Danach legte er den Hörer auf. Sinnend tippte er den Block gegen seine Lippen. Sollte es wirklich so schnell zu Ende sein? Er konnte ein Erfolgserlebnis jetzt dringend brauchen. Gerald rief Chuck auf dem Handy an und befahl ihm, sich sofort zu der Adresse zu begeben. Anschließend streckte er sich auf seinem riesigen Bett aus und starrte zur Decke.

XXXV

Chuck suchte den Straßennamen auf dem Stadtplan und wies Eddie dann den Weg. Wenn er religiös wäre, würde er jetzt beten, dass Geralds Kontakt die beiden Richtigen gefunden hätte. Doch er war es nicht, und so begnügte er sich damit, einfach nur Daumen zu drücken. Vielleicht könnten sie heute Nacht schon wieder nach Hause zurückkehren und diese ganze leidige Angelegenheit hinter sich lassen. Die Aussicht darauf verbesserte seine Stimmung erheblich. Wieder und wieder konsultierte er die Straßenkarte, bis sie schließlich in der schmalen Gasse ankamen. Ein hellblaues Auto stand in der Sackgasse, auf der einen Seite von einer Mauer, auf der anderen von einem anderen Wagen eingekeilt. Die Türen standen weit offen, wie man im Scheinwerferlicht gut sehen konnte. Ein Mann erschien neben Chucks Mietwagen, sein Gesicht hinter einer Strickmaske nicht zu erkennen, eine Pistole auf Chuck und Eddie gerichtet.

»Wer seid ihr?«

»Gerald schickt uns.«

Der Mann ließ die Waffe sinken.

»Wurde auch Zeit. Habt ihr Masken?«

Chuck nickte stumm und zog sie aus dem Handschuhfach. Er gab eine an Eddie weiter, dann stieg er aus dem Auto. Zu dritt betraten sie schließlich den Lichtkegel, der den alten Wagen beleuchtete. Auf dem Boden lagen zwei Personen, ein Mann und eine Frau, von weiteren Männern mit Pistolen in Schach gehalten.

»Aufstehen!«

Als die beiden zu langsam reagierten, verlieh einer der Männer der Aufforderung mit einem Fußtritt Nachdruck. Der Mann rappelte sich schließlich schwankend auf, streckte der Frau die Hand entgegen und zog sie ebenfalls in die Höhe. Ängstlich klammerten sie sich aneinander, mit weit aufgerissenen Augen starrten sie die maskierten Männer an. Chuck fluchte lautlos. Es stimmte, das Paar sah Frank und dieser Dyson ziemlich ähnlich, aber leider waren sie es nicht. Sie hatten nur das Pech gehabt, das gleiche Auto in der gleichen Farbe zu fahren und ihnen relativ ähnlich zu sehen. Wahrscheinlich hatten sie jetzt den Schreck ihres Lebens bekommen. Sie konnten nur froh sein, dass sie niemand erst erschossen hatte, um dann Fragen zu stellen. Das konnte in Geralds Kreisen durchaus schon mal vorkommen.

Der Anführer hielt eine Pistole an den Kopf des Mannes. »Und?«

Tief aufseufzend schüttelte Chuck den Kopf. »Das sind sie nicht.«

Die Augen des Mannes glitzerten hinter seiner Strickmaske. »Wirklich nicht?« Wahrscheinlich hatte er sich schon seinen Teil der Belohnung ausgerechnet.

»Nein. Lasst sie gehen.«

Es war klar, dass das nicht unbedingt die Antwort war, die die Männer hören wollten. Trotzdem ließen sie das Paar in ihr Auto steigen und setzten ihren eigenen Wagen zurück auf die Straße, um sie passieren zu lassen.

»Wir halten weiter Ausschau. Es wäre gut für euch, wenn es das nächste Mal die Richtigen wären. Noch mal lasse ich mir meine Belohnung nämlich nicht entgehen!« Damit stieg der Anführer zu seinen Kumpanen ins Auto. Mit quietschenden Reifen fuhren sie davon.

Chuck und Eddie blickten sich ratlos an. Mit Schwung entfernte Chuck seine Maske.

»Tja, das war wohl nichts. Müssen wir wohl weiter Ausschau halten.« Sein Stimmungshoch war lange verflogen, Ärger machte sich in ihm breit. Verdammt, es hätte so leicht sein können!

Nebelschwaden hüllten sie ein, ließen alles um sie herum verschwinden. Sie war alleine, nicht ein Laut drang zu ihr durch. Sie wusste genau, dass sie etwas suchen musste, doch sie hatte vergessen, was es war. Wie kalte Finger strich der Nebel über ihr Gesicht, ihre nackten Arme und Beine. Erstaunt blickte sie an sich herunter. Warum lief sie hier im Nachthemd durch die Gegend? Wo war sie? Vor sich glaubte sie einen schwachen Um-

riss zu sehen. So schnell sie konnte, lief sie hinterher, doch irgendwie bewegte sie sich nur im Schneckentempo. Der Nebel war eine Barriere, die sie nicht durchdringen konnte. Langsam verschwand die Form, löste sich einfach auf. Plötzlich wusste sie, wer es war: Sam! Sie rief ihren Namen, aber auch ihre Stimme wurde vom Nebel verschluckt. Ihr gelang nur ein tonloses Flüstern. Trotzdem schien die Person sie gehört zu haben. Sie kam wieder näher, schwebte in der grauen Suppe. Ihr Herz klopfte schneller vor Freude, jetzt würde alles wieder gut werden. Sams Gesicht tauchte vor ihr auf, erst freundlich lächelnd, dann wandelte sich der Gesichtsausdruck, wurde zu blankem Entsetzen. Weit riss sie den Mund auf, ihre Arme zum Schutz erhoben. Erneut verwandelte sich die Gestalt: Feuer schoss aus dem Mund, die Augen waren nur noch schwarze Höhlen. Skelettartige Hände griffen nach ihr, zogen sie ins Feuer. Mit einem lauten Knall explodierte der Nebel …

Ruckartig öffnete Cathy ihre Augen und blieb einen Moment benommen liegen, versuchte, sich zu orientieren. Dunkelheit umhüllte sie wie ein Leichentuch. Panisch tastete sie um sich, bis sie den Schalter ihrer Nachttischlampe gefunden hatte. Mit einem Klicken wurde es plötzlich hell in ihrem Schlafzimmer. Immer noch von dem Entsetzen ihres Traumes erfüllt, blickte sie wild umher. Alles war so, wie es sein sollte, nichts war verändert. Trotzdem hämmerte ihr Herz immer noch hart gegen ihren Brustkorb. Mit zitternden Händen fuhr sie sich über das Gesicht. Sie konnte sich nicht erinnern, jemals einen so grässlichen Albtraum gehabt zu haben. Und dieser Knall hatte sich so wirklich angehört, als wäre er direkt in ihrem Wohnzimmer gewesen. Tom! Was war, wenn jemand in ihre Wohnung eingebrochen und auf Tom geschossen hatte? Nein, das konnte nicht sein. Es war nur ein Traum gewesen.

Wie um sie vom Gegenteil zu überzeugen, kam in diesem Moment ein leises Scheppern aus dem Nebenzimmer. Mit weißen Fingern klammerte sich Cathy an ihre Bettdecke. Sie konnte nicht hier sitzen bleiben, während Tom vielleicht in Gefahr war. Entschlossen schob sie ihre Beine über die Bettkante und stand auf. Schwankend stützte sie sich einen Moment an der Wand ab, bevor sie so leise wie möglich zur Tür ging. Ein leises Klicken ertönte, als sie sie vorsichtig öffnete. Cathy kniff kurz die Augen zusammen und atmete noch einmal tief durch, dann schlich sie über den Flur. Jetzt war nichts mehr außer einem leisen Rascheln zu hören. Was ging da vor sich? Wo war Tom?

Ihre nackten Füße verursachten kein Geräusch, als sie das Wohnzimmer betrat. Es war stockdunkel. Sie hatte für Tom die Vorhänge zugezogen, damit er auf der Couch schlafen konnte. Jetzt wünschte sie sich, es würde wenigstens ein schmaler Streifen Mondlicht hindurchschimmern. Doch sie sah nichts. Langsam tastete sie sich an der Wand entlang auf der Suche nach dem Lichtschalter. Wenn hier eine Bedrohung war, wollte sie sie wenigstens sehen. An der Stelle, wo der Schalter sein müsste, fuhr sie mit ihrer Hand über den rauen Putz. Und traf auf warme Haut. Erschrocken schrie sie auf und taumelte zurück. Gleich darauf flammte das Licht auf. Ihr Herz klopfte Cathy bis zum Hals, ihre Augen waren panisch aufgerissen. Doch niemand stürzte sich auf sie, lediglich Toms solide Gestalt beugte sich über sie.

»Himmel, Cathy, hast du mich erschreckt! Alles in Ordnung?«

Erleichtert sackte sie zusammen. Tom!

»Was ist passiert?« Ihre Stimme zitterte bedenklich.

Tom zog eine Grimasse. »Ich bin wach geworden und wollte mir aus der Küche ein Glas Wasser holen. Es war stockdunkel, deshalb habe ich den Couchtisch nicht gesehen und bin dagegen gestoßen.«

Cathy blickte an ihm vorbei. Der Tisch stand weiter von der Couch entfernt als sonst. Eine Vase war umgekippt, Stifte, Zeitung und alles, was sonst noch darauf gelegen hatte, war auf dem Boden verteilt. Gut, dass sie nur Trockenblumen in der Vase hatte. Sie ging an Tom vorbei auf die Bescherung zu. Langsam kniete sie sich auf den Boden und begann, die Sachen aufzuheben und wieder auf den Couchtisch zu legen. Tom ging neben ihr in die Hocke. Seine Hände griffen nach ihren.

»Tut mir Leid, dass ich dich geweckt habe. Geh wieder schlafen! Ich mache das schon.«

Cathy schüttelte den Kopf. »Ich kann jetzt im Moment sowieso nicht mehr schlafen. Es war gut, dass ich wach geworden bin, ich hatte gerade einen ganz furchtbaren Albtraum. Der Krach hat mich wahrscheinlich daraus erlöst.«

»Was hast du geträumt?«

Mit leiser Stimme berichtete sie von ihrem Gefühl des Alleinseins, der Suche nach Sam, ihrer Verwandlung zu Feuer und Knochen. Als sie geendet hatte, blickte sie Tom verlegen an.

»Albern, oder?«

Tom bedeckte ihre Hand mit seiner. »Nein, gar nicht. Du versuchst nur, die ganzen Geschehnisse zu verarbeiten. Sam ist verschwunden, und du machst dir Sorgen um sie. Das ist ganz natürlich. Und das Feuer steht vielleicht für die Explosion oder einfach nur für das Böse.«

Cathy drückte dankbar seine Hand.

»Schön, dass du mich nicht für verrückt hältst.«

Tom grinste. »Na ja, ein bisschen irre warst du immer schon ...«

Mit ihren nackten Zehen stieß sie ihn an. »Hey, kaum reicht man dir den kleinen Finger, schon nimmst du dir die ganze Hand!«

»Ich habe doch schon deine Hand.« Damit führte er sie an seine Lippen. Seine blauen Augen blickten sie besorgt an. »Ist jetzt wieder alles in Ordnung?«

Für einen langen Moment erwiderte sie seinen Blick, dann nickte sie.

»Ja, ich denke schon.« Sie sollte jetzt wirklich wieder ins Bett gehen, aber sie konnte sich einfach nicht überwinden, in ihr Schlafzimmer zurückzugehen. Was war, wenn der Traum wiederkam? Ein Schauder überlief sie bei diesem Gedanken.

»Du frierst. Geh zurück ins Bett, sonst erkältest du dich noch in diesem Nichts von Nachthemd.«

Verwirrt blickte Cathy an sich herunter. Sie hatte ganz vergessen, dass sie nur ihr dünnes Hemd anhatte. Tom hatte Recht, viel war wirklich nicht daran. Aber immerhin verdeckte es alle strategischen Punkte – weitgehend. Röte stieg in ihre Wangen.

»Ich hatte keinen Herrenbesuch erwartet.«

Sein Finger strich über ihre Wange. »Ich weiß.« Langsam erhob er sich und hielt ihr dann seine Hand hin, um ihr aufzuhelfen. Cathy blickte an seinem Körper hinauf, der auch nur mit T-

Shirt und Shorts bekleidet war. Seine langen Beine waren braun gebrannt, muskulös und gingen in eine schmale Hüfte über. Das T-Shirt verdeckte wichtige Teile seiner Anatomie, was Cathy enttäuscht feststellte, als ihr Blick weiter nach oben glitt. Sie ergriff seine Hand und ließ sich hochziehen. Schließlich stand sie so dicht vor Tom, dass sie seine Körperwärme spüren konnte, die in Wellen von ihm auszugehen schien. Erneut zitterte sie, diesmal aber nicht vor Kälte oder Angst.

»Schlaf schön.« *Bitte, geh.* Tom fühlte, wie sein Körper immer heißer wurde. Wenn sie noch länger in ihrem Nachthemd vor ihm stand, konnte er für nichts mehr garantieren. Die dünnen Träger sahen aus, als könnten sie jeden Moment reißen und ihm ihre vollen Brüste entblößen. Die Sommersprossen, die auf ihrem Dekolletee anfingen und im Ausschnitt des grünen Hemdes verschwanden, machten ihn wahnsinnig. Wie gerne würde er sie mit Zunge und Zähnen nachfahren, sehen, wo sie noch überall zu finden waren …

Um sich abzulenken, ging Tom in die Küche und goss sich ein Glas Wasser ein. Die Kühlschrankluft kühlte seinen Körper etwas ab. Da es zu helfen schien, blieb er davor stehen und trank das Glas in einem Schwung aus. Hoffentlich war sie inzwischen in ihr Zimmer gegangen, sodass er ganz schnell vergessen konnte, wie sie in ihrem Nachthemd ausgesehen hatte. Ihre langen, nackten Beine, die zierlichen Füße mit den rot lackierten Nägeln. Seit wann mochte er so etwas eigentlich? Wütend klappte Tom den Kühlschrank zu. Genug! Er würde sich jetzt wieder auf die kurze, schmale, unbequeme Couch begeben und den Rest der Nacht wie ein Mann durchstehen. Mit einer steinharten Erektion. Tief in Gedanken versunken trat er durch die Türöffnung und blieb abrupt stehen. Warum war Cathy immer noch hier? In ihrem dünnen Nachthemd stand sie am Fenster, die Arme um ihren Körper geschlungen. Tom trat hinter sie.

»Wolltest du nicht ins Bett gehen?«

Über die Schulter warf sie ihm einen Blick zu. »Ehrlich gesagt, würde ich lieber noch etwas hier bleiben. Wenn es dir nichts ausmacht?«

Mit einer Hand fuhr er durch seine nach allen Seiten abstehenden schwarzen Locken. Er räusperte sich, bevor er ihr antwortete.

»Es ist deine Wohnung, du kannst dich aufhalten, wo du willst. Ich dachte bloß, du bräuchtest deinen Schlaf.«

»Ich glaube, ich kann jetzt noch gar nicht schlafen. Aber wenn du müde bist, dann kann ich mir auch in meinem Zimmer eine Beschäftigung suchen. Ich habe bestimmt noch irgendwo ein Buch herumliegen.«

Er sollte »ja« sagen, das wäre wirklich die beste Lösung. Aber der einsame, verlorene Ausdruck in ihren Augen traf ihn. Ein Ruck ging durch seinen Körper. Wenn Cathy sich noch eine Weile unterhalten würde, dann konnte er sich doch sicher dazu durchringen, ihr das zu geben. Er würde seinen Drang, sie an sich zu ziehen und auf diesen verführerischen Mund zu küssen, bekämpfen und wie ein normaler Mensch mit ihr eine Unterhaltung führen. Jedenfalls hoffte er das.

»Nein, du kannst gerne hier bleiben. Wahrscheinlich kann ich auch nicht gleich wieder einschlafen.«

Cathy lächelte ihn dankbar an. »Möchtest du ein Glas Wein?«

Tom verzog den Mund. »Nein, lieber nicht um diese Uhrzeit.« Außerdem würde ihm das bestimmt nicht helfen, seine Sinne beieinander zu behalten.

»Dann setz dich schon mal, ich hole mir nur schnell ein Glas. Irgendwie muss ich meine Nerven wieder beruhigen, wenn ich heute Nacht überhaupt noch einmal schlafen will.«

Während Cathy einen Abstecher in die Küche machte, ließ sich Tom langsam auf die Couch sinken. Gott, was hatte er getan? Kopfschüttelnd zog er seine Jeans wieder an und hob seine Decke auf, die vorhin auf dem Boden gelandet war. Kurz darauf kam Cathy auf ihn zu. Ein Träger ihres Nachthemds war heruntergerutscht und gab noch ein wenig mehr von der Kurve ihrer Brust frei. In der Hand hielt sie ihr Weinglas, ihren Mund umspielte ein Lächeln. Tom schloss kurz die Augen und betete für ein größeres Durchhaltevermögen. Er hatte die Befürchtung, dass diese Nacht sehr, sehr lang werden würde.

XXXVI

»Du solltest dir wirklich etwas anziehen. Oder nimm dir wenigstens eine Decke.« Tom zuckte zusammen, als er die Verzweiflung in seiner Stimme hörte. Ja, er wirkte eindeutig, als hätte er die Lage im Griff.

»Hättest du etwas dagegen, wenn ich einfach mit unter deine Decke schlüpfe?«

Ja! Seufzend schalt er sich einen Narren, als seine Hand wie von selbst die Decke anhob. Cathy ließ sich natürlich nicht zweimal bitten, sondern rückte näher an ihn heran und umhüllte sich mit seiner warmen Decke. Als ihr Arm sein Bein streifte, zuckte Tom zusammen. Seine Haut prickelte dort, wo sie ihn durch die Jeans berührt hatte. Sein Herz schlug schneller. Er bemühte sich, wieder abzurücken, aber Cathy folgte einfach seiner Bewegung. Um genau zu sein, schmiegte sie sich regelrecht an ihn. Während er stocksteif dasaß, ließ sie einen zufriedenen Seufzer hören.

»Danke, das tut gut. Ich habe gar nicht bemerkt, wie kalt ich geworden bin.«

Sie wollte sich nur an ihm wärmen, kein Grund also, etwas anderes zu vermuten. Schließlich waren sie nur Freunde. Aber wie sollte er das seinem Körper beibringen? Sämtliche Sensoren schienen nur auf Cathy ausgerichtet zu sein: Er sah sie, er roch sie, er spürte sie – mit jeder Faser seines Körpers. Ein leichtes Zittern erschütterte sie.

»Ist dir immer noch kalt?«

Cathy blickte mit ihren grünen Augen zu ihm hinauf. »Ein bisschen.«

Tom schlang seinen Arm um ihre nackten Schultern und zog die Decke mit der anderen Hand bis zu ihrer Nasenspitze hoch. So musste er wenigstens nicht ihren Ausschnitt anstarren.

»So besser?«

Cathy lächelte wohlig. »Ja, vielen Dank. Du bist so schön heiß.«

Ja, heiß nach ihr. Aber das behielt er wohl besser für sich. Er zog sie noch dichter an sich und rieb mit seiner warmen Hand über ihren kühlen Oberarm. Cathy entspannte sich zusehends, bis sie von Kopf bis Fuß an ihn geschmiegt dalag. Ein zufriedenes Lächeln lag auf ihren Lippen.

»Was willst du machen, wenn du mit dem Studium fertig bist? Du machst doch im Sommer deinen Abschluss, oder?«

»Ich weiß es noch nicht genau. Ich hatte mir überlegt, vielleicht nach Kanada zu gehen und eine Ausgrabung mitzumachen. Ein paar Erfahrungen sammeln. Natürlich könnte ich jetzt auch bei Sams Ausgrabung mitmachen. Das läge viel näher, und wenn sie wirklich einen Allosaurus gefunden hat, wäre das schon toll. Außerdem hatte ein Teil meiner Entscheidung wegzugehen mit Professor Marsh zu tun. Aber jetzt, wo er nicht mehr da ist …« Er zuckte mit den Schultern.

Cathy erschauerte, als sie daran dachte, was mit Marsh geschehen war. Zerrissen, verbrannt, tot, ausgelöscht. Wie leicht hätte Sam das sein können! Sie mochte gar nicht daran denken. Sie vergrub ihren Kopf an Toms Schulter, instinktiv seine Nähe suchend. Es gab ihr ein Gefühl der Geborgenheit, seine Stärke und seine warme Haut zu fühlen. Unter dem Waschmittelgeruch seines T-Shirts roch er nach Sonne und Mann. Cathy sog tief den Duft ein. Sie könnte sich durchaus daran gewöhnen.

Tom fühlte ihr Schaudern und hätte sich am liebsten selbst in den Hintern getreten. Das war ja wieder richtig sensibel gewesen! Anstatt sie auf andere Gedanken zu bringen, hatte er sie mit einem unbedachten Satz gleich wieder in ihren Albtraum befördert. Tolle Leistung! Beruhigend strich er über ihren Kopf. Das Gefühl ihrer weichen Haare an seiner Handfläche war berauschend. Ohne darüber nachzudenken, spielte er mit den langen Strähnen, wickelte sie um seine Finger, fühlte ihre Beschaffenheit. Er könnte Tage damit zubringen, einfach nur ihre Haare zu betrachten und die seidigen Strähnen durch seine Finger gleiten zu lassen. Das brachte ihn wieder in die Gegenwart. Tatsächlich würde ihm wahrscheinlich nur heute Nacht Cathy so nahe sein.

»Tut mir Leid, ich wollte dich nicht wieder daran erinnern.«

Cathy hob zögernd den Kopf. »Ich weiß. Wenn du könntest, würdest du also hier bleiben?« *Tag und Nacht.* »In Salt Lake City, meine ich.«

Tom schluckte die Enttäuschung herunter. Es war doch klar gewesen, dass sie von der Arbeit sprach und nicht von ihrer Wohnung.

»Im Prinzip schon. Ich mag die Stadt und die Universität. Die Kollegen zum größten Teil auch. Und wenn ich die Möglichkeit hätte, hier an einer Ausgrabung teilzunehmen, dann würde ich wahrscheinlich erst mal hier bleiben. Aber bis zu meinem Abschluss sind es ja noch ein paar Monate. Da kann viel passieren.«

Cathy grinste ihn an. »Zum größten Teil? Dann gehöre ich vermutlich zur Minderheit, oder?«

Es war ja klar, dass sie sich wieder den einzigen Satz ohne große Bedeutung herauspickte.

»Und wenn es so wäre? Würde dich das stören?«

Cathy wurde schlagartig ernst. »Ja, ich denke schon.«

Tom blickte sie erstaunt an. Er hatte das nicht ernst gemeint, das musste ihr doch klar sein. Aber anscheinend war es das nicht, wenn er jetzt ihr ernstes Gesicht betrachtete.

»Natürlich mag ich dich. Himmel, wie kommst du auf die Idee, ich könnte dich nicht mögen?«

Cathy zuckte verlegen die Schultern. »Vielleicht die Art, wie du mich meistens ignorierst und eigentlich nur duldest, weil ich Sams Freundin bin.«

Tom lief rot an. »Hast du das wirklich so empfunden? Das war keine Absicht. Ich mochte dich immer. Aber weil ich dachte, du würdest dich nur mit mir abgeben, weil ich mit Sam befreundet war, habe ich versucht, dir aus dem Weg zu gehen, um den Frieden zu bewahren.«

Cathy fing an zu lachen. »Seltsam, das Gleiche habe ich von dir auch gedacht.«

Tom lächelte sie an. »Dann lagen wir wohl beide falsch, oder?«

Cathys Augen leuchteten. »Sieht so aus. Gut, dass wir das endlich mal geklärt haben.«

Toms Stimme war heiser. »Ja.« Wie gebannt blickte er in Cathys grüne Augen, gefangen von dem Feuer in ihnen.

Schließlich räusperte er sich und wandte den Blick ab. »Eine schöne Wohnung hast du.«

»Danke. Mir gefällt sie auch.«

»Meine Studentenbude sieht da ganz anders aus.«

»Aber das wird sich dann ja wahrscheinlich bald ändern.«

Tom zuckte mit den Schultern. »Ich weiß nicht. Je nachdem, ob ich für meine Arbeit bezahlt werde oder nicht. Ich arbeite momentan noch nebenbei, um mir überhaupt die Wohnung leisten zu können.«

»Ach ja, du kellnerst im *Blue Moon*, oder?«

Tom blickte sie durchdringend an. »Woher weißt du das? Ich kann mich nicht erinnern, dass in deiner Gegenwart schon mal erwähnt zu haben.«

Cathy wurde rot und blickte zur Seite. Mit einem Finger drehte Tom ihr Gesicht wieder in seine Richtung. Schließlich schob sie trotzig die Unterlippe vor.

»Ich habe Sam nach dir gefragt.«

Erstaunt schaute er auf sie hinunter. »Wieso?«

Cathy verdrehte die Augen. »Weil du mich interessiert hast, natürlich.«

Toms Augen bohrten sich in ihre, seine Nase war nur noch wenige Zentimeter von ihrer entfernt. »Habe ich das?«

Cathy war sich nicht mehr so sicher, ob es klug gewesen war, ihn das wissen zu lassen. Was war, wenn er sie auslachte? Schließlich war sie älter als er, und vielleicht mochte er auch keine roten Haare oder Sommersprossen. Abwehrend verschränkte sie die Arme vor der Brust.

»Ich sage jetzt gar nichts mehr.«

Feuer sprang in Toms blaue Augen, als er sie so da sitzen sah. Sie war einfach zum Anbeißen! Ihre Brüste drohten aus dem Nachthemd zu quellen, ihre Nase war hoch erhoben, und ihre Augen funkelten warnend. Ihr Mund wirkte weich und verletzlich. Sein Blick heftete sich darauf, während er seinen Kopf zu ihrem senkte. Seine Lippen strichen sanft über ihre, fragend, forschend. Als sie sich nicht wehrte, vertiefte er den Kuss. Nach einer Weile rückte er von ihr ab. Seine Augen glitzerten erregt, sein Atem kam in kurzen Stößen. Cathy schien es nicht anders zu gehen, ihre Augen waren weit aufgerissen, ihre Lippen zitterten. Tom fuhr mit seiner Fingerspitze über ihren Mund.

»Du kannst ab jetzt öfter mal nichts mehr sagen, das gefällt mir.«

Cathy schnappte sich das Sofakissen und schlug ihn damit. »Das würde dir wohl so passen!«

Tom nahm ihr das Kissen ab und fing ihre Faust ein. Er drückte einen raschen Kuss darauf.

»Ja, das würde es.«

Tom hielt immer noch ihre Hand locker umfasst, seine Finger hatten sich mit ihren verschränkt. Ein warmes Gefühl breitete sich in Cathy aus, als sie auf ihre Hände hinunterschaute. Sie war nicht mehr alleine. Zumindest für diese Nacht hatte sie jemanden gefunden, der ihr Leben und ihre Gefühle teilte. Es wäre wirklich eine Schande, diese kostbare Zeit zu verschenken. Diesmal hob sie ihre Hände zu ihren Lippen. Sie blickte Tom in die Augen, während sie begann, an seinen Fingern zu knabbern. Hin und wieder schoss ihre Zunge heraus und berührte seine warme Haut. Sie konnte beobachten, wie sich Toms Augen erst erstaunt weiteten und dann unter ihren Liebkosungen immer dunkler wurden. Seine Gesichtszüge wirkten angespannt, als würde er mit aller Macht etwas in sich zurückhalten. Cathy wollte, dass er diese Zurückhaltung verlor und sich einmal gehen ließ. Sie konnte sich nicht erinnern, Tom jemals außer Kontrolle gesehen zu haben. Wenn es nach ihr ginge, würde sich das bald ändern.

Wusste Cathy denn nicht, was sie ihm antat? Ein Blick in ihr Gesicht zeigte ihm, dass sie ganz genau wusste, was sie tat. Aber er hatte keine Ahnung, was sie damit bezweckte. Wollte sie mit ihm spielen, oder hatte sie wirklich das Bedürfnis, ihm nahe zu sein? Ihm, Tom, und nicht einfach irgendeinem warmen Körper, der gerade zur Verfügung stand. Wenn er ihr und sich selbst jetzt nachgab, würde er es wahrscheinlich nie erfahren. Während sein Körper schrie: Das ist völlig egal, nimm, was dir geboten wird, wollte sein Geist eine Bestätigung, dass er ihr wichtig war. Als Person – nicht nur als Körper. Diese Gedanken verließen ihn, als sie seinen Finger in ihren Mund sog. Hitze breitete sich in ihm aus, von seinen Fußsohlen bis in die Haarspitzen. Der Anblick ihrer roten Lippen, die sich um seinen Finger schlossen, sandte einen heftigen Schauder über sein Rückgrat. Cathy brachte ihn noch um, so viel war sicher. Er musste diese Aktivität jetzt stoppen, bevor er alles andere vergaß. Sanft befreite er seinen Finger aus ihrem Mund.

»Wir sollten jetzt lieber damit aufhören.«

»Wieso?«

Tonlos stöhnte Tom auf. Was für eine Frage!

»Weil es das Richtige ist.«

Cathy zog die Augenbrauen hoch. »Und wer bestimmt das? Du?«

»In diesem Fall schon. Du hattest einen schweren Tag, Himmel, wir hatten beide einen schlimmen Tag. Ich ziehe es vor, wenn wir einen klaren Kopf haben, sollten wir je …« Er errötete. »Du weißt schon.«

»Miteinander schlafen? Sex haben? Uns lieben?«

Tom schluckte schwer. »Ja.«

»Und was ist, wenn ich es möchte?«

Er schüttelte den Kopf. »Ich möchte nicht, dass du etwas tuest, was du nachher bereuen könntest.«

»Sehe ich vielleicht aus, als wüsste ich nicht, was ich will?« Sie funkelte ihn an. Dieser Mann brachte sie noch zum Wahnsinn!

»Ich weiß es nicht, so gut kenne ich dich noch nicht.«

»Dann lern mich doch endlich kennen, verdammt!«

Tom grinste. »Hitziges Temperament, was?«

»Gut erkannt. Und ich verrate dir noch etwas: Wenn ich etwas wirklich will, dann bekomme ich es auch.« Damit griff sie in seinen Nacken und zog seinen Kopf zu sich herunter. »Und in diesem Fall will ich dich. Jetzt. Sofort. Alles klar?«

Toms Blut floss wie flüssige Lava durch seinen Körper. Cathy schaffte es mit Leichtigkeit, ihn davon zu überzeugen, dass er doch lieber hier bleiben sollte. Er stand auf, zog sie mit sich in die Höhe und trug sie ins Schlafzimmer. Dort ließ er sie sanft auf ihr Bett sinken und beugte sich über sie. Als sich ihre Lippen trafen, gab es kein Zurück mehr – für keinen von ihnen. Toms Finger strichen über ihr Gesicht, dann vergruben sie sich in ihren zerzausten Haaren. Das Gefühl der weichen Strähnen an seinen Händen erregte ihn. Genauso wie ihre zarten Lippen, ihre Zunge in seinem Mund, ihre Hände, die sich in sein T-Shirt krallten und ihn dichter heranzogen. Tom folgte ihrer Aufforderung nur zu gerne. Ihre kaum bedeckten Brüste schmiegten sich an ihn, als wären sie dafür gemacht. Genießerisch schloss er die Augen. Cathy fühlte sich unbeschreiblich an: glatte, heiße Haut, warme Seide und die langen Locken, die unter seinen Händen zu leben schienen.

Er hatte schon öfter Sex genossen, aber dies hier war anders. Ihm war, als wäre mehr als nur sein Körper beteiligt, sondern auch ein Stück seiner Seele. Toms Augen öffneten sich schockiert. Er sollte lieber nicht so etwas Gefährliches denken. Es war nicht gesagt, dass sich hier mehr entwickeln würde als nur ein One-Night-Stand. Er glaubte es zwar, er hoffte es, aber er konnte eben nicht sicher sein. Immerhin wäre es möglich, dass es Cathy doch irgendwann peinlich war, dass er jünger war als sie oder dass er noch Student war, während sie am gleichen Institut Vorlesungen hielt. Aber das war ein Problem, über das er im Moment lieber nicht nachdenken wollte.

Cathy öffnete die Augen und blickte Tom fragend an. Warum hatte er aufgehört? Seine Wangen und Ohren waren rosa angehaucht, seine Lippen rot vom Küssen. Aber in seinen Augen sah sie, dass er über irgendetwas nachdachte, über etwas anderes als die Frage, welches Kleidungsstück er als Erstes entfernen würde.

»Was ist los?«

Tom schüttelte den Kopf und lächelte sie an. »Nichts. Wo waren wir stehen geblieben?«

»Ich glaube, du wolltest gerade für mich strippen.« Ihr Lächeln war teuflisch.

»So? Ach ja, richtig. Ich erinnere mich.« Tom löste sich widerstrebend von ihr und stand auf.

»He …« Er unterbrach Cathys Protest.

»Du glaubst doch nicht, dass ich im Liegen strippe?«

Cathy lehnte sich in ihre Kissen zurück. Wollte er jetzt etwa wirklich … Anscheinend. Er stand im Licht der Nachttischlampe vor ihr, sein Körper unter der Kleidung hart und muskulös, die schwarzen Locken zerzaust, die Augen glitzernd. Sie konnte sich keinen besseren Anblick vorstellen, aber sie wartete mit ihrer Wertung lieber noch, bis er ausgezogen war. Seine blauen Augen waren auf sie gerichtet, während er mit beiden Händen den Saum seines T-Shirts ergriff und es mit einer gleitenden Bewegung über seinen Kopf zog.

Er hielt es kurz vor seinen Körper, dann warf er es auf einen Sessel in der Ecke des Zimmers. Ein Lächeln überzog sein Gesicht, als er Cathys tiefes Einatmen hörte.

Ihr Blick glitt gierig über seinen nackten Oberkörper, von den breiten Schultern über den muskulösen Brustkorb mit den dunklen Brustwarzen, die fast in seinem Brusthaar verschwanden, das sich über den oberen Teil seines Oberkörpers ausbreitete. Von dort aus ging ihr Blick weiter nach unten, einer schmalen Haarlinie folgend, die zum Bund seiner tief sitzenden Jeans führte. Sie erschauderte, als sie den offenen Knopf sah und die Wölbung unter dem Reißverschluss. Tom wartete mit den Händen an der Hüfte, bis Cathy ihm wieder in die Augen blickte. Ihr ungeduldiger Blick ließ seine Erregung noch weiter ansteigen, während er gleichzeitig lächeln musste. Was wiederum dazu führte, dass Cathy noch ungeduldiger wurde. Ihre Hände bildeten Fäuste auf ihrer Bettdecke, während sie darauf wartete, dass Tom endlich weitermachte. Sie hatte fast das Gefühl, er ließ sie absichtlich warten. Dann war es endlich so weit: Er öffnete den Reißverschluss seiner Jeans und schob langsam die Hose über seine Hüfte nach unten. Seine Shorts tat wenig, um seine Erregung zu verbergen, während er die Jeans an seinen Beinen hinabgleiten ließ, bis sie auf dem Boden lag. Er stieg hinaus und schob die Hose mit einem Fuß beiseite. Er war jetzt nur noch mit der elastischen, eng anliegenden Shorts bekleidet, und Cathys Blick wanderte zielsicher dorthin. Ihr wurde noch heißer, als Tom seine Finger unter den Bund schob. Gott, endlich!

Doch auch diesmal wartete er, bis sich ihre Blicke trafen. Jeder konnte in den Augen des anderen die Glut sehen.

»Bist du sicher, Cathy?«

Atemlos lachte sie und räusperte sich dann. »Was für eine Frage! Ich glaube fast, du willst mich absichtlich quälen.«

Tom lächelte. »Nein. Ich wollte nur sicherstellen, dass du es dir in der Zwischenzeit nicht anders überlegt hast.«

»Definitiv nicht! Du glaubst doch nicht, dass ich dich anschauen könnte und dann plötzlich nicht mehr mit dir schlafen will? Ich liebe deinen Körper!«

Diesmal war es Tom, der sich räusperte. Er hatte so etwas noch nie gemacht und war froh, dass es ihr gefiel. Dass er ihr gefiel. Das Feuer in ihren Augen drohte ihn zu verbrennen.

Langsam schob er jetzt auch seine Shorts hinunter und trat aus ihr heraus, nachdem sie auf dem Boden gelandet war. Völlig nackt stand er vor Cathys Bett, die Hände zu Fäusten geballt bei dem Versuch, seine Erregung zu unterdrücken. Was ihm natürlich nicht gelang. Alleine nur ihre Blicke hatten die Macht, ihn fast explodieren zu lassen, ohne dass sie ihn überhaupt berührte.

Ihre Augen gebannt auf Toms Körper gerichtet, setzte Cathy sich auf, schob die Bettdecke beiseite und kniete sich auf ihr Bett. Zitternde Hände legten sich auf seinen heißen Körper, erkundeten jeden Zentimeter seiner Brust. Ihre rot lackierten Fingernägel strichen über seine flachen Brustwarzen, die sich bei der Berührung sofort zu harten Punkten zusammenzogen. Ein Schauder schüttelte seinen Körper, seine Beine drohten nachzugeben, aber Cathy war noch lange nicht mit ihm fertig. Ihre Finger strichen über seinen flachen Bauch, tauchten in die Kuhle zwischen Bauch und Geschlecht. Tom zuckte zusammen, seine Hände legten sich um ihre Schultern, um sie von sich zu schieben, doch in diesem Moment berührte Cathy seinen heißen Schaft.

Wie von selbst bewegte sich sein Körper näher an ihren heran, seine Hände strichen fieberhaft über ihre Schultern, tauchten in ihren tiefen Rückenausschnitt ein. Das Spüren ihrer Finger, die seine Erektion umfassten, und ihre samtige Haut unter seinen Händen brachten ihn fast um den Verstand. Zitternd schob er die dünnen Träger ihres Nachthemds über ihre Schultern. Wie von selbst fiel das Hemd auf ihre Hüften und entblößte ihre Brüste. Mit glänzenden Augen betrachtete Tom die beiden vollen Hügel. Unter seinem Blick richteten sich ihre Brustwarzen auf. Ihre Hand umfasste seinen Penis fester. Während er mit den Fingerspitzen über ihre Brüste fuhr, beugte sie sich vor und hauchte Küsse auf seine Brust, seinen Bauch und seine Hüfte. Erneut wurden seine Knie weich. Es fehlte nicht viel, und er würde zu Boden sinken, vor allem als Cathy sich noch tiefer beugte und seinen pulsierenden Schaft küsste.

XXXVII

»Cathy …«

Mit leuchtenden Augen blickte sie zu ihm auf. »Lass mich.«

»Nein, diesmal nicht. Viel mehr halte ich nicht aus. Ich brauche dich jetzt. Sofort.«

Seine vor Leidenschaft raue Stimme vibrierte in Cathy, machte sie fast verrückt vor Verlangen. Er beugte sich über sie und zog ihr eilig das Nachthemd und den Slip aus. Seine Augen glühten vor Leidenschaft, heiß rieselte es durch ihren Körper. Gleich war es so weit … Tom schob sich das restliche Stück nach oben, bis er auf seine Ellbogen gestützt über ihr lag, sein heißer Schaft dicht an ihrer Mitte. Er müsste nur ein paar Zentimeter nach oben stoßen, und schon wäre er in ihr vergraben. Doch das würde er nicht tun, sosehr es ihn auch danach verlangte. Er wollte nicht voraussetzen, dass sie sich lieben würden.

Warum versenkte er sich nicht mit einem Stoß in ihr und machte seinem Sehnen ein Ende? Zaghaft hob sie ihre Hüften an, um ihm anzudeuten, dass er in sie eindringen sollte. Doch er folgte ihrer Bewegung, während er den Kopf senkte und seine Stirn an ihre presste.

»Halt still.« Seine Stimme klang rau und gepresst.

»Warum? Willst du nicht mehr?«

Toms Lachen klang gequält. »Was für eine Frage! Natürlich will ich noch, ich könnte dafür sterben, mich nur einmal in dir zu vergraben.«

Cathy erschauderte bei seinen Worten. »Warum tust du es dann nicht?«

»Zwei Gründe. Erstens will ich nichts voraussetzen, und zweitens habe ich kein Kondom dabei.«

Cathys Augen glitzerten. »Falls du damit meinst, dass du auf mich Rücksicht nehmen willst, kann ich dich beruhigen.

Ich will dich in mir fühlen, so tief wie es nur geht. Was die Kondome betrifft ...« Sie lehnte sich über das Bett zum Nachttisch hin und zog die Schublade auf. »... greif zu, da ist eine ganze Schachtel drin.«

Tom folgte ihrer Aufforderung und holte eine riesige Packung heraus. Er zog die Augenbrauen hoch, als er die Aufschrift las.

»Fünfzig Stück, in allen Farben.« Er blickte sie an. »Hattest du eine Party geplant?«

Cathy errötete. »Idiot. Nein, natürlich nicht. Die habe ich an meinem dreißigsten Geburtstag von Freunden geschenkt bekommen. Anscheinend dachten sie, mein Liebesleben könnte mal ein wenig Auffrischung vertragen.« Sie lächelte in seine Augen. »Sie hatten Recht.«

Ihr Lächeln war sein Untergang. Mit mehr Kraft als Finesse riss er die Packung auf und verstreute dabei den Inhalt auf Bett und Boden. Lachend griff Cathy in die Masse und zog eines heraus. Es war rosa.

»Wie wäre es mit dem hier?«

Tom verzog den Mund, nahm es ihr aber trotzdem aus der Hand.

»Mir ist die Farbe eigentlich ziemlich egal, solange ich nur in dir sein kann.«

Cathy verging das Lachen. Ihre Augen verdunkelten sich, während sie beobachtete, wie er sich kurz hinkniete und das Kondom überstreifte.

»Beeil dich!«

Aber ihr Drängen war gar nicht nötig. Tom positionierte sich über ihr und fuhr mit einem kräftigen Stoß tief in sie. Gemeinsam stöhnten sie auf. Auf seine Arme gestützt, ragte er über ihr auf, nur an der Hüfte waren sie verbunden. Langsam zog Tom sich wieder aus ihr zurück, nur um dann erneut tief in sie einzutauchen. Seine Arme zitterten, so groß war die Anstrengung, sich zurückzuhalten und nicht einfach wie ein Tier in sie zu stoßen, immer und immer wieder. Allein schon der Gedanke ließ Schweiß auf seiner Stirn austreten, ganz zu schweigen von dem wunderbaren Gefühl, mit Cathy vereinigt zu sein. Sie um sich zu spüren, ihre Wärme, Feuchtigkeit, die Zuckungen ihrer inneren Muskeln. Mit dem Mund fuhr er über ihren Körper, so weit er ihn aus seiner Position erreichte. Er stützte sich auf einen Ellbogen, damit er eine Hand für weitere Stimulierungen frei hatte.

Schon bald liefen Zuckungen durch Cathys Körper, ihre Finger bohrten sich in sein Hinterteil und gaben ihm den Rhythmus vor. Immer schneller, immer tiefer stieß er in sie, seine Finger strichen gleichzeitig über ihre empfindlichste Stelle, während sein Mund an ihrer Brust saugte. Stöhnend schlang Cathy die Beine um seine Hüfte und zog ihn damit noch tiefer in sich. Tom war so dicht vor einem Orgasmus, dass er bereits die ersten Tropfen kommen fühlte. Lange konnte er es nicht mehr aufhalten, so viel war sicher. Er hob den Kopf und blickte Cathy an. Den Kopf zurückgeworfen, die roten Haare eine wilde Masse um ihren Kopf, lag sie auf dem zerwühlten Laken, ihre Lippen leicht geöffnet. Sie fühlte seinen Blick auf sich und hob ihre schweren Augenlider. Ihre Erregung war deutlich sichtbar, ebenso wie der Umstand, dass sie bereits kurz vor dem Höhepunkt war. Toms Augen bohrten sich in ihre.

»Jetzt, Cat!« Damit stieß er tief in sie und senkte gleichzeitig den Kopf und biss sanft in ihre Brustwarze.

Cathy stieß einen atemlosen Schrei aus und erreichte gemeinsam mit ihm ihren Höhepunkt. Anschließend brach Tom auf ihr zusammen. Keuchend und zuckend lagen sie Haut an Haut, zu schwach, um sich zu bewegen. Nach ein paar Minuten drehte sich Tom schließlich um und zog sie mit sich, sodass sie weiterhin mit ihm verbunden auf ihm lag.

»Ich will dich nicht erdrücken.« Seine leise Stimme war rau.

Cathy hob den Kopf und lächelte ihn befriedigt an. »Ich hätte mich schon gemeldet. Dein Körper fühlt sich einfach herrlich an auf meinem.«

Tom öffnete ein Auge und lächelte zu ihr hinauf. »Das freut mich. Wir können das gerne bald wiederholen, ich stehe jederzeit zur Verfügung.«

»Jederzeit? Das werde ich mir merken.«

Tom fühlte Cathys Lachen durch seinen Brustkorb. Sein Herz hüpfte freudig, genauso wie einige andere Körperteile. Das erinnerte ihn daran, dass er immer noch mit dem Kondom in ihr war. Widerstrebend hob er Kopf und Schultern an und lehnte sich auf seinen Ellbogen zurück.

»Ich denke, wir sollten …«

Cathy seufzte. »Ja, du hast Recht, aber es fühlt sich einfach so gut an, dich in mir zu haben.«

Tom lachte. »Was meinst du, wie toll es erst ist, in dir zu sein, die Hitze, die Muskeln, die mich umfangen …«

Sie legte schnell eine Hand auf seinen Mund. »Hör lieber auf, sonst geht das gleich wieder von vorne los.«

Tom grinste. »Eine kurze Pause wäre aber schon angebracht, fürchte ich.« Mit einem leichten Schauder zog er sich aus ihr zurück und rollte sich vom Bett.

Cathy beobachtete ihn dabei, ihren Kopf auf ihre Hand gestützt. Sie hätte nie gedacht, dass der ruhige, zurückhaltende Tom beim Sex so ungehemmt sein konnte. Stille Wasser waren tief, wie es so schön hieß. Ein Lächeln umspielte ihren Mund, während sie beobachtete, wie Tom das gebrauchte Kondom entfernte. Er hatte nicht nur einen fantastischen Körper, sondern er wusste eindeutig auch, wie er ihn einsetzen musste, um einer Frau das Gefühl zu geben, ausgiebig geliebt worden zu sein.

Tom sah ihr Lächeln und fühlte erneut eine tiefe Regung in seinem Herzen. Sein Blick glitt langsam und liebevoll über ihren nackten Körper, verharrte an allen Stellen, die er liebkost hatte, bevor er schließlich bei ihrem Gesicht ankam. Er beugte sich zu ihr hinunter und küsste sie sanft auf den Mund, bevor er sich wieder aufrichtete. Eine Spur von Erstaunen und noch etwas anderem spiegelte sich in ihren Augen wider, doch sie schlug schnell die Lider nieder, deshalb konnte er nicht sicher sein.

»Ich bin gleich wieder da.« Damit verschwand er aus dem Zimmer und ging über den kurzen Flur ins Bad. Kurze Zeit später tauchte er wieder auf und blieb zögernd neben dem Bett stehen.

Cathy blickte ihn erstaunt an. »Worauf wartest du?«

»Ich bin mir nicht sicher, ob du möchtest, dass ich hier bei dir schlafe.«

Cathys Lippen verzogen sich bei seinen Worten zu einem einladenden Lächeln. Sie hob die Bettdecke an einer Ecke für ihn an.

»Komm, mein Held.«

Tom kniete sich auf das Bett und baute sich drohend über ihr auf.

»Held? Willst du dich etwa über mich lustig machen?«

Cathy kicherte. »Aber nein. Komm schon, es wird kalt hier drin.«

Tom ließ sich nicht zwei Mal bitten, sondern schob sich unter die Bettdecke. Cathy knipste die Lampe aus und wandte sich ihm dann zu. Sie wartete, bis Tom sich zurechtgerückt hatte, dann legte sie ihren Kopf auf seine Schulter, schob ihr Bein über seine Schenkel und ließ ihre Hand über seine Brust gleiten. Zufrieden seufzend schloss sie die Augen. Tom umfing sie mit seinem Arm und überließ sich ebenfalls dem Schlaf.

Nach stundenlangem Fahren über stille Straßen, durch ausgestorben wirkende Städte und über dunkle Highways entschied Morgan, dass sie für eine Nacht weit genug gekommen waren. In der letzten halben Stunde waren ihm mehrmals die Augen zugefallen, und ein Blick auf Sams angespanntes Gesicht zeigte ihm, dass es ihr nicht besser ging. Es war an der Zeit, ihnen eine Bleibe für den Rest der Nacht und den folgenden Tag zu suchen. Ein am Straßenrand auftauchendes Straßenschild erschien ihm wie ein Zeichen. *Torrey 10 Meilen.* Auf seiner Karte konnte er sehen, dass der Ort dicht am Capitol Reef National Park lag. Vor einigen Jahren war er einmal hier durchgekommen, und er meinte sich zu erinnern, dass es ein paar Hotels gab. Er konnte nur hoffen, dass irgendwo noch ein Zimmer frei war.

»Wir werden uns in Torrey ein Zimmer suchen.«

Sam zuckte zusammen, als sie Morgans Stimme hörte. Sie hatte gedacht, er würde noch schlafen. Jedenfalls waren seine Augen geschlossen gewesen, als sie das letzte Mal zu ihm hinübergeblickt hatte. Doch jetzt schien er hellwach zu sein, seine Augen auf die Straße vor ihnen gerichtet.

»In Ordnung. Ich muss gestehen, dass ich inzwischen doch ziemlich müde bin.«

Morgan blickte sie besorgt an. »Warum hast du nichts gesagt? Wir hätten auch vorher schon Halt machen können, oder ich hätte dich mit dem Fahren abgelöst.«

»Ich wollte so viel Strecke wie möglich zwischen unsere Verfolger und uns bringen. Und warum du nicht fahren solltest, hatten wir doch schon geklärt.«

Widerwillig nickte er. »Dafür können wir jetzt den Rest der Nacht und einen Teil von morgen durchschlafen.«

Sam gähnte, dass ihr die Kieferknochen knackten. »Entschuldige. Ja, das wäre schön.«

Die ersten Häuser von Torrey flogen an ihnen vorbei. Der Ort war nicht viel mehr als ein paar Gebäude entlang der Straße, einige davon Hotels. Bei einem Motel 6 bogen sie schließlich auf den Parkplatz ein. Er war ziemlich voll und totenstill, kein Wunder, schließlich war es mitten in der Nacht. Sam schaltete den Motor aus und blickte in der nur von einer schwachen Lampe erleuchteten Fahrerkabine zu Morgan hinüber.

»Ich werde nachfragen, ob noch ein Zimmer frei ist. Bleib du im Auto.«

Morgan richtete sich ruckartig auf. »Auf keinen Fall wirst du alleine gehen!«

Sam legte ihre Hand auf seine. »Doch, werde ich. Bleib du im Auto, und achte darauf, ob jemand auf uns aufmerksam wird. Außerdem ist es besser, wenn uns niemand zusammen sieht, zumindest solange wir noch unterwegs sind. Okay?«

Widerwillig gab Morgan ihr Recht. Aber es passte ihm trotzdem nicht, dass sie alleine loszog. Es war zwar völlig ausgeschlossen, dass hier jemand auf sie wartete, aber er sorgte sich doch sehr um sie.

Sam nahm sein Schweigen als Zustimmung, griff sich ihre Geldbörse aus ihrem Rucksack und öffnete die Fahrertür.

»Ich bin sofort wieder da.« Damit ging sie schnellen Schrittes über den Parkplatz zur Eingangstür des Hotels. Da die Tür abgeschlossen war, drückte sie auf eine Klingel. Ungeduldig wartete sie, bis ein verschlafen wirkender Nachtportier auftauchte und langsam zur Tür schlurfte. Er war über die Störung nicht besonders begeistert. Obwohl nur noch ein Einzelzimmer frei war, konnte sie den Portier überreden, es ihnen zu überlassen. Er händigte ihr die Schlüsselkarte aus und beschrieb den Weg zum Zimmer. Sam nickte ihm noch einmal dankbar zu, dann verließ sie rasch das Gebäude. Morgan erwartete sie neben dem Wagen, den Rücken an die Tür gelehnt, die Arme vor der Brust verschränkt.

»Und?«

»Ein Zimmer war noch frei, leider ein Einzelzimmer. Aber ich habe es trotzdem genommen.«

Morgan nickte. »Gut. Wo müssen wir hin?«

Sam zeigte ihm die Skizze und stieg dann ins Auto. Sie fuhr ein paar Meter bis zur nächsten Parklücke in einer besonders schlecht beleuchteten Ecke. Morgan nahm den Rucksack und die Tüten vom Rücksitz und folgte Sam zu dem Zimmer. Nach einigen Schwierigkeiten gelang es ihr, die Karte richtig herum in den Schlitz zu stecken und schnell genug wieder herauszuziehen, und die Tür öffnete sich. Der Duft eines Reinigungsmittels schlug ihnen entgegen, raubte ihnen im ersten Moment den Atem. Das Zimmer war recht klein, das Bett aber größer als ein Einzelbett, sodass sie zu zweit genug Platz darin haben würden. Auch sonst war das Zimmer recht mager ausgestattet, aber das war ihnen im Moment völlig egal. Morgan legte Rucksack und Tüten auf den Tisch und ging zur Tür zurück. Mit einem Klicken ließ er das Schloss dort einrasten. Als er sich umdrehte, bemerkte er, dass Sam ihn beobachtete. Verlegen zuckte er mit den Schultern.

»Reine Vorsichtsmaßnahme. Ich denke wirklich nicht, dass uns jemand bis hierher gefolgt ist.«

Nach einem spartanischen Essen und einem kurzen Besuch im Badezimmer wandte Morgan sich dem Bett zu. Da sie beide kein Nachtzeug dabeihatten, würden sie angezogen schlafen müssen. Aber wenigstens konnten sie die frische Kleidung anziehen, die sie heute erstanden hatten. Morgan holte das T-Shirt und den Slip aus der Tüte und warf sie auf das Bett. Nachdem er die über dem Bett angebrachte Lampe angeknipst hatte, löschte er den Deckenleuchter. Vorsichtig zog er seine Jeans aus, immer darauf bedacht, seine Hüftwunde nicht wieder zu öffnen. Schnell schlüpfte er in das neue Zeug und legte sich in das weiche Bett. Ein Seufzer entfuhr ihm, als sich seine angespannten Muskeln langsam lockerten. Seine Augen schlossen sich wie von selbst, und schon nach wenigen Augenblicken war er eingedöst. So bekam er gar nicht mehr mit, wie Sam aus dem Badezimmer in den Raum trat.

Sie lächelte, als sie sah, dass Morgan bereits eingeschlafen war. So viel also zu dem wilden Sex, den sie sich ausgemalt hatte. Ehrlich gesagt, war sie selbst ebenfalls viel zu müde dafür. Sie nahm ihre neue Kleidung mit ins Badezimmer und wechselte sie dort. Auch wenn es schien, als würde Morgan nicht mehr aufwachen, wollte sie doch nicht in eine peinliche Situation geraten, sollte er die Augen öffnen. Vorsichtig schlüpfte sie unter die Bettdecke, stellte den Wecker auf elf Uhr und löschte das Licht. Im Dunkeln lag sie einen Moment still da und versuchte, sich daran zu gewöhnen, dass jemand mit ihr im Bett lag. Schließlich gewann ihre Müdigkeit, und sie drehte sich auf ihre gewohnte Schlafseite mit dem Rücken zu Morgan und schloss die Augen. Morgan schien zu spüren, dass sie ebenfalls im Bett war, denn er zog sie dicht an sich heran, einen Arm um ihre Taille geschlungen. Sam versteifte sich unwillkürlich, entspannte sich aber schnell, als ihr klar wurde, dass Morgan im Schlaf aus einem Instinkt heraus gehandelt hatte. Zufrieden lächelnd schlief sie ein.

XXXVIII

Völlig übernächtigt fuhren Chuck und Eddie durch Salt Lake Citys Straßen. Bereits die ganze Nacht waren sie durch die Stadt gefahren und hatten nach den beiden Flüchtigen und dem Auto Ausschau gehalten, ohne jedoch etwas zu entdecken. Keine Spur von ihnen. Auch die von Gerald angeheuerten Ganoven hatten sie nicht gefunden. Er persönlich glaubte nicht, dass die beiden noch irgendwo in der Nähe waren, aber das würde er Gerald bestimmt nicht sagen. Sie hatten vom Boss ihre Befehle bekommen und, wenn ihnen ihre Gesundheit lieb war, hielten sich besser daran. Auch wenn sie die ganze Nacht nicht geschlafen hatten und todmüde waren. Eddie saß mit verquollenen Augen auf dem Beifahrersitz, scheinbar mehr schlafend als wach. Chuck stieß ihn mit dem Ellbogen an.

»Hey, bleib gefälligst wach!«

Eddie knurrte vor sich hin.

»Warum muss ich eigentlich dafür leiden, weil Tony und du Mist gebaut habt?«

Chuck warf ihm einen wütenden Blick zu.

»Frank hatte einfach nur Glück, das war alles. Normalerweise müsste er jetzt schon lange tot sein.«

Eddie grinste ironisch. »Ja, das ist er aber nicht, oder?«

Chuck biss die Zähne zusammen und gab Gas.

Cathy erwachte am nächsten Morgen mit einem unbeschreiblichen Glücksgefühl, das schnell in Sorge umschlug, als sie darüber nachdachte, was Sam zugestoßen sein konnte. Nachdem Tom im Bad verschwunden war, blickte sie auf die Uhr. Halb acht, hoffentlich war der Detective jetzt bereits an seinem Arbeitsplatz. Wenn nicht, würde sie es so lange probieren, bis sie ihn erreichte. Sie musste einfach wissen, ob dieser Polizist aus New York ihr die Wahrheit gesagt hatte. Nicht auszudenken, wenn das nur eine Finte gewesen war, um sie in Sicherheit zu wiegen. Aber warum sollte das jemand tun wollen? Es ergab einfach alles keinen Sinn. Die Stirn gerunzelt, ging sie in die Küche und bereitete das Frühstück vor. Viel mehr als Toast und Marmelade hatte sie sowieso nicht im Haus. Während der Kaffee durch die Maschine gurgelte, lehnte sie sich mit der Hüfte gegen die Theke, den Körper mit den Armen umschlungen, mit den Zähnen ihre Unterlippe bearbeitend.

So traf Tom sie an, als er aus dem Bad kam. Bedauernd nahm er zur Kenntnis, dass Cathy wieder in den Alltag zurückgekehrt war. Natürlich konnte er den Wandel durchaus nachvollziehen, aber es schmerzte trotzdem. Rasch durchquerte er die Küche und zog sie in seine Arme. Mit einem Seufzer lehnte sie sich an ihn, die Stirn fiel an seine Brust. Tom strich liebevoll über ihre Haare.

»Es wird alles gut, du wirst sehen.«

Mit besorgtem Blick schaute sie zu ihm auf. »Glaubst du wirklich?«

Tom nickte. Er hoffte es zumindest. Aber da sie überhaupt nicht wussten, was hier wirklich vor sich ging, konnte alles Mögliche passieren. Ohne Vorwarnung. Aber darüber wollte er jetzt lieber nicht nachdenken, und vor allem wollte er Cathy beruhigen und nicht noch nervöser machen.

»Warum rufst du jetzt nicht den Detective an? Dann wissen wir Bescheid.«

Cathy nickte und ging zögernd zum Telefon. Nach einem letzten Blick zu Tom holte sie das Telefonbuch hervor und suchte die Nummer des Salt Lake City Police Departments. Sie fand sie und tippte die Nummer in das Telefon ein. Ein Freizeichen ertönte.

»Salt Lake City Police Department, wie kann ich Ihnen helfen?«

»Hier ist Cathy O'Donnell, ich möchte Detective Gonzalez sprechen.«

»Julio oder Raoul?«

»Oh. Das weiß ich gar nicht so genau. Er ist bei der Mordkommission, war gestern bei der Explosion an der Universität.«

»Das könnte auf beide zutreffen. Können Sie mir sagen, wie er aussah?«

»Groß, kräftig, dunkelhaarig, braune Augen.«

»Das trifft auch auf beide zu.«

»Hakennase, schmaler Mund, rostige Stimme, Motorradjacke.«

»Ah, warum haben Sie das nicht gleich gesagt. Das war Raoul. Ich verbinde Sie.«

»Danke.« Cathy blickte Tom an und verdrehte die Augen. Er belohnte sie mit einem Lächeln. Mit einer Hand winkte sie ihn zum Tisch, es brachte ja nichts, wenn sie beide hier hungerten, nur weil Gonzalez – *Raoul* – Stunden brauchte, um ans Telefon zu gehen. Endlich meldete er sich am anderen Ende.

»Ja?«

»Hier ist Cathy O'Donnell.«

»Wer?«

Cathy biss die Zähne zusammen, um ihn nicht anzufahren. Irgendetwas an ihm ließ sie jedes Mal in die Luft gehen.

»Cathy O'Donnell. Gestern aus dem Krankenhaus? Die Explosion des Autos meiner Freundin?«

»Ach ja. Der Rotschopf.«

Wenn er jetzt vor ihr gestanden hätte, sie hätte ihm einen Kinnhaken verpasst.

»Genau.« Sie holte tief Luft. »Gestern Abend hat bei uns ein Polizist aus New York angerufen, der sagte, dass es Sam gut ginge. Er erwähnte auch, dass er mit Ihnen sprechen würde. Hat er sich gemeldet?«

Tiefe Stille kam ihr entgegen.

»Bitte, ich will ja keine Einzelheiten wissen, sondern nur, ob er das ist, was er behauptet zu sein, und ob Sam wirklich nicht in Gefahr ist.«

Gonzalez räusperte sich, dann drang seine raue Stimme durch das Telefon.

»Er ist Detective in New York. Ich habe seine Dienstnummer überprüft. Scheinbar ist Ihre Freundin zur falschen Zeit am falschen Ort gewesen und hat etwas gesehen, was sie nicht hätte sehen sollen. Dadurch ist eine Bande auf sie aufmerksam geworden, die sie jetzt umbringen will. Doch sie konnte entkommen und hält sich inzwischen an einem Ort auf, den niemand kennt.«

Cathy keuchte auf. Das war ja noch schlimmer, als sie gedacht hatte! Aber immerhin war Sam scheinbar im Moment in Sicherheit.

»Können Sie nicht etwas unternehmen?«

»Nein. Ich wurde gebeten, mich herauszuhalten, um eine andere Ermittlung in diesem Zusammenhang nicht zu gefährden.«

»Noch eine?«

»Mehr kann ich nicht sagen.«

»Könnten Sie mich denn wenigstens informieren, wenn Sie etwas Neues über Sam hören?«

Sie spürte, dass er Nein sagen wollte, doch er überraschte sie.

»In Ordnung. Ihre Nummer?«

Cathy gab ihm ihre Privat- und Büronummer, verabschiedete sich und legte auf, nachdem sie sich auch seine Durchwahl aufgeschrieben hatte. Eine Weile blickte sie in Gedanken versunken auf den Notizblock hinunter, bis sich Toms warme Hand auf ihre Schulter legte.

»Was hat er gesagt?«

Erschrocken blickte sie zu ihm auf. »Entschuldige, ich wollte dich nicht warten lassen.« Sie ging ihm voraus zum Tisch und setzte sich. »Gonzalez hat bestätigt, dass unser Anrufer von gestern Polizist in New York ist. Dementsprechend ist Sam scheinbar im Moment wirklich in Sicherheit.« Angst spiegelte sich in Cathys Augen wider. »Gott, Tom! Er meinte, Sam hätte etwas gesehen, was nicht für sie bestimmt war, und wird deshalb von einer Bande gejagt, die sie töten will! Wie ist sie da bloß hineingeraten?«

Tom schüttelte ratlos den Kopf. »Ich weiß es nicht. Aber es muss draußen bei ihrer Grabung passiert sein, deshalb ist sie auch so früh wieder hierher gekommen. Jetzt macht auch ihr Verhalten in den letzten Tagen einen Sinn. Sie war so schreckhaft, so weit entfernt. Verdammt, sie hätte wirklich etwas sagen müssen, dann wäre das alles vielleicht gar nicht passiert: der Einbruch in ihr Haus, der Besucher in ihrem Büro, die Explosion ihres Autos. Alles hängt zusammen.« Sein Kiefer arbeitete, während er versuchte, seinen Ärger und seine Furcht um Sam zu unterdrücken.

Cathys Hand legte sich auf seine. »Ich denke, sie hat einfach versucht, uns zu schützen.«

»Wir hätten ihr helfen können!«

Cathy nickte. »Ja. Oder wir wären ebenfalls ins Visier dieser Verbrecher geraten.« Sie schluckte schwer. »Vielleicht sind wir das sowieso schon.«

Toms Miene verfinsterte sich. »Ich werde dich ab jetzt keinen Moment mehr alleine lassen.«

Cathy lachte unsicher. »Ich glaube nicht, dass das funktioniert. Ich habe meinen Job, und du musst zu deinen Kursen gehen. Aber wir können gerne in der Freizeit etwas zusammen machen, wenn du möchtest.«

Tom war klar, dass sie Recht hatte, aber darum musste es ihm noch lange nicht gefallen.

»Abgemacht. Du fährst oder gehst bitte außerhalb des Instituts nirgends ohne mich hin, ja?«

Cathy verzog den Mund. Ihr gefiel es nicht, eingeschränkt zu werden, aber sie erkannte durchaus die Notwendigkeit dieser Maßnahme.

»Okay. Du aber auch nicht.«

Tom nickte abgehackt. »Wir sollten jetzt langsam essen, bevor der Kaffee kalt wird und wir zu spät kommen.«

Cathy blickte auf die Uhr und stürzte sich auf das Essen.

Es fühlte sich an, als hätte Sam kaum länger als fünf Minuten geschlafen, als sie vom Wecker unsanft aus dem Schlaf gerissen wurde. Musik plärrte durch den Raum, bis sie nach längerem Suchen den Ausschaltknopf entdeckt hatte. Erleichtert seufzend ließ sie sich wieder zurücksinken. Langsam wurde sie sich des Gewichtes bewusst, das auf ihren Rippen lag. Die Bettdecke konnte doch nicht so schwer sein. Dann erinnerte sie sich daran, wie Morgan nachts seinen Arm um sie geschlungen hatte. Anscheinend hatte sich keiner von ihnen viel bewegt während der kurzen Nacht. Morgan murmelte und bewegte seinen Arm etwas höher.

Plötzlich erkannte Sam, dass sich doch etwas geändert hatte: Ihr T-Shirt war hoch gerutscht, und Morgans Hand lag auf ihrer nackten Haut. Um genauer zu sein, auf ihrer Brust. Schlagartig war sie hellwach. Ihre Haut prickelte, wo seine warme Hand sie berührte, Röte schoss in ihre Wangen. Die Situation war ihr unangenehm, trotzdem konnte sie nicht anders, als die Gefühle zu genießen die sie durchströmten. Ihre Brustwarzen richteten sich auf, ihr Herzschlag beschleunigte sich. Gott, wie kam sie hier wieder raus, ohne Morgan zu wecken? Andererseits, warum sollte sie sich bemühen? Schließlich war es nicht ihre Hand, die in fremdem Gebiet wilderte. Oder doch? Schnell prüfte sie, ob ihre Hände sich vielleicht auch irgendwo verirrt hatten. Nein, sie lagen beide vor ihr.

In diesem Moment regte sich Morgan. Seine Finger spannten sich reflexartig an, dann erstarrten sie. Sein gesamter Körper wurde steif wie ein Brett. Sein Atem stockte. Verdammt, wie kam seine Hand auf Sams Brust? Ihre runde, weiche Brust mit hartem Nippel. Sollte er einfach die Hand zurückziehen und hoffen, dass sie noch schlief? Aber wenn man von ihrer Reaktion und dem schnellen Schlagen ihres Herzens unter seiner Hand ausging, war sie vermutlich wach. Außerdem fühlte sich ihre weiche Haut einfach so gut an, dass er sich nicht dazu bringen konnte, sie sofort loszulassen.

»Sam, bist du wach?«

»Ja.« Ihre Stimme klang gedämpft.

»Tut mir Leid, das war keine Absicht.«

Langsam drehte sie ihren Kopf zu ihm herum. Sein Gesicht war jetzt dicht vor ihr. Ein Blick in seine verhangenen grauen Augen zeigte ihr, dass er von ihrer Situation auch nicht völlig unberührt war.

»Was war keine Absicht? Dass ich wach bin oder dass du mich berührt hast?«

Ein selbstironisches Lächeln huschte über sein Gesicht.

»Letzteres. Mir war wirklich bis eben nicht bewusst, wo meine Hand sich befindet.«

Seine Entschuldigung würde vielleicht besser wirken, wenn er seine Hand entfernen würde. Aber noch immer hielt er ihre Brust umfangen, seine Nasenspitze nur Zentimeter von ihrer entfernt.

»Und jetzt, wo du es weißt, was gedenkst du zu tun?«

Morgan schnitt eine Grimasse. »Ich sollte dich wohl loslassen und so schnell wie möglich ins Bad gehen.«

Sam blickte ihn abwartend an, aber er bewegte sich nicht. Nun, dann musste sie wohl etwas unternehmen. Aber anstatt sich aus dem Bett zu bewegen, rückte sie näher an ihn heran, bis sie Vorderseite an Vorderseite lagen. Ihr Mund streifte seinen in einem flüchtigen Kuss.

»Guten Morgen.«

Morgan war wie erstarrt. Er konnte sich einfach nicht dazu durchringen, sie loszulassen und aufzustehen. Ihre Brust brannte immer noch ein Loch in seine Hand. Sie roch nach neuer Kleidung, Hotelseife und einfach nur nach Sam. In Wellen traf die Hitze ihres Körpers auf seine empfindliche Haut, entfachte ein Feuer tief in ihm. Das Gefühl ihrer Lippen auf seinen ließ ihn hungrig zurück. Er wollte sie schmecken, fühlen, sich tief in ihr vergraben. Jetzt sofort. Doch das konnte er nicht tun. Ein letztes Mal drückte er ihre Brust, dann gab er sich einen Ruck. Er ließ sie los, rollte sich zu seiner Seite des Bettes und stand auf. Glücklicherweise war sein T-Shirt lang genug, um seine Erektion zu verdecken – zumindest teilweise. Er schnappte sich seine Jeans und war kurz darauf im Bad verschwunden.

Sam blickte ihm verwundert hinterher. Er konnte sich wirklich schnell bewegen, wenn er es wollte. Aber warum tat er es immer nur, um von ihr wegzukommen? Es wäre schön, wenn er zur Abwechslung mal auf sie zukommen würde. Seufzend lehnte sie sich im Bett zurück. Vielleicht war es auch besser so. Sie sollte wirklich einem fast fremden Mann nicht so nahe sein. Aber genau das war das Problem. In ihrem Kopf, in ihrem Herzen war er kein Fremder. Worauf hatte sie sich da bloß eingelassen? Reichte es nicht, dass sie schon bis über beide Ohren in einer gefährlichen Situation steckte. Musste sie unbedingt auch noch ihr Herz gefährden? Sam seufzte erneut. Wem machte sie eigentlich etwas vor: Sie hatte es längst verloren. Sie war eindeutig ein Idiot. Und wenn sie sich nicht langsam aufraffte, würde sie auch noch ein einsamer sein. Ein Grinsen überzog ihr Gesicht, während sie sich aus der Bettdecke schälte und aufstand. So schnell es ging, zog sie ihre Jeans an, schlüpfte in ihre Schuhe, richtete vor einem Spiegel ihr Haar, schnappte sich die Schlüsselkarte und ihr Geld und verließ leise das Zimmer.

XXXIX

Morgan steckte seinen Kopf aus der Duschkabine und lauschte. Hatte er nicht eben etwas gehört? Nein, scheinbar nicht. Er zog den Kopf zurück und schloss die Duschtür. Er hatte sich entschieden, eine Dusche zu riskieren. Dazu hatte er die Verbände abnehmen müssen. Wahrscheinlich war das nicht besonders gut für seine Wunden, aber das war ihm jetzt egal. Er wollte mal wieder richtig sauber sein. Und wenn es gleichzeitig dabei half, seine steifen Muskeln zu lockern und sein Verlangen nach Sam zu mindern, dann konnte ihm das nur recht sein. Sam. Er wusste nicht, was er mit ihr machen sollte. Er begehrte sie mehr als jede andere Frau, die er bisher kennen gelernt hatte. Woran das lag, wusste er nicht, es war einfach so. Sie brachte sein Blut mit einem Blick zum Kochen, und wenn sie ihn berührte, war es um ihn geschehen. Er war jetzt ein paar Mal nur knapp entkommen, viel länger würde er diese Tortur nicht durchhalten können. Vielleicht sollte er doch zur Sicherheit ein paar Kondome besorgen …

Morgan schüttelte ungehalten den Kopf. Er sollte sich wirklich lieber darauf beschränken, für ihre sichere Flucht zu sorgen, anstatt sich über Sex und seine Gefühle für Sam Gedanken zu machen. Das konnte er schließlich immer noch, wenn sie erst einmal in ihrem Versteck angekommen waren. Zufrieden, sich endlich auf das Wichtige besonnen zu haben, schloss er die Augen und hielt seinen Kopf unter den Duschkopf. Das Wasser prasselte auf sein Gesicht, belebte ihn. Zum ersten Mal seit langer Zeit kam ihm der Gedanke, dass es doch schön war, am Leben zu sein: zu sehen, zu fühlen, zu schmecken. Nach einiger Zeit öffnete er die Augen wieder – und erblickte Sam. Die Luft verließ ruckartig seine Lungen, er unterdrückte gerade noch einen Aufschrei. Herrgott, was machte sie hier? Und dann auch noch nackt! Sprachlos sah er zu, wie sie langsam die Tür zur Dusche öffnete und zu ihm unter den Wasserstrahl stieg. Krampfhaft schluckend bemühte er sich, weiterhin in ihre Augen zu blicken.

»Was machst du hier?« Er räusperte sich, um den Frosch aus dem Hals zu bekommen.

»Was denkst du, was ich hier mache? Ich will natürlich duschen.«

»Ich bin gleich fertig, warum gehst du nicht so lange noch einmal hinaus?«

Sam blickte ihn mit ihren großen blauen Augen forschend an. Ihre nassen Haare klebten an ihrem Kopf, Wassertropfen hingen an ihren Wimpern, liefen ihr Gesicht hinab.

»Nein.«

»Nein?«

Sam schüttelte energisch den Kopf. »Ich bleibe hier. Ich könnte mir vorstellen, dass es ziemlich schwierig für dich ist, dich mit deinen Verletzungen vernünftig zu waschen. Also werde ich das für dich übernehmen.«

Morgan blickte sie fassungslos an. »Himmel, Sam, bitte geh einfach, ich werde das schon schaffen.«

In Sams Augen trat ein verletzter, unsicherer Ausdruck.

»Du brauchst mich also nicht?«

Morgan hatte das Ja schon auf der Zunge, aber irgendwie wollte es nicht über seine Lippen kommen. Es wäre eine Lüge, im Moment brauchte er sie geradezu schmerzhaft, nicht unbedingt nur für die Körperpflege. Sein Körper zeigte das ziemlich deutlich, und er konnte sich nicht vorstellen, dass Sam diesen offensichtlichen Hinweis übersehen würde. Morgan stützte seine Hände an der Wand ab, um zu verhindern, dass er sie berührte und über ihren wunderschönen nassen Körper strich … Seine Stimme spiegelte seine Qual wider.

»Du kannst dir nicht vorstellen, wie sehr ich dich brauche. Aber es ist nicht richtig.«

»Und wer bestimmt, was richtig oder falsch ist?«

»Ich.«

Sam lachte. »Das glaube ich nicht. Ich kann meine eigenen Entscheidungen treffen. Und wenn ich mit dir duschen möchte, dann mache ich das auch.«

»Auch wenn ich dich hier nicht haben will?«

Sam blickte ihn ernst an. »Willst du das wirklich nicht? Wenn es so ist, werde ich natürlich gehen. Aber sei bitte ehrlich.«

Morgan öffnete den Mund, um ihr zu sagen, dass er sie hier wirklich nicht haben wollte, aber es kam kein Ton heraus. Gott, er wollte sie! Sein ganzer Körper schmerzte vor unterdrücktem Verlangen. Schweigend reichte er ihr die Seife und drehte sich zur Wand um, damit sie nicht mit seiner Erregung konfrontiert wurde.

Sam atmete erleichtert aus. Sie hatte wirklich gedacht, er würde sie noch einmal bitten zu gehen. Energisch schob sie ihre Enttäuschung beiseite. Warum hatte sie auch gedacht, er würde sie mit offenen Armen empfangen, wenn sie nackt in seine Dusche stieg? Noch nie war sie so draufgängerisch gewesen, hatte sich so geöffnet. Sie war es nicht gewohnt, nackt durch die Gegend zu laufen, erst recht nicht in der Gegenwart eines Mannes. Morgan konnte gar nicht wissen, was es sie an Überwindung gekostet hatte, zu ihm zu kommen, ihren Wünschen zu folgen. Doch jetzt war sie hier, und sie würde es sich nicht entgehen lassen, ihm nahe zu kommen. Sehr, sehr nahe.

Sie rieb die Seife, bis sie schäumte, und begann dann damit, Morgans Rücken zu waschen. Ihre seifigen Hände strichen langsam über seine nasse Haut. Die Striemen waren immer noch zu sehen, auch wenn sie jetzt nicht mehr rot, sondern eher dunkellila waren. Vorsichtig fuhr sie mit ihren Fingern darüber, spürte, wie Morgans Körper sich anspannte. Sie konnte sich nicht vorstellen, was für Schmerzen er die ganze Zeit haben musste, doch er ließ sich selten etwas anmerken. Sam lehnte sich vor und küsste ihn vorsichtig auf einen besonders schillernden Streifen. Natürlich konnte sie es nicht besser machen, aber es half ihr dabei, die Tränen zu unterdrücken. Ihre Hände glitten weiter über seinen breiten Rücken bis hinunter zu seiner schmalen Taille und den muskulösen Pobacken. Sie hätte sich gerne länger dort aufgehalten, aber sie ahnte, dass es Morgan nicht recht sein würde. Also strich sie nur kurz darüber und überließ ihm die gründliche Reinigung für später. Sam ging in die Hocke, um seine Beine waschen zu können. Morgans Oberschenkelmuskulatur arbeitete, als ihre Hände hinunterwanderten, eine Spur aus

Schaum hinterlassend. Hin und wieder griff sich Sam die Seife, um mehr Schaum zu produzieren. Schließlich war sie mit der Rückseite fertig. Langsam richtete sie sich auf.

»Hast du Shampoo?«

Wortlos reichte Morgan ihr eine kleine Probeflasche, die vom Motel gestellt wurde. Sam öffnete die Kappe und drückte etwas Shampoo auf ihre Handfläche. Anschließend fuhr sie mit ihren Fingern durch seine Haare und schäumte sie auf. Mit den Fingern massierte sie seine Kopfhaut, bis sie merkte, wie er sich langsam entspannte. Sie war zwar fast genauso groß wie Morgan, trotzdem musste sie dicht hinter ihn treten, um alle Haare zu erreichen. Als sie sich besonders weit vorbeugte, streifte ihre Brust seinen Rücken. Ein Blitz schoss durch ihren Körper, von ihren harten Brustspitzen bis zu ihren Zehen und in ihre Haarwurzeln. Wenn bereits eine so unschuldige Berührung sie erbeben ließ, was würde passieren, wenn sie sich ernsthaft miteinander beschäftigten? Sam schauderte, bevor sie sich wieder zusammenriss. Erst einmal musste sie Morgan fertig waschen, danach konnte sie sich dann ihrem Vergnügen hingeben. Mühsam brachte sie ihren kribbelnden Körper unter Kontrolle, während sie Morgans Haare gründlich ausspülte. Schließlich war sie fertig und zog die Hände widerwillig zurück.

»Umdrehen.«

»Sam …« Sein Protest verklang, als Sam seinen Arm umfasste und ihn vorsichtig herumzog. Seine Augen glitzerten silbern, während er versuchte, seine Gefühle zu bändigen. Ihre sanften Finger, die Massage, die Berührung ihrer weichen Brust hatten ihn an den Rand seiner Selbstbeherrschung gebracht. Es fehlte nicht mehr viel, und er würde wie ein Tier über sie herfallen. Aber vielleicht wollte sie genau das, wenn er von der Erregung ausging, die aus ihren Augen leuchtete. Sam schlug die Augen nieder und widmete sich dem Einseifen seiner Arme. Natürlich könnte er sich an diesen Stellen selbst waschen, aber es fühlte sich einfach zu gut an, wie ihre schlanken Hände über seine heiße, nasse Haut glitten. Ein Schauder durchlief ihn. Sam musste blind sein, wenn sie inzwischen nicht seine Erektion bemerkt hatte, die sie fast aufzuspießen drohte. Doch sie ließ sich nichts anmerken, sondern konzentrierte sich nur darauf, seine Arme zu waschen.

Sie machte ihn wahnsinnig! Er biss die Zähne zusammen, als ihre Finger seine Schultern erreichten.

Sanft strich sie darüber, dann seinen Hals entlang bis zu seinem Kinn. Ein Lächeln erhellte ihr Gesicht, als sie sein unfreiwilliges Beben fühlte. Allerdings verging ihr Lächeln rasch, als sie über seine Brust fuhr und die riesige, fast schwarz gefärbte Prellung über seinen Rippen erblickte. Wie konnte ein Mensch das einem anderen Menschen antun? Wahrscheinlich würde sie das nie verstehen. Sie konnte nur hoffen, dass Morgan nie wieder in solch eine Situation geriet. Liebevoll strich sie den Schaum über seinen Oberkörper, bemüht, ihm keine zusätzlichen Schmerzen zu bereiten. Ihre Finger glitten über seine Brustwarzen, an seiner unverletzten Seite hinab über seinen muskulösen Bauch.

Sie spürte, wie sich die Muskeln unter ihren Händen verhärteten, ein leichtes Zittern Morgans massiven Körper erfasste. Bisher hatte er noch nichts gesagt, aber es war leicht zu erkennen, dass er extrem erregt war. Ihre Finger glitten über seine schmalen Hüften, nur die frisch genähte Wunde ließ sie unberührt. Langsam ging sie wieder in die Knie, um die Vorderseite seiner Beine zu waschen. Dabei berührte sie seinen steifen Schaft fast mit ihrem Kopf. Er war wirklich beeindruckend. Zu gerne würde sie sich ausgiebig mit ihm beschäftigen. Doch erst wollte sie ihre selbst auferlegte Aufgabe beenden, bevor sie sich dem Vergnügen hingab. In Rekordzeit war sie damit fertig und begann sich langsam wieder hochzuarbeiten. Gerade als sich ihr Gesicht direkt vor seiner Erektion befand, gruben sich seine Hände in ihre Schultern, und er zog sie nach oben. Seine Miene war angespannt, seine Augen inzwischen fast schwarz vor Erregung.

»Das reicht.« Ein Grollen rumpelte aus seiner Brust.

Sam schob enttäuscht die Unterlippe vor. »Aber ich bin doch noch gar nicht fertig.«

Morgan schnitt eine Grimasse. »Doch, glaub mir, du bist fertig. Ich denke, den Rest kann ich auch selbst erreichen.«

»Gerade, wo es richtig interessant wurde.«

Ein Grinsen erschien auf Morgans Gesicht, ließ ihn um Jahre jünger aussehen.

»Jetzt bin ich erst mal dran, danach sehen wir weiter.« Damit nahm er ihr die Seife aus der Hand und fing nun seinerseits an, sie zu waschen. Allerdings nur an extra ausgesuchten Stellen. Seine großen Hände glitten über ihre Brüste, ihren Bauch, den Po und entfachten ein gewaltiges Feuer in ihr. Ihre Beine gaben nach, sodass sie sich an den Duschwänden abstützen musste. Morgan nutzte diesen Umstand sofort aus für einen noch freieren Zugang zu ihrem Körper. Bei jeder Berührung lehnte Sam sich ihm zitternd entgegen. Ihre Augen waren geschlossen, ihre Lippen leicht geöffnet. Morgan liebte ihre Hingabe, die Art, wie ihr Körper auf ihn reagierte. Seine Hand schlüpfte zwischen ihre Beine, liebkoste sie dort. Sam zuckte und stöhnte auf. Blind streckte sie ihre Hand aus, tastete an seinem Körper entlang, bis sie seinen harten Schaft fand. Diesmal war es Morgan, der ein Stöhnen unterdrücken musste. Das von oben herab prasselnde Wasser erhöhte noch die Sensibilität seiner Haut, sodass er bereits durch eine bloße Berührung kurz vor der Explosion stand. Gleich würde er sich in ihr vergraben und dann …

Wie ein Schock durchfuhr ein Gedanke Morgans Körper: Sie hatten keinerlei Verhütungsmittel. Verdammt! Okay, das bedeutete, das Ganze eine Spur zurückzufahren. Er würde nicht in sie eindringen können, aber immerhin konnten sie auch so ihren Spaß haben, auch wenn ihn das verrückt machen würde. Er umfasste Sams Hand an seinem Penis mit seiner, drückte kurz, dann zog er ihre Hand herunter. Sam gab einen protestierenden Laut von sich. Ihre Augen öffneten sich einen Spalt breit.

»Lass mich …«

»Nein, das geht nicht. Wir haben kein Kondom.«

Sams Augen öffneten sich ganz, während sich langsam ein Lächeln auf ihrem Gesicht ausbreitete.

»Doch, haben wir.«

Morgan blickte sie verdutzt an. »Woher?«

»Bevor ich zu dir in die Dusche gekommen bin, war ich kurz draußen und habe eins besorgt.«

Seine Augenbrauen hoben sich. »Wo bekommt man denn hier ein Kondom her?«

»Im öffentlichen Waschraum ist ein Automat.«

»Und woher wusstest du das?«

Sam zuckte mit den Schultern. »Ich habe gefragt.«

»Du läufst draußen rum und fragst Leute, wo du ein Kondom herbekommst?«

»Ja.«

Morgan schüttelte den Kopf. »Und da dachte ich, du wärest zurückhaltend und ein wenig schüchtern.«

Sam lachte. »Nicht, wenn ich etwas wirklich haben will.«

XL

Morgan stieß ein tiefes Knurren aus und drängte sie an die gläserne Duschkabine.

»Vielleicht solltest du das Kondom dann langsam mal herausholen, wo auch immer du es versteckt hast. Oder soll ich vielleicht suchen?« Seine Finger glitten verführerisch über ihren Körper, ließen ihren Atem stocken. Dann tauchte ein Finger tief in sie ein, entlockte ihr ein Keuchen. Ihre Beine pressten sich zusammen, hielten seine Hand dort gefangen. Morgan lehnte seine Stirn an ihre.

»Wo ist es?«

Sam lachte atemlos. »Da bestimmt nicht.« Widerwillig schob sie ihn von sich. »Bin gleich wieder da.« Damit trat sie in einer Wolke aus Wasserdampf aus der Dusche und ging zum Waschbecken. Dort auf dem Rand hatte sie einen kleinen Stapel Kondompackungen deponiert. Sie schnappte sich eins und lief dann zur Dusche zurück. Sie stoppte, als sie sah, dass Morgan sie intensiv musterte. Warum fühlte sie sich außerhalb der Dusche nackter als darin? Vielleicht lag es an Morgans Blick, der langsam und genüsslich ihren Körper hinunter- und dann wieder hinaufwanderte. Mit zitternden Fingern riss sie die Verpackung auf und zog das Kondom heraus. Sie trat in die Dusche und schloss die Tür hinter sich. Nebel umhüllte sie, Wasser prasselte auf sie nieder. Aber alles, was sie sah, war der Mann, der nackt vor ihr stand.

Sein kraftvoller Körper gab einen guten Kontrast zu den einfachen weißen Kacheln ab. Sie wollte sich wirklich demnächst einmal näher mit ihm befassen, wenn sie etwas mehr Zeit hatten. Jetzt war sie einfach zu gierig auf mehr. Ihre zitternden Finger mühten sich damit ab, das Kondom über seinen harten Schaft zu schieben. Ihre Nervosität und die Nässe waren mehr Hindernis als Hilfe. Schließlich schob sich Morgans große Hand über ihre und half ihr, das Gummi überzustreifen. Etwas unsicher sah Sam zu ihm auf. Was jetzt? Sie war nicht unerfahren, aber in einer Dusche hatte sie sich noch nie mit einem Mann geliebt. In ihrem Kopf wirbelten die verschiedenen Szenarien durcheinander.

Morgan blickte sie abwartend an. Woran dachte Sam gerade? Hatte sie auf einmal doch Bedenken? Er griff ihr Kinn mit zwei Fingern und hob ihr Gesicht an.

»Hast du es dir anders überlegt?«

»Was? Nein, natürlich nicht! Ich arbeite nur gerade an der Logistik.« Ihr ernster Blick ruhte auf ihm. »Ich möchte dir nicht wehtun.«

Morgan lachte. »Keine Angst, ich habe alles unter Kontrolle. Vertraust du mir?«

Sam nickte. Ihre großen Augen waren neugierig auf ihn gerichtet. Morgan ließ seinen Blick kurz über seine Umgebung schweifen, dann grinste er. Gut, dass die Kabine so groß geraten war. Er wusste genau, wie sie es anstellen mussten, damit sie ihren Spaß hatten, aber gleichzeitig seine Verletzungen nicht belasteten. Er trat um Sam herum, sodass sie mit ihrem Gesicht zur Wand stand.

»Was …?«

Morgan legte einen Finger auf ihre Lippen. »Schsch. Vertrau mir.«

Sam schloss ergeben die Augen, Vorfreude erfüllte ihren Körper. Sie hauchte einen Kuss auf seinen Finger, bevor dieser ihren Mund verließ und über ihr Kinn, an ihrem Hals hinunterstrich. Er umrundete ihre Brüste, bevor er zwischen ihnen weiter nach unten wanderte. Sam drängte sich rückwärts an Morgans festen Körper, ihre Hände an die Wand gepresst. Dass sie nichts sah, erhöhte noch die Sensibilität ihrer Haut, jede leichteste Berührung stachelte ihre Erregung an. Genauso wie das Gefühl seines heißen Schaftes zwischen ihren Beinen. Hart ruhte er direkt an ihrer Öffnung, streichelte ihr sensibles Fleisch. Sie wollte sich näher an ihn drängen, doch Morgan hielt sie fest.

»Warte noch.« Seine raue Stimme war dicht an ihrem Ohr. Sie konnte seinen heißen Atem fühlen, bevor er mit der Zunge ihr Ohrläppchen berührte. Sam fuhr bei der leichten Berührung beinahe aus der Haut. Morgan fuhr den Umriss der Ohrmuschel nach, dann knabberte er leicht daran. Sam zuckte unkontrolliert. Er lächelte in sich hinein. Ja, Sam war wirklich sehr empfänglich für jede Art der Berührung. Sie würden noch viele aufregende Stunden miteinander haben. Der Gedanke fachte seine Erregung zusätzlich an. Sein Schaft zuckte, doch noch würde er ihn nicht in Sams warmer Höhle vergraben. Dafür fuhr er mit einem Finger über ihr empfindliches Fleisch und drang damit in sie ein. Sam stöhnte. Morgan schauderte. Er würde wohl doch nicht so lange durchhalten, wie er gedacht hatte. Mit der anderen Hand knetete er ihre Brüste, zupfte an den Brustwarzen, bis sie verlangend in die Höhe standen. Er hätte sie gerne gekostet, aber das musste warten, bis sie an einem anderen Ort waren.

Langsam schob Morgan einen zweiten Finger tief in sie, fühlte ihr Zucken. Stöhnend legte er seine Stirn gegen ihre nassen Haare. Er konnte nicht länger warten. Er musste sie jetzt haben! Er rückte ein Stück von Sam ab, ignorierte ihren Protest und zog an ihrer Hüfte, bis sie ihm folgte. Ihre eine Hand legte er um einen Haltegriff in Hüfthöhe, die andere um die Armatur. Damit stand sie gebeugt da, bereit, ihn zu empfangen. Morgan kontrollierte noch einmal den Sitz des Kondoms, dann stellte er sich hinter sie. Sofort drängte Sam ihr Hinterteil an ihn, ungeduldig Erlösung suchend. Morgan testete mit seinen Fingern erneut ihre Bereitschaft, dann schob er die Spitze seines Penis in sie. Sam stöhnte gemeinsam mit ihm auf. Mit beiden Händen hielt er ihre Hüften fest, dann stieß er tief in sie.

Wenn Sam sich nicht fest gehalten hätte, wäre sie zu Boden gesunken. Ihre Beine versagten ihr fast ihren Dienst, als Morgan tief in sie eindrang. Mit einem Stoß hatte er sich komplett in ihr vergraben, dann hielt er still. Sam wartete darauf, dass er sich bewegte, doch er regte sich nicht. Versuchsweise schob sie ihre Hüfte zurück, nur um von seinen Händen daran gehindert zu werden. Wasser plätscherte auf ihren Rücken, von Morgan hörte sie keinen Ton.

»Morgan?«

»Bitte halt kurz still.« Sein raues Flüstern rieb über ihre Nervenbahnen.

»Tut dir etwas weh?«

Ein Lachen brach aus ihm heraus. »Könnte man so sagen. Wenn du dich jetzt bewegst, ist es zu schnell vorbei. Ich muss mich kurz erholen.«

Ein Zittern lief durch Sams Körper bei seinen Worten.

Wie als Antwort zitterte auch Morgan. »Gott, du fühlst dich so gut an!«

Sam lächelte die Wand vor ihr an.

»Du dich auch. So groß und hart.«

Morgans Stöhnen gefiel ihr außerordentlich. Endlich hatte sie seine ewige Kontrolle überwunden. Seine Revanche gefiel ihr sogar noch besser. Er zog sich ein Stück aus ihr zurück und stieß dann erneut tief in sie. Seine Hände umfassten ihre Brüste, liebkosten sie, bis sie meinte zu zerfließen. Gemeinsam mit der Reibung, die sein harter Schaft in ihr verursachte, war sie bereits nach Sekunden kurz vor dem Orgasmus. Doch Morgan war noch nicht fertig mit ihr. Jetzt wanderte seine Hand nach unten, stimulierte sie, bis sie Sterne sah. Hitze erfasste ihren ganzen Körper, ihre inneren Muskeln zuckten. Morgan steigerte das Tempo, zog ihre Hüfte weiter nach hinten, damit er noch tiefer in sie eindringen konnte. Seine Hände fuhren wild über ihren Körper, streichelten, kneteten, zupften. Sämtliche Muskeln angespannt, ihre Hände um Griff und Armatur geklammert, erreichte Sam ihren Höhepunkt. Sie warf den Kopf zurück und stieß einen Laut aus: halb Schrei, halb Schnurren. Das war Morgans Untergang, er stieß noch einmal tief in sie, dann gab auch er sich dem Orgasmus hin. Er umfing Sam mit seinen Armen, drückte sie eng an sich.

Langsam kamen sie wieder auf die Erde zurück. Sams Beine hätten tatsächlich nachgegeben, wenn Morgan sie nicht gestützt hätte. Doch auch seine Kräfte schwanden rapide. Und das Wasser wurde auch langsam kälter. Vorsichtig löste er Sams Hände von dem Metall und richtete sie langsam auf, immer noch tief in ihr vergraben. Die Reibung ließ ihn erneut zucken. Sam seufzte. Und löste damit erneut eine Erschütterung aus. Ein Lächeln zog seine Mundwinkel nach oben. Himmel, er fühlte sich großartig, wie neugeboren. Vermutlich sollte er sich jetzt wirklich aus ihr zurückziehen, und wahrscheinlich hatten sie inzwischen schon Schwimmhäute, aber irgendwie mochte er sie nicht verlassen. Schließlich gab er sich einen Ruck. Sie konnten nicht ewig hier in der Dusche bleiben, sie mussten heute noch weiter.

Langsam zog er sich aus ihr zurück, Zentimeter für Zentimeter. Sam stöhnte auf und lehnte sich gegen ihn. Morgan drückte einen Kuss auf ihren nassen Haarschopf und löste sich ganz von ihr. Der Verlust ihrer Verbindung veranlasste ihn fast dazu, sie sofort wieder an sich zu ziehen, doch er ballte nur die Hände zu Fäusten und stand still da. Sam drehte sich zu ihm um, ihre Augen verhangen. Mit ihren Fingern strich sie über seine Wangenknochen, dann beugte sie sich vor und küsste ihn. Ausgiebig. Morgan legte seine Arme um sie und zog sie dicht an sich. Sie passten zusammen wie zwei Hälften eines Ganzen, eine perfekte Ergänzung. Schließlich löste er sich widerwillig von ihr und entfernte das Kondom. Er blieb noch einige Sekunden unter dem Wasserstrahl stehen, dann trat er aus der Dusche.

Ein lautes Klopfen ertönte an der Tür. Sam und Morgan erstarrten. Hatten Geralds Männer sie gefunden? Aber dann würden sie doch bestimmt nicht an die Tür klopfen. Ratlos sahen sie sich an, seine Finger um ihren Arm spannten sich an. Dann ließ er sie los und schob sie in die hintere Ecke des Badezimmers. Sie wollte etwas sagen, doch er legte seinen Zeigefinger auf ihre Lippen. Erneut klopfte es, diesmal wesentlich ungehaltener. Eine Stimme drang durch die Tür.

»Hallo? Sind Sie fertig? Es ist zwölf Uhr.«

Ihre Blicke trafen sich, dann lachten sie los. Morgan holte tief Luft und versuchte, sein Lachen zu unterdrücken.

»Ja, wir sind gerade fertig. Wir kommen gleich.«

Sam hielt eine Hand vor ihren Mund, um ihr Kichern zu unterdrücken.

»In Ordnung. Wenn Sie nicht in fünf Minuten draußen sind, müssen wir Ihnen einen weiteren Tag berechnen.«

Das setzte sie wirkungsvoll in Bewegung. Während Morgan das Bad verließ, um die Verbände zu erneuern, sich anzuziehen und die Sachen zu packen, wusch Sam sich schnell, putzte die Zähne und kämmte ihre Haare mit den Fingern durch. Sie sprang förmlich in ihre Kleidung, zog ihre Schuhe an, ohne die Schnürriemen zuzuknoten. Auf die Sekunde genau fünf Minuten später standen sie vor der Tür ihres Zimmers. Blinzelnd starrten sie in die grelle Sonne. Der Asphalt flimmerte in der Hitze, der Parkplatz war so gut wie leer.

»Was machen wir jetzt?«

Morgan hob ihre Hand an seine Lippen und drückte einen Kuss darauf.

»Wir fahren weiter.«

Erstaunt blickte Sam ihn an. »Jetzt schon? Ist es nicht noch zu hell dafür?«

Morgan zuckte leicht mit den Schultern. »Ich denke, wir sind jetzt sicher genug vor den Verfolgern. In dieser Gegend sind fast nur Touristen unterwegs. Ich glaube kaum, dass sie uns hier suchen würden.«

Sam schloss die Beifahrertür auf, langte ins Innere und zog die Verriegelung der hinteren Tür hoch. Morgan öffnete sie und deponierte ihr Gepäck wieder auf dem Rücksitz. Dann warf er die Tür zu und beobachtete, wie Sam zur Fahrerseite ging. Sein Blick blieb auf ihrem jeansbekleideten Hinterteil hängen. Wie sollte er sie jemals wieder ansehen, ohne sofort ihren Anblick vor Augen zu haben, wie sie nackt mit ihm unter der Dusche gestanden hatte? Er schüttelte den Kopf. Sie hatten wirklich andere Probleme. Langsam ließ er sich auf den heißen Autositz sinken und schloss die Tür. Er rollte das Fenster herunter, um es überhaupt in der Hitze aushalten zu können.

Sam gesellte sich zu ihm und tat es ihm gleich. Sie steckte den Schlüssel ins Zündschloss und blickte dann zu Morgan hinüber.

»Es ist sicher. Niemand hat uns hier gefunden. Aber wenn es dir lieber ist, drehe ich noch eine Runde.«

Sam schüttelte entschlossen den Kopf. »Nein, ich kann nicht mein ganzes Leben erst immer unter mein Auto kriechen, bevor ich losfahre. Ich weigere mich, mich von diesen Verbrechern zur Sklavin machen zu lassen!«

Morgan legte beruhigend eine Hand auf ihren Oberschenkel.

»Das bist du nicht. Bald können sie dir nichts mehr anhaben.«

Sam nickte und drehte mit bleichem Gesicht den Schlüssel. Der Motor sprang an. Mit zitternden Fingern umfasste sie das Lenkrad, gab Gas und fuhr aus der Parklücke heraus. Als sie die Straße erreichte, atmete sie erleichtert auf. Sie hatte nicht wirklich geglaubt, dass das Auto explodieren würde, aber schon die geringste Wahrscheinlichkeit hatte sie fast vor Angst erstarren lassen. Würde das jetzt ihr ganzes Leben so weitergehen? Kein besonders schöner Ausblick auf die Zukunft. Sam riss sich energisch zusammen. Sie trat aufs Gaspedal und reihte sich in den Verkehr ein.

»Wo fahren wir jetzt lang?«

Morgan zog die Karte zurate und gab ihr dann die Richtung an. Sie würden durch den Capitol Reef National Park hindurchfahren, die Straße weiter bis nach Hanksville, wo sie hoffentlich einkaufen konnten, und dann in Richtung Canyonlands National Park. Er hoffte, dass sie es heute noch bis Durango schaffen würden, aber wenn nicht, war es auch nicht so tragisch, dann konnten sie in einem der Orte davor übernachten. Und darauf freute er sich jetzt schon. Ein weiches Bett, Sam an seiner Seite, einige Kondome zur Hand …

»Hast du eigentlich die Kondome mitgenommen?«

Sam verriss vor Schreck das Lenkrad, konnte aber die Spur halten.

»Himmel, musst du mich so was fragen, wenn ich Auto fahre?«

Morgans Ohren färbten sich rot. »Tut mir Leid, kam mir nur gerade in den Sinn.«

Sam warf ihm einen amüsierten Blick zu.

»Natürlich habe ich die Kondome mitgenommen.« Sie senkte verschwörerisch die Stimme. »Ich habe da noch einiges mit vor.«

Morgan unterdrückte mit Mühe ein Stöhnen. Sam machte ihn wahnsinnig mit ihren Andeutungen, ihrer freizügigen Art, ihren Berührungen. Seit er mit ihr unterwegs war, war er fast konstant außer Balance gewesen. Seine Kollegen hatten ihn manchmal »Roboter« genannt, weil er während der Arbeit so gut wie nie Gefühle gezeigt, selbst in den schlimmsten Situationen einen kühlen Kopf bewahrt und seine Aufgabe erledigt hatte. Davon war zumindest jetzt nichts mehr zu spüren. Sein gesamtes Leben war aus der Bahn geworfen, und er wusste nicht, wie er es wieder in die richtige Spur bringen sollte. Aber das Grübeln würde jetzt auch nicht helfen. Wenn sie erst in ihrem Versteck waren, würde er genügend Zeit dafür haben. Da er inzwischen vermutlich arbeitslos war, konnte er sich den ganzen Tag mit nichts anderem beschäftigen.

»Ich hatte ganz vergessen, wie schön dieser Park ist.«

Sams Stimme riss ihn aus seinen Gedanken. Er blickte ebenfalls aus dem Fenster und lächelte.

»Ja, das ist er. Du warst schon mal hier?«

»Ja. Vor einigen Jahren mit meiner Familie. Leider hatten wir nicht so viel Zeit, uns alles genau anzuschauen. Aber das, was ich damals gesehen habe, fand ich toll.«

Ihre Hand fuchtelte in Richtung der Landschaft.

»Die roten Felsen, der rote Sand, im Kontrast dazu der tiefblaue Himmel und die grünen Büsche.« Sie atmete tief ein. »Ich fühle mich jedes Mal gleich so frei und unbeschwert.« Sie zuckte verlegen mit den Schultern. »Ich weiß nicht, wie ich das sonst beschreiben sollte.«

Morgan lächelte. »Du machst das schon ganz gut. Mir geht es genauso.« Sein Blick wanderte über die rot gemusterten Felswände, die in schroffen Formationen in den Himmel ragten. Streifen in verschiedenen Farbtönen zogen sich durch den Stein, umringten ihn. Vor ihnen lagen kleine Dünen aus rotem Sand, bewachsen mit einzelnen Nusskiefer- und Wachholderbüschen, eingebettet in die gewaltige Kulisse aus riesigen Sandsteinklippen, die in tiefem Rot erstrahlten. Morgan blickte zu Sam, als er ihren innigen Seufzer hörte.

»Es ist so schön hier. Diese gewaltige Gebirgsfalte und davor die Wüstensenke.« Sie blickte ihn mit strahlenden Augen an. »Wenn ich mich richtig an mein Studium erinnere, nennt man die Auffaltung ›Waterpocket Fold‹, wegen der vielen Wassertaschen, die in den Stein gegraben sind. Sie ist etwa 100 Meilen lang und besteht aus Wingate-Sandstein. Das ist der normale Rotton, und das Material der Streifen nennt man Kayenta-Sandstein, die hellen Kuppeln sind aus Navajo-Sandstein.«

»Das hast du behalten?«

Sam zuckte mit den Schultern. »Du weißt doch, Steine sind mein Leben.«

XLI

»Wirklich? Sonst nichts? Kein Freund?«

Sam zog eine Augenbraue hoch. »Freunde schon, aber wenn du wissen wolltest, ob ich gebunden bin, dann lautet die Antwort Nein.«

Morgan errötete. »Dumme Frage, und vor allem ziemlich spät, ich weiß. Tut mir Leid.«

Sam lachte. »Kein Problem. Außerdem habe ich gelogen. Ich habe doch einen Freund.«

Morgan fühlte, wie ihm das Blut aus dem Kopf wich, sein Herz setzte einen Moment lang aus.

»Was?« Seine Stimme war nur ein Hauch.

»Ja, seit kurzem fühle ich mich sehr stark zu einem Mann hingezogen. Er ist ungefähr so groß wie du, hat graue Augen, ist furchtbar leidenschaftlich, wenn er mal seinen Panzer herunterlässt. Außerdem wechselt er seine Haarfarbe wie andere Leute ihre Unterwäsche.«

»Du Biest. Beinahe hätte ich einen Herzanfall bekommen.« Er wurde ernst. »Ich weiß nicht, ob es gut ist, wenn du mir zu nahe kommst, Sam. Ich kann dir im Moment nichts bieten, niemandem.«

Sam legte ihre Finger auf seinen Mund. »Lassen wir einfach alles auf uns zukommen, okay? Um ehrlich zu sein, hatte ich auch nicht unbedingt damit gerechnet, dass sich die Dinge so entwickeln.«

Morgan zog ihre Finger von seinem Mund.

»Bereust du es?«

Sam blickte ihn an, als wäre ihm ein zweiter Kopf gewachsen.

»Machst du Witze?«

Morgan schaute sie schweigend an.

»Nein, natürlich bereue ich nichts!« Sie blickte zurück auf die Straße. »Außer vielleicht, dass wir nicht mehr Zeit hatten.«

Morgan fühlte, wie sein Herz schneller klopfte. Ganz objektiv betrachtet, wirkte sie in Jeans und T-Shirt nicht sehr erotisch. Sie war nicht üppig, ihre kurzen Haare standen zu allen Seiten ab, aber irgendwie verstand sie es, aus ihm einen hormongesteuerten Teenager zu machen. Sam drehte sich erneut zu ihm und lächelte ihn an. Ihre großen blauen Augen strahlten. Morgans Herz setzte erneut aus. Verdammt, er war in wirklichen Schwierigkeiten!

Nach kurzer Fahrt durch eine wirklich atemberaubende Kulisse änderte sich die Landschaft. Es wurde grüner, Pferde grasten auf einer Wiese, auf einer anderen saßen Touristen beim Picknick zusammen unter Obstbäumen. Dahinter gurgelte ein Fluss, durch die geöffneten Fenster konnten sie Vögel zwitschern hören. Es war wie eine grüne Oase in einem Meer von roten Steilklippen. Am Flussufer raschelten die Blätter der Pappeln und Weiden in einer leichten Brise. Es war ein friedliches Bild, das sie die raue Wirklichkeit für einen Moment vergessen ließ. Widerwillig fuhren sie weiter und ließen dieses Tal der Ruhe schnell hinter sich. Nun waren sie wieder in der rauen Felswelt, auch wenn immer noch der von Bäumen gesäumte Fluss neben der Straße floss. Immer weiter ging es am Fremont River entlang, über Hügel, durch Täler, vorbei an grandiosen Steinlandschaften. Sam juckte es in den Fingern, sich das Gestein genauer anzusehen. Aber ihr war klar, dass sie nicht anhalten konnten, wenn sie heute noch irgendwo ankommen wollten. Also schwieg sie und nahm mit ihren Augen so viel auf, wie sie konnte.

Schließlich erreichten sie Hanksville, mussten jedoch feststellen, dass der Ort nur aus ein paar einzelnen Häusern bestand und es nirgends einen Supermarkt gab. Dafür fanden sie ein kleines Restaurant, in dem sie sich einen späten Lunch gönnten. Bald darauf kehrten sie gesättigt zu ihrem Auto zurück und fuhren weiter in Richtung Canyonlands. Fast 100 Meilen mussten sie jetzt überbrücken, bis mit Blanding die nächste größere Stadt und damit hoffentlich endlich ein Supermarkt kam. Sie konnten nicht ständig essen gehen, weil sie so wenig wie möglich in der Öffentlichkeit auftreten wollten und außerdem nicht mehr so viel Bargeld bei sich hatten. Und mit Sams Kreditkarte eine Spur für ihre Verfolger zu legen, kam nicht in Frage. Eher würden sie im Auto übernachten und nichts mehr essen, bevor sie ihre bisher erfolgreiche Flucht gefährdeten. Aber im Moment war das ja glücklicherweise noch nicht nötig. Außerdem konnten sie zur Not auch einfach zu seinem Zielort durchfahren.

Morgan war es unangenehm, dass Sam alleine fahren musste, nur weil er keinen Führerschein dabei hatte. Seine richtige Fahrerlaubnis lag in seiner Wohnung in Denver, die gefälschte auf den Namen Frank Tanner hatten ihm Geralds Männer abgenommen.

Morgan verzog ärgerlich den Mund. Dabei hatte es ihn so viel Mühe und Nerven gekostet, sich eine Fälschung zu besorgen. Nächtelang war er durch Denvers schäbigste Kneipen gezogen und hatte nach jemandem gesucht, der ihm gefälschte Papiere besorgen konnte. Ganz billig war der Spaß auch nicht gewesen. Eigentlich hatte er es sich mit der Aussicht, sechs Monate lang kein Geld zu verdienen, überhaupt nicht leisten können. Natürlich hatte Gerald ihn bezahlt, aber dieses Geld hatte Morgan nicht angerührt, sondern alles auf ein Konto eingezahlt. Er hoffte, dass noch niemand sein Versteck gefunden hatte. Wenn diese ganze Sache überstanden war, würde er nach Grand Junction zurückkehren und seinen Besitz wieder an sich nehmen. Sein Motorrad hatte allerdings bestimmt schon jemand von seinen »Freunden« an sich genommen, nachdem die Nachricht von seinem Verrat bekannt geworden war. Morgan zuckte im Geiste mit den Schultern. Er hatte es sich sowieso extra für sein Image als Drogendealer zugelegt. Normalerweise fuhr er einen Jeep, der hoffentlich noch in der angemieteten Garage auf ihn wartete. Nun, jetzt konnte er sowieso nichts mehr an allem ändern.

Plötzlich kam ihm der Gedanke, dass er sich noch einmal bei Zach melden sollte, damit er wusste, dass es ihnen gut ging. Außerdem wäre es auch gut zu wissen, was inzwischen in Salt Lake City, Grand Junction und Moab geschehen war. Morgan holte das Telefon aus dem Handschuhfach und blickte auf die Batterieanzeige. Nur noch halb voll, hoffentlich reichte das bis nach Denver. Sam blickte neugierig zu ihm hin. »Wen willst du anrufen?«

»Meinen Freund.«

Sie nickte. »Kannst du ihn dann wieder bitten, Cathy anzurufen?«

»Natürlich. Irgendeine spezielle Nachricht?«

»Nein, nur dass es mir gut geht und ich mich bei ihr melde, sowie ich Gelegenheit dazu habe.«

»Okay.«

Morgan wählte Zachs Handynummer und lauschte dem Freizeichen.

»Murdock.«

»Hallo. Hier ist Morgan.«

»Schön, dass du dich meldest. Habt ihr die Nacht gut überstanden?«

Morgan lief rot an und mied Sams Blick. »Ja. Die Nacht war zwar ein bisschen kurz, aber sonst ging es.«

Er hörte ein unterdrücktes Geräusch aus Sams Richtung. Aus den Augenwinkeln warf er ihr einen bösen Blick zu, dann widmete er sich wieder dem Gespräch.

»Wie?«

»Ich fragte, wie es Samantha geht.«

»Gut. Sehr gut. Natürlich war das Ganze ziemlich anstrengend für sie, aber sie hält sich gut.«

Diesmal konnte Sam ihr Lachen nicht mehr unterdrücken. Morgan versuchte, sie streng anzusehen, musste aber auch lachen.

»Was ist denn da bei euch los?«

Zachs Stimme drang zu Morgan durch. Er schaffte es, seine Heiterkeit zu unterdrücken, und räusperte sich.

»Entschuldige. Wie gesagt, es geht uns gut. Wir haben schon einen guten Teil der Strecke geschafft, und ich hoffe, dass wir morgen ankommen.«

»Wo genau ankommen?«

Morgan schwieg.

»Ich verstehe. Dann weiß ich ja, wo ich dich erreiche.«

Morgan verdrehte die Augen. Wie kam es, dass ihn immer alle sofort durchschauten? Oder andersherum gefragt, wieso hatten Gerald und seine Leute nicht sofort gemerkt, dass etwas mit ihm nicht stimmte? Entweder war es ihm dort gelungen, sich besser zu verstellen, oder sie waren einfach zu dumm gewesen, es zu merken. Allerdings hatte er Gerald nie für dumm gehalten. Im Gegenteil, er war sehr geschickt darin, sich seinen Vorteil zu verschaffen und der Strafverfolgung zu entgehen.

»Okay, nachdem wir das geklärt haben, kannst du Sams Freundin wieder anrufen und ihr von Sam ausrichten, dass es ihr gut geht?«

»Natürlich. Soll ich noch jemanden informieren? Deinen Bruder vielleicht?«

Morgan dachte kurz darüber nach, dann schüttelte er den Kopf. »Nein, danke. Joe übernehme ich, wenn ich erst ...« Er brach ab. Er würde bestimmt nicht über das Telefon sagen, wo er hinfuhr. »Hat sich auf deiner Seite etwas Neues ergeben?«

Zach grunzte. »Ich hatte ein mehr oder weniger erfreuliches Gespräch mit Detective Gonzalez in Salt Lake. Selbst nachdem ich ihm meine Dienstnummer gegeben hatte, tat er immer noch so, als wäre ich ein Verdächtiger. Ein wirklich harter Brocken. Aber ich habe ihn so weit bekommen, dass er noch ein paar Tage wartet, bis er auf deine Freundin einen Steckbrief verfasst. Wenn sie sich in den nächsten zwei Tagen bei ihm meldet, lässt er eventuell davon ab. Die Situation mit Grand Junction hat er auch erst mal so hingenommen, erwartet aber ständig, darüber informiert zu werden. Schließlich hat er noch einen Mordfall zu lösen, sagt er.« Zach lachte. »Ich glaube fast, ich mag den Kerl.«

Morgan verzog den Mund. Zach hatte eindeutig einen komischen Geschmack. Er selbst hatte den Detective nicht kennen gelernt, aber aus Sams und Zachs Beschreibungen kam er ihm nicht wie ein netter Kerl vor. Aber das war auch egal, solange er seinen Job machte und Sam aus den Ermittlungen heraushielt, wenn sie das in Gefahr bringen konnte.

»Etwas Neues von deinem Freund beim FBI?«

»Nein, anscheinend wird es noch einige Tage, wenn nicht Wochen dauern, bis der Undercover-Agent den Fall abgeschlossen hat.«

»Wochen?« Morgan fluchte tonlos. »Wir können uns doch nicht ewig verstecken! Ich mag ja vielleicht keinen Job mehr haben, aber Sam hat einen, zumindest hatte sie ihn bis gestern.«

»Ihre Freundin hatte doch gesagt, sie würde das regeln. Sie meldet sie bestimmt krank oder beantragt Urlaub. Ich glaube nicht, dass es da ein Problem geben wird.«

»Gut. Könntest du bei ihr vielleicht noch mal nachhaken, wenn du sie anrufst?«

»Klar.«

»Danke. Hat sich der Autohändler schon bei Shane gemeldet?«

»Noch nicht.«

»Ich hoffe, Shane kommt dadurch nicht in Schwierigkeiten, dass er mir geholfen hat.«

»Kein Problem, ich bin ja noch hier.«

Morgan räusperte sich. »Ich schulde dir was.«

Zach lachte. »Ja. Und irgendwann werde ich Hilfe brauchen, und dann gebe ich dir Bescheid, okay?«

»Abgemacht. Ich muss jetzt Schluss machen, sonst ist der Akku zu schnell leer. Danke noch mal für alles.«

»Bis bald.«

Morgan beendete das Gespräch und legte das Mobiltelefon wieder in das Handschuhfach. Dann wandte er sich Sam zu. Sie blickte ihn mit großen Augen an.

»Was war mit Wochen?«

»Zach meinte, es könnte noch einige Zeit dauern, bis das FBI die Bande hochgehen lässt, so lange müssen wir im Versteck bleiben.«

Sam wurde etwas blasser, aber dann zuckte sie mit den Schultern.

»Nicht so schlimm. Ich kann etwas Urlaub sowieso gut gebrauchen, und wenn ich ihn dann noch mit dir verbringen kann …« Sie brach ab und wackelte mit den Augenbrauen.

Morgan lächelte sie an. Sam ließ sich nicht unterkriegen. Auch wenn ihr gesamtes Leben auf den Kopf gestellt wurde, konnte sie ihrer Situation immer noch etwas Positives abgewinnen.

»Es tut mir Leid, dass ich dich da mit reingezogen habe.«

Sam stöhnte auf. »Nicht schon wieder. Das hatten wir doch alles schon mal. Du hast mich nicht mit reingezogen, sondern ich dich herausgezogen. Also könnte man sagen, dass ich selbst schuld war.«

»So ein …«

»Unsinn, genau. Genauso wie der Versuch, dir die Schuld zu geben. Du hast dich nicht selbst in die Wüste gefahren und dort vergraben, sondern es waren diese Männer. Natürlich war es nicht gerade besonders klug von dir, dich alleine in die Nähe der Bande zu begeben und zu versuchen, selbstständig zu ermitteln, aber nach dem, was du durchgemacht hast, ist das gut zu verstehen. Also, versuch die Schuldgefühle ein für alle Mal abzulegen, okay?«

Morgan brachte ein schiefes Lächeln zustande. »Wenn das so einfach wäre.«

Sam nahm eine Hand vom Lenkrad und legte sie auf seine. »Ich weiß, dass es das nicht ist. Aber es bringt nichts, wenn du dich selbst wegen etwas zerfleischst, was du höchstwahrscheinlich gar nicht hättest verhindern können.«

»Ich hätte Mara nach Denver zurückholen können.«

»Sie war erwachsen, Morgan. Du hättest sie nicht zwingen können. Und wenn sie den Mann geliebt hat, dann wäre sie bei ihm geblieben, egal, was du gesagt hättest.«

Morgan neigte den Kopf, sagte aber nichts.

»Denk darüber nach, lass dir Zeit.«

»Zeit werden wir in nächster Zeit ja zur Genüge haben.«

»Du glaubst nicht, dass du deinen Job zurückbekommst?«

Morgan zuckte mit den Schultern. »Ich weiß es nicht. Aber nachdem ich bereits mehr als einen Monat überfällig bin, rechne ich nicht damit. Sie haben inzwischen bestimmt schon einen Ersatz eingestellt.«

»Bist du gut in deinem Job?«

Morgan begegnete Sams Blick. »Ja.«

»Dann werden sie entweder auf dich warten, oder du wirst keine Schwierigkeiten haben, einen neuen Job zu bekommen. Du wirst sehen.«

XLII

Gefühle wallten in ihm auf, die er schon lange verloren geglaubt hatte: Freude, Glück und Hoffnung. Vor allem Letzteres war ihm nach dem Tod seiner Eltern irgendwie abhanden gekommen. Er liebte seine Geschwister, aber ihre Erziehung hatte ihn viel Kraft gekostet und auch einen Großteil seiner Pläne für die Zukunft. Er hatte sein gesamtes Leben ihren Bedürfnissen angepasst und seine eigenen Pläne zurückgestellt. Zwar hatte er sich auch hin und wieder mit Frauen getroffen, die Beziehungen aber meist oberflächlich gehalten. Natürlich gab es auch nicht viele Frauen, die in dem Alter bereits die Verantwortung für zwei Kinder übernehmen wollten, eins gerade erst sechs, das andere zwölf Jahre alt.

Bevor seine Eltern starben, hatte Morgan eigentlich studieren wollen, irgendetwas mit Ingenieurwesen oder vielleicht Verbrechensbekämpfung. Vorher hatte er allerdings eine Zeit lang in der Navy gedient, verbrachte Monate auf einem Flugzeugträger. Drei Jahre hatte er es dort ausgehalten. Dann wollte er seinen Traum vom Studium wahr machen. Das Geld dafür hatte er während seiner Zeit in der Navy von seinem Lohn abgespart. Dann war es endlich so weit: Mit seinem Ersparten und einer Aufnahmebestätigung der Universität in der Tasche hatte er die Navy verlassen und war nach Hause zurückgekehrt. Seine Eltern und Geschwister hatten sich gefreut, ihn wieder bei sich zu haben, und feierten ausgelassen seine Studienaufnahme.

Dann, zwei Wochen bevor er das Studium antreten sollte, war es geschehen. Ein betrunkener Fahrer hatte seine Eltern auf der Rückfahrt von einer Feier frontal erwischt. Sie waren beide sofort tot. Genauso wie der andere Fahrer. Seine Eltern waren angeschnallt gewesen, aber ihr altes Auto hatte ihnen keinerlei Sicherheit geboten. Vor sechzehn Jahren waren sichere Autos noch kein Standard, und selbst wenn, hätten sie es sich nicht leisten können. Also waren er und seine Geschwister innerhalb von ein paar Sekunden zu Waisen geworden und mussten sehen, wie sie alleine durchkamen. Natürlich hatte das Jugendamt angeboten, Pflegefamilien für seine Geschwister zu finden, aber das wollte er nicht. Er konnte die einzige Familie, die ihm noch geblieben war, nicht einfach weggeben. So schob er seine Träume beiseite und wurde Ersatzvater für ein Kind und einen Jugendlichen. Doch irgendwie musste er sie auch ernähren. Sein gespartes Geld würde nicht ewig reichen, und seine Eltern hatten ihnen so gut wie nichts vererbt. Also musste er sich eine Arbeit suchen. Durch einen Freund seines Vaters bekam er einen Job als Feuerwehrmann. Am Anfang musste er natürlich ausgebildet werden und verdiente nicht viel. Aber nach und nach stieg er auf, integrierte sich in die Gruppe und wurde einer von ihnen.

Mit seiner Schwester Mara und seinem Bruder Joe machte er schöne und stürmische Zeiten durch. Alles in allem kamen sie jedoch gut zurecht. Schließlich wurde Joe erwachsen und verließ das Haus, um Geografie zu studieren. Das Geld dafür war aus Morgans ursprünglichen Studienfonds hervorgegangen. Dann wurde auch Mara flügge und ging nach Grand Junction, um Schmuckdesignerin zu werden. Und Morgan blieb alleine zurück. Er hatte plötzlich viel zu viel Zeit und musste erkennen, dass es jetzt, wo seine Geschwister fortgegangen waren, außer der Arbeit in seinem Leben nichts gab. In der ersten Zeit machte er alles, was er jahrelang nicht hatte tun können. Er blieb ganze Nächte fort, brachte Freundinnen mit nach Hause oder fuhr einfach mal übers Wochenende in die Berge.

Aber auch das wurde ihm schnell langweilig. Es fehlte einfach etwas in seinem Leben, das Gefühl, etwas erreicht zu haben. Also griff er sofort zu, als er hörte, dass es in New York einen Aufbaukurs für Polizisten und Feuerwehrmänner gab, der Ermittlungstechniken für Brandermittler vermitteln sollte. Natürlich musste er nach diesem Kurs auch noch in Denver weiter dafür ausgebildet werden. Er beantragte einen sechsmonatigen Fortbildungsurlaub, den er auch sofort bewilligt bekam. Kurz darauf war er in New York, frei und begierig darauf, etwas Neues zu lernen. Er erkannte, dass er seinen Beruf als Feuerwehrmann zwar liebte, aber noch viel mehr bewirken konnte, wenn er Brandermittler war. Er stürzte sich auf die Möglichkeit zu lernen, nahm alles in sich auf.

Dort lernte er auch Zach Murdock kennen, der vom New-Yorker Police Department dazu abkommandiert war, Ermittlungstaktiken zu vermitteln. Da sie beide fast gleich alt waren und viele Gemeinsamkeiten hatten, freundeten sie sich schnell an. Es war zwar keine wirklich enge Freundschaft, schon allein bedingt durch die Entfernung zwischen New York und Denver, aber sie tauschten sich ein paar Mal im Monat über E-Mail oder Telefon aus und blieben so immer in Kontakt. Nach Maras Tod war der Kontakt seltener geworden. Besonders nachdem Morgan nach Grand Junction gegangen war. Trotzdem wusste er, dass er auf Zach zählen konnte, wenn er einmal Hilfe brauchte.

Und so war es auch gewesen. Welch ein Glück, dass sein Freund gerade ebenfalls in Utah gewesen war. Ohne ihn wäre er in echten Schwierigkeiten gewesen, aber natürlich hatte er so noch mehr Menschen mit in sein Problem hereingezogen: Sam, ihre Freunde und Kollegen, Zach, Shane und Autumn, vermutlich sogar den Autohändler.

Sam betrachtete unglücklich Morgans Gesicht. Schon seit einiger Zeit saß er stumm neben ihr, tief in Gedanken versunken. Nach den scharfen Linien zwischen seinen Augenbrauen und neben seinem Mund zu urteilen, waren es keine positiven. Sie hatte ihm zwar gesagt, er sollte über alles nachdenken, aber inzwischen war sie sich nicht mehr sicher, ob das ein guter Rat gewesen war. Was wusste sie schon? Sie hatte immer alles gehabt: ihre Familie, ein Haus voller Lachen und Wärme. Himmel, sogar ihre Großeltern lebten noch! Mit ihrem Bruder hatte sie sich trotz des großen Altersunterschieds von sieben Jahren gut verstanden. Ihre Eltern hatten ihr immer genug Freiraum gegeben, standen ihr mit klugen Ratschlägen bei.

Sie konnte sich nicht vorstellen, wie es wäre, wenn ihre Eltern gestorben wären und sie niemanden gehabt hätte, der sie gestützt und geführt hätte. Und dann auch noch ihren Bruder zu verlieren. Sie glaubte nicht, dass sie das überlebt hätte. Morgan schien die Erfahrung zu einem verantwortungsbewussten, aber auch einsamen Mann gemacht zu haben. Das erklärte auch, warum er versucht hatte, den Tod seiner

Schwester eigenhändig zu untersuchen, anstatt sich Hilfe zu holen. Sie war froh, dass er inzwischen doch ein wenig Unterstützung bekommen hatte und wenigstens nicht mehr in der direkten Schusslinie stand. Jedenfalls hoffte sie das.

Außerdem hatte er jetzt auch sie. Ein Lächeln umspielte ihren Mund. Er wollte sie, dessen war sie sich sicher. Scheinbar musste man bei ihm immer erst die Wände einreißen, die er um sich herum aufgebaut hatte, bevor man ihn erreichte. Wenn man jedoch erst einmal zu seinem Kern vorgedrungen war, ihn jeden Schutzes beraubt hatte, dann war er ungeheuer leidenschaftlich, fast mehr, als sie ertrug. Seine Zärtlichkeit versteckte er die meiste Zeit hinter seiner rauen Schale. Doch hin und wieder schaute sie hervor, lockte Sam immer näher zu ihm. Was versuchte sie eigentlich, sich vorzumachen? Er hatte sie schon lange am Haken. Er brauchte seine Leine jetzt nur wieder einzuziehen, dann gehörte sie ihm, mit Haut und Haaren. Wenn er sie wollte.

Sam seufzte. Hätte ihr das jemand vor ein paar Tagen gesagt, sie hätte denjenigen ausgelacht. Dass sie diesem Fremden so vertraute, dass sie ihm überallhin folgte, ihn in ihr Leben aufnahm – in sich aufnahm –, war das Gegenteil dessen, was sie bisher als ihre Grundsätze gesehen hatte. Doch bei Morgan war alles anders. Sie fühlte sich auf unerklärliche Weise zu ihm hingezogen. Es war, als hätte sie in ihm endlich ihr fehlendes Gegenstück gefunden. Nur wie sollte sie ihm das klar machen? Morgan war noch nicht reif für irgendwelche tieferen Gefühlsbezeugungen. Doch würde er das jemals sein? Sie wusste es nicht. Sam schüttelte die Unsicherheit von sich ab. Sie wollte jetzt nicht darüber nachgrübeln, die Zeit würde es ans Licht bringen. Außerdem sollte sie sich lieber aufs Fahren konzentrieren, bevor sie noch einen Unfall baute.

Langsam legte Shane den Hörer auf. Sein Blick wanderte zu Zach, der in seiner Nähe stand.

»Jemand hat nach dem Auto gefragt?«

»Ja. Zwei Männer, einer hat im Wagen gewartet, der andere ist hereingekommen. Hat sich als Polizist ausgegeben, gesagt, es hätte einen Unfall mit dem Auto gegeben, gefolgt von einer Fahrerflucht. Er wollte wissen, wer das Auto gekauft hat. Der Händler hat ihm nur erzählt, dass es jetzt dem Arches National Park gehört. Meine unlesbare Unterschrift auf dem Vertrag hat ihn wirklich geärgert.«

Zach nickte. »Das kann ich mir vorstellen.«

»Sie fuhren einen Mietwagen, ich habe Marke und Kennzeichen aufgeschrieben.« Er reichte Zach den Zettel, auf dem er die Daten notiert hatte.

»Sehr gut. Ich werde die Angaben zu dem Auto ans FBI weitergeben. Vielleicht können sie mithilfe der Mietwagenstation den Mieter ermitteln und sie zu den Beweisen hinzufügen.«

»Sie scheinen wirklich sehr an deinem Freund interessiert zu sein.«

Zach nickte und drehte den Zettel in seinen Händen.

»Es scheint so. Er hat sich wirklich ziemlich tief in die Nesseln gesetzt.« Er richtete sich auf. Sein Gesicht entspannte sich. »Ein Glück, dass dein Bekannter bereit war, für uns zu lügen.«

Ein Lächeln erhellte Shanes Gesicht. »Ja, Colin ist wirklich gut in solchen Sachen.«

»Ich informiere jetzt Morgan, dass sie weiter geschützt sind. Er sollte das Auto aber möglichst bald loswerden.«

»Okay. Ich muss jetzt auch zum Dienst. Heute ist mal wieder die Fiery Furnace-Tour dran.«

»Das war doch der Ort im Park, wo du Autumn kennen gelernt hast, oder?«

»Ja, genau. Wenn es nicht vorher schon einer meiner liebsten Orte im Arches gewesen wäre, dann wäre er es spätestens von diesem Moment an, als ich etwas so Tolles wie Autumn dort gefunden hatte.«

Zach blickte ihn mit dunklen Augen an. »Da habt ihr beide wohl sehr viel Glück gehabt.«

Shane nickte. »Das haben wir.«

Zach seufzte, dann riss er sich wieder zusammen. Es war nicht richtig, auf Shane eifersüchtig zu sein. Er war ein wirklich netter Mensch und hatte es verdient, glücklich zu sein. Und auch Autumn hätte wohl kaum einen besseren Mann finden können. Er selbst hätte ihr wahrscheinlich nicht so viel bieten können. Außer seiner Liebe natürlich. Aber sein Job, die langen Arbeitszeiten und das Gedränge in New York hätten ihr bestimmt nicht so gut getan wie das Leben hier in und um den Arches National Park.

Kopfschüttelnd holte er sein Handy aus der Halterung an seinem Gürtel. Es wurde Zeit, dass er langsam wieder anfing, sein Leben zu leben, mit der Vergangenheit abschloss und versuchte, nicht mehr einer Frau nachzutrauern, die schon lange für ihn verloren war. Eigentlich hatte er hier nur ein paar Tage verbringen wollen, aber wie es aussah, würde er wohl noch länger bleiben müssen. Zumindest bis er wusste, dass Morgan sicher in seinem Versteck war. Zach war sich nicht sicher, ob es eine gute Idee war, wenn sein Freund zurück in seine Wohnung in Denver fuhr und sich dort versteckte. Andererseits gab es vermutlich nichts Besseres, sofern niemand wusste, dass er Morgan Spade war. So war er in seiner normalen Umgebung, fiel niemandem auf und konnte vielleicht auch Sam besser verstecken. Er tippte schnell die Nummer von Morgans Handy ein und hielt das Telefon dann an sein Ohr.

»Ja?«

»Hier ist Zach. Eben war jemand bei dem Gebrauchtwagenhändler hier in Moab.«

»Oh Gott! Ich hoffe, sie haben ihm nichts getan?«

»Nein, alles in Ordnung.«

Morgan atmete erleichtert aus. »Gut. Ich hatte schon befürchtet, ich hätte noch jemanden in Gefahr gebracht.«

»Nein, keine Sorge. Hier wird wahrscheinlich niemand mehr auftauchen, sie können auf keine Verbindung mehr stoßen. Ich habe Kennzeichen und Marke des Mietwagens und werde sie an das FBI weitergeben.«

»Gut. Meinst du, sie werden es weiter in Salt Lake probieren?«

»Das könnte sein. Ich könnte mir aber vorstellen, dass dieser White nicht ewig seine Leute in der Gegend herumlungern lassen kann. Schließlich hat er ein Unternehmen zu führen. Trotzdem werde ich Sams Freunde noch einmal warnen.«

»Das wäre gut. Danke, Zach. Was hast du jetzt vor? Dein Urlaub war doch bestimmt nicht so lang geplant, oder?«

Zach lachte. »Nein, war er nicht. Aber ich werde noch ein paar Tage hier bleiben, um sicherzustellen, dass auch wirklich alles ruhig ist. Vielleicht komme ich dann auf dem Rückweg bei euch vorbei.«

»Das wäre schön. Mach's gut.«

»Ihr auch.« Damit schaltete er das Telefon aus. In Gedanken versunken, stand er eine Weile im Zimmer, bis er Shanes schnelle Schritte auf der Treppe hörte.

Immer zwei Stufen auf einmal nehmend, kam er aus dem Obergeschoss herunter, während er gleichzeitig sein Uniformhemd zuknöpfte. Er blickte auf, als er beim Wohnzimmer ankam.

»Ich muss jetzt los. Du kommst vermutlich zurecht, oder?«

»Ja, ich denke schon. Und wenn nicht, weiß ich, wo ich euch erreiche.«

»Genau.« Shane schnappte sich seine Schlüssel und seinen Rucksack und riss seinen Hut vom Garderobenständer, dann war er schon aus dem Haus.

Zach blickte ihm kopfschüttelnd hinterher. Er war nur ein Jahr älter als Shane, aber irgendwie kam es ihm vor wie hundert Jahre. Vermutlich hatte man einfach mehr Energie, wenn man glücklich und zufrieden mit seinem Leben war. Wenn man einen Grund hatte, zur Arbeit zu gehen und abends wieder nach Hause zu kommen, und man das machte, was man wollte. Abrupt wandte er sich von der Haustür ab und ging in sein Zimmer hinauf. Er musste jetzt irgendetwas unternehmen, er konnte nicht die ganze Zeit hier herumsitzen.

Gerald blickte von seinen Papieren auf und griff genervt nach dem Telefonhörer. Er hörte eine Weile zu, während sein Gesicht sich verdüsterte. Nach ein paar deutlichen Worten beendete er die Verbindung und wählte Chucks Nummer.

»Burton.«

»Hier ist Gerald. Bei dem Autohändler ist nichts herausgekommen. Es ist völlig unklar, wer das Auto gemietet hat. Da die Spur unbrauchbar war, möchte ich, dass ihr in Salt Lake City bleibt und euch weiterhin bei ihren Freunden umseht. Wenn ihr etwas Verdächtiges bemerkt, meldet euch bei mir.«

»Wird gemacht!«

»Gut. Ich warte auf euren Bericht.« Damit unterbrach er die Verbindung und warf das Telefon zur Seite. Seine Hände ballten sich zu Fäusten. Wie kam es, dass Frank ihm jedes Mal durch die Finger schlüpfte? Wie ein verdammter Aal. Aber er würde ihn kriegen, auch wenn es länger dauerte, als es ursprünglich geplant war! Aus einer Datenbank hatte er sämtliche Frank Tanners heraussuchen lassen. Das waren allerdings Tausende in den USA, die konnten sie nicht alle unter die Lupe nehmen. Zumindest nicht, solange noch eine Möglichkeit bestand, ihn anders zu finden. Wenn das auch nicht klappte, dann würde er eventuell wirklich darauf zurückgreifen. Aber jetzt noch nicht, er hatte Wichtigeres zu tun. Schließlich würde nachts eine große Drogenlieferung aus Kanada ankommen. Dafür musste alles vorbereitet werden, damit nichts schief gehen konnte. Er brauchte jetzt einfach ein Erfolgserlebnis, dringend!

XLIII

Durch bizarr geformte Gebirgsformationen fuhren sie immer weiter in Richtung ihres Ziels. Sam wusste immer noch nicht, wo Morgan sie genau hinführte, aber sie genoss die Landschaft, die zu beiden Seiten der Straße auftauchte. Wie immer beruhigte sie der Anblick dieser Millionen Jahre alten Gesteinsschichten und der alten Flussläufe. Dazwischen waren auch grüne Flecken von Wäldern und Wiesen. Dennoch überwogen eindeutig die trockenen, sandigen Gebiete. Nach einer Weile kamen sie in die Glen Canyon National Recreation Area. Der Anblick des grünlichen Wassers des Glen Canyon Reservoirs in den verzweigten Armen der roten Felslandschaft war fantastisch. Aber auch hier konnten Sie sich nicht länger aufhalten.

Etwas über eine Stunde später kamen sie schließlich in Blanding an. Sie fanden auf Anhieb einen Supermarkt und machten sich freudig über die vollen Regale her. In einer mit Eiswürfeln gekühlten Box aus Styropor verstauten sie schließlich die gekauften Lebensmittel. So waren sie wenigstens ein wenig vor der Hitze im Auto geschützt.

Sam hatte sich außerdem noch mit weiterer Kleidung eingedeckt: T-Shirt und Sweatshirt, auch neue – reizvolle – Dessous durften nicht fehlen. Der Gedanke an Morgans Gesichtsausdruck, als er die dunkelrote, spitzenbesetzte Unterwäsche entdeckt hatte, brachte sie jetzt noch zum Schmunzeln.

Es wurde Zeit, dass sie sich wieder auf den Weg machten. Inzwischen war es bereits später Nachmittag, und sie hatten noch einiges vor sich.

»Fahren wir! Je eher wir ankommen, desto größer ist die Wahrscheinlichkeit, dass wir noch ein Hotelzimmer bekommen.«

Sam kroch von der Rückbank, eine Packung mit Donuts in der Hand.

»Reiseproviant.« Sie warf sie ihm zu und stieg auf der Fahrerseite ein.

Morgan ließ sich auf den heißen Beifahrersitz fallen.

»Dir ist aber klar, dass das eine riesengroße Schweinerei gibt, wenn der Zuckerguss schmilzt, oder?«

Sam grinste. »Klar. Das ist doch der halbe Spaß bei Donuts.«

Morgan stöhnte. »Das sagst du nur, weil es nicht dein Auto ist.«

Lachend ließ Sam den Motor an. »Ich mache das Auto nachher sauber, versprochen. Du ...«

Sie hielt inne, ihre Augen weiteten sich.

Morgan beugte sich vor. »Was ist los?«

Mit feuchten Augen blickte sie ihn an. »Ich habe es geschafft! Ich habe den Schlüssel rumgedreht, ohne daran zu denken. Du bist wirklich gut für mich. Danke, dass du mich abgelenkt hast.«

Morgan lächelte. »Bitte. Auch wenn ich gestehen muss, dass ich selbst überhaupt nicht mehr daran gedacht habe. Glaub mir, klebrige Flecken auf den Autositzen waren das Einzige, an was ich denken konnte.«

»Du bist doch wohl nicht so ein alter, penibler Kerl, oder?«

»Alt schon, penibel nicht unbedingt. Außer, jemand versucht, mein Schmuckstück von einem Auto zu ruinieren.«

Sam lachte, blickte ihn dann aber neugierig an. »Wie alt bist du eigentlich?«

Morgan verzog den Mund. »Siebenunddreißig. Ich könnte also fast dein Vater sein.«

Sam stieß ihn mit ihrer Hand an. »Ja, wenn du mit elf bereits sexuell ziemlich aktiv gewesen wärst. Warst du das?«

»Nein, eher nicht.«

»Gut, dass wir das geklärt haben. Jetzt gib mir einen Donut!«

Morgan schüttelte den Kopf, öffnete aber die Packung und nahm eins der klebrigen Gebäcke heraus. Er hielt es Sam vor den Mund.

»Beiß rein, ich werde ihn dir halten. Dann machst du wenigstens das Lenkrad nicht klebrig.«

Sam öffnete den Mund und biss ein großes Stück ab. Genüsslich kauend fuhr sie vom Parkplatz, setzte den Blinker und reihte sich in den Verkehr in Richtung Monticello ein. Mit der Zungenspitze leckte sie sich ein Stück Zuckerguss von der Oberlippe. Morgans Blick war wie gebannt auf ihren Mund gerichtet. Sein Herz hämmerte in seiner Brust. Beinahe hätte er sich vorgebeugt und mit seiner Zunge über ihren süßen Mund geleckt, aber er beherrschte sich gerade noch. Er wollte keinen Unfall provozieren, nur weil er sein Verlangen nicht zügeln konnte. Also schob er ihr nur den nächsten Bissen in den Mund und blickte, um sich abzulenken, angestrengt auf die Fahrbahn. Was ihm natürlich nicht gelang, solange Sam ihren Donut aß. Also vertilgte er den Rest von ihrem, nachdem sie keinen Hunger mehr hatte. Dann legte er die Packung zurück in die Kühlbox, wischte sich die klebrigen Finger ab, lehnte sich im Sitz zurück und blickte aus seinem Fenster auf die vorbeifliegende Landschaft.

Cathy überstand gerade so die Gedenkveranstaltung der Universität für Professor Marsh und den Rest des Arbeitstages. Sie war physisch wie psychisch absolut erledigt. Punkte flimmerten vor ihren Augen, ihre Arme waren so schwer, dass sie sie kaum hochheben konnte, und eine ganz widerwärtige Migräne kündigte sich an. Sie wartete jetzt nur noch darauf, dass Tom kam, um sie abzuholen, dann würde sie endlich nach Hause in ihre gemütliche Wohnung und möglichst direkt in ihr weiches Bett kommen. *Begeben Sie sich direkt dorthin, gehen Sie nicht über Los, ziehen Sie keine 200 Dollar ein.* Ein erschöpftes Lachen entrang sich ihr. Ihr Galgenhumor schien jedenfalls noch intakt zu sein. Cathy ließ den Kopf auf die Tischplatte sinken und schloss die Augen. Beinahe sofort döste sie ein.

So fand Tom sie vor, nachdem er vergeblich geklopft und dann einfach die Tür geöffnet hatte. Der Anblick, wie sie vornübergebeugt auf ihrer Schreibtischplatte lag, versetzte ihm den Schock seines Lebens. In drei großen Schritten war er bei ihr, seine großen Hände fuhren auf der Suche nach einer Verletzung über ihren Kopf und ihren Rücken.

»Cathy?« Seine Stimme zitterte bedenklich, genauso wie seine Finger. Gott, was war passiert? Hatte sie jemand überfallen? War sie verletzt oder sogar tot? Er hätte sie nie alleine lassen dürfen!

Langsam regte sie sich unter seinen hektischen Berührungen.

»Tom?« Ihr Murmeln war beinahe tonlos.

Erleichtert kniete sich Tom neben ihren Stuhl, hob ihr Gesicht mit sanften Fingern an.

»Cathy, was ist passiert? Tut dir etwas weh?«

Sie stöhnte. »Ja, alles. Ich muss eingeschlafen sein, während ich auf dich gewartet habe.«

Tom atmete tief durch. Sie war in Ordnung, nur völlig erschöpft. Aber das konnte er beheben. Er würde sie jetzt nach Hause bringen und ihr dann die beste Massage ihres Lebens angedeihen lassen. Das würde ihrem Körper bestimmt gut tun. Tom umarmte sie und drückte ihr einen Kuss auf die Stirn. Für einen Moment hielt er sie ganz fest, konnte sie einfach nicht loslassen. Zu groß war seine Angst um sie gewesen. Ein Zeichen dafür, dass sie ihm wesentlich mehr bedeutete, als er je gedacht hätte. Wie war das so schnell passiert?

»Ist etwas mit dir?«

Langsam hob er den Kopf. »Nein, wieso?«

»Weil du mich umklammert hältst, als wolltest du mich nie wieder loslassen.«

Tom lächelte schief. »Vielleicht tue ich das auch nicht mehr.«

Cathy sog scharf den Atem ein. »Ich denke, wir sollten diese Unterhaltung lieber woanders führen. Später, wenn möglich, ich bin einfach zu kaputt.«

Tom erhob sich langsam und löste seine Umarmung.

»Natürlich. Komm, ich bringe dich nach Hause.«

»Das wäre nett.«

Gemeinsam gingen sie auf die Tür zu. Tom hatte seine Hand bereits auf der Türklinke, als das Telefon klingelte. Cathy stöhnte.

»Nicht schon wieder! Den ganzen Tag stand das blöde Ding nicht still. Ich will nicht mehr.«

»Bleib du hier stehen! Ich gehe dran und wimmele den Anrufer ab.«

Damit nahm er den Hörer ab. »University of Utah, Paläontologisches Institut.«

Eine tiefe Stimme meldete sich. »Ich würde gerne Cathy O'Donnell sprechen.«

»Und wer sind Sie?«

»Ein Freund von Sam.«

Tom atmete scharf ein. »Ich hole Cathy.« Er winkte Cathy zu sich und hielt die Hand über die Sprechmuschel. »Ich glaube, es ist unser Freund aus New York. Er will mit dir sprechen.«

Cathy nahm ihm den Hörer aus der Hand und atmete tief durch.

»Ja?«

»Cathy? Hier ist noch mal Sams Freund.«

»Ist etwas mit ihr geschehen?«

»Nein. Alles in Ordnung. Sie lässt Sie grüßen. Sie meldet sich, sowie sie in ihrem Versteck angekommen ist. Ich rufe Ihretwegen an.«

»Meinetwegen?«

»Ja. Es könnte sein, dass die Typen bei Ihnen aufkreuzen, jetzt, wo sie die Spur verloren haben. Wenn irgend möglich, sollten Sie nicht zu Ihrer Wohnung zurückgehen. Und achten Sie darauf, ob Ihnen jemand folgt. Wenn Sie etwas Verdächtiges sehen, rufen Sie sofort die Polizei. Gehen Sie nirgends alleine hin, umgeben Sie sich mit Menschen, das ist der sicherste Schutz.«

Cathy war leichenblass geworden. Sie schluckte heftig.

»Sind Sie sicher, dass das nötig ist?«

»Nein. Aber wenn die Männer verzweifelt genug sind, dann ist die Möglichkeit recht groß, dass sie es irgendwann bei Ihnen versuchen. Vor allem da Sam ja auch bei Ihnen übernachtet hat.«

»Vielen ... vielen Dank für Ihre Warnung. Ich denke, ich werde sie beherzigen. Und morgen Früh rufe ich gleich Detective Gonzalez an. Vielleicht hat er auch noch irgendwelche Tipps, was ich tun kann.«

»Tun Sie das. Passen Sie auf sich auf.«

»Das mache ich. Und grüßen Sie Sam von mir, wenn Sie das nächste Mal mit ihr sprechen.«

»Mach ich. Bis bald.« Ein Klicken ertönte.

Langsam ließ Cathy den Hörer auf die Gabel sinken. Wie betäubt starrte sie ins Leere. Was sollte sie jetzt tun? Sie konnte nicht einfach abhauen! Irgendwer musste sich schließlich um das Institut kümmern, jetzt wo Professor Marsh und Sam nicht mehr da waren.

Eine warme Hand legte sich auf ihre Schulter. Cathy zuckte kurz zusammen, entspannte sich aber, als sie merkte, dass Tom neben ihr stand.

»Was wollte er?«

»Mich warnen.«

»Wovor?«

»Vor der Möglichkeit, dass die Männer auch hinter mir her sein könnten, weil ich Sams Freundin bin und sie bei mir übernachtet hat.«

»Und was sollst du jetzt tun?«

Cathy lachte bitter auf. »Nicht mehr nach Hause gehen. Nie allein sein. Immer hinter mich schauen. Die Polizei rufen, wenn ich etwas Verdächtiges bemerke.«

Tom legte seinen Arm um ihre Schultern. »Das kriegen wir hin. Ab sofort werde ich dein Schatten sein. Ich werde mich mit in dein Büro setzen, und du kannst in meiner Wohnung übernachten. Wie hört sich das an?«

Cathy lächelte ihn schwach an. »Nicht schlecht. Aber ich möchte nicht, dass du auch noch in Gefahr gerätst.«

Tom zuckte mit den Schultern. »Das bin ich doch sowieso schon, oder glaubst du, sie haben mich nicht bemerkt, als ich mit euch bei Sams Haus war oder euch zu dir nach Hause gefolgt bin? Sofern sie Sam zu dieser Zeit bereits beobachtet haben. Aber das nehme ich an. Woher hätten sie sonst wissen sollen, was für ein Auto sie fuhr und wo sie es an der Uni geparkt hat?«

Cathy blickte ihn mit großen Augen an. »Du hast Recht. Ich glaube, das ängstigt mich fast noch mehr.« Ein Zittern durchlief ihren Körper.

Tom drückte sie eng an sich, fuhr mit seiner Hand beruhigend über ihren Rücken.

»Schsch. Wir werden das schon meistern. Schließlich sind wir zusammen, und wir bleiben es auch, bis das Ganze überstanden ist.«

»Nur bis dann?«

»Meinetwegen auch noch wesentlich länger. Ich meinte unser erzwungenes Zusammensein. Freiwillig können wir bis in alle Ewigkeit Zeit miteinander verbringen.«

Cathy lächelte ihn zaghaft an. »Die Ewigkeit ist aber ganz schön lange.«

Toms Augen glühten. »Ja, ich weiß.«

Damit schob er sie von sich und öffnete die Tür. Er trat auf den Flur, schaute in beide Richtungen und atmete auf, als niemand ihnen im Schatten auflauerte. Er winkte Cathy herauszukommen. Nachdem sie die Tür abgeschlossen hatte, nahm Tom ihre Hand und führte sie den langen, stillen Gang hinunter. In nächster Zeit würden sie ihre Arbeitszeit so legen müssen, dass sie kamen und gingen, wenn möglichst viele andere Menschen im Gebäude waren. Sollte jetzt jemand mit einer Waffe kommen, gäbe es niemanden, der ihnen helfen konnte. Tom hasste das Gefühl, hilflos zu sein. Er war zwar nicht gerade ein Leichtgewicht, aber gegen einen Profi hätte er keine Chance. Außerdem verabscheute er Gewalt. Er konnte noch nicht mal ein Insekt erschlagen, selbst wenn er Gefahr lief, gestochen zu werden.

Natürlich würde er alles tun, was in seiner Macht stand, um sie beide zu schützen, aber er hatte einfach keine Übung darin. Vielleicht sollte er anfangen, seinen Geologenhammer mit sich herumzutragen, solange die Gefahr bestand. Mit dem spitzen Dorn konnte er bestimmt einigen Schaden anrichten, vorausgesetzt, er kam nahe genug heran. Angeekelt schüttelte Tom den Kopf. Er sollte lieber darüber nachdenken, wie sie es vermeiden konnten, überhaupt in die Nähe dieser Verbrecher zu kommen.

Zusammen durchquerten sie die Haupthalle, die zum Ausgang des Gebäudes führte. Sie waren fast an der Tür angelangt, als sie plötzlich ein quietschendes Geräusch hörten. Wie ... Gummisohlen auf Linoleumboden! Hektisch blickte Tom sich um. Es gab keine Möglichkeit, sich zu verstecken, sie waren ohne jede Deckung.

»Lauf zur Tür, Cathy.« Sein Flüstern war kaum zu verstehen.

Cathy stand wie angewurzelt da und blickte mit weit aufgerissenen Augen in Richtung des Geräuschs. Verdammt, jetzt war es zu spät. Die Schritte kamen immer näher. Hastig schob er sich vor Cathy, versuchte, sie wenigstens mit seinem Körper zu schützen. Er spürte, wie sich ihre Hände in sein T-Shirt krallten, während sie die Luft anhielt. Ein

Schatten wanderte über den spärlich beleuchteten Gang, wurde immer größer, bis er schließlich über sie fiel. Tom hielt sich stocksteif, bemüht, keinen Laut zu verursachen. Zusätzlich zu dem Quietschen hörte er jetzt ein anderes Geräusch. Ein ... Pfeifen. Schief und unmelodisch zwar, aber eindeutig ein Pfeifen. Und er kannte nur einen Menschen, der solche Töne freiwillig von sich gab. Erleichtert sackte sein Körper zusammen, er stieß seinen angehaltenen Atem aus, löste sich von Cathy und trat ein paar Schritte vor, hinein ins Licht.

»Himmel, Bert, du hast uns vielleicht einen Schrecken eingejagt.«

Dem Nachtwächter blieb das Pfeifen im Hals stecken. Eine Hand legte sich auf seine Brust.

»Na, du mir erst mal.« Er versuchte, um Tom herum zu blicken. »Wen hast du denn da bei dir?« Cathy trat neben Tom. »Ah, Ms. O'Donnell. Was macht ihr beiden denn noch so spät hier im Haus?«

Cathy räusperte sich. »Die Arbeit wollte heute einfach nicht enden.«

Bert nickte wissend. »Ja, ja, eine Schande, das mit dem Professor. Steigt arglos in ein Auto, und bumm ...«

Tom hob abwehrend die Hand. »Ja, danke Bert, das wissen wir. Wir müssen jetzt los. Gute Nacht!« Damit schob er Cathy vor sich her zum Ausgang. Bevor sie allerdings aus dem Gebäude treten konnte, zog er sie zur Seite und blickte erst einmal um sich. Nichts zu sehen, der Parkplatz lag ruhig da. Weite Bereiche der Parkflächen waren immer noch wegen der gestrigen Explosion abgesperrt und konnten nicht genutzt werden. Tom und Cathy hatten deshalb auf dem Parkplatz des Nachbarinstituts ihre Wagen abgestellt. So schnell es ging, überquerten sie die Rasenfläche, immer vorsichtig nach Beobachtern Ausschau haltend. Es war nichts zu sehen. Niemand sprang hinter den Büschen hervor oder kam mit dem Auto auf sie zugeschossen. Das hieß natürlich noch lange nicht, dass auch wirklich niemand da war. Tom würde erst wieder aufatmen können, wenn er Cathy sicher in seiner Wohnung hatte. Zwischen ihren Wagen blieben sie schließlich stehen. Tom runzelte die Stirn.

»Fahr mit mir, das ist sicherer.«

»Nein, ich will meinen Wagen hier nicht stehen lassen. Wer weiß, ob sie dann nicht auch noch eine Bombe anbringen.«

Tom wurde blass. »Daran hatte ich überhaupt nicht gedacht. Okay, fahren wir mit beiden Autos, aber ab morgen fahren wir mit einem.«

»Ist mir recht. Aber sagtest du nicht heute Morgen etwas davon, dass wir unsere Beziehung geheim halten sollten?«

Tom blickte sie durchdringend an. »Weißt du was? Das ist mir jetzt scheißegal. Deine Sicherheit geht vor.«

Cathy lächelte ihn an. »Na so was, du kannst ja doch fluchen.«

Tom schüttelte den Kopf. Er würde sie wohl nie verstehen. Er deutete auf ihren Wagen.

»Steig jetzt ein und fahr los! Ich folge dir. Wenn du jemanden bemerkst, der uns folgt, fahr weiter, bis du vor einem Polizeigebäude stehst, okay?«

Cathy nickte. Hoffentlich endete dieser Tag bald. Lange würde sie das nicht mehr durchhalten. Aber etwas Gutes hatte diese Situation doch: Sie hatte Tom und sie enger zusammengeschweißt, gezeigt, wie viel sie füreinander empfanden. Cathy schüttelte diesen Gedanken ab, als sie ins Auto stieg und den Motor anließ. Sie würde später, wenn sie erst einmal zu Hause waren, genauer darüber nachdenken. Vielmehr in Toms Wohnung. Wenn sie vorfahren sollte, dann wäre es wohl besser, wenn sie die Adresse kannte. Sie kurbelte das Fenster hinunter.

»Wo wohnst du überhaupt?«

»300 South. Das ist nicht weit entfernt.« Er gab ihr eine kurze Wegbeschreibung, dann stieg er in sein Auto und winkte ihr vorzufahren.

»Bis gleich.« Damit fuhr sie los, Tom dicht hinter ihr.

XLIV

Die ganze Nacht standen sie bereits vor dem Gebäude, in dem die Freundin von Samantha Dyson ihre Wohnung hatte. Aber sie war nicht aufgetaucht. Ihr Auto stand nicht auf dem Parkplatz, kein Licht erhellte die Fenster. Chuck starrte mit müden Augen auf das Haus. So, wie es aussah, war sie bestimmt bei einem Freund, vielleicht sogar bei diesem Typen mit dem Jeep, den sie jetzt schon mehrmals mit ihr gesehen hatten. Aber Gerald hatte ihnen gesagt, sie sollten hierher kommen und versuchen, Sam ausfindig zu machen, also würden sie genau das tun. Wieder eine Nacht, in der sie nur wenige Stunden abwechselnd im Auto geschlafen hatten. Chuck seufzte. Er zog es vor, etwas zu unternehmen und nicht die ganze Zeit nur seinen Hintern platt zu sitzen und auf etwas zu warten.

»Ich gehe rein.«

Eddie, der eingedöst war, richtete sich langsam auf und blickte ihn mit blutunterlaufenen Augen fragend an.

»Hä?«

»Ich sagte, ich gehe rein. Vielleicht finde ich drinnen etwas, das uns verrät, wo Frank und diese Frau sich gerade aufhalten.«

Eddie grinste. »Ich komme mit.«

»Nein, du wirst hier unten bleiben und Wache halten. Ich möchte nämlich nicht erwischt werden. Wenn du die Frau oder diesen Typen siehst, dann ruf mich auf meinem Handy an, klar?«

Eddie verzog enttäuscht das Gesicht. »Warum bleibst du nicht hier, und ich nehme die Wohnung auseinander?«

»Weil ich mich nur umsehen will und nicht vorhabe, irgendetwas zu zerstören.«

»Na, dann viel Spaß dabei!«

Chuck rückte dicht an Eddie heran. »Wenn du glaubst, dass mir das Ganze hier Spaß macht, dann bist du schief gewickelt. Ich versuche nur, meinen Kopf aus der Schlinge zu ziehen, das ist alles!«

Eddie gähnte gelangweilt. »Wie du meinst.«

»Schlaf bloß nicht ein!«

»Keine Angst, ich werde das Radio anmachen. Bei dieser furchtbaren Musik kann man ja nicht einschlafen. Es scheint fast, als hätten die hier noch nie was von Hardrock gehört.«

»Sei froh, wenn sie nicht Chormusik spielen.« Damit schob Chuck sich schnaufend aus dem Auto und überquerte den stillen Parkplatz. In dem Wohnhaus brannten erst wenige Lichter. Wahrscheinlich lagen fast alle noch in ihren Betten und befanden sich im Reich der Träume. Hoffentlich würde das auch so bleiben. Er hatte nämlich keine Lust, in Schwierigkeiten zu geraten. Wenn jemand die Polizei rufen würde, wäre er geliefert. Sowie er in ein Gefängnis kam, wäre er schon so gut wie tot. Denn Gerald würde einen Weg finden, ihn dort beseitigen zu lassen, damit er nichts über seine Geschäfte ausplauderte. Ein Schauder lief ihm über den Rücken. Wenn das kein guter Grund war, sich nicht erwischen zu lassen!

Während er die letzten Meter zum Haus ging, holte er sein Einbruchswerkzeug aus einer kleinen Tasche. Der Ring sah fast wie ein Schlüsselbund aus, nur dass die daran befestigten Metallstäbe keinen ausgeprägten Bart hatten, sondern mehr wie Rohlinge wirkten. Mit diesem Instrument bekam er so gut wie jede normale Tür auf, und das in sehr kurzer Zeit. Chuck blickte noch einmal um sich, aber es war niemand zu sehen. Gut, er wollte nicht, dass sich jemand fragte, was er hier um diese Zeit zu suchen hätte. Er steckte einen der Stäbe in das alte Schloss und drehte vorsichtig herum: zu schmal. Er wählte einen dickeren, und nach einigen Sekunden war ein leises Klicken zu hören.

Vorsichtig schob er die Tür auf und horchte. Alles war still. Leise stieg er die Treppen hinauf, bis er die Wohnung von Cathy O'Donnell fand. Ihren Namen hatten sie schon vor Tagen durch ihr Autokennzeichen herausbekommen. Es war wirklich sehr praktisch, dass Gerald so gute Kontakte zu der Zulassungsstelle hatte. Vorsichtshalber drückte er erst auf die Klingel, falls sie wider Erwarten doch zu Hause war. Als niemand die Tür öffnete, holte er erneut sein Werkzeug heraus und brach sie auf. Seine Hände steckten in dünnen Handschuhen, damit er keine Fingerabdrücke in der Wohnung hinterließ.

Systematisch machte er sich daran, nach Hinweisen zu suchen, die ihm verraten konnten, ob Cathy wusste, wo sich die Flüchtigen aufhielten. Er suchte nach Notizen, Briefen, Postkarten, irgendetwas. Im Wohnzimmer neben dem Telefon wurde er fündig. Auf einem kleinen Notizblock stand eine Telefonnummer. Er nahm den Hörer in die Hand, hielt sein Taschentuch darüber und wählte die Nummer. Ungeduldig wartete er, dass jemand abnahm. Nach dem fünften Klingeln meldete sich ein Anrufbeantworter.

»Detective Gonzalez, Mordkommission, Salt Lake City Police Department. Ich bin derzeit nicht im Büro. Hinterlassen Sie eine Nachricht, oder rufen Sie mich im Notfall unter der Nummer …«

Chuck hatte genug gehört. Fluchend hängte er auf. Verdammt! Wenn Cathy O'Donnell in Kontakt mit einem Detective der Mordkommission stand, dann konnte das nur heißen, dass sie, sofern sie etwas wusste, alles der Polizei erzählt hatte. Schweißperlen bildeten sich auf seiner Stirn. Was sollte er jetzt machen? Nun, erst einmal würde er weitersuchen. Vielleicht fand er noch etwas Wichtiges. Hektisch stopfte er sein Taschentuch in seine Jackentasche und stieß dabei mit seinem Ellbogen gegen eine schmale Vase, die auf der Konsole stand. Mit einem Scheppern zerbrach sie auf dem Holzfußboden. Erschreckt zuckte Chuck zurück. Verflucht, was machte er jetzt mit den Scherben? Gar nichts, sie würde sowieso merken, dass jemand in ihrer Wohnung war, wenn die Vase nicht mehr an ihrem Platz stand. Aber das war egal. Sie mussten von hier verschwinden, bevor die gesamte Polizei hinter ihnen her war. Chuck graute schon vor dem Moment, wenn er Gerald von diesem Desaster berichten musste.

Nach einem kurzen Frühstück kauften Cathy und Tom sich in einem Supermarkt einige Lebensmittel, bevor sie zu Cathys Wohnung fuhren. Sie freute sich schon darauf, wieder zu Hause zu sein, wenn auch nur für kurze Zeit. Außerdem würde sie sich wirklich besser fühlen, wenn sie erst einmal saubere Kleidung trug. Sie würde sich eine Tasche mit Anziehsachen und anderen wichtigen Utensilien packen, die sie dann zu Tom mitnahm. Nur weil sie eine Weile nicht zu Hause bleiben konnte, hieß das noch lange nicht, dass sie schlampig herumlaufen musste. Obwohl es schon ein schönes Gefühl gewesen war, Toms T-Shirt zu tragen. Sie parkten in einer Seitenstraße und benutzten die rückwärtige Tür, um einem möglichen Beobachter zu entgehen. Gemeinsam liefen sie die Treppe hinauf, bis sie vor ihrer Wohnungstür standen.

Tom nahm Cathy wieder den Schlüssel aus der Hand und schloss die Wohnungstür auf. Dort stutzte er.

»Hattest du nicht abgeschlossen?«

Cathy blickte ihn erstaunt an. »Doch, natürlich. Wieso?«

»Weil eben nicht abgeschlossen war. Ich habe den Schlüssel nur einmal zur Seite gedreht.«

Mit gerunzelter Stirn versuchte Cathy, sich zu erinnern.

»Ich kann mich wirklich nicht erinnern. Eigentlich schließe ich immer automatisch ab. Aber ob ich das auch diesmal gemacht habe? Weißt du es noch? Du hast doch daneben gestanden.«

Tom verzog den Mund. »Ich fürchte, ich hatte etwas anderes im Sinn.«

Ängstlich blickte Cathy ihn an. »Was machen wir jetzt?«

»Vielleicht sollten wir die Polizei rufen.«

»Glaubst du, es ist jemand in der Wohnung?« Sie entfernte sich rückwärts von der Tür.

»Nein, aber sicher ist sicher. Lauf du runter und ruf von einem Nachbarn die Polizei! Ich bleibe so lange hier und behalte die Wohnung im Auge.«

»Bist du sicher, dass das eine gute Idee ist?«

»Nein. Beeil dich.«

Angespannt beobachtete Tom, wie Cathy um die Ecke verschwand. Dann stellte er sich an die Wand neben der Tür. Kein Grund, dem möglichen Einbrecher seine Anwesenheit anzukündigen, außer er kam heraus und wollte flüchten. Es dauerte nicht lange, und er hörte Cathys leichte Schritte auf der Treppe. Verdammt, er hatte gehofft, sie würde wenigstens so lange fortbleiben, bis die Polizei anrückte. Er hätte sich denken können, dass sie ihn hier nicht alleine lassen würde. Tom stieß sich von der Wand ab und gab Cathy Handzeichen, dass sie die Treppe wieder hinuntergehen sollte. Störrisch schüttelte sie den Kopf. Ärgerlich machte er einen Schritt auf sie zu, um sie zum Rückzug zu bewegen, als im gleichen Moment hinter ihm die Tür aufging. Er fühlte einen Luftzug und wirbelte herum, doch es war schon zu spät. Der Mann, der aus der Wohnung kam, stieß mit voller Wucht gegen ihn. Cathys erschrockener Schrei hallte durch den Hausflur. Dadurch noch mehr aus dem Gleichgewicht gebracht, taumelte Tom und prallte hart an die Wand.

Der Eindringling strauchelte ebenfalls und fiel auf die Knie. Beim Versuch, wieder auf die Füße zu kommen, rutschte er über den Steinboden. Schließlich schaffte er es, sich aufzurappeln, doch auch Tom hatte inzwischen wieder einen sicheren Stand gefunden. Er erwischte den Mann an der Jacke und zog ihn heftig zurück. Dieser prallte gegen ihn, und zusammen landeten sie an der Wohnungstür. Durch ihr gemeinsames Gewicht schwang die Tür nach innen auf und katapultierte sie in die Wohnung. In einem zappelnden Haufen aus Armen und Beinen bemühten beide sich darum, wieder aufzustehen. Gleichzeitig versuchte jeder, den Gegner auf dem Boden zu halten. Tom war wesentlich kräftiger gebaut als der Einbrecher, daher hatte er ihn bald unter Kontrolle. Schwer atmend lag er auf ihm und überlegte, was er jetzt machen sollte. Doch bevor ihm eine Idee kam, erwischte ihn der Ellbogen des Mannes direkt unter dem Brustbein. Keuchend und hustend fiel er auf den Boden zurück, während sein Gegner sich schnell aufrappelte und in Richtung Tür lief.

Schwankend kam Tom auf die Beine, jeder Atemzug schmerzte, doch er musste den Mann fest halten, bis die Polizei kam. Also taumelte er ihm hinterher, erfolglos nach Luft ringend. Er lehnte sich an den Türrahmen. Nur eine kurze Pause. Eine Hand legte sich auf seine Schulter. Tom zuckte zurück und hob zur Abwehr den Arm.

»Mein Gott, bist du verletzt?«

Cathys Stimme! »Lass mich, ich muss ...«

Mit sanftem Druck schob sie ihn zurück in ihre Wohnung, direkt auf die Couch zu.

»Du musst dich jetzt erst mal hinsetzen. Der Einbrecher ist längst weg. Außerdem könnte er bewaffnet sein.« Sie schluckte schwer. »Ich hatte solche Angst um dich!«

»Hast du die Polizei erreicht?« Seine Stimme klang rau und merkwürdig, als würde sie aus weiter Ferne kommen.

»Ja, sie müssten jeden Moment da sein.«

Chuck lief, so schnell er konnte, die Treppen hinunter, zurück zum Wagen. Sein Körper fühlte sich an, als wäre er unter einen Zug geraten.

Eddie sah ihn kommen und startete den Motor. Chuck sah aus, als wären alle Höllenhunde hinter ihm her. Hatte ihn jemand entdeckt?

Chuck riss die Tür auf und sprang in den Wagen.

»Fahr los!«

Wortlos lenkte Eddie den Wagen auf die Straße. Erst als sie um die Ecke gefahren waren, brach er das Schweigen.

»Was ist passiert?«

»Hatte ich dir nicht gesagt, du solltest aufpassen, ob die Frau zurückkommt?«

Eddie blickte ihn erstaunt an. »Das habe ich. Es ist niemand hier durchgekommen.«

»So? Und wie kommt es dann, dass ich über sie gestolpert bin, als ich aus der Wohnung kam?« Sein Gesicht rötete sich vor Wut. »Beinahe hätte ihr großer Freund mich drangekriegt!«

Eddie zuckte mit den Schultern.

»Aber du hast es ja geschafft. Es ist keinem was passiert.« Seine Augen fingen an zu glitzern. »Oder hast du sie umgelegt?«

»Natürlich nicht!«

»Na, dann ist ja alles in Butter. Kein Problem.«

»Ach ja? In der Wohnung lag die Telefonnummer von einem Detective der Mordkommission hier in Salt Lake!«

»Shit.« Eddie kratzte sich am Kopf. »Andererseits war nichts anderes zu erwarten, nachdem wir das Auto in die Luft gejagt hatten. Es könnte allerdings auch sein, dass sie mit ihm befreundet ist und deshalb die Nummer hatte.«

»Wollen wir wetten?«

Eddie schüttelte den Kopf. »Lieber nicht. Hast du irgendetwas herausgefunden über Franks Aufenthaltsort?«

»Nein.« Chuck wischte sich über die Stirn.

»Was machen wir jetzt?«

»Wir werden hören, was der Boss dazu zu sagen hat.« Chuck holte das Handy heraus und wählte mit zitternden Fingern Geralds Nummer.

»Ja?« An dem einen Wort hörte man bereits, dass Gerald keine besonders gute Laune hatte.

»Hier ist Chuck.«

»Sag mir, dass du etwas Positives zu berichten hast.«

»Äh ...«

Geralds Seufzer drang durch den Hörer.

»Was ist jetzt wieder passiert?«

»Die Freundin von dieser Dyson ist die ganze Nacht nicht nach Hause gekommen. Deshalb bin ich kurz in ihre Wohnung gegangen und habe nachgeschaut, ob ich dort irgendwelche Hinweise über Franks Aufenthaltsort finde.«

»Gut. Und?«

»Nichts. Dafür fand ich aber die Telefonnummer von einem Detective aus Salt Lake City. Mordkommission.«

Gerald schwieg einen Moment. »Könnte das Zufall sein?«

»Es könnte schon sein, aber sie stand auf einem Zettel direkt neben dem Telefon. Wir müssen also annehmen, dass sie sie gerade erst benutzt hat.«

»Verdammt. Das heißt, dass sie der Polizei von dem berichtet haben kann, was geschehen ist.«

»Ja.«

»Kommt zurück nach Grand Junction. Ich überlege mir in der Zwischenzeit, was ich unternehme.«

»Und was sollen wir mit dieser Freundin machen?«

»Lasst sie. Wenn sie bereits die Polizei verständigt hat, bringt es nichts mehr, sie noch auszuquetschen. Vielleicht steht sie auch unter Polizeischutz. Nein, es ist besser, wenn ihr zurückkommt. Ich möchte euch nicht im Gefängnis sehen.«

Chuck schauderte. Nein, er wollte sich dort auch nicht sehen. Und vor allem wollte er nicht wissen, was sie dort mit ihm machen würden. Wahrscheinlich wäre er schon nach wenigen Tagen mausetot. Die Frage war bloß, ob er wesentlich länger leben würde, wenn er jetzt zu Gerald zurückkehrte?

»Chuck?«

»Äh, ja. Wir fahren sofort los.«

»Gut.« Damit unterbrach er die Verbindung.

Eddie blickte ihn wachsam an. »Warum hast du ihm nicht erzählt, dass du sie dort oben angetroffen hast?«

»Weil ich noch etwas weiterleben wollte. Du doch wohl auch, oder?«

Eddie nickte heftig. »Und was hat er gesagt?«

»Wir fahren nach Hause.«

Eddie strahlte. »Hey, toll! Wurde aber auch Zeit. Ich kann mich kaum noch erinnern, wie meine Lieblingskneipe von innen aussieht.«

Chuck zog die Augenbrauen zusammen, sagte aber nichts. Eddie schien noch nicht erkannt zu haben, dass sie in Gefahr standen, für ihr Versagen bestraft zu werden.

»Fahren wir.«

XLV

Cathy ließ sich neben ihm auf die Couch sinken und rieb über seinen Rücken, während er vornübergebeugt dasaß und sich bemühte, seine Lunge mit Luft zu füllen. Es fühlte sich an, als hätte ein Elefant auf seinem Brustkorb gestanden. Langsam gelang es ihm, wieder normal zu atmen. Seine Augen tränten kaum noch. Er blickte Cathy an, Besorgnis stand ihr ins Gesicht geschrieben.

»Es geht schon wieder.« Er bemühte sich um ein Lächeln, das aber wahrscheinlich eher einer Grimasse ähnelte. »Ist er weg?«

»Ja. Aber das ist auch besser so. Stell dir mal vor, er hätte eine Waffe gehabt und dich damit verletzt!«

Tom verzog den Mund. »Lieber nicht. Mir hat schon der Ellbogen gereicht.« Seine Augen verdunkelten sich. »Noch viel schlimmer wäre es allerdings gewesen, wenn er dich verletzt hätte. Und das nur, weil ich nicht in der Lage war, diesen Verbrecher fest zu halten.«

Cathy lächelte ihn an. »Du bist Student, kein professioneller Ringer. Außerdem hattest du nicht damit gerechnet, dass er plötzlich aus der Wohnung gelaufen kommt. Dafür hast du dich sehr gut geschlagen.«

Toms Antwort wurde von einem lauten Klopfen am Türrahmen unterbrochen. Gleichzeitig zuckten sie zusammen.

»Polizei! Ist hier drin alles in Ordnung?«

Erleichtert sackten sie zusammen. Cathy drückte seine Hand, dann stand sie auf und ging zu dem Polizisten, der in der Türfüllung stand.

»Danke, dass Sie so schnell gekommen sind. Ich bin Cathy O'Donnell, ich habe Sie angerufen. Ein Mann kam eben aus meiner Wohnung gelaufen. Mein Freund hat versucht, ihn aufzuhalten, aber er ist geflüchtet.«

»Sind Sie verletzt?«

Cathy schüttelte den Kopf. »Nein, ich nicht. Mein Freund hat einen Stoß abbekommen ...«

Tom unterbrach sie. »Mir geht es gut.«

Der Polizist nickte.

»Fehlt etwas?«

Schockiert blickte Cathy ihn an. »Ehrlich gesagt, ich weiß es nicht. Ich habe überhaupt noch nicht nachgeschaut.«

»Dann tun Sie das doch jetzt! Ich passe in der Zeit auf, dass niemand hereinkommt.« Er drehte sich an der Tür noch einmal um. »Ach ja, und fassen Sie möglichst nichts an, damit wir Fingerabdrücke nehmen können. Ich verständige jetzt meine Kollegen von der Spurensicherung.«

Cathy beobachtete, wie er aus der Tür ging, dann drehte sie sich zu Tom um, der hinter ihr stand. Hilflos blickte sie ihn an.

»Wo fange ich an?«

»Am besten hier, und dann gehen wir durch alle Zimmer.«

In ihrem Rücken fühlte sie Toms Körperwärme. Er stand dicht hinter ihr, so als wollte er sie vor jeder Gefahr schützen. Langsam ging sie durch den Flur ins Wohnzimmer und überprüfte, ob alles an seinem Platz war. Es schien so. Sie blickte nach unten, als sie vor der Konsole mit dem Telefon auf etwas Hartes trat. Was war das? Cathy bückte sich und betrachtete den kleinen Gegenstand. Glas! Suchend blickte sie sich um. Wie kam Glas hier auf den Boden? Dann entdeckte sie die Vase, die halb unter der Kommode versteckt lag. Tom ging neben ihr in die Knie und betrachtete mit gerunzelter Stirn die Reste der Vase. Schließlich blickte er sie an.

»Die stand doch gestern noch oben, oder?«

»Ja.«

Der Polizist stand inzwischen, nachdem seine Kollegen eingetroffen waren, wieder hinter ihnen und machte Notizen.

Tom nahm ihre Hand und drückte sie. »Sehen wir weiter.«

Cathy schlang schützend die Arme um sich. Die Vorstellung, dass jemand in ihrer Wohnung gewesen war, sie wahrscheinlich sogar durchsucht hatte, machte ihr Angst. Was wäre gewesen, wenn sie in ihrer Wohnung geschlafen hätte? Unsicher blickte sie zu Tom. Der sah sich mit zusammengekniffenen Augen um, als bedauerte er, dem Einbrecher nicht den Hals umgedreht zu haben. Schließlich wanderte sein Blick zu Cathy zurück. Als er ihren Gesichtsausdruck sah, wurde seine Miene weicher. Sofort schloss er sie in seine Arme, hielt sie eng an sich gedrückt und wiegte sie hin und her. Cathy lehnte seufzend ihren Kopf an seine Schulter. Sie wusste wirklich nicht, was sie in den letzten Tagen ohne Tom gemacht hätte. Er war wie ein Fels in der Brandung: immer für sie da, bereit, sie zu schützen und zu stützen, wenn sie es brauchte. Dankbar umfing sie mit den Armen seine Taille und drückte ihn dichter an sich. Tom küsste sie auf den Kopf, hielt sie sicher umfangen.

So standen sie lange Zeit, bis hinter ihnen eine raue Stimme ertönte.

»Ich störe nur ungern, aber könnten Sie etwas Platz machen, damit wir uns die Vase anschauen können?«

Erschrocken lösten sie sich voneinander und blickten Detective Gonzalez erstaunt an.

»Ich hätte nicht gedacht, dass Sie persönlich kommen würden.«

Er zuckte die Schultern. »War gerade in der Gegend.«

Cathy deutete wortlos auf den Boden, wo die Überreste der Vase lagen. Gonzalez ging in die Knie und betrachtete sie genauer. Schließlich richtete er sich auf.

»Fehlt sonst noch was?«

»Mir ist nichts aufgefallen.«

»Das ist nicht gerade überwältigend.«

Cathys Stacheln stellten sich auf. »Was hätten Sie denn gerne gehabt, unsere Leichen?«

Sein Kopf ging ruckartig in ihre Richtung, seine dunklen Augen gaben seine Gedanken jedoch nicht preis. »Nein, natürlich nicht.«

Tom legte seine Hände beruhigend auf ihre Schultern und drückte sie kurz. Sofort legte sich ihre Erregung ein wenig, und sie verzog den Mund. Was war es, das sie immer sofort auf den Detective losgehen ließ?

»Tut mir Leid, ich bin wohl etwas nervös.«

Gonzalez betrachtete sie aufmerksam und nickte dann. Ohne ein weiteres Wort verließ er das Zimmer, um mit dem Polizisten zu reden, der die Wohnung durchsucht hatte. Cathy drehte sich zu Tom um, ein bitteres Lächeln umspielte ihren Mund.

»Ich fürchte, ich bin kein besonders netter Mensch.«

»Nein.« Ihre empörte Miene brachte ihn zum Lachen. »Aber ich mag dich trotzdem.«

»Vielen Dank auch.« Beleidigt wandte sie sich von ihm ab. Nach ein paar Schritten drehte sie sich wieder um. »Danke, das habe ich jetzt gebraucht.«

Sie gaben den Polizisten ihre Aussagen, packten eine kleine Tasche mit den wichtigsten Dingen für Cathy und fuhren dann zur Universität.

Chuck und Eddie erreichten noch in der Nacht Grand Junction. Chuck ließ sich von Eddie vor seinem Haus absetzen und ging ohne Umwege direkt ins Bett. Todmüde schlief er sofort ein. Am nächsten Morgen erwachte er vom lauten Klingeln des Telefons. Sofort saß er kerzengerade im Bett und starrte den Hörer an, als wäre er eine Schlange. Mit einem Ruck beugte er sich vor und nahm den Hörer von der Gabel.

»Burton.«

»Du wirst vom Boss erwartet.«

Chuck brach der Schweiß aus. »Aber ich bin noch im Bett und ...«

»Zehn Minuten.« Damit wurde die Verbindung unterbrochen.

Chuck starrte auf den Hörer. War es das jetzt? Er blickte auf die Uhr. Es war halb acht. Seine Hände fingen an zu zittern. So schnell es ging, suchte er seine Kleidung zusammen und trug sie ins Bad. Inzwischen am ganzen Körper bebend, stützte er sich mit beiden Händen auf das Waschbecken, sein Kopf baumelte zwischen seinen Armen. Langsam blickte er auf. Sein Gesicht glänzte vor Schweiß, und seine Augen waren rot umrandet. Er sah um Jahre gealtert aus. Diese ganze Geschichte hatte ihn zu einem nervlichen Wrack gemacht. Chuck drehte den Wasserhahn an und schöpfte eiskaltes Wasser in seine Hände. Schnell tauchte er sein Gesicht hinein und schnappte nach Luft. Verdammt, war das kalt! Jedenfalls war er jetzt völlig wach und erkannte, dass er sich langsam beeilen musste, wenn er nicht zu spät kommen wollte. Er zog sich in Windeseile an und stand zwei Minuten später wieder im Schlafzimmer. Seufzend zwang er sich, aus dem Zimmer zu gehen, die Treppe hinunter bis ins Wohnzimmer. Dort nahm er den Wagenschlüssel von der Kommode. Noch einmal sah er sich in seinem Haus um, bevor er hinausging und die Tür sanft hinter sich ins Schloss zog. Er stieg in seinen Wagen und fuhr los, ohne einen Blick zurückzuwerfen.

An der Residenz angekommen, wartete er ungeduldig darauf, dass der Wachmann ihm das Tor öffnete. Einerseits wäre er einer Konfrontation mit Gerald gerne aus dem Weg gegangen, andererseits wollte er es aber auch so schnell wie möglich hinter sich bringen. Es konnte durchaus sein, dass er sich etwas viel Schlimmeres vorstellte, als dann tatsächlich geschah. Das hoffte er zumindest. Chuck stellte sein Auto in der Auffahrt ab und ging die Stufen zum Haus hinauf. Er persönlich fand das Gebäude viel zu protzig, aber wahrscheinlich hatte Gerald dieses Haus extra gekauft, um allen unter die Nase zu reiben, wie viel Geld er hatte. Vermutlich freute er sich tierisch darüber, dass die Behörden genau wussten, womit er dieses Geld verdiente, ihm aber nie etwas nachweisen konnten. Dieses Haus musste für sie ein Dorn im Auge sein, eine Verhöhnung für alle, die versuchten, ihn zu überführen. An der Tür empfing ihn der Butler und führte ihn in Geralds Arbeitszimmer.

Chuck schluckte schwer, als er Gerald hinter seinem Schreibtisch sah. Alles an ihm drückte schlechte Laune aus, von seiner angespannten Miene über die Art, wie er seinen Kugelschreiber umklammert hielt, bis hin zu der Tatsache, dass der Butler sich so schnell wie möglich zurückzog. Jetzt blickte Gerald auf, und Chuck wünschte sich fast, er hätte es nicht getan. In seinen Augen stand eindeutig ein mordlüsterner Ausdruck, den er nur bei extrem übler Laune hatte. Unwillkürlich trat Chuck einen Schritt zurück, zwang sich dann aber, stehen zu bleiben.

»Nun, gab es noch Probleme?«

»Nein, Boss.«

Gerald warf den Kugelschreiber hin und erhob sich aus seinem Ledersessel.

»Na, immerhin etwas. Wo ist das Auto?«

Irritiert blickte Chuck ihn an. »Welches Auto?«

»Euer Mietwagen natürlich.«

»Oh, der.« Chuck trat unbehaglich von einem Fuß auf den anderen. »Eddie hat mich letzte Nacht zu Hause abgesetzt und ist dann weitergefahren. Ich weiß nicht, was er mit dem Wagen gemacht hat.«

»Das solltest du aber eigentlich wissen, schließlich bist du dafür verantwortlich. Genauso wie für die ganze Misere.«

Chuck zog sein Taschentuch aus der Tasche und tupfte sich die Stirn ab.

»Ja, Boss.«

Gerald fletschte die Zähne und kam auf ihn zu.

»Hör auf mit dem ewigen ›Ja, Boss‹! Es würde mir viel mehr helfen, wenn ihr auch mal tun würdet, was ich euch auftrage.«

Chuck schluckte das nächste »Ja, Boss« gerade noch mal herunter. Er nickte.

»Nichts in der Wohnung kann zu dir zurückverfolgt werden?«

»Nein, ich hatte Handschuhe an.«

»Okay, wenigstens etwas, worüber ich mir keine Sorgen machen muss.«

Gerald rieb sich das Kinn. »Ich fürchte, wir werden jetzt abwarten müssen und sehen, ob wir irgendwo noch eine Spur von Frank und dem Weib finden. Du solltest besser hoffen, dass wir sie in nächster Zeit ausfindig machen, Chuck.«

»Das tue ich.«

»Gut. Du kannst gehen. Finde Eddie, und bringt den Wagen sofort zur Mietwagenstation.«

»Alles klar, Boss.« Chuck drehte sich um und ging schnell auf die Tür zu.

»Und noch etwas, Chuck …« Fragend drehte Chuck sich um und erschrak. Gerald stand direkt hinter ihm.

»Ja?« Man hörte das Zittern in seiner Stimme.

Statt einer Antwort holte Gerald aus und schlug ihm mit aller Kraft die Faust ins Gesicht. Chuck fiel um wie ein gefällter Baum. Gerald schüttelte seine schmerzende Hand und blickte befriedigt auf seinen Angestellten herunter. Das hatte wirklich gut getan. Das war genau das, was er jetzt gebraucht hatte. Er ging zum Schreibtisch zurück und drückte auf die Sprechanlage.

Sofort ertönte die Stimme seines Butlers. »Ja?«

»Ich brauche zwei Männer, die den Abfall aus meinem Büro entfernen.«

»Jawohl, Sir.«

Weniger als eine Minute später kamen zwei kräftige Männer ins Zimmer und hoben Chucks leblosen Körper auf.

»Wohin damit? Sollen wir ihn entsorgen?«

»Setzt ihn in sein Auto, vielleicht brauche ich ihn noch.«

»Alles klar.« Damit verschwanden sie, Chuck an Armen und Beinen aus dem Zimmer tragend.

Chuck kam mit höllischen Schmerzen im Gesicht in seinem Wagen zu sich. Langsam richtete er sich auf und schaute in den Rückspiegel. Entsetzt begutachtete er die Schäden, die Geralds Faust angerichtet hatte. Seine Nase war extrem geschwollen, Blut bedeckte Mund und Kinn und war auf seinen Anzug getropft. Zudem war das eine seiner Augen zugeschwollen und mit einem schillernden Veilchen verziert. Seine Sicht war stark eingeschränkt. Auf dem verletzten Auge sah er doppelt. Trotzdem begrüßte Chuck die Schmerzen, denn sie bewiesen, dass er noch lebte. Damit das auch so blieb, startete er schnell den Wagen, fuhr in die Stadt und suchte die nächste Arztpraxis auf. Dort teilte man ihm mit, dass die Nase gebrochen war und er doch möglichst nicht mehr im Dunkeln gegen die Tür rennen sollte.

Dankbar nahm Chuck eine der Schmerzpillen und ging dann auf die Suche nach Eddie. Eine Dreiviertelstunde später hatte er ihn in einem Etablissement ausfindig gemacht, wo er öfter anzutreffen war. Er zerrte ihn heraus und ließ sich von ihm den Schlüssel für den Mietwagen geben. Chuck schickte Eddie nach Hause, um nüchtern zu werden, und fuhr selbst mit dem Mietwagen zur Verleihstation. Er gab den Wagen ab, den sie unter falschem Namen gemietet hatten, und machte sich dann auf den Heimweg.

XLVI

Sam und Morgan fuhren durch Monticello hindurch, und auch Cortez ließen sie hinter sich. Sie hatten erst überlegt, in einer der beiden Städte zu übernachten, doch entschieden sich dagegen. So kamen sie erst spät nachts müde und erschöpft in Denver an. Eilig dirigierte Morgan Sam durch die stillen Straßen, bis sie vor seiner Wohnung standen. Nachdem er mühsam aus dem Auto gestiegen war, streckte er seine steifen Muskeln und beugte sich zu Sam hinunter, die noch auf dem Fahrersitz saß.

»Warte kurz hier, ich bin sofort wieder da.« Damit strebte er auf das Haus zu und verschwand um die Hausecke.

Sam blickte ihm beunruhigt hinterher. Was hatte er jetzt vor? Wie sich herausstellte, holte er sich einen Wohnungsschlüssel, den er bei der Hintertür versteckt hatte, öffnete die Tür und konnte so seinen Schlüsselbund holen, der in der Wohnung lag. Damit öffnete er nun eines der Garagentore, die neben dem Haus angeordnet waren. Er stieg in seinen Jeep, der dort stand, ließ den Motor an und fuhr aus der Garage. Er parkte am Straßenrand und winkte Sam zu, ihr treues Gefährt hineinzufahren. Sam tat, wie ihr geheißen, und schaltete dann den Motor aus. Wie betäubt blieb sie eine Weile im Wagen sitzen. Sollte ihre Reise jetzt wirklich zu Ende sein?

Morgan riss ihre Tür auf und blickte erstaunt auf sie hinunter, als sie sich nicht rührte.

»Was ist, willst du nicht aussteigen? Auf uns wartet eine Klimaanlage, eine Dusche und ein bequemes Bett. Ganz zu schweigen von einem Herd und anderen Annehmlichkeiten.«

Morgans gute Laune drang langsam zu ihr durch. Sein Grinsen war viel freier als in den letzten Tagen. Es schien, als wäre ihm zumindest ein Teil der Last vom Herzen gefallen. Sam ließ sich von ihm anstecken. Schnell stieg sie mit seiner

Hilfe aus und klaubte dann eilig ihre Einkäufe und den Rucksack vom Rücksitz. Morgan nahm die voll gepackte Kühlbox und verließ damit die Garage.

»Lass das Tor offen, ich komme gleich noch mal zurück.«

Also ging Sam eilig hinter ihm her und ließ sich von ihm zu seiner Erdgeschosswohnung führen. Sie war nicht besonders groß, aber gemütlich eingerichtet, und sie hatte alles, was eine Wohnung brauchte. Morgan legte ihr eine Hand auf die Schulter.

»Fühl dich hier ganz wie zu Hause, denn für die nächste Zeit wird es das sein. Ich gehe noch mal schnell zum Auto.«

»Okay.« Sam blickte ihm hinterher. Es kam ihr komisch vor, plötzlich allein zu sein. Sie hatte sich in den letzten beiden Tagen daran gewöhnt, dass Morgan immer in ihrer Nähe war. Doch anstatt sich jetzt über die Freiheit zu freuen, wollte sie, dass er so schnell wie möglich zu ihr zurückkam. Neugierig machte sie eine Tour durch die Wohnung. Küche, Wohnzimmer, Schlafzimmer, Badezimmer, mehr gab es nicht zu sehen, aber hinter dem Schlafzimmer lag versteckt eine kleine Terrasse. Sie war in der Dunkelheit kaum zu erkennen und von einer hohen Hecke umgeben, sodass sie von außen nicht einsehbar war. Darüber war der Balkon der oberen Wohnung, daher konnte auch von oben niemand sehen, was unten vor sich ging. Hier konnte man bestimmt gemütlich seinen Tag ausklingen lassen und sich von den Anstrengungen des Tages erholen. An einem der nächsten Abende würde sie bestimmt davon Gebrauch machen, wenn die Hitze des Tages langsam der angenehmen Abendkühle wich.

Sam trat durch die Glasschiebetür wieder nach innen und ließ sie noch offen, damit die abgestandene Luft in der Wohnung durch frische ersetzt wurde. Auf einem Regal standen mehrere gerahmte Fotos, die sie sich jetzt anschaute. Ein Paar irgendwo zwischen vierzig und fünfzig Jahren lächelte ihr entgegen. Vermutlich Morgans Eltern kurz vor ihrem Tod. Bedauern überkam sie, dass Morgan sie schon so früh in seinem Leben verloren hatte. Es gab auch noch Fotos von einem jungen Mädchen, wahrscheinlich seine Schwester, mit einem fröhlichen Lachen und langen blonden Haaren, die im Wind wehten. Noch ein Verlust, den Morgan nie wirklich überwinden würde. Das letzte Foto zeigte einen ernst dreinschauenden jungen Mann mit dunkelbraunen Haaren und erstaunlichen dunkelblauen Augen. Das musste dann wohl Morgans Bruder sein, von dem er ihr erzählt hatte. Der, der Geografie studiert hatte. Sie fragte sich, ob er wirklich eine solche Augenfarbe hatte oder ob das am Foto lag. Vielleicht würde sie ihn ja irgendwann einmal kennen lernen und es selbst herausfinden.

Sie war so in die Fotos versunken, dass sie Morgan erst bemerkte, als er dicht hinter sie trat.

»Meine Familie.«

»Das dachte ich mir. Wieso gibt es kein Foto von dir?«

Morgan blickte sie erstaunt an.

»Warum sollte ich in meiner Wohnung ein Bild von mir aufstellen? Ich weiß ja, wie ich aussehe.«

»Auch wieder wahr. Ich hätte nur zu gerne gesehen, wie du normalerweise aussiehst.«

Morgan grinste sie an. »Lass dich überraschen.«

Sam verzog den Mund. »Ich hasse Überraschungen, auf jeden Fall negative.«

»Und du denkst, ich werde mich zu meinem Nachteil verändern?«

Diesmal grinste Sam. »Denkst du, das ist noch möglich, so wie ich dich schon gesehen habe?«

Morgan zog die Augenbrauen hoch.

»Ganz schön frech heute, wie?«

»Scheint so.« Sam wurde ernst. »Ich bin einfach froh, dass wir gesund und ohne Zwischenfälle hier angekommen sind. Wir sind jetzt doch in Sicherheit, oder?«

Morgan streckte die Arme aus und zog sie an sich.

»Ja. Sie kennen mich nur unter dem Namen Frank Tanner. Niemand wird eine Verbindung zu Morgan Spade herstellen.« Er küsste ihre Stirn. »Wir werden hier einfach Urlaub machen, bis das FBI die Bande hochgehen lässt, und dann können wir unser bisheriges Leben fortsetzen, fast zumindest.«

Professor Marshs Gesicht tauchte vor ihrem geistigen Auge auf. Ihre Mundwinkel zogen sich nach unten.

»Ja, es wird nicht mehr ganz so sein wie vorher.«

Morgan rückte ein Stück von ihr ab und blickte in ihre verhangenen Augen.

»Es tut mir Leid, Sam. Durch meinen unverantwortlichen Leichtsinn bist du überhaupt erst in die Angelegenheit mit hineingezogen worden. Wenn ich könnte, würde ich alles anders machen, um dir das zu ersparen, was du durchmachen musstest.«

Sam legte ihren Finger auf seine Lippen.

»Pst. Ich kann zwar nicht sagen, dass die Geschehnisse mir gefallen haben, aber immerhin hätte ich dich sonst nie getroffen. Und aus heutiger Sicht fände ich das doch sehr schade.«

Morgan küsste sie sanft. »Ich auch.« Er schob sie von sich. »Aber ich werde nicht zulassen, dass dir noch einmal etwas geschieht. Und ich werde den Schaden, der dir entstanden ist, so weit wie möglich wieder gutmachen.«

»Morgan ...«

»Egal, was du jetzt sagen wolltest, spar es dir. Ich werde deine zerstörten Möbel und das Auto ersetzen, genauso wie deine Auslagen, die du auf dem Weg hattest. Das ist das Mindeste, was ich tun kann, und ich werde mich nicht davon abbringen lassen.« Ein Mundwinkel zuckte nach oben. »Hatte ich erwähnt, dass ich furchtbar dickköpfig bin?«

Sam lachte. »Nein, aber ich habe es schon bemerkt.«

»Schlaues Mädchen.« Er wich ihrem Fußtritt aus. »Wenn du möchtest, kannst du ins Bad gehen, während ich mich um die Post kümmere.« Er deutete auf den großen Stapel Briefumschläge, der auf dem Küchentisch lag.

»Da hast du wohl einiges zu tun. Ich denke, ich werde dann erst einmal eine schöne lange Dusche nehmen.«

Während Sam frische Kleidung heraussuchte und ins Bad marschierte, wandte sich Morgan den Briefen zu, die der Vermieter ihm in die Wohnung gelegt hatte. Das meiste waren Werbesendungen, die er ohne einen weiteren Blick gleich im Mülleimer versenkte. Die Rechnungen hatte er alle bereits im Voraus bezahlt, sodass glücklicherweise keine dabei war. Dafür aber eine Postkarte einer früheren Freundin, eine Geburtstagskarte seiner ehemaligen Kollegen und ein Brief von seinem Chef, ehemaliger Chef vermutlich. Unschlüssig drehte er den Umschlag zwischen seinen Fingern. Wollte er sich wirklich heute Nacht noch seine Kündigung ansehen? Eigentlich nicht, aber er war noch nie gut darin gewesen, etwas Unangenehmes aufzuschieben. Entschlossen schob er seinen Finger in den Schlitz und riss den Umschlag auf. Er überflog kurz den Brief und atmete auf. Immerhin war es kein offizielles Schreiben. Mit einem flauen Gefühl im Magen las er die in der krickeligen Handschrift seines Chefs verfassten Zeilen.

Morgan,

ich hoffe, du bekommst diesen Brief. Denn ich habe wirklich keine Lust mehr, mir am Telefon die Finger wund zu wählen. Wo bist du bloß? Ich verstehe, dass du für eine Weile Abstand brauchtest – du weißt, dass ich Mara sehr gemocht habe –, aber es sieht dir nicht ähnlich, einfach zu verschwinden und dich nicht zu melden. Das wäre alles kein Problem, wenn du, wie verabredet, nach den sechs Monaten wieder aufgetaucht wärest, aber das bist du nicht. Deshalb habe ich den Vertrag deines Ersatzmannes noch einmal um drei Monate verlängert. Wenn du wieder da bist, melde dich sofort bei mir, okay?

Harold

Langsam ließ Morgan den Brief sinken. Er zwinkerte, um wieder einen klaren Blick zu bekommen. Er an Harolds Stelle hätte ihn schon längst entlassen, aber scheinbar hatte sein Chef die Hoffnung noch nicht aufgegeben, dass er wiederkam. Und er hatte Recht, sofern er den Job noch haben konnte, würde er nicht zögern, ihn wieder aufzunehmen. Natürlich erst in zwei Monaten, wenn der Vertrag des Ersatzmannes auslief. Vielleicht musste er sowieso so lange mit Sam hier ausharren. Deshalb war es gar nicht so schlecht, wenn er noch nicht wieder arbeiten musste. Nur das Geld würde etwas knapp werden, vor allem da er Shane, Zach und Sam ihre Ausgaben erstatten musste. Vermutlich würden das im Endeffekt über 10 000 Dollar werden. Bei Gerald hatte er in den sieben Monaten viel mehr verdient, aber das Geld würde er nicht dafür verwenden. Er hatte schon einen anderen Verwendungszweck im Sinn. Er faltete den Brief vorsichtig zusammen und legte ihn wieder zurück zu den anderen. Dann wandte er sich um und ging zum Anrufbeantworter, um ihn abzuhören.

»Sie haben fünfzehn neue Nachrichten.«

Stöhnend drückte Morgan auf den Wiedergabeknopf. Er hatte die Nachrichten lange nicht mehr gelöscht. Also spulte er jedes Mal vor, wenn sich wieder irgendein Vertreter meldete und fragte, ob er dieses oder jenes gebrauchen könnte. Einige Nachrichten von Joe und von seinem Boss waren dabei. Dann erklang Sams Stimme. Den Finger bereits über der Spultaste, verharrte er, um ihre Nachricht noch einmal anzuhören. Allein ihre Stimme brachte sein Herz zum Klopfen. Ein leichtes Lächeln überzog sein Gesicht. Doch das änderte sich, als sie von Nachricht zu Nachricht panischer klang, ihre Stimme nicht mehr sanft und ruhig, sondern gehetzt und rau.

Morgan stützte sich mit beiden Händen auf der Kommode ab und senkte den Kopf. Es zeigte einfach zu deutlich, was er Sam angetan hatte, indem er sie in seine Angelegenheiten mit hineingezogen hatte. Erneut lief ihm ein Schauder über den Rücken, wenn er daran dachte, dass sie beinahe in ihrem Pick-up gestorben wäre. Ihr Leben, ihr Lachen, ihre freundliche Art, einfach ausgelöscht! Mit zusammengekniffenen Augen stand er vor dem Anrufbeantworter, der inzwischen die letzte Nachricht spielte. Sie war erneut von seinem Bruder Joe und bestand aus einem Satz: »Verdammt, Morgan, melde dich endlich, sonst nehme ich den nächsten Flug!«

»War das dein Bruder?«

Erschrocken fuhr Morgan herum. Er hatte Sam gar nicht aus dem Badezimmer kommen hören, aber jetzt stand sie hinter ihm, frisch geduscht und mit noch feuchten Haaren. Ihr Blick zeigte ihm, dass sie die letzten Nachrichten und seine Reaktion darauf mitbekommen hatte. Er räusperte sich.

»Ja.«

»Dann rufst du ihn jetzt an, damit er sich keine Sorgen mehr macht?«

Morgan blickte auf die Uhr und schüttelte dann den Kopf.

»Nein, er wohnt in Washington, DC, er schläft bestimmt schon.«

Sam zog die Augenbrauen hoch. »Schlechte Ausrede.«

Morgan verzog den Mund. »Stimmt.« Ein unsicheres Lächeln huschte über sein Gesicht. »Ich bin heute einfach noch nicht bereit dafür.«

Sam legte ihre Hand auf seinen Arm. »Das verstehe ich. Aber es hörte sich schon so an, als meinte er es ernst, dass er den nächsten Flug nehmen würde, wenn du dich nicht meldest.«

»Vermutlich. Ich habe ihn die ganzen Monate immer hingehalten und ihm nie gesagt, was ich mache und wo ich gerade bin.« Morgan ergriff ihre Hand und drückte sie. »Ich konnte es nicht. Ich hätte es nicht ertragen, wenn ich auch noch den letzten Menschen verloren hätte, der mir geblieben ist. Denn es ist ganz klar, dass er sofort gekommen wäre und sich Gerald vorgenommen hätte, wenn ich ihm die Wahrheit gesagt hätte.«

»Vielleicht hätte er dir helfen können ...«

»Nein!« Morgan fuhr sich mit beiden Händen über das Gesicht. »Nein, das Risiko konnte ich nicht eingehen.« Mit geröteten Augen blickte er Sam an.

»Ich verstehe dich, aber wenn ich dein Bruder wäre, würde ich die Wahrheit wissen wollen.«

Während Morgan im Badezimmer verschwand, suchte Sam in der Küche etwas Essbares zusammen. Sie hatte keine Lust mehr zu kochen, also machten sie sich, nachdem Morgan aus dem Bad kam, über den Kartoffelsalat, das Weißbrot und den Käse her, die sie im Supermarkt gekauft hatten. Dazu tranken sie lauwarme Cola und Seven Up. Mit heißen Augen beobachtete Morgan, wie Sam sich das letzte Stück ihrer Käsestange in den Mund schob und genüsslich darauf kaute. Sein gesamter Körper spannte sich an, als ihm Bilder ihres gemeinsamen Duschvergnügens durch den Kopf schossen.

Sam wischte ihre Finger an einem Papiertuch ab und seufzte tief auf.

»Zeit zum Schlafen.«

Morgan blickte sie enttäuscht an. »Sicher?«

Sam grinste. »Nein. Aber ins Bett sollten wir wohl doch langsam gehen.«

»Ich bin ganz dafür.«

XLVII

Morgan erhob sich langsam und ging um den Tisch herum auf Sam zu. Er nahm ihre Hand und half ihr beim Aufstehen. Schweigend standen sie voreinander und blickten sich tief in die Augen. Es war klar, dass sie beide das Gleiche fühlten und es kaum abwarten konnten, sich wieder zu berühren. Mit einem kehligen Stöhnen riss Morgan Sam in seine Arme und senkte seinen Mund zu einem leidenschaftlichen Kuss auf ihre Lippen. Sam konnte kaum Luft holen, so drängend gingen sie aufeinander los. Wer geglaubt hatte, dass es sich zwischen ihnen um eine Eintagsfliege gehandelt hatte, wurde jetzt eines Besseren belehrt. Wenn überhaupt, so schienen die Gefühle noch stärker geworden zu sein. Gegenseitig rissen sie an ihrer Kleidung, versuchten, irgendwie an die heiße Haut darunter zu kommen, während sie sich dabei in Richtung Schlafzimmer bewegten. Sweatshirt und Hemd landeten auf dem Boden, gierige Hände schoben sich unter T-Shirts, bis auch das nicht mehr genug war. Schuhe polterten auf den Teppich, Hosenknöpfe öffneten sich mit einem Plopp, Reißverschlüsse ratschten herunter.

»Stopp!« Morgans heisere Stimme war kaum zu verstehen über ihrem lauten Atmen.

»Was?«

Morgan lehnte seine feuchte Stirn gegen ihre.

»Wir müssen langsamer machen. Ich wollte dich doch diesmal verwöhnen, mir Zeit lassen, deinen Körper zu erkunden. Dich überall kosten, berühren.«

Sam stöhnte. »Und du glaubst, das erreichst du, wenn du mir das sagst?« Lachend riss sie das T-Shirt über seinen Kopf. »Jetzt hast du mich bloß noch wilder gemacht.« Gierig strichen ihre Hände über seinen Oberkörper, ließen nur den weißen Verband aus. Ihre Finger fanden seine flachen Brustwarzen, strichen darüber, neckten sie. Mit der Hüfte drängte sie sich an seine, rieb sich daran. Diesmal stöhnte Morgan. Er schob ihr T-Shirt in die Höhe, umfasste ihre Brüste mit seinen heißen Händen. Sam fasste nach dem Saum und zog sich das T-Shirt mit einem Ruck über den Kopf. Morgan beugte den Kopf und ließ eine Spur von Küssen auf ihre heiße Haut regnen, vom Hals über ihr Dekolletee bis zu dem Tal zwischen ihren Brüsten. Sam erschauerte, zog ihn näher an sich heran. Gott, sie brannte! Wenn sie ihn nicht sofort haben konnte, würde sie mit Sicherheit vergehen. Vorsichtig schob sie seine Jeans über die Hüfte, bis sie an seinen muskulösen Schenkeln hängen blieb. Ihre Hände glitten über seinen Rücken bis zum Po, schlüpften in den Slip und umfassten seine harten Hinterbacken.

Morgan hob den Kopf, mit gierigen grauen Augen verschlang er ihren Anblick. Die rötlich angehauchte Haut, die bebenden Brüste in dem provozierenden roten BH, der flache Bauch. Sie hatte für seinen Geschmack eindeutig zu viel an. Seine Hände schoben sich in ihre Jeans, pellten sie von ihrem Körper. An ihren Knöcheln blieb sie als Bündel hängen. Gemeinsam taumelten sie in Richtung Bett, durch die Hose behindert. Schließlich fielen sie nebeneinander auf die weiche Matratze. Morgan blieb kurz die Luft weg, als ein scharfer Schmerz durch seine Rippen schoss, aber seine Leidenschaft war größer. Er setzte sich wieder auf und zog Sam die Hose von den Beinen, sodass sie nur noch mit ihren roten Dessous vor ihm lag. Er genoss ihren Anblick: Der schlanke, hoch gewachsene Körper, unter dessen weicher Haut man ihre Muskeln sehen konnte, die zerzausten kurzen Haare, die großen blauen Augen, die ihn vor Leidenschaft glitzernd anblickten. Seine Finger strichen langsam ihren Körper entlang nach oben.

Sam hielt den Atem an. Sie konnte es nicht abwarten, von Morgan berührt zu werden, gleichzeitig aber wollte sie auch ihn anfassen. Sie brauchte einfach diese Nähe. Heute Morgen in der Dusche hatte sie sich einfach nur fest halten können, während er sie liebte, aber dieses Mal wollte sie seine warme Haut fühlen, ihn ansehen und berühren, bis sie beide von der Lust überwältigt wurden. Bei dem Gedanken sog sie scharf die Luft ein. Das Problem an diesem Plan war die Ausführung. Sie waren beide jetzt schon so weit, dass jede Berührung sie erschauern ließ und alles Weitere nur dazu führen würde, dass sie so schnell wie möglich zueinander kamen. Und warum sollten sie das auch nicht tun, schließlich würden sie in den nächsten Tagen oder Wochen noch genug Zeit haben, sich langsam und gründlich zu lieben. Heute schien alles für eine heiße und leidenschaftliche Liebesnacht wie geschaffen zu sein. Sam ließ sich auf dem Bett nach unten gleiten, bis sie die Jeans von seinen Beinen ziehen konnte. Ihre Wange lag dabei auf seinem muskulösen Oberschenkel, ihre Finger strichen an seinem Bein herunter und dann wieder herauf. Seine Haare kitzelten, strichen liebkosend über ihre Haut. Sam drehte ihren Kopf und biss zu.

»Autsch! Hey, hattest du etwa nicht genug zu essen?«

Sam lächelte ihn katzenhaft an. »Doch, aber im Moment steht mir der Sinn nach Fleisch.« Damit biss sie erneut zu, diesmal weiter oben.

Morgan zuckte zusammen. Wenn er nicht langsam etwas unternahm, würde er wohl Stück für Stück verspeist werden. Keine besonders unangenehme Vorstellung, wenn es Sam war, die über ihm hockte. Aber er wusste nicht, ob er heute so viel davon würde aushalten können, ohne zu explodieren. Also schubste er Sam auf das Bett und legte sich auf sie. Ihren Protest erstickte er mit einem tiefen Kuss. Sam schlang die Arme um seinen Nacken und zog ihn fest an sich. Das Gefühl seines harten Körpers auf ihrem ließ in ihr den Wunsch aufkommen, jegliches störende Kleidungsstück so schnell wie möglich loszuwerden. Sofort!

»Du hast zu viel an.«

»Du hast viel mehr an.« Morgans Stimme strich über ihre Sinne wie Seide.

»Dann haben wir eben beide zu viel an. Zieh mich aus.«

Morgan ließ sich nicht zwei Mal bitten, sondern befreite sie, so schnell es ging, von ihren Dessous. Bei der Gelegenheit entledigte er sich auch gleich seines Slips. Er legte sich wieder auf sie. Diesmal war nichts mehr zwischen ihnen, nur Haut an Haut. Stöhnend arrangierte er sich so, dass sein harter Schaft zwischen ihren Beinen lag.

»Bitte sag mir, dass die Kondome nicht im Auto sind.«

»Wenn es das ist, was du hören willst …«

Morgan öffnete die Augen und blickte sie entsetzt an.

Sam lachte. »Nein, sie sind hier. Ich habe sie vorhin klugerweise in meine Jeans gesteckt.«

Morgan lehnte seine Stirn an ihre und atmete erleichtert aus.

»Musst du mir einen solchen Schrecken einjagen? In meinem Alter kann das gefährlich werden.«

Sam bewegte ihre Hüften. »Ach ja?«

»Stopp! Du willst doch sicher, dass ich das Kondom auch benutze, oder? Dann lass es mich lieber erst holen, bevor ich alles vergesse und mich so tief in dir vergrabe, wie es geht.«

Sam erschauerte bei seinen Worten. Ihr Körper protestierte, als Morgan sich auf der Suche nach Jeans und Kondom von ihr wegbewegte. Nach einigem Suchen fand er schließlich das Kondom und riss die Packung auf, während er sich auf sie zu bewegte. Fasziniert beobachtete sie, wie er es über seine Erektion rollte. Sam stützte sich auf ihre Ellbogen und wartete ungeduldig darauf, dass Morgan endlich zu ihr kam. Als er zögerte, öffnete sie ihre Beine für ihn.

»Schneller!«

Morgan lächelte sie an, stützte ein Knie auf die Bettkante und beugte sich dann über sie. Als sein Körper an ihrem entlang nach oben glitt, stieß er mit einem gleitenden Schub in sie. Erschrocken holte Sam Luft. Damit hatte sie nicht gerechnet. Sie wollte es zwar schneller haben, aber dass er *so* schnell war …

Morgan hörte ihren Laut und hielt sich ganz still.

»Habe ich dir wehgetan?«

Sam bewegte versuchshalber die Hüften.

»Nein, du hast mich nur überrascht. Aber ich glaube, ich liebe deine Überraschungen.«

Beruhigt atmete Morgan auf. Sam hatte ihn mit ihrem Drängen so angestachelt, dass er einfach nur noch so schnell wie möglich und so tief, wie es ging, in sie dringen wollte. Und das hatte er getan. Es fühlte sich einfach so richtig an mit Sam. Als gehörte er hierhin, in ihren Körper, in ihr Bett, in ihr Leben. Vorsichtig begann er, sich zu bewegen, langsam erst, dann immer schneller. Sam kam jedem Stoß entgegen, klammerte sich mit beiden Armen an ihn.

Ihr offener Mund lag an seinem Hals, ihr heißer Atem strich über ihn. Die kleinen Töne, die sie ausstieß, machten ihn wahnsinnig. Verzweifelt presste er seinen Mund auf ihren, suchte mit seiner Zunge die ihre. Mit den Daumen strich er über ihre harten Brustwarzen, spielte mit ihnen, verführte sie. Sam hob ihre Hüften vom Bett, um ihm noch näher zu kommen. Und das kam sie. Morgan steigerte das Tempo noch einmal, stieß jedes Mal so tief in sie, wie es ging, erhöhte den Druck an ihrer empfindlichsten Stelle. Seine Zunge ahmte seine Bewegungen nach, steigerte ihre Erregung, bis sie Sterne vor den Augen sah. Gleich, gleich ...

Morgan erkannte, dass sie kurz vor dem Orgasmus war, verließ ihren Mund und fuhr mit seiner rauen Zunge über ihre steife Brustwarze. Mit einem Schrei erreichte Sam ihren Höhepunkt. Noch ein paar Mal drang er tief in sie, dann war auch er so weit. Jeder Muskel in seinem Körper spannte sich an, bevor er mit einem tiefen Stöhnen kam. Sams innere Muskeln zuckten um ihn herum, massierten seinen Schaft in ihr. Gott, er war bestimmt im Himmel! Aber wahrscheinlich gab es selbst da nichts, was dieser Erfahrung gleichkommen würde.

Morgens in der Dusche war der Sex fantastisch gewesen. Doch jetzt hatten sie sich geliebt. Nicht nur ihre Körper, sondern auch ihre Gefühle hatten sich entladen. Natürlich war das vorher auch schon so gewesen, aber er hatte bis jetzt gebraucht, um es zu bemerken. Es würde verdammt schwer werden, Sam gehen zu lassen, wenn das alles hier erst vorbei sein würde. Unwillkürlich tauchte er noch einmal tief in sie und erfreute sich an ihrem kleinen Seufzer. Matt und schläfrig ließ er sich auf sie sinken, den Kopf in ihrer Halsbeuge verborgen.

Eine Weile dösten sie, dann stemmte Morgan sich hoch und zog sich aus ihr zurück. Er unterdrückte den Impuls, sich gleich wieder in ihr zu vergraben, und wandte sich ab. Er entsorgte das Kondom, dann blickte er Sam an. Gesättigt und vor Zufriedenheit glühend lag sie quer auf dem Bett, ihre Beine noch auf dem Boden. Gott, er hatte sich benommen wie ein egoistischer Jugendlicher!

»Entschuldige.«

Erstaunt blickte Sam ihn an. »Wofür?«

»Dass ich mir nicht die Zeit genommen habe, es für dich schöner zu machen.«

Sam stützte sich auf ihre Ellbogen.

»Sehe ich so aus, als wäre es für mich nicht schön gewesen, als wäre ich nicht befriedigt?«

Morgans Blick wanderte zu ihren nackten Brüsten. Seine Stimme war heiser.

»Nein.«

»Stimmt. Denn ich bin befriedigt. Ich fühle mich, als wäre ich gerade sehr ausgiebig geliebt worden.«

Morgans Blick wurde heißer. »Das nennst du ausgiebig? Wenn ich irgendwann mal wieder die Kraft aufbringe, werde ich dir zeigen, was bei mir ausgiebig heißt.«

»Ist das ein Versprechen?« Man hörte das Lachen in ihrer Stimme.

»Ja.«

»Okay. Ich nehme dich beim Wort. Und jetzt komm ins Bett, dann können wir noch etwas schlafen, bevor wir wieder aufstehen müssen.« Sam rückte zur Seite, zog die Bettdecke unter sich hervor und hielt sie einladend hoch. Morgan ließ sich nicht zwei Mal bitten, sondern schlüpfte darunter, nachdem er das Licht ausgeschaltet hatte. Sam schmiegte sich sofort dicht an ihn, achtete aber darauf, seine Verletzungen nicht zu berühren. »Gute Nacht.«

Morgan schmunzelte, als er ihren gedehnten Tonfall hörte.

»Schlaf schön.«

XLVIII

Sam erwachte am nächsten Morgen vom Duft frisch gebrühten Kaffees und warmer Bagels. Sich ausgiebig streckend, stellte sie fest, dass sie sich lange nicht so gut gefühlt hatte. Wahrscheinlich lag das daran, dass sie endlich mal wieder richtig gut geschlafen hatte. Sie fühlte sich ausgeruht und erfrischt, bereit, einen neuen Tag zu beginnen. Vor sich hinsummend schob sie ihre Beine aus dem Bett und stand auf. Lächelnd suchte sie ihre Kleidung zusammen, die sie gestern Abend überall im Zimmer verteilt hatten. Sie hatte Sex immer gemocht, aber mit Morgan war es anders. Immer wenn sie ihn sah, überkam sie das Verlangen, ihn zu berühren, zu schmecken, ihn in sich aufzunehmen. Gott, sie brauchte nur an ihn zu denken, und schon wollte sie ihn wieder haben. Es war ein Glücksfall, dass es Morgan in ihrer Nähe scheinbar genauso ging. Und da sie jetzt außer Gefahr waren, konnten sie sich auch ruhig ein bisschen gehen lassen und den ganzen Tag nur das tun, wozu sie Lust hatten.

Sie bekam jetzt noch eine Gänsehaut, wenn sie daran dachte, was Morgan alles mit ihr angestellt hatte. Und sie mit ihm. Sie hätte nie gedacht, dass hinter seiner ruhigen Fassade ein solcher Vulkan brodelte. Erste Anzeichen davon hatte sie entdeckt, als sie ihn unter der Dusche überrascht hatte. Aber das war nur die Spitze des Eisbergs gewesen. Sam zweifelte nicht daran, dass er sehr viel für sie empfand, wo er sich bei ihr so gehen lassen konnte. Nachdem sie sich angezogen hatte, öffnete sie die Schlafzimmertür und trat ins Wohnzimmer. Der Kaffeegeruch war hier stärker, und sie atmete tief durch. Echter, frisch gemahlener Kaffee! Sie hätte nicht gedacht, dass Morgan auf so etwas Wert legen würde. Was nur zeigte, wie wenig sie von ihm wusste. Aber sie hatte vor, das in den nächsten Tagen und Wochen zu ändern. Sie lächelte, als sie Morgan vor dem Fenster entdeckte. In eigener, passender Jeans und im T-Shirt sah er gleich viel besser aus als in den geliehenen, zu langen und zu engen Hosen. Als hätte er sie gehört, drehte sich Morgan plötzlich um. In der Hand hielt er eine dampfende Kaffeetasse. Sein Blick erwärmte sich, als er sie sah. Ein Lächeln umspielte seine Lippen.

»Guten Morgen. Ich hoffe, ich habe dich nicht geweckt.«

Sam ging zu ihm und gab ihm einen Kuss. Automatisch legte sich sein Arm um sie, und er zog sie näher an sich.

»Nein, ich denke, ich war wohl ausgeschlafen. Aber der Geruch nach Kaffee und Bagels war zu verführerisch, um noch länger im Bett zu bleiben. Wo hast du die Sachen eigentlich her? Warst du etwa schon einkaufen?«

»Ja, ich war beim Supermarkt zwei Straßen weiter. Möchtest du jetzt frühstücken?«

»Gerne. Ich gehe nur erst noch kurz ins Bad. Eine Minute, höchstens.«

Morgan lachte. »Lass dir ruhig Zeit.«

»Nein, dann verhungere ich. Schließlich habe ich in der Nacht jede Menge Kalorien verbrannt.«

Morgan blickte sie abschätzend an. »Okay. Wir essen erst und dann …«

Lachend verschwand Sam im Bad und schloss die Tür hinter sich.

Gut gelaunt schenkte Morgan eine zweite Tasse Kaffee ein und stellte sie auf den Tisch. Er war froh, dass Sam sich so gut erholte. Dass sie lachen und mit ihm scherzen konnte. Beinahe wäre all das vorbei gewesen … Ruckartig riss er sich aus diesen Gedanken. Nicht schon wieder! Es ging ihr gut, ihnen beiden, und das war die Hauptsache. Er wollte sich heute nicht die Laune verderben lassen. Endlich war er wieder zu Hause, in seinen eigenen vier Wänden, konnte seinen eigentlichen Namen benutzen. Und bald wäre auch seine Haarfarbe wieder die alte: Er hatte sich vorhin im Supermarkt ein Haarfärbemittel in seinem Farbton gekauft. In ein paar Stunden würde er wieder der echte Morgan Spade sein! Hoffentlich gefiel er Sam dann immer noch. Obwohl, wenn sie ihn mit seinem derzeitigen Aussehen scheinbar erregend fand, würde sie ihn danach sicher auch noch anschauen. Schlimmer als im Moment konnte er gar nicht aussehen.

Er ging zum Telefon und hob den Hörer an sein Ohr. Nach kurzem Zögern wählte er die Nummer seines Bruders. Sein Hals schnürte sich zu, während er darauf wartete, dass Joe sich meldete.

»Spade.«

Morgan räusperte sich. »Hier auch.«

Kurze Stille, dann schien Joe sein Erstaunen überwunden zu haben.

»Das wurde aber auch Zeit! Seit Wochen versuche ich jetzt schon, dich zu erreichen. Was ist los mit dir?«

Morgans Mundwinkel bog sich nach oben.

»Ja, ich finde es auch schön, mit dir zu sprechen.«

Joe blies hörbar die Luft aus. »Ich habe wirklich schon den Flug nach Denver gebucht. Warum hast du dich nicht bei mir gemeldet?«

»Es tut mir Leid, Joe. Es gab gewisse Umstände, sodass ich mich nicht bei dir melden konnte.«

»Was für Umstände?«

»Das werde ich dir irgendwann in Ruhe erklären, vorzugsweise nicht am Telefon.«

Stille. »Geht es dir gut?«

Morgan runzelte die Stirn. Er mochte nicht lügen, aber wenn er Joe die Wahrheit sagte, würde er sich nur Sorgen machen.

»Ja.«

»Das dauerte ein bisschen zu lange. Ich komme.«

»Nein, Joe, das brauchst du wirklich nicht. Jetzt ist alles in Ordnung.« Zumindest bald.

»Und wenn ich kommen will?«

Morgan seufzte. Was sollte er dazu schon sagen?

»Dann kann ich dich wohl kaum daran hindern.«

»Genau. Ich buche meinen Flug auf nächsten Freitag um. Und dann erwarte ich Erklärungen.«

»Aye, aye, Sir!«

Zum ersten Mal lachte Joe. Für Morgan eine Erinnerung an ihre Jugend, an die Jahre, die sie zusammen verbracht hatten.

»Warum nicht gleich so. Ich freue mich, Morgan.«

Morgan schluckte den Knoten hinunter, der in seinem Hals saß.

»Ich auch. Bis Freitag.« Er legte den Hörer auf. Dann ging er zu seinem Stuhl und ließ sich darauf sinken. Nur langsam wich der Druck in seiner Brust und hinter seinen Augen.

Sam wirkte frisch und leuchtend, als sie sich zu ihm setzte. Vielleicht sah sie normalerweise auch immer so aus, und er hatte sie bloß wegen der Umstände noch nie so gesehen. Aber es gefiel ihm besser, sich vorzustellen, dass es an der wundervollen Nacht lag, dass sie jetzt so strahlte. Ihm ging es jedenfalls so. Er hielt ihr den Korb mit den frischen Bagels hin und wartete, bis sie sich bediente.

»Danke.« Sie hob die Tasse hoch und trank einen Schluck. »Hmmm, du trinkst frisch gemahlenen Kaffee?«

»Nur ab und zu. Meistens habe ich einfach nicht die Zeit dafür. Aber ich dachte, demnächst haben wir beide genug Zeit und können es uns gut gehen lassen.«

Sam lächelte. »Eine gute Idee.« Sie nahm noch einen Schluck.

Eine Weile genossen sie schweigend das Frühstück. Dann hielt Sam es nicht mehr aus.

»Hast du schon mit deinem Bruder gesprochen?«

»Ja.«

»Und, was hat er gesagt?«

»Ich habe versucht, meinen Bruder zu überzeugen, dass es mir gut geht, aber er scheint mir nicht glauben zu wollen.« Er verzog den Mund. »Er hat sich für nächsten Freitag angemeldet.«

»Das ist doch toll! Wie lange hast du ihn schon nicht mehr gesehen?«

Morgan räusperte sich. »Seit Maras Beerdigung.«

»Dann wird es ja langsam Zeit, dass ihr euch mal wieder trefft.«

Morgan versuchte ein Lächeln. »Ich weiß, aber leichter wird es dadurch auch nicht. Wir werden uns bestimmt beide daran erinnern, was … was geschehen ist, als wir uns das letzte Mal gesehen haben.« Seine Stimme wurde noch leiser. »Ich weiß nicht, ob ich das durchstehe.«

Sam langte über den Tisch und hielt seine Hand.

»Ich bin bei dir, wenn du das möchtest.«

Mit feuchten Augen blickte er sie dankbar an.

»Das wäre schön.«

Sam konnte sich vorstellen, wie Morgan sich fühlte. Um die Stimmung wieder aufzuheitern, schlug sie ein anderes Thema an.

»Was machen wir heute?«

Morgan war dankbar für den Themenwechsel.

»Ich werde mir die Haare färben.«

»Soll ich dir dabei helfen?«

Morgan schüttelte den Kopf. »Nein, danke. Das schaffe ich schon.« Er grinste. »Außerdem soll es ja eine Überraschung werden.«

»Na, da bin ich aber gespannt.«

Der Rest des Frühstücks verlief entspannt. Sie unterhielten sich über ihre jeweiligen Berufe, Hobbys und alles, was ihnen interessant erschien. Später erhob Morgan sich und ging ins Bad, um sich die Haare zu färben, während Sam weiter am Tisch sitzen blieb und die Ruhe des Morgens genoss. Sie frühstückte zu Ende und stand dann auf, um den Tisch abzuräumen und das Geschirr in die Spülmaschine zu stellen. Sie hatte gerade die Tüte mit den restlichen Bagels in der Hand, als Morgan zurück ins Zimmer kam. Sams Mund öffnete sich, doch es kam kein Ton heraus. Die Tüte fiel aus ihren plötzlich kraftlosen Fingern. Morgan war durch ihre Reaktion ein wenig verunsichert. Sein Lächeln war fast schüchtern.

»Was sagst du dazu?«

Sam schloss den Mund und versuchte, ihre Sprache wiederzufinden.

»Blond?« Es war mehr ein Quietschen.

»Ja. Hast du etwas dagegen?«

Sam angelte sich einen Stuhl und ließ sich darauf sinken.

»Ja. Nein.« Sie holte tief Luft. »Sagtest du nicht, du wolltest deine richtige Haarfarbe wieder annehmen?«

»Das ist sie.«

Erneut war Sam sprachlos. Er war *blond*? Irgendwie hatte sie sich immer vorgestellt, dass er dunkles Haar hatte. Aber die Farbe, die es jetzt hatte, war eindeutig blond, und nicht etwa irgendein schmutziges Blond, sondern eine reine, leuchtende Farbe. Plötzlich erinnerte sie sich an das Foto von seiner Schwester. Sie hatte darauf genau die gleiche Haarfarbe gehabt. Jetzt verstand sie auch, warum er seine Haare überhaupt erst gefärbt hatte. Langsam ging sie auf ihn zu. Dicht vor ihm blieb sie stehen und strich mit ihren Fingern durch seine noch leicht feuchten Haare.

»Und rasiert hast du dich auch.«

»Ja. Eigentlich hättest du an meinen Bartstoppeln auch erkennen können, was für eine Haarfarbe ich habe.«

»Stimmt. Aber irgendwie habe ich darüber gar nicht nachgedacht.«

»Das habe ich bemerkt.«

Sam zupfte strafend an einer Haarsträhne. Sie trat einen Schritt zurück, als ihr plötzlich etwas anderes einfiel.

»Aber die Haare am Rest deines Körpers sind dunkel.« Sie grinste. »Das weiß ich genau.«

Morgan errötete. »Ja, gefärbt. Ich hatte Angst, dass jemand merken würde, dass meine Haare gefärbt sind, wenn ich nur auf dem Kopf dunkle Haare habe.«

»Hmhm. Und, hat jemand nachgeschaut?« Sam hielt den Atem an, während sie auf seine Antwort wartete. Eifersucht durchzuckte sie, als sie darüber nachdachte, dass Morgan sich mit anderen Frauen vergnügt haben konnte. Er hatte sie zu der Zeit zwar noch nicht gekannt, aber das änderte nichts an ihren Gefühlen.

»Ja.« Sams Augen verengten sich gefährlich. Morgan lachte und zog sie in seine Arme. »Im Fitnessstudio.« Er blickte ihr tief in die Augen und wurde ernst. »Seit Maras Tod hatte ich keine Beziehung mehr zu einer Frau. Ich hatte keinerlei Verlangen in mir.« Er schüttelte den Kopf. »Zumindest bis ich dich traf. Seitdem haben meine Hormone einfach keine Ruhe mehr gegeben.«

Sam blickte ihn forschend an. »Also habe ich nur dazu gedient, dein zu lange angestautes Verlangen zu befriedigen?«

Morgan schaute sie missbilligend an. »Du weißt, dass es nicht so war.«

»Weiß ich das?«

»Du solltest es zumindest.« Er fuhr sich erregt mit der Hand durch die Haare. »Himmel, nach allem, was wir zusammen erlebt haben, glaubst du wirklich, dass ich nur einen willigen Körper in dir gesehen habe?«

Sam blieb stumm.

Morgan zweifelte daran, dass er jemals verstehen würde, wie Frauen dachten.

»Eigentlich habe ich versucht, mich von dir fern zu halten, Sam. Aber das konnte ich nicht. Natürlich lag das zum Teil an meinen Hormonen, aber vor allem daran, dass ich dich einfach so furchtbar gern in den Arm nehmen und halten wollte. Deine Nähe spüren und dafür zu sorgen, dass du in Sicherheit bist. Hätte ich einfach nur meine Gelüste befriedigen wollen, hätte ich in Grand Junction bestimmt eine Frau finden können, mit der ich hätte Sex machen können, ohne sie je wiederzusehen. Aber ich wollte dich, nur dich!«

Viel mehr als seine Worte überzeugte Sam der Ausdruck in seinen Augen. Er sagte ihr die Wahrheit. Dennoch bezweifelte sie, dass er wusste, was er überhaupt für sie empfand. In seinen Augen stand Verlangen, aber auch Zuneigung und Unsicherheit. Sie konnte sich vorstellen, dass er nach dem Verlust seiner Eltern und jetzt auch seiner Schwester Angst hatte, noch einmal jemanden zu lieben. Vielleicht konnte er auch nicht mehr lieben. Oder er konnte *sie* nicht lieben. Sam verzog den Mund. Keine schöne Vorstellung, vor allem da sie sich inzwischen sicher war, dass sie ihn liebte. Nun, im Moment konnte sie nichts anderes tun als abwarten, wie sich ihre Beziehung entwickelte. Um auf andere Gedanken zu kommen, zupfte sie ihn erneut an den Haaren.

»Willst du die Haare so lang lassen, oder soll ich sie dir schneiden?«

Morgan zog eine Augenbraue hoch. »Kannst du das denn?«

»Ich bin kein Starfriseur, aber meine Haare schneide ich mir auch manchmal, wenn ich keine Zeit oder Lust habe, zu einem Frisör zu gehen.«

Zweifelnd blickte er auf ihre zerzauste Frisur. Sam lachte, als sie seinen Gesichtsausdruck sah. Sachte schob sie ihn in Richtung Badezimmer.

»Sieh es mal so: Schlimmer als jetzt kann es eigentlich gar nicht werden.«

Morgan konnte ihr insgeheim nur zustimmen. Also holte er eine Schere, während sie einen Stuhl ins Bad stellte. Kurz darauf schnippelte sie munter drauflos.

»Wie kurz willst du sie?«

»Ungefähr wie deine. Über den Ohren und im Nacken kurz, oben drauf etwas länger.«

»Wird gemacht, Chef.«

Morgan lehnte sich im Stuhl zurück und schloss die Augen. Sams sanfte Finger in seinen Haaren fühlten sich so gut an, dass er fast vor Behagen schnurrte. Nach kurzer Zeit war es ihm egal, was sie mit seinen Haaren anstellte. Er hoffe nur, dass sie noch lange so weitermachte.

XLIX

»Fertig!« Mit einem Handtuch strich Sam ein paar Mal über sein Gesicht, um abgeschnittene Haare zu entfernen, dann trat sie zufrieden zurück. Morgan hatte so schöne, kräftige Haare, da fiel es gar nicht weiter auf, dass sie kein Profi war. Sie blickte zu ihm hinunter und sah, dass er immer noch die Augen geschlossen hatte. »Du kannst jetzt gucken, so schlimm ist es wirklich nicht geworden.«

Morgan gab einen Seufzer von sich, dann hoben sich seine Lider. So entspannt hatte er sich schon lange nicht mehr gefühlt. Sam musste wirklich magische Hände haben. Als er sein Spiegelbild fixierte, weiteten sich seine Augen.

»Hey, das sieht gut aus!« Im Spiegel trafen sich ihre Blicke. Sam lächelte ihn freudig an. »Ich glaube, ich werde dich als meine persönliche Friseuse hier behalten.«

Sam strich über seine nackten Schultern. »Sicher, dass du mich nur dafür brauchst?«

»Oh, ich denke, mir würden da noch ein paar andere Sachen einfallen.«

Lachend entfernte Sam sich von ihm.

»Gut, ich denke nämlich nicht, dass deine Haare schnell genug wachsen, um öfter als einmal im Monat geschnitten zu werden.« Sie blickte sich suchend um. »Wo hast du einen Besen?«

Morgan schob sie aus dem Bad.

»Ich mache das. Such doch schon mal alles zusammen, was du brauchst, dann machen wir gleich einen kleinen Ausflug in die Läden der Umgebung.«

Kurze Zeit später waren sie bereits unterwegs, kauften Essen und Kleidung und alles, was Sam in den nächsten Wochen gebrauchen konnte. Sam nutzte auch die Gelegenheit, Cathy anzurufen und ihr zu versichern, dass es ihr gut ging. Einige Minuten später hängte sie auf. Eine Weile stand sie vor dem Telefon und starrte blicklos vor sich hin. Eine große Hand legte sich auf ihre Schulter. Erschrocken drehte sie sich herum. Sie atmete erleichtert auf, als sie sah, dass Morgan vor ihr stand.

»Alles in Ordnung?«

Erneut schluckte sie. »Ja.« Mit einem Ruck riss sie sich aus ihren trüben Gedanken. »Cathy war sehr erleichtert, dass ich mich endlich gemeldet habe und es mir gut geht. An der Universität herrscht wohl gerade Chaos. Sie musste sogar meine Vorlesungen übernehmen.« Sam schluckte schwer. »Und es ist jemand bei ihr eingebrochen. Zum Glück hat sie nicht dort übernachtet. Aber als sie am nächsten Morgen ein paar Sachen holen wollten, kam der Einbrecher gerade aus der Wohnung.«

»Mein Gott, ist jemand verletzt?«

Sam schüttelte den Kopf. »Nein, zum Glück nicht. Es ist auch nichts gestohlen oder zerstört worden, aber der Mann konnte entkommen.«

»Verdammt, ich wollte nicht, dass ihr da alle mit hineingezogen werdet!«

Sam berührte mit ihrer Hand seine glatte Wange.

»Ich weiß.« Sams Herz schlug schneller, als er ihr einen sanften Kuss in die Handfläche drückte. Bedauernd entfernte sie schließlich ihre Hand. »Ich denke, ich werde auch noch schnell meine Eltern anrufen, damit sie sich keine Sorgen machen.«

Das tat sie dann auch und hängte nach weiteren fünf Minuten erschöpft auf. Morgan lehnte an seinem Wagen und beobachtete, wie sie auf ihn zukam. Röte überzog ihre Wangen, ihre Augen glitzerten.

»Ist etwas passiert?«

»Nein. Meine Mutter könnte wirklich der Polizei noch einiges an Verhörpraktiken beibringen. Sie wollte wissen, wo ich bin, mit wem, für wie lange, was ich dort mache etc. etc. Natürlich konnte ich ihr nicht sagen, wo ich bin, und mit wem auch nicht. Also habe ich nur gesagt, dass ich mit einem Freund Urlaub mache. Natürlich ist sie gleich darauf angesprungen und hat uns praktisch verlobt. Und sie hat mir lang und breit erzählt, wie froh sie darüber ist, dass ich endlich den Mann meines Lebens gefunden habe.« Sie blickte Morgan an, konnte seinen Gesichtsausdruck aber nicht deuten. »Tut mir Leid.«

Morgan lächelte sie an. »Aber wieso denn, es ist ja nicht deine Schuld. Außerdem kann ich mir wesentlich Schlimmeres vorstellen, als der Mann deines Lebens zu sein.«

Langsam legte Cathy den Hörer zurück auf die Gabel, ihr feuchter Blick traf auf Toms.

»Gott sei Dank, es geht ihr gut!«

Tom lächelte. »Großartig. Was hat sie sonst gesagt?«

»Nicht viel, nur dass es ihr gut geht und sie in Sicherheit ist.« Nachdenklich kaute Cathy auf ihrer Unterlippe. »Sie hat ›wir‹ gesagt.«

»Wir?«

»Ja. Es klang so, als wäre sie mit jemandem zusammen. Mehr konnte ich nicht aus ihr herausbekommen.« Sie blickte Tom an. »Ich hoffe, sie hat auch jemanden zur Seite, der auf sie aufpasst und sich um sie kümmert, so wie ich.«

Tom strich mit einem Finger über ihre Wange.

»Das hoffe ich auch. Zu zweit ist vieles leichter zu ertragen.«

Cathy seufzte. »Wem sagst du das.« Dann riss sie sich zusammen. »So, ich muss jetzt aber wirklich weiterarbeiten. Ich fürchte, ich werde drei Kurse von Marsh übernehmen müssen.«

»Du Ärmste. Welche?« Er trat hinter sie und studierte den Studienplan. Seine Miene verdüsterte sich. »Einer davon ist mein Kurs.« Er trat ein paar Schritte zurück.

Cathy drehte sich zu ihm um. »Wirklich? Welcher denn? Vielleicht kann ich den Kurs an jemand anderen abgeben.«

»Fauna im Paläozoikum.«

Cathy rieb sich die Stirn. »Mist, nein, da kann ich nichts machen. Keiner der anderen kennt sich in dem Fach gut genug aus, um Vorlesungen zu halten.« Sie blickte Tom an. »Und jetzt?«

»Jetzt tritt das ein, was ich eigentlich vermeiden wollte: Ich werde meine Gefühle unterdrücken müssen und darf dich nicht mehr berühren.«

Fassungslos blickte Cathy ihn an.
»Wie bitte? Das kannst du nicht machen!«
Tom sah sie traurig an. »Ich muss. Du würdest deinen Job verlieren, wenn jemand erfahren würde, dass wir ein Verhältnis haben. Das können wir nicht riskieren.«
»Es muss ja niemand erfahren.«
»Die Gefahr will ich nicht eingehen, dafür bist du mir viel zu wichtig.« Seine Stimme wurde sanfter. »Es ist ja nur noch für die nächsten anderthalb Monate, solange die Vorlesungen noch laufen. Danach können wir machen, was wir wollen.«
Cathy vergrub ihr Gesicht in ihren Händen und stöhnte.
»Verdammt, jetzt tut es mir fast Leid, dass ich schon mit dir geschlafen habe.«
»Mir nicht.«
Toms ruhige Antwort ließ Cathy wieder aufblicken.
»Mir natürlich auch nicht. Aber es wäre viel leichter, darauf zu verzichten, wenn ich nicht schon wüsste, wie es ist, mit dir zu schlafen. Wie gut wir zusammenpassen, welche Gefühle du in mir auslöst.«
Tom trat neben sie, beugte sich herunter und küsste ihre Stirn.
»Ich weiß.« Er entfernte sich wieder von ihr. »Aber wir werden es schaffen.«
»Vermutlich. Ich hoffe nur, du willst mich in ein paar Wochen auch noch haben.«
Tom lächelte gequält. »Daran besteht kein Zweifel.«
Cathy setzte sich ruckartig auf.
»Wie regeln wir das mit der Unterkunft?«
»Gute Frage.« Er überlegte kurz. »Da du erst mal nicht in deine Wohnung zurück kannst, schlage ich vor, dass du in meiner Wohnung bleibst, während ich bei einem Freund unterkomme. Nur solange noch Gefahr besteht. Ich werde dir mit meinem Jeep überallhin folgen, sicherstellen, dass du in der Wohnung sicher bist, und mich dann zurückziehen. Was hältst du davon?«
Cathy verzog den Mund. »Gefällt mir gar nicht.« Sie blickte ihn flehend an. »Könnte ich nicht auf deiner Couch schlafen? Ich möchte ungern nachts alleine sein. Es könnte mir ja jemand folgen, warten, bis ich allein bin, und dann zuschlagen.« Sie schauderte.

Toms Miene wirkte gequält. Es behagte ihm gar nicht, Cathys Karriere durch so etwas zu gefährden. Aber wie konnte er sie alleine lassen, wenn sie vielleicht in Gefahr schwebte? Die Polizei hatte niemanden übrig, den sie zu ihrem Schutz abstellen konnte, und Cathy vertraute keinem, den sie nicht kannte. Seufzend fügte er sich in sein Schicksal. Es würde eine höllische Zeit werden, so viel war klar. Sie nicht zu berühren, während sie mit ihm in seiner Wohnung lebte, würde verdammt schwer werden.

»In Ordnung. Aber wir müssen weiter mit beiden Autos fahren, damit es nicht so auffällt, wenn wir zur gleichen Zeit kommen und gehen.«

Cathy lächelte ihn zaghaft an. »Okay. Danke.«

Tom nickte und ging zur Tür. Er musste dieses Zimmer verlassen, bevor er Cathy in seine Arme riss. Ihre Stimme hielt ihn auf.

»Oh, Tom …«

Er drehte sich um und blickte sie fragend an.

»Da ich ja noch nicht offiziell deine Ausbilderin bin … Könntest du mich wohl noch einmal küssen, bevor du gehst?«

Tom fühlte sich, als hätte er einen Schlag in den Magen bekommen. Mit einer Hand hielt er sich am Türgriff fest, damit er sich nicht auf Cathy stürzte.

»Ich glaube nicht, dass das so eine gute Idee ist.«

Cathy stand auf und kam mit glitzernden Augen auf ihn zu.

»Ich aber.«

Ihre raue Stimme brachte ihn fast um den Verstand. Er fühlte, wie ihm der Schweiß auf der Stirn ausbrach und seine Armmuskeln sich verkrampften. Gott, was würde er dafür geben, sie noch einmal im Arm zu halten … Und dann umarmte er sie, zog sie fest an sich. Ihre Arme schlangen sich um seinen Hals, während ihr Mund sich zu einem verzweifelten Kuss auf seinen legte. Die Leidenschaft überwältigte sie beide, und erst Minuten später lösten sie sich schwer atmend voneinander.

»15. Juli. Das ist der Tag der letzten Vorlesung. Danach sind wir frei und können tun und lassen, was wir wollen.« Cathys Stimme brach.

»Ja. Und ich weiß auch schon, was ich als Erstes machen werde.« Er klang auch nicht sehr fest.

»Was denn?«

Ein Grinsen überzog sein Gesicht. »Das verrate ich dir dann.« Damit verließ er schnell ihr Büro.

L

Cathy stand einige Meter von der Grube entfernt, in die gerade der weiße, geschmückte Sarg von Professor Marsh gesenkt wurde. Die Trauerfeier in der kleinen Kapelle war glücklicherweise nur kurz gewesen. Außer den Mitarbeitern des Instituts, einigen Studenten und drei Mitgliedern von Marshs Familie war niemand anwesend. Zwei oder drei Polizisten in Zivil hielten sich natürlich in der Nähe auf, um zu sehen, ob der oder die Täter sich vielleicht blicken ließen. Sie rechneten nicht wirklich damit, aber sie mussten sichergehen. Unbeirrbar glitt Cathys Blick wieder zu Tom zurück, der bei der Gruppe der Studenten stand. Auch er schien sie ständig im Auge zu behalten. Jedes Mal, wenn sich ihre Blicke trafen, sprühten Funken. Aber sie hatten es tatsächlich geschafft seit dem letzten Kuss in ihrem Büro, die Finger voneinander zu lassen. Was allerdings eher Toms Verdienst war. Es schien, als wäre sie selbst zu schwach, sich gegen ihre Gefühle zu wehren.

Tom war es gelungen, sich irgendwo eine Luftmatratze zu besorgen, und darauf schlief er jetzt, während sie in seinem Bett lag. Allerdings wäre ihr die Matratze fast lieber, denn im Bett wurde sie ständig an ihr Zusammensein dort erinnert, in allen Details. Noch gestern war sie dort mit ihm glücklich gewesen und war schließlich eng an ihn geschmiegt eingeschlafen. Heute Abend würde sie auf jeden Fall das Bett neu beziehen, damit sie wenigstens nicht mehr durch den Geruch an ihr Liebesspiel erinnert wurde. Energisch versuchte sie, ihre Gefühle beiseite zu schieben und sich darauf zu konzentrieren, was um sie herum passierte.

Marshs Mutter warf gerade heftig schluchzend eine weiße Rose auf den Sarg und verließ, gestützt von ihrem Neffen, die Grabstätte. Nacheinander warfen alle Blumen oder ein wenig Erde auf den Sarg und verließen rasch den Friedhof. Sogar das Wetter passte zum Anlass, eine dichte Wolkendecke hatte sich drohend über die Stadt gelegt, und es schien, als würde es jeden Moment anfangen zu regnen. Das entsprach absolut ihrer momentanen Stimmung. Der einzige Lichtblick war, dass es Sam scheinbar gut ging und sie in Sicherheit war. Alles andere, wie die Mehrarbeit durch Marshs Tod, Sams Abwesenheit, die Bedrohung durch Unbekannte, die momentane Pause in ihrer Beziehung zu Tom, ging ihr wirklich gehörig gegen den Strich. Sie war es gewöhnt, unabhängig zu sein, tun und lassen zu können, was sie wollte. Im Moment wurde sie jedoch von allen Seiten gezwungen, etwas zu machen, was sie nicht wollte.

Angewidert von sich selbst schüttelte sie den Kopf. Sie erging sich hier in Selbstmitleid, während Marsh tot war. Er würde sich nie wieder über etwas freuen oder ärgern können. Bei dem Gedanken wuchs der Druck in ihrer Kehle. Mit brennenden Augen starrte sie in das Grab, bevor sie ihre Blume auf den Sarg fallen ließ. Schnell drehte sie sich um und marschierte über die Rasenfläche zur Straße, wo ihr Wagen stand. Sie wollte nur weg von diesem kalten, traurigen Ort. Ein Schauder lief über ihren Rücken, und sie beschleunigte ihren Schritt. Plötzlich fühlte sie eine Person hinter sich. Bevor sie sich umdrehen konnte, ging Tom schon neben ihr.

»Wie geht es dir?«

Sie blickte ihn kurz von der Seite an und senkte dann wieder den Blick.

»Gut, und dir?«

»Auch.« Er berührte kurz ihren Arm, dann steckte er seine Hand schnell wieder in seine Hosentasche. »Fährst du jetzt gleich zu meiner Wohnung?«

»Ja, das hatte ich vor.«

Er nickte. »Gut. Wir sehen uns dann dort.« Damit strebte er mit langen Schritten in Richtung seines Jeeps.

Cathy blieb stehen und blickte ihm hinterher. Wie machte er das? Sie hatte ihre Hände zu Fäusten geballt, damit sie ihn nicht anfasste, und er ging einfach so weg? Vielleicht sehnte er sich einfach nicht so nach ihr wie sie sich nach ihm. Cathy schüttelte den Kopf. Unsinn. Sie hatte ihn schon mehrfach dabei erwischt, wie er sie mit einem so sehnsüchtigen Blick angesehen hatte, dass sie dabei fast geschmolzen wäre. Sie sollte ihn für seine Willenskraft bewundern und nicht an seinen Gefühlen zweifeln. Cathy schnaubte. Ja, sicher.

Bereits eine Woche war vergangen, und sie hatten immer noch keine Spur, die zu den Vermissten führte. Immerhin hatte Gerald herausgefunden, dass Frank Tanner ein falscher Name war. Denn bei genauerer Betrachtung des Ausweises, den sie in Franks Geldbörse gefunden hatten, war es offensichtlich, dass es sich um eine Fälschung handelte. Gerald war stinksauer gewesen, dass er damals, als Frank zu der Gruppe gestoßen war, nicht genauer nachgeprüft hatte, wer er war. Er hatte ihnen befohlen, das Zimmer auseinander zu nehmen, das Frank gemietet hatte, und alle seine Sachen bis ins Kleinste zu durchsuchen. Und das hatten sie auch getan. Sie hatten nichts entdeckt, was über seine wahre Identität Aufschluss gegeben hätte, aber das war auch nicht zu erwarten gewesen. Nur ein Idiot würde sich in Geralds Bande einschleichen und dann etwas Belastendes hinterlassen. Frank war vielleicht naiv gewesen zu glauben, er könnte in Geralds Büro einbrechen, ohne entdeckt zu werden, aber blöd war er nicht. Was sie schon daran gesehen hatten, dass er ohne eine Spur zu hinterlassen einfach verschwunden war.

Chuck spielte mit der Geldbörse, während er überlegte, wie er Franks Versteck herausfinden konnte. Es war längst kein Geld mehr darin, nur eine alte Telefonkarte, eine Visitenkarte von Gerald und einige alte Zettel. Er wollte sie gerade zuklappen und wegwerfen, als sein Finger gegen etwas stieß. Nach einigem Probieren gelangte er schließlich in ein Geheimfach. Neugierig zog er den Gegenstand heraus, der darin steckte. Ein Foto! Chuck verzog den Mund, als ihm das Gesicht eines jungen Mannes entgegenblickte. Stand Frank etwa auf Männer? Er wollte das Foto gerade weglegen, als es ihn wie ein Blitz durchfuhr. Er kannte diesen Mann! Wo hatte er ihn nur gesehen? Grübelnd rieb er sich das Gesicht und zuckte zusammen. Ein Pflaster zierte seine Nase, und die Region um sein Auge war immer noch sehr sensibel. Er musste das Gesicht einordnen, um entscheiden zu können, ob es wichtig war. Er brauchte jetzt unbedingt einen Durchbruch, wenn er noch am Leben bleiben und von Gerald White loskommen wollte. Angestrengt starrte er darauf, bis sein Blick unscharf wurde und seine Augen anfingen zu tränen. Gerade wollte er es entmutigt zur Seite legen, als es ihm einfiel.

»Heilige Scheiße!«

Er sprang auf und stürzte aus seinem Geschäft. In der Tür rannte er fast Eddie um. Der konnte sich gerade noch mit einem Sprung zur Seite retten.

»Was ist? Chuck, warte doch!«

Aber Chuck hörte ihn nicht mehr, sondern rannte aus dem Gebäude zu seinem Auto, das Foto in der Hand. Erstaunt blickte Eddie ihm nach. Irgendetwas Wichtiges ging hier vor, da musste er dabei sein. Er sprang in sein Auto, gab Gas und folgte ihm.

Am Tor holte er ihn ein. Hinter Chuck fuhr er auf den Parkplatz vor Geralds Villa und stieg aus. An der Tür traf er mit Chuck zusammen.

»Was ist denn mit dir los?«

Chuck drehte sich mit weißem Gesicht zu ihm um. Er hielt das Foto hoch.

»Dieses Foto war in Franks Geldbörse.«

»Frank? Redest du von Frank Tanner? Und was ist darauf?«

Aber Chuck hatte sich schon umgedreht und strebte dem Butler hinterher, der ihn zu Geralds Arbeitszimmer führte. Eddie eilte ihm nach und trat gerade noch ins Zimmer, bevor der Butler ihm die Tür vor der Nase zumachen konnte.

Verärgert durch die Störung blickte Gerald auf.

»Was wollt ihr?«

Wortlos legte Chuck das Foto auf seinen Schreibtisch. Gerald runzelte beim Betrachten die Stirn.

»Was …?« Er brach ab, als er das sah, was auch Chuck entdeckt hatte. »Himmeldonnerwetter noch mal.« Er blickte zu Chuck auf. »Wo hast du das gefunden?«

»In Franks Geldbörse.«

Unter seiner gebräunten Haut wurde Gerald blass, seine Hand zitterte leicht. Was machte Frank mit einem Foto von

Joe Spade, dem Bruder von Mara? Das konnte kein Zufall sein. Irgendwo musste es da eine Verbindung geben.

Chuck mischte sich ein. »Ich habe mir noch mal die Geldbörse angesehen und das Foto dabei gefunden. Das ist doch der Bruder von Mara, der ihre Sachen hier abgeholt hat, oder?«

Gerald nickte grimmig. »Ja. Nur dass er darauf jünger ist.« Er atmete tief durch und lächelte dann. »Da muss es eine Verbindung geben. Ich dachte die ganze Zeit, dass Franks Einbruch etwas mit den Drogengeschäften zu tun hatte. Aber vielleicht waren wir da auf einer ganz falschen Fährte.« Er hob den Telefonhörer an sein Ohr und wählte eine Nummer. »Jetzt haben wir einen Hinweis. Ich werde meine Spezialisten daransetzen.« Er winkte zur Tür hin. »Ihr könnt jetzt gehen. Ich kümmere mich darum. Wenn ich herausgefunden habe, wer er ist und wo er jetzt ist, dann werdet ihr den Transporter nehmen und ihn hierher bringen. Und wenn das Mädchen dabei ist, bringt sie auch mit.«

»Wird gemacht, Boss.«

»Und diesmal, wenn es geht, ohne irgendwelche Zwischenfälle, klar?«

»Alles klar.«

Eine Stunde später hatten Geralds Spezialisten herausgefunden, dass Mara zwei Brüder gehabt hatte. Außerdem hatten sie ein Foto von dem zweiten Bruder, Morgan Spade, besorgt. Trotz der blonden Haare war es sofort klar, dass es sich um Frank Tanner handelte. Gerald fragte sich, wie er die Ähnlichkeit zu Mara hatte übersehen können. Frank hatte zwar die Haare dunkel gefärbt, aber trotzdem sah er Mara noch ähnlich. Es war kein Problem, die Adresse von Morgan Spade herauszufinden. Ein Anruf bei seinem Kontakt in der Behörde für Sozialversicherung genügte. Gerald schickte Chuck und Eddie auf den Weg nach Denver mit der Adresse des einzigen Morgan Spade der ganzen Stadt in der Tasche. Im Prinzip mussten sie nur noch hinfahren und ihn abholen. Diesmal würde er ihnen nicht wieder entwischen, genauso wenig wie die Frau. Dafür würden sie sorgen. Um ganz sicher zu sein, hatte Gerald sogar bei dem Vermieter nachfragen lassen, ob sein Freund Morgan wieder zu Hause wäre. Der Mann hatte dies bejaht.

Morgan legte den Telefonhörer auf und blickte eine Zeit lang vor sich hin. Ein Lächeln huschte über seine Züge. Es war gut gewesen, mal wieder mit Harold zu sprechen. Auch wenn er sich eine Predigt hatte anhören müssen, die sich gewaschen hatte. Schließlich legte er den Hörer auf und ging zur Küche zurück, wo Sam gerade das Geschirr wegräumte. Als sie ihn kommen hörte, blickte sie auf.

»Wer war das?«

Morgan grinste sie an. Sam war wirklich neugierig bis zum Letzten, wie er in den vergangenen Tagen bemerkt hatte. Sie hatte ihm Löcher in den Bauch gefragt über seinen Job, sein Leben, seine Vergangenheit, seinen Bruder und noch vieles andere. Es war fast so, als hatte sie das nachholen wollen, was man in einer normalen Beziehung machte, bevor man intim wurde: sich richtig kennen lernen. Nun, jetzt kannten sie sich in- und auswendig. Sie hatten alles zusammen gemacht: gegessen, geschlafen, eingekauft, sich geliebt, geredet, gelacht, geweint. Es war ihm immer noch peinlich, dass sie es geschafft hatte, dass er seinen Schmerz über Maras Tod aus sich herausgelassen hatte. Aber es hatte sie noch enger aneinander geschweißt. Er konnte sich kaum noch vorstellen, wie es gewesen war, hier ohne sie zu leben.

»Du musst es mir nicht sagen, wenn du nicht willst.«

Morgan tauchte abrupt aus seinen Gedanken auf. Sam blickte ihn verunsichert an.

»Entschuldige, ich war in Gedanken. Das war mein Chef. Er will mich heute Nachmittag um zwei Uhr sehen, damit wir meine Zukunft besprechen können.«

»Das ist ja toll!« Sam kam um den Tisch herum und umarmte ihn. »Hat dein Bruder denn einen Schlüssel zu deiner Wohnung?«

»Verdammt, das hatte ich ganz vergessen!« Er drehte sich um und ging ins Wohnzimmer zurück. »Ich werde Harold absagen.«

Sam lief hinterher und hielt ihn am Arm fest.

»Unsinn. Du gehst zu dem Termin, und ich bleibe hier und begrüße deinen Bruder.«

Morgan schüttelte den Kopf.
»Ich möchte nicht, dass du hier alleine bist.«
»Du hast doch selbst gesagt, dass uns hier keiner finden kann. In der ganzen Woche ist nichts passiert. Außerdem bleibe ich in der Wohnung und schließe die Tür gut zu. Und dein Bruder ist dann ja auch bald da und kann auf mich aufpassen.« Sie strich beruhigend über seinen Arm. »Bitte, der Termin ist so wichtig für dich. Was macht es da schon, wenn ich eine Stunde alleine bin? Ich nehme mir einfach ein Buch, setze mich auf die Couch und lese.«
Morgan war immer noch nicht überzeugt.
»Bist du sicher?«
»Hundertprozentig. Außerdem kann ich mich ja nicht mein ganzes Leben lang hinter dir verstecken.«
»Mir wäre es nur lieber, wenn du nicht alleine wärest, solange Gerald und seine Kumpane noch auf freiem Fuß sind.«
»Sie werden bestimmt nicht in Denver nach uns suchen. Warum sollten sie?«
Morgan zog sie in seine Arme und küsste sie ausgiebig. Schließlich löste er sich widerstrebend von ihr.
»Du hast Recht. Aber ich werde trotzdem so schnell wiederkommen, wie es geht.«
Sam lächelte ihn verführerisch an.
»Das hoffe ich doch.«

Erschöpft und gesättigt lagen sie viel später auf den zerwühlten Laken, Sam auf ihm, sein Schaft noch tief in ihr vergraben. Sam stützte sich auf die Ellbogen und lächelte auf ihn hinunter.
»Na, war das denn so schwer?«
Ein tiefes Lachen rumpelte in seiner Brust.
»Wenn du nicht aufpasst, werde ich dir gleich zeigen, wie schwer es noch werden kann.«
»Oh, ja?« Der Eifer in ihrer Stimme brachte ihn erneut zum Lachen.
»Himmel, Sam, wenn ich gewusst hätte, dass du so unersättlich bist, dann …«
»Ja?«

»… hätten wir uns gleich bei der ersten Begegnung geliebt.«

»Das denke ich eher nicht. Du warst wirklich nicht in der richtigen Verfassung dafür.«

»Okay, aber ich hätte dich danach nicht mehr gehen lassen.«

Sam blickte ihn mit großen Augen an.

»Das wäre nett gewesen. Warum hast du es nicht getan?«

»Weil ich versucht habe, dich zu schützen.« Morgan bemühte sich, das Thema zu wechseln. »Außerdem habe ich da ja nicht gewusst, wie es ist, mit dir zu schlafen.«

Sam gab sich nachdenklich. »Stimmt. Und jetzt, wo du es weißt, lässt du mich da nicht mehr gehen?« Sie hielt den Atem an, während sie auf seine Antwort wartete.

Morgan blickte sie schweigend an.

»Ich weiß nicht, ob ich das kann.« Er holte tief Luft. »Wie wäre es, wenn wir darüber reden, wenn es so weit ist? Irgendwann muss die Situation in Grand Junction ja geklärt sein, und dann können wir uns ohne Druck von außen entscheiden, was wir tun wollen.«

Sam wusste, dass er Recht hatte, aber eine Liebeserklärung wäre ihr lieber gewesen. Warum konnte er nicht erkennen, dass sie zusammengehörten? Sie konnte sich jedenfalls ihr Leben ohne ihn nicht mehr vorstellen. Was sollte sie tun, wenn er entschied, dass er ohne sie leben konnte? Sie biss die Zähne zusammen. Weitermachen wie bisher, natürlich. Sie konnte auch ohne ihn weiterleben, so viel war klar. Lieber wäre es ihr jedoch, wenn sie zusammenblieben. Schließlich bewegte sie sich von ihm fort, bis sie voneinander getrennt waren. Sie fühlte Morgans forschenden Blick auf sich, konnte ihm aber nicht direkt in die Augen blicken. Sie musste jetzt erst mal einen Moment alleine sein, um ihre Gefühle wieder unter Kontrolle zu bringen.

Morgan stützte sich auf seine Ellbogen und beobachtete, wie Sam ins Bad ging. Verdammt, er hatte sie nicht verletzen wollen. An ihren Augen hatte er ihr angesehen, dass sie etwas anderes von ihm hören wollte. Aber er konnte jetzt einfach noch keine Versprechungen machen. Natürlich wollte er gerne weiterhin mit ihr zusammen sein. Allerdings hing im Moment einfach noch zu vieles in der Schwebe. Sein Job, Gerald, die Frage, ob er vor Gericht würde aussagen müssen oder vielleicht sogar selbst angeklagt würde, weil er ja schließlich eine Zeit lang Mitglied der Bande gewesen war. *Wenn* das FBI denn endlich mal die Ermittlungen abschloss. Bisher sah es ja noch nicht so aus. Er hatte noch ein paar Mal mit Zach telefoniert, aber alles, was der ihm immer sagen konnte, war: Es wird wohl noch ein wenig dauern, hab Geduld. Das war das Problem. Nach über acht Monaten hatte er einfach keine Geduld mehr. Er wollte den Mörder seiner Schwester endlich bestraft sehen, vorher konnte er keine Ruhe finden.

Aber das hieß nicht, dass er Sam die Wartezeit nicht so schön wie möglich machen konnte. Als er die Dusche rauschen hörte, stand er kurz entschlossen auf und ging ins Badezimmer. Er öffnete die Tür der Duschkabine und trat zu Sam unter den warmen Strahl. Er legte seine Hände auf ihre Schultern und küsste ihren Nacken.

»Es tut mir Leid.«

Sam drehte sich zu ihm um und schlang ihre Arme um seine Taille.

»Das muss es nicht. Es war unfair von mir zu erwarten, dass du dich festlegst, solange alles um uns herum noch in der Schwebe ist. Ich verstehe, dass du mir keine Versprechungen machen kannst.«

Morgan küsste sie sanft auf den Mund.

»Ich würde dir liebend gerne alles versprechen, was du willst, Sam. Aber leider kann ich das im Moment noch nicht.«

»Ich werde warten.«

»Das hoffe ich.«

LI

Den Rest des Vormittags verbrachten sie zusammen, als könnten sie die Vorstellung, auch nur für ein paar Stunden voneinander getrennt zu sein, nicht ertragen. Schließlich aßen sie eine Kleinigkeit, bevor Morgan sich für das Treffen mit seinem Chef fertig machte. Er kam in die Küche zurück, bekleidet mit blauer Jeans und schwarzem T-Shirt, an den Füßen seine heiß geliebten Cowboystiefel. Sam schüttelte den Kopf, als sie die Stiefel anblickte. Sie erinnerte sich noch gut daran, wie viel Arbeit es gekostet hatte, sie ihm auszuziehen, als er verletzt auf der Liege in ihrem Zelt lag.

»Versuch bitte, dich heute nicht zu verletzen.«

Morgan folgte ihrem Blick zu seinen Stiefeln und grinste.

»Ich werde mich bemühen.« Sein Blick wurde besorgt. »Und mach die Tür nur für meinen Bruder auf, ja? Ich komme so schnell zurück, wie es geht.«

»Alles klar. Und viel Glück bei deinem Gespräch.«

Morgan küsste sie auf die Lippen.

»Danke. Bis nachher.«

Damit verließ er die Wohnung und zog die Tür hinter sich ins Schloss. Sam sprang auf, als sie die Haustür klappen hörte, lief zur Tür und schob den Riegel davor. Mit geschlossenen Augen lehnte sie sich gegen das Holz und atmete tief durch. Es war merkwürdig, wie viel Angst sie plötzlich hatte, nur weil Morgan nicht mehr bei ihr war. Als wäre sie auf seine Nähe angewiesen, um sich sicher zu fühlen. Kopfschüttelnd ging sie in das Schlafzimmer. Sie öffnete die Terrassentür, um so ein wenig frische Luft in das Zimmer zu bekommen, und wandte sich dem Bett zu. Die Erinnerung an ihr ausgiebiges Liebesspiel ließ ihr die Röte in die Wangen steigen. Morgan mochte vielleicht nicht viel über seine Gefühle reden, aber wenn er sie liebte, war er so großzügig und einfühlsam, sodass sie nicht daran zweifelte, wie sehr er sie mochte.

Vor sich hin summend strich Sam die Decke glatt und richtete das Kissen, bevor sie die Überdecke auf dem Bett ausbreitete. Was wäre es schön, einfach für immer hier zusammen sein zu können. Leider ging das nicht. Irgendwann würden sie beide wieder arbeiten und ihr gewohntes Leben fortsetzen müssen. Aber wünschen konnte man es sich ja immerhin.

Sam kehrte ins Wohnzimmer zurück und blickte sich um. So weit sah eigentlich alles ganz ordentlich aus. Sie rückte gerade die Bücher im Regal zurecht, als sie im Schlafzimmer ein leises Geräusch hörte. Lauschend legte sie den Kopf schräg. Hatte sie etwas gehört, oder war das nur ihre Einbildung gewesen? Sie hatte die Terrassentür offen gelassen, hoffentlich war kein Vogel hineingeflogen. Wenn sie eines nicht vertrug, dann war es der Anblick von toten oder verletzten Tieren. Eigentlich ein Witz, weil sie in ihrem Beruf fast ständig mit Knochen, also toten Tieren, zu tun hatte. Irgendwie war es für sie etwas anderes, ob sie einen uralten Knochen oder ein Tier mit Haut und Haaren oder Federn vor sich hatte.

Jetzt war jedoch niemand hier, der ihr die Aufgabe abnehmen konnte nachzuschauen, also musste sie wohl ihren Mut zusammennehmen und es selbst erledigen. An der Tür zum Schlafzimmer zögerte sie erneut. Sie straffte die Schultern und öffnete die Tür einen Spalt breit. Nichts zu sehen. Vorsichtig schob sie ihren Kopf durch die Öffnung und blickte sich gründlicher im Zimmer um. Immer noch nichts. Vielleicht hatte sie sich das Geräusch ja auch nur eingebildet, oder es war einfach nur in der Wohnung über ihr gewesen. Beruhigt öffnete sie die Tür weiter und ging hindurch. Sie würde die Terrassentür schließen, damit nicht doch noch ein Tier hier eindrang.

Sie hatte gerade zwei Schritte zurückgelegt, als sich plötzlich eine Hand brutal über ihren Mund legte und ein kräftiger Arm ihre Arme an ihren Körper fesselte. Nach einer Schrecksekunde wehrte sie sich mit allem, was sie hatte: mit Händen, Füßen und Zähnen. Es half alles nichts. Der Arm drückte ihr die Luft ab, auch die Hand lag halb über ihrer Nase. Vor ihren Augen erschienen Pünktchen, dann wurde der Raum immer dunkler. Die Kraft verließ sie, und sie hörte auf, sich zu wehren. Nach einer scheinbar endlosen Zeit, in der sie halb ohnmächtig in dem eisernen Griff hing, lockerte er sich endlich so weit, dass sie wieder atmen konnte. Mühsam versuchte sie, genug Luft durch ihre Nase einzuatmen, um neue Kraft zu sammeln. Das Blut rauschte in ihren Ohren, ihr Kiefer und ihr Brustkorb schmerzten. Großer Gott, waren das die Männer, die Morgan verfolgt hatten? Wie hatten sie sie hier gefunden? Und wenn sie es nicht waren, wer war es dann? Sie versuchte zu sprechen, aber es gelang ihr nur ein unverständliches Nuscheln.

»Halt endlich still, Schlampe! Oder wir erledigen dich gleich hier. Du bist für den Boss nämlich nicht wichtig.«

Sam hätte nicht gedacht, dass sie noch mehr Panik empfinden konnte als eben gerade, aber das bösartige Flüstern schaffte sie vollends. Sie musste Morgan irgendwie warnen, damit er nicht auch in diese Falle geriet. Wie sollte sie das machen? Der Mann würde sie bestimmt nicht loslassen, damit sie fliehen konnte, und schreien konnte sie auch nicht. Verzweiflung packte sie, als der Arm sich lockerte, nur um gleich darauf ihre Arme brutal nach hinten zu ziehen und mit einem rauen Seil zu fesseln. Da immer noch die Hand auf ihrem Mund lag, musste sich noch eine zweite Person im Raum befinden. Wie sollte sie nur gegen zwei kräftige Männer ankommen? Vor allem wenn ihre Hände jetzt auf den Rücken gefesselt waren? Erneut biss sie kräftig zu und hörte einen unterdrückten Fluch. Die Hand löste sich von ihrem Mund. Sam holte tief Luft, um so laut, wie es ging, zu schreien. Aber bevor sie einen Ton herausbrachte, wurde ihr ein ekliges Stück Stoff in den Mund geschoben. Sam würgte, Tränen traten in ihre Augen. Atmen. Ruhig atmen und keine Panik, sonst würde sie ersticken. Mühsam holte sie durch die Nase Luft. Scheinbar eine Ewigkeit später hatte sie sich so weit im Griff, dass sie ruhig atmen konnte. Sie öffnete die Augen und blickte sich im Zimmer um. Noch vor wenigen Stunden war sie hier mit Morgan glücklich gewesen, und jetzt war sie in einem Albtraum gefangen, aus dem sie sich nicht befreien konnte. Und, was fast noch schlimmer war, Morgan würde bald nach Hause kommen und in die gleiche Falle geraten wie sie.

Sam wurde grob am Arm gepackt und ins Wohnzimmer gezogen, wo sie unsanft auf die Couch gestoßen wurde. Ihre Arme fühlten sich an, als würden sie abbrechen, als sie mit ihrem vollen Gewicht darauf landete. Sie unterdrückte den

Aufschrei, der ihr in die Kehle stieg. Mit dem Knebel im Mund hätte es sowieso niemand gehört. Außerdem wollte sie den beiden Verbrechern keine Genugtuung geben. Der kleine Glatzköpfige war vermutlich der gleiche Mann, der ihnen schon auf dem Colorado Plateau und in Salt Lake City gefolgt war. Der andere Typ war größer und wesentlich kräftiger. Kein Wunder, dass sie keine Luft mehr bekommen hatte, als er sie fest gehalten hatte. Die Minuten verstrichen unendlich langsam, während sie darauf wartete, dass etwas passierte. Wenn sie zur Gedankenübertragung fähig gewesen wäre, dann hätte sie Morgan angefleht, der Wohnung fernzubleiben und stattdessen lieber die Polizei zu schicken. Da das nicht möglich war, hoffte sie auf ein Wunder. Ihr Blick wanderte zur Tür. Sie hatte vorhin den Riegel vorgeschoben. Vielleicht würde Morgan ja merken, dass etwas nicht stimmte, wenn er nicht in die Wohnung kam. Ein kleiner Hoffnungsschimmer breitete sich in ihr aus, nur um gleich darauf wieder zu verlöschen, als der Mann mit der Halbglatze zur Tür trat und den Riegel zurückschob.

»Vielen Dank, Miss, das hätten wir beinahe übersehen.«

Gequält schloss Sam die Augen. Er musste ihrem Blick gefolgt sein. Verdammt, was konnte sie nur tun?

Morgan erhob sich aus Harolds Besucherstuhl. Er wäre gerne noch länger geblieben, aber irgendwie war er unruhig. Wahrscheinlich lag es daran, dass er Sam alleine in seiner Wohnung zurückgelassen hatte. Eigentlich hatte er gar keinen Grund zur Nervosität. Niemand wusste, wo sie waren, keiner kannte seinen wirklichen Namen.

»Tut mir Leid, Harold, ich muss los. Es war schön, dich wieder zu sehen.«

Sein Chef stand ebenfalls auf.

»Ebenso. Warum hast du es denn so eilig, nach Hause zu kommen, wartet da etwa eine Frau auf dich?« Verwundert beobachtete er, wie sich Morgans Ohren rot färbten. Eigentlich hatte er das nur aus Scherz gesagt, aber wie es aussah, verschwieg Morgan ihm etwas.

»Mein Bruder kommt heute aus Washington.«

Harold nickte. »Ach ja, das verstehe ich. Bestell Joe Grüße von mir.«

»Das mache ich. Ich kann nächste Woche noch mal vorbeikommen, dann können wir alles Weitere bereden.« Morgan ging, während er sprach, zur Tür. »Alles klar.«

Morgan verabschiedete sich eilig von Harold. Irgendwie hatte er das Gefühl, dass etwas nicht stimmte. Er konnte es nicht genauer bestimmen, aber es schien Gefahr in der Luft zu liegen. Dabei konnte das gar nicht sein, niemand wusste, wo sie waren oder auch wer er war, nur Zach, und der würde bestimmt nichts sagen. Trotzdem fuhr Morgan so schnell der Verkehr es erlaubte zu seiner Wohnung zurück. Vielleicht sollten sie doch von hier fortfahren, irgendwohin, wo niemand sie kannte oder vermutete. Das war wahrscheinlich übertrieben, aber er wollte kein Risiko eingehen. Schließlich hing nicht nur sein, sondern auch Sams Leben davon ab, dass sie nicht gefunden wurden. Sie würden jetzt so schnell wie möglich ein paar Sachen packen und im Auto auf Joe warten. Dann würden sie mit ihm zurück nach Washington fliegen, sich dort in einem Hotel einmieten, und niemand würde sie finden. Angst erfasste ihn, dass er zu spät kommen würde. Er konnte nicht sagen, woher dieses Gefühl stammte: Es war einfach da. Mit quietschenden Bremsen hielt er vor dem Haus an, stellte den Motor ab und sprang aus dem Wagen. Mit mehreren langen Schritten war er bei der Haustür, öffnete sie und lief den langen Flur entlang, der zu seiner Wohnung führte. Die Panik hatte ihn fest in ihrem Griff, das Gefühl, zu spät zu kommen, durchzuckte ihn. Gott, nein, Sam! Seine Hand zitterte so stark, dass er Schwierigkeiten hatte, den Schlüssel in das Schlüsselloch zu stecken. Erst beim dritten Versuch gelang es ihm. Erleichtert schob er die Tür auf.

»Sam! Wir müssen …« Weiter kam er nicht. Etwas traf ihn mit großer Wucht am Kopf. Das Letzte, was er sah, waren Sams angstvoll aufgerissene Augen über einem Knebel. Er krachte auf den Teppichboden, und es wurde schwarz um ihn.

»Mhmmhm!« Sam versuchte aufzuspringen, doch es war gar nicht so einfach, ohne Arme aus der Couch herauszukommen. Sie wollte zu Morgan laufen, sicherstellen, dass er noch lebte. Wenn der Schlag so hart gewesen war, wie er ausgesehen hatte, dann konnte es durchaus sein, dass er schwer verletzt war und sofort ärztliche Hilfe benötigte. Irgendwie musste sie es schaffen, sie zu befreien und Hilfe zu holen. Mit fast unmenschlicher Kraft stemmte sie sich in die Höhe und lief los. Natürlich kam sie nicht weit, denn der Mann, der Morgan hinter der Tür aufgelauert hatte, schob die Tür zu und fing sie ab. Er umfing ihren Oberkörper mit einem Arm und hob sie hoch. Sam trat mit den Füßen um sich, so fest sie konnte, erwischte aber nur den Couchtisch, der mit einem lauten Krachen umkippte.

»Hier Chuck, nimm du diese Wildkatze. Ich muss mich um Frank – oder wie immer er auch heißt – kümmern.«

Sam ergriff die Gelegenheit und trat dem Mann mit der Halbglatze, Chuck, kräftig gegen das Schienbein. Mit einem heftigen Fluch entfernte er sich aus ihrer Reichweite und rieb sich das schmerzende Bein. Gut so, sollte er ruhig noch einmal näher herankommen, vielleicht konnte sie ihn an einer empfindlicheren Stelle treffen. Leider tat er ihr den Gefallen nicht, sondern näherte sich ihr nun von hinten. Er übernahm von seinem Kollegen ihre hinter dem Rücken zusammengebundenen Arme und schob sie brutal vorwärts. Sam drehte ihren Kopf zur Seite, um einen letzten Blick auf Morgan zu werfen, und sah, wie er von dem anderen Mann nach Waffen durchsucht und dann unsanft über die Schulter geworfen wurde. Sie zuckte zusammen, als sie das Blut sah, das aus seinen Haaren auf das Hemd des Mannes tropfte. Morgan hatte sich noch nicht gerührt, was vielleicht auch besser war, wenn man bedachte, welche Schmerzen er in dieser Position an seinen verletzten Rippen haben musste.

Um Zeit zu schinden, trat Sam weiter nach allem, was sich ihr in den Weg stellte, das Regal, die Tür, die Kommode mit der Keramikschüssel darauf. Selbst die Vorhänge schnappte sie mit ihren Beinen und riss sie halb von der Stange. Sie wollte auch eine Szenerie schaffen, die eindeutig auf einen Überfall hindeutete, damit Joe, wenn er denn kam, sofort wusste, dass etwas passiert war, und die Polizei rief. Mehr konnte sie im Moment nicht tun. Denn selbst wenn sie sich losreißen würde, was sie nicht konnte, würde sie nicht weglaufen, weil sie Morgan in seinem Zustand nicht alleine in der Hand dieser Verbrecher lassen wollte. Wie sollte er sich wehren, wenn er bewusstlos war? Auf der Terrasse angekommen, tauchten sie in die Hecke daneben ein und gingen zwischen ihr und dem Zaun entlang, bis sie zu einem Loch im Zaun kamen. Innerhalb von Sekunden waren sie hindurchgetreten und standen vor einem unauffälligen blauen Van. Vermutlich wollten sie sie darin nach Grand Junction zurücktransportieren, zumindest schloss sie das aus dem Nummernschild und der Bemerkung mit dem Boss, die der eine Mann vorhin gemacht hatte.

Chuck öffnete die hintere Tür des Lieferwagens, während er Sam mit der anderen Hand fest hielt. Unsanft stieß er sie hinein und trat dann zur Seite, um seinem Kumpel Platz zu machen, der Morgan wie einen Sack Kartoffeln auf die Ladefläche warf. Sam zuckte zusammen, als sie den dumpfen Laut seines Aufpralls hörte. Gleich darauf wurden die Türen zugeworfen, und sie waren alleine in der Dunkelheit des Fahrzeugs. Es waren keine Fenster vorhanden, kein Lichtstrahl drang in ihr Gefängnis. Auch zur Fahrerkabine hin bestand die Abtrennung aus Metall, nur ein kleines getöntes Fenster war dort eingebaut. Sam hörte, wie die Türen abgeschlossen wurden, bevor die Männer nach vorne gingen und dort einstiegen. Sie schloss für einen Moment die Augen, dankbar dafür, dass die Männer sie wenigstens hier hinten in Ruhe ließen. Dann setzte sie sich hin und schob sich vorsichtig über den rauen Boden, bis sie gegen Morgans ruhig daliegenden Körper stieß. Da sie die Hände nicht zur Verfügung hatte, legte sie sich neben ihn und brachte ihr Gesicht dicht an seines heran. Einen schrecklichen Moment lang dachte sie, er atmete nicht mehr, doch dann fühlte sie einen sanften Luftzug an ihrer Wange. Tränen schossen in ihre Augen, die sie jedoch schnell zurückdrängte. Sie durfte jetzt nicht weinen, denn eine verstopfte Nase konnte sie nicht riskieren, sonst würde sie keine Luft bekommen. Mit ihrer Wange strich sie über seine, fühlte die Feuchtigkeit seines Blutes. Wie sollte sie ihn, ohne ihre Hände und die Möglichkeit zu sprechen, wach bekommen?

LII

Joe Spade ging langsam auf das Haus zu, in dem Morgan wohnte. Er hatte sich von dem Taxifahrer an der Ecke absetzen lassen, damit er noch genug Zeit hatte, sich auf das Treffen mit seinem großen Bruder vorzubereiten. Eigentlich war Morgan viel mehr als nur sein Bruder. Nach dem Tod ihrer Eltern hatte er sich um ihn und seine sechs Jahre jüngere Schwester Mara gekümmert. Er hatte sie ernährt und gekleidet, zur Schule geschickt, sie getröstet, auch mal mit ihnen geschimpft, alles für sie getan. Sogar das Studium hatte er ihm zum großen Teil finanziert. Verstanden hatten sie sich immer sehr gut, obwohl sie beide im Grunde Einzelgänger waren. Doch seit Maras Tod war ihr Verhältnis verändert. Früher telefonierten oder mailten sie in regelmäßigen Abständen und besuchten sich hin und wieder. Seit Monaten hatte er nur noch mit Morgans Anrufbeantworter gesprochen. Wenn sich sein Bruder mal auf seine Nachrichten hin gemeldet hatte, war er immer kurz angebunden gewesen und hatte nach spätestens zwei Minuten wieder aufgelegt. Früher hatte er wenigstens gewisse Dinge aus seinem Berufs- und Privatleben erzählt, aber in den letzten acht Monaten hatte er geschwiegen, immer nur gesagt, ihm gehe es gut, und das Thema war dann für ihn erledigt. Damit konnte er sich jetzt nicht mehr abfinden. Es schien, als hätte er mit Maras Tod nicht nur seine Schwester verloren, sondern auch noch seinen Bruder. Das tat ihm mehr weh, als er es sich eingestehen mochte.

Entschlossen straffte Joe seine Schultern und rückte den Riemen seines Rucksacks zurecht, bevor er die kleine Treppe zur Haustür hinaufstieg. Er drückte auf den Klingelknopf und wartete, dass Morgan ihm öffnete. Er runzelte die Stirn, als auch nach längerem Warten niemand aufdrückte. Joe blickte auf seine Armbanduhr. Er war etwas spät dran, weil sein Flugzeug Verspätung hatte. Vielleicht hatte Morgan noch etwas besorgen müssen und war deshalb nicht zu Hause. Zur Sicherheit klingelte er noch einmal. Nichts passierte. Er kannte den Vermieter von früheren Besuchen, deshalb versuchte er es jetzt dort. Glücklicherweise war der Mann zu Hause und ließ ihn herein. Nachdem er erklärt hatte, dass er keinen Schlüssel für die Wohnung seines Bruders hatte und dieser ihn erwartete, war der Vermieter bereit, die Tür für ihn aufzuschließen. Joe folgte dem Mann zur Wohnungstür, wartete, bis er aufgeschlossen hatte, und entließ ihn dann mit einem Dank.

Unbehaglich öffnete er die Tür. Im Prinzip mochte er nicht in die Privatsphäre seines Bruders eindringen, aber er war von dem Flug erschöpft und durstig, und er wusste, dass Morgan nichts dagegen haben würde, wenn er es sich schon einmal gemütlich machte, bis er zurückkam. Er trat ein und prallte dann geschockt zurück. In der Wohnung herrschte Chaos. Kein »Ich-habe-heute-vergessen-aufzuräumen-Chaos«, sondern ein »Ich-schmeiße-Möbel-um-Chaos«. Was war hier passiert? Hatte Morgan einen Wutanfall gehabt? Unwahrscheinlich, erstens war sein Bruder der ruhigste, ausgeglichenste Mensch, den er kannte, und zweitens hatte er sich bei ihrem letzten Telefonat anders angehört, fröhlicher als die Monate davor. Er konnte sich nicht vorstellen, dass Morgan die Möbel selbst umgeschmissen hatte, jedenfalls nicht ohne guten Grund. Die Haare stellten sich in seinem Nacken auf. Langsam trat er einen weiteren Schritt vor, zog den Fuß aber schnell zurück, als er den dunklen Fleck auf dem hellen Teppich bemerkte. Sofort ging er in die Hocke und betrachtete ihn prüfend. Mit einem Finger berührte er den Fleck. Er war feucht. Er zog ein Taschentuch aus der Tasche und wischte seinen Finger daran ab: rot wie Blut. Ein Schauder kroch über seinen Rücken. Morgan steckte in ernsten Schwierigkeiten, das spürte er.

Vorsichtig blickte er sich nach allen Seiten um und ging durch die Wohnung, der Spur der Verwüstung, die sich vom Wohnzimmer bis in das Schlafzimmer zog, folgend. Sein Magen verkrampfte sich beim Anblick der zerstörten Schüssel, dem halb abgedeckten Bett und den heruntergerissenen Gardinen. Es sah aus, als hätte hier ein Kampf stattgefunden. Dann entdeckte er die offene Terrassentür. Schnell trat er hinaus, sah aber nichts Verdächtiges. In der Hecke entdeckte er ein paar abgebrochene Zweige und folgte dem Weg bis zu einer Lücke im dahinter liegenden Zaun. War hier jemand durch die Terrassentür in die Wohnung gekommen, hatte Morgan im Schlafzimmer überrascht und dann mit ihm gekämpft, bis sie im Wohnzimmer gelandet waren? Wenn das Blut von Morgan war, wie war er verletzt worden? Mit einem Messer, einer Pistole? Obwohl dafür wahrscheinlich nicht genug Blut vorhanden war. Gott sei Dank. Joe kehrte in die Wohnung zurück. Er würde jetzt erst einmal die Polizei rufen und dann überlegen, was er weiter tun sollte.

Als er gerade ins Wohnzimmer zurückkehren wollte, sah er, wie sich die Wohnungstür langsam öffnete. Schnell versteckte er sich, behielt dabei aber die Tür im Auge. Er würde sich wirklich idiotisch vorkommen, wenn jetzt Morgan in seine Wohnung marschiert käme. Doch schon nach wenigen Sekunden war ihm klar, dass dies nicht sein Bruder war, der zurückkam. Morgan trug keine Anzughosen. Gerade als der Mann in die andere Richtung sah, trat Joe aus dem Schlafzimmer.

»Wer sind Sie, und was tun Sie hier?«

Der groß gewachsene Mann wirbelte mit einer Leichtigkeit herum, die Joe erstaunte. In seiner Hand schimmerte eine kleine Pistole. Automatisch nahm Joe eine Kampfhaltung an, obwohl er keine Waffe zur Hand hatte. Die Augen des Mannes verengten sich, als er erkannte, dass sein Gegenüber Erfahrung im waffenlosen Kampf hatte.

»Und wer sind Sie?«

»Ich habe zuerst gefragt.«

»Und ich habe die Waffe. Also, wer sind Sie, und was haben Sie mit Morgans Wohnung angestellt?«

Joe runzelte die Stirn. »Ich? Gar nichts, ich bin eben erst eingetroffen. Ich dachte, Sie hätten etwas mit seinem Verschwinden zu tun.«

Der Mann senkte die Pistole. Auf seinem Gesicht war ein betroffener Ausdruck.

»Morgan ist verschwunden? Seit wann? Freiwillig?«

Joe richtete sich langsam auf.

»Ich weiß es nicht. Aber nach freiwillig sieht es hier nicht aus. Der Fleck, in dem Sie da gerade stehen, scheint Blut zu sein.«

Der Mann blickte nach unten und sprang zurück. Ein Muskel zuckte in seiner Wange.

»Ich wusste, ich hätte ihn nicht alleine lassen dürfen.«

Joe blickte ihn ruhig an. »Und wer sind Sie nun?«

»Zach Murdock. Ich bin ein Freund von Morgan. Und Sie?«

»Joe Spade.«

Erstaunt blickte Zach ihn an. Dann überzog der Hauch eines Lächelns sein Gesicht.

»Sein kleiner Bruder? Er hat mir mal vor ein paar Jahren ein Foto von Ihnen gezeigt. Aber da sahen Sie irgendwie anders aus, jünger, mit längeren Haaren. Ich habe Sie nicht erkannt.« Er wurde wieder ernst. »Sie wissen nicht, was hier passiert ist?«

Joe schüttelte den Kopf. »Nein. Was immer es war, es kann noch nicht so lange her sein, der Fleck ist noch feucht. Die Spur der Verwüstung führt von hier bis zur Terrassentür im Schlafzimmer und dann durch die Büsche über den Zaun. Oder andersherum. Aber da die Tür, als ich kam, abgeschlossen war, nehme ich an, dass der oder die Täter über die Terrasse entkommen sind.«

Zach war inzwischen den Spuren gefolgt und kam zu dem gleichen Ergebnis wie Joe.

»Sie müssen sie beide mitgenommen haben.«

»Beide?«

»Morgan und Sam.«

»Wer ist Sam? Ein Freund von Morgan?«

»Eher eine Freundin. Das ist eine lange Geschichte, und ich fürchte, wir haben dafür jetzt nicht genug Zeit. Wir müssen sofort nach Grand Junction.«

»Was wollen wir denn da?«

»Sam und Morgan retten, was denn wohl sonst? Aber vorher muss ich noch telefonieren.«

Er nahm den Hörer ab und wählte die Nummer seines Freundes beim FBI.

»Ja?«

»Hier ist Zach. Mein Freund mit den Problemen in Grand Junction ist verschwunden. Die Wohnung sieht aus wie nach einem Überfall. Weißt du zufällig, ob die Verdächtigen etwas damit zu tun haben?«

»Ja. Meine Quelle hat mir zugetragen, dass es Gerüchte gab, dass sein Versteck gefunden worden sei und jemand hinfährt, um ihn abzuholen und zum Boss zu bringen.«

»Und warum hast du nicht angerufen und mich gewarnt?« Zach war fassungslos.

»Vielleicht, weil du dein Handy nicht angeschaltet hast?«

Zach fluchte unterdrückt. »Ich habe wohl vergessen, es nach der Landung wieder anzustellen. Du denkst also auch, dass sie ihn zurück nach Grand Junction bringen werden?«

»Vermutlich. Der Boss hat sein Haus nicht verlassen.«

»Gut. Wann schlagt ihr zu?«

»Gar nicht.«

»Wie bitte?« Zachs Stimme war lauter geworden.

»Wenn wir die Untersuchung nicht gefährden wollen, können wir das nicht tun. Wir haben ihn fast geknackt. Am Wochenende kommt wieder eine Lieferung, und wir können ihn auf frischer Tat schnappen.«

»Ihr wisst, dass dort heute wahrscheinlich zwei unschuldige Leute sterben werden, und ihr tut *nichts*?«

»Hör mal, Zach ...«

»Nein, hör du mir gut zu, mein Freund. Das ist mein Freund, über den wir da sprechen, und ich werde bestimmt nicht zusehen, wie er ermordet wird.«

»Zach, halt dich da raus ...«

Zach hörte nicht mehr zu und beendete das Gespräch. Er wandte sich zu Joe um, der bleich neben ihm stand.

»Auf das FBI können wir also nicht zählen. Aber immerhin wissen wir jetzt, wo sie sind.«

»Sterben?«

»Morgan hat Ihnen wohl nichts erzählt, oder?«

Joe schüttelte stumm den Kopf.

»Mir hatte er auch nicht gesagt, was er vorhatte. Immerhin war er schlau genug, mich zu kontaktieren, als er in Schwierigkeiten gekommen war.« Er verzog den Mund. »So wie es aussieht, hat das im Endeffekt aber auch nichts gebracht.« Er tippte erneut eine Nummer ein, die er von einem Zettel ablas.

»Gonzalez.«

»Hier ist Zach Murdock. Es geht um Samantha Dyson.«

»Ja?«

»Es sieht so aus, als wäre sie zusammen mit ihrem Begleiter entführt worden. Von denselben Männern, die auch ihr Auto in die Luft gejagt haben.«

Man hörte förmlich Gonzalez' Interesse steigen. Sein Stuhl quietschte, als würde er sich aufrichten.

»Woher wissen Sie das?«

»Eine Quelle beim FBI hat das bestätigt.«

»Dann kümmert sich das FBI darum?«

»Nein, deshalb rufe ich Sie ja an. Das FBI will seine Undercover-Ermittlung nicht gefährden und greift deshalb nicht ein. Ich brauche Ihre Hilfe.«

»Ich höre.«

»Die Polizei in Grand Junction hat in der ganzen Sache die Anweisung, sich aus allem herauszuhalten. Genauso sieht es mit den angrenzenden Countys aus. Ich kann aber nicht alleine gegen eine nicht näher definierte Zahl von bewaffneten Männern vorgehen. Ich brauche also Verstärkung. Kennen Sie jemanden, der mich bei der Befreiung der entführten Personen unterstützen würde?«

Gonzalez schwieg einige Zeit, dann räusperte er sich.

»Ich würde ja kommen, aber ich habe in Colorado keinerlei Befugnisse.«

»Auch nicht, wenn eine von Ihnen gesuchte Person sich dort aufhält?«

»Dann müsste ich dort eine Bitte zur Auslieferung an die Polizei stellen.« Man hörte Gonzalez an, wie sehr ihm das gegen den Strich ging.

»Das würde nichts bringen. In Ordnung, ich verstehe, dass Sie nicht helfen können. Auf Wieder …«

Gonzalez unterbrach ihn. »Wo soll das sein?«

»Grand Junction. Das Anwesen von Gerald White. Moment, ich habe hier irgendwo die genaue Adresse.« Zach kramte sie aus seiner Tasche und gab die Anschrift durch. »Ich weiß noch nicht, wann ich dort eintreffen kann. Ich bin noch in Denver, aber ich mache mich jetzt auf den Weg.«

»Gut, wir treffen uns dann dort.« Damit war das Gespräch beendet.

Zach blickte Joe an. »Okay, wir sind jetzt zu dritt gegen eine noch unbekannte Menge von Gegnern. Die Chancen steigen. Fehlen nur noch unsere Flugtickets.« Zach wollte gerade wählen, als ihm noch etwas einfiel. »Natürlich nur, wenn Sie auch mitkommen wollen.«

Joe nickte grimmig. »Das ist ja wohl keine Frage.«

Zach nahm das als Zustimmung und reservierte für sie beide Tickets für den nächsten Flug nach Grand Junction. Der würde allerdings erst in zwei Stunden starten. Um die Zeit zu überbrücken, erklärte er Joe, wie sein Bruder überhaupt erst in diese Situation gekommen und was seither passiert war. Als er geendet hatte, stand Joe auf und ging zum Fenster. Jeder seiner Schritte drückte seine innere Anspannung aus. Eine Weile blickte er, ohne etwas zu sagen, auf den Garten. Dann brach er die Stille.

»Er hätte etwas sagen müssen!«

»Ich denke, er hat versucht, Sie zu schützen.«

Joe fuhr heftig herum. »Ich bin kein Kind mehr. Ich hätte erfahren müssen, dass er glaubte, Mara ist ermordet worden! Wie ist er eigentlich auf die blöde Idee gekommen, sich in die Bande einzuschleusen? Ich hätte ihm gleich sagen können, dass das schief gehen würde. Nach meiner Erfahrung ...« Joe schloss geräuschvoll den Mund und wandte sich wieder ab.

Zachs Augenbrauen hoben sich. Erfahrung? War Joe nicht Geograf? Er erinnerte sich wieder an seine geschmeidige Angriffshaltung, als sie sich vorhin gegenüberstanden. Vielleicht auch nicht. Er speicherte die Information für eine spätere Betrachtung ab und erhob sich.

»Wir sollten jetzt losfahren. Ich weiß nicht, wie dicht der Verkehr hier ist, und ich muss auch noch den Mietwagen zurückgeben.«

Joe schloss kurz die Augen und atmete tief durch.

»In Ordnung.«

Kurze Zeit später waren sie auf dem Weg zum Flughafen.

LIII

Verzweiflung überkam Sam, als sie es auch nach unzähligen Versuchen nicht schaffte, Morgan aus seiner Bewusstlosigkeit zu holen. Schließlich lag sie einfach nur neben ihm auf dem rauen Metallboden des Vans und überwachte seine Atmung. Sie bemühte sich, seinen Körper so zu fixieren, dass er nicht herumgeschleudert wurde, wenn der Wagen um eine Kurve fuhr. Aber das war so gut wie unmöglich. Erst als sie scheinbar auf einen großen Highway fuhren, wurde die Fahrt ruhiger. Nach einiger Zeit stellte sie erleichtert fest, dass Morgans Atmung kräftiger zu werden schien. Ganz deutlich fühlte sie jetzt den Lufthauch an ihrer Wange. Mit ihrem Knie stieß sie gegen sein Bein, doch er rührte sich nicht. Sie könnte natürlich noch versuchen, ihn kräftiger zu treten, das brachte sie jedoch nicht über sich, da er sowieso schon verletzt war. Wer wusste schon, wie schwer die Kopfverletzung wirklich war, die er davongetragen hatte? Schließlich ging sie dazu über, ihm durch den Knebel hindurch ins Ohr zu schreien. Sie brachte zwar keine richtigen Wörter hinaus, aber ihre Lautstärke wurde durch das Tuch nicht wesentlich eingeschränkt.

Diese Methode schien zu wirken, denn nach einigen Minuten Dauerbeschallung bewegte sich Morgan schließlich unruhig. Er versuchte, von ihr wegzukommen, doch sie verhinderte das, indem sie sich halb über ihn rollte. Mit ihrer Wange strich sie über seine, versuchte, ihn durch den Hautkontakt ganz wach zu bekommen. Morgan wiederum versuchte, sie von sich wegzuschieben, doch das ließ sie ebenfalls nicht zu. Schließlich hörte sie an seinem scharfen Einatmen, dass er wieder bei Bewusstsein war.

»Verdammt!« Seine Stimme klang schmerzerfüllt. Wahrscheinlich hatte er höllische Kopfschmerzen. Sie fühlte, wie er sich bewegte, um sich tastete. »Sam?«

»Mhmhm.«

Morgan setzte sich so schnell auf, dass sie von ihm herunter rollte und schmerzhaft mit ihrem Kopf auf dem Boden aufschlug. Gleich darauf lag auch Morgan schwer atmend wieder neben ihr. Sie wartete, bis er sich wieder etwas beruhigt hatte, dann stupste sie mit ihrem Fuß erneut an sein Schienbein.

»Sag doch was, Sam!«

»Mhmhm.«

Suchend glitten seine Finger über ihren Körper bis zu ihrem Gesicht. Als er den Knebel entdeckte, stutzte er und fluchte dann unterdrückt. Etwas ungeschickt nahmen seine Finger den festen Knoten in Angriff, den er an ihrem Hinterkopf entdeckte. Nach einigen Minuten, in denen nur sein keuchender Atem zu hören war, hatte er ihn endlich gelöst und zog den Knebel vorsichtig aus ihrem Mund. Der feuchte Stoff war an ihrer trockenen Schleimhaut festgeklebt und riss ihre empfindliche Haut auf, als er entfernt wurde. Sam stieß einen Schmerzenslaut aus und versuchte zu schlucken. Gott, ihr Mund und Hals fühlten sich an, als hätte sie Stunden in der Wüste gelegen. Was würde sie jetzt für einen Schluck Wasser geben! Morgan schien ihre Gedanken nachvollziehen zu können, denn er beugte sich über sie und berührte mit seiner feuchten Zunge vorsichtig ihre Lippen. Sam öffnete ihren Mund und ließ sich von Morgan ihren Speichelfluss anregen. Schließlich hatte sie wieder genug Feuchtigkeit im Mund, um vernünftig sprechen zu können.

»Gott sei Dank bist du endlich wach! Wie geht es deinem Kopf?«

»Ging schon mal besser. Was ist passiert? Wo sind wir?«

»Sie haben uns gefunden, die Männer, die uns gefolgt sind. Ich hatte die Terrassentür zum Lüften aufgemacht, und sie sind einfach reinspaziert. Ich habe versucht, mich zu wehren, aber sie waren einfach zu stark. Ich konnte dich auch nicht warnen. Nachdem du die Tür geöffnet hattest, bekamst du mit einem Stück Rohr einen Schlag auf den Kopf.« Sie schluckte. »Du hast geblutet. Ich wollte dir helfen, aber sie haben uns aus der Wohnung geschafft und in einen Van verladen. Dort sind wir jetzt.«

»Auf dem Weg nach Grand Junction.« Das war keine Frage.

»Ich vermute es. Jedenfalls haben sie etwas von einem Boss gesagt. Morgan, wie haben sie uns überhaupt gefunden? Ich dachte, niemand kennt deinen Namen und weiß, wo du wohnst?«

Morgan lehnte seine Stirn an ihre.

»Es tut mir so Leid. Ich habe mich geirrt. Irgendwie müssen sie in Grand Junction auf meinen richtigen Namen gestoßen sein. Ich weiß nicht wie, denn ich habe ihn nie erwähnt, und er steht auch nicht in den Papieren, die ich dort lassen musste. Ich dachte, wir wären sicher. Ich hätte es besser wissen müssen.« Man hörte seine Wut aus seiner Stimme heraus.

»Es bringt uns nichts, wenn du dir Vorwürfe machst. Wir sollten lieber überlegen, wie wir hier lebend wieder herauskommen.«

»Du hast Recht. Irgendwelche Ideen?«

»Könntest du erst meine Fesseln lösen? Ich fühle meine Arme nicht mehr.«

»Ich bringe die Schweine um! Haben sie dir sonst etwas getan?«

»Nein, nur ein paar blaue Flecken, nicht weiter schlimm. Findest du den Knoten?«

Sam fühlte ein Rucken an ihren Armen.

»Ja, aber der ist ziemlich fest. Ich hoffe, ich bekomme ihn auf.«

Minutenlang zupfte Morgan an dem Seil herum, bis es endlich etwas nachgab. Sam hätte bei jeder Bewegung ihrer Arme vor Schmerzen aufschreien können, doch sie unterdrückte diesen Drang. Ihre Schultergelenke brannten wie Feuer, und ihre Arme prickelten, als der Blutfluss langsam wieder in Gang kam. Sam presste die Zähne zusammen, bis sie meinte, ihr Kiefer müsste brechen. Dann war es so weit: Mit einem Triumphlaut zog Morgan das Seil von ihren Händen und warf es zur Seite. Behutsam löste er ihre Hände voneinander und massierte erst den einen, dann den anderen Arm. Sam keuchte, als der Schmerz unerträglich wurde. Morgan zuckte zusammen, als er den Laut hörte, und fuhr sanfter mit der Massage fort. Minuten später zog er Sam in seine Arme und wiegte sie hin und her. Mit seinem Schmerz konnte er leben, schließlich war er selbst schuld an dieser Misere. Aber dass Sam seinetwegen erneut leiden musste, war für ihn unerträglich.

Schließlich schob er sie sanft von sich und erhob sich. Schwankend stand er einen Moment gebückt da, dann bewegte er sich auf die hinteren Türen des Lieferwagens zu.

»Was tust du da?«

»Ich suche nach einem Ausweg.«

»Es gibt keinen. Sie haben die Türen zugeschlossen, bevor sie losgefahren sind.«

Verdammt, aber selbst wenn die Tür zu öffnen gewesen wäre, hätten sie nichts machen können. Sie konnten ja schließlich schlecht mitten auf dem Highway bei 65 Meilen pro Stunde vom Wagen springen. Aber in Grand Junction hätten sie es vielleicht an einer roten Ampel versuchen können. Er gab den Versuch auf und kehrte zu Sam zurück.

»Ich fürchte, wir müssen warten, bis sie anhalten und die Türen öffnen.«

Sam presste sich dicht an ihn.

»Und dann?«

Morgan zuckte mit den Schultern. Seine Stimme klang entschuldigend.

»Ich weiß es nicht.« Er küsste sie auf die Stirn. »Ich werde versuchen, sie zu überraschen. Während sie mit mir beschäftigt sind, möchte ich, dass du losrennst.«

»Aber ich kann dich doch nicht allein lassen!«

»Doch, das kannst du. Ich werde versuchen, dir zu folgen.«

»Nein.«

»Doch. Hör zu, Sam, das ist höchstwahrscheinlich die einzige Chance, die wir haben.«

»Aber ...«

Er ließ sie nicht ausreden.

»Willst du leben?«

»Ja, natürlich. Aber ich will, dass du auch lebst!«

»Dann lauf los, wenn ich dir das Zeichen gebe, und versuch, Hilfe für mich zu holen, wenn ich nicht hinter dir sein sollte. Okay?«

Tränen liefen Sam über die Wangen und tropften auf ihren Schoß.

»Okay.« Ihre tränenerstickte Stimme war kaum zu verstehen.

»Braves Mädchen. Und jetzt gib mir einen Kuss.«

Normalerweise hätte ihm Sam für diese Bemerkung einen Kinnhaken verpasst, aber jetzt schmiegte sie sich eng an ihn und presste ihre zitternden Lippen an seine. Morgan fühlte die Feuchtigkeit ihrer Tränen und schluckte hart. Nein, er wollte nicht sterben, schon gar nicht, wenn er gerade die Frau gefunden hatte, die er liebte. Morgan presste seine Augen zusammen. Wie hatte er die ganze Zeit nicht wissen können, was er für sie empfand? Jetzt war es plötzlich offensichtlich. Er hatte mit seinen Zweifeln so viel Zeit verschwendet. Zeit, in der er Sam ständig hätte sagen können, wie sehr er sie liebte.

Vielleicht fühlte sie ja auch das Gleiche für ihn, hatte sich nur nicht getraut, ihm das zu sagen. Er öffnete den Mund, schloss ihn dann aber gleich wieder. Sollte er ihr seine Liebe wirklich jetzt erklären, wo es gut sein konnte, dass er in wenigen Stunden tot war und sie alleine weiterleben musste? Oder würde er sie damit nur unnötig belasten? Also zeigte er ihr seine Gefühle wie schon die Tage davor mit seinem Körper. Er drückte sie eng an sich und streichelte ihren Rücken, ihren Kopf und genoss es, sie in seinen Armen halten zu können. Der Gedanke, dass es das letzte Mal sein könnte, machte ihn furchtbar wütend. Er würde dafür sorgen, dass sie hier beide lebend herauskamen.

Sam wusste nicht, wie lange sie so zusammen in der Dunkelheit saßen, aber ihr kam es wie eine Ewigkeit vor. Als der Wagen dann aber wieder anfing zu schaukeln, als würde er durch die Straßen einer Stadt fahren, wünschte sie sich, noch mehr Zeit zu haben. Zeit dafür, Morgan noch länger zu berühren, seine Wärme zu spüren, vielleicht doch noch all das zu sagen, wofür sie bisher nicht den Mut gefunden hatte. Sie mussten einfach irgendwie überleben.

»Es kann sein, dass wir bald anhalten. Mach dich bereit.«

»Wie?«

»Wenn wir anhalten und jemand um den Wagen herumkommt, dann legst du dich vorne in die Nähe der Tür. Hast du den Knebel noch?«

Sam strich mit ihren Fingern über den Boden, bis sie den Stoff fand. »Ja.«

»Den steckst du dir wieder in den Mund und hältst die Arme hinter dem Rücken, damit es so aussieht, als wärest du immer noch gefesselt.«

»Okay, und was machst du?«

»Ich werde hinten im Halbdunkel bleiben und so tun, als wäre ich noch bewusstlos oder tot. Wenn dann jemand in den Wagen kommt, um mich zu holen, werde ich ihn ablenken, während du aufspringst und losrennst.«

»Ablenken? Du willst mit ihnen kämpfen, oder?«

»Ja. Ich werde alles tun, was nötig ist, um dir die Chance zur Flucht zu geben.«

Das klang so endgültig, als hätte Morgan schon längst die Hoffnung aufgegeben, dass er selbst auch fliehen konnte. Und wenn man es realistisch betrachtete, war die Möglichkeit, dass sie gemeinsam entkamen, mehr als gering. Aber sie mussten es zumindest versuchen. Wenn sie erst in der Höhle des Löwen waren, würden sie höchstwahrscheinlich keine Gelegenheit mehr dazu bekommen.

»Glaubst du, dass dein Bruder die Polizei gerufen hat?«

»Vermutlich. Aber das wird uns auch nicht helfen. Er weiß ja nicht, wo wir hingebracht werden. Ich hatte ihm nicht erzählt, was in der letzten Zeit passiert ist, und wollte damit warten, bis ich es ihm persönlich sagen konnte.«

Sam seufzte. »Dann sind wir wohl wirklich auf uns selbst gestellt.«

»Ja.« Morgan strich mit seiner Hand über ihre Wange. »Tut mir Leid.«

»Wenn du das noch ein Mal ...« Sam verstummte, als sich das Motorgeräusch des Lieferwagens änderte. Es hörte sich an, als würde das Auto einen Hügel hinauffahren. Sie fühlte, wie Morgan sich neben ihr versteifte.

»Ich glaube, wir sind fast da. Vor Geralds Haus geht die Straße bergauf.«

Tatsächlich, der Wagen verlangsamte die Fahrt, die Bremsen quietschten.

»Hör zu! Sollten wir durch das Tor fahren, kommst du nicht mehr ohne weiteres raus. Dann läufst du nicht zur Straße, sondern zur rechten Seite vom Haus aus gesehen. Da ist das Grundstück baumbestanden und geht in einen Wald über. Klettre irgendwie über den Zaun und versteck dich!«

Sam wusste, dass jetzt nicht die Zeit war zu streiten. Sie beugte sich vor und drückte ihren Mund auf Morgans. Verzweifelt erwiderte Morgan den Kuss, dann schob er sie von sich.

»Mach dich bereit.« Er bewegte sich zum hinteren Teil des Wagens, direkt unter dem kleinen getönten Fenster. Er versuchte vergeblich hindurchzusehen und hörte, wie Sam herumrutschte, wahrscheinlich um eine gute Position zu finden, in der sie auf die Männer warten konnte. Sie stieß einen kleinen Laut des Abscheus aus, vermutlich, als sie ihren Knebel anfasste. Er konnte es ihr nicht verdenken. Schließlich lag sie still.

»Fertig?« Seine Stimme war ein raues Flüstern.

»Nein.« Sie schluckte hörbar. »Ich habe Angst.«

»Ich auch.«

Diesmal hielt der Wagen ganz, die Türen wurden geöffnet und dann wieder zugeworfen. Sam zuckte zusammen. Sie zitterte am ganzen Körper.

»Morgan ...«

»Ja?«

»Ich liebe dich.«

Morgan zuckte zusammen. Gequält schloss er die Augen. Gott, Sam liebte ihn, und er brachte ihr womöglich den Tod! Er räusperte sich.

»Sam ...« Weiter kam er nicht, denn in diesem Moment wurde ein Schlüssel ins Schloss geschoben und herumgedreht. Sam zappelte einen Moment herum, dann lag sie still.

LIV

Eine der Türen öffnete sich einen Spalt breit, eine Hand mit Pistole wurde sichtbar, dann ein Kopf. Sam zwang sich, still zu liegen, obwohl sie am liebsten aufgesprungen wäre. Aber sie musste den richtigen Moment abpassen. Der Mann stellte seinen Fuß auf das Trittbett und schwang sich in den Wagen. Die eine Tür war jetzt ganz offen, während die zweite nur zur Hälfte geöffnet war. Der Mann, es war der mit der Halbglatze, beugte sich zu ihr herunter und prüfte, ob sie wach war. Sam blickte ihn mit wütenden Augen an, tat aber weiterhin so, als wäre sie gefesselt und geknebelt. Chuck hatte nur ein Grinsen für sie übrig. Dann ging er weiter dorthin, wo Morgan lag. Er beugte sich über ihn, um nachzuprüfen, ob er bewusstlos oder schon tot war.

Morgan bewegte sich blitzschnell: Sein Arm schoss nach oben und schlug Chuck die Waffe aus der Hand, während sein Bein gegen Chucks Knie trat und ihn so zu Fall brachte. Mit einem Schrei ging er zu Boden. Sofort kämpften sie um die Oberhand, ein wildes Gerangel entstand.

»Sam, lauf!«

Sam zögerte kurz, dann sprang sie auf, streifte den Knebel ab und stürzte aus dem Wagen. Sie schob die zweite Tür ganz auf und traf dabei den zweiten Mann, der gerade nachsehen wollte, was der Krach zu bedeuten hatte. Er ging halb besinnungslos zu Boden. Sam sprang über seinen Körper hinweg und lief, so schnell sie konnte, auf die Bäume zu. Morgan hatte Recht gehabt, sie waren bereits auf dem umzäunten Grundstück. Panik überkam sie. Wie sollte sie Hilfe holen, wenn sie hier eingeschlossen war? Das würde alles zu viel Zeit brauchen. Zeit, die Morgan vermutlich nicht hatte.

Verzweifelt unterdrückte sie den Zwang, sich umzudrehen und zu ihm zurückzulaufen. Vielleicht hätten sie die Männer zu zweit überwältigen können. Vielleicht … Sie hatte fast die schützende Baumlinie erreicht, als sie den Schuss hörte. Ruckartig blieb sie stehen und drehte sich um. Die beiden Männer standen vor dem Lieferwagen, der eine hielt eine Pistole in die Luft, der andere hatte Morgan im Würgegriff. Oh Gott! Seine Haare und sein Gesicht waren voller Blut, und er sah aus, als könnte er sich kaum auf den Beinen halten. Morgan hatte ihr gesagt, sie sollte rennen, also drehte sie sich um und lief weiter.

»Wenn Sie nicht sofort stehen bleiben, schießen wir.«

Sam rannte weiter. Ihr Herz pochte schmerzhaft, ihr Atem kam in rauen Stößen. Panik breitete sich in ihr aus.

»Kommen Sie zurück, oder ich erschieße Ihren Freund hier.«

Ruckartig blieb sie stehen. Langsam drehte sie sich um, bereit, jederzeit weiterzulaufen. Ihre Augen weiteten sich entsetzt, als sie sah, dass die Pistole jetzt an Morgans Schläfe lag. Unschlüssig trat sie einen Schritt auf die Männer zu. Morgan hob den Kopf und blickte sie über die Entfernung hinweg an.

»Lauf!«

Sie wollte es tun, für ihn, doch sie konnte es nicht. Sie konnte sich nicht retten in dem Wissen, dass Morgan ihretwegen sterben würde. Wenn sie das Unvermeidliche aufschieben konnte, dann wollte sie das tun. Vielleicht geschah ja doch noch ein Wunder, und sie würden gerettet. Sie wollte diese Möglichkeit nicht aufs Spiel setzen, also ging sie zu dem Lieferwagen und den Männern zurück. Morgans verzweifelter Blick traf ihren.

»Warum hast du dich nicht in Sicherheit gebracht?«

»Ich konnte es nicht. Du wärest getötet worden.«

»Ich bin sowieso schon tot, aber du hättest leben können!«

Als sie antworten wollte, packte Chuck ihren Arm und schleifte sie brutal zum Haus. Morgan wurde noch rauer behandelt, wie man an seinem Keuchen hören konnte. Von einem Mann in einer Livree wurden sie an der Tür erwartet. Er rümpfte die Nase, als er ihren und Morgans Zustand sah, und drehte sich steif um. In einer anderen Situation hätte Sam ihn und sein Gehabe sicher komisch gefunden. Im Moment hatte sie jedoch viel zu viel Angst, um ihre Umgebung überhaupt richtig wahrzunehmen. Sie blickte sich nach Morgan um, der direkt hinter ihr ging, und konnte in seinen Augen dieselbe

Furcht lesen. Sie versuchte, ihn beruhigend anzulächeln, aber es wurde eher eine Grimasse daraus. Trotzdem erkannte Morgan ihre Absicht und berührte mit seiner Hand leicht ihren Rücken. Erstaunlicherweise half ihr das tatsächlich, sich ein bisschen zu beruhigen. Was auch immer noch passieren mochte, immerhin waren sie zusammen.

Morgan hätte Sam am liebsten in seine Arme genommen, als er sah, wie sie versuchte, tapfer zu sein. Seine Eingeweide zogen sich zusammen. Der Anblick ihrer verstörten blauen Augen und der zitternden Unterlippe traf ihn mitten in sein Herz. Sie hatte gesagt, sie liebte ihn, und er dankte es ihr damit, dass er sie hier sterben ließ! Aber was konnte er tun: Er hatte keine Waffe, und es waren einfach zu viele bewaffnete Männer im Gebäude, um zu versuchen zu entkommen. Aber er würde trotzdem auf eine Chance lauern, egal, wie klein sie auch sein mochte. Sam musste einfach lebend entkommen.

Der Butler führte sie zu einer großen Tür, an die er dezent anklopfte. Ein gedämpftes »Ja« drang durch das dicke Holz. Der Mann öffnete sie, trat zur Seite und ließ sie eintreten. Hinter ihnen schloss er die Tür leise wieder. Schweigend betrachtete Morgan den Mann, der für den Tod seiner Schwester verantwortlich war. Auf den ersten Blick wirkte Gerald White genau wie der, der er zu sein vorgab: ein junger, gesunder, reicher Mann, der sein Geld mit Computer- und Aktiengeschäften verdient hatte und jetzt nur noch sein Vermögen verwalten musste. Aber der Schein trog. Wie Morgan in all den Monaten seiner Mitarbeit herausgefunden hatte, verstand Gerald nicht mehr von Computern als jeder andere halbwegs technisch begabte Mensch. Wie es mit Aktien stand, wusste er nicht, aber es war klar, dass Gerald den Großteil seines Vermögens durch Drogengeschäfte angehäuft hatte und das auch immer noch tat.

In den zwei Wochen, seit er ihn das letzte Mal gesehen hatte, schien Gerald gealtert zu sein. Er war immer noch makellos gebräunt und frisiert, aber um die Augen glaubte Morgan einige tiefere Falten zu sehen, die vorher noch nicht da gewesen waren. Vielleicht täuschte er sich aber auch. Gerald war kalt wie ein Fisch, außer wenn er sich ärgerte und sich sein aufbrausendes Temperament zeigte. Jetzt erhob er sich und ging auf die versammelte Gruppe zu.

»Wie ich sehe, habt ihr es doch noch geschafft.« Er blickte Morgan mit seinen kalten, grünen Augen an. »Wie nett, dass wir uns noch einmal wieder sehen, Frank. Oder sollte ich lieber Morgan sagen?« Er betrachtete ausgiebig Morgans blonde, mit Blut verklebte Haare. »Es war klug, dass du dir die Haare gefärbt hast. Ich hätte sonst sofort die Ähnlichkeit bemerkt.« Ein Lächeln zuckte um seinen Mund. »Natürlich war Mara viel hübscher als du.«

Morgan ballte hilflos die Hände zu Fäusten. Was würde er darum geben, auf Gerald losgehen zu können. Dieses Schwein hatte kein Recht, ihren Namen in den Mund zu nehmen.

»Weißt du, ich habe sie wirklich gemocht.«

»Ja? Wieso hast du sie dann umgebracht?« Morgan hatte das nicht fragen wollen. Es war ihm einfach so herausgerutscht. Er kniff den Mund zusammen und beobachtete mit stiller Wut, wie Geralds Gesicht erst versteinerte, um sich dann in ein Lächeln zu verwandeln.

»Guter Versuch. Obwohl ich es dir eigentlich sagen kann, schließlich bleibt es ja sozusagen in der Familie.« Morgans Zusammenzucken blieb ihm nicht verborgen. Verdammt, wie hatte er übersehen können, wie ähnlich er Mara war! Langsam ließ Gerald sich mit der Hüfte gegen die Schreibtischkante sinken. »Mara war zu neugierig und hat etwas erfahren, was sie nicht wissen sollte. Ich habe sie dabei erwischt, wie sie mit jemandem telefonierte und demjenigen etwas über meine Operation erzählen wollte.« Er brach ab, als Morgan seine Augen zukniff. »Ach, das warst also du. Ich habe mich die ganze Zeit gefragt, wen sie angerufen haben könnte. Der Anruf ließ sich aber nicht zurückverfolgen.« Das Grinsen verschwand aus seinem Gesicht und machte einem Ausdruck kaum verhüllter Wut Platz. »Niemand hintergeht mich, ohne dass er dafür bezahlen muss! Auch wenn es sich um meine Geliebte handelt. Oder erst recht, ich erwarte höchste Loyalität von jemandem, der mit mir mein Bett teilt.«

»Also hast du ihr reines Heroin gespritzt.« Morgan erkannte seine eigene Stimme kaum wieder. Endlich hatte er Gerald da, wo er ihn haben wollte. Aber zu was für einem Preis – Sams Leben und sein eigenes waren verwirkt. Gerald konnte sie gar nicht mehr gehen lassen, jetzt, wo er Maras Mord gestanden hatte.

»Nein. Erst habe ich sie gevögelt, und dann habe ich ihr das Heroin gespritzt. Sie hat geschlafen und hat nichts davon gemerkt.«

Mit überraschender Kraft riss Morgan sich von seinem Bewacher los und stürzte sich auf Gerald. Der blieb einfach still sitzen und richtete eine Pistole auf Sams Kopf. Morgan stoppte abrupt, Zentimeter von Gerald entfernt. Schwer atmend presste er seine Hände zusammen, damit er sie nicht doch um Geralds Hals legte.

»Schön brav, sonst hat deine Begleiterin gleich ein Loch in ihrem zwar zerzausten, aber doch recht hübschen Kopf. Und das wäre doch wirklich schade.«

Morgans Kiefermuskeln mahlten, doch er sagte nichts. Gerald blickte zwischen ihnen hin und her, dann breitete sich ein Grinsen auf seinem Gesicht aus.

»Sag nicht, ihr seid euch näher gekommen? Wie erfrischend. Dann wird es mir ein Vergnügen sein, dich zusehen zu lassen, wie deine kleine Freundin stirbt.«

An der Einmündung der Straße, die zu Gerald Whites Villa führte, bog Zach nach rechts ein und suchte dann einen Parkplatz. Sie stellten das Auto etwas entfernt ab, um dann zu Fuß den Hügel erklimmen zu können. Es fiel einfach weniger auf, als wenn sie mit dem Mietauto direkt vor der Haustür parkten. Zach und Joe stiegen aus, schlossen das Auto ab und machten sich auf den Weg. Als sie um die Ecke bogen, löste sich ein großer, kräftiger Mann aus dem Schatten einer Hecke und stellte sich ihnen in den Weg. Zach griff sofort nach seiner Waffe, während Joe wieder in Angriffshaltung überging.

»Murdock?«

Zach ließ die Hand wieder sinken.

»Ja. Sind Sie Gonzalez?«

»Ja. Kommen Sie, wir haben nicht viel Zeit.« Er drehte sich um und bedeutete ihnen, ihm zu folgen.

Zach trat neben ihn, während Joe das Schlusslicht bildete.

»Woran haben Sie mich erkannt?«

»Die Hose.«

Zach blickte verwundert nach unten.

»Was ist damit?«

»Sieht nach New York aus.«

Zach drehte sich zu Joe um, doch der zuckte nur die Schultern.

»Während ich auf Sie gewartet habe, habe ich mir schon einmal die Gegend angesehen. Das Haus ist gut bewacht, aber es gibt Schwachstellen. Vor allem im Bereich des Waldes auf der Ostseite. Das ist der Weg, den wir nehmen müssen.«

»Und was ist, wenn wir einfach hier an der Straße warten und sie abfangen? Oder haben Sie sie ankommen sehen? Wie lange sind Sie schon hier?«

»Nein, bisher noch nicht. Ich bin seit etwa einer Stunde hier. Ich habe auch schon darüber nachgedacht, aber es ist einfach zu gefährlich. Die Männer sind bestimmt gut bewaffnet, und wer weiß, wie viele Männer White zur Verfügung stehen, die sofort angelaufen kommen, sobald jemand anfängt zu schießen. Ich sehe unsere einzige Möglichkeit, sie unverletzt zu befreien, wenn wir in das Haus eindringen und die Männer einzeln überwältigen.« Er blickte Zach fragend an.

»Okay.«

Gonzalez nickte. »Wenn sie mit einem Auto aus Denver kommen, und das ist am wahrscheinlichsten, dann brauchen sie dafür mindestens fünf Stunden.« Er blickte auf die Uhr. »Je nachdem, wann sie losgefahren sind, können sie jeden Moment hier eintreffen. Wir sollten uns also beeilen.«

»Ich habe nichts dagegen.«

Gonzalez führte sie auf der dem Grundstück abgelegenen Straßenseite durch ein Dickicht, das in den Wald mündete. Mühsam quälten sie sich durch das Gestrüpp und den Hügel hinauf. Zach fiel auf, dass der Detective aus Salt Lake immer stärker humpelte, sagte jedoch nichts. Er konnte froh sein, dass er sich überhaupt bereit gefunden hatte, hierher zu kommen, da wollte er nicht undankbar erscheinen. Schließlich waren sie in Position auf gleicher Höhe des Hauses und beobachteten die Zufahrt. Zach war leicht außer Atem, ein Zeichen dafür, dass er doch langsam mehr auf sein Training achten müsste. Neidisch bemerkte er, dass Joe aussah, als hätte er gerade ein Mittagsschläfchen, nicht eine anstrengende Kletterpartie hinter sich. Gonzalez fiel es auch auf.

Er zog die Augenbrauen zusammen, sagte aber nichts.

»Gehen wir. Wir müssen den Zaun nach einer Schwachstelle absuchen. Am besten trennen wir uns und treffen uns dann hier wieder.«

»Okay. Joe, Sie beobachten weiter die Straße, während Gonzalez und ich den Zaun abgehen.«

Joe nickte. Er hatte keine Schusswaffe dabei, da machte es Sinn, wenn er nur beobachtete. Darin war er sowieso besonders gut, auch wenn seine beiden Begleiter das nicht wissen konnten. Lautlos tauchte er im Wald unter. Gonzalez wandte sich nach links und verschwand in den Büschen. Zach blickte ihm einen Moment hinterher, dann schüttelte er den Kopf und ging nach rechts. Langsam lief Zach am Zaun entlang, entschlossen, einen Weg zu finden, um Morgan und Sam zu retten.

Schließlich war es aber Gonzalez, der einen Weg fand, um den hohen Zaun zu überwinden. Einer der Bäume hatte eine weit ausladende Krone, deren Äste bis über den mit Stacheldraht bewehrten Zaun hingen. Zach verzog den Mund. Es war schon einige Jahre her, seit er das letzte Mal auf einen Baum geklettert war. Ein leichtes Schwindelgefühl packte ihn, als er den Kopf in den Nacken legte und zu den hohen Ästen hinaufblickte. Wahrscheinlich würden sie sich bei dieser Aktion den Hals brechen, aber er hatte leider keine andere Möglichkeit gefunden, auf das Grundstück zu kommen, ohne gesehen zu werden. Er zuckte heftig zusammen, als Joe ohne Vorwarnung neben ihm auftauchte.

»Verflucht.« Er presste eine Hand auf sein rasendes Herz. Er atmete einmal tief durch, dann blickte er Joe an. »Sind sie da?«

Joe nickte. »Eben ist ein blauer Van vorgefahren, vermutlich sind sie darin. Wir sollten jetzt wirklich schnell auf das Grundstück kommen. Ich weiß nicht, wie lange sie warten werden, wenn sie wirklich vorhaben, sie zu töten.«

Zach deutete auf den Baum. »Das ist im Moment die einzige Möglichkeit hineinzugelangen. Ob es schnell geht, weiß ich allerdings nicht.«

Während er noch zweifelnd den Baum betrachtete, ging Joe darauf zu, griff einen niedrigen Aststumpen und schwang sich daran empor, bevor Zach blinzeln konnte.

Scheinbar mühelos kletterte er den dicken Stamm nach oben, bis er in Höhe des Astes war, der über den Zaun hing. Er trat vorsichtig darauf und lief dann, nachdem er festgestellt hatte, dass er sein Gewicht trug, auf ihm entlang, bis er auf der anderen Seite des Zaunes war. Dort ging er in die Hocke, legte die Hände um den Stamm und stützte sich mit dem Oberkörper auf den Ast, während seine Beine in der Luft baumelten. Dann stieß er sich ab und hing für einen kurzen Moment unter dem Ast, bevor er losließ und geschmeidig auf dem Boden landete. Für die ganze Aktion brauchte er nur wenige Sekunden. Sowie er Boden unter den Füßen hatte, rannte er in den Schutz einer Hecke.

Gonzalez und Zach blickten sich an.

»Wer jetzt?«

Zach seufzte. »Ich probier's. Wahrscheinlich werden wir uns vor dem Jungen furchtbar blamieren.«

Nacheinander erklommen sie den Baum und landeten sicher, wenn auch weit weniger elegant als Joe, auf der anderen Seite des Zauns.

LV

Ohne ein weiteres Wort schlichen sie weiter, bis sie den blauen Lieferwagen in der Einfahrt stehen sahen. Eine der hinteren Türen stand offen, die zweite wurde in diesem Moment aufgestoßen und knallte dem Mann, der dahinter stand, gegen den Kopf. Er ging zu Boden, und Sekunden später sprang jemand über ihn hinweg und rannte direkt auf sie zu. Gleichzeitig zogen Zach und Gonzalez ihre Waffen, während Joe sich nach vorne schlich, um näher dran zu sein. Es war klar, dass es sich nicht um Morgan handelte. Er war viel kräftiger gebaut, also musste es sich wohl um Sam handeln, auch wenn man aus der Entfernung nicht viel von ihr erkennen konnte. Sie kam immer näher, als wenn sie genau wüsste, dass sie hier versteckt waren und ihr helfen würden.

»Komm schon, lauf schneller, gleich hast du es geschafft!« Zach feuerte sie tonlos an. Er beobachtete, wie Sam fast zwischen den Bäumen war, als sich der eine Mann aufgerappelt hatte, während ein zweiter heraustrat und jemanden hinter sich herzerrte. Morgan! Selbst von hier konnte man das Blut in seinen hellen Haaren sehen. Zack ballte die Hände zu Fäusten und unterdrückte den Drang, aufzustehen und die Männer ein wenig von ihrer eigenen Medizin schmecken zu lassen. Er zuckte zusammen, als ein Schuss ertönte. Mit erhobener Waffe wollte er gerade aufstehen, als er sah, dass die Frau noch stand. Scheinbar hatte der Mann am Lieferwagen in die Luft geschossen.

»Wenn Sie nicht sofort stehen bleiben, schießen wir.« Der Ruf des Mannes hallte über den Vorplatz.

Zach beobachtete mit gemischten Gefühlen, wie Sam weiter auf sie zurannte. Jetzt war sie nahe genug, dass er die weit aufgerissenen Augen erkennen konnte.

»Kommen Sie zurück, oder ich erschieße Ihren Freund hier.«

Der Mann hielt Morgan eine Pistole gegen die Schläfe. Verdammt! Zach fing Gonzalez' Blick ein und zuckte mit den Schultern. Sie konnten nicht viel tun. Auf diese Entfernung mehrere gezielte Schüsse anzubringen wäre Wahnsinn. Die Frau blieb stehen, mit Panik in ihren Augen, und drehte sich langsam um.

»Lauf!« Morgans Stimme war selbst hinter den Büschen noch gut zu hören.

Zach zuckte zusammen. Der Idiot wollte sich umbringen lassen, damit seiner Freundin die Flucht ermöglicht wurde! Einerseits fand er das sehr nobel von Morgan, andererseits wollte er natürlich, dass er lange genug am Leben blieb, um von ihnen gerettet zu werden. Aber Morgan wusste nicht, dass sie bereits hier waren und nur auf eine gute Gelegenheit warteten, ihm zu helfen. Glücklicherweise schien Sam genug für ihn zu empfinden, um nicht sein Leben für ihres zu opfern. Sie ging zu den Männern zurück und dann im Griff des einen Mannes ins Haus hinein. Morgan war dicht hinter ihr. Er sagte etwas zu ihr, für Zach nicht verständlich. Wie er Morgan kannte, machte er ihr Vorwürfe, dass sie nicht geflohen war. Zach blickte zu dem Versteck von Joe, doch er war nicht mehr zu sehen. Wo war er jetzt wieder hin? Hoffentlich machte er keine Dummheiten.

Diesmal kündigte Joe sein Kommen durch einen leisen Pfeifton an, wahrscheinlich damit er nicht aus Versehen erschossen wurde. Auch Gonzalez tauchte neben ihm auf. Mit den zusammengepressten Lippen wirkte sein Gesicht noch scharfkantiger als sonst. Auch Joe wirkte nicht mehr ganz so ruhig wie vorher. Seine Haut wirkte blasser, seine dunkelblauen Augen glühten. Ein Muskel zuckte in seinem Kiefer. Zach zwang sich, nicht vor ihm zurückzuweichen. Ein Glück, dass Joe auf ihrer Seite war, als Gegner würde er ihn in seiner derzeitigen Stimmung nicht so gerne haben.

»Irgendwelche Ideen, was wir jetzt machen?«

»Reingehen, Morgan rausholen, dann das Gebäude in die Luft sprengen.« Joe sah aus, als meinte er das völlig ernst.

»Der erste Teil entspricht auch meinen Vorstellungen. Die Frage ist nur, wie kommen wir hinein?«

»In so einem großen Haus gibt es doch bestimmt auch eine Hintertür. Oder irgendwo ein offenes Fenster.«

Das schien ein vernünftiger Vorschlag zu sein. Nacheinander verließen sie die Deckung und rannten über die Rasenfläche auf das Haus zu. Sie konnten nur hoffen, dass niemand sie entdeckte, bevor sie im Gebäude waren. Sie hatten Glück, denn ein Mann trat gerade durch eine Terrassentür nach draußen, um eine Zigarette zu rauchen. Ohne große Probleme überwältigten sie ihn, schleppten ihn wieder hinein und ließen ihn gefesselt und geknebelt zurück. Die Tür schlossen sie hinter sich ab. Danach schlichen sie durch das Haus, um den Aufenthaltsort von Morgan und Sam ausfindig zu machen. Schließlich waren es Stimmen, die sie in die richtige Richtung führten.

Geralds Warnung dröhnte Morgan in den Ohren. *Sag nicht, ihr seid euch näher gekommen? Wie erfrischend. Dann wird es mir ein Vergnügen sein, dich zusehen zu lassen, wie deine kleine Freundin stirbt.* Genau diese Situation hatte er verhindern wollen. Es war klar, dass Gerald jede Gelegenheit nutzen würde, um Morgan wehzutun. Deshalb hatte er auch die Bemerkungen über Mara gemacht. Einfach nur, um ihn zu treffen. Und er hatte mit seiner Reaktion gezeigt, dass es ihm nur zu gut gelungen war. Diesmal musste er seine Gefühle verstecken, damit Gerald seine Drohung nicht wahr machte. Also hielt er sein Gesicht passiv, seine Stimme war ruhig.

»Ich versuche nur, Sam vor dir zu schützen. Sie hat mit der ganzen Sache überhaupt nichts zu tun.«

»Sie ist mit dir zusammen, also hat sie auch etwas damit zu tun.«

»Sie war nur zufällig am richtigen Ort, um mein Leben zu retten und mich aus der Wüste zu fahren. Ihr hattet überhaupt keinen Grund, ihr irgendetwas anzutun.«

Gerald blickte ihn höhnisch an. »So? Du hättest ihr sonst was über mich und meine Operation erzählen können.«

»Und wenn, was hätte das schon bewirkt? Die Polizei weiß auch, was hier läuft, und unternimmt trotzdem nichts dagegen. Und du dachtest, eine Paläontologin würde das tun?«

Gerald zuckte gelangweilt mit den Schultern. »Sie war ein Risiko, und du weißt, wie ich mit Risiken umgehe.«

Morgan verzog bitter den Mund. »Du eliminierst sie.«

»Richtig. Und genauso verfahre ich mit Verrätern.«

Morgan schwieg. Was konnte er dazu schon sagen? Gerald würde sowieso tun, was er wollte. Er konnte nichts dagegen unternehmen, erst recht nicht, wenn zwei bewaffnete Männer hinter ihm standen und weitere im Haus und auf dem Grundstück lauerten. Verzweiflung fraß sich immer tiefer in ihn. Er hatte Sam versprochen, sie zu beschützen, und konnte sein Versprechen nicht halten. Er beobachtete, wie Gerald sich vom Tisch abstieß und auf sie zukam. Seine schwarzen Haare saßen makellos wie immer. Seine grünen Augen glitzerten, als würde ihm das Ganze Spaß machen. Wenn man Geralds gepflegtes, gut aussehendes Äußeres betrachtete, würde man nie vermuten, dass er innerlich so verdorben war. Anscheinend hatte er überhaupt keine Probleme damit, eine unschuldige Frau zu töten, die ihm nichts getan hatte, ja ihn bis zu diesem Tag nie gesehen hatte. Er konnte wirklich nicht verstehen, was seine Schwester an ihm gefunden hatte.

Gerald blieb vor Sam stehen, die ihm mit großen Augen entgegenstarrte. Ein Ruck ging durch ihren Körper, sie richtete sich auf, hob ihr Kinn und blickte ihn mit kaum verhüllter Abneigung an. Gerald fand das amüsant. Anscheinend hatte Morgan erkannt, was in diesem auf den ersten Blick so unscheinbaren Körper steckte. Jedenfalls genug Mumm und Widerstandskraft, um ihm zu zeigen, dass sie ihn verachtete. Aber das konnte sie ruhig. In ein paar Minuten war sie sowieso tot, da war es egal, was sie von ihm hielt. Er legte einen Finger unter ihr Kinn und hob es an. Mit Kälte in den Augen lächelte er sie an.

»Du bist also nicht Morgans Freundin, ja?«

Sam schwieg.

»Nun, dann dürfte es ihm ja auch nichts ausmachen, wenn ich dies hier tue …« Er beugte sich vor und presste seinen Mund auf ihre Lippen.

Sam stieß einen unterdrückten Laut aus und versuchte, ihn wegzuschieben. Sofort fasste der Mann hinter ihr wieder nach ihren Armen und zog sie nach hinten. Panisch versuchte sie sich zu befreien, was ihr aber nicht gelang. Langsam klärte sich ihr Gehirn wieder, und sie merkte, dass Gerald überhaupt nichts anderes tat, als ihren Mund mit seinem zu berühren. Er versuchte nicht wirklich, sie zu küssen, sondern beobachtete nur, wie sie und vor allem Morgan reagierten. Es war ein Test, so viel war ihr jetzt klar. Aus den Augenwinkeln sah sie, wie Morgan sich versteifte, aber sonst keine Miene verzog. Nur an seinen ausdrucksvollen Augen konnte man erkennen, dass er Gerald am liebsten die Kehle durchgeschnitten hätte. Schließlich ließ er von ihr ab und wandte sich Morgan zu. Ein Grinsen überzog sein Gesicht.

»Ah ja, sie ist dir völlig egal.«

»Das habe ich nie behauptet. Ich sagte nur, dass sie nicht meine Freundin ist.«

Gerald zog eine Augenbraue hoch.

»Was denn sonst, deine Geliebte vielleicht?«

Morgan schwieg. Er blickte Sam extra nicht an, weil er genau wusste, dass er dabei seine wahren Gefühle verraten würde. So wie man auch ihr jetzt deutlich ansah, was sie für ihn empfand. Es stand ihr buchstäblich ins Gesicht geschrieben. Gott, sie liebte ihn! Was würde er darum geben, jetzt wenigstens noch einen Moment mit ihr allein zu sein, um ihr auch noch sagen zu können, dass er sie ebenfalls liebte. Er wollte nicht, dass sie starben, ohne dass sie wusste, wie viel sie ihm bedeutete.

Gerald fing an zu lachen. »Wie hast du es eigentlich geschafft, mich sieben Monate glauben zu lassen, du wärest mein Freund, wenn du mich gehasst hast? Du bist so schlecht darin, deine Gefühle zu verbergen!«

»Mit dem richtigen Anreiz kann ich alles.«

Gerald nahm die Warnung zur Kenntnis, die darin lag. Sie machte ihn wütend. Was hatte Morgan Spade für ein Recht, hier einfach aufzutauchen und sein Leben durcheinander zu bringen? Hatte er sich die ganze Zeit um Mara gekümmert, so wie er selbst? Nein. Und jetzt glaubte er, er könnte in seinem, Geralds, eigenem Haus stehen, seinen Teppich voll bluten und ihm drohen? Aber er wusste, wie er Morgans Hochmut ganz schnell dämpfen konnte. Er hob seine Hand mit der Pistole und richtete sie auf die Stirn der Frau.

»Alles? Kannst du auch deine Freundin hier wieder beleben, wenn ich sie gleich töte?«

Morgan presste den Kiefer zusammen. »Nein. Aber ich kann dich töten, wenn du es versuchst.«

Erstaunt blickte Gerald ihn an. »Wie willst du das anstellen, wenn mehrere Waffen auf dich gerichtet sind und hinter dir meine Männer stehen?«

»Warte es ab.« Morgans Stimme war ein tiefes Grollen. Es war klar, dass er bis aufs Blut gereizt war.

Automatisch trat Gerald einen Schritt zurück, bevor er sich wieder fing. Wieso war Morgan so verdammt selbstsicher? Hatte er doch noch irgendwo eine Waffe versteckt? Er blickte Chuck und Eddie scharf an.

»Habt ihr sie beide durchsucht?«

»Ja, natürlich.«

»Ist euch jemand gefolgt?«

Chuck und Eddie sahen sich an. Dann schüttelte Eddie den Kopf.

»Nein, Boss.«

»Aber natürlich hätte jemand, wenn er wusste, wo Ihr Bau liegt, bereits vorher hierher kommen können.« Die Stimme kam von der Tür her.

Erschrocken fuhren alle herum. Mit offenem Mund starrten Chuck und Eddie auf die beiden Männer, die im Raum standen. Niemand hatte bemerkt, wie sich die Tür geöffnet hatte, als sie hereingekommen waren. Es war fast, als hätten sie sich hier im Raum materialisiert. Unsicher blickten sie zu Gerald und warteten auf Weisung.

»Was wird denn das hier? Eine verdammte Geburtstagsparty?«

Zach trat vor. »Wohl eher Ihre Beerdigung. Lassen Sie die beiden gehen.«

Gerald lächelte. Er hatte sich von dem Schock schnell wieder erholt. Natürlich war er nicht erfreut darüber, dass hier plötzlich wildfremde Menschen auftauchten, noch dazu bewaffnet. Aber sie waren auf seinem Grund und Boden. Hier hatte er das Sagen. Dann musste er heute eben noch zwei Menschen mehr töten. Kein Problem. Seine Pistole war immer noch fest auf Samanthas Kopf gerichtet.

»Ich weiß nicht, wer Sie sind, und es ist mir auch ziemlich egal, aber scheinbar haben Sie ein Problem mit Ihren Augen. Wir haben hier drei Waffen, alle aus unmittelbarer Nähe auf meine lieben Gäste gerichtet. Sie haben nur zwei lächerliche Pistolen, eine davon ein halbes Spielzeug, mit dem Sie auf diese Entfernung wahrscheinlich niemanden treffen werden. Oder vielleicht doch, Ihre Freunde.«

Zach lächelte kalt. »Meinen Sie? Wollen Sie es darauf ankommen lassen?«

Gerald zuckte mit den Schultern. »Was sollte mich daran hindern, diese beiden Menschen hier zu erschießen, bevor ich sterbe? Sie können nicht gewinnen.«

Damit hatte er unglücklicherweise Recht. White konnte jeden erschießen, den er wollte, weil er keine Angst zu haben brauchte, dass jemand getroffen wurde, der ihm etwas bedeutete – außer ihm selbst vielleicht. Er und Gonzalez jedoch mussten fürchten, Morgan und Sam aus Versehen zu treffen oder nicht schnell genug zu sein, um zu verhindern, dass sie von White und seinen Männern getötet wurden. Sie hatten eine Zeit lang vor der Tür gestanden und gelauscht und dann entschieden, dass sie jetzt etwas unternehmen mussten, bevor die Situation im Raum eskalierte. Es brauchte nur das Zucken eines Fingers, um das Leben von Morgan oder Sam zu beenden, und Zach hatte gehofft, dass sie Gerald irgendwie von dem Plan abbringen könnten, wenn er merkte, dass er mit einiger Gegenwehr zu rechnen hatte. Scheinbar war er jedoch so davon überzeugt zu gewinnen, dass ihn Worte nicht vom Gegenteil überzeugen würden. Oder aber es war ihm egal, ob er sterben würde. Obwohl er sich das bei einem Mann mit Whites Hintergrund und Ego nicht vorstellen konnte.

Gerald hielt seine Pistole dichter an Sams Stirn.

»Lassen Sie Ihre Waffen fallen, sonst ist sie tot.« Als nichts geschah, berührte er mit der Mündung ihre Haut. »Ich zähle bis drei, und wenn Sie dann nicht mit erhobenen Händen und ohne Waffen vor mir stehen, wird diese Frau sterben.« Er lächelte. »Und glauben Sie mir, ich mache garantiert keine Witze.«

»Eins – zwei – …«

Dann geschah alles auf einmal. Zach und Gonzalez ließen ihre Waffen fallen, die mit einem lauten Knall auf dem Holzboden landeten, Morgan riss sich los und stürzte sich auf Gerald. Eine rückwärtige Tür öffnete sich, und eine Frau in einem atemberaubenden Kleid trat ein. Gleichzeitig wurde die vordere Tür aufgerissen, und Joe stürmte mit gezogener Waffe herein. Chuck und Eddie hatten Morgan schnell wieder gebändigt, und Gerald richtete sich die Kleidung. Die Frau blickte bestürzt auf das Durcheinander, dann wanderte ihr Blick zu Gerald. Sie ging ein paar Schritte auf ihn zu, vielmehr schwebte sie. Ihre Verwirrung war offensichtlich.

»Was ist denn hier los, Gerald? Wer sind all diese Leute?« Sie sah zu Morgan. »Oh Gott, ist das etwa *Blut*?« Ihre rauchige Stimme zog die Aufmerksamkeit aller auf sich.

»Was tust du hier, Leila?« Aus Geralds Stimme klang Ungeduld.

Sie warf ihm ein verlegenes Lächeln zu.

»Oh. Du hattest doch gesagt, wir würden heute Abend feiern, und da wollte ich dich fragen, ob das Kleid dir gefällt oder ob ich mich noch einmal umziehen soll.« Sie breitete die Arme aus und entblößte dabei fast ihre vollen Brüste. »Wie findest du es?«

Gerald schluckte. Er hatte Mühe, sich bei diesem Anblick auf das Wesentliche zu konzentrieren.

»Wirklich hübsch. Lass es an. Es dauert hier nicht lange, dann komme ich zu dir.«

Leila schmollte entzückend. »Warum kommst du nicht gleich mit?« Sie klimperte mit den Wimpern. »Wir könnten vor dem Essen noch …« Sie brach ab und hielt eine Hand vor den Mund. »Ups.«

»Nein. Ich komme gleich. Geh jetzt!« Gerald beschloss, sich höllisch zu beeilen.

Leila ging jedoch nicht, sondern trat näher zu ihm.

»Ich denke nicht.« Jeglicher Samt war aus ihrer Stimme verschwunden, sie klang jetzt hart und sachlich. Sie griff hinter sich und zog eine Pistole hinter dem Rücken hervor, die sie auf Gerald richtete. »Fallen lassen.«

Gerald war verblüfft, dann lachte er schallend.

»Gib mir das Ding, du weißt doch überhaupt nicht, wie man damit umgeht.«

Leila löste die Sicherung mit einem Klicken und richtete die Waffe dann genau auf seine Brust.

»Glaubst du? FBI – du bist verhaftet. Wirf die Waffe auf den Boden und verschränke die Hände hinter dem Kopf!« Sie deutete mit ihrer Pistole auf Chuck und Eddie. »Ihr beide auch. Sofort.«

LVI

Geralds Gesicht war unter der Bräune blass geworden. Doch er fing sich rasch wieder.

»Nein. Du wirst mich nicht erschießen, nicht nach dem, was wir miteinander geteilt haben.«

Leilas Miene war hart, ohne jedes Gefühl. Ihre Stimme war leise.

»Doch, das werde ich. Allerdings wäre es mir lieber, wenn du dich einfach ergeben würdest.«

Das Poltern hinter ihnen zeugte davon, dass Chuck und Eddie sie durchaus ernst nahmen. Nachdem er nicht mehr fest gehalten wurde, zog Morgan Sam endlich in seine Arme und führte sie dann aus der Gefahrenzone. Zach und Gonzalez tasteten die beiden Männer nach weiteren Waffen ab, während sie mit dem Gesicht nach unten auf dem Boden lagen. Joe behielt mit seiner Pistole im Anschlag, die er dem Mann abgenommen hatte, den sie verschnürt in dem einen Zimmer zurückgelassen hatten, die Gruppe im Auge, bereit, jeden niederzustrecken, der eine falsche Bewegung machte. Vor dem Haus hörten sie Wagen mit Sirenen vorfahren, ein Krachen, als sie das Tor niederfuhren. Mit quietschenden Bremsen kamen sie zum Stehen. Autotüren klapperten, Schritte hallten durch das Haus.

»Es ist vorbei, Gerald, gib auf.«

Geralds Gesicht war verzerrt, als er Leila hasserfüllt betrachtete. Noch eine Frau, die ihn betrogen hatte! Aber das würde das letzte Mal sein: Er würde dafür sorgen, dass sie das bekam, was sie verdiente. Langsam hob er seine Hand mit der Pistole. Ein Schuss ertönte. Wie von einer gigantischen Faust getroffen, wurde er nach hinten geschleudert und landete auf dem Boden. Seine Waffe entfiel seiner kraftlosen Hand. Mit glasigen Augen blickte er zu Leila hoch, die sich immer noch mit der Pistole im Anschlag über ihn beugte.

»Du … hast auf mich geschossen.«

Leilas Miene gab ihre Gefühle nicht preis. Mit einer Hand prüfte sie seinen Puls, dann strich sie auf der Suche nach Waffen über seinen Körper.

»Du wirst es überleben.«

Inzwischen waren auch die Polizisten in den Raum gestürmt, gefolgt von einem zeternden Butler.

»Sie können doch nicht einfach …«

Einer der Polizisten drehte sich zu ihm um.

»Wenn Sie jetzt nicht still sind, werden wir Sie sofort knebeln und verhaften. Ist das klar?«

Anscheinend, denn der Butler gab keinen Ton mehr von sich. Als er seinen blutenden Arbeitgeber auf dem Boden liegen sah, ließ er sich totenblass auf einen der Stühle sinken. Kopfschüttelnd trat der Polizist zu Leila, die ein Tuch auf Geralds Brustwunde drückte. Er drehte sich um und winkte die Sanitäter zu sich, die gerade den Raum betraten. Schweigend beobachteten sie, wie Gerald White notdürftig versorgt und dann auf einer Trage aus dem Raum transportiert wurde. Dann wandte er sich an Leila.

»Sind Sie Special Agent Alaina Heart?«

Leila verzog den Mund. »Ja. Danke, dass Sie so schnell gekommen sind.«

Der Mann zuckte mit den Schultern.

»Wir haben lange darauf gewartet. Haben Sie jetzt endlich genügend Beweise?«

»Ich hoffe es. Es wäre natürlich besser gewesen, wenn ich noch etwas mehr Zeit gehabt hätte, aber unter diesen Umständen musste ich eingreifen.«

»Hätten Sie jetzt Zeit für eine kurze Stellungnahme?«

Leila blickte auf die Tür, durch die die Sanitäter verschwunden waren, und seufzte.

»Natürlich. Kommen Sie, ich weiß einen Ort, an dem wir ungestört reden können.« Sie führte ihn durch die rückwärtige Tür hinaus.

Ein Sanitäter hatte sich Morgans Kopfwunde angesehen, sie notdürftig verbunden und ihm geraten, sie von einem Arzt nähen zu lassen. Jetzt drückte Morgan Joe heftig an sich.

»Was machst du denn hier? Du hättest verletzt werden können!«

Man sah Joe die Erleichterung an, dass sein Bruder noch am Leben war.

»Ja, aber ich bin noch ganz, während du aussiehst, als wärest du unter einen Truck geraten. Bist du sicher, dass du nicht lieber in ein Krankenhaus gehen solltest?«

»Später, jetzt möchte ich mich erst einmal davon überzeugen, dass es euch allen gut geht.« Sein Blick wanderte über Joe, Sam und Zach und blieb dann an dem ihm fremden Mann hängen.

»Wer immer Sie sind, danke für Ihre Hilfe.«

»Das ist Detective Gonzalez aus Salt Lake City. Was tun Sie hier?« Sams Stimme war von der Aufregung noch ein bisschen wackelig. Ihre Hand hätte man vermutlich nur mit einem Brecheisen von Morgans lösen können.

»Detective Murdock hat mich davon informiert, dass meine Hauptzeugin in Lebensgefahr schwebt.« Er zuckte mit den Schultern. »Da ich es hasse, wenn meine Zeugen mir wegsterben, habe ich mich entschieden, ihm bei Ihrer Befreiung zu helfen.«

Sam lächelte ihn schief an. »Vielen Dank.«

Gonzalez nickte knapp.

»Das bringt mich auf die Frage, wie du hierher gekommen bist, Zach. Woher wusstest du, dass wir entführt worden sind? Ich dachte, du wärest noch in Moab.«

Zach verzog den Mund. »Nein, ich hatte mich entschieden, nach Hause zu fliegen. Auf dem Rückweg habe ich dann bei euch einen Zwischenstopp eingelegt. Nur dass ich nicht euch angetroffen habe, sondern Joe.«

Joes Mund überzog ein seltenes Lächeln.

»Er wollte mich erschießen.«

Zach grinste ihn an. »Und Sie wollten mich in den Boden stampfen.«

Joe zuckte mit den Schultern.

Morgan blickte vom einen zum anderen. Dann schüttelte er den Kopf.

»Ich denke, darüber sollten wir uns später ausführlicher unterhalten. Wenn ihr nichts dagegen habt, möchte ich jetzt kurz mit Sam alleine sein.«

»Kein Problem.«

»Lass dir Zeit.«

»Wir werden draußen warten.«

Inzwischen hatte man alle Verhafteten abgeführt, nur noch zwei Polizisten waren in der anderen Ecke des Zimmers mit der Spurensicherung beschäftigt. Morgan führte Sam zu einem Stuhl, ließ sich darauf nieder und zog sie auf seinen Schoß. Seine Arme zogen sie dicht an sich, seinen Kopf legte er behutsam an ihren Hals. Eine Zeit lang saßen sie so da, völlig zufrieden damit, einfach nur beieinander zu sein, sich zu spüren und zu wissen, dass sie beide noch lebten. Nach einer Weile überlief Morgan ein Schauder. Er hob seinen Kopf ein Stück und küsste sie auf die Halsschlagader.

»Gott, ich dachte wirklich, ich würde dich verlieren!«

Sam schmiegte sich enger an ihn.

»Ich auch. Als du auf ihn zugesprungen bist, dachte ich, das wäre das Ende. Wie konntest du einfach so vor seine Waffe springen?«

»Ich wollte nicht einfach zusehen, wie er dich erschießt! Ein Glück, dass Leila in dem Moment aufgetaucht ist.«

»Wusstest du, dass sie die FBI-Agentin ist?«

Morgan lachte erstickt auf. »Nein. Sie wäre auch die Letzte gewesen, auf die ich getippt hätte. Mir kam es so vor, als hätte sie ein Verhältnis mit ihm gehabt.«

Sam schauderte. »Das kann ich mir nicht vorstellen. Wie kann man mit einem solchen Mann eine Beziehung eingehen?«

Morgan hob den Kopf und blickte sie prüfend an.

»Er sieht gut aus, hat viel Geld und kann sehr charmant sein, wenn er es darauf anlegt.« Seine Miene verdüsterte sich. »Mara hat sich ja auch mit ihm abgegeben.«

»Das meinte ich auch nicht. Aber Leila wusste, wer und was er war. Es gehört doch wohl kaum zu ihrer Jobbeschreibung, dass sie eine Beziehung mit einem Verdächtigen eingeht, oder?«

Morgan verzog den Mund. »Ich kann es mir nicht vorstellen. Wer weiß, vielleicht hat sie sich ja in ihn verliebt.« Er lachte über Sams angewiderten Gesichtsausdruck. »Hey, schließlich bist du auch mit mir zusammengekommen, obwohl du nicht sicher warst, ob ich nicht doch ein Verbrecher war, und ich auch noch viel schlimmer aussehe als Gerald. Ach ja, und Geld hatte ich auch keins.«

Sam beugte sich vor und küsste ihn sanft auf den Mund.

»Aber du hast ein Herz.«

Morgan zog ihre Hand auf sein kräftig pochendes Herz.

»Stimmt. Und es schlägt nur für dich.«

Strahlend lächelte Sam ihn an und küsste ihn erneut. Diesmal dauerte es wesentlich länger, bis sie wieder auftauchten.

»Wie wäre es, wenn wir jetzt von hier verschwinden? Die anderen warten bestimmt schon auf uns.«

»Liebend gern.«

Hand in Hand machten sie sich auf den Weg nach draußen. Auf der Türschwelle blieben sie stehen und genossen die frische Luft und die Tatsache, dass sie noch lebten, um sie zu genießen. Dann gingen sie zu Zach, Joe und Gonzalez, die ein Stück entfernt auf der Rasenfläche standen.

»Vielleicht sollte ich euch jetzt erst mal offiziell miteinander bekannt machen. Sam, das ist Zach Murdock, Detective in New York und ein sehr guter Freund. Und das ist mein Bruder Joe, ich hatte dir ja schon von ihm erzählt.«

Sam nickte ihnen zu. »Ich bin wirklich außerordentlich froh, Sie kennen zu lernen.«

»Zach, Joe, das ist Sam, Samantha Dyson, aus Salt Lake City, die ich ungewollt in meine Probleme mit hineingezogen habe. Sie hat mir das Leben gerettet.«

Joe schenkte ihr sein seltenes Lächeln.

»Vielen Dank, vor allem dafür, dass sie danach so gut auf ihn aufgepasst haben.«

Sam lächelte zurück. »Das habe ich gerne gemacht.« Ihr Blick zu Morgan sagte deutlich aus, was sie für ihn empfand. Als sie die Blicke sah, die die Männer austauschten, errötete sie und wechselte rasch das Thema. »Sie haben also mit meiner Freundin Cathy gesprochen?«

Zach verzog übertrieben das Gesicht.

»Ja. Eine wirklich harte Nuss, Ihre Freundin. Sehr loyal und wirklich um Sie besorgt.«

»Das ist sie. Ich muss sie unbedingt bald anrufen, damit sie sich keine Sorgen mehr um mich macht. Jetzt ist doch alles vorbei, oder?« Fragend blickte sie Morgan an.

Er zog sie an sich und küsste sie auf die Stirn.

»Ja, es ist alles vorbei.«

Gonzalez räusperte sich. »Wollen Sie mit mir zurückfliegen, Miss Dyson? Dann besorge ich schon mal die Tickets.«

Sam blickte ihn unsicher an, dann wanderte ihr Blick zu Morgan.

»Ich weiß nicht, ich ... meine Papiere sind gar nicht hier, die liegen noch in Denver.«

»Das macht nichts. Wenn Sie mit mir fliegen, brauchen Sie die nicht. Sie können sich die Papiere und alles andere nachschicken lassen.«

»Aber ich ...« Hilflos blickte sie Morgan an. »Soll ich nicht wieder mit nach Denver kommen?«

»Das würde mich freuen, aber vielleicht wäre es besser, wenn du jetzt nach Salt Lake City zurückkehrst. Dein Job wartet da und deine Freunde. Ich muss erst einmal wieder Ordnung in mein Leben bringen, da würdest du wahrscheinlich zu kurz kommen.«

Verletzt und enttäuscht blickte sie ihn mit ihren großen Augen an. Morgan biss die Zähne zusammen, um ihr nicht zu sagen, dass sie für immer bei ihm bleiben sollte. Das wäre nicht fair ihr gegenüber. Er musste wirklich erst einmal dafür sorgen, dass alles wieder so war, wie es sein sollte. Er würde mit der Polizei und dem FBI sprechen müssen, Zach, Shane und auch Sam alles zurückzahlen, was er sich von ihnen geborgt hatte, seinen Job zurückbekommen, und irgendwann würde er auch noch einmal nach Grand Junction zurückkehren und nachsehen müssen, ob seine Sachen noch da waren. Er konnte Sam nicht von ihrer Arbeit abhalten und sie durch die Weltgeschichte schleifen, um das Chaos, was er angerichtet hatte, zu beseitigen. Nein, er würde alles regeln und dann zu Sam fahren, wenn sie ihn bis dahin noch haben wollte. Sein Herz krampfte sich bei dem Gedanken schmerzhaft zusammen. Aber das war ein weiterer Grund, erst einmal Abstand zu Sam zu halten. Sie sollte in Ruhe und ohne in ständiger Gefahr zu sein darüber nachdenken, ob er wirklich der richtige Mann für sie war. Gott, er hoffte es!

Deshalb nahm er jetzt ihre Hand und drückte sie sanft.

»Wenn ich alles erledigt habe, komme ich zu dir. Versprochen.«

»Aber ich möchte bei dir sein, ich kann dir doch helfen und …«

Morgan unterbrach sie. »Ich brauche etwas Zeit, um mit allem ins Reine zu kommen.«

Sam blickte forschend in sein Gesicht und erkannte, dass er sich nicht umstimmen lassen würde. Es tat ihr weh, dass er sie wegschickte, aber sie würde sicher nicht vor all den Leuten anfangen zu betteln.

»Okay. Wenn du so weit bist, weißt du ja, wo du mich findest.« Damit wandte sie sich ab und ging weg, damit niemand die Tränen in ihren Augen sah.

Unbehaglich blickten die Männer ihr hinterher. Schließlich räusperte sich Joe.

»Lass sie nicht so gehen, Morgan.«

Morgans schmerzerfüllter Blick sprach Bände. »Glaubst du, ich *will*, dass sie geht?« Damit wandte er sich ab und lief hinter Sam her.

Mit ein paar langen Schritten holte er sie ein, legte seine Hand auf ihre Schulter und drehte sie zu sich herum. Die Tränen in ihren Augen bohrten sich wie Messerstiche in sein Herz.

»Bitte, Sam, ich wollte dir nicht wehtun. Ich glaube, es ist wirklich besser, wenn wir beide erst einmal in unser gewohntes Leben zurückfinden und dann entscheiden, was mit uns passieren soll.«

Eine Träne lief über ihre Wange. Hastig wischte sie sie fort.

»Aber ich liebe dich doch.«

Ihre Worte drehten das Messer in seiner Brust herum. Gequält schloss er die Augen, öffnete sie aber schnell wieder, damit er nicht eine Sekunde in Sams Gegenwart verpasste.

»Ich liebe dich auch, Sam. Und ich werde zu dir kommen. Ich weiß zwar noch nicht wann, aber ich werde kommen. Ich hoffe nur, dass du mich dann noch haben willst.«

Sam blickte ihn an, als wäre er der größte Idiot auf Erden.

»Natürlich will ich dich dann noch! Aber beeil dich trotzdem, ja?«

»Versprochen.«

Morgan zog sie in seine Arme und küsste sie, als hinge sein Leben davon ab. Vielleicht tat es das auch. Er fragte sich jetzt schon, was er ohne sie anfangen sollte: ohne ihre Wärme, ihr Lachen, ihre freundliche Art. Sein Leben würde in den nächsten Tagen oder sogar Wochen sehr, sehr einsam werden.

LVII

Zehn Minuten später blickte Morgan dem Taxi nach, das Gonzalez und Sam zum Flughafen fuhr. Er ballte die Fäuste zusammen, um dem Drang zu widerstehen, sie zurückzurufen. Joe legte seine Hand auf seine Schulter.

»Sie wird auf dich warten.«

Morgan drehte sich zu ihm um. »Das hoffe ich.«

»Aber du solltest dir auch nicht zu viel Zeit lassen.«

Morgans Mund verzog sich zu einem schmerzlichen Lächeln.

»Das werde ich bestimmt nicht. Ich habe schon so viel verloren, da werde ich Sam auf keinen Fall wieder gehen lassen.«

Joe nickte. »Wo wir gerade von Verlust sprechen. Hast du eigentlich den Verstand verloren?« Seine blauen Augen blitzten seinen Bruder wütend an. »Wie konntest du so blöd sein, dich in eine Drogenbande einzuschleichen, um selbst zu ermitteln, ohne mich vorher darüber zu informieren? Ich hätte dir helfen können …«

Morgan unterbrach ihn. »Ich wollte dich da nicht mit hineinziehen. Es war zu gefährlich.«

»Mara war auch meine Schwester.« Joes ruhige Antwort war leise, aber wirkungsvoll.

Morgan strich über seinen schmerzenden Kopf.

»Ich weiß. Ich hätte es nicht ertragen, wenn ich euch beide verloren hätte. Du warst alles, was mir von unserer Familie noch geblieben war.«

»Dir ist nie der Gedanke gekommen, dass es mir genauso geht, oder?«

Morgans Ohren färbten sich rot.

»Ehrlich gesagt, damals nicht.«

Joe schüttelte den Kopf. »Das dachte ich mir. Aber ich hätte helfen können.«

»Du hast mir geholfen.« Morgan legte seine Hand auf Joes Schulter und drückte sie.

»Aber ...«

»Darüber können wir uns dann nachher unterhalten, wenn wir in Denver sind, in Ordnung?«

Zögernd nickte Joe. Er brannte darauf, eine Erklärung von seinem Bruder zu bekommen.

Zach mischte sich ein. »Wollen wir jetzt auch fahren?«

Morgan blickte ihn dankbar an.

»Gerne. Aber ich habe auch keine Papiere dabei. Die Kerle müssen mir meine Geldbörse abgenommen haben, als ich bewusstlos war.«

»Sie lag in deiner Wohnung auf dem Fußboden. Wir haben sie mitgebracht.«

»Danke.« Er blickte sich suchend um. »Ich wollte mich nur noch schnell bei Leila bedanken. Bin gleich wieder da.«

Morgan umrundete die Hausecke und blieb ruckartig stehen. Leila stand an die Hauswand gelehnt da. Ihre Augen waren geschlossen, ihre Arme über der Brust gekreuzt, als würde sie frieren. Ihre schwarzen Haare hatten sich zum Teil aus der Hochsteckfrisur gelöst, ihr blaues Kleid zierten Blutflecken. Die Haut war blass und von harten Linien durchzogen, der volle Mund wirkte verletzlich. Morgan war sich nicht sicher, ob er sie jetzt stören sollte, und wollte gerade umdrehen, als sie die Augen öffnete und ihn erblickte. Alaina gelang ein schwaches Lächeln.

»Wie geht es dir?«

»Dank dir bin ich noch sehr lebendig. Und Sam auch. Vielen Dank.«

»Gern geschehen. Tut mir Leid, dass ich nicht beim ersten Mal geholfen habe. Ich habe es erst erfahren, als sie dich schon weggebracht hatten, und ich wusste nicht wohin.«

Morgan nickte. »Es war nicht schön, aber immerhin habe ich dadurch Sam kennen gelernt.« Er schob die Hände in die Hosentaschen. »Du warst also die Undercover-Agentin?«

»Ja.«

Morgan lächelte. »Das hätte ich nie vermutet. Alle sagten, du wärest mit Gerald ...« Morgan brach ab und errötete. »Entschuldige.«

»Der Schein trügt manchmal.« Ihre Stimme klang scharf. Alaina sackte etwas zusammen. Sie hätte nicht gleich auf ihn losgehen sollen. Aber es war ein anstrengender Tag gewesen, und sie stand im Moment einfach neben sich.

»Ich habe deinen Namen vorhin nicht richtig mitbekommen.«

»Alaina Heart, Special Agent.«

»Du brauchst bestimmt noch irgendwann eine richtige Aussage von mir, oder?«

»Ja, du warst lange bei der Bande, du hast bestimmt einiges gesehen.«

Morgans Augen verdunkelten sich. »Zu viel.«

»Wenn du mir deine Adresse gibst, wird dich das FBI kontaktieren.«

»In Ordnung.« Morgan diktierte seine Adresse und Telefonnummer, dann beugte er sich vor und küsste Alaina auf die Wange. »Nochmals vielen Dank für alles.« Damit wandte er sich ab und eilte über den Rasen. Er wollte schnell nach Hause, um gleich mit der Arbeit zu beginnen, Ordnung in das Chaos zu bringen. Je eher er fertig war, desto schneller würde er zu Sam kommen können.

Sam landete am späten Abend in Salt Lake City und wurde am Flughafen von Cathy und Tom in Empfang genommen. Von Grand Junction aus hatte sie sie angerufen und ihnen versichert, dass es ihr gut ging und sie jetzt nach Hause kommen würde. Sowie sie mit Gonzalez aus dem gesicherten Bereich heraus war, stürmte Cathy auf sie zu und umarmte sie so fest, dass ihre Knochen knackten.

»Lass sie los, du erdrückst sie ja.« Toms Stimme erklang hinter ihnen.

Lächelnd löste Sam sich aus den Armen ihrer Freundin und wandte sich Tom zu.

»Hallo, danke, dass ihr mich abholt.«

Tom lächelte ebenfalls. »Kein Problem. Schön, dass es dir gut geht.«

Gonzalez räusperte sich. »Ich werde mich dann mal auf den Weg machen. Können Sie am Montag zur Dienststelle kommen und Ihre Aussage machen?«

»Ja, natürlich.« Sam trat zu ihm und küsste ihn auf die Wange. »Danke für Ihre Hilfe.«

Sichtlich überrascht und verlegen fuhr Gonzalez zurück und brachte eine sichere Distanz zwischen sich und weitere Gefühlsattacken.

»Wir sehen uns Montag.« Damit wandte er sich um und eilte davon, so schnell es sein Humpeln erlaubte.

»Ich glaube fast, du magst den Kerl.« Cathys Stimme riss Sam aus der Betrachtung von Gonzalez' Flucht.

»Ich kenne ihn nicht so gut, aber er war bereit, uns zu helfen, obwohl es nicht seine Aufgabe und weit außerhalb seiner Zuständigkeit war. Ja, ich denke, ich mag ihn.«

Tom mischte sich ein. »Ich mag ihn auch.«

Als Cathy ihn anfunkelte, zuckte er mit den Schultern.

»Wie wäre es, wenn wir jetzt nach Hause fahren?«

Sam verzog den Mund. »Ich weiß nicht, ob ich heute in mein Haus zurück möchte.«

Cathy legte den Arm um ihre Schultern und führte sie zum Ausgang.

»Das musst du auch nicht. Du kannst so lange bei mir wohnen, wie du willst. Deine Sachen sind auch noch da.«

Tom runzelte die Stirn. »Denkst du, es besteht noch Gefahr für euch?«

»Nein, ich glaube nicht. Der Chef der Bande wurde verletzt und genauso wie seine Männer verhaftet. Es könnte natürlich sein, dass irgendwo noch Bandenmitglieder herumlaufen, aber es ist unwahrscheinlich, dass sie ohne Befehl etwas unternehmen.«

Tom nickte. »Okay, dann fahren wir erst zu mir, damit Cathy ihre Sachen abholen kann, und dann bringe ich euch zu ihrer Wohnung. Wenn ihr wollt, kann ich auch noch auf der Couch übernachten.«

Cathy hätte zu gerne Ja gesagt, aber wahrscheinlich war es besser, wenn sie sich von Tom räumlich trennte und damit die Versuchung verringerte. Deshalb schüttelte sie jetzt den Kopf.

»Nein, das brauchst du nicht, wir kommen schon zurecht.«

Tom blickte sie mit einer Mischung aus Erleichterung und Kränkung an. Das wandelte sich schnell in Begehren, wie immer, wenn er ihr nahe war. Sam blickte vom einen zum anderen und grinste.

»Wollen wir jetzt losfahren?«

Tom errötete, bevor er sich umdrehte und sie zu seinem Jeep führte.

Es war bereits kurz vor Mitternacht, als sie endlich bei Cathys Wohnung eintrafen. Mehr aus Gewohnheit ging Tom auch diesmal mit nach oben und durchsuchte jedes Zimmer, bevor er Cathy und Sam hereinließ. Widerwillig verabschiedete er sich schließlich, nachdem Sam zumindest die grobe Fassung ihrer Erlebnisse erzählt hatte, und kehrte zu seiner nun sehr leeren und stillen Wohnung zurück. Er hatte sich so daran gewöhnt, Cathy immer um sich zu haben, dass er jetzt gar nicht wusste, was er mit sich anfangen sollte, außer ins Bett zu gehen und von ihr zu träumen. In sein kaltes, leeres Bett. Verdammt, wie sollte er das bloß noch ein paar Wochen aushalten?

Auch Sam und Cathy gingen schnell ins Bett, die Ereignisse hatten sie doch ziemlich erschöpft. Am nächsten Morgen brachte ein Eilbote Sams Geldbörse und die restlichen Sachen, die noch in Morgans Wohnung gelegen hatten. Sam war froh, ihre Papiere wieder zu haben, aber sie fragte sich schon, warum Morgan gleich alles, was ihn an sie erinnerte, zurückgeschickt hatte. Wahrscheinlich war es wirklich idiotisch, aber es kam ihr vor, als wäre er froh, sie los zu sein. Unsinn, er hatte gesagt, dass er sie liebte und bald zu ihr kommen würde, daran musste sie glauben. Trotzdem vermisste sie ihn mehr, als sie sich je hätte vorstellen können. Am Wochenende hatte sie nichts, was sie von ihrer Einsamkeit ablenken konnte, außer vielleicht Cathy, doch die schien ebenfalls darunter zu leiden. Deshalb war sie froh, am Montag wieder zur Arbeit gehen zu können. Auch das Gespräch mit Detective Gonzalez, der ihr versicherte, dass alle Mitglieder von Whites Organisation verhaftet worden waren, riss sie kurzzeitig aus ihren trüben Gedanken. All das half nicht wirklich. Sie wollte Morgan, und das sofort! Es wäre leichter, wenn er sie wenigstens anrufen würde oder einen Brief, eine E-Mail geschrieben hätte, aber er meldete sich nicht. Sam war bereit, ihm zuzugestehen, dass er im Moment wohl sehr beschäftigt war und andere Dinge im Kopf hatte. Aber am Ende der Woche reichte es ihr: Sie riss den Telefonhörer hoch und wählte seine Nummer. Wieder einmal meldete sich nur der Anrufbeantworter.

»Morgan, melde dich bitte bei mir.« Dann legte sie auf. Sie hatte ihm noch viel mehr zu sagen, aber sie wollte es persönlich tun und nicht auf Band sprechen.

»Wieder nichts?«

Sam fuhr zu Cathy herum, die im Türrahmen lehnte.

»Nein. Und langsam habe ich auch keine Lust mehr zu warten. Er hätte sich wenigstens bei mir melden können. Ich verstehe, wenn er nicht persönlich kommen kann. Aber ein Anruf ist ja wohl nicht zu viel verlangt, oder?«

Cathy schüttelte den Kopf. »Nein, ist es nicht. Und du bist sicher, dass eure Beziehung tiefer ging?«

Sam verzog unglücklich den Mund. »Ja. Zumindest dachte ich es.«

»Wenn es so ist, dann wird er kommen, wenn er bereit ist.«

»Aber ich habe keine Lust, die ganze Zeit hier auf ihn zu warten!«

»Dann tu es doch nicht.« Cathy überlegte und fing dann an zu lächeln. »Wie wäre es, wenn du mit deiner Ausgrabung anfängst? Die Mittel dafür wurden schon bewilligt, du könntest sofort loslegen.«

Sam blickte sie unsicher an. »Ich weiß nicht …«

Cathy unterbrach sie. »Du wärest abgelenkt und würdest das machen können, was du am liebsten magst.«

Sams Miene hellte sich auf.

»Stimmt. Und wenn er mich wirklich finden will, dann wird er es. Sollte er es nicht wollen, dann hat er eben Pech gehabt!«

»Das ist die richtige Einstellung.«

Sam nickte und ging in ihr Zimmer zurück. Natürlich wäre es nicht nur sein Pech, sondern auch ihr Unglück. Es war für sie unvorstellbar, Morgan vielleicht nie wiederzusehen. Sie sollte unbedingt auch noch einen Alternativplan aufstellen für die Möglichkeit, dass Morgan nicht zu ihr kam. Denn sie würde es ihm nicht leicht machen, sie loszuwerden, so viel war sicher.

Eine Woche später war sie mit fünf Studenten, darunter auch Tom, an ihre Fundstelle zurückgekehrt. Der abgedeckte Schädel hatte ihre Abwesenheit gut überstanden, so weit sie das ohne Röntgengerät hatte feststellen können. Sie stürzte sich in die Arbeit und war von Sonnenaufgang bis Sonnenuntergang im Gebiet unterwegs oder auf Händen und Knien über dem Skelett zu finden. Natürlich kamen ihre Gedanken immer wieder auf Morgan zurück, besonders, wenn sie abends alleine in ihrem Zelt lag und der Schlaf auf sich warten ließ. Es half ihr auch nicht zu wissen, dass sie nicht die Einzige mit diesem Problem war. Tom wurde ebenfalls mit jedem Tag schweigsamer und mürrischer. Sam verstand, warum das so war und warum er sich freiwillig gemeldet hatte, bei dieser Ausgrabung mitzumachen, und sie bewunderte ihn dafür. Cathy dagegen war alles andere als erfreut gewesen, als sie von seinem Plan erfuhr. Ihre lautstarke Beschwerde hatte dazu geführt, dass Sam seit langer Zeit einmal wieder gelacht hatte.

Cathy hatte es natürlich nicht so lustig gefunden, was Sam ihr auch nachempfinden konnte. Aber immerhin wusste sie, dass Tom etwas für sie empfand, so viel sogar, dass er alles dafür tat, sie beruflich nicht zu kompromittieren. Auch wenn sie beide darunter leiden mussten. Aber welchen Grund hatte Morgan sich selbst jetzt, nach über drei Wochen, nicht bei ihr zu melden? Über Cathy hatte sie erfahren, dass er weder angerufen noch über die Universität versucht hatte, Kontakt mit ihr aufzunehmen. Wo war er bloß? War er etwa immer noch in Gefahr? Aber das konnte eigentlich nicht sein, denn alle hatten ihr versichert, dass sie in keinerlei Gefahr mehr schwebte. Also, was tat Morgan, das wichtiger war, als zu ihr zu kommen, so wie er es versprochen hatte?

Langsam trat Morgan in das schlecht beleuchtete Gebäude des Geologischen Instituts der Universität von Utah. Von Detective Gonzalez hatte er erfahren, dass Sam noch bei ihrer Freundin Cathy O'Donnell wohnte. Da er neutralen Boden vorzog, hatte er beschlossen, hierher zu ihrer Arbeitsstätte zu fahren. Er entdeckte ihren Namen nirgends auf der Tafel, die im Eingangsbereich den Weg zu den Büros wies, daher ging er die Treppe hoch zu dem Büro ihrer Freundin. Sie würde bestimmt wissen, wo Sam untergebracht war. Sein Herz schlug schneller, als er daran dachte, dass er Sam bald wieder sehen würde. Er wäre gerne früher gekommen, aber es hatte länger gedauert, alles wieder zu bereinigen, als er gedacht hatte. Aber jetzt war er hier, und er hoffte, dass Sam ihm seine lange Stille verzeihen und ihn wieder in ihr Leben aufnehmen würde. Endlich hatte er das Büro erreicht. Er wischte sich seine feuchten Hände an der Hose ab und versuchte, seinen heftigen Atem zu beruhigen. Leise klopfte er an die Tür.

»Herein.«

Zögernd öffnete Morgan die Tür und blickte auf die rothaarige Frau, die hinter ihrem Schreibtisch saß und in einem Buch blätterte.

»Entschuldigen Sie die Störung, ich bin auf der Suche nach Samantha Dyson.«

Jetzt blickte die Frau auf und musterte ihn unverhohlen.

»Und wer sind Sie?«

Morgan zuckte bei dem feindseligen Klang ihrer Stimme zusammen.

»Morgan Spade.«

»Ah.« Ein Teil der Anspannung wich aus ihrem Körper, aber ihre Stimme klang immer noch kühl. »Sie kommen also doch noch.«

Wieder zuckte er zusammen.

»Ja. Sams Name stand unten nicht am Brett, deshalb dachte ich, Sie könnten mir vielleicht sagen, wo ich sie finde.«

Cathy lehnte sich in ihrem Stuhl zurück und musterte den Mann vor ihr. Er wirkte groß und kräftig, wie er so vor ihr stand, sein blondes Haar leuchtete in der Sonne, die durch das Fenster einfiel. Wahrscheinlich wirkte er sonst wie ein Fels, aber heute war er eindeutig nervös, wozu er auch allen Grund hatte.

»Sie ist nicht hier.«

Morgan fühlte, wie seine eiserne Geduld langsam bröckelte. Er wollte Sam endlich wieder sehen!

»Wo ist sie denn? In ihrem Haus war sie auch nicht, da bin ich schon gewesen.«

Cathy zog die Augenbrauen hoch.

»Sie ist nicht in der Stadt. Sind Sie gekommen, um sie endgültig abzuschieben?«

Morgans mühsam aufrechterhaltene Ruhe verflüchtigte sich. Er ging zum Schreibtisch, stützte beide Hände auf die Tischplatte und beugte sich zu Cathy hinunter.

»Hören Sie, ich will einfach nur wissen, wo sie ist, damit ich mit ihr sprechen kann. Ich habe nicht die Zeit und die Geduld, mit Ihnen Spielchen zu spielen. Ich will Sam, und zwar sofort!«

Als Cathy sich von ihrem Schreck erholt hatte, fing sie an zu grinsen.

»Finden Sie das etwa lustig?« Morgan hatte sich wieder ein Stück von ihr entfernt, selbst ein wenig erstaunt über seinen Ausbruch.

»Nein, keineswegs. Ich freue mich nur, dass Sie scheinbar genauso gelitten haben wie Sam.« Sie wurde ernst. »Ihnen ist doch klar, wie sehr es sie verletzt hat, dass Sie sich nicht bei ihr gemeldet haben, oder?«

Morgan zuckte zusammen. »Ja. Und ich werde mich auch bei ihr dafür entschuldigen – ausführlich –, wenn Sie mir endlich sagen, wo ich sie finde.«

»Da, wo sie Sie gefunden hat.«

Morgan brauchte einen Moment, um die Aussage zu verstehen.

»Sie ist bei ihrer Ausgrabung?«

Cathy nickte. »Ja, nachdem Sie sich bei ihr nicht gemeldet und auch nicht auf ihre Nachrichten geantwortet haben, hat sie entschieden, dass sie eine Ablenkung braucht. Sie ist seit zwei Wochen dort.«

Morgan schloss verzweifelt die Augen. Also musste er noch länger warten, bis er sie endlich in seine Arme schließen konnte. Langsam öffnete er sie wieder.

»Können Sie mir eine Beschreibung geben, wie ich dorthin komme? Ich fürchte, ich kann mich nicht mehr genau daran erinnern.«

»Verständlich.« Cathy überlegte kurz und lächelte ihn dann an. »Ich habe noch eine viel bessere Idee als eine Skizze.« Sie griff in ihren Schreibtisch und zog ihre Handtasche heraus. Schwungvoll schob sie die Schublade zu und erhob sich. »Gehen wir.«

LVIII

Sam hob den Kopf, als sie das Motorengeräusch hörte. Wer würde denn jetzt mit dem Auto in diese einsame Gegend fahren, noch dazu am späten Nachmittag? Sie unterdrückte die unwillkürliche Erinnerung an einen anderen Abend, als sie ein Auto kommen gehört hatte. Das würde nur dazu führen, dass sie wieder über Morgan nachgrübelte, und das wollte sie möglichst vermeiden. Resigniert legte Sam ihr Werkzeug zur Seite und wischte sich mit ihrem Arm über die schweiß- und staubbedeckte Stirn. Zu spät, sie konnte genauso gut aus diesem Schacht herauskriechen und nachsehen, wer da kam. Sie wandte sich an die Studenten, die in allen erdenklichen Positionen über dem zum Teil freigelegten Skelett kauerten.

»Macht ruhig weiter, ich schaue nach, wer uns da besuchen kommt.«

Zustimmendes Gemurmel ertönte.

Tom blickte auf. »Soll ich mitkommen?« Der besorgte Ton in seiner Stimme zeigte ihr, dass auch er daran dachte, was hier geschehen war.

Beruhigend lächelte sie ihn an.

»Nein, das ist nicht nötig. Und wenn etwas sein sollte, kann ich immer noch schreien.« Damit kletterte sie eilig die Felsen hinauf, spürte, dass Tom ihr nachblickte, drehte sich aber nicht mehr um. Sie konnte sich nicht den ganzen Rest ihres Lebens immer hinter anderen verstecken. Sie musste ihr Schicksal wieder selbst in die Hand nehmen. Oben angekommen, hielt sie die Hand als Schutz gegen die Sonne vor die Augen und beobachtete, wie eine Staubwolke langsam näher zog. Davor erkannte sie einen dunklen Fleck, der rasch größer wurde. Auch der Motorenlärm wurde jetzt lauter. Sam kniff die Augen zusammen, um besser sehen zu können. Das sah fast aus wie ... Ihr Herz begann, schneller zu klopfen, als sie sah, dass das Auto Morgans Jeep ähnelte. Natürlich konnte auch jemand mit einem ähnlichen Auto unterwegs sein, aber wie groß war die Wahrscheinlichkeit, dass er dann genau auf ihr Lager zuhalten würde? So schnell wie es ging, kletterte sie die Felsen auf der anderen Seite hinunter und blieb dann ein Stück entfernt stehen, um dort auf den Besucher – wer immer es auch war – zu warten.

Nervös blickte sie an sich herunter. Sie sah aus, als hätte sie sich den ganzen Tag im Sand gewälzt, was sie im Prinzip auch getan hatte. Sam verzog den Mund. Sie wollte lieber gar nicht erst wissen, wie ihr Gesicht und ihre Haare aussahen. Vermutlich genauso dreckig wie der Rest von ihr. So hatte sie sich ihr Wiedersehen mit Morgan nicht vorgestellt. Wenn er es denn war. Andererseits war er selbst schuld, wenn sie aussah wie etwas, das unter einem Stein hervorgekrochen kam. Schließlich hatte er sich wochenlang nicht gemeldet und tauchte dann einfach ohne Vorankündigung auf. *Bitte, bitte, lass es Morgan sein!* Sam konnte sich gerade noch unterstehen, die Hände zu ringen. Nein, sie würde hier ganz ruhig und gelassen stehen und abwarten, bis das Auto vor ihr hielt. Sam schnaubte. Ja, sicher. Ungeduldig trommelte sie mit ihren Fingern auf ihren nackten Armen, ihr Fuß wippte dazu im Takt.

Endlich war der Jeep nahe genug, dass sie mehr erkennen konnte. Ja, das Kennzeichen war aus Denver, und auch die Person hinter dem Lenkrad mit den leuchtend blonden Haaren sah aus wie Morgan. Aber da saß noch jemand neben ihm. War das ... Cathy? Ein Grinsen breitete sich auf Sams Gesicht aus. Ja, wirklich, Cathy kam hierher in die Einöde, noch dazu freiwillig. Es war ein Wunder. Sam warf einen Blick zurück auf die Felsen, die die Spalte verbargen, in der Tom und die anderen Studenten schufteten. Wohl weniger ein Wunder als vielmehr ein Fall von akuter Sehnsucht. Sam konnte das durchaus verstehen. Langsam ging sie auf den Jeep zu, der jetzt in einer Staubwolke vor ihr zum Stehen kam. Sie wartete, bis Cathy ausgestiegen war, und umarmte sie dann heftig.

»Hallo, schön, dass du gekommen bist!«

Cathy lachte. »Ja, finde ich auch.« Sie warf einen Blick auf Morgan, der schweigend neben seiner Autotür stand. »Ich lasse euch dann mal alleine.«

Sam zeigte hinter sich. »Dort entlang, hinter diesen Felsklippen.«

Cathy salutierte und wandte sich in die angegebene Richtung. »Alles klar. Bis später.«

Sam blickte ihr hinterher, wie sie fast im Laufschritt die Distanz überbrückte.

»Hallo, Sam.«

Morgans tiefe Stimme brachte eine Saite in ihr zum Schwingen.

»Morgan.« Sie merkte selbst, wie brüchig ihre Antwort klang. Den Blick hielt sie fest auf die Felsen gerichtet, die Cathy gerade hochkletterte.

Morgan trat um sie herum und baute sich vor ihr auf. Ein Finger legte sich unter ihr Kinn und hob es an. Sam zögerte, blickte ihm dann aber ins Gesicht. Gierig ließ sie ihren Blick über seine Züge gleiten. Er sah gut aus, seine Haut war gebräunt, keine Prellungen und Blutergüsse zierten mehr sein Gesicht. Nur die kleine Narbe an seiner Schläfe erinnerte daran, dass er nur knapp dem Tod entkommen war. Seine grauen Augen schauten mit Zuneigung und Leidenschaft, aber auch mit einer gewissen Unsicherheit in ihre blauen. Er räusperte sich.

»Wie geht es dir?«

»Gut.« Sowie das Wort heraus war, schüttelte sie ärgerlich den Kopf. »Unsinn! Mir geht es nicht gut. Warum hast du dir so viel Zeit gelassen, verdammt noch mal?«

Morgan zuckte zusammen und zog den Kopf ein, wich aber ihrem wütenden Blick nicht aus.

»In Denver musste ich mich mit Joe auseinander setzen, der mir immer noch nicht ganz verziehen hat, dass ich mich, ohne ihm Bescheid zu sagen, in die Bande eingeschleust habe. Dann war ich im Hauptquartier des FBI für meine Aussagen, in New York, um Zach alles zurückzugeben, was er mir geliehen hat, in Grand Junction, um dort alles zu klären und zu sehen, was von meinen Sachen noch da war, und dann in Moab, wo ich Zachs Freunden das Geld zurückgegeben habe, das sie mir geliehen hatten. Danach habe ich versucht, in Salt Lake alles zu klären, und jetzt bin ich hier.«

Sam schüttelte den Kopf. »Dass du viel zu tun hattest, war mir klar. Was ich wissen will ist, warum du dich in der ganzen Zeit nicht ein einziges Mal gemeldet hast!«

»Ich konnte es nicht.« Morgan atmete tief durch. »Ich habe befürchtet, dass ich alles andere im Stich lasse, wenn ich deine Stimme höre, und sofort zu dir komme. Und das konnte ich nicht tun, wenn ich mein Leben erst ordnen wollte.« Er zuckte mit den Schultern. »Vielleicht brauchte ich diese Zeit auch, um geistig mit dem ins Reine zu kommen, was passiert ist. Ich wollte Frieden mit den Ereignissen schließen und nicht mit dem ganzen Ballast zu dir kommen, um ihn dann auf deinen Schultern abzuladen.«

»Ich hätte dich gern unterstützt.« Sams Stimme klang weich.

Morgan fuhr mit seiner Hand durch ihr zerzaustes Haar.

»Ich weiß. Aber ich wollte mich selbst wiederfinden. Du solltest keinen emotionalen Krüppel bekommen.« Er errötete. »Das heißt, wenn du mich noch willst.«

Sam legte ihre Stirn an seine.

»Dummkopf, natürlich will ich dich noch. Ich habe dich damals gewollt, und ich will dich jetzt.« Sie küsste ihn.

»Immer.«

Morgan schlang seine Arme um sie und presste sie dicht an sich. Hinter seinen Augen bildete sich ein Druck, während er das Gefühl genoss, sie endlich wieder zu umarmen, ihr nahe zu sein. Gott, sie wollte ihn noch! Erst jetzt bemerkte er, welche Angst sie zu verlieren er die ganze Zeit mit sich herumgeschleppt hatte.

»Ich will dich auch Sam, mehr als alles andere.«

Sam lächelte ihn glücklich an. »Das freut mich.« Sie wurde wieder ernst. »Ist denn jetzt alles vorbei? Droht dir keine Gefahr mehr?«

»Nein, es wird niemand mehr hinter uns her sein. Polizei und FBI haben alle Mitglieder von Geralds Bande verhaftet. Derzeit warten sie im Gefängnis auf ihre Prozesse.« Er runzelte die Stirn. »Natürlich muss ich noch in ein paar Wochen oder Monaten vor Gericht meine Aussage machen, danach ist es dann aber wirklich vorbei.«

Sam blickte ihn ängstlich an. »Aber dich werden sie doch nicht mit anklagen, oder?«

Morgan drückte einen Kuss auf ihre Stirn.

»Nein, sie haben mich als Kronzeuge verpflichtet. Wenn die Prozesse zu Ende sind, bin ich frei.« Er blickte sich um. »Was machen wir jetzt?«

Ein Funkeln trat in ihre Augen. »Möchtest du mein Zelt sehen?«

Morgans angespanntes Gesicht verzog sich zu einem Grinsen.

»Unbedingt.«

Gemeinsam gingen sie zum Jeep und stiegen ein. Morgan startete den Motor, dann griff er sich ihre Hand und küsste sie.

»Ich liebe dich.«

»Und ich dich.«

Morgan gab Gas, und in weniger als einer Minute waren sie vor ihrem Zelt angelangt. Eilig stiegen sie aus und rannten hinein. Dann fielen sie sich in die Arme und küssten sich, als gäbe es kein Morgen mehr. Ihr Atem wurde schneller, die Bewegungen immer fieberhafter. Bald genügte es nicht mehr, sich durch die Kleidung zu streicheln, sondern sie mussten Haut fühlen. Ungeduldig zog Sam ihm das T-Shirt über den Kopf und strich dann mit bebenden Fingern über seine muskulöse Brust, die keine Spuren mehr von den Prellungen zeigte. Sie küsste sich an seinem Körper hinab und öffnete dann seine Jeans. Morgan legte seine Hände über ihre.

»Es ist mir zwar peinlich, aber ich habe schon wieder keine Kondome dabei.«

Sam lachte atemlos. »Dann ist es ja gut, dass ich den Buggy hier habe.« Widerwillig ließ sie ihn los. »Bin sofort wieder da.« Damit rannte sie aus dem Zelt.

Morgan setzte sich auf das Feldbett und zog sich schon mal seine Cowboystiefel aus, damit Sam sich nicht wieder abmühen musste. Er hatte die Kondome nicht wirklich vergessen, sondern absichtlich zu Hause gelassen, weil es ganz allein Sams Entscheidung sein sollte, ob und wann sie zusammenkamen. Und so schnell, wie sie jetzt wieder durch die Zeltöffnung geschossen kam, war sie eindeutig dafür.

Sie warf ihm die Packungen zu, die sie aus dem Handschuhfach gekramt hatte, und machte sich dann daran, den Reißverschluss des Zeltes zu schließen. Im Zelt wurde es zwar ohne den Luftzug sehr schnell furchtbar heiß, aber das war ihr egal. Sie wollte mit Morgan alleine sein, und zwar jetzt sofort. Und möglichst ohne dass die anderen dabei zusahen.

Sam drehte sich um und blickte Morgan hungrig an. Im Halbdunkel des Zeltes konnte sie keine großen Einzelheiten erkennen, aber das, was sie sah, reichte ihr. Seine nackte Brust, das kantige Gesicht, die blonden Haare, all das lockte sie dazu, näher zu kommen und ihn zu berühren. Sie strich sich durch die Haare und verzog das Gesicht, als Sand herausrieselte.

»Ich fürchte, ich bin ziemlich dreckig.«

Morgan streckte den Arm aus und zog sie zwischen seine Beine.

»Das ist mir im Moment ziemlich egal.« Er lächelte. »Wenn du erst mal deine Kleidung ausgezogen hast, bist du bestimmt gleich viel sauberer.«

»Da könntest du Recht haben.«

Morgan zog sie so geschickt aus, dass sie bereits kurz darauf Haut an Haut nebeneinander lagen. Die Liege war natürlich nicht für zwei Personen gebaut und quietschte verdächtig, doch sie hielt. Trotz ihres Hungers liebten sie sich langsam und bedächtig, ließen sich Zeit, sich wieder neu kennen zu lernen. Danach lagen sie eng umschlungen zusammen, Sam auf Morgans kräftigem Körper, das Kinn auf die Hände gestützt.

»Was machen wir jetzt?«

»Uns wieder anziehen?«

Sam kniff ihn strafend in die Brust.

»Du weißt, was ich meine.«

Morgan wurde wieder ernst. »Ja, das weiß ich.« Er fuhr mit seinen Fingerspitzen über ihren Rücken. »Ich dachte, ich suche mir eine Stelle in Salt Lake City. Und eine Wohnung.« Unsicher blickte er sie an. »Was hältst du davon?«

»Aber dein Chef hat doch gesagt, du könntest deine Stelle zurückbekommen!«

Morgan zuckte mit den Schultern.

»Ja. In einem Monat könnte ich wieder anfangen.« Seine Augen tauchten in ihre. »Aber ich möchte bei dir sein. Und da dein Job hier ist …«

»Im Moment kann ich hier nicht weg. Aber ich habe bereits ein Angebot für eine andere Ausgrabung, die in zwei Monaten beginnt.«

Morgan blickte sie entsetzt an. »Wo? Gibt es in der Nähe eine größere Stadt, in der ich arbeiten könnte?«

Grinsend küsste Sam sein Kinn.

»Bei Golden, dreißig Autominuten von Denver entfernt. Weißt du, Bob Bakker hat da diese großartigen Knochenfelder entdeckt, die ...« Weiter kam sie nicht, denn Morgan hatte sie bereits an sich gerissen und küsste sie, als würde er nie wieder aufhören. Nach Luft schnappend, löste sie sich schließlich von ihm. »Wenn ich gewusst hätte, dass Fossilien dich so begeistern können, dann hätte ich dir schon eher davon erzählt.«

»Für wie lange wäre das?«

»Ich habe erst einmal einen Vertrag für zwei Jahre. Die Felder sind sehr ergiebig, und die Knochen müssen ja nicht nur ausgegraben werden, sondern auch bestimmt und katalogisiert. So was kann Jahre in Anspruch nehmen.«

Morgan blickte sie ernst an.

»Willst du wirklich so lange deine Arbeit in Salt Lake und deine Freunde verlassen?«

Sam zuckte mit den Schultern. »Von der Universität bin ich für die Zeit beurlaubt, und meine Freunde werden mir zwar fehlen, aber ich kann ja einfach hin und wieder für ein Wochenende zurückfliegen.«

»Und das hast du alles in Gang gesetzt, obwohl du gar nicht wusstest, ob ich zurückkommen würde?«

Sam lächelte verlegen. »Ja. Ich hatte nicht vor, dich aufzugeben. Wenn du jetzt nicht gekommen wärest, dann wäre ich in spätestens zwei Monaten bei dir aufgetaucht.«

»Ich hatte wahnsinniges Glück, dir zu begegnen, Samantha Dyson.«

»Und ob du das hattest.« Sam fiel lachend zurück aufs Bett, als Morgan sie zu kitzeln begann.

LIX

Tom arbeitete gerade mit äußerster Sorgfalt an der Freilegung eines Femurknochens, als ein Schatten über ihn fiel. Fluchend hob er den Meißel, damit er nichts beschädigte.

»Hey, geh mir aus dem Licht!«

Ein weibliches Lachen erklang hinter ihm. Diese Stimme kannte er doch … Ruckartig rollte er sich herum und setzte sich auf. Er hob eine Hand vor die Augen, um die Person gegen das helle Licht des solarbetriebenen Strahlers erkennen zu können, doch er sah nur Umrisse. War er jetzt völlig irre und hörte schon Stimmen von Personen, die gar nicht da waren? Da er hier im tiefen Schatten der Felsspalte lag, konnte er eigentlich keinen Sonnenstich haben. Endlich trat die Frau zur Seite, und er konnte sie erkennen. Es war wirklich Cathy! Aber was machte sie hier?

»Was machst du hier?« Er zuckte bei dem heiseren Klang seiner Stimme zusammen. Unruhig blickte er sich um, doch keiner der anderen Studenten schien etwas bemerkt zu haben. Sie hoben nur kurz die Köpfe und begrüßten sie, dann wandten sie sich wieder ihrer Arbeit zu.

»Was für eine äußerst liebenswürdige Frage. Wie wäre es, wenn du mich kurz begleitest, dann erzähle ich es dir.«

Tom blickte auf das Skelett hinunter. »Ich habe keine …«

Cathy unterbrach ihn. »Du willst bestimmt nicht, dass ich es dir vor den anderen sage, oder?«

Tom biss die Zähne zusammen und schüttelte stumm den Kopf. Mit einer geschmeidigen Bewegung erhob er sich vom Boden und kletterte hinter ihr die Felsen hinauf. Der Anblick ihrer schlanken Figur ließ ihn heftig schlucken. Es war hart gewesen, zwei Wochen von ihr getrennt zu sein. Er hatte ihre Gespräche vermisst, die Art, wie sie auch einfach mal zusammen schweigen konnten. Es hatte ihm nicht gefallen, eine Woche lang mit ihr zusammenzuwohnen und sie nicht berühren zu dürfen. Aber dies hier war viel schlimmer gewesen. Inzwischen war er schon froh, wenn er sie überhaupt sehen konnte oder einmal in der Woche mit ihr telefonierte. Trotzdem wünschte er jetzt fast, sie wäre nicht gekommen. Es fiel ihm sehr schwer, seine Finger bei sich zu halten und sie nicht einfach in seine Arme zu ziehen. Er ballte die Hände zu Fäusten, um dieser Versuchung zu widerstehen, und richtete seinen Blick strikt auf den Boden. Natürlich hielt er das nicht lange durch. Immer wieder wanderte sein heißer Blick zurück zu Cathys wohl gerundetem Hinterteil. Gequält schloss er die Augen, nur um sie gleich darauf wieder aufzureißen, als er gegen ein Hindernis stieß. Mit den Armen stabilisierte er Cathys Stand, die durch den Aufprall gefährlich schwankte.

»Himmel, pass doch auf, wo du hinläufst!«

Gut, dass sie sein rotes Gesicht nicht sehen konnte.

»Tut mir Leid.«

Vorsichtig kletterten sie auf der anderen Seite wieder herunter, weg vom Lager. Um sich abzulenken, stellte Tom die Frage, die ihm auf der Seele brannte.

»Warum bist du hier?«

Cathy wandte sich um und blickte ihn ernst an.

»Ich wollte dir etwas wegen der Kondome sagen.«

Abrupt blieb Tom stehen, sämtliches Blut verließ sein Gesicht.

»Bist du schwanger?«

Cathy zog eine Augenbraue hoch.

»Und wenn es so wäre?«

»Dann müsste ich mich wohl erst einmal setzen.«

Cathy lachte. »Nein, keine Angst. Ich bekomme kein Kind. Aber nur mal so aus Neugier, was hättest du getan, wenn ich schwanger wäre?«

Tom hatte sich wieder etwas von seinem Schreck erholt, sein Gesicht war jetzt rot angelaufen. Mit einer zitternden Hand strich er sich durch die Haare.

»Ich hätte mir verdammt schnell einen Job gesucht, damit ich genug für eine Familie verdiene.«

Cathy lächelte ihn an. »Ich hatte so etwas vermutet.«

»Nun, was ist denn dann los?« Seine Augenbrauen zogen sich zusammen. »Du bist doch nicht krank, oder?«

»Nein, außer vielleicht vor Sehnsucht nach dir.« Sie holte tief Luft. »Was ich wirklich sagen wollte war, dass ich keine Kondome mehr brauche, weil ich mir die Pille habe verschreiben lassen. Ich nehme sie jetzt lange genug, um ohne andere Verhütungsmittel mit dir zu schlafen. Es wäre doch eine Schande, wenn wir das nicht in Anspruch nehmen würden, oder?«

Tom überlief es heiß. Erneut schloss er die Augen, um der Versuchung zu widerstehen. Wie konnte sie ihm so etwas sagen?

»Cathy ...« Er atmete scharf ein. »Willst du mich wahnsinnig machen? Denn das hast du schon bald geschafft. Du weißt genau, wie sehr ich dich will. Ich brauche dich fast so sehr wie meinen nächsten Atemzug. Aber es wäre falsch, wenn wir uns lieben, solange ich bei dir Vorlesungen habe.«

Cathys grüne Augen funkelten.

»Aber du hast gar keine Vorlesungen mehr bei mir. Du bist doch hier bei der Ausgrabung. Also dürfte das kein Problem sein.«

Toms Widerstand bröckelte bei ihren Worten. Theoretisch gesehen hatte sie Recht, und ihm war wirklich die Lust vergangen, der Vernünftige in ihrer Beziehung zu sein. Er brauchte sie einfach so sehr ...

Cathy erkannte genau, was in ihm vor sich ging, denn sie trat auf ihn zu und legte ihre Hände auf seine Schultern.

»Freust du dich denn gar nicht, dass ich hier bin?«

Mit einem animalischen Knurren zog er sie an sich und küsste sie, als wäre er halb verhungert. Ein zustimmender Laut drang aus ihrer Kehle, als sie sich ebenfalls in diesen Kuss fallen ließ. Als ihre Beine sie nicht mehr trugen, sanken sie gemeinsam zu Boden. Eine im Schatten der Felsen liegende Mulde kam ihnen gerade recht. Sie hielten sich nicht damit auf, sich gegenseitig auszuziehen, sondern zogen lediglich Cathys Jeans und Toms Shorts so weit herunter, dass sie sich endlich vereinigen konnten. Mit einem Stoß drang Tom tief in sie ein. Mit geschlossenen Augen genoss er das Gefühl, wieder bei ihr, in ihr zu sein. Cathy schien es ähnlich zu gehen, denn sie seufzte zufrieden auf. Tom begann einen langsamen Rhythmus, der immer schneller wurde. Ihr keuchender Atem hallte von den Steinen wider, die sie umgaben. Immer höher schleuderten ihre Gefühle sie, bis sie schließlich kurz hintereinander explodierten und langsam zum Boden zurücksanken.

Erschöpft, aber glücklich lächelten sie sich an.

»Es war eine gute Idee herzukommen.«

Tom brummte zufrieden. »Ja. Ich hoffe nur, dass keiner der anderen gerade eine kleine Pause macht.«

Cathy hob den Kopf. »Ich sehe niemanden. Und Sam und Morgan sind wahrscheinlich gerade ähnlich beschäftigt.«

»Ist er doch noch gekommen?«

»Ja. Sam hat zwar so getan, als würde sie ihm nie verzeihen, aber an ihrem Gesichtsausdruck konnte jeder Blinde erkennen, dass sie glücklich war, ihn zu sehen. Wenn er es nicht völlig dumm anstellt, dann bleibt sie für immer bei ihm.«

Tom stützte sich auf einen Ellbogen. »Und, habe ich es richtig angestellt?«

Cathy lächelte. »Was glaubst du?« Tom wollte sich gerade auf sie stürzen, als sie sich von ihm löste und aufstand. Sie hielt eine Hand hoch. »Einmal im Sand ist genug. Ich glaube, mich hat ein Sandfloh gebissen. Nächstes Mal such dir einen bequemeren Ort aus.«

Tom beobachtete mit leuchtenden Augen, wie sie ihre Hose hochzog und den Gürtel schloss.

»Ich?« Er stand auf und richtete seine Shorts. »Wer war es denn, der uns hier in dieses Loch gezogen hat?«

»Okay, ich nehme alle Schuld auf mich.« Sie nahm seine Hand und hielt sie fest in ihrer, während sie auf das Lager zugingen. Der Druck von Toms Fingern zeigte ihr, dass er sie nie mehr loslassen würde. Ihr Lächeln wurde breiter.

Als sie schließlich beim Lager ankamen, traten Sam und Morgan gerade aus dem Zelt. Sie sahen beide etwas zerzaust aus, ihre Gesichter waren gerötet, und ihre Augen strahlten. Wahrscheinlich wirkten sie und Tom genauso. Cathy grinste. Es war eine ausgezeichnete Idee gewesen herzukommen.

»Alles geklärt?«

»Ja, so ziemlich.«

Morgan widersprach. »Wir haben noch nicht besprochen, ob du mit zurück nach Salt Lake City kommst oder ob ich hier bleibe.«

Sams Miene verdüsterte sich. »Ich kann hier nicht weg, ich muss die Ausgrabung leiten.«

»Dann bleibe ich hier.«

Sam drehte sich zu ihm um. »Und was willst du den ganzen Tag hier tun? Däumchen drehen?«

»Ich könnte helfen, zum Beispiel Dreck schaufeln oder was auch immer.« Man hörte Morgan an, dass er entschlossen war, sich nicht wieder von Sam zu trennen.

»Wie wäre es, wenn jemand anders die Leitung für dich übernimmt?«

Sam stemmte die Hände in die Hüften und blickte Cathy ungeduldig an.

»Und wer bitte soll das tun? Alle anderen haben Verpflichtungen am Institut.«

Cathy breitete die Arme aus. »Ich natürlich!«

»Du?« Sam und Tom blickten sie entsetzt an.

»Ja, ich. Glaubt ihr etwa, ich könnte das nicht? Ich habe schon im Dreck gebuddelt, da wart ihr noch nicht mal geboren!«

Die anderen sahen sich an und brachen in Gelächter aus. Beleidigt verschränkte Cathy die Arme über der Brust.

»Ich finde das nicht witzig. Wir tauschen einfach die Plätze. Ich bleibe hier, und du fährst mit Morgan zurück und übernimmst die letzten zwei Wochen an Vorlesungen.«

»Aber du hast doch gar kein Zeug hier!«

Stumm ging Cathy zum Wagen, öffnete die hintere Tür und zog eine Reisetasche hervor.

»Doch, habe ich.«

Toms Augen fingen an zu leuchten, als ihm klar wurde, dass Cathy wirklich hier bleiben wollte, bei ihm.

Sam sah es auch und ergab sich ohne große Gegenwehr. Immerhin konnte sie so den ganzen Monat mit Morgan zusammen sein, bevor seine Arbeit in Denver ihn wieder rief.

»Okay. Ich packe nur schnell meinen Kram, dann können wir fahren.« Grinsend wandte sie sich an Cathy. »Ich nehme an, du willst mein Zelt übernehmen, oder?«

Epilog

Der anstrengende Arbeitstag in der heißen Sonne und die lange Fahrt hatten ihren Tribut gefordert. Sam schlief tief und fest, als Morgan schließlich vor ihrem Haus anhielt. Wie immer, wenn er sie betrachtete, wallte Dankbarkeit in ihm auf. Dankbarkeit, dass er sie gefunden hatte, dass sie ihn in ihrem Leben haben wollte, dass ihnen jetzt nichts mehr im Wege stand. Er hatte alle Aussagen gemacht, sämtliche Schulden bezahlt. Dafür hatte er nur sein eigenes Geld genommen, alles, was er bei Gerald verdient hatte, wurde an Einrichtungen, die der Bekämpfung von Drogen dienten, überwiesen. Er wollte das Geld nicht, und er fand es gerecht, wenn es an diejenigen zurückging, denen Gerald, und andere wie er, Schaden zugefügt hatten. Mit einem Ruck löste er sich aus seinen Gedanken und stieg aus dem Jeep. Es wurde Zeit, dass er Sam nach Hause brachte. Er öffnete die Beifahrertür, schob seine Arme unter sie und hob sie hoch.

Langsam erwachte sie. Ihre Augen öffneten sich und blickten ihn verwirrt an.

»Sind wir schon da? Lass mich runter, ich bin viel zu schwer.«

»Ja, wir sind da. Und nein, du bist nicht zu schwer. Ich musste so lange darauf warten, dich endlich mal tragen zu können, also lass mir bitte die Freude.«

»Wie du willst.« Zufrieden lehnte sich Sam zurück. Morgan war bei ihr, und sie konnte endlich in ihr Haus zurückkehren. Sie hatte es das letzte Mal vor über zwei Wochen betreten, als sie ein neues Schloss hatte einbauen lassen. Auf eine Alarmanlage hatte sie vorerst verzichtet. Wie es aussah, würde sie auch gar nicht lange genug hier bleiben, um sie richtig nutzen zu können. Sam zog ihren Schlüssel aus der Hosentasche und überreichte ihn Morgan, damit er die Tür aufschließen konnte.

Morgan schob die Haustür auf und trug Sam hinein, durch den kurzen Flur hindurch direkt ins Wohnzimmer. Dort schaltete er das Licht an und ließ Sam dann zu Boden gleiten. Mit offenem Mund blickte sie sich um. Alles, was bei dem Einbruch zerstört worden war, war ersetzt oder repariert worden. Ihre Bücher standen wieder ordentlich im Regal, die Bilder hingen wieder an den Wänden, die Polster ihrer Couch und des Sessels waren neu bezogen, eine neue Decke hing über der Lehne. Mit Tränen in den Augen wanderte Sam im Zimmer umher und sah sich alles genau an. Sogar Fernseher, Videorekorder und Musikanlage standen wieder an ihren Plätzen. Überwältigt drehte sie sich zu Morgan um.

»Wer war das?«

Morgan zuckte mit den Schultern. »Nachdem eindeutig meinetwegen bei dir eingebrochen worden war, fand ich es nur angemessen, den Schaden zu ersetzen.«

»Aber wie bist du hier reingekommen? Und woher wusstest du, was alles fehlte?«

Morgan lächelte, trat hinter sie und umarmte sie.

»Staatsgeheimnis.«

»Es ist wirklich toll. Vielen Dank!« Damit drehte sie sich in seinen Armen um und drückte ihn fest an sich.

»Schön, dass es dir gefällt.« Dann räusperte er sich und wechselte das Thema. »Wie wäre es, wenn wir jetzt etwas zu essen bestellen würden? Ich bin inzwischen wirklich hungrig.«

»Natürlich.« Sie ging zum neuen Funktelefon. »Schick. Geh doch mal die Werbung durch, die neben der Tür liegt, ob da irgendein Prospekt von einem Restaurant mit Lieferservice dabei ist.«

Morgan kam mit mehreren Zetteln zurück. »Such dir was aus.«

Sam strahlte, als sie einen Prospekt herauszog.

»Chinesisch.« Sie blickte ihn fragend an. »Ist dir das recht?«

»Natürlich. Sag mir einfach, was du haben willst, dann rufe ich an, und du kannst dich schon mal frisch machen.«

Sam verzog den Mund. »Mit anderen Worten: Ich bin dreckig.«

Morgan lachte. »Ein wenig staubig, ja. Ich dachte nur, du würdest vielleicht gerne eine kurze Dusche nehmen.«

Sam reichte ihm den Hörer. »Dazu sage ich nicht Nein. Ich nehme ›Ente süßsauer‹. Sag mir Bescheid, wenn das Essen da ist.« Damit verschwand sie im Bad.

Zwanzig Minuten später klingelte es an der Haustür. Morgan nahm die Lieferung entgegen, bezahlte den Boten und trug das Essen in die Küche. Dann klopfte er an die Badezimmertür.

»Essen ist da!« Er traute sich nicht hineinzugehen, aus Angst, wieder einmal von Sam abgelenkt zu werden. Er musste erst noch etwas erledigen, bevor er es sich mit ihr gemütlich machte. Zurück in der Küche holte er einen kleinen Beutel hervor und legte ihn neben seinen Teller. Ein Blick darauf löste zugleich Trauer, Liebe und Nervosität in ihm aus. Ungeduldig wartete er darauf, dass Sam endlich aus dem Badezimmer kam. Er wusste nicht, ob er mit dem Knoten im Magen überhaupt etwas essen konnte, daher wollte er es schnell hinter sich bringen.

Die Tür öffnete sich, und Sam erschien frisch geschrubbt im Zimmer. Fröhlich begutachtete sie das gelieferte Essen und den liebevoll gedeckten Tisch.

»Super, ich könnte einen ganzen Bären verspeisen.«

»Dann setz dich und greif zu.«

Das ließ Sam sich nicht zweimal sagen. Sie nahm Platz und blickte zu Morgan hinüber. Irgendetwas stimmte nicht mit ihm. Seine Augen blickten unsicher, sein Mund war zu einem dünnen Strich zusammengepresst, die Stirn sorgenvoll gerunzelt.

»Was ist los?«

»Du wolltest doch essen.«

»Das kann warten. Also, was hast du?«

Morgan räusperte sich. »Ich wollte dir etwas geben.«

»Etwas geben? Was denn? Und warum schaust du deshalb so unglücklich?«

Statt einer Antwort öffnete Morgan den Beutel, griff hinein und holte einen Gegenstand heraus. Er nahm Sams Hand in seine, legte ihn hinein und schloss ihre Finger darüber.

Verwirrt zog Sam ihre Hand zurück und öffnete sie. Auf ihrer Handfläche lag ein absolut außergewöhnlicher Ring, geformt aus verschiedenen Metallarten und mit einem Stein aus Lapislazuli. Fasziniert bewunderte Sam ihn von allen Seiten, bevor sie schließlich zu Morgan aufblickte. Eine Frage stand in ihren Augen.

»Er wurde für dich gemacht.«

»Wie ...? Wann ...? Wieso ...?« Sam konnte keinen klaren Gedanken mehr fassen. Morgan schenkte ihr einen Ring? Sicher wollte er doch nicht ...?

Morgan schien ihre Gedanken zu erraten.

»Den Ring hat meine Schwester Mara in ihrer Ausbildung gemacht. Sie hat ihn mir kurz vor ihrem ... Tod gegeben und mir gesagt, dass sie ihn für die Frau gemacht hätte, die ich einmal lieben würde.« Er lächelte. »Und das bist du.«

Sam lächelte unter Tränen zurück.

»Ich habe sie an dem Tag ausgelacht und gesagt, ich würde ihn noch lange nicht brauchen, vielleicht sogar nie. Aber sie wollte unbedingt, dass ich ihn nehme. Jetzt frage ich mich, ob sie vielleicht ...«, er brach ab und schluckte, »... vielleicht wusste sie, dass sie nicht mehr leben würde, wenn ich dich finden würde?«

Sam stand auf, ging um den Tisch herum und setzte sich auf Morgans Schoß. Sie lehnte ihre Stirn an seine.

»Er ist wirklich wunderschön. Sie war sehr talentiert.«

»Ja, das war sie. Deshalb wollte sie ja auch diese Ausbildung in Grand Junction machen.« Er erschauderte, dann riss er sich zusammen. »Es freut mich, dass er dir gefällt. Probier ihn an!«

Sam streifte den Ring über ihren Mittelfinger. Er passte wie für sie gemacht.

»Perfekt.« Morgan zog ihre Hand zu seinem Mund und küsste ihren Finger oberhalb des Ringes. Dann nahm er den Beutel und holte eine dünne silberne Kette heraus. »Ich habe noch eine Kette dazu gekauft, damit dich der Ring bei der Arbeit nicht behindert.« Er stockte und blickte sie an. »Das heißt, wenn du ihn überhaupt haben willst.«

Sam starrte ihn fassungslos an. »Bist du verrückt? Natürlich will ich ihn haben! Ich *liebe* diesen Ring.« Sie grinste ihn an. »Dich natürlich auch.«

»Danke, das beruhigt mich.«

Sam küsste ihn sanft auf den Mund. »Aber dir ist natürlich klar ...«

Morgan knabberte zärtlich an ihren Lippen.

»... dass ich dich nie im Leben werde heiraten können.«

Morgan hob eine Augenbraue. »So? Wieso das nicht?«

»Weil ich dann Sam Spade heißen würde.«

Verständnislos blickte Morgan sie an. »Ja, und?«

»Sam Spade, wie der Privatdetektiv im Film *Malteser Falke*.«

Lachend zog Morgan sie eng an sich.

»Kein Problem. Zur Not könnte ich deinen Nachnamen annehmen, wenn es so weit ist. Aber wir haben ja noch viel Zeit, das auszudiskutieren.«

»Absolut.«

Glossar

Allosaurus: Raubsaurier, der zur späten Jurazeit und frühen Kreidezeit (vor 163 bis 97 Millionen Jahren) lebte. 12 m lang und 5 m hoch, Schädel 90 cm lang, Zähne bis 10 cm, wog bis zu 5 Tonnen, benannt von Othniel C. Marsh, 1877. Über 60 Allosaurus-Skelette wurden bisher in der Morrison Formation in Colorado gefunden.

Colorado Plateau: semiarides Tafelland im Südwesten der USA, ca. 337.000 km^2 groß und zwischen 1.600 und 3.000 m hoch, mit tief eingekerbten Schluchten. Das Colorado Plateau liegt im Norden des Bundesstaates Arizona, im Süden Utahs, im Südwesten von Colorado und im Nordwesten von New Mexico. Das steppenhafte Tafelland ist von tiefen Talschluchten (z. B. Grand Canyon) durchschnitten und in den Höhenlagen meist bewaldet. Es ist aus horizontal liegenden, oftmals bunt gefärbten Schichten aufgebaut.

Diplodocus: Pflanzen fressender Dinosaurier, lebte in der späten Jurazeit (vor 163 bis 144 Millionen Jahren). Bis zu 27 m lang, Schädel nur etwa 60 cm, wog 10 bis 20 Tonnen. Benannt von Othniel C. Marsh, 1878.

Femurknochen: Oberschenkelknochen, beim Allosaurus bis zu 77 cm lang.

Fossilien: Überreste und Spuren von Tieren oder Pflanzen, durch Fossilisation (Versteinerung) erhalten. Entdeckt werden vor allem Hartteile (Schalen, Knochen etc.). Bei dem Prozess werden die schnell vergänglichen organischen Substanzen durch haltbare mineralische Substanzen (Calcit, Quarz u. a.) ersetzt.

Jurazeit: im Erdmittelalter (Mesozoikum) die zweite Periode, vor 205 bis 140 Millionen Jahren. Die Schichten des Jura sind besonders fossilienreich.

Mesozoikum: Erdmittelalter (250 bis 65 Millionen Jahre): Trias (250 bis 205 Millionen Jahre), Jura (205 bis 144 Millionen Jahre) und Kreide (144 bis 65 Millionen Jahre), Blütezeit der Dinosaurier. Am Ende des Mesozoikums starben die Dinosaurier aus.

Morrison Formation: entstand etwa vor 145 Millionen Jahren als Überflutungsfläche von Flüssen. Die Felsen haben eine grüngraue Farbe mit auffallend rötlichen Bändern darin. Heute ist diese Formation, benannt nach einer kleinen Stadt, an vielen Stellen im Südwesten der USA zu finden.

Paläontologie: die Wissenschaft von den ausgestorbenen Lebewesen (Fossilien) und ihrer Entwicklung im Verlauf der Erdgeschichte. Die Paläontologie analysiert und ordnet Fossilien, sie rekonstruiert die Entwicklungsgeschichte des Lebens von den ersten Spuren bis zu den heutigen Formen.

Paläozoikum: Erdaltertum, 570 bis 250 Millionen Jahre. Das Paläozoikum umfasst das Kambrium, das Ordovizium, das Silur, das Devon, das Karbon und das Perm.

Trilobiten: ausgestorbene Klasse Meer bewohnender Gliederfüßer, bis 70 cm lange Tiere, die einen Panzer aus Chitin besaßen. Die Trilobiten lebten vom Kambrium bis zum Perm insgesamt 300 Millionen Jahre lang.

(Informationen u. a. aus Meyers Lexikon und der Microsoft Encarta Enzyklopädie)